CHARLES DICKENS

Ausgewählte Werke

nymphenburger

George Cruikshank

CHARLES DICKENS

Oliver Twist

nymphenburger

Herausgegeben von
Stephan Castell

Ins Deutsche übertragen vom österreichischen Dichter
Gustav Meyrink.
Die Orthographie wurde der heutigen Schreibweise
behutsam angeglichen.

Einbandgestaltung: Wolfgang Heinzel
unter Verwendung des Gemäldes »Awaiting Admission
to the Casual Ward« von Sir Luke Fields, 1874
(Archiv für Kunst und Geschichte, Berlin)
Satz: Fotosatz Völkl, Puchheim
Gesetzt aus: 9/10 Punkt Garamond, Linotronik 300
Druck und Bindung: Wiener Verlag, Himberg
Printed in Austria
ISBN 3-485-00644-0

Inhalt

1. Kapitel Schildert den Ort, wo Oliver auf die Welt kam, sowie die seine Geburt begleitenden Umstände 9
2. Kapitel Wie Oliver Twist aufwuchs, erzogen und verpflegt wurde 12
3. Kapitel Berichtet, wie Oliver Twist beinahe eine Anstellung bekommen hätte, die nichts weniger als eine Sinekure gewesen wäre 24
4. Kapitel Oliver erhält eine Stelle und tritt ins öffentliche Leben ein 34
5. Kapitel Oliver bekommt einen neuen Horizont und wohnt zum erstenmal einem Leichenbegängnis bei 41
6. Kapitel Oliver rafft sich, durch Noah gereizt, zu tatkräftigem Handeln auf 52
7. Kapitel Oliver bleibt verstockt 56
8. Kapitel Oliver wandert nach London und trifft mit einem sehr seltsamen jungen Gentleman zusammen 62
9. Kapitel Enthält weitere Einzelheiten über den liebenswürdigen alten Herrn und seine hoffnungsvollen Zöglinge 69
10. Kapitel Oliver gewinnt Einblick in die Charaktereigenschaften seiner neuen Kollegen, bezahlt aber seine Erfahrung sehr teuer 76
11. Kapitel Der Polizeikommissär Mr. Fang zeigt sich als außerordentlich tüchtiger Justizbeamter 80
12. Kapitel Oliver findet eine bessere Pflege als je zuvor, und unsere Geschichte kehrt wieder zu dem menschenfreundlichen Mr. Fagin und seinen jungen Schützlingen zurück 88
13. Kapitel Einige neue Personen werden vorgestellt 96
14. Kapitel Eine bemerkenswerte Prophezeiung eines gewissen Mr. Grimwig über Oliver Twist . 105

15. Kapitel Zeigt, wie überaus lieb der alte Jude und Miß Nancy Oliver Twist hatten 116
16. Kapitel Was aus Oliver wurde, nachdem ihn Nancy mit Beschlag belegt hatte 123
17. Kapitel Zu Olivers Unglück kommt ein großer Mann nach London 133
18. Kapitel Wie Oliver seine Zeit in Gesellschaft seiner hochachtbaren Freunde verbrachte 142
19. Kapitel Es wird ein höchst bemerkenswerter Plan gefaßt 149
20. Kapitel Oliver wird Mr. William Sikes übergeben 159
21. Kapitel Unterwegs 167
22. Kapitel Der Einbruch 173
23. Kapitel Enthält den wesentlichen Teil einer anmutigen Unterredung zwischen Mr. Bumble und einer Dame und erbringt gleichzeitig den Beweis dafür, daß auch ein Kirchspieldiener in manchen Punkten äußerst empfindlich sein kann 180
24. Kapitel Handelt von einer sehr armen Person . 188
25. Kapitel Handelt abermals von Mr. Fagin und Konsorten 194
26. Kapitel Eine höchst geheimnisvolle Person erscheint 199
27. Kapitel Eine frühere Unhöflichkeit, mit der wir eine Dame im Stiche gelassen, wird wieder gutgemacht 210
28. Kapitel Olivers weitere Abenteuer 217
29. Kapitel Handelt von den Bewohnern des Hauses 225
30. Kapitel Was die Damen und Doktor Losberne von Oliver hielten 229
31. Kapitel Eine kritische Situation 236
32. Kapitel Handelt von dem glücklichen Leben, das Oliver bei seinen gütigen Freunden zu führen begann 247
33. Kapitel Das Glück Olivers und das seiner Freunde erleidet einen plötzlichen Stoß . 255

34. Kapitel Ein junger Herr betritt den Schauplatz, und Oliver erlebt ein neues Abenteuer 261
35. Kapitel Das Resultat von Olivers Abenteuer und eine Unterredung von ziemlicher Wichtigkeit zwischen Harry und Rose 270
36. Kapitel Ein kurzes Kapitel, aber immerhin nicht unwichtig, da es das Vorhergehende erörtert und zum Nachfolgenden einen Schlüssel bietet . 278
37. Kapitel Ein Kontrast, der im Ehestande nicht ungewöhnlich ist 280
38. Kapitel Was sich zwischen Mr. und Mrs. Bumble und Mr. Monks bei ihrer nächtlichen Zusammenkunft begab 290
39. Kapitel Einige alte Bekannte treten auf, und Fagin und Monks stecken die Köpfe zusammen 299
40. Kapitel Eine seltsame Unterredung 311
41. Kapitel Neuerliche Enthüllungen, die den Beweis erbringen, daß Überraschungen wie Unglücksfälle selten allein kommen 319
42. Kapitel Ein alter Bekannter Olivers reift zu einem öffentlichen Charakter heran 330
43. Kapitel Der Baldowerer in der Patsche 341
44. Kapitel Nancy wird daran gehindert, ihr Versprechen einzulösen 351
45. Kapitel Noah Claypole wird von Fagin als Spion verwendet 357
46. Kapitel Nancy erfüllt ihr Versprechen 360
47. Kapitel Verhängnisvolle Folgen 368
48. Kapitel Sikes' Flucht 376
49. Kapitel Monks und Mr. Brownlow treffen zusammen 384
50. Kapitel Vergebliche Verfolgung 393
51. Kapitel Mehr als ein Geheimnis wird aufgedeckt, und ein Heiratsantrag wird gemacht, bei dem von Mitgift nicht die Rede ist 403
52. Kapitel Fagins letzte Nacht 414
53. Kapitel Was weiter noch zu berichten ist 420

1. Kapitel

Schildert den Ort, wo Oliver auf die Welt kam, sowie die seine Geburt begleitenden Umstände

Unter andern öffentlichen Gebäuden in einer gewissen Stadt, die ich nicht nennen, der ich aber auch andrerseits keinen erdichteten Namen beilegen möchte, befand sich eines, wie es wohl die meisten Städte, ob groß oder klein, besitzen, nämlich ein Arbeitshaus; und in diesem wurde eines Tages der kleine Weltbürger geboren, dessen Name dieses Buch trägt.

Lange Zeit, nachdem der Arzt des Kirchspiels ihm zum Eintritt in diese Welt der Mühen und Sorgen geholfen, schien es recht zweifelhaft, ob er lange genug würde am Leben bleiben, um überhaupt einen Namen nötig zu haben.

Obwohl ich nicht behaupten möchte, daß es vielleicht ein glücklicher oder beneidenswerter Umstand wäre, der einem menschlichen Wesen zustoßen könnte, in einem Arbeitshaus geboren zu werden, so schien es doch in diesem besondern Fall für Oliver Twist das Beste, was sich augenblicklich für ihn ereignen konnte. Immerhin war es mit erheblichen Schwierigkeiten verbunden, ihn so weit zu bringen, daß er sich der Aufgabe des Atmens selbst unterzog, und eine Weile lang lag er als kleiner Weltbürger nach Luft schnappend auf einer Wollmatratze, bedenklich hin und her schwankend, ob er sich für diese oder jene Welt entscheiden sollte, wobei sich die Waage beträchtlich mehr für das Jenseits als für das Diesseits neigte. Wäre Oliver in diesem kritischen Zeitabschnitt von besorgten Großmüttern, ängstlichen Tanten, erfahrenen Ammen und Ärzten voll tiefer Weisheit umgeben gewesen, er hätte selbstverständlich die Stunde nicht überlebt. Da jedoch niemand zugegen war als ein armes altes Weib, das überdies infolge des ungewohnten Genusses von Bier sich in ziemlich angeheiterter Stimmung befand, und da auch der Kirchspielarzt die Sache ganz gewohnheitsmäßig behandelte, so focht Oliver seinen Kampf mit der Natur auf eigene Faust aus. Und die Folge davon war, daß er nach kurzem Kampfe atmete, nieste und endlich den Bewohnern des Arbeitshauses die Tatsache kund und zu wissen gab, daß er der Gemeinde eine neue Last aufgebürdet habe – das heißt, entschlossen sei, am Leben zu bleiben. Er erhob zu diesem Zweck ein so lautes Geschrei, wie man es von einem Kind männlichen Geschlechtes füglich nur erwarten durfte.

Als Oliver diesen ersten Beweis selbständiger Tätigkeit gab, bewegte sich eine Flickendecke, die nachlässig über eine eiserne Bettstelle geworfen war, und das bleiche Gesicht einer jungen Frau erhob sich matt von dem harten Kissen, und eine schwache Stimme hauchte mühsam die Worte: »Lassen Sie mich das Kind sehen; dann will ich gern sterben.«

Der Arzt, der, das Gesicht dem Feuer zugewandt, am Kamin saß und sich die Hände wärmte, trat bei diesen Worten der jungen Frau an das Kopfende des Bettes und sagte mit mehr Freundlichkeit im Ton, als man von ihm wohl erwartet hätte: »Sie haben durchaus keinen Grund, ans Sterben zu denken.«

»I Gott bewahre«, mischte sich die Wärterin ein und versenkte in ihrer Tasche eine grüne Flasche, von deren Inhalt sie sich bisher in einer verschwiegenen Ecke mit sichtlichem Behagen gestärkt hatte. »I Gott bewahr, wenn sie erst amal so alt g'worden is wie ich, Herr Doktor, und dreizehn Kinder g'habt hat und ihr erst alle gestorben sein werden wie mir bis auf zwei, die jetzt mit mir zusamm im Arbeitshaus sin, dann wird sie schon auf vernünftigere Gedanken kommen. Gott o Gott, denken Sie sich doch nur was es heißt, Mutter sein von so an hübschen kleinen Buberl; vergessens dös net.«

Ihre tröstlichen Worte schienen indes ihre Wirkung zu verfehlen, denn die Wöchnerin schüttelte den Kopf und streckte nur stumm ihre Arme nach dem Kinde aus. Der Arzt reichte es ihr, sie preßte ihre kalten blutleeren Lippen heftig auf die Stirn des Kindes, fuhr sich mit der Hand über das Gesicht, blickte wild umher, schauderte zusammen, sank zurück – und starb. Sie rieben ihr Brust, Hände und Schläfen, aber das Herz hatte für immer zu schlagen aufgehört. Sie sprachen auf sie ein von Hoffnung und Zuversicht, aber Hoffnung und Zuversicht waren der Armen seit langem fremd geworden.

»Es ist vorbei mit ihr, Mrs. Thingummy«, sagte der Arzt schließlich.

»Ja, ja die Arme«, sagte die Wärterin und bückte sich nach dem Pfropfen der grünen Flasche, der auf das Kissen gefallen war, als sie sich niedergebeugt, um das Kind aufzunehmen. »Das arme Kleine.«

»Sie brauchen nicht nach mir zu schicken, wenn das Kind schreien sollte«, sagte der Arzt und zog sich mit großer Sorgfalt seine Handschuhe an. »Es wird wahrscheinlich unruhig werden, dann geben Sie ihm etwas Haferschleim.« Damit setzte er seinen Hut auf und fragte, als er auf seinem Weg zur Tür an dem Bett vorüberkam. »Es war eine recht hübsche Person, wo ist sie denn hergekommen?«

»Man hat sie gestern nacht hergeschafft«, erwiderte die alte Frau, »auf Befehl des Herrn Vorstands. Man hat sie auf der Gasse liegend gefunden. Sie muß hübsch weit hergekommen sein, denn ihre Schuhe waren zerrissen; aber wo sie herkommen ist oder wohin sie hat gehen wollen, weiß niemand.«

Der Arzt beugte sich über die Tote und ergriff ihre linke Hand. »Die alte Geschichte«, murmelte er kopfschüttelnd, »kein Ehering, wie ich sehe. Also, gute Nacht.«

Damit ging er zu seinem Abendessen, und die Wärterin setzte sich, nachdem sie noch einmal der grünen Flasche zugesprochen, auf einen Stuhl in der Nähe des Kamins und begann das Kind in Windeln zu wickeln.

Da sah man wieder, wie wahr das Wort ist, daß Kleider

Leute machen: bisher in ein Tuch gehüllt und in sonst nichts, hätte Oliver ebensogut das Kind eines Adeligen wie das eines Bettlers sein können, aber jetzt, wo er in dem alten Kattunsteckkissen untergebracht war, dessen Farbe in langjährigem Dienst zu einem häßlichen Gelb verschossen war, sah man ihm sofort das Waisenkind des Arbeitshauses an, das nur dazu da war, durch die Welt geknufft zu werden, verspottet und verachtet von jedermann und von niemandem bemitleidet. Oliver schrie aus vollem Halse. Hätte er gewußt, daß er eine Waise war und nur der Barmherzigkeit von Kirchenvorstehern ausgeliefert, hätte er wahrscheinlich noch viel lauter geschrien.

2. Kapitel

Wie Oliver Twist aufwuchs, erzogen und verpflegt wurde

Die nächsten acht bis zehn Monate war Oliver das Opfer systematischer Säuglingsfürsorge. Er wurde mit der Flasche aufgezogen. Von der elenden Lage des kleinen Waisenjungen machte man seitens der Vorstände des Arbeitshauses pflichtgemäß denen des Kirchspiels Meldung, worauf von letzteren in aller Form die Anfrage einlief, ob sich denn nicht im »Hause« eine Frauensperson befände, die in der Lage sei, Oliver seine natürliche Nahrung reichen zu können. Der Vorstand des Armenarbeitshauses erwiderte darauf untertänigst, daß dies leider nicht der Fall sei, worauf die Kirchspielbehörde den hochherzigen Entschluß faßte, Oliver in ein etwa drei Meilen entferntes Zweigarmenhaus bringen zu lassen, wo etwa zwanzig andre kleine Übertreter des Zuständigkeitsgesetzes unter der mütterlichen Aufsicht und ohne allzusehr mit Nahrung oder Kleidung behelligt zu werden auf dem Stubenfußboden umherkollerten, was mit achteinhalb Pence pro

Kopf und Woche in Rechnung gestellt wurde. Mit achteinhalb Pence läßt sich nicht viel bestreiten, aber die würdige Hausdame war eine kluge und erfahrene Frau und wußte, wie leicht sich Kinder überfressen können und was ihnen zuträglich ist; andrerseits aber auch, was ihr selbst zuträglich war. Sie verwendete daher den größeren Teil des Kostgeldes zu ihrem eigenen Wohl und verstand es auf diese Weise, die gesetzliche Grausamkeit noch um ein Beträchtliches zu vertiefen; sie bewies damit, wie weit sie es in der Experimentalphilosophie auf eigene Faust gebracht hatte.

Wohl jeder kennt die Geschichte des bekannten Experimentalphilosophen, der sich vorgenommen hatte, einem Pferde das Fressen abzugewöhnen, und diese Theorie so vorzüglich in die Praxis umsetzte, daß er sein Pferd bis auf einen Strohhalm pro Tag heruntertrainierte und zweifelsohne ein außerordentliches, kräftiges, jedem Futter abholdes Tier aus ihm gemacht haben würde, wäre es nicht leider vierundzwanzig Stunden vor dem ersten kompletten Fasttag gestorben. Leider waren die Experimente der erwähnten trefflichen Kostfrau nicht selten, was die Kirchspielkinder anbelangte, von gleichem Mißerfolg gekrönt, indem die Kleinen entweder vor Kälte oder Hunger, oder weil sie sich tödlich verletzten oder verbrannten, frühzeitig starben und zu ihren Vätern, die sie nie gekannt, versammelt wurden.

Stellten wirklich einmal die Vorstände schärfere Nachforschungen als sonst nach dem Verbleib irgendeines Waisenkindes an, oder mischte sich das Gericht hinein und beschwerte sich den Kopf mit überflüssigen Fragen, so schützte das Zeugnis und die Aussage des Arztes und des Kirchspieldieners die Treffliche jedesmal gegen Ungemach. Jedesmal hatte der erstere dann die Leichen geöffnet und begreiflicherweise nichts darin gefunden, oder letzterer beschwor rastlos, was dem Kirchspiel paßte, und lieferte damit einen Beweis seiner Hingebung und Selbstaufopferung. Besuchte das Vorstandskollegium von Zeit

zu Zeit einmal die Zweiganstalt des Arbeitshauses, so versäumte es nie, jedesmal Tags zuvor den Kirchspieldiener vorauszusenden, damit auch alles in Ordnung sei. Und jedesmal sahen dann die Kleinen reinlich und gut genährt aus –! Was konnte man mehr verlangen.
Daß dieses Pflege- und Ernährungssystem ein allzu kräftiges Gedeihen der Kinder zur Folge gehabt hätte, ließ sich nicht erwarten, und so zeigte sich denn auch Oliver Twist von seinem neunten Geburtstage an als ein schwaches, bläßliches, im Wachstum zurückgebliebenes Kind. Dennoch lebte, ob von Natur oder als Erbschaft seiner Vorfahren, in Olivers Brust ein kräftiger energischer Geist, der dank der strengen Diät des Hauses Raum genug hatte, sich noch weiter zu entfalten.
Es war an Olivers neuntem Geburtstage. Während er diese Feier im Kohlenkeller zusammen mit zwei andern jungen Herrn beging, die sich gleich ihm von einer ordentlichen Tracht Prügel erholten, die ihnen zuteil geworden, weil sie sich erfrecht hatten, hungrig gewesen zu sein, wurde Mrs. Mann, die treffliche Pflegefrau, durch das plötzliche Erscheinen Mr. Bumbles, des Kirchspieldieners, der seine Schritte dem Gartenpförtchen zulenkte, in Schrecken gesetzt.
»Du mein Gott, Mr. Bumble, sind Sie's wirklich?« rief Mrs. Mann und steckte den Kopf anscheinend hocherfreut aus dem Fenster. »Susanna! Holen Sie gleich den kleinen Oliver herauf und die beiden andern Lausbuben und waschen Sie sie – ach, Mr. Bumble, wie ich mich freue, Sie wieder einmal zu sehen!«
Mr. Bumble war nun aber ein wohlbeleibter und ebenso heißblütiger Herr, und daher rüttelte er anstatt auf diese freundliche Bewillkommnung in höflicher Weise zu antworten, wütend an der Gartenpforte und stieß mit dem Fuß in einer Weise dagegen, wie sie eben nur ein Kirchspieldiener beherrscht.
»Gott im Himmel«, rief Mrs. Mann aus dem Zimmer stürzend – die drei Jungen hatte man inzwischen weggebracht

–, »ich habe ganz vergessen, daß ich der lieben Kleinen wegen das Gartentor von innen verriegelt habe. So spazieren Sie doch weiter, Sir. Bitte, treten Sie ein, Mr. Bumble.«
Ihre Einladung war von einem so freundlichen Lächeln begleitet, daß es sicherlich sogar das Herz eines Kirchenpresbyters erweicht haben würde; dennoch besänftigte es den Kirchspieldiener nicht im mindesten.
»Nennen Sie das einen respektvollen Empfang, Mrs. Mann?« fragte Mr. Bumble und faßte seinen Amtsstab noch fester, »daß Sie die Kirchspielbeamten an Ihrer Türe warten lassen, wenn sie in Parochialangelegenheiten und in betreff der Parochialkinder hierher kommen? Sie wissen doch, Mrs. Mann, daß Sie von der Parochialbehörde angestellt sind und von der Parochialbehörde bezahlt werden!«
»Ich erzählte gerade einem Paar der lieben Kleinen, Mr. Bumble, derentwegen Sie so freundlich sind, sich herzubemühen, daß Sie kommen würden«, wendete Mrs. Mann mit großer Unterwürfigkeit ein.
Mr. Bumble hatte eine sehr hohe Meinung von seiner Rednergabe und seiner amtlichen Wichtigkeit. Er hatte soeben die eine entfaltet und die andre gewahrt. Er schlug daher einen milderen Ton an.
»Nun, nun, Mrs. Mann«, sagte er, »ich bezweifle das ja gar nicht. Lassen Sie mich aber jetzt hinein, Mrs. Mann. Ich komme in Geschäften und habe Ihnen etwas mitzuteilen.«
Mrs. Mann führte den Kirchspieldiener in ein kleines Sprechzimmer, bot ihm einen Sessel an und legte dienstbeflissen seinen dreieckigen Hut und seinen Amtsstab auf den Tisch. Mr. Bumble wischte sich den Schweiß von der Stirn, blickte wohlgefällig auf seinen Dreispitz und lächelte. Wirklich und wahrhaftig, er lächelte! Aber Kirchspieldiener sind eben auch nur Menschen, daher lächelte Mr. Bumble.
»Sie dürfen jetzt nicht beleidigt sein wegen dem, was ich Ihnen sagen will«, begann Mrs. Mann mit bestrickender Liebenswürdigkeit. »Sie haben einen weiten Weg hinter

sich, sonst würde ich gar nicht davon anfangen, aber sagen Sie, wollen Sie nicht ein Gläschen nehmen?«

»Nicht einen Tropfen, nicht einen Tropfen«, wehrte Mr. Bumble ab und schwenkte seine Rechte in würdevoller, aber freundlicher Weise.

»Sie werden mir gewiß den Gefallen tun«, beharrte Mrs. Mann auf ihrer Bitte, den Ton, in dem die Weigerung gesprochen worden, aber auch die begleitende Gebärde wohl erfassend. »Nur ein ganz kleines Gläschen mit einem bissel kaltem Wasser und einem Stückchen Zucker?«

Mr. Bumble hüstelte.

»Nur ein ganz kleines Gläschen«, wiederholte Mrs. Mann ihre Bitte in dringendem Ton.

»Was ist es denn?« fragte der Kirchspieldiener.

»Ach Gott, ich muß immer ein bisserl davon hier haben, daß ich den lieben Kleinen eine kleine Herzstärkung geben kann, wenn ihnen nicht recht gut ist, Mr. Bumble«, erwiderte Mrs. Mann, öffnete ein Schränkchen und holte eine Flasche und ein Glas hervor. »Es ist Genever, ich will Ihnen nichts vormachen, Mr. Bumble, es ist nur Genever.«

»Geben Sie denn den Kindern Schnaps, Mrs. Mann?« fragte der Kirchspieldiener und verfolgte mit den Blicken den interessanten Prozeß der Mischung.

»O mein, ich tue's halt, so teuer es auch kommen mag«, versetzte die Pflegefrau. »Sie wissen doch, ich könnt die armen Kleinen niemals nicht leiden sehen.«

»Nein, nein«, sagte Mr. Bumble zustimmend, »Sie können es nicht. Sie sind überhaupt eine sehr humane Frau« – dabei setzte sie das Glas vor ihn hin –, »ich werde nicht versäumen, bei der nächsten besten Gelegenheit es den Vorständen gegenüber zur Sprache zu bringen, Mrs. Mann«, (dabei zog er das Glas näher zu sich) »Sie fühlen wie eine Mutter«, (dabei ergriff er das Glas) »ich trinke hiermit auf Ihre Gesundheit, Mrs. Mann« (dabei goß er das Glas zur Hälfte hinunter). »So, und jetzt wollen wir vom Geschäft reden«, sagte er und holte ein ledernes Taschenbuch hervor. »Der Knabe, der in der Waisentaufe den Namen Oliver Twist bekommen hat, wird heute neun Jahre alt.«

»Gottes Segen über ihn«, warf Mrs. Mann dazwischen und konnte nicht umhin, sich die Augen mit der Schürze zu trocknen.

»Trotz der ausgeschriebenen Belohnung von zehn Pfund, und später sogar von zwanzig Pfund, und trotz der geradezu übernatürlichen Anstrengungen des Kirchspiels«, fuhr Mr. Bumble fort, »sind wir nicht imstande gewesen, seinen Vater zu eruieren oder in Erfahrung zu bringen, wie seine Mutter hieß, was sie war und woher sie stammte.«

Mrs. Mann hob erstaunt die Hände gen Himmel, dachte einen Augenblick nach und fragte: »Wie kommt es denn dann, daß er überhaupt einen Namen hat?«

Der Kirchspieldiener warf sich in die Brust und antwortete: »Den hab ich erfunden.«

»Sie, Mr. Bumble?«

»Jawohl, ich, Mrs. Mann. Wir benennen unsre Zöglinge immer nach dem Alphabet. Zuletzt hielten wir bei S – Swubble, so nannte ich das vorletzte Waisenkind, und der nächste war ein T – Twist; ich habe den Namen ebenfalls erfunden. Wenn wieder einer kommt, wird er Unwin heißen, und der Nächstfolgende Vilkins. Ich habe mir schon eine ganze Reihe von Namen ausgedacht, durchs ganze Alphabet hindurch; und wenn ich bei Z angekommen bin, fange ich beim A wieder an.«

»Ja, ja, Sie sind halt fast ein Dichter«, sagte Mrs. Mann.

»Nun, nun, mag sein«, gab der Kirchspieldiener zu, durch dieses Kompliment sichtlich geschmeichelt; »mag sein, Mrs. Mann.« Damit trank er sein Glas aus und setzte hinzu: »Oliver ist jetzt schon viel zu alt, um noch länger hier bleiben zu dürfen. Deshalb hat die Behörde beschlossen, ihn wieder zurück ins Arbeitshaus zu nehmen. Ich bin selber hergekommen, um ihn abzuholen. Wo steckt er?«

»Ich werde ihn sogleich holen«, sagte Mrs. Mann und ging zur Türe.
Gleich darauf erschien sie wieder mit Oliver, der inzwischen gewaschen, gestriegelt und angekleidet worden war.
»Mach ein Buckerl vor dem Herrn, Oliver«, sagte sie.
Oliver machte einen Kratzfuß, der zur Hälfte dem Kirchspieldiener und zur anderen Hälfte dem Dreispitz auf dem Tische galt.
»Willst du mit mir gehen, Oliver?« fragte Mr. Bumble feierlichst.
Oliver wollte schon antworten, daß er jederzeit aufs bereitwilligste mit wem auch immer fortzugehen willens sei, blickte aber zufällig dabei Mrs. Mann an, die hinter den Stuhl des Kirchspieldieners getreten war und Oliver mit fürchterlicher Miene mit der Faust drohte. Er begriff sofort, denn er wußte nur zu gut, was diese Faust alles vermochte.
»Kommt sie auch mit?« fragte er schüchtern.
»Nein, sie kann nicht mitkommen«, sagte Mr. Bumble, »aber sie wird dich schon zuweilen besuchen dürfen.«
Das war gewiß kein besonderer Trost für Oliver, aber trotz seiner Jugend hatte er Grütze genug, sich zu stellen, als verließe er das Haus nur ungern, und überdies waren ihm die Tränen infolge des ewigen Hungerleidens und der erst vor kurzem erfahrenen Züchtigung näher als das Lachen. Wiederholt umarmte ihn Mrs. Mann und gab ihm, was er am meisten brauchte, nämlich ein großes Stück Butterbrot, damit er im Arbeitshaus nicht allzu hungrig ankäme. Damit war die Sache abgemacht. Mit dem Stück Brot in der Hand und seiner kleinen Waisenjungenkappe aus braunem Tuch auf dem Kopf, wurde er sogleich von Mr. Bumble aus dem fürchterlichen Heim geführt, wo niemals der Strahl eines freundlichen Blickes die Finsternis seiner ersten Kinderjahre erhellt hatte. Dennoch konnte er Tränen kindlichen Schmerzes nicht zurückdrängen, als sich das Gartentor hinter im schloß; verließ er doch seine Leidensgefährten, die einzigen Kameraden, die

er je gekannt, und jetzt zum erstenmal, seit er wußte, was Erinnerung ist, wurde ihm das Gefühl gänzlicher Verlassenheit in der großen weiten Welt bewußt.
Mit schnellen Schritten eilte Mr. Bumble vorwärts, und der kleine Oliver klammerte sich an seine mit Goldborten besetzten Schöße, trottete neben ihm her und fragte, als sie kaum eine Viertelmeile hinter sich hatten, ob sie bald am Ziele wären. Auf diese öfters wiederholten Fragen gab Mr. Bumble jedesmal nur sehr kurze und brummige Antworten, denn die Milde, die der Genever mit heißem Wasser gemischt, in seinem Gemüt vielleicht erzeugt haben müßte, war längst verflogen, und er fühlte sich wieder Kirchspieldiener vom Scheitel bis zur Sohle.
Oliver war noch nicht eine Viertelstunde innerhalb der Mauern des Arbeitshauses und hatte kaum ein zweites Stückchen Brot verschlungen, als Mr. Bumble, der ihn der Obhut einer alten Frau inzwischen anvertraut, zurückkehrte und ihm erklärte, die Herren Vorstände hätten befohlen, er solle unverzüglich vor ihnen erscheinen.
Oliver, der keine besonders klare Vorstellung von dem hatte, was ein Vorstand alles sein kann, war von dieser überraschenden Mitteilung förmlich betäubt und wußte nicht, ob er lachen oder weinen sollte. Es blieb ihm jedoch keine Zeit, über diesen Punkt ins reine zu kommen, denn Mr. Bumble versetzte ihm eins mit dem Stock über den Kopf, um seine Geisteskräfte zu erwecken, und eins über den Rücken, um ihn zur Eile anzuspornen. Dann befahl er, ihm zu folgen, und führte ihn in ein großes weißgetünchtes Zimmer, in dem acht oder zehn wohlbeleibte Herren um einen Tisch herumsaßen. Zu oberst in einem Armstuhl, der ein bißchen höher war als die übrigen, ein ganz besonders wohlbeleibter Herr mit einem kugelrunden roten Kopf.
»Mach' den Herrn Vorständen deine Verbeugung«, befahl Mr. Bumble.
Oliver wischte sich die Tränen aus den Augen und, da er nicht recht begriff, wer von den Anwesenden die Herren

Vorstände sein könnten, machte er instinktiv und aufs Geratewohl einen Kratzfuß.
»Wie heißt du, Junge?« fragte der Herr auf dem hohen Stuhl.
Oliver zitterte am ganzen Leib, denn der Anblick so vieler Gentlemen brachte ihn gänzlich außer Fassung. Mr. Bumble versuchte ihn durch eine kräftige Berührung mit seinem Kirchspieldienerstab zu belehren, und das hatte zur Folge, daß er wiederum anfing zu weinen. Er antwortete daher mit leiser und zaghafter Stimme, und das veranlaßte einen Herrn in einer weißen Weste auszurufen, er wäre ein dummer Junge – das beste Mittel, ihm Mut einzuflößen.
»Junge«, begann der Herr in dem hohen Stuhl abermals, »höre jetzt, was ich dir zu sagen habe. Du weißt doch, daß du ein Waisenkind bist?«
»Was ist das, Sir?« fragte der unglückliche Oliver.
»Er ist wirklich ein dummer Junge, ich hab' mir's gleich gedacht«, sagte der Herr mit der weißen Weste.
»Du weißt doch«, nahm der erste Herr wieder das Wort, »daß du weder Vater noch Mutter hast und vom Kirchspiel erzogen wirst?«
»Ja«, antwortete Oliver unter Tränen.
»Warum heulst du?« fragte der Herr mit der weißen Weste, denn es war doch höchst auffallend, daß Oliver weinte. Welchen Grund konnte er nur haben?
»Ich hoffe, du betest doch jeden Abend«, fragte ein anderer Gentleman in barschem Ton, »und betest für die, die dir zu essen geben und für dich sorgen, so wie es einem Christenmenschen geziemt.«
»Ja, Sir«, hauchte Oliver. In Wirklichkeit hatte er jedoch nie gebetet, weil es ihn niemand gelehrt hatte.
»Man hat dich hierhergerufen«, fuhr der Präsident fort, »um dich erziehen zu lassen, und damit du ein nützliches Handwerk lernst.« – »Du wirst also morgen früh um sechs Uhr anfangen Werg zu zupfen«, setzte der mürrische Gentleman mit der weißen Weste hinzu.
Zum Dank für die Ankündigung dieser beiden Wohltaten

machte Oliver unter Nachhilfe des Kirchspieldieners einen tiefen Kratzfuß vor den »Herren Vorständen« und wurde dann in einen großen Saal gesteckt, wo er sich auf einem harten rauhen Bett in den Schlaf weinen durfte.

Der arme Oliver ahnte nicht, wie er so dalag und schlief, daß die Herren Vorstände noch am selben Tage zu einem Entschluß gelangten, der von größtem Einfluß auf sein künftiges Geschick sein sollte.

Die Herren Vorstandsmitglieder waren äußerst kluge Männer von tiefer philosophischer Einsicht, und kaum hatten sie ihre Tätigkeit dem Arbeitshause und was damit zusammenhing zugewendet, so fanden sie auch sofort heraus, was ein gewöhnlicher Sterblicher kaum jemals entdeckt hätte, nämlich: daß es darin den Armen ganz über Gebühr gut gehe. Als wäre das Arbeitshaus nichts als ein öffentliches Vergnügungslokal für die ärmeren Klassen, eine Kneipe, in der man nichts zu bezahlen brauche, ein Ort, an dem man auf Kosten der Gemeinde Frühstück, Mittagessen, Tee und Abendbrot einnehmen könne – ein Elysium aus Ziegelsteinen und Mörtel, in dem gescherzt und gespielt, in Wirklichkeit aber nicht gearbeitet würde. Wir sind die richtigen Männer, um hier Ordnung zu schaffen, sagte sich die Vorstandschaft. Und so ordneten sie denn an, daß alle armen Leute die Wahl haben sollten – von Zwang könne natürlich keine Rede sein –, entweder langsam und nach und nach im Arbeitshaus zu verhungern, oder schnell und plötzlich außerhalb. Von diesem Gesichtspunkte aus schlossen sie mit den Wasserwerken einen Vertrag über Lieferung einer unbegrenzten Menge Trinkwassers und mit einem Getreidehändler einen ebensolchen, was die jeweilige Lieferung von kleinen Quantitäten Hafermehl anbelangte, und gaben täglich drei Portionen Haferschleim aus und außerdem zweimal wöchentlich eine Zwiebel dazu pro Mahlzeit und Sonntags eine halbe Semmel.

Im ersten Halbjahr nach Olivers Ankunft war das System bereits in vollem Gange. Der Raum, in dem die Knaben

ihr Essen bekamen, war eine Art Küche, und der Koch, von ein paar Frauenzimmern unterstützt, teilte ihnen aus einem Kupferkessel ihre drei Portionen Hafer zu – einen Napf voll und nicht mehr, ausgenommen, wie gesagt, die Sonn- und Feiertage, wo ein nicht allzu großes Stückchen Brot dazukam. Die Näpfe auszuwaschen war überflüssig, da die Jungen mit ihren Löffeln sowieso so lange darin herumkratzten, bis alles wieder glänzend war. Und wenn sie mit ihrer Tätigkeit fertig waren – was nie allzulange Zeit in Anspruch nahm, da die Löffel beinahe so groß waren wie die Näpfe selber, – saßen sie da und starrten auf den Kupferkessel mit so gierigen Augen, als ob sie am liebsten sogar die Ziegelsteine, aus denen der Herd aufgebaut war, verschlungen hätten, und saugten dabei an ihren Fingern in der Hoffnung, dort vielleicht noch irgendwo ein verirrtes Tröpfchen Haferschleim aufzulecken. Kinder pflegen nämlich einen vortrefflichen Appetit zu haben.
Drei Monate lang hatten Oliver und seine Kameraden die Qualen langsamen Hungertodes durchgemacht und waren kaum mehr imstande, diesen Zustand länger zu ertragen. Ein für sein Alter sehr großer Junge, dessen Vater Koch gewesen war, gab eines Tages seinen Gefährten zu verstehen, wenn er nicht bald eine Schüssel Haferschleim pro Tag mehr bekomme, so würde er sich nicht helfen können und müsse höchstwahrscheinlich eines Nachts seinen Schlafnachbarn auffressen. Dieser Vielfraß hatte ein wildes hungriges Auge, und seine Reden riefen große Angst unter seinen Kameraden hervor. So beratschlagten sie untereinander, und es wurde gelost, wer von ihnen nach dem Abendessen zum Speisemeister gehen und noch um einen Napf bitten solle. Das Los fiel auf Oliver.
Der Abend kam, und die Jungen nahmen ihre Plätze ein. Der Speisemeister stellte sich in seiner weißen Kochschürze an den Kessel, der Haferbrei wurde ausgeteilt und ein langes Tischgebet gesprochen. Als die Mahlzeit vorüber war, flüsterten die Jungen untereinander, gaben Oliver Winke, und die ihm Zunächstsitzenden stießen ihn

mit den Ellbogen an. Der Hunger machte ihn alle Rücksichten vergessen. Er stand auf, trat mit Napf und Löffel vor den Koch hin und sagte mit bebender Stimme:
»Ich bitte um Verzeihung, Sir, ich möchte noch um ein wenig bitten.«
Der Koch, ein feister rotbackiger Mann, wurde blaß wie der Kalk an der Wand. In maßlosem Staunen starrte er einige Sekunden den kleinen Rebellen an und mußte sich am Kessel festhalten, um nicht umzufallen. Die beiden Frauenzimmer waren geradezu gelähmt vor Entsetzen, und auch die Jungen konnten vor Furcht kein Wort hervorbringen.
»Was?« fragte der Koch endlich mit schwacher Stimme.
»Ich bitte, Herr«, wiederholte Oliver, »ich möchte noch etwas haben.«
Der Koch gab ihm eins mit dem Löffel über den Kopf, faßte ihn dann am Arm und schrie laut nach dem Kirchspieldiener.
Die Herren Vorstände saßen gerade zusammen bei einer Beratung, als Mr. Bumble in höchster Erregung ins Zimmer stürzte und dem Herren auf dem hohen Stuhl meldete:
»Mr. Limbkins, ich bitte um Verzeihung, Sir, Oliver Twist hat mehr zu essen verlangt.«
Alles fuhr auf. Entsetzen malte sich auf allen Gesichtern.
»Mehr?« rief Mr. Limbkins. »Kommen Sie zu sich, Bumble! Anworten Sie mir klar und deutlich. Verstehe ich recht? Er hat mehr gefordert als die ihm von der Vorstandschaft festgesetzte Ration?«
»Jawohl, Sir.«
»Der Bursche kommt noch an den Galgen«, ächzte der Gentleman mit der weißen Weste. »Denken Sie an mich, der Bursche kommt noch an den Galgen.«
Niemand widersprach, und es entspann sich eine lebhafte Diskussion. Auf Befehl der Vorstandschaft wurde Oliver augenblicklich eingesperrt, und am nächsten Morgen hing ein Anschlagzettel an der Außenseite des Tores des Ar-

beitshauses, auf dem eine Belohnung von fünf Pfund ausgesetzt war für jeden, der die Gemeinde der weiteren Fürsorge für Oliver Twist enthöbe; mit anderen Worten: es wurden fünf Pfund jedermann angeboten, der Oliver Twist als Lehrling oder Laufbursche zu sich nähme.

»In meinem ganzen Leben war ich noch von nichts so fest überzeugt«, sagte der Gentleman mit der weißen Weste, als er am nächsten Morgen an das Tor klopfte und den Zettel las, »wie ich jetzt davon überzeugt bin, daß der Bursche noch einmal an den Galgen kommen wird.«

3. Kapitel

Berichtet, wie Oliver Twist beinahe eine Anstellung bekommen hätte, die nichts weniger als eine Sinekure gewesen wäre

Eine Woche lang blieb Oliver nach seiner Missetat in dem finstern Raum, in den ihn die Herren Vorstände hatten sperren lassen, in Haft. Hätte er den gehörigen Respekt vor der Prophezeiung des Gentlemans mit der weißen Weste gehabt, würde er sich zweifellos vermittels eines Taschentuches an einem Haken in der Mauer aufgehängt haben. Aber dazu fehlte ihm vor allem ein Taschentuch – ein solcher Luxus war streng verpönt –, und zweitens war er noch zu sehr Kind. Er weinte daher nur Tag und Nacht und bedeckte sich mit seinen kleinen Händen die Augen, um nicht in die Finsternis starren zu müssen, oder er kroch in einen Winkel und versuchte zu schlafen. Aber jedesmal fuhr er wieder vor Angst und Entsetzen aus seinem unruhigen Schlummer auf und drückte sich noch dichter an die Mauer, als böte ihm selbst ihre harte kalte Fläche noch ein wenig Schutz gegen die Finsternis und Einsamkeit, die ihn rings umgab.

Um gerecht zu sein, dürfen wir nicht verschweigen, daß es

ihm andererseits an Bewegung und geistlichem Zuspruch nicht fehlte. Was die Leibesübungen betraf, wurde ihm angesichts des kalten Wetters, das gerade herrschte, die Vergünstigung zuteil, sich jeden Morgen unter der Pumpe in einem gepflasterten Hof waschen zu dürfen, und zwar in Gegenwart Mr. Bumbles, der durch wiederholte Anwendung seines Amtsstabes eventuellen Erkältungen vorbeugte und bewirkte, daß von Zeit zu Zeit ein prickelndes Gefühl Olivers Körper durchdrang. Was die Anregung anbelangte, wurde er jeden zweiten Tag in den Saal geführt, wo die Zöglinge ihr Mittagessen verzehrten, und vor ihren Augen als warnendes Beispiel öffentlich ausgepeitscht. Hinsichtlich religiösen Zuspruchs wurde er Abend für Abend zur Gebetstunde mit Fußtritten in denselben Raum befördert und durfte dort zuhören, wie die anderen beteten, daß Gott sie bewahren möge, so sündhaft zu werden wie ein gewisser Oliver Twist. So standen die Dinge.

Da begab es sich eines Morgens, daß der Schornsteinfegermeister Mr. Gamfield auf der Landstraße langsam seines Weges zog. Tief in Gedanken, woher er sich seine Hausmiete, derentwegen er bereits wiederholte Male gemahnt worden, sich beschaffen solle. So sehr sich Mr. Gamfield auch den Kopf zerbrach, immer wieder war das Resultat, daß ihm fünf Pfund fehlten, um die dringende Schuld begleichen zu können. In diesem Augenblick bemerkte er den Zettel, der am Tor des Arbeitshauses hing.

»Höhhh – brrr« – rief Mr. Gamfield seinem Esel zu. Der Esel war jedoch ebenso wie sein Herr tief in Gedanken versunken und wahrscheinlich mit der Berechnung beschäftigt, ob er einen oder zwei Kohlstrünke bekommen würde, wenn er die beiden Säcke Ruß, mit denen der Karren beladen war, an Ort und Stelle gebracht haben würde, und so trottete er daher, den Zuruf seines Herrn mißachtend, weiter.

Mr. Gamfield widmete ihm einen schweren Fluch, rannte hinter ihm her und gab ihm einen Schlag auf den Schädel, wie ihn eben nur ein Eselskopf auszuhalten vermag, führte ihm dann durch einen heftigen Riß am Zügel, der ihm fast den Unterkiefer ausrenkte, zu Gemüt, daß hier niemand andres zu befehlen habe als Mr. Gamfield, und gab ihm schließlich einen zweiten Hieb auf den Kopf zum Zweck, um ihn bis zu seiner Rückkehr in der nötigen Betäubung zu erhalten. Nachdem er diese Vorsichtsmaßregeln getroffen, schritt er auf das Tor zu, um den Anschlagzettel zu lesen. Der Gentleman mit der weißen Weste stand gerade, die Hände auf dem Rücken, vor dem Tor. Er hatte das Zerwürfnis und seine Folgen zwischen Mr. Gamfield und dem Esel beobachtet und lächelte höchst vergnügt, als der Mann nähertrat, um den Zettel zu lesen. Auf den ersten Blick erkannte er, daß Mr. Gamfield der richtige Gebieter für Oliver Twist war. Auch Mr. Gamfield lächelte, als er den Anschlag las, denn fünf Pfund waren gerade die Summe, die er brauchte. Was den Lehrburschen anbetraf, so war Mr. Gamfield hinsichtlich der Beköstigung im Arbeitshaus zu genau unterrichtet, um nicht sofort einzusehen, daß ein Waisenzögling die entsprechend schmächtige Statur haben müsse, die ein Schornsteinfegerjunge braucht. Er buchstabierte den Zettel noch einmal von A bis Z durch, berührte den Rand seiner Pelzmütze und wandte sich an den Gentleman mit der weißen Weste.

»Ist da der Lehrbub herinnen, den wo das Arbeitshaus abzugeben hat?« begann er.

»Wünschen Sie etwas von ihm?« forschte der Gentleman mit der weißen Weste.

»Wenn's der Gemeinde recht wär, daß er a leichts angenehms Handwerk lernt, dös Schornsteinfegerhandwerk nämlich, so brauchet i' gerad an Lehrling und könnt ihn glei' mitnehmen.«

»Treten Sie näher«, rief der Gentleman mit der weißen Weste.

Mr. Gamfield lief zuvörderst noch einmal zurück, um dem Esel einen dritten Schlag auf den Kopf zu geben und ihn am Zügel zu reißen, auf daß er es sich nicht einfallen

ließe, in der Abwesenheit seines Herrn durchzugehen. Dann folgte er dem Gentleman mit der weißen Weste in das Zimmer, das Oliver zum erstenmal betreten hatte.
»Es ist ein etwas schmutziges Handwerk«, sagte Mr. Limbkins, als Mr. Gamfield seinen Wunsch noch einmal wiederholt hatte.
»Es soll schon hie und da ein Junge im Schornstein erstickt sein«, wendete ein anderer Gentleman ein.
»Jetzt dös kummt bloß daderher«, erklärte Mr. Gamfield, »weil 's a so üblich is, nasses Stroh im Kamin anzuzünden, damit die Buabn runterkommen. Dös gibt mehr Rauch als wie a Flamm. Aber i halt nix von der Method; der Rauch macht nur, daß die Buabn alleweil einschlafen. I zünd lieber glei a frischs Feuer an; dös is des beste Mittel, um ihna auf die Bein zu helfen. Da müassens arbeiten aus Leibeskräften, sunst verbrennens iahna die Haxen.«
Dem Gentleman in der weißen Weste schien diese Schilderung großes Vergnügen zu bereiten, aber seine Heiterkeit wurde durch den strafenden Blick, den ihm Mr. Limbkins zuwarf, im Keim erstickt. Ein paar Minuten berieten die Herren Vorstände miteinander, jedoch in so leisem Ton, daß nur hin und wieder ein paar Worte wie: »Ersparnis« oder »guter Eindruck bei der Abrechnung« hörbar wurden. Endlich stockte die im Flüsterton geführte Unterhaltung, und Mr. Limbkins begann, nachdem die Herren mit feierlicher Miene ihre Plätze wieder eingenommen hatten:
»Wir haben Ihren Vorschlag in Erwägung gezogen, können aber nicht darauf eingehen.«
»Unter keinen Umständen«, bekräftigte der Herr in der weißen Weste.
»Nein, unter keinen Umständen«, erklärten die übrigen Herren Vorstände.
Mr. Gamfield war sich bewußt, daß er bei Gericht in Verdacht stand, drei oder vier Lehrjungen fahrlässigerweise totgeschlagen zu haben, und kam daher auf die Vermutung, das Vorstandskollegium könne möglicherweise in

ganz unbegreiflicher Laune ein Haar in der Suppe gefunden haben. Da er das alberne Gerücht nicht weiter breitgetreten zu sehen wünschte, drehte er nur wortlos seine Mütze in den Händen und ging langsam zur Türe.
»Sie wolln ihn also net bei mir eintreten lassen?« fragte er, die Hand auf der Klinke.
»Nein«, erwiderte Mr. Limbkins fest. »Zum mindesten müßten Sie mit einer geringeren als der ausgesetzten Summe zufrieden sein, da das Schornsteinfegergewerbe denn doch ein bißchen schmutzig ist.«
Mr. Gamfields Gesicht hellte sich auf. Schnell trat er wieder an den Tisch heran und fragte:
»Also, was wollens denn geben, meine Herrn? Seins doch net so hart gegen an armen Gewerbetreibenden.«
»Ich sollte meinen, drei Pfund zehn Schilling wären mehr als genug«, gab Mr. Limbkins zur Antwort.
»Da sind noch zehn Schillinge zuviel«, warf der Gentleman in der weißen Weste hin.
»Na also«, versetzte Mr. Gamfield, »sagen mer also vier Pfund, meine Herren, und Sie sin ihm los und die Sach is in Ordnung.«
»Drei Pfund zehn Schillinge«, wiederholte Mr. Limbkins fest.
»Kommen S', teiln mer die Differenz, meine Herrn«, drängte Mr. Gamfield. »Drei Pfund fünfzehn Schillinge.«
»Nicht einen Penny mehr«, war die Antwort.
»Sie sin verdammt hart zu mir, meine Herrn«, sagte Gamfield niedergeschlagen.
»Ach was, Unsinn«, erwiderte der Herr in der weißen Weste. »Sie machen noch ein gutes Geschäft, auch wenn Sie gar kein Geld für ihn bekämen. Seien Sie nicht dumm und nehmen Sie ihn, er ist gerade der Junge, den Sie brauchen. Geben Sie ihm hie und da den Stock zu kosten, das wird ihm nur guttun; und die Erhaltung wird sich auch nicht sehr teuer stellen. Er ist hier nicht besonders verwöhnt worden – hahaha!«
Mr. Gamfield warf einen scharfen Blick auf die Herren

ringsum, und da er sie alle lächeln sah, hellten sich langsam seine Züge auf. Der Handel wurde geschlossen und Mr. Bumble sogleich angewiesen, noch am selben Nachmittag Oliver Twist behufs amtlicher Bestätigung des Lehrvertrages vorzuführen.

Demgemäß wurde Oliver zu seinem größten Erstaunen plötzlich aus der Haft entlassen und bekam den Befehl, ein frisches Hemd anzuziehen. Kaum hatte er diese seltene gymnastische Übung hinter sich, als Mr. Bumble ihm eigenhändig einen Napf Hafergrütze nebst dem sonntäglichen Stück Brot brachte. Bei diesem fürchterlichen Anblick brach Oliver sofort in ein schreckliches Geheul aus, denn er dachte, die Herren Vorstände hätten den Beschluß gefaßt, ihn zu irgendeinem gemeinnützigen Zweck schlachten zu lassen. Denn weshalb hätten sie sonst plötzlich angefangen, ihm eine Mastkur angedeihen zu lassen.

»Heul dir nicht die Augen rot, Oliver, sondern iß deine Suppe und sei dankbar«, ermahnte Mr. Bumble in würdevollem Ton. »Du kommst jetzt in die Lehre.«

»In die Lehre?« fragte der Kleine zitternd.

»Jawohl, Oliver. Die gütigen Herrn, von denen dir jeder einzelne deine Eltern ersetzt, da du keine hast, wollen dich in die Lehre geben, damit du einst im Leben auf eigenen Füßen stehen kannst; und sie wollen einen Mann aus dir machen, obgleich es die Gemeinde drei Pfund und zehn Schillinge kostet. – Oliver! Drei Pfund und zehn Schillinge! – Siebzig Schillinge hundertvierzig Sixpence! Und das alles für einen nichtsnutzigen Waisenbuben, den kein Mensch leiden kann.«

Mr. Bumble hielt einen Augenblick in seiner Rede inne, um Atem zu holen. Dem armen Oliver rollten die Tränen über die Wangen, und er schluchzte bitterlich.

»Ist schon gut, laß nur«, sagte Mr. Bumble, ein bißchen weniger würdevoll, denn die Wirkung, die seine Rede hervorgebracht, befriedigte ihn. »Komm, Oliver, wisch dir die Träne mit dem Ärmel ab und heul dir nicht in die

Suppe; das ist eine große Dummheit.« Und das stimmte, denn Wasser war sowieso genug in der Hafergrütze.
Auf dem Weg zum Friedensrichter schärfte Mr. Bumble Oliver aufs dringlichste ein, er müsse sich vor allen Dingen bemühen, recht glücklich auszusehen, und wenn der alte Herr ihn frage, ob er in die Lehre gehen wolle, habe er zu antworten, er freue sich ungemein darauf. Oliver versprach, sein Bestes zu tun, um so mehr, als Bumble ihm androhte, daß es ihm sonst schlecht ergehen würde.
Auf dem Amt angelangt, wurde Oliver in ein kleines Zimmer eingesperrt, und Mr. Bumble sagte ihm, er solle hier bleiben, bis er wiederkäme und ihn abhole. Eine ganze halbe Stunde blieb das arme Waisenkind mit klopfendem Herzen allein. Dann steckte Mr. Bumble seinen Kopf herein und sagte laut: »Nun, Oliver, mein Kind, komm jetzt zu dem Herrn.«
Dabei warf er Oliver einen drohenden Blick zu und fügte leise hinzu: »Vergiß nicht, was ich dir gesagt habe, infamer Lausbub.«
Oliver machte bei dieser widerspruchsvollen Anrede ein ziemlich dummes Gesicht. Aber Mr. Bumble kam jeder Frage zuvor und schleppte ihn ohne weitere Umstände ins Amtszimmer. Es war ein ziemlich geräumiges Zimmer mit einem großen Fenster. Hinter einem Pult saßen zwei alte Herren mit gepuderten Perücken, und der eine von ihnen las in der Zeitung, während der andre mit Hilfe einer Schildpattbrille ein kleines Pergamentschriftstück durchstudierte. Mr. Limbkins stand neben dem Pult und Mr. Gamfield, dessen Gesicht stellenweise reingewaschen war, in einiger Entfernung neben ihm, während zwei bis drei roh aussehende Männer in Stulpenstiefeln im Hintergrund warteten.
Der alte Herr mit der Brille nickte langsam über dem Schriftstück ein, und es verstrich eine ziemliche Weile, nachdem Oliver von Mr. Bumble vor das Pult geführt worden war.
»Dies ist der Junge, Euer Gnaden«, sagte Mr. Bumble.

Der alte Herr, der die Zeitung las, hob eine Sekunde den Kopf und zupfte den andern alten Herrn am Rockärmel, worauf dieser erwachte.
»So, so, das ist der Junge«, murmelte der alte Herr.
»Jawohl, zu dienen, Euer Gnaden«, erwiderte Mr. Bumble. »Mach dem Herrn Friedensrichter eine Verbeugung, mein Kind.«
Oliver gehorchte und machte seinen schönsten Kratzfuß, da ihm die Herren mit den gepuderten Perücken mächtig imponierten.
»Der Junge wünscht also Schornsteinfeger zu werden«, fragte der alte Herr.
»Ja, es ist sein Herzenswunsch«, erklärte Mr. Bumble. »Er würde bestimmt morgen wieder davonlaufen, wenn wir ihn heute in ein andres Geschäft gäben.«
Der Friedensrichter wendete sich an den Schornsteinfegermeister: »Und Sie versprechen, ihn gut zu behandeln, ordentlich zu nähren und zu kleiden usw. usw.«
»Was i amal sag, dös halt i a«, erwiderte Gamfield mürrisch.
»Sie haben eine etwas ungeschliffene Redeweise, lieber Freund, scheinen aber sonst ein ehrlicher gutherziger Mann zu sein«, sagte der alte Herr und richtete seine Brille auf den Schornsteinfegermeister, auf dessen schurkischem Gesicht die Brutalität deutlich zu lesen war. Der alte Herr war halb blind und schon ganz kindisch, und man konnte von ihm daher nicht erwarten, daß er erkenne, was andern auf den ersten Blick auffallen mußte.
»Dös will i hoffen, Herr von Vorstand«, sagte Gamfield grinsend.
»Ich setze nicht den mindesten Zweifel in Ihre Worte, mein Freund«, erwiderte der alte Herr, drückte sich die Brille fester auf die Nase und fahndete nach dem Tintenfaß.
Es war ein kritischer Augenblick in Olivers Schicksal: hätte das Tintenfaß dort gestanden, wo es der alte Herr vermutete, so würde dieser seine Feder eingetaucht und

den Vertrag unterschrieben haben, und Oliver wäre ein für allemal »versorgt« gewesen. Da sich das Tintenfaß jedoch dicht vor der Nase des alten Herrn befand, übersah es dieser natürlich, suchte überall auf dem Pult herum, ohne es zu finden, und dabei fiel sein Blick auf das bleiche verstörte Gesicht Oliver Twists, der trotz aller Ermahnungen und Püffe Mr. Bumbles das Äußere seines zukünftigen Lehrherren mit einem aus Grauen und Furcht gemischten Ausdruck betrachtete.
Der alte Herr hielt sofort inne, legte die Feder aus der Hand und blickte von Oliver zu Mr. Limbkins, der mit unbefangener heiterer Miene eine Prise Schnupftabak zu nehmen versuchte.
»Liebes Kind!« sagte der alte Herr und lehnte sich über das Pult. Oliver fuhr beim Klang seiner Stimme zusammen, denn die Worte waren in so freundlichem Tone gesprochen, daß sie ihn befremden mußten. Er zitterte heftig und brach in Tränen aus.
»Aber Kind«, rief der alte Herr. »Du siehst ja ganz bleich und verstört aus? Was ist dir denn?«
»Treten Sie ein wenig von ihm weg«, sagte der andre alte Herr, legte sein Schriftstück aus der Hand und beugte sich mit einem Ausdruck tiefer Teilnahme vor.
»Also mein Kind, sag uns, was dir fehlt. Hab keine Furcht.«
Oliver fiel auf die Knie, erhob seine gefalteten Hände und flehte schluchzend, man möge ihn lieber wieder in das dunkle Zimmer zurückbringen und ihn verhungern lassen, ihn schlagen, ihn totschlagen, alles, nur ihn nicht jenem schrecklichen Mann übergeben.
»Ha«, rief Mr. Bumble, hob feierlich die Hände empor und blickte zur Decke auf. »Von allen verstockten niederträchtigen Waisenjungen, die mir je untergekommen sind, ist dieser der verworfenste von allen.«
»Halten Sie den Mund, Kirchspieldiener«, rief der zweite alte Herr, als Mr. Bumble in seiner Rede innehielt.
»Ich bitte Euer Gnaden um Entschuldigung«, stotterte

Bumble, der seinen Ohren nicht traute. »Haben Euer Gnaden zu mir gesprochen?«

»Jawohl! Halten Sie den Mund!«

Mr. Bumble war sprachlos vor Entsetzen. Einem Kirchspieldiener zu befehlen, den Mund zu halten! Das hieß ja aller menschlichen Moral ins Gesicht schlagen!

Der alte Herr mit der Schildpattbrille blickte seinen Kollegen an und nickte bezeichnend.

»Wir verweigern, diesen Kontrakt zu bestätigen«, sagte er dann und schob das Papier zur Seite.

»Ich will doch nicht hoffen«, stammelte Mr. Limbkins, »ich will doch nicht hoffen, daß der hohe Gerichtshof der Meinung ist, der löbliche Arbeitsvorstand könne auf das Zeugnis dieses Kindes hin irgendeiner tadelnswerten Handlung bezichtigt werden?«

»Ich sehe mich als Friedensrichter nicht berufen, darüber irgendeine Meinung abzugeben«, erwiderte der alte Herr. »Nehmen Sie den Knaben wieder mit heim und behandeln Sie ihn gut. Er scheint es sehr nötig zu haben.«

Am selben Abend noch gab der Gentleman mit der weißen Weste nicht nur die positive Versicherung ab, Oliver würde bestimmt noch einmal an den Galgen kommen, sondern er fügte sogar die Prophezeiung hinzu, man werde ihn vorher noch schinden und vierteilen. Auch Mr. Bumble schüttelte geheimnisvoll den Kopf und äußerte den Wunsch, Oliver werde sich dereinst im Leben noch bessern, während Mr. Gamfield bedauerte, ihn nicht in seine Klauen bekommen zu haben. Am nächsten Morgen wurde abermals durch einen Anschlagzettel kundgegeben, daß Oliver Twist »zu haben sei«, und daß jeder, der ihn nehmen wolle, dafür fünf Pfund bekäme.

4. Kapitel

Oliver erhält eine Stelle und tritt ins öffentliche Leben ein

Die Herren Vorstände hatten Mr. Bumble beauftragt, sich zu erkundigen, ob nicht vielleicht ein Stromschiffer einen Lehrjungen brauche. Es war im allgemeinen üblich, Waisenkinder oder solche, die man gern loswerden wollte, zur See zu schicken. Als der Kirchspieldiener zurückkehrte, traf er vor dem Tore zufällig Mr. Sowerberry, den Leichenbestatter des Kirchspiels. Mr. Sowerberry war ein großer hagerer knochiger Mann in einem schwarzen fadenscheinigen Anzug, mit schäbigen Baumwollstrümpfen gleicher Farbe und dementsprechendem Schuhzeug angetan. Schon von Natur aus trugen seine Züge nicht gerade einen lächelnden Ausdruck, aber zufällig befand er sich heute in der heitern Laune, die sein Gewerbe mit sich brachte. Sein Schritt war elastisch, und sein Antlitz zeugte von innerem Frohsinn, wie er so auf Mr. Bumble zuschritt und ihm herzlich die Hand schüttelte.

»Ich habe den beiden Frauen Maß genommen, die wo gestern nacht gestorben sin, Mr. Bumble«, sagte er.

»Sie werden noch mal ein reicher Mann werden, Mr. Sowerberry«, bemerkte Mr. Bumble und steckte Daumen und Zeigefinger in die hingereichte Schnupftabakdose des Leichenbestatters, die sinnig ein kleines Modell eines Sarges darstellte. »Ich sags immer, Sie werden noch mal ein reicher Mann, Mr. Sowerberry«, wiederholte Mr. Bumble und klopfte dem Leichenbestatter vertraulich auf die Schulter.

»Glauben Sie?« fragte der Leichenbestatter in einem Ton, halb zustimmend, halb ablehnend. »Die Kosten, die wo mir die Herren Vorstände bewillichen, sin sehr niedrich.«

»Ihre Särge aber auch«, erwiderte der Kirchspieldiener

und verzog sein Gesicht zu einem Lächeln, das seiner hohen Stellung angemessen war.
Mr. Sowerberry fühlte sich durch diese Herablassung nicht wenig geschmeichelt und lachte eine Weile geziemend.
»Nun ja, Mr. Bumble«, sagte er schließlich. »Zu leuchnen ist freilich nich, daß seit Einführung des neuen Systems die Särge niedricher und kürzer geworden sind, als sie sonst waren, aber schließlich muß man sie doch haben, Mr. Bumble. Gutes trockenes Holz ist nich billich und die Beschläge beziehe ich direkt aus den Eisenfabriken in Birmingham.«
»Jawohl, jawohl, ich weiß, ich weiß«, sagte Mr. Bumble. »Jedes Geschäft hat so seine kleinen Kniffe, und das nimmt man auch nicht übel.«
»Natürlich nich, natürlich nich«, stimmte der Leichenbestatter ein. »Wenn auch bei meinem Artikel nich viel zu verdienen is, so muß ich eben schauen, es anderswo wieder hereinzubringen – hihihi.«
»Sehr richtig«, sagte Mr. Bumble. »Übrigens so nebenbei: wissen Sie nicht jemanden, der einen Lehrjungen brauchen könnte; einen Jungen aus dem Arbeitshaus, einen, der uns nicht vom Hals geht und den wir am Bein haben wie eine Kette. Feine Bedingungen, Mr. Sowerberry! Sehr feine Bedingungen!« dabei deutete Mr. Bumble mit seinem Stock auf den Zettel, der auf dem Tor klebte, und führte drei nachdrückliche Schläge gegen die Worte »fünf Pfund«, die dort mit großen Lettern zu lesen waren.
»Saperment, Saperment«, rief der Leichenbestatter und faßte Mr. Bumble an einem seiner goldenen Knöpfe. »Darüber wollte ich gerade mit Ihnen sprechen. Übrigens alle Achtung, was für ein eleganter Knopf ist das, Mr. Bumble. Den habe ich ja noch nie an Ihnen gesehen.«
»Ja, ja, er ist ganz hübsch«, sagte der Kirchspieldiener und blickte mit Stolz auf seine großen Metallknöpfe. »Und das Wappen des Kirchspiels ist drauf. Sie sehen: der barmherzige Samariter, wie er sich des Kranken annimmt. Die

Herren Vorstände verliehen mir das Wappen an jenem Morgen, Mr. Sowerberry, als ein Arbeiter damals infolge Übernachtens in einem Torwege erfroren war.«
»Ja, ja, ich erinnere mich«, sagte der Leichenbestatter. »Die Leichenbeschaukommission fällte damals den Spruch: gestorben infolge Erfrierens und aus Mangel an den gewöhnlichsten Lebensbedürfnissen. Wars nich so?«
Mr. Bumble nickte. »Ja, ja, die Leichenbeschauer«, sagte er und faßte seinen Stock fester – was er immer tat, wenn er ärgerlich wurde. »Unsre Leichenbeschauer sind ein ganz ungebildetes dummes Pack.«
»Ja, das stimmt«, erwiderte Sowerberry.
Mr. Bumble nahm seinen Dreispitz ab, nahm das darin befindliche Taschentuch und wischte sich den Schweiß von der Stirn, den der Ärger seinem Haupte entlockt, und setzte den Hut wieder auf. Dann wandte er sich mit verändertem Ton an den Leichenbestatter.
»Na also, wie ist's, was solls mit dem Jungen?«
»Nun, Sie wissen«, erwiderte der Leichenbestatter. »Sie wissen, Mr. Bumble, ich trache eine hübsche Summe mit zu den Armensteuern bei.«
»Hem«, hüstelte Mr. Bumble. »Na und?«
»Na und da dachte ich«, fuhr Sowerberry fort, »wenn ich schon so viel zahle, habe ich vielleicht auch ein Recht, es anderweits irchendwo wieder hereinzubringen, Mr. Bumble. Na und da dachte ich, ich könnte den Jungen vielleicht nehmen.«
Mr. Bumble ergriff ihn am Arm und führte ihn sofort ins Haus. Dann schloß er sich fünf Minuten mit ihm ein, und es wurde zwischen ihnen vereinbart, daß Oliver noch heute Abend zu Mr. Sowerberry kommen sollte – vorderhand nur zur Probe – eine Phrase, die, auf einen Kirchspielwaisenknaben angewendet, weiter nichts zu bedeuten hatte, als daß der Lehrmeister berechtigt war, wenn er nach einer kurzen Probezeit bemerkte, daß der Junge mehr zu arbeiten imstande war, als er Essen brauchte, mit

diesem eine bestimmte Zahl von Jahren verfahren konnte, wie es ihm beliebte.
Als der kleine Oliver noch am selben Abend den Herren Vorständen vorgeführt wurde und erfuhr, er solle sogleich zu einem Sargtischler als Laufbursche in die Lehre gegeben oder zur See geschickt werden, falls er sich unterfangen sollte aufzumucken, da legte Oliver so wenig Erregung an den Tag und blieb so stumpf allem gegenüber, was er anhören mußte, daß man ihn einstimmig als einen der verstocktesten jungen Galgenvögel erklärte; Mr. Bumble bedeutete ihm, sofort mitzukommen.
Wenn es auch weiter nicht zu verwundern war, daß die Herren Gemeindevorstände darüber in Entrüstung gerieten, daß sich ein junger Mensch, der ihrer Fürsorge anvertraut war, in einem solchen Falle gänzlich empfindungslos zeigte, so beurteilten sie dennoch den Fall ganz falsch. Die Sache lag einfach so, daß Oliver nicht nur nicht empfindungslos war, sondern vielmehr infolge der schlechten Behandlung, die er erfahren, sich auf dem besten Wege befand, für sein ganzes Leben in einen Zustand tierischer Stumpfheit und geistiger Umnachtung zu versinken. Unbeweglich und stumm hörte er die an ihn gerichteten Worte an, scheinbar vollständig gleichgültig gegenüber seinem weiteren Schicksal. Nachdem man ihm sein Bündel, bestehend aus einem kleinen Paket, in die Hand gedrückt, zog er seine Mütze über die Augen und ließ sich widerstandslos von Mr. Bumble hinausführen. Eine Zeitlang schleifte ihn der Kirchspieldiener hinter sich her, ohne ihn eines Blickes oder Wortes zu würdigen. Es war ein windiger Tag, und wenn der Luftzug Mr. Bumbles Rockschöße aufwehte, wobei die langzipflige Kirchspieldienerweste und die Kniehosen aus gelbem Samt sich den Blicken enthüllten, verschwand der kleine Oliver fast ganz hinter den flatternden Kleidungsstücken. Als sie sich knapp vor ihrem Ziel befanden, hielt es Mr. Bumble für an der Zeit, seinen Blick zu senken und sich zu überzeugen, ob der Junge soweit präsentabel sei, um das Wohlgefal-

len seines neuen Meisters und Herrn erwecken zu können.
»Oliver!« sagte er.
»Ja, Sir?« erwiderte Oliver mit bebender Stimme.
»Schieb dir die Mütze aus der Stirn, Junge, und halte dich gerade.«
Trotzdem Oliver augenblicklich gehorchte und sich mit dem Handrücken über die feuchten Augen fuhr, schimmerte doch noch eine Träne darin, und wie Mr. Bumble mit Strenge auf ihn herniederblickte, rollte ihm die Träne die Wange hinunter. Eine zweite Träne folgte und noch eine dritte. Der Kleine gab sich alle Mühe, aber es half nichts. Er zog die andre Hand aus Mr. Bumbles Hand, bedeckte sein Gesicht und weinte, bis ihm die Tränen über das Kinn herabtropften und zwischen den magern Fingern hervorquollen.
Da hört sich doch alles auf«, rief Mr. Bumble, blieb stehen und runzelte wütend die Augenbrauen. »Von all den undankbarsten verdorbensten Waisenbuben, Oliver, die mir je untergekommen sind, bist du doch der schlimmste.«
»Nein, nein, Sir«, schluchzte Oliver und klammerte sich wieder an die Hand, die den wohlbekannten Stock hielt. »Nein, nein, Sir, ich will ja brav sein, wirklich, ich will es. Ich bin ja noch so klein, Sir, und so – so –«
»Was denn – so?« forschte Mr. Bumble erstaunt.
»So einsam und verlassen, Sir, so schrecklich einsam«, schluchzte der Kleine. »Niemand kann mich leiden. Bitte, seien Sie nicht auch noch böse auf mich.«
Dabei drückte er die Hand aufs Herz und blickte seinem Begleiter ins Gesicht, während Tränen tiefsten Schmerzes seine Augen füllten.
Ein paar Sekunden lang betrachtete Mr. Bumble Olivers hilfeflehendes Gesicht voll Erstaunen, dann hüstelte er ein paarmal verlegen, murmelte ein paar Worte über das dumme Wetter und ermahnte ihn, ein guter Junge zu sein. Dann faßte er ihn wieder bei der Hand und ging schweigend mit ihm weiter.

Der Leichenbestatter hatte eben seinen Laden geschlossen und machte gerade beim Schimmer einer Talgkerze ein paar Eintragungen in sein Kontobuch, als Mr. Bumble eintrat.

»Aha«, rief er und blickte von dem Buche auf. »Sie sind es, Bumble.«

»Jawohl, ich bins«, erwiderte der Kirchspieldiener. »Hier ist er. Ich habe Ihnen den Jungen mitgebracht.«

Oliver machte einen Kratzfuß.

»Also das ist der Junge, was?« fragte der Leichenbestatter und hielt die Kerze in die Höhe, um den Kleinen besser besichtigen zu können. »Liebe Frau, sei einmal so gut und komm einen Augenblick her.«

Mrs. Sowerberry tauchte aus einem kleinen Zimmer hinter dem Laden auf, und auf den ersten Blick konnte man erkennen, daß sie eine kleine hagere Person mit zänkischem Gesichtsausdruck war.

»Liebe Frau«, begann Mr. Sowerberry betreten, »das ist der Junge aus dem Armenhaus, von dem ich dir erzählt habe.« – Oliver machte abermals einen Kratzfuß.

»Gott im Himmel«, rief die Frau, »ist der aber klein!«

»Freilich, ein wenig klein ist er«, gab Mr. Bumble zu und sah Oliver mit einem strafenden Blick an, als ob dieser die Schuld daran trage, daß er nicht größer geworden sei. – »Klein ist er, das läßt sich nicht bestreiten. Aber er wird schon noch wachsen, Mrs. Sowerberry.«

»Ja, ja, auf unsre Kosten!« zankte die Frau verdrießlich. »Und bei dem, was bei uns auf den Tisch kommt. Ich kenne schon die Armenhauskinder, die fressen immer mehr, als sie wert sind. Aber die Männer wissen natürlich immer alles am besten. Marsch, die Treppe hinunter, du Häufchen Unglück!« Mit diesen Worten öffnete Mrs. Sowerberry eine kleine Tür und drängte Oliver eine steile Treppe hinab in einen feuchten finstern Keller, der den Vorraum zum Kohlenkeller bildete und die Bezeichnung Küche trug. Dort saß ein schlampiges Dienstmädchen in Schuhen mit schiefen Absätzen und blauen Strümpfen

voll großer Löcher, die offenbar schon seit langem auf Reparatur warteten.
»Hier, Charlotte«, sagte Mrs. Sowerberry, »gib dem Jungen ein paar von den Resten, die für Trip aufgehoben worden sind. Seit morgens streunt das Biest auf der Gasse herum, da soll es sich mal hungrig zu Bett legen. Hoffentlich ist der Bursche da nicht zu heikel. He, Junge, was sagst du dazu?«
Oliver, dessen Augen, als von Essen die Rede war, aufgeleuchtet hatten, zitterte förmlich vor Gier und beteuerte, daß er durchaus nicht heikel sei; und daraufhin wurde ihm eine Schüssel Speiseabfälle vorgesetzt.
Wenn da nur so ein gewisser sattgefressener Theoretiker mit einem Herzen von Stein zugesehen hätte, wie sich Oliver Twist über das Futter hermachte, das für den Hund bestimmt war, und die Gier, mit der er die Bissen auseinanderriß – halb ohnmächtig vor Hunger. Noch besser, wenn ein solcher Theoretiker selbst einmal gezwungen wäre, sich über eine derartige Sorte Futter herzumachen ...
»Na?« fragte die Frau Leichenbestatterin, als Oliver mit allem gründlich aufgeräumt hatte, stumm vor Entsetzen und böser Ahnung, wie das mit dem Appetit des Lehrjungen in Hinkunft weitergehen würde. »Na, bist du jetzt fertig?«
Da nichts Eßbares mehr vorhanden war, antwortete Oliver mit »Ja«.
»Also, dann komm mit«, brummte Mrs. Sowerberry, nahm eine trübbrennende schmutzige Lampe und ging ihm die Treppe voraus hinauf. »Da, hier unter dem Ladentisch ist ein Bett. Hoffentlich machst du dir nichts daraus in den Särgen zu schlafen, was? Aber mir kanns gleichgültig sein, ob dir's etwas ausmacht oder nicht. Kurz und gut: hier ist dein Bett. So, jetzt mach dich fertig, ich hab' keine Lust, die ganze Nacht hier zu stehen.«
Schüchtern und schweigend gehorchte Oliver.

5. Kapitel

Oliver bekommt einen neuen Horizont und wohnt zum erstenmal einem Leichenbegängnis bei

In der Werkstätte des Sargtischlers sich selbst überlassen, setzte Oliver seine Lampe auf eine Werkbank, von Furcht und Grauen durchschauert. Ein fertiger Sarg auf einem schwarzen Gestell mitten im Laden erinnerte ihn so sehr an den Tod, daß ihn ein kalter Schauer überlief, sooft sich sein Blick hinverirrte, und zuweilen kam es ihm so vor, als müsse jeden Augenblick eine entsetzliche Gestalt langsam ihre Hand erheben und ihn aus dem Sarge heraus anstarren, bis er wahnsinnig vor Furcht würde. Die Wand entlang in regelmäßigen Reihen stand eine Menge Bretter aus Ulmenholz, alle ebenfalls zu Särgen bestimmt. Bei dem trüben Licht sahen sie wie hochschultrige Gespenster aus, die die Hände in die Hosentaschen gesteckt hatten. Sargplatten, Holzspäne, langköpfige Nägel und Stücke Trauerflor lagen auf dem Boden umher. Die Wand hinter dem Ladentisch war mit einem Bild geschmückt, das zwei Leichendiener mit steifen Kragen, die vor dem Portal eines Privathauses ihr Amt versahen, darstellte, während ein Leichenwagen, von vier schwarzen Pferden gezogen, aus der Ferne herangefahren kam. Der Laden war eng und heiß und die ganze Luft gesättigt von dem Geruch von Särgen. Der Verschlag unter dem Ladentisch, wo für Oliver eine Wollmatratze ausgebreitet lag, sah aus wie ein Grab.

Oliver fühlte sich trostlos allein und verlassen, und wenn er auch keinen Schmerz über Trennung von Freunden oder Angehörigen empfand, so war ihm doch das Herz unsäglich schwer. Und wie er in sein enges Bett hineinkroch, wünschte er sich, es möchte sein Sarg sein und man trüge ihn hinaus auf den Kirchhof, wo das hohe stille Gras

über ihm im Winde säuselte und das Läuten der alten Kirchturmglocken ihn träumen machte in süßem Schlummer.
Am nächsten Morgen erweckten ihn laute Fußtritte gegen die Außenseite der Werkstättentüre. Er sprang auf und begann die Vorhängekette zu lösen; da erst ließen die Füße von ihren Tritten ab, und eine Stimme rief: »Mach' die Tür auf, na, wird's bald!«
»Sofort, Sir«, erwiderte Oliver, machte die Kette gänzlich los und drehte den Schlüssel um.
»Du bist wohl der neue Lehrbursch, was?« fragte die Stimme durch das Schlüsselloch.
»Ja, Sir«, antwortete Oliver.
»Wie alt bist du denn?« fragte die Stimme weiter.
»Zehn Jahre, Sir.«
»Dann werd' ich dich durchprügeln, wenn ich hineinkomme«, prophezeite die Stimme. »Gib nur acht, wenn ich erst drin bin, du Zuchthäusler.«
Nach diesem liebenswürdigen Versprechen schwieg der unsichtbare Mund und begann zu pfeifen.
Oliver hatte schon zu oft das angedrohte Schicksal über sich ergehen lassen, um noch den leisesten Zweifel zu hegen, daß der Besitzer der Stimme, wer er auch sein möge, sein Versprechen halten werde. Mit zitternder Hand schob er den Riegel zurück und öffnete die Türe.
Ein paar Sekunden lang blickte er die Straße auf und ab, im Glauben, der Unbekannte, der ihn durch das Schlüsselloch angeredet, sei ein paar Schritte weitergegangen, um sich zu erwärmen, aber er erblickte niemand als einen Waisenjungen aus dem städtischen Armenhaus, der auf einem Pfosten vor dem Hause saß und ein Butterbrot verzehrte.
»Entschuldigen Sie, Sir«, sagte Oliver schließlich, da er niemand anders sehen konnte, »haben Sie vielleicht geklopft?«
»Ja, mit die Fiaß an die Tür g'stoßen hab i«, erwiderte der fremde Waisenknabe.

»Wünschen Sie vielleicht einen Sarg?« fragte Oliver unschuldig.
»Du wirst bald selber einen brauchen«, war die zornige Antwort, »wenn du dir solche Frechheiten mit deinem Vorgesetzten herausnimmst. Du weißt vielleicht gar nicht, wer ich bin«, fuhr der Waisenknabe fort und erhob sich würdevoll von seinem Sitz.
»Nein, Sir«, gab Oliver zu.
»Ich bin Mr. Noah Claypole«, sagte der Waisenjunge, »und du bist mein Untergebener. Mach' die Fensterläden auf, junger Hund!« Bei diesen Worten versetzte »Mr.« Claypole Oliver einen Tritt und schritt mit würdevoller Miene in die Werkstätte. Für einen jungen Herrn mit großem Schädel und kleinen Mausaugen, von schlottriger Gestalt und einem Breigesicht ist es nicht leicht, sich ein würdevolles Air zu geben. Aber ganz besonders schwierig ist es, wenn zu diesen persönlichen Vorzügen noch eine rote Nase und gelbe Kniehosen hinzukommen.
Nachdem Oliver die Fensterläden entfernt und bei seinem Bemühen, sie beiseite zu stellen, eine Fensterscheibe zerbrochen hatte, wurde er beim Wegschleppen der übrigen Vorfenster gnädigst von Mr. Noah unterstützt, der ihm dabei als Trost die Versicherung gab, er würde es »mordsmäßig erwischen«. Bald darauf kam Mr. Sowerberry herunter und sogleich erschien auch Mrs. Sowerberry. Und richtig ging Mr. Noahs Prophezeiung in Erfüllung, denn Oliver kriegte es wirklich und folgte dann seinem jugendlichen Amtsgenossen die Teppe hinunter zum Frühstück.
»Komm näher zum Feuer«, sagte Charlotte. »Ich hab' dir ein Stückel Speck aufg'hoben von dem Herrn seinem Frühstück, Oliver, mach' die Tür zu hinter Mr. Noah und nimm dir die Reste, die ich dir dorthin gestellt hab'. Da hast deinen Tee, nimm ihn dir und scher dich zu der Kisten dort und trink ihn – aber a bissel rasch gefälligst. Du mußt nachher auf den Laden achtgeben, verstanden?«
»Verstanden, Zuchthäusler?« wiederholte Noah Claypole.

»Jessas, Jessas, Noah!« rief Charlotte. »Bist du aber heut lustig; laß doch den Bengel in Ruh.«
»In Ruh lassen?« sagte Noah. »Der wird sowieso schon g'nug in Ruh g'lassen. Den lassen sein Vater und seine Mutter sowieso schon in Ruh. Seine ganze Verwandtschaft laßt ihn schon in Ruh. Was, Charlotte? Hihihi!«
Charlotte konnte sich gar nicht halten vor Gelächter, in das Noah kräftig mit einstimmte. Dann setzten sie sich zusammen und warfen von Zeit zu Zeit dem armen Oliver verächtliche Blicke zu, wie er vor Kälte schaudernd auf seiner Kiste im Winkel saß und die schäbigen Reste verzehrte, die für ihn aufgehoben waren.
Noah war ein Zögling aus dem Waisenstift und nicht etwa eine Waise aus dem Arbeits- oder Armenhaus. Er war auch kein Findling und konnte seinen Stammbaum schnurgerade bis zu seinen Eltern hinauf, die dicht daneben wohnten, herleiten. Seine Mutter war eine Waschfrau und sein Vater ein versoffener Soldat mit einem Stelzfuß und einer Tagespension von zweieinhalb Pence. Die Laufburschen in der Nachbarschaft pflegten Noah mit dem Spitznamen »Waisenstiftler« oder »Lederbüchse« zu belegen, und Noah hatte es stillschweigend ertragen müssen. Aber jetzt warf ihm das Schicksal durch einen glücklichen Zufall einen Waisenknaben ohne Namen in den Weg, auf den selbst das verworfenste Geschöpf spöttisch mit dem Finger deuten durfte; an ihm gedachte er jetzt seine ganze lang aufgespeicherte Wut auszulassen. Es bestand derselbe Unterschied zwischen Oliver und ihm wie zwischen einem hochgeborenen Lord und einem schmutzigen Straßenjungen.
Ungefähr drei bis vier Wochen war Oliver bei dem Leichenbestatter gewesen, als Mr. Sowerberry eines Tages seiner Ehehälfte gegenüber auf ihn zu sprechen kam. »Der Junge sieht jetzt prächtig aus, meine Liebe«, sagte er.
»Na, essen tut er wahrhaftig g'nug«, knurrte Mrs. Sowerberry.
»Es liegt ein Ausdruck von Melancholie in seinem Gesicht, meine Liebe, so daß ich glaube, er würde sich vor-

trefflich als Kerzenträger bei einem Leichenbegängnis eignen.«

Mrs. Sowerberry blickte verwundert auf, und ihr Gatte fuhr eifrig fort:

»Ich meine nicht, wenn ein Erwachsener begraben wird, sondern bei Kinderbestattungen. Es wäre eine ganz neue Idee, und ich glaube, sie müßte sich ganz vortrefflich durchführen lassen.«

Mrs. Sowerberry, die in geschäftlichen Dingen einen großen Scharfblick besaß, erkannte sofort, daß der Gedanke ebenso vorzüglich wie neu war. Da sie sich aber in ihrer Würde nichts vergeben wollte, fragte sie nur spitz, weshalb denn ihr Herr Gemahl eine so naheliegende Idee nicht schon längst gehabt habe. Mr. Sowerberry, der dies ganz richtig als eine Zustimmung zu seinem Vorschlag deutete, ordnete demgemäß an, daß Oliver unverzüglich in die Mysterien des Leichenbestattergeschäfts einzuweihen sei und bereits bei der nächsten Gelegenheit einem Begräbnis beizuwohnen habe.

Die Gelegenheit ließ nicht lange auf sich warten. Bereits am nächsten Morgen, ungefähr eine halbe Stunde nach dem Frühstück, erschien Mr. Bumble im Laden, lehnte seinen Stock gegen die Werkbank, zog ein großes ledernes Notizbuch aus der Tasche, entnahm diesem einen kleinen Zettel und überreichte ihn Mr. Sowerberry.

»Aha«, sagte der Sargtischler mit freudiger Miene. »Eine Bestellung für Särge, wie?«

»Vorläufig nur für einen Sarg«, bestätigte Mr. Bumble, »und außerdem für ein Gemeindebegräbnis.«

»Baiton?« las der Leichenbestatter von dem Zettel ab und blickte Mr. Bumble fragend an. »Den Namen habe ich früher noch niemals gehört.«

Mr. Bumble nickte. »Eine widerspenstige Bande, Mr. Sowerberry, eine sehr widerspenstige Bande. Hochfahrend sag' ich Ihnen, nicht zu glauben.«

»Hochfahrend, wie?« rief Mr. Sowerberry und grinste. »Aber hören Sie, das ist wirklich stark.«

»Die Gelbsucht könnte man bekommen vor Wut«, rief der Kirchspieldiener, »amoniakalisch kann ich Ihnen sagen, Mr. Sowerberry.«

»Stimmt, stimmt«, pflichtete der Leichenbestatter bei.

»Wir haben erst vorgestern abend von der Familie erfahren«, berichtete Mr. Bumble, »und auch das nur, weil eine Frau, die mit ihnen im selben Hause wohnt, beim Herrn Vorstand bitten kam, man möge den Armenarzt hinschikken, um nach einer Kranken zu sehen, mit der es sehr schlecht stehe. Der Herr Doktor war gerade beim Mittagessen, aber sein Assistent – ein verdammt schneidiger Bursche, sage ich Ihnen – hat sogleich eine Flasche voll Medizin hingeschickt.«

»Das nenn' ich mir gewissenhaft im Dienst«, rief der Leichenbestatter bewundernd.

»Ja ja, ist's auch«, versetzte der Kirchspieldiener. »Aber was glauben Sie, war die Folge? Frech ist die Bande auch noch geworden. Der wertgeschätzte Herr Gemahl von der Kranken hat sagen lassen, die Arzenei paßt nicht für seine Frau, und er gibt nicht zu, daß sie sowas einnimmt. Ich sag' Ihnen, eine feine kräftige Medizin, die erst acht Tage vorher zwei irische Taglöhner und ein Kohlenträger mit bestem Erfolg eingenommen haben – und noch dazu in einer Wichsflasche, und der Kerl läßt sagen: seine Frau nimmt sowas nicht.« Empört ließ Mr. Bumble seinen Stock auf den Ladentisch niedersausen und wurde rot im Gesicht wie ein Truthahn.

»Nein, sowas«, rief der Leichenbestatter.

»Jawohl, sowas«, schrie Mr. Bumble. »Aber jetzt ist das Frauenzimmer tot, und da heißt's, sie unter die Erde bringen; und darum handelt sich's jetzt. Je schneller die Sache in Ordnung ist, desto besser.« Dabei setzte Mr. Bumble seinen Dreispitz fiebernd vor Erregung wieder auf, anfangs verkehrt und erst beim zweiten Male richtig, und stürmte aus dem Laden.

»Er hat sich so gegiftet, Oliver, daß er ganz vergessen hat, nach dir zu fragen«, sagte Mr. Sowerberry und blickte dem Kirchspieldiener nach, wie er die Straße hinunterstapfte.

Dann setzte er seinen Hut auf und brummte: »Je schneller wir das Geschäft abmachen, um so besser. Noah, paß unterdessen auf den Laden auf. Oliver, nimm deine Mütze und komm mit.« Oliver Twist gehorchte und folgte stumm seinem Herrn.

Eine Zeitlang schritten sie durch den belebtesten und bevölkertsten Teil der Stadt. Dann bogen sie in eine enge Gasse ein, die von Schmutz nur so starrte, und blieben stehen, um sich nach dem bezeichneten Hause umzusehen. Die Häuser auf beiden Seiten waren hoch und massig, aber sehr alt, und wurden nur von den allerärmsten Leuten bewohnt, wie man zwar nicht aus ihrem vernachlässigten Aussehen erkannte, wohl aber aus dem schmierigen Äußern der paar Männer und Frauen, die gelegentlich die Mauern entlang schlichen. Ein großer Teil der Häuser hatte Läden nach vorne heraus, aber diese Läden waren fest verschlossen und hingen nur so in den Angeln. Offenbar waren bloß die oberen Stockwerke bewohnt. Bei einzelnen der Bauten, die infolge ihres Alters und ihrer Morschheit gänzlich zu zerfallen drohten, war dem völligen Einsturz durch mächtige gegen die Mauern gelehnte Balken, die fest in den Boden gerammt waren, gewehrt. Aber selbst diese Ruinen schienen von obdachlosem Gesindel als Schlupfwinkel auserlesen zu sein, wie man daraus ersehen konnte, daß viele der Bretter, die die Stelle von Türen und Fenstern vertraten, so auseinandergerissen waren, daß sich ein Zugang bildete, durch den ein Mensch nötigenfalls hindurchschlüpfen konnte. Die Rinnsteine waren verstopft und voll Kot; – selbst die Ratten, die tot in dem Unrat verwesten, machten den Eindruck, als ob sie Hungers gestorben seien.

An der offenen Türe, an der Oliver und sein Herr haltmachten, war weder ein Klopfer noch ein Klingelgriff zu sehen. Vorsichtig tappten sie sich einen dunklen Gang entlang und stiegen zum ersten Stock empor. Oliver ging dabei immer hinter Mr. Sowerberry her, der ihm zuredete, sich nicht zu fürchten, bis er endlich im Gang gegen eine Türe stolperte und anklopfte.

Ein junges Mädchen, ungefähr dreizehn oder vierzehn Jahre alt, öffnete ihnen. Für den Leichenbestatter genügte ein Blick in das Zimmer, um zu wissen, wohin er sich zu begeben habe. Er trat ein, und Oliver folgte ihm.

Vor einem mit kalter Asche gefüllten Kamin kauerte ein Mann, und ein altes Weib hatte auf einem Schemel neben ihm Platz genommen. In einem andern Winkel hockten ein paar in Lumpen gehüllte Kinder herum, und in einem kleinen Bretterverschlag, der Eingangstüre gegenüber, lag etwas auf dem Boden, über das ein altes Tuch geworfen war. Oliver schreckte zusammen, als er die Augen dorthin wandte, und unwillkürlich fühlte er, daß das, was unter dem Tuch lag, eine Leiche sein müßte.

Das Gesicht des Mannes am Kamin sah eingefallen und totenblaß aus. Bart und Haupthaar waren ergraut und seine Augen blutunterlaufen. Das alte Weib hatte ein Gesicht voll Runzeln, die beiden Zähne, die sie noch besaß, ragten über ihre Unterlippe hervor, aber ihre Augen strahlten hell und durchdringend. Oliver konnte es kaum über sich bringen, sie oder den Mann anzublicken, denn beide sahen den toten Ratten, die er draußen bemerkt, grauenhaft ähnlich.

»Niemand soll ihr nahekommen«, rief der Mann und sprang wütend auf, als sich der Leichenbestatter dem Holzverschlag näherte. »Zurück da! Gott verdammt! Zurück da, oder –«

»Unsinn, lieber Freund, Unsinn«, suchte ihn der Leichenbestatter, der mit dem Elend in allen Gestalten wohl vertraut war, zu beruhigen. »Unsinn, sage ich Ihnen, Unsinn.«

»Und ich sage Ihnen«, rief der Mann, ballte die Fäuste und stampfte wie ein Rasender auf den Boden, »ich sage Ihnen: ich will nicht, daß Ihr sie einscharrt. Sie könnte keine Ruhe dort finden. Die Würmer würden sie quälen und plagen – fressen wohl nicht – sie ist nur noch Haut und Knochen.«

Mr. Sowerberry gab weiter keine Antwort, sondern zog ein Band aus seiner Tasche und kniete einen Augenblick neben der Leiche nieder.

»Ja«, rief der alte Mann und brach in Tränen aus, »kniet nur nieder, kniet alle nieder; ich sag Euch, man hat sie hungern lassen, bis sie gestorben ist. Ich hab' ja nicht geahnt, wie schlimm es mit ihr stand, bis sie das Fieber bekam. Und da stachen ihr auch schon die Knochen durch die Haut. Nicht einmal ein Licht brannte hier, als sie starb. In der Dunkelheit hat sie sterben müssen. Nicht einmal das Gesicht ihrer Kinder hat sie sehen können; nur ihre Namen hat sie stammeln dürfen. Ich hab' für sie auf der Straße gebettelt, aber da haben sie mich ins Gefängnis gesteckt. Und als ich freikam, lag sie schon im Sterben. Mein Herzblut ist ausgedörrt bis auf den letzten Tropfen. Man hat sie verhungern lassen! Ich schwöre bei Gott, daß es wahr ist. Sie haben sie verhungern lassen!«

Der Mann raufte sich das Haar und sank stöhnend mit stieren Augen und Schaum vor dem Mund zusammen.

Die entsetzten Kinder jammerten und weinten, aber die Alte, die bisher stumm geblieben, als ob sie taub sei gegen alles, was rings um sie her vorging, wies sie zur Ruhe. Dann löste sie dem Mann, der noch immer ausgestreckt auf dem Boden lag, das Halstuch und taumelte auf den Leichenbestatter zu.

»Sie war meine Tochter«, krächzte sie und nickte mit dem Kopf nach der Leiche hin. Das blödsinnige Grinsen, mit dem sie ihre Worte begleitete, wirkte grauenhafter als selbst die Gegenwart des Todes an einem solchen Ort. »Gott, Gott«, ächzte sie, »es ist so merkwürdig, daß ich, ihre Mutter, noch sprechen und lachen kann, während sie hier liegt – kalt und starr. Gott, Gott, es ist wie eine Komödie, es ist die reinste Komödie.« Dann kicherte die Arme wieder wie eine Irrsinnige. Der Leichenbestatter wandte sich zum Gehen. »Warten Sie, warten Sie«, rief ihm die Alte nach. »Wird sie morgen begraben oder erst übermorgen oder schon heut' abend? Ich hab' sie doch geboren; da muß ich doch mitgehen; verstehen Sie? Schikken Sie mir doch einen großen Mantel – einen recht warmen Mantel, es ist so kalt hier. Wir müssen auch Kuchen und Wein bekommen, ehe wir gehen. Oder besser: schikken Sie Brot her, einen Laib Brot und einen Krug Wasser. Werden wir auch Brot bekommen, lieber Herr?« fragte sie gierig und klammerte sich an den Leichenbestatter, als dieser zur Türe gehen wollte.

»Gewiß, gewiß«, antwortete Mr. Sowerberry, »natürlich alles, was Sie wollen.« Dann befreite er sich von dem Griff der Alten, zog Oliver hinter sich her und eilte hinaus.

Am nächsten Tag – man hatte die Familie inzwischen mit einem halben Viertellaib Brot und einem Stück Käse gelabt, was alles Mr. Bumble in eigener Person gebracht hatte – kehrte Oliver mit seinem Herrn in die elende Höhle zurück, wo Mr. Bumble bereits angekommen war, von vier Armenhäuslern, die das Amt der Leichenträger besorgen sollten, gefolgt. Ein alter schwarzer Mantel war der Greisin und einer dem Mann über die Schultern geworfen worden; der einfache Sarg wurde zugeschraubt und auf die Straße hinuntergetragen.

»Schreiten Sie schnell aus, alte Dame«, flüsterte Sowerberry der Greisin ins Ohr, »wir sind etwas spät dran und dürfen den Herrn Pfarrer nicht warten lassen. Vorwärts Leute! So schnell wie möglich!«

Ihre Bürde auf den Schultern, trotteten die Träger des Wegs. Die beiden Leidtragenden hielten sich, so gut sie konnten, in ihrer Nähe, und Mr. Bumble und Mr. Sowerberry trabten eilig voraus. Oliver atemlos neben ihnen.

Die Eile war überflüssig gewesen, denn als sie den finstern trübseligen Armenkirchhof erreichten, in dem die Brennnesseln nur so wucherten, war der Geistliche noch nicht gekommen, und der Küster in der Sakristei glaubte, daß es noch gut eine Stunde dauern könnte, bevor er erscheinen werde. Die Bahre wurde am Rand des Grabes niedergesetzt, und die beiden Leidtragenden warteten geduldig auf dem feuchten Lehmboden und in dem kalten Regen, der in Schauern herniederfegte, während die zerlumpten Gassenjungen, die das Schauspiel auf den Friedhof gelockt, schreiend und lärmend zwischen den Leichensteinen Versteckten spielten oder zur Abwechslung einmal über den Sarg hin und her sprangen. Mr. Sowerberry und Mr. Bumble, die beide persönliche Freunde des Herrn Küsters waren, setzten sich zu ihm ans Feuer und studierten die Zeitung.

Endlich, nach mehr als einer Stunde sah man Mr. Bumble und Mr. Sowerberry zum Grabe laufen, und gleich darauf erschien der Geistliche, sich unterwegs hastig den Talar anziehend. Mr. Bumble prügelte noch rasch ein paar Gassenbuben durch, und dann hielten seine Hochwürden eine Grabrede, die ein paar Minuten dauerte, übergaben dem Küster seinen Talar und verfügten sich wieder nach Hause.

»Also los, Bill«, befahl Mr. Sowerberry dem Totengräber, »losgeschaufelt!«

Das war bald geschehen, denn die Gruft war bereits so voll, daß der Sarg nur wenige Fuß unter der Erdoberfläche zu liegen kam.

Der Totengräber schaufelte die Schollen hinein und stampfte sie oberflächlich mit den Füßen fest.

Die Gassenbuben murrten, daß der Spaß so bald zu Ende war.

»Kommen Sie, lieber Freund«, sagte Mr. Bumble und klopfte dem alten Mann auf den Rücken. »Der Kirchhof wird gleich geschlossen werden.«

Nicht ein einziges Mal hatte sich der Mann, so lange er neben dem Grabe gestanden, gerührt, aber jetzt schreckte er zusammen, stierte den Kirchspieldiener an, taumelte ein paar Schritt vorwärts und sank dann ohnmächtig zu Boden. Die irrsinnige Alte jammerte fortwährend, daß man ihr den Mantel wieder abgenommen habe, und fand gar keine Zeit, sich mit dem Bewußtlosen abzugeben. Man

schüttete daher eine Kanne kalten Wassers über ihn, worauf er wieder zum Bewußtsein kam, und dann wurde das Tor verriegelt, und jeder ging seines Weges.
»Na, Oliver«, fragte Mr. Sowerberry den Lehrjungen auf dem Heimweg, »wie hat's dir gefallen?«
»Ich danke, Sir, soweit ganz gut«, antwortete Oliver stokkend. »Eigentlich nicht so besonders.«
»Du wirst dich schon dran gewöhnen«, tröstete Sowerberry. »Es wird schon ganz gut gehen, wenn du dich nur erst mal dran gewöhnt hast, Bursche.«
Oliver dachte darüber nach, wie lange es wohl gebraucht haben möchte, bis sich Mr. Sowerberry an dergleichen gewöhnt hatte. Er unterdrückte jedoch die Frage und ging stumm in den Laden zurück.

6. Kapitel

Oliver rafft sich, durch Noah gereizt, zu tatkräftigem Handeln auf

Als der übliche Probemonat vorüber war, wurde Oliver in aller Form als Lehrling ins Geschäft eingestellt. Es war gerade sozusagen Sterbesaison, und nach Särgen herrschte rege Nachfrage. Die ältesten Einwohner der Stadt konnten sich nicht erinnern, daß jemals die Masern so gewütet hätten, wie es gerade der Fall war. Da Oliver von jetzt an auch bei den meisten Begräbnissen erwachsener Personen im Zuge mitzugehen hatte, um die nötige Gleichgültigkeit in Haltung und Gebärden zu lernen, die einem richtigen Leichenbestatter unbedingt nötig sind, so fand er gar oft Gelegenheit, die bemerkenswerte Standhaftigkeit zu bewundern, mit der gewisse Leute, die sich eines starken Gemüts erfreuten, Verluste an Bekannten, Freunden und Verwandten zu tragen wußten.
Befremdlicherweise wirkten solche Beispiele von Resi-

gnation nicht ansteckend auf Oliver Twist; er kam vielmehr nicht aus der Verwunderung heraus. Trotzdem ertrug er geduldig monatelang die schlechte Behandlung von seiten Noah Claypoles, der immer gehässiger gegen ihn wurde, da er sich zurückgesetzt fühlte und kaum mitansehen konnte, wie Oliver, der jüngere Lehrling, tagaus tagein im schwarzen Rock und Flor ausrücken durfte, während er, der Senior, sich mit Pelzkappe und Lederhose begnügen mußte. Charlotte behandelte Oliver schlecht, weil Noah ihn schlecht behandelte, und Mrs. Sowerberry war seine ausgesprochene Feindin, weil Mr. Sowerberry eher dazu neigte, ihn freundlich als unfreundlich zu behandeln.

Eines Tages nun zur gewöhnlichen Mittagsstunde waren Oliver und Noah in die Küche hinabgeklettert, um sich an einer knappen Ration Hammelfleisch vom schlechtesten Nackenstück gütlich zu tun, da wurde Charlotte hinaufgerufen, und Noah Claypole, hungrig und verbittert, glaubte ihre Abwesenheit nicht besser benützen zu können, als seinen jungen Kollegen zu hänseln.

Als Einleitung legte er die Füße auf das Tischtuch, zupfte Oliver an den Haaren, zwickte ihn in die Ohren und gab der Ansicht Ausdruck, Oliver sei ein »Kriecher«. Des weiteren gab er der Hoffnung Ausdruck, Oliver noch einmal am Galgen baumeln zu sehen, und daß es ihm auch auf den weitesten Weg nicht ankommen werde, falls einmal dieses ersehnte Ereignis eintreten sollte. Da aber alle diese hämischen Versuche, Oliver zum Weinen zu bringen, fehlschlugen, fing Noah Claypole an, immer dicker und dicker aufzutragen.

»Zuchthäusler!« rief er endlich. »Was macht übrigens deine Mutter?«

»Sie ist tot«, sagte Oliver, »sprich nicht von ihr.«

Das Blut stieg ihm in die Wangen, und seine Lippen zuckten seltsam. Noah Claypole hielt das für ein Vorzeichen, daß Oliver gleich in Tränen ausbrechen würde, und machte eine neue Attacke.

»Woran ist sie denn gestorben, Zuchthäusler?« fragte er.
»An gebrochenem Herzen, hörte ich die alte Wärterin sagen«, murmelte Oliver, mehr zu sich selbst sprechend als zu seinem Kollegen. »Ich glaube, ich verstehe, was das heißt.«
»A was, dummes Zeug, Zuchthäusler«, sagte Noah, während eine Träne Oliver über die Wange lief. »Was hat dich denn so plötzlich zum Flennen gebracht?«
»Ach nichts«, erwiderte Oliver, sich schnell die Augen trocknend. »Du brauchst dir nichts darauf einzubilden. Aber schweig jetzt, das rat ich dir.«
»Was? Raten tust du's mir?« rief Noah. »Ist das eine Frechheit! Na, und deine Mutter, das war auch so die Rechte.« Dabei nickte er hämisch mit dem Kopf und rümpfte seine kleine rote Stülpnase.
»Du tust mir ja leid, du Armenhäusler«, fuhr er, durch Olivers Schweigen kühn gemacht, höhnisch mit erheucheltem Mitleid fort. »Aber es läßt sich mal nicht mehr ändern. Du kannst ja auch nichts dafür und dauerst mich ja von Herzen. Aber deine Mutter war halt – na, du weißt schon was.«
»Was sagst du da!« fuhr Oliver auf.
»Na ja, so eine ganz Schlechte«, erwiderte Noah kaltblütig. »Für dich war es wohl das beste, du Armenhäusler, daß sie rechtzeitig ins Gras gebissen hat, sonst wär sie jetzt im Zuchthaus oder am Galgen. Oder vielleicht nicht?«
Purpurrot vor Wut sprang Oliver auf, packte Noah an der Gurgel und schüttelte ihn, daß ihm die Zähne im Munde klapperten. Dann schlug er ihn mit einem einzigen geschickten Hieb zu Boden.
Noch eine Minute vorher war Oliver das ruhigste sanfteste Geschöpf der Welt gewesen. Aber jetzt hatte die scheußliche Beschimpfung seiner Mutter sein Blut zum Wallen gebracht. Seine Augen blitzten, und er war völlig umgewandelt, wie er auf den feigen Quälgeist, der vor ihm auf dem Boden lag, niederblickte.

»Er will mich ermorden«, heulte Noah. »Charlotte! Mrs. Sowerberry! – Er schlägt mich tot – Hilfe – zu Hilfe! Oliver ist verrückt geworden. Char – lotte!«
Ein lautes Gekreisch aus Charlottens und ein noch lauteres aus Mrs. Sowerberrys Mund war die Antwort, und gleich darauf kam das Dienstmädchen in die Küche hereingestürzt, während die Meisterin wohlweislich auf der Treppe oben stehenblieb, bis sie sich vergewissert, daß nichts für sie auf dem Spiele stände, wenn sie die Treppe ganz herunterkäme.
»O du elendes Ungeheuer«, kreischte Charlotte und packte Oliver mit aller Kraft an der Brust. »Du – klei – ner – mord – gieriger – Schuft.« Und bei jeder Silbe versetzte sie dem armen Oliver zum Ergötzen der Anwesenden einen Hieb.
Ihre Faust war ziemlich gewichtig und hätte Olivers Mordlust, wenn eine solche vorhanden gewesen wäre, sicher gedämpft. So aber kam auch noch Mrs. Sowerberry dazu, stürzte in die Küche, hielt ihn mit einer Hand fest und zerkratzte ihm mit der andern das Gesicht. Das gab natürlich Noah seinen Mut zurück, er stand auf und begann von rückwärts auf Oliver einzuhauen.
Dieser überstürzte Angriff war doch etwas zu heftig, als daß er hätte lange dauern können. Als sich die drei müde geprügelt hatten und nicht mehr weiterkonnten, schleppten sie Oliver, der sich immer noch aus Leibeskräften wehrte und aus vollem Halse schrie, in den Kohlenkeller, wo sie ihn einsperrten. Dann sank Mrs. Sowerberry in einen Stuhl und brach in Tränen aus.
»O Gott, sie stirbt«, jammerte Charlotte. »Ein Glas Wasser, Noah! Wasser! Schnell, schnell!«
»Ach, Charlotte, wir können Gott danken, daß wir nicht längst alle in unsern Betten ermordet worden sind.«
»Ja, ja, es ist eine Gnade des Himmels, Madame«, erwiderte das Dienstmädchen. »Der arme Noah, er war schon halb tot, als ich hereinkam.«
»Der arme, arme Junge«, rief Mrs. Sowerberry mitleidig.

Und auch Noah war ganz ergriffen und heuchelte ein paar Tränen.
»Was sollen wir nur tun?« rief Mrs. Sowerberry. »Mein Mann ist nicht zu Hause, niemand ist da, und die Tür wird uns der Mordbube in ein paar Minuten eingetreten haben.« Olivers energische Attacken gegen die Bretterwand des Kohlenkellers ließen ein solches Ereignis allerdings als höchst wahrscheinlich annehmen.
»O Gott, o Gott, ich weiß auch nicht, was wir tun sollen, Mrs. Sowerberry«, jammerte Charlotte. »Sollen wir nicht vielleicht nach der Polizei schicken?«
»Oder nach dem Mülidär«, rief Mr. Claypole.
»Nein, nein«, widersprach Mrs. Sowerberry, sich in diesem Augenblick an Olivers alten Freund erinnernd. »Lauf zu Mr. Bumble, Noah, und sage ihm, er solle doch gleich herkommen. Such nicht erst lang nach deiner Mütze, sondern eil dich. Halt dir beim Laufen eine Messerklinge an deine Beule, da vergeht die Geschwulst am schnellsten.«
Noah ließ sich nicht erst lange Zeit eine Antwort zu geben, sondern rannte so schnell er konnte, ein Messer an seine Stirn drückend, durch die Straßen ins Gemeindearbeitshaus.

7. Kapitel

Oliver bleibt verstockt

Noah Claypole hielt nicht einen Augenblick im Laufen inne und kam atemlos vor dem Tor des Gemeindearbeitshauses an. Einen Augenblick blieb er stehen, um eine möglichst klägliche Miene anzunehmen, klopfte dann laut und zeigte dem alten Armenhäusler, der ihm öffnete, ein so jammervolles Gesicht, daß dieser vor Erstaunen zurückprallte und fragte: »Um Gottes willen, was hast du denn, Junge?«

»Mr. Bumble, Mr. Bumble«, schrie Noah in gut geheuchelter Angst und so laut und gellend, daß Mr. Bumble, der ihn sofort hörte, augenblicklich ohne seinen Dreispitz in den Flur gestürzt kam – ein deutlicher Beweis, daß unter Umständen sogar ein Kirchspieldiener die Besinnung verlieren und alle Würde außer acht lassen kann.
»Mr. Bumble, Mr. Bumble«, keuchte Noah, »Oliver, Mr. Bumble, – Oliver – Oliver ist –«
»Was denn, was ist er denn?« fragte Mr. Bumble, und ein Strahl von Freude leuchtete aus seinen gläsernen Augen. »Doch nicht davongelaufen? So sprich doch, Noah!«
»Nein, Sir, nein, fortgelaufen ist er nicht, Sir. Aber mich, Charlotte und Mrs. Sowerberry hat er ermorden wollen. O Gott, o Gott, Sir – mein Hals, mein Kopf, meine Brust – ich halts nicht aus vor Schmerzen.«
Sein Jammergeheul lockte den Gentleman mit der weißen Weste herbei.
»Sir!« schrie Bumble. »Hören Sie! Hier ist ein Junge aus dem Waisenstift, der von Oliver Twist beinahe ermordet worden wäre.«
»Sehen Sie, sehen Sie«, rief der Gentleman mit der weißen Weste und blieb erstarrt stehen. »Hab ichs nicht gleich gesagt! Ich habe immer prophezeit: der Bursche wird noch einmal am Galgen enden.«
»Und das Dienstmädchen hat er auch ermorden wollen«, stotterte Mr. Bumble mit aschfahlem Gesicht.
»Und Mrs. Sowerberry auch«, setzte Claypole hinzu.
»Und seinen Herrn ebenfalls, nicht wahr, Noah?«
»Nein, der war ausgegangen«, erklärte Noah, »sonst hätt er ihn sicher auch ermordet.«
»So? Hat er das angedroht?« fragte der Gentleman in der weißen Weste.
»Ja, Sir«, antwortete Noah. »Und eine Empfehlung von Mrs. Sowerberry, und Sie läßt fragen, ob Mr. Bumble nicht Zeit hat, gleich mitzukommen und ihn durchzuprügeln, da der Herr Meister nicht zu Hause ist.«
»Gewiß, mein Junge, gewiß«, versicherte der Gentleman

mit der weißen Weste und lächelte gütig. »Du bist ein braver Junge – ein braver Junge. Hier hast du einen Penny. Bumble, nehmen Sie mal gleich Ihren Stock und gehen Sie hinüber und tun Sie, was Sie können. Schonen Sie den Burschen nicht, Bumble!«
»Nein, gewiß nicht, Sir«, versprach der Kirchspieldiener und rieb das Ende seines Stockes mit Wachs ein, wie es im Kirchspiel üblich war, wenn eine Prügelstrafe vollstreckt werden sollte.
»Sagen Sie auch Sowerberry, daß er ihn ja nicht schont. Ohne Striemen und Beulen tuts der Lausbengel nicht«, ermahnte der Gentleman mit der weißen Weste.
»Ich werde die Sache schon besorgen, Sir«, versprach der Kirchspieldiener und machte sich mit Noah eiligst auf den Weg zum Laden des Sargtischlers.
Hier hatten die Dinge inzwischen keine wesentliche Änderung erfahren. Mr. Sowerberry war noch immer nicht zurück, immer noch schlug und stieß Oliver aus Leibeskräften gegen die Bretterwand. Die Schilderungen, die Mrs. Sowerberry und Charlotte von seiner Wildheit gaben, waren so verblüffender Art, daß Mr. Bumble es für angebracht hielt, vorerst einmal zu parlamentieren, ehe er die Kellertüre aufsperrte. Er legte zu diesem Zweck seinen Mund an das Schlüsselloch und rief mit Baßstimme hinein:
»Oliver.«
»Lassen Sie mich hinaus«, antwortete Oliver von innen.
»Kennst du meine Stimme, Oliver?« forschte Mr. Bumble.
»Ja.«
»Und du fürchtest dich nicht vor mir? Du zitterst nicht?«
»Nein«, versetzte Oliver kühn.
Mr. Bumble war sprachlos vor Erstaunen. »Er muß verrückt geworden sein«, bemerkte Mrs. Sowerberry.
»Nein, das ist nicht Verrücktheit, Madame«, sagte Mr. Bumble, »das macht das Fleisch.«
»Was?« rief Mrs. Sowerberry.

»Ja, ja, das kommt vom Fleischessen, Mrs. Sowerberry. Da haben Sies. Überfüttert haben Sie ihn. Sie haben seinen rebellischen Sinn geweckt. Und das war unrecht gehandelt, wie Ihnen auch die Herren Amtsvorstände, die gewiß erfahrene Männer sind, bestätigen werden. Hätten Sie ihm weiter seinen Haferschleim gegeben, wäre so etwas nie passiert.«
»O Gott im Himmel, Gott im Himmel«, jammerte Mrs. Sowerberry, die Augen fromm zur Decke erhebend. »Das hat man davon, wenn man liberal denkt.«
Wieder fing Oliver an, gegen die Bretterwand zu hämmern, da ging die Türe unten und Mr. Sowerberry kam nach Hause. Nachdem ihm Olivers Missetat haarklein geschildert worden, wobei es an Übertreibungen natürlich nicht fehlte, riegelte er unverzüglich die Kellertüre auf und zog seinen rebellischen Lehrjungen am Kragen heraus.
Olivers Kleider waren infolge der Prügelei total zerrissen. Sein Gesicht war zerkratzt und mit Beulen bedeckt, und das Haar hing ihm wild über die Stirn. Aber immer noch lag die Zornesröte auf seinen Wangen, und wie er herausgezerrt wurde, schoß er einen grimmigen Blick auf Noah.
»Du bist mir ja ein netter Bursche«, schrie Mr. Sowerberry, schüttelte ihn tüchtig durch und gab ihm eine Ohrfeige.
»Er hat meine Mutter beschimpft«, antwortete Oliver.
»Na, was ist denn da weiter dabei, du undankbarer Taugenichts«, gellte Mrs. Sowerberry. »Hat er damit vielleicht nicht recht gehabt.«
»Nein, er hat nicht recht gehabt«, rief Oliver.
»Sie hat es verdient«, schrie Mrs. Sowerberry.
»Das ist eine Lüge«, erklärte Oliver kühn.
Sofort brach Mrs. Sowerberry in eine Flut von Tränen aus, die ihrem Gatten keine Wahl mehr weiter ließ. Wollte er wirklich einen Augenblick zögern, Oliver streng zu bestrafen, so gab es für ihn jetzt keine Entschuldigung mehr; seine Ehehälfte würde ihm die schrecklichsten Predigten gehalten haben. Er züchtigte Oliver daher in einer Weise, die Mr.

Bumbles Eingreifen mehr als überflüssig machte. Dann wurde der kleine Missetäter bei Wasser und Brot wieder eingesperrt, und lange noch verhänselten und beschimpften ihn Noah, Charlotte und Mrs. Sowerberry durch die Türe durch, bis auch sie sich endlich schlafen legten.
Erst als es ganz still geworden, konnte Oliver sich seinen Gefühlen überlassen. Allen ihren Sticheleien hatte er nur ein verstocktes Schweigen entgegengesetzt, und ohne ein einziges Mal zu schreien, hatte er die Züchtigung seines Meisters hingenommen. Jetzt aber, wo niemand da war, der ihn sehen konnte, kniete er nieder, verbarg sein Gesicht in den Händen und weinte – weinte, wie wohl wenige Kinder vor ihm geweint haben mögen.
Es dauerte lange, bis er sich wieder erhob, und die Kerze brannte schon tief im Leuchter, als er aufstand. Vorsichtig spähte er umher und lauschte gespannt. Dann mühte er sich ab, den Riegel zurückzuschieben, was ihm endlich gelang, und lugte hinaus.
Es war eine kalte finstere Nacht, und die Sterne schienen in viel größerer Entfernung von der Erde, als Oliver sie jemals gesehen zu haben sich erinnerte. Kein Lufthauch regte sich. Leise schloß er die Türe wieder, und nachdem er bei dem erlöschenden Kerzenlicht die wenigen Kleidungsstücke, die er sein eigen nannte, in ein Bündel geschnürt, setzte er sich auf eine Bank, um den Anbruch des Morgens zu erwarten.
Mit dem ersten Lichtstrahl, der durch die Ritzen des Ladens schien, erhob er sich – ein Schauerblick nach rückwärts, ein Moment der Unentschlossenheit – dann hatte er die Türe hinter sich geschlossen und stand draußen auf der Straße. Er blickte nach rechts und links, ungewiß, wohin er sich wenden solle. Es fiel ihm ein, einmal gesehen zu haben, daß alle Wagen, wenn sie nach der Stadt fuhren, den Hügel hinaufwankten. Er schlug denselben Weg ein. Und als er auf der Landstraße anlangte, schritt er rüstig weiter. Er kam am Arbeitshaus vorüber. Nichts verriet, daß seine Insassen zu so früher Stunde schon auf sein

könnten. Oliver blieb stehen und spähte in den Garten. Ein Kind jätete mit dem Spaten in einem kleinen Beet, hob sein blasses Gesicht, und Oliver erkannte die Züge eines früheren Leidensgefährten. Er freute sich, daß er den kleinen Jungen vor seinem Fortgehen noch einmal sah, denn er war ihm, wenn er auch jünger als er war, ein lieber Freund und Spielkamerad gewesen. Sie hatten zusammen gelitten, waren zusammen eingesperrt worden und hatten immer miteinander hungern müssen.

»Heda, Dick«, sagte Oliver, als der Junge zum Geländer gelaufen kam und ihm seinen dünnen Arm zum Willkommen durch die Stäbe reichte. »Ist schon jemand auf?«

»Nur ich.«

»Sag nicht, daß du mich gesehen hast, Dick«, flüsterte Oliver, »ich bin geflohen. Man hat mich geschlagen und mißhandelt. Ich gehe und such mir mein Glück woanders. Wo, weiß ich noch nicht. Wie blaß du aussiehst.«

»Der Doktor hat gesagt, ich muß sterben – ich habs gehört«, antwortete der Kleine mit einem schwachen Lächeln. »Ich freue mich, daß ich dich noch einmal sehe, lieber Oliver. Aber halt dich nicht auf, geh rasch fort.«

»Ich will dir nur Lebewohl sagen«, antwortete Oliver. »Ich werde dich schon noch wiedersehen, Dick. Ich weiß es bestimmt, Dick. Es wird dir noch einmal gutgehen, und du wirst glücklich werden.«

»Ich will es hoffen«, erwiderte der Kleine. »Aber erst, wenn ich mal gestorben bin; vorher kann's nicht sein. Der Doktor wird schon recht haben, Oliver; und ich träume so viel vom Himmel und von Engeln mit milden Gesichtern, wie sie hier auf Erden nicht sind. Komm, gib mir einen Kuß« – der Kleine kletterte auf das niedrige Gittertor und schlang seine Hände um Olivers Hals. »Leb wohl, lieber Freund, und Gottes Segen.«

Der Segenswunsch kam von den Lippen eines kleinen Jungen, aber es war der erste Segen, den Oliver zu hören bekam. In allen Kämpfen, in allen Mühsalen und Leiden, die ihn betrafen, vergaß er ihn nie.

8. Kapitel

Oliver wandert nach London und trifft mit einem sehr seltsamen jungen Gentleman zusammen

Erst um die Mittagsstunde machte Oliver auf seiner Wanderung bei einem Meilenstein halt, auf dem die Entfernung von der Hauptstadt angegeben war.

In London konnte man Oliver nicht finden. Oft hatte er im Arbeitshaus sagen hören: in London brauche niemand, der nur ein bißchen Grütze habe, zu hungern, und in dieser ungeheueren Stadt könne man leben auf eine Weise, von der sich Leute, die auf dem Lande aufgewachsen seien, gar keinen Begriff machten. Es mußte der rechte Platz für einen heimatlosen Jungen sein, sagte sich Oliver. Damit sprang er wieder auf die Füße und schritt, so schnell er konnte, vorwärts.

Alles, was er mithatte, beschränkte sich auf eine Brotrinde, ein grobes Hemd und zwei Paar Strümpfe in seinem Bündel, außerdem auf einen Penny – ein Trinkgeld, das ihm Mr. Sowerberry einmal dafür gegeben hatte, daß er sich bei einem Begräbnis besonders feierlich benommen.

Fast zwanzig Meilen legte Oliver an diesem Tag zurück. Die ganze Zeit kam nichts über seine Lippen als die Brotrinde und ein paar Schluck Wasser. Am Abend legte er sich in einen Heuhaufen schlafen und wanderte am anderen Tag abermals zwölf Meilen, wobei er seinen Penny für Brot ausgab, und übernachtete wieder im Freien, so daß er am dritten Morgen, vor Kälte fast erstarrt, sich kaum von der Stelle bewegen konnte. Am Fuß eines steilen Hügels wartete er, bis die Postkutsche vorbeikam, und sprach die Passagiere, als sie einen Moment ausstiegen, um eine Gabe an. Niemand hörte auf ihn, nur einer der Herren sagte ihm, er wolle ihm einen halben Penny geben, wenn er eine Strecke weit neben dem Wagen mitlaufen würde. Als

Oliver bald infolge seiner Ermüdung hinter der Postkutsche zurückblieb, steckte der Gentleman seine Geldmünze wieder ein und erklärte, da sehe man wieder, daß das arme Volk viel zu faul sei, sich einmal etwas zu verdienen.
Und der Wagen rasselte davon und ließ nichts weiter zurück als eine Wolke Staub. Vor manchen Dörfern standen Tafeln errichtet, auf denen jedem Bettler mit der strengsten Strafe gedroht wurde, und furchtsam eilte Oliver weiter, wenn er so etwas las. Wenn er einmal vor einem Gasthaus mit hungrigen Blicken stillstand, befahl man ihm, sich aus dem Staub zu machen, wenn er nicht wolle, daß man die Hunde auf ihn loslasse.
Es würde ihm wohl so ergangen sein wie einst seiner unglücklichen Mutter, hätte sich seiner nicht schließlich ein menschenfreundlicher Schlagbaumwächter und dessen Frau angenommen und ihn mit einem Stück Brot und Käse gelabt. Am siebenten Morgen nach Sonnenaufgang erreichte Oliver endlich mit wunden Füßen die kleine Stadt Varnet. Überall waren noch die Fensterläden geschlossen, und nicht eine Seele ließ sich auf den verödeten Straßen blicken. In ihrer ganzen strahlenden Schönheit ging die Sonne auf, aber ihr Licht führte Oliver nur so recht zu Gemüte, wie elend und verlassen er war. Staubbedeckt kauerte er sich an einer Türschwelle nieder. Allmählich öffneten sich die Läden, und überall wurden die Jalousien in die Höhe gezogen und die Menschen begannen hin und her zu gehen. Einige standen still und sahen Oliver ein paar Sekunden lang an und wandten nach ihm den Kopf, und einige nahmen sich sogar die Mühe zu fragen, wie er hierher gekommen sei. Er getraute sich aber nicht, sie anzubetteln, sondern blieb still sitzen.
Eine Zeitlang hatte er so auf der Stufe gekauert und sich über die große Anzahl von Wirtshäusern gewundert, denn jedes zweite Gebäude in Varnet war eine Schenke, bald groß, bald klein, als er sich plötzlich bewußt wurde, daß ein junger Bursche, der einige Minuten vorher achtlos an ihm vorübergegangen, zurückgekehrt war und ihn von

der anderen Straßenseite drüben unverwandt anstarrte. Zuerst kümmerte er sich nicht darum. Als aber der andere keinen Blick von ihm wandte, hob er schließlich den Kopf und blickte scharf hinüber. Darauf kam der Junge über die Straße, trat dicht an ihn heran und sagte:
»Hallo, Spatz! Auf der Walz?«
Der Junge, der diese Frage stellte, mochte ungefähr im selben Alter sein wie Oliver. Er war ein höchst sonderbarer Kauz, wie Oliver nie einen gesehen, mit einer Stumpfnase und platter Stirn. Er sah höchst ordinär und schmutzig aus, aber seine ganze Haltung und sein Benehmen glichen denen eines Erwachsenen. Ziemlich klein für sein Alter, hatte er höchst kuriose Beine und kleine scharfblickende Rattenaugen. Der Hut saß ihm so lose auf dem Kopf, daß er jede Minute herunterzufallen drohte, wohl auch schon des öfteren heruntergefallen wäre, wenn sein Herr es nicht vortrefflich verstanden hätte, ihn, wenn er rutschte, mit einem geschickten Ruck mit dem Kopf wieder in die richtige Lage zu bringen. Der Bursche trug einen Rock, der für einen Erwachsenen groß genug gewesen wäre und ihm fast bis an die Knöchel reichte. Die Ärmel trug er bis zur Hälfte aufgekrempelt, um die Hände frei zu haben. Kurz und gut, der Junge sah so seltsam und windig aus, wie wohl je nur ein Bürschchen von vier Fuß, sechs Zoll oder noch weniger in Stulpenstiefeln aussehen konnte.
»Hallo, Spatz, auf der Walz?« fragte der seltsame junge Gentleman Oliver abermals.
»Ich bin furchtbar hungrig und müde«, antwortete Oliver, während ihm die Tränen in die Augen traten. »Ich habe einen langen Marsch hinter mir, einen Marsch von sieben Tagen.«
»Was? Sieben Tag auf der Walz?« rief der junge Gentleman. »Aha, weiß schon. Wir haben was gerochen auf der Polizei, was? Der Balhochem hat was gerochen. Du weißt wohl nich, was 'n Balhochem is, was, du Greenhorn?« setzte er hinzu, als er Olivers verwunderten Blick bemerkte. Oliver verneinte.

»Na ja, du Greenhorn«, rief der junge Gentleman, »'n Balhochem ist doch 'n Poliziste. Mir scheint, du bist noch nie in der Mühle gewesen.«
»In was für einer Mühle?« fragte Oliver.
»In was für ner Mühle? Na, die Mühle, in der die Leute umsonst arbeiten – na, das Gefängnis mein' ich.« Als er bemerkte, daß Oliver nicht verstand, fuhr er fort: »Aber mir scheint, du hast Hunger, Mesinung hab' ich zwar selber keins, aber wir werd'ns schon machen. Steh auf und komm.« Hierauf brachte der wackre junge Herr Oliver, nachdem er ihm hatte aufstehen helfen, vor einen Krämerladen, in dem er Brot und Schinken kaufte und Oliver davon essen ließ.
»Nach London?« fragte er, nachdem Oliver sich ein wenig gesättigt.
»Ja.«
»Hast du eine Stranzen?«
»Was ist das?«
»Na, ne Wohnung.«
»Nein.«
»Mesummes?«
Oliver machte ein fragendes Gesicht.
»Geld mein' ich.«
»Nein.«
Der junge Gentleman versenkte seine Hände in seine Taschen und pfiff durch die Zähne.
»Wohnen Sie in London«, fragte Oliver.
»Ja, wenn ich daheim bin. Aber mir scheint, du weißt gar nicht, wo du heut nacht schlafen willst.«
»Nein«, gab Oliver zu. »Ich hab' schon seit sieben Nächten kein Dach über dem Kopf gehabt.«
»Mach' dir keine Sorgen deshalb«, tröstete ihn der junge Herr. »Ich geh' heut abend auch nach London. Ich kenn' da einen ehrbaren alten Herrn, der wird dir bald ne gute Stelle verschaffen, – das heißt natürlich, wenn dich 'n Schentlman, wo ihn kennt, einführt bei ihm. Auf mir hält er große Stücke«, setzte der junge Gentleman lächelnd hinzu.

Das Anerbieten war so verlockend, daß Oliver keinen Augenblick zögerte, einzuschlagen. Er wurde zutraulicher und erfuhr, daß sein neuer Freund Jack Dawkins heiße und der ausgesprochene Liebling des erwähnten alten Gentlemans sei. Jacks Äußeres freilich sprach nicht zugunsten der Lieblinge des erwähnten Ehrenmannes, aber da er sehr großmäulig tat und selbst von sich behauptete, man kenne ihn weit und breit als einen »verdammt gerissenen Baldowerer«, schloß Oliver, der alte Herr spräche in diesem Falle wohl gute Ratschläge in den Wind. Unter diesem Eindruck faßte er heimlich den Entschluß, sich bei dem Philanthropen so bald wie möglich in ein besseres Licht zu setzen und, falls Jack Dawkins, wie er befürchtete, einer Besserung nicht zugänglich sein sollte, auf die Ehre weiterer Bekanntschaft mit ihm zu verzichten.
Da Jack sich unbedingt weigerte, Londen vor Einbruch der Nacht zu betreten, schlug es elf Uhr, als sie den Schlagbaum von Islington erreichten. Vom »Engel« aus gingen sie zur St. Jones Road, die kleine Gasse, die bei Sadlers Wells Theater endigt, hinab und gelangten durch Exmouth Street und Coppile Row in den kleinen Hof neben dem Arbeitshaus. Dann schritten sie über den klassischen Grund und Boden, der einstmals den Namen Hockley-in-the-Hole führte, und gelangten nach Little und Great Saffron Hill, von wo aus der kuriose junge Gentleman sich in einen Galopp versetzte, wobei Oliver ihm auf den Fersen folgen mußte.
Von dem ungewohnten Anblick einer großen Stadt ganz und gar in Anspruch genommen, mußte Oliver sein Möglichstes tun, um seinen Führer nicht aus dem Gesicht zu verlieren. Einen schmutzigeren und verkommeneren Platz hatte Oliver noch nie gesehen. Die Straße war eng und voll Schmutz und die Luft gesättigt von den widerlichsten Gerüchen. Kleine Läden gab es hier in Menge, aber ganze Haufen von Kindern, die jetzt selbst zur Nachtzeit noch bei den Türen aus- und einkrochen oder drinnen in den Häusern quiekten und schrien, schienen

der einzige Inhalt der Geschäfte zu sein. Die einzigen Unternehmungen, die wirklich zu gedeihen schienen, waren die Schenken, denn dort prügelte sich irischer Pöbel, was das Zeug halten wollte. Gedeckte Torwege und Höfe, die da und dort von den Hauptstraßen abzweigten, ließen Knäuel von Häusern sehen, wo sich betrunkene Männer und Frauen nur so wälzten. Aus den Torwegen kamen scheublickende Individuen herausgeschlichen und verloren sich gleich darauf wieder im Dunkel. Eben überlegte Oliver noch, ob es nicht am besten sei, wegzulaufen, da gelangte er mit seinem Begleiter vor einer Anhöhe an und wurde von ihm am Ärmel gefaßt. Dann stieß Jack eine Haustüre auf, nicht weit von Field Lane, zog Oliver in einen Korridor und schloß gleich darauf das Tor wieder hinter sich zu.

»Wer da?« rief eine Stimme von unten als Antwort auf einen Pfiff, den der junge Herr hatte ertönen lassen.

»Reiner Wind«, war die Antwort. Es schien das eine Art Losungswort zu sein, daß die Luft rein sei. Gleich darauf warf das Licht einer kleinen Kerze seinen Schein auf die Mauer vom rückwärtigen Ende des Ganges aus, und das Gesicht eines Mannes lugte durch eine Spalte einer alten Türe hervor, aus der ein Teil der Füllung herausgebrochen war.

»Da sind ja zwei«, sagte der Mann und beschattete das Licht mit der Hand, um besser sehen zu können. »Wer ist der andere?«

»Ein junges Beindl«, antwortete Jack Dawkins und zeigte auf Oliver.

»Woher?«

»'n Greenhorn. Ist Fagin oben?«

»Sortiert die Riegenlappen. Marsch, rauf mit euch.«

Die Kerze erlosch, und das Gesicht verschwand.

Oliver tastete, sich mit einer Hand am Ärmel seines Gefährten haltend, die Wand entlang. Sie stiegen eine dunkle morsche Stiege hinauf, die Jack offenbar genau kannte. Dann öffnete sich eine Tür, und Oliver trat ein.

Wände und Decke der kleinen Stube waren von Alter und Schmutz fast schwarz. Ein Tisch aus Fichtenholz stand vor dem Ofen und darauf eine Kerze, die im Hals einer Bierflasche stak, und daneben ein paar Zinnkrüge, Brot, Butter und ein Teller. In einer Bratpfanne, die mit einem Strick an den Sims des Kamins gebunden über dem Feuer hing, lagen ein paar Würste, und darüber gelehnt, eine große Gabel in der Hand, stand ein uralter, vertrockneter Jude, sein schurkisches Gesicht mit den abstoßendsten Zügen von der Welt von rotem Kraushaar beschattet. Der Mann war in einen schmutzigen Flanellkittel gehüllt, der nur seinen Hals freiließ. Seine Aufmerksamkeit schien zwischen der Bratpfanne und einem Kleidergestell zu schwanken, an dem eine große Anzahl von seidenen Taschentüchern hing. Auf dem Boden lagen nebeneinander ein paar grobe Betten aus alter Sackleinwand, und um den Tisch herum saßen vier bis fünf Jungen, keiner älter als Mr. Dawkins, rauchten aus langen Tonpfeifen oder tranken Schnaps wie Erwachsene. Sie scharten sich sogleich um Jack, der dem alten Juden ein paar Worte ins Ohr flüsterte, sich dann umdrehte und Oliver angrinste.
Auch der Jude warf Oliver einen lauernden Blick zu, ohne dabei die Gabel aus der Hand zu legen.
»Hier, Fagin«, sagte Jack Dawkins, »ist mein Freund Oliver Twist.«
Der Jude grinste, machte Oliver eine tiefe Verbeugung, nahm ihn bei der Hand und gab der Hoffnung Ausdruck, der Ehre seiner näheren Bekanntschaft teilhaftig werden zu dürfen. Darauf stellten sich die Jungen mit ihren Tonpfeifen um Oliver und schüttelten ihm sämtlich die Hände, und zwar besonders eifrig die, in der er sein Bündel trug. Einer der jungen Gentlemen war bestrebt, ihm die Mütze vom Kopf zu ziehen, und ein anderer geruhte, ihm die Finger in die Taschen zu stecken, offenbar um ihn der Mühe zu entheben, sie vor dem Schlafengehen selbst auszuleeren. Die Jungen hätten ihre Höflichkeiten wahrscheinlich noch weiter ausgedehnt, würde der Jude nicht

seine Gabel des öfteren auf die jungen Herren haben herabsausen lassen.
»Mir freien sich außerordentlich, Ihnen zu sehen, Oliver, ganz außerordentlich«, versicherte der Jude. »Baldowerer! nemm die Würscht vom Feier und setz ä Schüssel für Mr. Oliver an den Herd. Ah, Sie sehen sich die Taschentücherlich an, lieber Freind? Ja ja, es sind ihrer ä ganze Menge. Mir haben se eben sortiert, weil se sollen gewaschen werden; das ist alles, Mr. Oliver, weiter nix, hähä.«
Die Rede des alten lustigen Juden wurde von seinen hoffnungsvollen Zöglingen mit einem wiehernden Gelächter begrüßt, und sich noch schüttelnd vor Lachen machten sie sich an ihr Abendessen.
Oliver aß, was ihm zugeteilt wurde, und nachher braute ihm der Jude ein Glas heißen Grog, den er auf der Stelle austrinken mußte, da noch ein anderer Gentleman das Glas brauche. Oliver tat, wie ihm befohlen wurde, und gleich darauf fühlte er, daß er sanft auf einen Strohsack gelegt wurde. Dann verfiel er in tiefen Schlaf.

9. Kapitel

Enthält weitere Einzelheiten über den liebenswürdigen alten Herrn und seine hoffnungsvollen Zöglinge

Spät am nächsten Morgen erwachte Oliver nach langem, festem Schlummer. Es war niemand im Zimmer als der alte Jude, der Kaffee zum Frühstück in einer Pfanne kochte und leise vor sich hin pfiff, beständig mit dem Blechlöffel in dem Topf herumrührend. Jedesmal, wenn auch nur ein leises Geräusch von der Straße heraufdrang, hielt der Jude inne, um zu lauschen, beruhigte sich aber jedesmal wieder und pfiff und rührte weiter. Oliver war zwar aufgewacht, befand sich aber noch in jenem Zustand

zwischen Schlafen und Wachen, wo man mit halboffnen Augen daliegt und, obgleich man alles, was um einen ringsum vorgeht, genau wahrnimmt, doch näher dem Traume ist als wirklichem Wachsein. Mit halbgeschlossenen Augen sah er den Juden, hörte sein leises Pfeifen und das Geräusch, wie er mit dem Löffel in der Pfanne herumkratzte. Als der Kaffee fertig war, schob der Jude den Kessel vom Feuer weg, stand eine Weile unschlüssig da, drehte sich dann nach Oliver um und rief ihn an.
Oliver antwortete nicht, sondern schien allem Anschein nach weiterzuschlafen. Hierauf schlich der Jude leise zur Türe und schloß sie ab. Dann zog er aus einer Falltüre im Boden eine kleine Schatulle hervor, setzte sie sorgfältig auf den Tisch, und seine Augen funkelten, wie er den Deckel aufhob und in das Kästchen hineinblickte. Dann rückte er einen alten Stuhl herbei, setzte sich und holte eine prachtvolle goldene Uhr mit Diamanten besetzt hervor.
»Verdammt pfiffige Hunde«, murmelte er vor sich hin, zog die Schultern in die Höhe und verzerrte die Muskeln seines Gesichts zu einem scheußlichen Grinsen. »Verdammt geschmierte Hunde und verbissen bis zum letzten Atemzug. Nix haben sie dem alten Pfaffen verraten, nix haben se versetzt den alten Fagin, hihi. Worüm hätten se auch sollen? Was hätts ihnen auch geholfen? Das Malheur hätten se doch nix abgehalten; nicht um ä Minute. Famose Burschen, feine Burschen.«
Dann legte er die Uhr wieder in das Kästchen zurück, holte noch mehrere andere ähnliche hervor, dann: Ringe, Armbänder und sonstige Pretiosen, alle so wundervoll gearbeitet, daß Oliver förmlich geblendet war.
Den Schluß bildete ein Schmuckstück, das so klein war, daß der Jude es ganz in seiner Handfläche verbergen konnte. Es schien sich eine sehr kleine, kaum sichtbare Inschrift darauf zu befinden, denn Mr. Fagin legte das Kunstwerk flach auf den Tisch, hielt die Hand darüber und betrachtete es lange und ganz nah und mit scharfem Blick. Dann legte er es, offenbar nicht imstande, die In-

schrift zu entziffern, wieder weg, lehnte sich in seinem Stuhl zurück und murmelte:
»Ist do ä feine Sache das Hinrichten. Ä Toter bereit nix mehr. Ä Toter kann nix mehr verraten. Haast ä Geschäft. Fünfe aufgehängt hinter enander und keiner mehr da, um den Reumütigen zu spielen.«
Plötzlich fielen die funkelnden schwarzen Augen des Juden, der bisher gedankenverloren vor sich hingestarrt, auf Olivers Gesicht und begegneten dessen Blicken, die mit stummer Neugier auf ihn gerichtet waren. Heftig schlug er die Schatulle zu, ergriff das Brotmesser, das auf dem Tische lag, und sprang wütend auf. Er zitterte vor Entsetzen, denn das Messer, das er in der Hand hielt, zuckte in der Luft heftig hin und her, wie Oliver deutlich bemerken konnte.
»Was soll das?« rief der Jude. »Was spionierst de da? Warum bist de plötzlich wach? Was hast de gesehen? Sprich, sag ich dir, wenn dir dein Leben lieb ist.«
»Ich konnte nicht mehr schlafen, Sir«, erwiderte Oliver demütig. »Verzeihen Sie, wenn ich Sie gestört habe, Sir.«
»Du bist nicht wach gewesen vor einer Stunde?« rief der Jude mit wilden Blicken.
»Nein, wirklich nicht«, beteuerte Oliver.
»Ist das auch sicher wahr?« rief der Jude drohend.
»Ganz gewiß, Sir. Ich bin eben erst aufgewacht.«
»Schon gut, schon gut«, murmelte der Jude, nahm plötzlich sein altes Wesen wieder an und spielte mit dem Messer, um Oliver glauben zu machen, er habe es nur im Scherz genommen. »Ich weiß doch, kleiner Freund, ich habe doch nur gemacht e Scherz, du bist e braver Bursch, e braves Bürschchen, Oliver, hihi.«
Dabei rieb er sich kichernd die Hände, blickte aber immer noch scheu und unsicher auf die Schatulle.
»Hast du gesehen die schönen Sachen drin, Oliver?« fragte er nach einer Pause und legte die Hand auf das Kästchen.
»Ja, Sir.«

»Also, also doch gesehen?« rief der Jude und wurde bleich. »Nu ja, das ist halt mei kleines Eigentum. Alles, wovon ich hab zu leben auf meine alten Tage. Die Leute sagen, ich bin e Geizhals, aber laß se reden. Was liegt weiter daran.«

Oliver kam zu dem Schluß, der alte Gentleman müsse offenbar ein schrecklicher Geizhals sein, weil er so viele Taschenuhren besäße und trotzdem in einer so schmutzigen Kammer wohne. Aber er nahm an, daß vielleicht seine Vorliebe für den Baldowerer – den jungen Dawkins – und die andern Jungen ihn ein hübsches Stück Geld koste, und daß er immerhin ein großer Menschenfreund sein müsse. Er blickte ihn daher nur achtungsvoll an und fragte, ob er aufstehn dürfe.

»Natierlich, mei Junge, natierlich«, erwiderte der alte Herr. »Aber wart mal, dort in der Ecke neben der Tür steht ein Topp mit Wasser. Bring ihn heriwer. Ich will dir geben e Schissel, daß de dir kannst waschen, Kleiner.«

Oliver stand auf, ging durch die Stube und bückte sich einen Augenblick, um den Krug aufzuheben. Als er sich wieder umdrehte, war die Kassette verschwunden.

Er hatte sich kaum gewaschen und alles wieder in Ordnung gebracht, dem Befehl des Juden gemäß das Waschbecken ausgeschüttet und an seinen Ort zurückgestellt, als der »Baldowerer« – Mr. Dawkins – in Begleitung eines sehr lustigen Jungen, einer von denen, die Oliver am vergangenen Abend hatte rauchen sehen und der ihm jetzt in aller Form als Charley Bates vorgestellt wurde, eintrat. Und alle vier setzten sich hierauf zum Frühstück, das aus Kaffee und ein paar mit Schinken belegten Brötchen bestand, die der Baldowerer in seinem Hut mitgebracht hatte.

»Na«, sagte der Jude zu dem Baldowerer gewendet und warf dabei einen lustigen Blick auf Oliver. »Was ist? Ihr seid doch hoffentlich gewesen heite frih schon bei der Arbeit, Jungens?«

»Es war eine schwere Arbeit«, murrte der Baldowerer.

»Verdammt hart«, setzte Charley Bates hinzu.
»Brave Burschen, brave Burschen«, lobte der Jude. »Was hast de mitgebracht, Baldowerer?«
»Zwei Taschentücher«, erwiderte der wackre junge Mann.
»Gestickte?« fragte der Jude gierig.
»Na, macht sich«, erwiderte der Baldowerer und zog zwei Taschentücher hervor, ein grünes und ein rotes.
»Nicht so wie mer's hätt wünschen sollen«, sagte der Jude, nachdem er die entfalteten Tücher sorgfältig geprüft hatte. »Aber e feine Arbeit. E geschickte Hand muß das gewesen sein, was meinen Sie, Oliver?«
»Wahrhaftig, ja«, gab Oliver zu, worauf Charley Bates in ein wieherndes Gelächter ausbrach – zu seiner größten Verwunderung, denn er konnte bei all dem nicht den geringsten Grund zum Lachen sehen.
»Und was hast du mitgebracht, Kleiner?« fragte Fagin Charley Bates.
»Auch Riegerlappen«, erwiderte Master Bates und brachte vier Taschentücher zum Vorschein.
»Hem«, murmelte der Jude und besichtigte sie bei Licht. »Güt, sehr güt – aber du hast se nicht gut gezeichnet, Charley, mir wollen herauszupfen die Monogramme mit der Nadel und wollen zeigen dem kleinen Oliver, wie er es machen soll. Was meinen Sie, Oliver, was?«
»Wenn Sie die Güte haben wollen«, erwiderte Oliver.
»Du möchtest wohl auch gerne machen können Taschentücher so leicht wie Charley Bates, nicht wahr Kleiner?« fragte der Jude.
»O gewiß, von Herzen gern, wenn Sie es mich lehren wollen, Sir«, bat Oliver.
Charley brach in ein schallendes Gelächter aus, daß er darüber beinahe erstickte. »Gott, ist das ein Greenhorn«, rief er endlich, offenbar, um sich der Gesellschaft gegenüber wegen seines unmanierlichen Betragens zu entschuldigen.
Der Baldowerer sagte nichts, sondern strich Oliver das Haar über die Augen und meinte dann grinsend, er würde

es mit der Zeit schon lernen. Der Jude unterbrach ihn, da er sah, daß Oliver blutrot wurde, indem er die Frage stellte, ob heute Morgen bei der Hinrichtung viele Leute zugegen gewesen wären. Die beiden Jungen erwiderten, sie seien selbst dort gewesen, und Oliver wunderte sich, woher sie dann in aller Frühe so viel Zeit gehabt haben könnten, noch außerdem Taschentücher zu sticken.
Als das Frühstück abgeräumt war, unterhielten sich der lustige alte Herr und die beiden Jungen mit einem höchst seltsamen und ungewöhnlichen Spiel. Der lustige alte Herr schob nämlich eine Schnupftabaksdose in eine Hosentasche, eine zweite nebst einem Notizbuch in die andre, steckte eine Uhr in die Westentasche, befestigte sich die Kette im Knopfloch, schmückte seine Krawatte mit einer falschen Brillantnadel, knöpfte sich den Rock fest zu und spazierte dann mit dem Stock in der Hand, in der Art, wie alte Herren sich zu allen Tagesstunden auf der Straße zu ergehen pflegen, im Zimmer hin und her. Zuweilen blieb er beim Herde stehen und dann wieder an der Türe und tat, als betrachte er ein Schaufenster. Dabei blickte er sich aber beständig um wie aus Angst vor Taschendieben und betastete immerwährend seine Kleider, ob man ihn auch nicht bestohlen habe. Er benahm sich dabei so ungeheuer komisch, daß Oliver vor Lachen die Tränen über die Backen liefen. Die ganze Zeit über blieben die beiden Jungen dem Juden dicht auf den Fersen und entschlüpften ihm, wenn er sich umdrehte, so geschickt, daß es ihm geradezu unmöglich war, sie genau ins Auge zu fassen. Schließlich trat ihm der Baldowerer auf die Zehen oder stolperte ihm scheinbar aus Zufall über die Füße, während Charley Bates sich von hinten an ihn herandrängte und ihm mit außerordentlicher Geschwindigkeit Tabaksdose, Brieftasche, Uhr, Kette, Busennadel und Taschentuch, ja sogar das Brillenfutteral stahl. Dann fing das Spiel von neuem an.
So hatten sie es ein paarmal getrieben, da traten ein paar junge Damen ein, die die beiden jungen Herren zu spre-

chen wünschten. Die eine hieß Bet, die andre Nancy. Sie hatten beide sehr reiches Haar, das hinten nicht gerade sehr sorgfältig in einen Knoten gewickelt war, und Schuhe und Strümpfe an, die ebenfalls nicht sehr proper aussahen. Immerhin waren sie recht hübsch, lebhaft gefärbt und drall. Da sie in ihrem Benehmen sehr ungezwungen und freundlich waren, hielt sie Oliver für sehr nette liebenswürdige Mädchen. Was sie ohne Zweifel auch waren.

Ihr Besuch dauerte ziemlich lange. Und als eine der jungen Damen über Kälte klagte, wurde sogleich Schnaps geholt, und die Unterhaltung nahm einen recht angeregten Verlauf. Schließlich sagte Charley Bates, es sei höchste Zeit, sich auf die Socken zu machen. Gleich darauf gingen der Baldowerer, er und die beiden jungen Damen weg, nachdem sie vorher von dem liebenswürdigen alten Juden reichlich mit Kleingeld versehen worden waren, das sie offenbar ganz nach Belieben ausgeben durften.

»Da siehste, mei Jung«, sagte Fagin, »lebt sichs nicht fein bei mir? Den ganzen übrigen Tag haben sie jetzt frei.«

»Sind sie denn schon fertig mit der Arbeit, Sir?« fragte Oliver.

»Gewiß«, sagte der Jude, »das heißt: falls sie nicht zufällig etwas erwischen können. Aber dann werdens sie sichs schon nehmen, Kleiner, verlaß dich drauf. Nimm se dir zum Vorbild, mei Jung, nimm se dir zum Vorbild«, wiederholte er gütig und klopfte, um seinen Worten den gehörigen Nachdruck zu geben, mit der Kohlenschaufel auf den Herd. »Tu alles, was se dir raten, und folg ihnen in allen Dingen – besonders, wenn der Baldowerer dir en Rat gibt. Ich sag dir, er wird noch eines Tages ä großer Mann sein und wird auch aus dir en großen Mann machen, wann de dir an ihm e Beispiel nimmst; – sag mal, hängt mir nich mei Taschentuch zur Tasche eraus, mei Jung?« fragte er, plötzlich das Thema wechselnd.

»Ja, Sir«, erwiderte Oliver.

»Versuch mal, ob de es mir kannst erausziehen, ohne daß

ich was merk. Du weißt: so wie wir vorhin gespielt haben zusammen.«

Oliver hielt, wie er es vorhin vom Baldowerer gesehen, die Tasche mit der einen Hand fest und zog mit der andern leise das Taschentuch heraus.

»Ist es schon draußen?« fragte der Jude.

»Hier, Sir«, sagte Oliver und hielt ihm das Tuch hin.

»Gott über de Welt! E so e geschickter kleiner Jung!« sagte der spaßhafte alte Herr und tätschelte Oliver beifällig auf den Kopf. »Noch nie hab ich gesehen e so en geschickten kleinen Jungen. Da is e Shillin für dich. Wenn de ä so weiter machst, wirst de noch der größte Mann deiner Zeit werden. Aber jetzt komm emol her. Ich will dir zeigen, wie mer erausmacht die Monogrammerlich aus den Taschentüchern.«

Oliver zerbrach sich nicht wenig den Kopf, wieso er bloß deswegen, weil es ihm gelungen, einem alten Herrn ein Tuch aus der Tasche zu ziehen, Aussichten haben sollte, der größte Mann seiner Zeit zu werden, aber er nahm an, der Jude müsse, wo er ihm so bedeutend an Jahren überlegen sei, derlei wohl am besten wissen. Er folgte ihm daher an den Arbeitstisch und war bald eifrig in seine neue Beschäftigung vertieft.

10. Kapitel

Oliver gewinnt Einblick in die Charaktereigenschaften seiner neuen Kollegen, bezahlt aber seine Erfahrung sehr teuer

Viele Tage lang blieb Oliver bei dem Juden und zupfte die Monogramme aus Taschentüchern, die in großer Zahl einliefen, und nahm auch zuweilen an dem bereits erwähnten sonderbaren Spiel, das die beiden Jungen und der Jude Tag für Tag wiederholten, teil. Endlich aber

konnte er es vor Sehnsucht nach frischer Luft nicht mehr aushalten und bat den menschenfreundlichen alten Gentleman, ihn doch einmal mit den beiden Jungen ausgehen zu lassen.
Eines Morgens wurde ihm die Erlaubnis dazu erteilt, vermutlich weil keine Taschentücher mehr da waren, an denen er hätte arbeiten können. Überdies waren der Baldowerer und Charley Bates bereits des öfteren abends mit leeren Händen nach Hause gekommen, und das hatte jedesmal den alten Herrn veranlaßt, ihnen mit großem Nachdruck das Verwerfliche eines müßigen Lebenswandels vor Augen zu halten. Gelegentlich ging der Jude sogar so weit, die beiden so lange durchzuprügeln, bis sie wieder die Treppe hinunterflohen.
Oliver machte sich also mit seinen beiden Gefährten auf den Weg. Der Baldowerer hatte die Rockärmel wieder aufgekrempelt und balancierte, wie es seine Gewohnheit war, seinen Hut auf dem Kopf, während Charley Bates, die Hände in den Taschen, langsam mitschlenderte, so daß Oliver zu der Ansicht neigte, die beiden müßten den gütigen alten Herrn offenbar hintergehen und sich vor der Arbeit drücken. Überdies hatte der Baldowerer die garstige Angewohnheit, kleinen Jungen die Mützen vom Kopf zu reißen oder sie in den Rinnstein zu stoßen, und auch Charley Bates benahm sich sehr sonderbar und schien besonders sehr eigentümliche Begriffe von Mein und Dein zu haben, denn wo er nur konnte, stibitzte er Äpfel und Zwiebeln in den Höchlerbuden und ließ sie in seinen geräumigen Taschen verschwinden. Das alles mißfiel Oliver derart, daß er den beiden schon sagen wollte, es wäre wohl das beste, er ginge wieder allein nach Hause, als er in seinem Vorhaben durch eine plötzliche geheimnisvolle Wandlung, die im Benehmen des Baldowerers vor sich ging, abgelenkt wurde.
Sie traten eben aus einem sehr engen Hof in Clerkenwell, der noch heutzutage seltsamerweise die grüne Wiese heißt, als der Baldowerer plötzlich stehen blieb, den Fin-

ger auf die Lippen legte und seine beiden Gefährten vorsichtig zurückdrängte.
»Was gibt es denn?« fragte Oliver.
»Still«, flüsterte der Baldowerer. »Siehst du den alten Schöpsen drüben an der Bücherbude?«
»Den alten Herrn drüben?« fragte Oliver. »Ja, den sehe ich.«
»Das ist was für uns«, sagte der Baldowerer.
»Das ist der Richtige, *prima primissima*«, rief Master Charley Bates.
Oliver machte ein verwundertes Gesicht, konnte aber nicht weiter fragen, denn die beiden anderen huschten über die Straße und schlichen sich hinter den alten Herrn. Oliver ging unschlüssig ebenfalls hinüber, blieb dann stehen und sah ihnen stumm und verwundert zu.
Der alte Herr sah ungemein ehrwürdig aus, trug eine Perücke, goldene Brille, einen flaschengrünen Rock mit schwarzem Samtkragen, weiße Hosen und ein schickes Bambusstäbchen unter dem Arm. Er hatte gerade ein Buch zur Hand genommen und las eifrig darin. Er schien für nichts anderes einen Blick zu haben und blätterte vertieft in dem Buch. Entsetzt bemerkte Oliver plötzlich, daß der Baldowerer seine Hand in der Tasche des alten Herrn verschwinden ließ und sie gleich darauf mit einem Taschentuch wieder herauszog, das er dann Charley übergab, worauf beide um die Ecke herum Reißaus nahmen. Im Nu war ihm das Geheimnis klar, woher die Taschentücher, Uhren und Pretiosen des Juden kamen. Eine Sekunde lang stand er wie gelähmt da. Dann lief er erschreckt davon, so schnell ihn seine Füße tragen wollten. Das alles dauerte kaum eine Minute. Im selben Augenblick, als Oliver zu laufen anfing, griff der alte Herr in seine Tasche und drehte sich, da er sein Schnupftuch vermißte, um. Er sah Oliver davonlaufen, hielt ihn natürlich für den Dieb und schrie: »Haltet den Dieb« und lief ihm mit dem Buch in der Hand nach. Kaum hörten der Baldowerer und Charley Bates seinen Ruf, als auch sie aus ihrer

Ecke wieder hervorkamen und, um den Verdacht von sich abzulenken, laut in das bereits allgemein werdende Geschrei der Straße: »Haltet den Dieb« einstimmten. So ein Ruf »Haltet den Dieb, haltet den Dieb« hat eine magische Wirkung. Der Kaufmann springt hinter dem Ladentisch hervor, der Fuhrmann vom Wagen herunter, der Fleischer wirft seine Mulde weg und der Bäcker seinen Brotkorb, der Milchmann läßt seinen Eimer stehen, der Laufbursche verliert sein Paket. Jeder wirft weg, was ihn am Laufen hindert. Der Schuljunge seine Murmeln, der Maurer seine Kelle, das Kind seinen Gummiball, und tobend, kreischend und brüllend geht die wilde Jagd um die Ecke. Die Hunde bellen und jagen einher und verscheuchen die Hühner, und Straßen und Plätze und Höfe widerhallen von dem Ruf: »Haltet den Dieb, haltet den Dieb«. Bei jeder Straßenbiegung wächst die Menge an. Dahin laufen sie und patschen durch Pfützen und Rinnsteine, Fenster fliegen auf, und vorwärts, immer vorwärts stürzt der Knäuel. Alles kreischt vor Freude: »Haltet den Dieb.« Wenn sie den Armen endlich haben, zu Boden geworfen liegt er da, und die Menge umdrängt ihn. Und jeder trachtet, ihm noch einen Hieb zu versetzen. Weg da, Platz da! Wo ist der Herr? Da kommt er jetzt die Straße herunter, Platz für den Herrn. »Ist das der Dieb, Sir?«
»Ja.«
Von Schmutz bedeckt und blutüberströmt lag Oliver da und starrte in den Haufen der ihn umringenden Gesichter. Da drängte man den alten Herrn vor ihn hin.
»Ja«, sagte der Herr, »ich fürchte, es ist der Junge.«
»Warum denn – fürchten«, murmelten einige. »Um den ist es nicht schade.«
»Armer Junge«, sagte der Herr, »er hat sich wohl weh getan?«
»Ich hab' ihm eine versetzt«, meldete sich ein baumlanger Strolch, »i bin ihm mit der Faust übers Maul g'fahren; i war's, der wo ihn aufg'halten hat, Herr.«
Und grinsend griff der Lümmel an seinen Hut, ein Trink-

geld erwartend. Aber der alte Herr warf ihm nur einen bitterbösen Blick zu und sah sich ängstlich um, als liefe er selbst am liebsten davon, und er würde es wahrscheinlich auch getan und dadurch eine neue Hetzjagd veranlaßt haben, wenn sich nicht ein Polizeimann – wie immer in solchen Fällen – als allerletzter eingefunden und Oliver am Kragen gepackt hätte.
»Heda, aufgestanden«, sagte der Polizist grob.
»Ich bin es doch nicht gewesen, Sir; wirklich, ich war es nicht. Es waren zwei andere Jungens«, rief Oliver entsetzt, die Hände faltend und verstört um sich blickend. »Irgendwo hier herum müssen sie sich versteckt haben.«
»Na, hier herum g'wiß nicht«, sagte der Polizeimann, und wenn er seine Worte auch ironisch meinte, so hatte er doch im allgemeinen recht, denn der Baldowerer sowie Charley Bates hatten sich längst absentiert. »Aufgestanden jetzt!«
»Tun Sie ihm nichts zuleide«, sagte der alte Herr mitleidig.
»Na na, davon kann ka Red sein«, antwortete der Polizeimann und riß Oliver fast die Jacke vom Leib. »Marsch vorwärts, dich kenn' ich schon. Wirst gleich aufstehen, Diebslümmel.«
Mühsam erhob sich Oliver vom Boden und wurde am Kragen im schnellsten Tempo durch die Straßen geschleift. Der alte Herr ging neben dem Polizisten her, und jubelnd begleitete sie die Gassenjugend zum Kommissariat.

11. Kapitel

Der Polizeikommissär Mr. Fang zeigt sich als außerordentlich tüchtiger Justizbeamter

Als der Zug auf der Wache angelangt, wurde Oliver vorläufig in eine Art Keller eingesperrt, der nur so starrte vor Schmutz. Ein vierschrötiger Kerl mit einem Backenbart

und einem Bündel Schlüssel in der Hand trat vor. »Was gibt's denn schon wieder?« fragte er mürrisch.
»Ein junger Taschendieb«, antwortete der Polizist, der Oliver amKragen hielt.
»Sind Sie der Bestohlene, Sir?« fragte der Mann mit den Schlüsseln.
»Ja«, sagte der alte Herr. »Aber ich kann nicht genau angeben, ob es auch wirklich der Junge war, der mir das Taschentuch gestohlen hat. Ich – hm – möchte am liebsten den Fall nicht weiter verfolgen.«
»Dös müssen S' dem Herrn Kommissär sagen«, brummte der Mann. »Der Herr Kommissär wird gleich frei sein. Na, kumm amal her, kleiner Galgenvogel.«
Damit packte der Mann Oliver am Kragen und sperrte ihn in den erwähnten Keller. Es war dies eine Art Schacht, der nur so strotzte von Unrat und Schmutz.
Der alte Herr sah ebenso bekümmert aus wie Oliver selbst, als der Schlüssel im Schloße kreischte, und warf mit einem Seufzer einen Blick auf das Buch, das die unschuldige Veranlassung zu dem ganzen Unheil gewesen war.
»Es liegt etwas in dem Gesicht des Jungen«, murmelte der alte Herr und rieb sich nachdenklich mit dem Buchdeckel das Kinn, »etwas, was mich tief ergreift und rührt. Er ist vielleicht ganz unschuldig. Aussehen tut er danach. – Übrigens«, rief der alte Herr plötzlich und sah nachdenklich zum Himmel empor, »an wen erinnern mich doch nur seine Züge?«
Eine Berührung an der Schulter weckte ihn aus seinen Betrachtungen. Gleich darauf ersuchte ihn der Mann mit den Schlüsseln, ihm in die Wachstube zu folgen. Hastig klappte der alte Herr das Buch zu und stand in der nächsten Minute vor dem berühmten Polizeikommissär Mr. Fang. »Hier mein Name und meine Adresse, Sir«, sagte er, verbeugte sich höflich und überreichte dem Gewaltigen seine Karte. Ärgerlich über die Störung blickte Mr. Fang, der soeben eine Zeitung studiert hatte, auf und fragte: »Wer sind Sie?«

Einigermaßen überrascht deutete der alte Herr auf seine Karte.
Verächtlich stieß der Kommissär die Karte zurück. »Gerichtsdiener, lesen Sie, wer dieser Mensch ist.«
»Ich heiße Brownlow«, fiel der alte Herr mit einer Höflichkeit, die stark von der Grobheit des Polizeibeamten abstach, ein, »Sie werden wohl gestatten, daß ich mich nach dem Namen des Gerichtsbeamten erkundige, der einem achtbaren Bürger ohne jede Veranlassung in diesem Lokal Beleidigungen ins Gesicht wirft.«
»Gerichtsdiener«, rief Mr. Fang und legte seine Zeitung weg, »was liegt gegen den Menschen vor?«
»Gegen ihn nichts, Euer Gnaden«, erwiderte der Diener. »Er ist der Ankläger dieses Jungen.«
»So, dieses Jungen, so«, sagte Mr. Fang und musterte Mr. Brownlow von Kopf bis Fuß verächtlich. »Beeidigen Sie ihn.«
»Ehe man mich vereidigt, muß ich bitten, die Sache erklären zu dürfen«, protestierte Mr. Brownlow. »Ich würde niemals geglaubt haben, wenn es mir nicht selbst widerfahren wäre, daß –«
»Halten Sie den Mund«, rief Mr. Fang gebieterisch.
»Das werde ich nicht tun, Sir«, opponierte der alte Herr.
»Sie schweigen augenblicklich, oder ich lasse Sie hinauswerfen«, schrie Mr. Fang. »Sie sind ein unverschämter frecher Kerl. Wie können Sie sich erdreisten, in dieser Weise mit mir zu sprechen!«
»Was!« rief der alte Herr, vor Zorn errötend.
»Vereidigen Sie den Kerl!« befahl Mr. Fang. »Ich will weiter nichts hören.«
Mr. Brownlow war aufs äußerste entrüstet, überlegte sich aber, daß er Oliver nur schaden müsse, wenn er weiter so energisch auftrete, unterdrückte daher seinen Ärger und ließ sich ruhig vereidigen.
»Nun«, fragte Mr. Fang, »was liegt gegen den Burschen vor? Was haben Sie vorzubringen, Sir?«

»Ich stand vor einem Bücherladen«, begann Mr. Brownlow.
»Halten Sie den Mund«, rief Mr. Fang. »Wo ist der Wachmann? So. Hier. Beeidigen Sie den Wachmann. Also, Wachmann, was hat's gegeben?«
Der Polizeimann berichtete mit gebührender Unterwürfigkeit, wie er Oliver verhaftet, durchsucht, aber nichts bei ihm gefunden habe, und wie alles weiter gekommen sei.
»Sind Zeugen da?« fragte Mr. Fang.
»Nein, Euer Gnaden.«
Einige Minuten saß der Kommissär schweigend da, dann wandte er sich zu Mr. Brownlow und sagte mit steigendem Ärger:
»Wollen Sie jetzt hier aussagen, was Sie gegen den Jungen vorzubringen haben, oder wollen Sie es nicht? Man hat Sie vereidigt. Wenn Sie Ihre Aussage verweigern sollten, lasse ich Sie wegen Irreführung der Behörden bestrafen, verlassen Sie sich darauf – ich schwör's bei –«
Bei was oder bei wem er es beschwören wollte, kam nicht heraus, denn im richtigen Moment husteten der Schreiber und Schließer so laut sie konnten, und außerdem ließ ersterer ein schweres Buch zu Boden fallen und verhinderte, daß man den Fluch verstehen konnte.
Des öfteren unterbrochen und wiederholt beschimpft, konnte Mr. Brownlow endlich die nötigen Angaben machen und schloß mit dem Bemerken, er sei im ersten Augenblick dem Jungen nachgelaufen, nur weil er ihn habe fliehen sehen. Dann gab er der Hoffnung Ausdruck, man möge mit Oliver so gelinde verfahren, wie es das Gesetz nur irgend zuließe, falls es sich herausstellte, daß Oliver nicht selbst der Dieb sei, sondern nur mit Dieben in Verbindung stünde.
»Er hat sich bereits ernstlich verletzt«, schloß der alte Herr, »und ich fürchte, glauben zu dürfen, daß ihm nicht sehr wohl zumute ist.«
»Das können Sie freilich glauben«, rief Mr. Fang grinsend.

»Hallo, laß jetzt den Firlefanz, Bursche, es nützt dir hier nichts. Wie heißt du?«
Oliver wollte antworten, aber die Kehle war ihm wie zugeschnürt. Er war leichenblaß, und alles drehte sich um ihn.
»Wie heißt du, Schuft, erbärmlicher?« fragte Mr. Fang. »Polizeidiener, wie heißt der Bursche?«
Der Angeredete, ein dicker, alter Mann mit einer gestreiften Weste, beugte sich über Oliver und wiederholte die Frage. Da er aber merkte, daß der arme Junge vor Entsetzen die Frage kaum verstand, und er fürchtete, der Kommissär würde nur um so wütender werden, wenn er nicht bald Antwort bekäme, erging er sich in allerlei Mutmaßungen.
»Er sagt, er heiße Tom White, Euer Gnaden«, sagte er endlich.
»Er kann wohl nicht deutlich genug sprechen, daß man's hören kann, was?« rief Mr. Fang. »Also gut, wo wohnt er?«
»Wo er gerade kann, Euer Gnaden«, antwortete der Diener, trotzdem Oliver kein Wort gesprochen hatte.
»Hat er Eltern?«
»Er sagt, sie wären gestorben, wie er noch klein war, Euer Gnaden«, antwortete der Mann mit der gestreiften Weste, indem er sich auch diese Worte wieder erfand.
Als das Verhör einen Moment stockte, hob Oliver mit flehendem Blick den Kopf und bat matt um einen Schluck Wasser.
»Unsinn«, rief Mr. Fang. »Daß du dich nicht etwa unterstehst, mir da Lügen vorzureden.«
»Ich glaube wirklich, er ist krank, Euer Gnaden«, wendete der Gerichtsdiener ein.
»Das weiß ich besser, schweigen Sie«, sagte Mr. Fang.
»Geben Sie acht auf ihn, Gerichtsdiener«, warnte der alte Herr, »er wird gleich umfallen.«
»Weg da, Gerichtsdiener«, schrie der Kommissär. »Soll der Bursche nur umfallen, wenn's ihm Spaß macht.«

Oliver jedoch machte von dieser freundlichen Erlaubnis wirklich Gebrauch und fiel sofort ohnmächtig zu Boden. Die in der Amtsstube befindlichen Unterbeamten sahen einander an, aber keiner wagte die Hand zu rühren.
»Ich habs gleich gesehen, daß er sich verstellt«, triumphierte der Kommissär, als ob er jetzt einen unbestreitbaren Beweis in der Hand hätte. »Laßt ihn nur liegen, er wirds schon sattkriegen.«
»Wie gedenken Sie in diesem Fall zu verfahren?« fragte der Schreiber mit leiser Stimme.
»Summarisch, ganz summarisch«, entgegnete der Kommissär. »Drei Monate Zwangsarbeit. Hinaus mit ihm.«
Die Türe wurde geöffnet, und man schickte sich bereits an, den bewußtlosen Oliver in seine Zelle zu tragen, als ein ältlicher Herr von anständigem, wenn auch ärmlichem Äußeren in einem abgenützten schwarzen Anzug hastig in die Polizeistube stürzte und zum Pult des Kommissärs eilte.
»Warten Sie, bitte, warten Sie, führen Sie ihn nicht ab, um Gottes willen, warten Sie einen Augenblick«, rief der neuangekommene Herr, vor Eile noch ganz atemlos.
Der Kommissär war nicht wenig empört, schon wieder einen ungebetenen Gast und noch dazu in so unehrerbietiger Weise eintreten zu sehen. »Was soll das heißen?« rief er. »Werft den Kerl hinaus. Ich will hier meine Ruhe haben.«
»Ich will aber sprechen«, rief der Mann, »und lasse mich nicht abweisen. Ich habe alles mitangesehen. Ich bin der Besitzer des Buchladens. Ich bitte mich zu vereidigen. Ich muß hier sprechen. Mr. Fang, Sie müssen mich anhören. Sie dürfen mir die Aussage nicht verweigern, Mr. Fang.«
Der Buchhändler war vollständig im Recht, und sein Begehren konnte nicht abgeschlagen werden. Die Sache fing an, zu ernsthaft zu scheinen, um einfach übers Knie gebrochen zu werden.
»Also vereidigen Sie den Menschen«, brummte der Kommissär ungnädig. »Nun, was haben Sie vorzubringen?«

»Folgendes«, begann der Buchhändler. »Also ich sah drei Jungen, zwei andere und diesen hier, und sie schlenderten meinem Laden gegenüber auf der andern Seite der Straße entlang, während dieser Gentleman hier ein Buch durchblätterte. Die beiden andern Burschen haben den Diebstahl begangen. Ich habe gesehen, wie sie ihn ausführten, und habe auch bemerkt, daß dieser Junge hier darüber ganz entsetzt war.«
»Warum sind Sie nicht früher hergekommen?« fragte der Kommissär nach einer Pause.
»Ich hatte niemand, der inzwischen auf meinen Laden aufgepaßt hätte«, entschuldigte sich der Buchhändler. »Alle Leute sind doch wie besessen diesem Jungen hier nachgelaufen, um ihn einzufangen. Erst vor fünf Minuten konnt ich jemand auftreiben, und den ganzen Weg bis hierher bin ich in einem fort gelaufen.«
»Dieser Herr hier las in einem Buch, nicht wahr?« fragte Mr. Fang nach einer zweiten Pause.
»Ja«, erwiderte der Buchhändler, »in demselben, das er jetzt hier in der Hand hat.«
»Was? In dem Buch?« fragte der Kommissär. »Ist das Buch schon bezahlt?«
»Nein, noch nicht«, antwortete der Buchhändler lächelnd.
»O Gott, das hab ich ja ganz und gar vergessen«, rief der alte Herr harmlos.
»Ein netter Mensch, der einen armen Jungen des Diebstahls anklagt«, sagte Mr. Fang und bemühte sich, höhnisch ein menschenfreundliches Gesicht aufzusetzen. »Ich neige der Ansicht zu, Sir, Sie haben unter höchst verdächtigen Umständen sich dieses Buch angeeignet. Seien Sie froh, daß der Eigentümer desselben nicht gegen *Sie* Anklage erhebt. Schreiben Sie sich das hinter die Ohren, mein Lieber, sonst kanns Ihnen das nächste Mal schlimm gehen. Der Junge ist freigesprochen. Gerichtsdiener, räumen Sie die Kanzlei.«
»Ja zum Teufel nochmal«, rief der alte Herr, dessen lang

unterdrückter Zorn jetzt hervorbrach. »Donner und Doria, ich will Ihnen –«

»Räumen Sie die Kanzlei«, rief der Kommissär. »Gerichtsdiener, die Kanzlei geräumt.«

Ehe noch Mr. Brownlow etwas sagen konnte, wurde er, das Buch in der einen, das Bambusstöckchen in der andern Hand und ganz außer sich vor Empörung, hinausgeschoben. Draußen im Hof jedoch verflog sein Zorn im Nu: der kleine Oliver Twist lag mit dem Rücken auf dem Pflaster, man hatte ihm das Hemd aufgeknöpft und beide Schläfen mit Wasser begossen. Sein Gesicht war totenblaß, und ein kalter Schauder schüttelte seinen ganzen Körper.

»Armer Junge, armer Junge«, rief Mr. Brownlow und neigte sich über ihn. »Bitte, holen Sie doch eine Droschke, bitte, bitte gleich.«

Im Augenblick fuhr ein Wagen vor, und nachdem man Oliver sorgsam auf den Rücksitz gelegt, stieg der alte Herr ein und setzte sich ihm gegenüber.

»Darf ich Sie begleiten?« fragte der Buchhändler mit einem Blick in den Wagen.

»Selbstverständlich, lieber Herr«, sagte Mr. Brownlow. »Ich habe Sie ganz vergessen. O Gott, o Gott, immer noch habe ich das unglückselige Buch in der Hand. So steigen Sie doch ein! Der arme Junge, der arme Junge, wir dürfen keine Zeit verlieren.«

Der Buchhändler stieg in den Wagen, und die Droschke fuhr davon.

12. Kapitel

Oliver findet eine bessere Pflege als je zuvor, und unsere Geschichte kehrt wieder zu dem menschenfreundlichen Mr. Fagin und seinen jungen Schützlingen zurück

Der Wagen rasselte davon, fast auf demselben Weg, den Oliver durchwandert hatte, als er in der Gesellschaft des Baldowerers zum erstenmal London betreten, erreichte dann den »Engel« in Islington und hielt schließlich vor einem hübschen saubern Haus in einer stillen schattigen Straße in der Nähe von Pentonville. Hier brachte Mr. Brownlow seinen jungen Schützling sofort zu Bett und ließ ihm eine Pflege und Behandlung angedeihen – so liebvoll, wie dieser sie noch nie im Leben gehabt hatte.

Eine ganze Woche verging, und immer noch lag Oliver fiebernd und phantasierend auf seinem Lager. Schwach, abgemagert und bleich erwachte er endlich aus einem Schlaf, der ein langer quälender Traum gewesen zu sein schien. Matt erhob er sich in seinem Bett und sah sich ängstlich um.

»Wo bin ich? Wo hat man mich hingebracht?« fragte er. »Das ist doch nicht der Ort, wo ich umgefallen bin.«

Eilig wurde der Vorhang am Kopfende des Bettes zurückgezogen, und eine mütterlich aussehende alte Dame stand auf und beugte sich über ihn.

»Still, still, Kind«, flüsterte sie. »Du mußt dich ruhig verhalten, sonst wirst du wieder krank. Du warst schon nahe am Tode, denk bloß. Leg dich nur wieder hin – komm, sei ein liebes Kind.«

Mit diesen Worten legte die alte Dame Olivers Kopf zurück, strich ihm das Haar aus der Stirn und sah ihm so menschenfreundlich ins Gesicht, daß er seine abgezehrte Hand in die ihre legen und ihren Arm um seinen Hals schlingen mußte.

»O du lieber Himmel«, rief die alte Dame mit tränenden Augen, »was das für ein dankbares kleines Wesen ist. Was würde wohl seine Mutter fühlen, wenn sie so neben ihm säße, wie ich jetzt, und ihn sehen könnte.«
»Vielleicht sieht sie mich«, hauchte Oliver die Hände faltend. »Vielleicht hat sie bei mir gesessen die ganze Zeit über. Ich glaube wirklich, es war so.«
»Du hast gefiebert, Kind«, sagte die alte Dame milde.
»Ich glaube auch, ich habe gefiebert«, antwortete Oliver. »Der Himmel ist doch so weit weg, und sie sind so glücklich dort – viel zu glücklich, um an das Bett eines armen Jungen zu kommen. Aber wenn sie gewußt hat, daß ich krank war, so muß es ihr sehr nahe gegangen sein, denn sie war ja auch sehr krank, ehe sie starb. Aber sie kann doch nicht gut etwas von mir wissen«, setzte er nach einer Weile hinzu. »Hätte sie gesehen, was man mir angetan hat, so wäre sie betrübt darüber gewesen. Und sie hat doch so glücklich ausgesehen, so oft ich von ihr träumte.«
Die alte Dame gab keine Antwort, wischte sich nur die Augen und dann die Brille ab, die sie auf die Bettdecke gelegt hatte – ganz so, als ob die Brille und ihre Augen unbedingt zusammengehörten –, dann brachte sie Oliver ein beruhigendes Getränk, tätschelte ihm die Wange und sagte ihm, er müsse sehr ruhig liegen, damit er nicht wieder krank werde.
Oliver gehorchte sofort, teils, weil er um alles in der Welt die gute alte Dame nicht gekränkt hätte, und dann auch, weil ihn die wenigen Worte, die er gesprochen, wirklich vollständig erschöpft hatten. Er verfiel bald in eine Art Halbschlummer, aus dem er erst durch den Schein einer Kerze geweckt wurde, die ihm, in die Nähe des Bettes gebracht, einen Herrn zeigte, der in der einen Hand eine Uhr hielt und mit der andern seinen Puls befühlte und dann behauptete, daß es ihm schon weit besser ginge.
»Es geht dir doch auch besser, nicht wahr, Kind?« fragte der Herr.
»Ja, ich danke, Sir«, erwiderte Oliver.

»Natürlich, ich weiß doch, daß es dir besser geht«, sagte der Doktor. »Du bist auch selbstverständlich hungrig.«
»Nein, Sir«, antwortete Oliver.
»Hm«, flüsterte der Arzt. »Nein? Natürlich ja; ich weiß doch, daß du gar nicht hungrig bist. Er ist nicht hungrig, Mrs. Bedwin«, sagte er dann und legte seine Stirn in tiefe Weisheitsfalten.
Die alte Dame machte eine achtungsvolle Verbeugung, die besagen sollte, daß sie den Doktor für einen ungemein gescheiten Herrn halte. Der Doktor schien von sich selbstverständlich die gleiche Ansicht zu haben.
»Du bist also schläfrig, nicht wahr, Kind?« fragte er weiter.
»Nein«, antwortete Oliver.
»Nein«, sagte der Doktor mit pfiffiger Miene, »du bist nicht schläfrig. Auch nicht durstig natürlich, wie?«
»Doch, Sir, ziemlich durstig«, antwortete Oliver.
»Ganz wie ich erwartete, Mrs. Bedwin«, sagte der Arzt, »selbstverständlich muß er durstig sein. Sie können ihm ein wenig Tee geben, liebe Mrs. Bedwin, und etwas trocknes Brot, aber ja keine Butter. Halten Sie ihn nicht zu warm, Mrs. Bedwin, geben Sie aber auch acht, daß er nicht friert. Werden Sie sich das alles merken?«
Die Dame knickste. Der Arzt kostete das kühlende Getränk, sprach seine Billigung darüber aus und schritt von dannen. Seine Stiefel knarrten, wie er die Treppe hinunterstieg, sehr laut und verrieten, was für eine hochwichtige Person in ihnen stak.
Oliver schlummerte wieder ein, und als er erwachte, war es beinahe zwölf Uhr. Zärtlich sagte ihm die alte Dame gute Nacht und übergab ihn der Obhut einer dicken alten Frau, die eben eingetreten war mit einem kleinen Bündel und darin einem dünnen Gebetbuch und einer bauschigen Nachtmütze. Als sie letztere auf den Kopf gesetzt und ersteres neben sich auf den Tisch gelegt, erzählte sie Oliver, sie sei hergekommen, um bei ihm zu wachen. Dann zog sie ihren Stuhl an den Kamin und schlief ein. Wachte auch

nicht mehr auf, höchstens für eine Sekunde, wenn sie vor Schnarchen beinahe erstickte. Aber jedesmal rieb sie sich dann tüchtig die Nase und schien weiter keinen Schaden genommen zu haben.
So verging langsam die Nacht. Eine Zeit lag Oliver wach, dann fing er an, die kleinen Lichtkreise zu zählen, die der Lampenschirm auf die Decke warf, oder verfolgte mit müdem Blick das verworrene Tapetenmuster. Bei der Düsternis und der feierlichen Stille, die in der Stube herrschten, drängten sich ihm die Gedanken auf, wieviel Tage und Nächte der Tod hier gespukt haben mochte, und daß er vielleicht jetzt noch das Zimmer mit der ganzen Schwermut seiner furchtbaren Gegenwart erfülle. Und er drückte sein Gesicht in die Kissen und betete inbrünstig zu Gott.
Allmählich verfiel er in einen tiefen ruhigen Schlummer, den nur das Gefühl, schweres Leid hinter sich zu haben, verleiht; – jene friedliche Ruhe, aus der zu erwachen Schmerz bedeutet. Wäre sie der Tod, wer würde gern daraus wiedererwachen zu all den Kämpfen und Mühsalen des Lebens und zu der Bangigkeit vor der Zukunft, zu all den trüben Erinnerungen, die aus der Vergangenheit wieder auferstehen!
Es war schon lange heller Tag, als Oliver die Augen aufschlug, und er fühlte sich froh und zufrieden, war doch die Krisis glücklich überstanden, und er gehörte wieder der Welt an.
Nach drei Tagen war er wieder fähig, in einem Lehnstuhl zu sitzen, den man ihm gut mit Kissen ausgestopft hatte und den Mrs. Bedwin selbst die Treppen hinunterschleppte in das kleine Haushälterinnenstübchen, das sie bewohnte. Dort saß nun Oliver neben dem Ofen, und die gute alte Dame setzte sich zu ihm und fing vor Freude, ihn wieder so wohl zu sehen, laut an zu weinen.
»Achte nicht auf mich, liebes Kind«, sagte sie, »ich weine mich nur gern von Zeit zu Zeit ein bißchen aus; jetzt ist es schon vorüber, und ich bin wieder ganz froh und vergnügt.«

»Sie sind so freundlich gegen mich«, sagte Oliver.
»Denke nicht darüber nach, mein Kind«, wehrte ihm die alte Dame. »Denke lieber an deine Suppe, denn es ist höchste Zeit, daß du wieder einmal etwas ißt. Der Herr Doktor hat gesagt, Mr. Brownlow könne heute früh vorsprechen und dich besuchen, und da mußt du ihm ein glückliches und zufriedenes Gesicht zeigen, damit er sich darüber freut.« Dann wärmte die alte Dame in einem Kessel ein wenig Fleischbrühe, die nach Olivers Ansichten an Kraft für mindestens dreihundertfünfzig Armenhäusler – gering geschätzt – ausgereicht hätte.
»Siehst du gerne Bilder, mein Kind?« fragte die alte Dame, als sie sah, wie Oliver gespannt auf ein Porträt blickte, das ihm gegenüber an der Wand hing.
»Ich weiß es nicht, Mrs. Bedwin«, sagte Oliver, ohne die Augen von dem Bild wegzuwenden. »Ich habe so wenig gesehen, daß ich es kaum zu sagen weiß. Was für ein schönes freundliches Gesicht die Dame dort hat.«
»Ach«, seufzte die alte Frau, »die Maler machen doch die Damen immer viel hübscher, als sie wirklich sind. Na ja, sonst würde sich auch niemand malen lassen, mein Kind. Der Mann, der den Apparat erfunden hat, mit dem man jede Ähnlichkeit hervorbringt, hätte wissen müssen, daß er damit kein Geschäft machen kann. Es ist ein viel zu ehrliches Handwerk. Viel zu ehrlich«, wiederholte die alte Dame und lachte herzlich über ihren Scharfsinn.
»Ist das – das Bild ähnlich, Mrs. Bedwin?« fragte Oliver.
»Ja«, sagte die alte Dame und blickte einen Augenblick von der Suppe auf. »Es ist doch ein Porträt.«
»Von wem?«
»Das kann ich dir wirklich nicht sagen, Kind«, antwortete die alte Dame gutgelaunt. »Es hat wohl mit niemandem Ähnlichkeit, den ich oder du kennen. Es scheint dich zu interessieren, Kleiner?«
»Es ist so wunderschön.«
»Du fürchtest dich doch nicht am Ende davor?« fragte die

alte Dame, als sie bemerkte, daß etwas wie Leid oder Schmerz im Blick Olivers lag.
»O, nein, nein«, beteuerte Oliver rasch. »Aber ihre Augen sehen so betrübt drein, und wo immer ich hinschaue, immer scheinen sie auf mich gerichtet zu sein. Das Herz schlägt mir dabei«, setzte er mit leiser Stimme hinzu. »Gerade, als ob die Dame noch am Leben wäre und mit mir sprechen wollte, aber nicht könnte.«
»Gott im Himmel«, rief die alte Dame erstaunt, »was sprichst du denn da, Kind? Du bist noch sehr angegriffen von deiner Krankheit. Ich will dir den Stuhl auf die andre Seite rollen, dann siehst du es nicht immer. – So«, sagte sie und ließ ihren Worten die Tat folgen, »jetzt kannst du's nicht mehr sehen.«
Aber immer noch sah Oliver im Geiste das Bild vor sich, schwieg jedoch darüber, um der alten Dame keinen Kummer zu bereiten, sondern machte ein freundliches glückliches Gesicht. Mrs. Bedwin, die sich darüber sehr freute, schüttete in die Suppe Salz, brockte geröstete Semmelschnitten hinein und reichte sie dann Oliver, der sie heißhungrig verschlang. Er hatte kaum den letzten Löffel geschlürft, als es leise an die Türe klopfte und Mr. Brownlow eintrat.
Wie gewöhnlich hatte der alte Herr die Brille auf die Stirn geschoben und die Hände in den Schößen seines Schlafrokkes verborgen. Er warf jetzt einen bedächtigen langen Blick auf Oliver und machte sofort ein höchst bestürztes Gesicht, denn Oliver sah eher aus wie ein Schatten, als wie ein lebender Junge, und bei seinem Versuch, seinen Wohltäter zu begrüßen, sank er vor Schwäche wieder in seinen Stuhl zurück. Mr. Brownlow, dessen Herz so weit war, daß es für mindestens sechs alte philanthropisch gesinnte Herren ausgereicht hätte, traten sofort die Tränen in die Augen.
»Armer Junge, armer Junge«, murmelte er und räusperte sich, um seine Rührung zu verbergen. »Ich bin wieder schrecklich heiser heute Morgen, Mrs. Bedwin. Ich fürchte, ich habe mich erkältet.«
»Ich will doch nicht hoffen, Sir«, sagte Mrs. Bedwin. »Ich

habe mich selbst überzeugt, daß Ihre Kleider, bevor Sie sie anzogen, ganz trocken waren.«

»Ich weiß, ich weiß, Mrs. Bedwin«, beschwichtigte Mr. Brownlow. »Aber ich fürchte, die Serviette gestern Mittag muß ein wenig feucht gewesen sein. Doch lassen wir das. Wie geht es dir, Kleiner?«

»O, ich bin so glücklich, Sir«, antwortete Oliver, »und bin Ihnen so von Herzen dankbar für all das Gute, das Sie mir erwiesen haben, Sir.«

»Braver Junge«, sagte Mr. Brownlow stolz und würdig. »Haben Sie ihm denn auch etwas Gutes zu essen gegeben, Mrs. Bedwin? Doch nicht etwa Wassersuppe?«

»Soeben einen Teller schöne kräftige Fleischbrühe, Sir«, antwortete Mrs. Bedwin ein wenig gekränkt, daß man ihr zumutete, sie werde dem Patienten Wassersuppe reichen.

»Brrrr«, sagte Mr. Brownlow mit einem leichten Schauder, »ein paar Gläser Portwein wären noch viel besser gewesen, was meinst du, Tom White?«

»Ich heiße Oliver, Sir«, antwortete der kleine Patient und sah Mr. Brownlow erstaunt an.

»Oliver?« wiederholte Mr. Brownlow. »Oliver? Oliver White also.«

»Nein, Sir. Twist, Oliver Twist.«

»Kurioser Name«, rief der alte Herr. »Weshalb hast du denn dem Kommissär gesagt, du hießest White?«

»Das habe ich ihm nicht gesagt, Sir«, antwortete Oliver erstaunt.

Das klang so offenkundig wie eine Lüge, daß der alte Herr Oliver erstaunt anblickte, aber das Gesicht des kleinen Patienten trug so offen den Stempel der Wahrheit, daß Mr. Brownlow sofort jeden Zweifel fallen ließ.

»Also ein Irrtum«, brummte er. Dann plötzlich sah er den Kleinen wieder starr an, der Gedanke an eine Ähnlichkeit mit einem Gesicht, das er irgendwo gesehen, drängte sich ihm übermächtig auf.

»Sie sind doch nicht böse auf mich, Sir?« fragte Oliver schüchtern.

»Nein, nein«, rief der alte Herr schnell. »Gott, was sehe ich«, setzte er schnell hinzu. »Bedwin, schauen Sie doch nur!«
Dabei deutete er hastig auf das Porträt, das über Olivers Kopf hing, dann auf dessen Gesicht. Eins war die Kopie des andern: Augen, Kopf, Mund, kurz jeder Zug: derselbe. Die Ähnlichkeit war so frappant, daß man wirklich verdutzt sein mußte.
Oliver konnte sich den Grund der plötzlichen Erregung des alten Herrn nicht erklären, es brauste ihm vor den Ohren, alles drehte sich um ihn, und schwach, wie er von der überstandenen Krankheit war, sank er plötzlich in Ohnmacht.

Als der Baldowerer und Master Charley Bates sich unter dem Ruf »Haltet den Dieb« der Hetzjagd angeschlossen, bogen sie plötzlich in ein Gewirr von engen Gassen und Höfen ab und blieben schließlich atemlos in einem niedrigen finsteren Torflur stehen. Dann platzte Charley Bates in einem brüllenden Gelächter heraus, ließ sich auf eine Türstufe fallen und wälzte sich außer sich vor Vergnügen hin und her.
»So hör doch schon auf, dummes Luder«, brummte der Baldowerer und blickte sich scheu um.
»Ich kann mich nicht halten, hohoho«, brüllte Charley. »Wie er so dahingesaust ist und alle Augenblicke angeprallt ist gegen einen Laternenpfahl, grad als ob er auch aus Eisen wär – hohoho – und ich mit dem Riegerlappen im Sack – hohoho –« und wieder wälzte sich Master Bates vor Lachen auf der Türschwelle.
»Was meinst du wohl, was wird Fagin sagen?« fragte der Baldowerer.
»Na, was soll er denn sagen?«
»Ja eben, das ists doch.«
»Meinst du, er wird was sagen?« fragte Master Charley und hielt in seiner Heiterkeit plötzlich inne, denn das Benehmen seines Kollegen wirkte beängstigend auf ihn.

Mr. Dawkins pfiff ein paar Sekunden durch die Zähne, dann nahm er den Hut vom Schädel, kratzte sich und nickte bedenklich.

»Na, so sag, was du meinst«, drängte Master Charley.

»Ach was, kann mir schließlich auch wurst sein«, brummte der Baldowerer, und ein flüchtiges Grinsen überflog sein listiges Gesicht. Dann nahm er die Schöße seines langen Rocks unter dem Arm zusammen, schlug sich ein paarmal bedeutungsvoll auf die Nase, drehte sich auf dem Absatz um und schlich, von Charley Bates gefolgt, stumm durch den Hof davon. Nicht lange darauf schritten beide die knarrenden Stufen zu dem alten Philanthropen empor, der gerade über seinen Herd gebeugt, ein kleines Stück Brot und ein Würstchen in der Linken und ein Taschenmesser in der Rechten, vor sich auf einem Schemel einen zinnernen Krug, dasaß, während ein schurkisches Lächeln sein fahles Gesicht überzog. Gespannt horchte er bei dem Geräusch auf und zog seine dichten roten Augenbrauen zusammen.

»Hallo, was ist das«, murmelte er und wurde totenblaß. »Nur zwei? Was soll das heißen? Soll da was faul sein?«

Die Fußtritte kamen immer näher, erreichten die Schwelle, die Türe ging leise auf, und der Baldowerer und Charley Bates traten ein.

13. Kapitel

Einige neue Personen werden vorgestellt

»Wo ist Oliver?« rief der Jude und stand mit drohender Miene auf. »Wo ist der Lausbub?«

Die beiden jungen Taschendiebe blickten ihren Lehrmeister betreten an, warfen sich dann einen unsichern Blick zu und schwiegen.

»Also, was is geworden aus dem Jüngel?« fragte der Jude und packte den Baldowerer wütend beim Kragen. »Eraus damit oder ich erdrossel euch.«
Es schien ihm mit seiner Drohung fürchterlich ernst zu sein, und Charley Bates retirierte an die Wand, sank dann in die Knie und erhob ein lautes langandauerndes Geheul.
»Also eraus damit«, kreischte der Jude und schüttelte den armen Baldowerer derart, daß er fast aus seinem Rock herausgeschleudert wurde.
»No, zum Teufel, erwischt haben sie ihn halt«, sagte der Baldowerer mürrisch. »Aber jetzt lassen Sie mich endlich los.« Dabei riß er sich mit einem Ruck aus seinem weiten Kittel, den der Jude in den Händen behielt, erfaßte die Röstgabel und machte einen heftigen Ausfall auf die Weste des alten Philanthropen, der, wenn er nicht glücklicherweise daneben gegangen wäre, böse Folgen hätte nach sich ziehen können.
Mit einer Behendigkeit, die man ihm nicht zugetraut haben würde, fuhr der alte Jude zurück, packte einen Krug und wollte ihn gerade dem Baldowerer an den Kopf werfen, als eine Stimme rief:
»Ja, Himmel Herrgott Donnerwetter, was ist denn heut hier los! Wer schmeißt denn da nach mir?« – der Krug hatte nämlich einen vierschrötigen, ungefähr fünfunddreißig Jahre alten Mann in einem Samtrock mit weiten grauen Hosen, halblangen Schnürstiefeln und grauen Baumwollstrümpfen, der eben hereingetreten war, vor die Brust getroffen. Der Mann besaß ein paar wuchtige Beine, die den unbestimmten Eindruck auf den unbefangenen Zuschauer machten, als fehlte irgendein Schmuck daran, vielleicht eine Art Garnitur von Gefängnisketten oder Zuchthausfesseln. Auf dem Kopf trug er einen braunen Hut und um den Hals ein schmutziges buntseidenes Tuch, mit dessen langen ausgefransten Zipfeln er sich während seiner Worte das Bier, das aus dem Krug ihm ins Gesicht gespritzt war, abwischte. Als er damit fertig war, kam ein breites plumpes Gesicht zum Vorschein mit ein paar wil-

den Augen, von denen das eine wahrscheinlich von einem jüngst erlittenen Schlag gelb und blau war.
»Herein mit dir, verdammte Bestie«, brummte dieser liebenswürdige Gentleman über die Schulter, und gleich darauf schlich sich ein weißer zottiger Köter mit Bißnarben am ganzen Körper in die Stube. »Bißchen dalli, ja? verdammtes Vieh; wirst wohl langsam zu stolz, um deinen Herrn zu respektieren? Kusch dir.«
Der Befehl wurde von einem Fußtritt begleitet, der den Hund bis ans andre Stubeneck beförderte, woraus sich dieser aber nicht viel zu machen schien, denn er zwinkerte nur grimmig mit seinen bös dreinblickenden Augen und fing an, das Zimmer zu beschnuffeln.
»Also, was ist mit dir los? Behandelst wohl deine Jungens schlecht, alter Filz?« brummte der Mann und setzte sich bedachtsam nieder. »Wundert mir bloß, daß sie dir nicht längst totjeschlagen haben. Ick an ihrer Stelle hätt es längst jetan. Allerdings, verkaufen hätte ich deine schäbigen Überbleibsel nich können, höchstens daß se dir uf der Anatomie deiner Schönheit wegen in Spiritus jesetzt hätten.«
»Still, still, Mr. Sikes«, sagte der Jude zitternd, »sprechen Sie nicht so laut.«
»Ach was ›Mr.‹ – hier wird nicht gemistert«, knurrte der Strolch. »Du hast immer ne besondere Jemeinheit vor, wenn du anfängst, den Menschen zu bemistern. Du kennst doch meinen Namen; also keine langen Schmonzes.«
»Na, also gut: Bill Sikes«, sagte der Jude demütig, »Sie scheinen heite nicht gut gelaunt zu sein, Bill.«
»Kommt mir auch so vor«, brummtes Sikes. »Sie scheinen übrigens auch nicht bester Laune zu sein; wenigstens wüßte ich nicht, weshalb da sonst hier Bierkrüge rumfliegen. Sie tun ja rein, als ob schon alles ans Licht gekommen wäre.«
»Sind Sie toll!« fuhr der Jude auf, packte Sikes am Ärmel und deutete auf die beiden Jungen.

Der Strolch begnügte sich damit, sich pantomimisch einen Strick um den Hals zu legen – ein Gebärdenspiel, das der Jude genau zu verstehen schien –, und verlangte dann höchst ausdrücklich in unverständlicher Gaunersprache, man solle ihm ein Glas Schnaps kredenzen.
»Aber gefälligst kein Gift einschütten«, setzte er hinzu und legte seinen Hut auf den Tisch.
Er schien im Scherz gesprochen zu haben; hätte er aber den bösen Blick gesehen, den der Jude ihm zuwarf, wie er sich an seinem Schranke umdrehte, würde er seine Warnung gewiß nicht für ganz unnötig gehalten haben. Nachdem er sodann ein paar Gläser Schnaps in der Eile hinter die Binde gegossen, fing er an, von den beiden jungen Gentlemen näher Notiz zu nehmen, und ließ sich von ihnen den Verlauf von Olivers Verhaftung umständlich erklären.
»Ich fürchte«, jammerte der Jude, »er wird da Sachen erausplauschen, die uns in das größte Schlammassel bringen können.«
»Sie scheinen ja eine Mordsangst zu haben«, höhnte Sikes mit boshaftem Grinsen. »Sie sind ja schon halb tot vor Angst, Fagin.«
»Sehen Sie, ich wieder nicht«, erwiderte der Jude, »ich fürcht bloß, daß noch ganz andre Leite als ich in den Saft ereinkommen, lieber Freind.«
Der Strolch stutzte und fuhr auf. Der alte Herr hatte jedoch seine Schultern bis zu den Ohren heraufgeschoben, spielte den Zerstreuten und blickte nur starr an die Wand.
Es trat eine lange Pause ein. Jeder einzelne saß tief in Betrachtungen versunken – sogar der Hund, der boshaft, seine Schnauzhaare leckend, nachzugrübeln schien, wem er wohl zuerst an die Beine fahren dürfte. »Wir müssen herausbaldowern, was bei der Polizei vorgegangen ist«, sagte Mr. Sikes viel leiser, als er bisher gesprochen.
Der Jude nickte beistimmend. »Wenn er nicht geschwätzt hat und eingesperrt ist, ists weiter nicht gefährlich, bis er

wieder draußen ist«, sagte Mr. Sikes, »aber dann müssen wir ihn sofort zu packen kriegen. So oder so.«
Der Jude nickte.
Der Rat war offenbar gut, nur die Ausführung schien schwierig, da sie alle vier eine unüberwindliche Abneigung an den Tag legten, sich in die Nähe der Polizeiwachstube zu begeben. Verlegen blickten sie einander an, da traten die beiden jungen Damen ein, deren Bekanntschaft Oliver vor einigen Tagen gemacht hatte. »Nu also da hamersch ja«, sagte der Jude. »Betsy wird hingehn. Was meinen Sie dazu, Betsy?«
»Wo denn hin?« fragte die junge Dame.
»Ihnen gesagt, bloß ä bissel auf der Polizei«, schmeichelte der Jude.
Die junge Dame war zu feinfühlend, um die Bitte direkt abzuschlagen, sondern brummte nur, sie wolle lieber verdammt sein, als so einen Blödsinn zu begehen.
Der Jude ließ den Kopf hängen, dann wendete er sich zu der andern jungen Dame, die sehr flott, um nicht zu sagen auffällig angezogen war und einen roten Rock und grüne Stiefel, sowie gelbe falsche Locken trug.
»Nancyleben«, sagte er eindringlich, »nu was is, was meinen Sie dazu?«
»Es jeht einfach nich, es ist dummes Zeug; wozu lange rumquatschen, Fagin«, antwortete Nancy.
»Was soll das heißen«, fragte Mr. Sikes und blickte mürrisch auf.
»Genau was ich sage, Bill«, erwiderte die junge Dame gefaßt.
»Gerade du könntest sowas am besten machen«, hielt ihr Mr. Sikes vor, »gerade hier im Distrikt kennt dich kein Mensch.«
»Gerade deswegen, weil mir niemand kennt, hab ik keene Lust, mir durchsichtig zu machen«, antwortete Nancy charakterstark. »Wenn ik mal sage: ›ne‹, kannst de dir drauf verlassen, daß ik bei dieser Meinung bleibe, Bill.«
»Sie wird gehen, Fagin«, sagte Mr. Sikes kühn.

»Ne – wird se nich, Fagin«, sagte Nancy.
»Jawohl, sie wird gehen, Fagin«, beharrte Sikes auf seiner Ansicht.
Und Mr. Sikes behielt recht. Durch Drohungen, allerlei Versprechungen und Geld wurde schließlich die junge Dame überredet, den Auftrag zu übernehmen; allerdings lief sie weniger Gefahr als ihre liebreizende Kollegin, denn sie war erst vor kurzem nach der ein wenig abgelegenen, aber nichtsdestoweniger vornehmen Vorstadt Ratcliffe in der Nähe von Field Lane übersiedelt und brauchte daher nicht zu befürchten, irgendeinem unliebsamen Bekannten zu begegnen.
Nachdem sie sich eine weiße Schürze über ihr Kleid gebunden und die falschen Locken unter einem Strohhut glücklich verstaut hatte – zwei Garderobestücke, mit denen sie sich aus der unerschöpflichen Schatzkammer des Juden versorgte –, traf sie Anstalten, den übernommenen Auftrag auszuführen.
»Warten Se noch e bissel«, sagte der Jude und brachte einen kleinen Deckelkorb herbeigeschleppt, »tragen se das da in der Hand, es sieht anständiger aus, mein Kind.«
»Einen Hausschlüssel könnten Sie ihr auch noch geben – den kann sie in der anderen Hand halten«, riet Sikes, »sowas macht sich ungemein solid.«
»Ich soll so leben«, rief der Jude entzückt und hing der jungen Dame rasch einen Hausschlüssel an den Zeigefinger. »Gott, wie Ihnen das fein steht, mein Kind«, jubelte er und rieb sich begeistert die Hände.
»O Gott, o Gott, mein armer süßer kleiner Bruder«, rief Nancy, brach sofort in Tränen aus und umkrampfte den kleinen Deckelkorb und den Hausschlüssel mit den Händen. »Wo ist er nur hingekommen, wo haben Sie ihn hingebracht, ach, haben Sie doch Mitleid und sagen Sie mir, Euer Gnaden, was Sie mit dem armen Jungen gemacht haben, bitte, bitte.«
Nachdem Nancy zum größten Entzücken den Anwesen-

den diese Rolle tiefsten inneren Wehs vorgemimt, nickte sie den Herren lächelnd zu und lief hinaus.
»Hihihi«, lachte der Jude, »is das e gescheite Schickse.« Dann wendete er sich seinen jungen Freunden zu, schüttelte gewichtig das Haupt und ermahnte sie stumm, dieses leuchtenden Beispiels eingedenk zu sein.
»Sie ist eine Ehre ihres Geschlechtes«, sagte Mr. Sikes, füllte sein Glas und schlug mit der Faust auf den Tisch. »Auf ihr Wohl. Ich wollte, sie wären alle so wie die.«
Inzwischen hatte die junge Dame bereits ein hübsches Stück Wegs zum Polizeiamt zurückgelegt und langte bald darauf, allerdings mit einer gewissen natürlichen Befangenheit, die sich aus dem Umstande erklärte, daß sie allein und schutzlos durch die Straßen gegangen, an ihrem Ziele an. Durch das Hintertor eintretend, klopfte sie leise mit ihrem Hausschlüssel an eine Zellentür und horchte. Als sich nichts hören ließ, hüstelte sie und lauschte dann wieder. Da immer noch keine Antwort erfolgte, rief sie endlich:
»Nolly, lieber Klener, Nolly, hörst de nich?«
Es war aber niemand drin als ein armer Strolch ohne Schuhe, den man verhaftet hatte, weil er öffentlich die Flöte geblasen und jetzt von Mr. Fang wegen dieses Verstoßes gegen die öffentliche Ordnung zu einem vierwöchentlichen Aufenthalt in der Besserungsanstalt gewonnen worden war. Der Treffliche hatte bei Fällung des Urteilsspruches den belehrenden Ausspruch getan, der Kerl könne, wenn er so viel Atem habe, seine Kräfte am besten in der Tretmühle verwenden. Der Strolch war jetzt innerlich damit beschäftigt, den Verlust seiner Flöte zu beklagen, die man zugunsten des Kriminalmuseums mit Beschlag belegt hatte. Nancy ging zur nächsten Zelle und klopfte dort.
»Ja? Was ist?« rief eine schwache Stimme.
»Is 'n klener Junge drin?« fragte Nancy mit einem einleitenden Seufzer.
»I wo«, antwortete die Stimme, »Jott bewahre.«

Sie gehörte einem Landstreicher von ungefähr fünfundvierzig Jahren an, den man ins Gefängnis gesteckt hatte, wahrscheinlich, weil er nicht die Flöte geblasen und überhaupt alles versäumt hatte, was zur Erwerbung seines Lebensunterhalts von Vorteil gewesen wäre. In der Zelle nebenan saß wieder ein Mensch, der ebenfalls eingesperrt werden sollte, weil er ohne Hausierschein mit Blechpfannen hausiert hatte, also doch etwas zur Erwerbung seines Lebensunterhaltes getan hatte, allerdings ohne die Steuerbehörde dabei genügend zu berücksichtigen.
Da keiner dieser Gefangenen auf den Namen Oliver antwortete oder über ihn etwas zu sagen wußte, wendete sich Nancy an den Schließer mit der gestreiften Weste, wobei sie höchst eindrucksvoll von dem Hausschlüssel und dem Deckelkörbchen Gebrauch machte, und erkundigte sich nach ihrem lieben kleinen Brüderchen.
»Hier is er nich, meine Liebe«, sagte der alte Mann.
»Wo steckt er denn?« jammerte Nancy verzweifelt.
»Na, der Gentleman hat ihn doch mitgenommen«, antwortete der Schließer.
»Was für ein Gentleman? O Gott, was für ein Herr?«
Der Schließer erzählte der trostlosen Schwester, Oliver sei beim Verhör krank geworden und freigesprochen worden, und zwar auf die Aussage eines Zeugen hin. Dann habe ihn der anfängliche Kläger in bewußtlosem Zustand in einer Droschke fortgeschafft, und zwar nach seiner Wohnung, von der er weiter nichts wisse, als daß sie irgendwo in Pentonville liege; mehr habe er nicht verstanden.
Von Zweifeln und Ungewißheit zerrissen wankte die zu Tode geängstigte junge Dame zum Gefängnistor hinaus, wandelte ihre geknickte Gangweise sodann rasch in einen gelinden Trab um und kehrte auf dem verwickeltsten Wege, den sie sich nur ausdenken konnte, zu dem Hause des Juden zurück.
Mr. Bill Sikes hatte kaum gehört, was Nancy zu melden hatte, als er eiligst seinen Köter herbeirief, den Hut auf-

setzte und, ohne sich in der üblichen Form eines wohlerzogenen Gentlemans zu empfehlen, fortbegab.
»Wir müssen rauskriegen, wo er steckt; gefunden muß er werden«, rief der Jude erregt. »Charley, geh' hinaus auf der Straße und gib acht, ob de nix von ihm siehst oder hörst. Und Sie, Nancyleben, ich sag' Ihnen, ich muß ihn wiederhaben; ich verlaß mich auf Ihnen und auf den Baldowerer. Da haben Sie Geld, was soll ich mehr sagen?« Dabei öffnete er mit behender Hand eine Schublade und reichte den beiden ein paar Geldstücke. »Ich werd' heite Nacht hier alles abschließen, und ihr werdet schon wissen, wo ihr mich finden könnt. Nich ä Augenblick länger bleib' ich hier.«
Bei diesen Worten schob er alle seine Gäste aus der Stube, verschloß sorgfältig seine Türe und machte sich, nachdem er noch vorher sorgfältig den Inhalt des Kästchens, das Oliver damals gesehen, zu sich gesteckt, eiligst daran, alles abzusperren.
Ein Klopfen an der Tür erschreckte ihn.
»Wer is da?« rief er schrill.
»Ich«, antwortete der Baldowerer durchs Schlüsselloch.
»O nu, was is denn scho wieder los?« rief der Jude ungeduldig.
»Nancy läßt fragen, ob wir, wenn wir ihn haben, ihn in die andere Bude schaffen sollen?«
»Natürlich«, antwortete der Jude, »findet ihn nur zuerst. Ich werd' dann schon wissen, was zu tun is.«
Der Junge murmelte ein paar Worte und eilte die Treppe hinunter seinen Gefährten nach.
»Noch hat er nichts ausgeplauscht bei der Polizei«, murmelte der Jude und setzte endlich seine Beschäftigung fort. »Wenn er aber den Leiten etwas verrät, bei denen er jetzt steckt, werden wir ihm schon den Mund stopfen.«

14. Kapitel

Eine bemerkenswerte Prophezeiung eines gewissen Mr. Grimwig über Oliver Twist

Als sich Oliver bald wieder von der Ohnmacht, in die er infolge des plötzlichen Ausrufs Mr. Brownlows gefallen war, erholt hatte, vermieden der alte Herr und Mrs. Bedwin sorgfältig, das Gespräch abermals auf ein Thema zu bringen, das irgendwie mit dem Bild, seiner Herkunft oder seiner Geschichte zusammenhing.
»Ja«, sagte die Haushälterin, als sie Olivers fragenden Blick bemerkte, »wie du siehst, hat man es entfernt.«
»Ich sehe, Madame«, antwortete Oliver. »Warum haben Sie es fortgenommen?«
»Ach Gott, Mr. Brownlow meinte, es könnte dich aufregen und deiner Gesundheit schaden«, antwortete die alte Dame.
»O nein, gewiß nicht, es hat mich gar nicht aufgeregt, Mrs. Bedwin«, sagte Oliver, »es hat mich im Gegenteil sehr gefreut; ich habe es gern gehabt.«
»Schon gut, schon gut«, sagte die alte Dame frohgelaunt, »schau nur zu, daß du bald gesund wirst, damit es wieder aufgehängt werden kann, Kind. Ich verspreche es dir, es wird geschehen. Aber reden wir jetzt von etwas anderem.«
Weiteres konnte Oliver zunächst nicht über das Bild erfahren. Da die alte Dame seine ganze Krankheit hindurch so lieb zu ihm gewesen war, trachtete er, sich die Sache aus dem Kopf zu schlagen, aber immer hörte er aufmerksam zu, wenn sie ihm von ihrer hübschen lieben Tochter erzählte, die mit einem braven Mann verheiratet sei und auf dem Lande wohnte, und ebenso von ihrem Sohn, der bei einem Kaufmann in Westindien in Diensten stehe und ebenfalls ein braver junger Mann sei und ihr viermal im Jahr einen so braven lieben Brief nach Hause schreibe, daß

ihr, wenn sie nur davon spreche, Tränen in die Augen träten. Nach dem Tee lehrte sie Oliver Sechsundsechzig spielen, was er so schnell begriff, daß es eine Freude war, und sie spielten so eifrig und ernst miteinander, daß die Zeit im Handumdrehen verging und es für den Patienten Zeit wurde, etwas warmen Wein mit Wasser und Zwieback zu sich zu nehmen und dann zu Bett zu gehen.

Es waren glückliche Tage für Oliver, diese Tage seiner Genesung. Alles wickelte sich so ruhig und friedlich ab, und jeder war so lieb und freundlich zu ihm, daß er sich vorkam wie im Himmel. Als er sich kräftig genug fühlte, um sich selber anziehen zu können, kaufte ihm Mr. Brownlow einen neuen Anzug, eine neue Mütze und ein Paar Stiefel. Seine eigenen alten Sachen durfte Oliver einer Dienerin schenken, die sehr freundlich zu ihm gewesen war, und man sagte ihr, sie solle sie bei einem Juden verkaufen und das Geld für sich behalten. Dies tat sie denn auch, und wie Oliver von seinem Zimmerfenster aus sah, wie der Jude die Sachen in einen Sack packte und damit fortging, fühlte er sich unendlich glücklich bei dem Gedanken, daß sie für immer weg seien und er sie niemals wieder würde tragen müssen. Es waren bloß ärmliche Lumpen gewesen, denn niemals zuvor hatte Oliver einen Anzug gehabt.

Eines Abends, ungefähr eine Woche später, saßen Oliver und Mrs. Bedwin wiederum plaudernd beisammen, als Mr. Brownlow hinunterschickte und sagen ließ, Oliver möchte doch für ein Weilchen zu ihm ins Studierzimmer kommen.

»Gott bewahre, Kind, wasch' dir schnell die Hände und komm, damit ich dich kämmen kann«, rief Mrs. Bedwin. »O mein Himmel, hätte ich geahnt, daß er dich holen läßt, hätte ich dir einen reinen Kragen gegeben.«

Oliver gehorchte, und trotzdem Mrs. Bedwin heftig jammerte, daß ihr gar nicht mehr Zeit bliebe, die kleine Krause zu bügeln, die er an seinem Hemdkragen trug, sah er trotzdem so sauber und nett aus, daß sie ihn befriedigt vom Scheitel bis zur Sohle betrachtete, und immer wieder sagte, sie hätte gar nicht geglaubt, daß ihn der neue Anzug so herausputzen würde.

Auf diese Weise ermutigt, klopfte Oliver an die Tür des Studierzimmers seines Wohltäters. Auf Mr. Brownlows »Herein!« trat er näher und stand bald darauf in einem ganz mit Büchern angefüllten Zimmer, das nur ein Fenster hatte. Der Tisch war ins Helle gerückt, und davor saß Mr. Brownlow mit einem Buch in der Hand. Als er Oliver erblickte, legte er es beiseite und forderte ihn auf, näher zu kommen und sich niederzusetzen. Oliver gehorchte. Er wunderte sich, woher nur alle die Leute kommen möchten, die so viel Bücher schrieben, und was für unendliche Weisheit es auf Erden geben müßte.

»Es ist eine recht große Bibliothek, nicht wahr, mein Junge?« fragte Mr. Brownlow, als er Olivers neugierigen Blick auf die Regale bemerkte.

»Sehr, sehr viele Bücher, Sir«, antwortete Oliver, »so viele hab' ich noch nie in meinem Leben beisammen gesehen.«

»Du sollst sie lesen, wenn du brav bist; dann werden sie dir viel besser gefallen als jetzt von außen. In manchen Fällen ist es wenigstens so; allerdings, es gibt auch Bücher, bei denen der Rücken und der Einband weitaus das beste sind.«

»Das gilt wohl von den dicken Bänden dort, Sir?« fragte Oliver und deutete auf ein paar ungeheure Quartbände, deren Einbände nur so strotzten von goldenen Verzierungen.

»Nein, nicht doch, so ganz stimmt das nicht«, antwortete der alte Herr und strich Oliver lächelnd mit der Hand über den Kopf. »Es sind da noch andere ebenso dick, wenn auch kleiner – aber was meinst du, wenn du einmal ein gescheiter Mann würdest und selber Bücher schriebst, wie?«

»Es würde mich wohl mehr freuen, sie bloß zu lesen, Sir«, sagte Oliver.

»Was? Du hast also keine Lust, Schriftsteller zu werden?« fragte der alte Herr.

Eine Weile überlegte Oliver, dann sagte er, am besten wäre es wohl, wenn man Buchhändler wäre.
Darüber mußte der alte Herr herzlich lachen und meinte, Oliver habe da etwas recht Gescheites gesagt. Der Kleine freute sich, wenn er auch nicht wußte, inwiefern er eigentlich so gescheit gewesen sei.
»Nun, laß gut sein«, sagte der alte Herr, »und fürchte dich nicht; wir machen ja keinen Schriftsteller aus dir, so lange du noch ein ehrliches Gewerbe lernen kannst, wie zum Beispiel Ziegelbrenner.«
»Ich danke Ihnen von Herzen, Sir.«
Wieder mußte der alte Herr herzlich lachen und sagte etwas über natürlichen Instinkt, was Oliver nicht verstand.
»Aber jetzt«, fuhr Mr. Brownlow freundlich, doch ernsthafter als bisher fort, »aber jetzt gib mal recht acht auf das, was ich dir sagen werde. Ich will rückhaltlos mit dir sprechen, denn ich weiß, daß du mich ebenso gut verstehen wirst wie ältere Leute.«
»O bitte, sagen Sie nicht, daß Sie mich wegschicken wollen, bitte, bitte nicht, Sir«, rief Oliver bestürzt über den Ernst, mit dem der alte Herr begonnen hatte. »Schicken Sie mich nicht wieder auf die Straße hinaus, lassen Sie mich hierbleiben und Ihnen dienen. Schicken Sie mich nicht wieder an den schrecklichen Ort, wo ich hergekommen bin, haben Sie Mitleid mit mir, Sir.«
»Liebes Kind«, sagte der alte Herr, von der Innigkeit der Bitte ergriffen, »du brauchst keine Furcht zu haben, daß ich meine Hand von dir abziehen werde, solange du nicht selbst mir Veranlassung dazu gibst.«
»Das wird nie, nie der Fall sein, Sir«, beteuerte Oliver.
»Wir wollen es hoffen«, erwiderte der alte Herr, »ich erwarte auch nicht, daß jemals der Fall eintreten wird. Man hat mich früher oft getäuscht, und gerade Leute, denen ich Gutes zu tun bestrebt war. Doch nichtsdestoweniger will ich dir trauen und nehme an deinem Wohlergehen mehr Anteil, als ich nach meinen bisherigen Erfahrungen ei-

gentlich tun sollte. Diejenigen, denen ich viel Gutes und Liebes erwiesen, liegen bereits im Grabe. Aber wenn auch das Glück und die Freude meines Lebens ebenfalls dort begraben liegt, so ist mein Herz doch noch kein Sarg geworden und der Deckel noch nicht geschlossen über meinen Sympathien. Der Kummer hat mich bisher nur gestärkt und gebessert.«

Der alte Herr sagte das mit leiser Stimme und mehr zu sich selbst als zu dem Kleinen, dann blieb er eine Weile stumm, und auch Oliver saß still und regungslos da.

»Lassen wir es gut sein«, fing der alte Herr endlich wieder an, und zwar sehr heiter. »Ich habe dir das nur gesagt, weil dein Herz noch jung ist und du dir vielleicht infolgedessen vornehmen wirst, mir nicht wehe zu tun, wenn dir bekannt ist, wieviel Leid ich schon erlitten habe. Du hast gesagt, du seist eine Waise und besäßest keinen Freund auf der Welt, und die Erkundigungen, die ich diesbezüglich einholte, haben die Wahrheit bestätigt. Erzähle mir deine Geschichte und sage mir, wo du herkommst, wo du erzogen bist und wie du in die schlechte Gesellschaft gerietest, in der ich dich fand. Sprich nur die Wahrheit, und solange ich lebe, will ich dein Freund sein.«

Eine Zeitlang konnte Oliver vor Schluchzen gar nicht reden. Er wollte eben beginnen, wie er im Armenhaus erzogen wurde und wie ihn Mr. Bumble ins Arbeitshaus gebracht habe, als es zweimal hintereinander an der Haustür klopfte, das Dienstmädchen heraufkaum und Mr. Grimwig meldete. »Kommt er herauf?« fragte Mr. Brownlow.

»Jawohl, Sir«, sagte das Dienstmädchen, »er hat gefragt, ob frische Semmeln im Haus seien, und als ich's bejahte, meinte er, er sei zum Tee gekommen.«

Mr. Brownlow lächelte und erklärte Oliver, Mr. Grimwig sei ein alter Freund von ihm, und er solle sich nicht etwa vor ihm fürchten, denn Mr. Grimwig habe nur eine so rauhe Schale; im Grund seines Herzens sei er jedoch ein braver Mann, wie es kaum einen bessern gebe.

»Soll ich hinuntergehen, Sir?« fragte Oliver.

»Nein, mir ist es lieber, du bleibst.«
In diesem Augenblick trat, auf einen Spazierstock gestützt, ein rüstiger alter Herr ein, der auf einem Bein ein wenig lahmte, einen blauen Rock, eine gestreifte Weste, Nankinghosen und Gamaschen trug und auf dem Kopf einen breitrandigen weißen Hut sitzen hatte, dessen aufgekrempte Ränder grüne Borten zierten. Eine enggefältelte Krause guckte aus der Weste hervor, und eine außerordentlich lange stählerne Uhrkette, an deren Ende ein Schlüssel hing, baumelte ihm nachlässig aus der Tasche heraus. Die Enden seiner weißen Halsbinde waren zu einem Knäuel zusammengedreht, ungefähr von der Größe einer Orange. Mr. Grimwig hatte eine ganz eigentümliche Art, Gesichter zu schneiden, und drehte beim Sprechen stets den Kopf hin und her, wobei er aus den Augenwinkeln hervorlugte wie ein Papagei. Gleich beim Eintreten benahm er sich so und rief dabei, mit der ausgestreckten Hand ein kleines Stückchen Orangenschale hinhaltend, knurrend und verdrießlich:
»Da schauen Sie mal her! Sehen Sie sich das an! Man kann doch rein keinen Menschen besuchen, ohne nicht ein Stück von diesem Lieblingsgegenstand miserabler Chirurgen auf der Treppe zu finden. Eine Orangenschale ist die Ursache, daß ich ein Krüppel geworden bin, eine Orangenschale wird, das weiß ich bestimmt, noch einmal die Ursache meines Todes sein. Ganz gewiß und wahrhaftig. Meinen Kopf will ich auf der Stelle aufessen, wenn ich nicht recht habe.« Dieses merkwürdige Anerbieten pflegte Mr. Grimwig bei fast jeder Behauptung, die er aufstellte, zu machen. »Ich will meinen Kopf aufessen! sage ich, Sir«, wiederholte Mr. Grimwig und stieß mit dem Stock heftig auf den Boden. »Hallo, wer ist denn das?« rief er gleich darauf, als er Oliver erblickte, und trat einen Schritt zurück.
»Der junge Oliver Twist, von dem ich Ihnen bereits erzählt habe«, sagte Mr. Brownlow.
Oliver verbeugte sich.

»Das ist doch nicht etwa der Junge, der das Fieber hatte, was?« fragte Mr. Grimwig und wich noch weiter zurück. »Warten Sie ein bißchen; kein Wort weiter«, fuhr er fort, triumphierend über eine Entdeckung, die er offenbar gemacht hatte. »Ich weiß es jetzt: der Junge hat die Orangenschalen weggeworfen. Wenn er es nicht gewesen ist, der ein Stück davon auf die Treppe geworfen hat, dann will ich auf der Stelle meinen Kopf aufessen und den seinigen dazu.«

»Nein, nein, er kann es nicht gewesen sein«, sagte Mr. Brownlow lachend, »kommen Sie nur, nehmen Sie den Hut ab und sprechen Sie ein paar Worte mit meinem kleinen jungen Freund.«

»Sie wissen, die Sache mit den Orangenschalen erregt mich immer sehr stark, Sir«, entschuldigte sich der streitbare alte Herr und zog seine Handschuhe aus. »Immer liegen Orangenschalen auf dem Pflaster, einmal mehr, einmal weniger. Etwas weiß ich ganz bestimmt: der Junge des Chirurgen, der an der Ecke wohnt, ist's, der sie immer hinwirft. Gestern abend ist noch ein junges Mädchen über ein Stück ausgerutscht und gegen mein Gartengitter gefallen, und schon sah ich, wie sie nach der verdammten roten Lampe dieses Kurpfuschers hinguckte. ›Gehen Sie nicht zu ihm‹, rief ich ihr aus dem Fenster zu, ›er ist ein Mörder‹. Jawohl, das ist er auch und nichts anderes. Wenn er es nicht ist, so will ich auf der Stelle« – abermals stieß der reizbare alte Herr mit dem Stock auf den Boden, setzte sich aber dann, den Stock immer noch in der Hand, auf einen Sessel, hielt sich eine Lorgnette, die er an einem breiten schwarzen Band trug, vor die Augen und besichtigte Oliver, der dabei hochrot wurde.

»Das also ist der Junge, was?« fragte Mr. Grimwig endlich.

»Ja, das ist er«, sagte Mr. Brownlow.

»Wie geht es dir, mein Junge?« fragte Mr. Grimwig.

»O schon viel besser, Sir, ich danke«, antwortete Oliver.

Da Mr. Brownlow zu befürchten schien, sein sonderbarer

Freund würde gleich etwas Unangenehmes sagen, befahl er Oliver, er solle zu Mrs. Bedwin hinuntergehen, um ihr auszurichten, daß man auf den Tee warte. Oliver war darüber sehr glücklich, denn Mr. Brownlow sprach so freundlich zu ihm.

»Er ist ein netter kleiner Kerl, nicht wahr?« fragte Mr. Brownlow, als Oliver draußen war.

»Könnte ich nicht behaupten.«

»Das könnten Sie nicht behaupten?«

»Nein. Ich kenne keinen Unterschied zwischen Jungen. Die eine Sorte hat Mehlgesichter und die andere Fleischgesichter.«

»Und zu welchen gehört Oliver?«

»Zu den Mehlgesichtern. Ich habe einen Freund, der hat einen famosen Jungen, das heißt, einen mit einem runden Schädel, glänzenden Augen und roten Backen. Er aber ist ein Ekel. Immer sieht er so aus, als ob er aus seinen Nähten herausplatzen wollte, und brüllen kann er wie ein Lotse, und einen Appetit hat er wie ein Wolf. Kurz und gut: ich kenne keinen ekelhafteren Lümmel.«

»Nun«, besänftige Mr. Brownlow, »solche Eigenschaften besitzt Oliver wirklich nicht. Sie brauchen also gar nicht in Zorn zu geraten.«

»Nicht?« wiederholte Mr. Grimwig. »Dann hat er wahrscheinlich noch schlechtere Eigenschaften.«

Mr. Brownlow hüstelte ungeduldig, und das schien Mr. Grimwig große Freude zu bereiten.

»Wie gesagt, dann hat er wahrscheinlich schlimmere«, wiederholte er noch einmal. »Wo kommt er übrigens her? Wer ist er? Was ist er? Fieber hat er gehabt? Was soll das bedeuten? Gute Menschen haben kein Fieber. Oder? Schlechte Menschen dagegen immer. Was? Ich habe mir einmal von einem Mann erzählen lassen, der in Jamaika gehängt wurde, weil er seinen Herrn ermordet hatte. Der Kerl hat mindestens sechsmal das Fieber gehabt, aber begnadigt wurde er deshalb noch lange nicht. Lächerlich, es wäre ja auch Unsinn gewesen.«

In Wirklichkeit fühlte Mr. Grimwig eigentlich eine große Neigung zu Oliver. Er war ein Junge von ungewöhnlich einnehmendem Äußern, aber Mr. Grimwig besaß einen starken Widerspruchsgeist und ging nur darauf aus, seinen alten Freund zu reizen, weil er außerordentlich erbittert war, daß er auf der Treppe eine Orangenschale gefunden hatte. Er nahm sich deshalb fest vor, ob der Junge auch gut aussehe oder nicht, seinem alten Freund unter allen Umständen zu widersprechen. Als Mr. Brownlow gestand, er wisse bis jetzt noch nichts Genaueres über Oliver und jede Nachforschung darüber habe er hinausgeschoben, bis der kleine Patient wieder kräftig genug sei, ein Verhör zu bestehen, kicherte Mr. Grimwig boshaft in sich hinein und fragte hämisch, ob denn Mrs. Bedwin auch immer abends das Silberzeug zähle, und er würde sich gar nicht wundern, wenn sie eines schönen Morgens ein paar Suppenlöffel vermissen sollte. Wäre er im Unrecht, so wolle er auf der Stelle usw. usw.
Gutgelaunt hörte Mr. Brownlow, trotzdem er selbst ziemlich aufbrausender Natur war, alles dies an, kannte er doch die Eigenschaft seines alten Freundes. Und als Mr. Grimwig überdies geruhte, den frischen Semmeln seine Anerkennung zuteil werden zu lassen, war die Sache bald in Ordnung, und Oliver, der am Tee teilnahm, fing bald an, sich in Gegenwart des grimmigen alten Herrn wohler zu fühlen, als er es noch vor kurzem für möglich gehalten hätte.
»Wann gedenken Sie also Oliver Twist ausführlich über sein Leben und seine Abenteuer auszuholen?« fragte Mr. Grimwig, als die Mahlzeit zu Ende war, mit einem Seitenblick zu Oliver.
»Morgen vormittag, ich werde dann unter vier Augen mit ihm reden. Komm also morgen vormittag um zehn Uhr zu mir herauf, lieber Junge.«
»Gewiß, Sir«, erwiderte Oliver. Er antwortete nicht ohne Zögern, denn die scharfen Blicke, die Mr. Grimwig auf ihn richtete, verwirrten ihn nicht wenig.
»Ich will Ihnen etwas sagen«, flüsterte der alte Herr Mr.

Brownlow zu, »der Junge kommt morgen vormittag nicht zu Ihnen herauf, ich habe genau gesehen, wie er mit seiner Antwort gezögert hat. Der Bursche hintergeht Sie, lieber Freund.«

»Gewiß nicht, darauf könnte ich einen Eid leisten«, rief Mr. Brownlow mit Wärme.

»Wenn er's nicht tut«, widersprach Mr. Grimwig, »dann will ich auf der Stelle –« Wieder stieß er heftig mit dem Stock auf den Boden.

»Ich möchte mit meinem Leben dafür einstehen, daß Oliver ein ehrlicher Bursche ist«, sagte Mr. Brownlow und schlug ebenfalls auf den Tisch.

»Ich hafte mit meinem Kopf dafür, daß er ein hinterlistiger Bursche ist«, fuhr Mr. Grimwig auf und schlug auch seinerseits auf den Tisch.

»Sie werden ja sehen«, meinte Mr. Brownlow, seinen Zorn unterdrückend.

»Jawohl, das werden wir sehen«, höhnte Mr. Grimwig mit einem herausfordernden Lächeln.

In diesem Augenblick brachte Mrs. Bedwin ein kleines Paket Bücher herauf, die Mr. Brownlow am Morgen in demselben Bücherladen gekauft hatte, vor dem ihm das Taschentuch gestohlen worden war. Sie schickte sich sodann an, das Zimmer zu verlassen.

»Lassen Sie den Laufburschen unten warten, Mrs. Bedwin«, befahl Mr. Brownlow, »er soll einige Bücher wieder mitnehmen.«

»Er ist schon fort, Sir.«

»So rufen Sie ihn zurück. Die Sache ist sehr wichtig; die Bücher sind noch nicht bezahlt; er muß sie gleich wieder mitnehmen.«

Man riß die Haustüre auf, und Oliver rannte hinaus und das Dienstmädchen hinter ihm. Mrs. Bedwin stand auf der Türschwelle und schrie nach dem Laufburschen, aber es war kein solcher mehr zu sehen. Oliver und das Dienstmädchen kamen atemlos zurück, und beide meldeten, man habe den Jungen nicht mehr getroffen.

»Das ist unangenehm«, sagte Mr. Brownlow, »es läge mir sehr viel daran, daß die Bücher heute noch zurückkommen.«
»So schicken Sie doch Oliver mit ihnen hin«, riet Mr. Grimwig mit ironischem Lächeln, »er gibt sie pünktlich und unversehrt wieder ab; Sie wissen das doch.«
»Ja, lassen Sie mich die Bücher besorgen, Sir«, erbot sich Oliver, »ich würde laufen den ganzen Weg hindurch.«
Der alte Herr wollte schon protestieren, aber da Mr. Grimwig gar so boshaft lächelte, gab er nach, um ihm zu beweisen, daß er Oliver in falschem Verdacht habe.
»Also gut, du kannst gehen, lieber Junge«, sagte er, »die Bücher liegen auf einem Stuhl neben meinem Schreibtisch, hol sie herunter.«
Oliver war glücklich, sich nützlich machen zu dürfen, und brachte die Bände hastig unter dem Arm herbeigeschleppt. Dann wartete er, die Mütze in der Hand, was er ausrichten solle.
»Sage«, befahl Mr. Brownlow, dabei Mr. Grimwig beständig ansehend, »du brächtest diese Bücher zurück und solltest vier Pfund bezahlen, die ich schuldig bin. Hier hast du eine Fünfpfundnote, du mußt mir also zwanzig Schilling zurückbringen.«
»Ich bin in zehn Minuten wieder hier«, antwortete Oliver eifrig, steckte die Banknote in seine Tasche, nahm die Bücher unter den Arm, verbeugte sich und ging. Mrs. Bedwin begleitete ihn bis zur Haustür und gab ihm dort noch allerhand Weisungen, welches die nächste Straße sei, wie der Buchhändler heiße und so weiter, bis Oliver sagte, er habe alles deutlich begriffen. Schließlich schärfte sie ihm noch ein, er solle sich ja nicht erkälten, und entließ ihn endlich.
»So ein liebes gutes Gesicht hat er«, sagte die alte Dame, »ich kann's gar nicht übers Herz bringen, ihn aus den Augen zu lassen.«
In dieser Sekunde blickte sich Oliver fröhlich um und nickte ihr zu, ehe er um die Ecke bog.
Die alte Dame erwiderte lächelnd seinen Gruß, schloß die Türe und ging in das Haus zurück.

»Wollen doch mal sehen. In zwanzig Minuten spätestens kann er wieder hier sein«, sagte Mr. Brownlow, nahm seine Uhr aus der Tasche und legte sie auf den Tisch. »Bis dahin wirds schon dunkel sein.«
»Sie glauben also wirklich, daß er wiederkommt?« fragte Mr. Grimwig höhnisch.
»Sie etwa nicht?«
Der Widerspruchsgeist regte sich in diesem Augenblick so heftig in Mr. Grimwigs Brust, daß er seinen Zorn kaum verbeißen konnte.
»Nein«, sagte er und schlug mit der Faust auf den Tisch, »ich glaub das nicht. Der Junge hat einen neuen Anzug, ein Paket wertvoller Bücher unter dem Arm und eine Fünfpfundnote im Rock. Er wird sich sofort zu seinen alten Freunden, den Taschendieben, gesellen und Ihnen eine Nase drehen. Wenn er jetzt noch nach Hause kommt, dann will ich meinen eignen Kopf –«
Dabei zog er seinen Stuhl näher an den Tisch. So saßen die beiden alten Herrn dort in stummer Erwartung, ob Oliver zurückkommen werde oder nicht.
Es wurde dunkel und immer dunkler, und die Zahlen auf dem Zifferblatt waren kaum mehr zu unterscheiden. Immer noch saßen die beiden alten Herrn schweigend da, die Uhr vor sich auf dem Tisch.

15. Kapitel

Zeigt, wie überaus lieb der alte Jude und Miß Nancy Oliver Twist hatten

In dem finstern Gastzimmer einer schmutzigen, im verkommensten Teile von Little Saffron Hill gelegenen, unheimlich düstern Höhle, wo zur Winterszeit den ganzen Tag über eine Gasflamme flackerte und zur Sommerszeit auch nicht ein Sonnenstrahl hineinschien, saß brütend über einem kleinen zinnernen Branntweinkrug und einem kleinen Glas, von Fusel duftend, ein Mann in einem Manchesterrock, grauen Kniehosen, Schnürstiefeln und Strümpfen, den selbst bei dieser Finsternis ein erfahrener Kriminalist sofort als Mr. William Sikes erkannt haben würde. Zu seinen Füßen lag ein Hund mit weißen zottigen Haaren und roten Augen und blinzelte zu ihm empor, von Zeit zu Zeit sich eine Schnittwunde an seiner Oberlippe beleckend, die ihm allem Anscheine nach erst vor kurzem zugefügt worden war.

»Kusch, Mistvieh!« rief Mr. Sikes plötzlich. Ob seine Gedanken so tiefsinniger Art waren, daß ihn schon das Blinzeln des Hundes gestört hatte, oder ob es nur seine Gewohnheit war, von Zeit zu Zeit dem Hunde, auch wenn er nichts getan hatte, einen Fußtritt zu versetzen, läßt sich nicht sagen. Im allgemeinen haben Hunde nicht die Gewohnheit, ihren Herrn deren Handlungen nachzutragen, aber der Hund Mr. Sikes schien anders geartet zu sein, denn, wenn er auch nicht bellte, so biß er ihn doch in einen seiner Schnürstiefel. Dann zog er sich knurrend unter die Bank zurück, mit knapper Not dem Zinnkrug ausweichend, den ihm Mr. Sikes nachwarf.

»Hast wohl Lust, was?« rief Mr. Sikes, ergriff eine Feuerzange mit der Rechten und klappte mit der andern ein großes Messer, das er aus der Tasche nahm, auf. »So ne verdammte Bestie! Verstanden!«

Zweifellos hörte der Hund Mr. Sikes Befehl, schien aber nicht die geringste Lust zu haben, sich die Kehle durchschneiden zu lassen. Er blieb also, wo er war, und knurrte nur noch wütender als zuvor, sprang dann zu und packte den Schürhaken mit den Zähnen und biß wie ein wildes Tier hinein.

Das steigerte die Wut Mr. Sikes noch heftiger. Er kniete nieder und schlich bösartig auf das Tier zu. Der Hund sprang dabei nach rechts und links, immer schnappend, knurrend und kläffend. Mr. Sikes schwor und fluchte und stach drauflos, so daß der Kampf bereits auf einem höchst kritischen Punkt angelangt war, als die Türe plötzlich aufging und der Hund hinauseilte, während Mr. Sikes mit dem Schürhaken und dem Taschenmesser in der Hand sich aufrichtete. »Zum Teufel, weshalb mischen Sie sich da wieder zwischen mich und meinen Hund?« rief er wütend.

»Hab ich e Ahnung gehabt, lieber Freind, davon? Ich hab' doch gar kei Ahnung gehabt«, entschuldigte sich Fagin.

»So? Haben keine Ahnung gehabt, Sie Gauner?« knurrte Sikes. »Haben wohl den Krawall nicht gehört?«

»Nicht e Ton, Bill, so wahr ich leb«, entgegnete der Jude.

»Ach was, Sie hören nie was; natürlich nicht«, schimpfte Sikes grimmig. »Sie schleichen doch ein und aus, daß kein Teufel Sie hören kann. Ich wollte, Sie wären der Hund gewesen noch vor einer halben Minute.«

»Warum?« fragte der Jude mit krankhaftem Lächeln.

»Weil's jedermann freisteht, mit seinem Köter zu verfahren, wie er mag«, brummte Sikes und klappte sein Messer zusammen. »Deshalb.«

Der Jude rieb sich die Hände, setzte sich an den Tisch und tat, als ob ihn der Witz seines Freundes außerordentlich erheitere. In Wirklichkeit aber war ihm recht jämmerlich zumute, was man ihm deutlich ansehen konnte.

»Ja, ja, grinsen Sie nur«, rief Sikes, warf den Schürhaken wieder vor den Ofen und maß den Juden von oben bis unten mit Wut und Hohn. »Grinsen Sie nur; ich werd schon noch mal deine Kehle in der Hand haben, Fagin. Und hol mich der Teufel, dann laß ich nicht so bald aus. Wenn ich mal dran glauben sollte, dann mußt du's auch. Nimm dich in acht vor mir.«

»Scho gut, scho gut«, eiferte der Jude, »ich weiß doch, wir haben e gemeinsames Interesse, Billeben. Hand darauf, Billeben, wir gehen Hand in Hand.«

Sikes pfiff zwischen den Zähnen. »Und nun, was haben Sie mir zu sagen?«

»Alles wird doch geworfen in einen Topp«, erklärte

Fagin, »hier ist Ihr Anteil. Es ist weit mehr, als es sollte sein, lieber Freind, weil ich aber weiß, daß Sie mir auch gut wollen, drück ich ä Aug zu.«
»Hol Sie der Teufel mit Ihrem Gemauschel«, fiel ihm der Strolch ungeduldig ins Wort, »wo ist es? Raus damit!«
»Aber ja doch, Bill, ja doch, Billeben, so lasse Se mer doch Zeit«, schmeichelte der Jude. »Da is es doch schon!« Mit diesen Worten zog er ein altes Taschentuch aus der Brusttasche, knüpfte den Zipfel auf und brachte ein kleines Paket braunen Papiers zum Vorschein. Sikes riß es an sich, öffnete und zählte die darin befindlichen Goldstücke.
»Und das soll alles sein?« fragte er.
»Nu natirlich, was glauben Se?« antwortete der Jude.
»Sie haben's wahrscheinlich unterwegs aufgemacht und ein paar rausgemaust, was?« fragte Sikes argwöhnisch. »Machen Sie nur nicht so ein beleidigtes Gesicht, wenn ich frag; als ob Sie's nicht schon öfter gemacht hätten. Läuten Sie mal.« Fagin gehorchte, und auf der Stelle erschien ein zweiter Jude, zwar jünger als er, aber mindestens ebenso schmierig und widerwärtig.
Bill Sikes deutete auf den leeren Krug, der Jude verstand und ging damit hinaus, zuvor jedoch wechselte er einen seltsamen Blick mit Fagin, der ihn gespannt angesehen hatte, und schüttelte dann unauffällig den Kopf. Sikes, der sich gerade niedergebückt hatte, um den Schnürriemen an seinem Schuh, den ihm sein Hund zerrissen hatte, zusammenzuknüpfen, bemerkte nichts von alledem. Im Nu wäre ihm klar gewesen, hätte er es gesehen, daß die Zeichen der beiden Juden nichts Gutes für ihn bedeuteten.
»Jemand hier, Barney?« fragte Fagin und schlug die Augen nieder, da er bemerkte, daß Sikes ihn wieder ansah.
»Nischt ä Mänschenseele«, entgegnete Barney, und die Worte schienen ihm, wenn nicht aus dem Herzen, so doch aus der Nase zu kommen.
»Keine Menschenseele?« fragte Fagin erstaunt und in einem Ton, der offenbar Barney bedeuten sollte, er könne ruhig die Wahrheit sagen.

»Mei Ehrenwort, nicht å Säle, bloß die Miß Nancy«, antwortete Barney.

»Nancy! Zum Teufel, Respekt muß man haben vor dem Frauenzimmer«, rief Sikes.

»Se hat sich ä bissele Rindfleisch lassen gäben drüben im Gastzimmer«, sagte Barney.

»Herein mit ihr«, befahl Sikes und schenkte sich ein Glas Schnaps ein.

Barney warf einen fragenden Blick auf Fagin, da dieser aber schwieg und nicht aufblickte, zog er sich zurück und kam gleich darauf wieder mit Nancy herein, die immer noch Hut und Schürze anhatte und immer noch den Korb und den Hausschlüssel in der Hand trug.

»Du bist ihm auf der Spur, was, Nancy?« forschte Sikes und schob ihr das Glas hin.

»Na natürlich«, erwiderte die junge Dame und leerte das Glas auf einen Zug, »aber verdammt müde bin ich. Der Lausebengel is krank jewesen und se haben ihn an die Strippe jebunden und –«

»Nancyleben, Kind!« jubelte Fagin und blickte auf.

Ob nun der Jude dadurch, daß er seine roten buschigen Augenbrauen zusammenzog und Miß Nancy einen raschen Blick zuwarf, sie warnen wollte oder nicht, jedenfalls unterbrach sie plötzlich ihren Bericht, sah Mr. Sikes lächelnd an und brachte das Gespräch geschickt auf ein anderes Thema. Nach ungefähr zehn Minuten wurde Mr. Fagin von einem Husten befallen, und Nancy warf sich sofort, als ob das ein Zeichen wäre, ihr Tuch über die Schultern und sagte, sie müsse jetzt gehen. Aber auch Mr. Sikes schien den Gedanken zu haben, sie ein kurzes Stück begleiten zu wollen, denn er sprach seine Absicht dahin aus, und gleich darauf gingen sie zusammen fort, von dem Köter gefolgt, der kaum, daß er seinen Herrn erblickte, auf dem Hof herangeschlichen kam. Der Jude stand, als Sikes draußen war, auf, spähte ihm durch die Stubentür nach, ballte die Faust, murmelte einen dumpfen Fluch und setzte sich dann fürchterlich trinkend wieder an den Tisch

und studierte eifrig die Rubrik für Steckbriefe in der Zeitung.
Inzwischen befand sich Oliver, nicht ahnend, in welcher Nähe sich der lustige alte Herr befand, auf dem Weg nach dem Bücherladen. In Clerkenwell angelangt, bog er in eine Nebengasse, die eigentlich nicht direkt hinführte; und als er seinen Irrtum gewahr wurde, hielt er es nicht mehr der Mühe wert, umzukehren, sondern eilte vorläufig geradeaus, um dann wieder die Hauptrichtung einzuschlagen. Ganz vertieft in Gedanken, wie glücklich er sich jetzt fühlen müsse und wie schlecht es wohl dem armen kleinen Dick, seinem Freund, im Arbeitshaus gehen möge, schreckte er plötzlich durch einen gellenden Ruf auf, den ein Frauenzimmer in seiner Nähe ausstieß.
»O da is er ja, mein lieber kleener Bruder!«
Bis ins Innerste erschreckt, fuhr Oliver zusammen, und kaum blickte er auf, da schlangen sich auch schon ein paar Arme um seinen Hals und hemmten ihn in seinem Lauf.
»Lassen Sie mich los!« schrie Oliver, bemüht, sich loszureißen. »Lassen Sie mich los! Wer ist denn das? Weshalb halten Sie mich auf?«
Die einzige Antwort, die die junge Dame, die ihre Arme um seinen Hals geschlungen hatte, gab, bestand in einem zornigen Gezeter von Jammer- und Weherufen.
»Jott im Himmel, hab' ich dich endlich!« rief sie beständig, ihr Körbchen und den Hausschlüssel in der Hand. »Oliver, unjeratner Lausebengel; mir den Jram anzutun! Nu kommst de aber schleunigst mit. Hab' ich dich endlich jefunden! Gott sei Dank, daß ik ihn jefunden habe!« Abermals brach die junge Dame in ein wildes Kreischen aus, so daß ein paar Weiber, die gerade vorübergingen, einem Schlächterjungen mit gefettetem Haar zuriefen, er möge schleunigst einen Arzt holen.
»Ach nö, lassen Se doch«, wehrte die junge Dame ab und packte Oliver am Arm, »es is mir schon viel besser. Gleich kommst de mit heim, du Lausejunge.«
»Was ist denn los, Freileinchen?« fragte eine.

»Ach, Madame, vor vier Wochen is er seinen Eltern weggelofen, fleißigen und betriebsamen Leiten, und hat sich mit Diebsjesindel und schlechter Jesellschaft einjelassen, und darüber is seiner Mutter beinah das Herz jebrochen.«

»Elender Lausbub«, schimpfte eine Frau.

»Marsch, nach Haus mit dir, ungeratner Bengel«, schalt die andre.

»Das ist doch alles nicht wahr«, rief Oliver in großer Angst, »ich kenne das Mädchen gar nicht. Ich habe gar keine Schwester und weder Vater noch Mutter. Ich bin eine Waise und wohne in Pentonville.«

»Hör mal einer so ne Frechheit!« rief die junge Dame.

»Aber Sie sind ja Nancy!« rief jetzt Oliver, der ihr zum erstenmal ins Gesicht sah und erstaunt zurückfuhr.

»Na, da sehen Se, daß er mir kennt«, rief Nancy, sich an die Umstehenden um Hilfe wendend. »Nu kann er sich nicht mehr ausreden. Ach, zwingt ihn doch mit mir zu gehen, zu seiner Mutter und seinem wackern Vater, sonst bringt er ihn noch unter die Erde, und mir bricht das Herz!«

»Was, zum Teufel, soll denn das heißen?« rief plötzlich ein Mann und kam aus einer Schenke heraus, von einem weißen Hund gefolgt. »Das ist doch der saubere Mosjö Oliver! Gleich kommst du mit heim zu deiner armen Mutter, du junger Schuft. Marsch heim!«

»Hilfe, Hilfe, ich kenne die beiden doch gar nicht«, rief Oliver, sich aus Leibeskräften unter dem Griff sträubend und windend.

»Hilfe«, wiederholte Sikes, »jawohl, ich will dir helfen, Galgenstrick, was hast du hier für Bücher? Hast sie wohl stibitzt? Was? Her damit!« Mit diesen Worten riß er ihm die Bücher unter dem Arm weg und versetzte ihm einen Schlag auf den Kopf.

»Bravo«, rief ein Zuschauer aus einem Fenster herunter, »das ist die einzige Art und Weise, dem Bengel zu seinen fünf Sinnen zu verhelfen.«

»Gut so«, lobten die beiden Weiber.

»Ich werd' ihm schon helfen«, antwortete der Strolch, versetzte Oliver einen zweiten Hieb über den Kopf und packte ihn am Kragen. »Marsch, vorwärts mit dir. Herein, Hundsvieh. Gib acht auf ihn!«
Ganz schwach von der eben erst überstandenen Krankheit und ganz verdutzt durch die Plötzlichkeit des Angriffs und überdies erschreckt durch das grimmige Knurren des Köters und die Brutalität des Strolches, ergab sich Oliver in sein Schicksal. Im nächsten Augenblick sah er sich in ein Labyrinth von engen und finstern Torwegen und Höfen geschleift und im Marschtempo vorwärtsgetrieben. Wohl rief er noch hie und da um Hilfe, aber es war niemand da, der darauf geachtet hätte.
Die Gaslampen flammten auf in den Straßen, und Mrs. Bedwin wartete voll Angst und Unruhe in der offenen Haustür. Schon zwanzigmal war das Dienstmädchen die Straße hinaufgelaufen, um zu sehen, ob denn Oliver noch immer nicht komme. Beharrlich saßen die beiden alten Herren in der dunkeln Stube, die Uhr zwischen sich auf dem Tisch, und warteten und warteten.

16. Kapitel

Was aus Oliver wurde, nachdem ihn Nancy mit Beschlag belegt hatte

Die engen Straßen und Gäßchen mündeten endlich in einen großen freien Platz mit provisorischen Stallungen, die verrieten, daß hier gerade Viehmarkt war. Sikes verlangsamte seinen Schritt, da die Dirne sichtlich das Tempo nicht länger mitzumachen imstande war. Barsch wandte er sich an Oliver und befahl ihm, Nancy die Hand zu geben.
»Verstanden?« schrie er, als Oliver zögerte, und sah sich scheu um.

Sie befanden sich in einem finstern abgelegenen Stadtteil, und Oliver begriff sofort, daß jeder Widerstand nutzlos war. So gab er Nancy die Hand, die ihn fest am Gelenk packte.
»Gib mir die andre«, befahl Sikes und packte Olivers freie Hand. »Hierher, Fassan!«
Der Hund knurrte.
»Siehst du, so«, sagte Sikes und packte Oliver an der Kehle, »wenn er sich muckst, packst du ihn, verstanden?«
Der Hund knurrte wieder, leckte sich die Schnauze und knurrte Oliver an, als könnte er es gar nicht erwarten, ihm an die Gurgel zu fahren.
»Parieren tut er wie'n Christ; blind will ich auf der Stelle werden, wenn er's nicht ist«, sagte Sikes und sah den Köter mit wildem Blick an. »Also, jetzt weißt du, was dir winkt, Bursche! Und jetzt vorwärts, marsch!«
Abermals ließ der Hund ein warnendes Knurren hören und lief dann dicht hinter Oliver drein. Nun ging es quer durch Smithfield. Nach der Unkenntnis, die Oliver hinsichtlich der Gegend hatte, hätte es gerade so gut Grosvenor Square sein können. Der Abend war finster und neblig. Kaum konnte sich ein Licht aus den Schaufenstern durch den dichten Nebel arbeiten, der von Augenblick zu Augenblick immer mehr zunahm und schließlich Häuser und Straßen in ein schwärzliches Dunkel einhüllte.
Sie waren kaum ein paar Schritte weitergelaufen, als die dumpfen Töne einer der Turmuhren herniederklangen. Beim ersten Schlag blieben die beiden Führer Olivers stehen und horchten.
»Acht Uhr, Bill«, sagte Nancy, als die Schläge verklungen waren.
»Glaubst vielleicht, ich hab' keine Ohren?« murrte Sikes.
»Ich meine nur, daß *sie* es wohl hören können.«
»Selbstverständlich«, versetzte Sikes. »Um Bartholomä war's, als sie mich ins Loch steckten, und auf dem ganzen Markt hab' ich jede Pfennigtrompete quietschen hören können. Als ich dann die Nacht hinter Schloß und Riegel

kam, war's mir gegen den Radau da draußen in dem alten Kasten so stumm, daß ich mir am liebsten den Schädel vor Verzweiflung eingerannt hätte.«

»Die armen Kerle, und lauter so hübsche, junge Leute«, murmelte Nancy.

»Ja ja, daran denken die Weibsbilder! Hübsche, junge Burschen! Na, die sind jetzt so gut wie besorgt, und da ist nicht mehr viel zu holen.«

Die Worte schienen in gewisser Hinsicht ein Lichtblick für ihn zu sein und seine plötzlich aufsteigende Eifersucht ein wenig zu unterdrücken. Er packte Olivers Handgelenk fester und trieb ihn vorwärts.

»Wart en bißchen«, sagte die Dirne. »Wenn du, Bill, mal hier raus müßtest zum Galgen, ich ging da nicht vorbei, und wenn ich rumlofen müßte, bis ich glatt im Schnee liegen bliebe und keen Tuch hätte, mir drin zu wickeln.«

»Ach was, Quatsch«, murrte Mr. Sikes, der keinen Sinn für Sentimentalität hatte. »Wenn du mir nich ne Feile und'n paar Ellen festen Strick rüberwerfen könntest, dann wär's mir gleich, was du sonst tätest. Marsch, vorwärts, halts Maul jetzt.«

Das Mädchen brach in ein krampfhaftes Lachen aus und zog sich ihr Umschlagtuch fester um die Brust. Dann schritten sie weiter. Oliver fühlte deutlich, wie ihre Hand zitterte, und sah, als sie an einer Laterne vorüberkamen, daß ihr Gesicht leichenblaß geworden war. So ging es wohl eine halbe Stunde vorwärts. Dann bogen sie in eine schmutzige enge Gasse ein, in der sich ein Trödlerladen neben den anderen drückte. Der Hund lief voraus, als wisse er, daß jetzt die Gelegenheit vorüber sei, seinem Opfer an die Gurgel zu fahren, und blieb vor der Türe eines solchen Ladens stehen. Das Haus war fast gänzlich verfallen; auf einem Brette stand mit kaum mehr leserlicher Schrift, daß die Lokalität zu vermieten sei.

Nancy bückte sich und schien hinter die Fensterläden zu greifen. Gleich darauf vernahm man den Klang einer Glocke. Dann gingen sie auf die andere Seite der Straße

hinüber und blieben dort unter einer Laterne stehen. Dem Geräusch nach zu schließen, wurde ein Schiebefenster langsam in die Höhe geschoben, und gleich darauf packte Sikes den erschreckten Oliver beim Kragen, und eine Sekunde später standen sie alle drei im Innern des Hauses. Es war stockfinster.
»Ist jemand hier?« fragte Sikes.
»Nein«, antwortete eine Stimme, die Oliver merkwürdig bekannt vorkam.
»Der Alte drin?«
»Ja«, antwortete die Stimme. »Wird sich höllisch freuen, daß ihr kommt.«
»Zündet doch ein Licht an, oder wir brechen uns die Hälse«, grollte Sikes.
»Gleich, im Augenblick«, war die Antwort.
Dann hörte man, wie sich Schritte entfernten, und eine Minute später erschien Mr. John Dawkins, der »Baldowerer« genannt, mit einem Talglicht, das er an einem zersplitterten Stock festgebunden hatte. Der junge Herr nahm sich kaum Zeit, Oliver vergnügt anzugrinsen, drehte sich schnell um und winkte den dreien, ihm die Treppe hinauf zu folgen. Sie schritten durch eine leere Küche, es öffnete sich die Tür einer niedrigen dumpfigen Stube, die in einen kleinen Hof nach rückwärts hinauszugehen schien, und ein schallendes Gelächter begrüßte sie.
»Juchu«, jubelte Master Bates, »da ist er! Ich sag' Ihnen, schauen Sie nur, ist das ein Jux! Haltet mich, ich zerspringe vor Lachen.«
Und mit nicht zu bändigender guter Laune warf sich Master Bates auf den Boden und strampelte wohl fünf Minuten lang mit Händen und Beinen, dann sprang er auf, riß dem Baldowerer den Stock aus der Hand, ging auf Oliver zu und rings um ihn herum und unterwarf ihn einer sorgfältigen Musterung, während der Jude seine Zipfelmütze vom Kopf nahm und vor dem verdutzten Oliver einen tiefen Bückling machte. Der Baldowerer, der bisher ernst geblieben, räumte unterdessen sorgfältig Olivers Taschen aus.

»Was der jetzt für Lappen an hat, Fagin«, sagte Master Bates und hielt die Kerze so dicht an Olivers neuen Anzug, daß dieser fast anbrannte. »Allerfeinstes Tuch und hochmodern. Gott, ist das ein Jux! Und Bücher hat er auch mit; der reinste Gentleman, Fagin, der reinste Gentleman.«
»Ja, ich bin entzückt, Ihnen so wohl zu sehen, wertgeschätzter Herr«, höhnte der Jude und machte grinsend einen Bückling nach dem andern, »der Baldowerer wird Ihnen einen anderen Anzug geben, daß Sie sich die werten Sonntagskleider nicht schmutzig machen. Gott, warum haben Sie uns nicht von Ihrer erfreulichen Ankunft schriftlich benachrichtigt? Wir hätten Ihnen ä warme Suppeh vorbereitet.«
Über diesen Witz mußte Master Bates so fürchterlich lachen, daß er fast selbst aus der Rolle fiel. Auch der Baldowerer lächelte. Ob seine Heiterkeit dem Scherze galt, oder dem Umstand, daß er in diesem Augenblick Oliver eine Fünfpfundnote aus der Tasche zog, muß dahingestellt bleiben.
»Hallo, was ist das?« rief Sikes und trat vor, während der Jude nach der Banknote griff.
»Das ist mein Geld, Fagin.«
»Aber was glauben Sie denn? Mein ist das Geld. Mir gehört es, Bill. Sie können sich die Bücher nehmen.«
»Mein ist's«, fuhr Bill Sikes auf und stülpte sich entschlossen den Hut auf den Kopf. »Mir und Nancy gehört's. Her damit, sonst schaff' ich den Jungen sofort wieder zurück.«
Der Jude stutzte, und auch Oliver, denn einen Augenblick lang faßte er Hoffnung, der Streit werde damit enden, daß man ihn wieder zurückschaffe.
»Her damit, verstanden?« schrie Sikes.
»Wehgeschrieen, Gott über die Welt«, jammerte Fagin, »und was sagen denn Sie, Nancyleben? Das is e Gerechtigkeit?«
»Gerechtigkeit oder nicht«, rief Sikes dazwischen. »Her damit, verstanden? Du glaubst wohl, Nancy und ich haben nichts Gescheiteres zu tun, als unsere Zeit damit zu

vertrödeln, daß wir jedem Burschen, der dir in die Binsen geht, nachlaufen, um ihn wieder einzufangen – mit Geld? Alter Hundsknochen.«

Mit einem Fluch entriß er dem Juden die Banknote, faltete sie zusammen und knöpfte sie in sein Halstuch.

»Wie, nicht genug?« brummte er dabei. »Die Bücher kannst du dir selber behalten, wenn du sie vielleicht lesen willst; kannst sie übrigens auch verklopfen, was?«

»Sind das deine Bücher, was, Oliver?« fiel Charley Bates ein, schnitt eine Grimasse und tat, als lese er in einem der Bände. Als er den entsetzten Blick bemerkte, mit dem Oliver ihn ansah, verfiel er wieder in einen Lachkrampf.

»Die Bücher gehören dem alten Herrn«, jammerte Oliver händeringend. »Dem gütigen und freundlichen alten Herrn, der mich zu sich genommen und mich gepflegt hat, als ich krank und fast schon im Sterben lag. Schicken Sie ihm die Bücher und das Geld. Behalten Sie mich mein ganzes Leben lang hier, aber, bitte bitte, schicken Sie ihm alles wieder zurück. Er wird glauben, ich hätte sie gestohlen; die alte Dame und alle, die so gut zu mir waren, werden denken, ich hätte sie gestohlen. Haben Sie Barmherzigkeit und schicken Sie ihm alles wieder zurück.«

Dann stürzte er auf den alten Juden zu und rang verzweifelt die Hände.

»Recht hat das Jüngel«, lobte Fagin und zog seine buschigen roten Augenbrauen zusammen, »recht hat das Jüngel. Recht hast de, Oliver, natürlich werden die denken, daß du's gestohlen hast, hihihi!« kicherte er und rieb sich die Hände. »Wie das fein zusammenstimmt! Keine bessere Zeit hätten wir treffen können.«

»Natürlich hätt' sich's nicht besser treffen können«, fiel Sikes ein, »hab's mir gleich gedacht, als ich ihn so mit den Büchern unterm Arm durch Clerkenwell hab' laufen sehen. Das müssen ein paar nette Schafsköpfe von Betbrüdern sein, die sich wahrscheinlich fürchten, nachzuforschen, damit sie ihn um Gottes willen nicht anklagen müssen. Na, jetzt haben wir ihn wenigstens fest.«

Verstört hatte Oliver von einem zum anderen geblickt, als traue er seinen Ohren nicht; kaum aber begriff er, um was es sich handelte, da sprang er auf und rannte entsetzt aus der Stube, ein gellendes Geschrei um Hilfe ausstoßend, daß das öde alte Haus bis hinauf zum Giebel widerhallte.
»Halt den Köter zurück«, schrie Nancy, sprang mit einem Satz zur Tür und drehte den Schlüssel um, während Fagin mit den beiden Jungen hinter Oliver herlief. »Halt den Hund zurück, Bill, er reißt ihn in Stücke.«
»Geschieht ihm nur recht«, höhnte Sikes. »Losgelassen, oder ich schlag dir den Schädel an der Wand ein.«
»Mir alles gleich, Bill, ich fürcht' mich nicht«, kreischte die Dirne und rang heftig mit Sikes. »Ehe ich zugebe, daß ihn der Hund zerreißt, laß ich mich lieber selbst umbringen.«
»Loslassen!« schrie Sikes. »Oder ich hetz' den Hund auf ihn!« Dabei schleuderte er Nancy von sich, daß sie bis in den Winkel der Stube flog, und wollte hinaus. In diesem Augenblick kam jedoch der Jude mit den beiden Jungen zurück und schleppte Oliver hinter sich her.
»Was gibt's denn hier schon wieder«, fragte er und sah sich in der Stube um.
»Das Weib ist toll geworden«, brummte Sikes.
»Nee, nich doll jeworden«, sagte Nancy leichenblaß und atemlos, »ne, nich doll jeworden, Fagin.«
»Also, halts Maul, verstanden, Schickse!« rief der Jude mit drohenden Mienen.
»Nee, ik schweige nich; fällt mir jar nicht ein«, antwortete Nancy laut. »Von dir laß ich mir schon jar nich befehlen.«
Fagin schien es nicht für geraten zu halten, bei dem Temperament der Sorte Menschenkinder, zu denen Nancy gehörte, den Streit fortzusetzen, und wendete sich lieber Oliver zu.
»Weglaufen hat er wollen, das Jüngel, was?« sagte er und griff nach einem knotigen Stock, der in der Ecke neben dem Kamin stand. »Fortlaufen hat er wollen, was?«
Oliver gab keine Antwort; er begriff, was Fagin vor hatte, und keuchte, ohne ein Wort hervorzubringen.

»Um Hilfe hat er gerufen, was? Die Polizei hat er holen wollen, was?« höhnte Fagin und packte Oliver am Arm. »Warte nur, das werden wir dir austreiben, Bürschel.« Wuchtig schlug er ihm mit dem Knotenstock über den Rücken und holte zu einem zweiten Hieb aus, da stürzte sich Nancy auf ihn und riß ihm die Waffe aus der Hand. Mit einer solchen Wucht schleuderte sie sie dann in die Kohlenglut, daß die Funken nur so stoben.

»Ich duld' das nicht, ich schau' das nicht ruhig mit an, Fagin«, schrie sie gellend. »Du hast ihn wieder, und damit genug, Fagin. Loslassen jetzt, oder ich geb' dir einen Denkzettel, der mich noch vor der Zeit an den Galgen bringt.«

Sie war so rasend vor Wut, daß auch die letzte Spur von Farbe aus ihrem Gesicht gewichen war.

»Gott über die Welt, Nancy«, rief der Jude bestürzt und starrte Sikes ratlos an. »Wozu so aufgeregt, wozu Komödie spielen?«

»Schon gut«, keuchte Nancy. »Nehmen Sie sich in acht, Fagin, daß ich nicht noch besser Komödie spiele. Nehmen Sie sich in acht, Fagin, daß es Ihnen nicht ärger an den Kragen geht, als Sie sich denken.«

Es gibt nur wenige Männer, die sich nicht überlegen würden, ein rasendes Weib noch weiter zu reizen. Auch Fagin begriff sofort, daß es am besten wäre, einzulenken. Scheu wich er ein paar Schritte zurück und warf Sikes einen ratlosen Blick zu. Mr. Sikes stieß zuvörderst ein paar Dutzend Flüche und Drohungen aus, als er aber sah, daß dies bei Nancy nicht verfing, schritt er zu anderen Maßregeln.

»Was soll das heißen? Was willst du damit sagen?« rief er. »Du scheinst nicht zu wissen, wer und was du bist.«

»O ja, das weiß ich ganz gut«, erwiderte die Dirne, lachte hysterisch auf und schüttelte mit geheuchelter Gleichgültigkeit den Kopf.

»Also, dann halts Maul«, knurrte Sikes, »oder ich werd's dir für die nächste Zeit stopfen.«

Nancy lachte nur kurz auf, schoß einen wütenden Blick

auf Sikes, wandte sich dann ab und biß sich in die Lippen, daß Blutstropfen hervorquollen.
»Du wärst mir so die Richtige, sich als Menschenfreundin aufzuspielen! Eine famose Freundin für den Burschen als Beschützerin, hahaha.«
»Ja, beim allmächtigen Gott, das bin ich!« rief Nancy leidenschaftlich. »Ich wollte, man hätt' mich heute totgeschlagen auf der Straße, ehe ich mich dazu hergegeben hab', ihn herzuschaffen. Von jetzt ab ist er ein Dieb, ein Mörder, ein Lügner und alles, was schlecht und böse ist; – ist das nicht genug für den alten Halunken? Auch noch schlagen will er ihn obendrein!«
»Ruhig, Sikes, ruhig, ruhig«, verwies der Jude und bedeutete dem Strolch mit Augenzwinkern, daß die Jungen neugierig auf alles aufpaßten, was vorging. »Mir missen freindliche Worte anwenden, Bill.«
»Ja ja – freundliche Worte«, rief die Dirne mit vor Leidenschaft und Wut verzerrtem Gesicht, »freundliche Worte, du Schuft. Verdienen tät ich's freilich. Hab' ich nicht gestohlen für dich, als ich noch ein Kind war, nicht halb so alt wie der da?« Sie deutete auf Oliver. »Bin ich jetzt nicht in derselben Chawrusse vielleicht zwölf Jahre lang schon, oder vielleicht nicht?«
»Nu ja doch, nu ja doch«, sprudelte Fagin hervor, nach Kräften bemüht, den Frieden wieder herzustellen. »Nu und hast de denn nich ä gutes Leben gehabt dabei?«
»Jawohl ja, ein gutes Leben«, stieß Nancy hervor, »ein gutes Leben; auf den kalten Straßen war ich zu Haus. Du hast mich als Kind hinausgejagt, und dort werde ich mich herumtreiben müssen Tag und Nacht, bis ich krepiere.«
»Wart nur, ich tu der noch was an«, rief der Jude gellend dazwischen, gereizt durch Nancys Vorwürfe, »ich tu der noch was an, was noch viel schlimmer sein soll, als alles das, was de da sagst.«
Die Dirne biß die Zähne zusammen, raufte sich wie in einem Wahnsinnsausbruch die Haare, sprang mit einem Satz auf Fagin los, und wer weiß, was noch daraus gewor-

den wäre, hätte sie nicht Sikes noch rechtzeitig an den Handgelenken erwischt. Vergeblich rang sie eine Weile mit ihm, dann verlor sie die Besinnung und fiel zu Boden.
»Na, jetzt sind wir sie vorläufig los«, brummte Sikes und schleppte sie in den Winkel. »Was diese Weibsbilder für eine unglaubliche Kraft haben, wenn sie sich mal in die Wut hineinkeifen.«
Der Jude wischte sich den Schweiß von der Stirne und lächelte sichtlich befreit bei dem Gedanken, daß der Streit vorläufig zu Ende war. Aber allem Anschein nach schienen er, Sikes, der Hund und die Jungen an solche Auftritte ziemlich gewöhnt zu sein.
»Nur mit Weibern nix zu tun haben«, sagte er und stellte seinen Stock in den Winkel. »Aber geschickt und gescheit sind se doch, es is schwer auskommen ohne ihnen bei unsern Geschäften. Charleyleben, zeig dem Oliver sei Bett.«
»Seine Feiertagskluft soll er doch morgen wohl nicht anziehen, Fagin?« fragte Charley Bates.
»Gott sei vor«, rief der Jude grinsend. »Gott sei vor.«
»Also, zieh das Zeug aus«, befahl Charley Bates. »Gibs Fagin zum Aufbewahren. Gott, ist das ein Mordsjux!«
Der arme Oliver gehorchte apathisch. Master Bates rollte den saubern Anzug zusammen, nahm ihn unter den Arm, ging hinaus und ließ Oliver im Finstern allein und schloß dann die Tür hinter sich ab, nachdem er ihm vorher dieselben alten Lumpen gebracht, die Oliver im Arbeitshaus getragen. Der Lärm, den Charley Bates mit seinem ewigen Lachen machte, und die Unterhaltung nebenan – Miß Betsy war nämlich gerade angekommen und begoß ihre Freundin mit Wasser, um sie wieder zu sich zu bringen – hätten wohl fast jeden und selbst in glücklicheren Verhältnissen munter und wach erhalten; aber Oliver war krank und müde und sank bald in tiefen Schlummer.

17. Kapitel

Zu Olivers Unglück kommt ein großer Mann nach London

In jedem guten Melodrama wechseln auf der Bühne komische und tragische Dinge so regelmäßig miteinander wie die roten und weißen Schichten eines speckdurchwachsenen Schinkens. Solche Wandlungen scheinen absurd, sind aber lange nicht so unnatürlich, wie sie auf den ersten Blick zu sein scheinen. Der Übergang im Leben von Freudenfest zu Totenfest und von Trauerkleid zu Festtagskleid kommt kaum so überraschend; nur sind wir hier passive Zuschauer, dort statt passiven Zuschauern die Darsteller, und das ist der einzige Unterschied.

Zeitig morgens tauchte Mr. Bumble im Tore des Arbeitshauses auf, schritt über die Schwelle und wandelte mit würdiger Haltung, ehrfurchtsgebietend die Straße hinauf. Er hielt sich nicht erst lange unterwegs auf, um sich mit den Kleinkrämern und andern Leuten, die ihn anredeten, in Gespräche einzulassen, sondern erwiderte ihre ehrfurchtsvollen Begrüßungen mit einer majestätischen Handbewegung und lenkte seine Schritte dem Gartentor zu, hinter dem Mrs. Mann die Armenkinder mit mütterlicher Sorgfalt verpflegte.

»Der verdammte Kirchspieldiener«, murrte Mrs. Mann, als sie das bekannte Rütteln an der Pforte hörte. »Kaum daß es Tag ist, ist er schon wieder da – ja was wär denn jetzt dös, Mr. Bumble, grad habe ich an Ihnen gedacht. Ja, ist das eine Freud, Ihnen wieder einmal zu sehen. Tretens doch, bitte, näher!«

Die erste Hälfte ihrer Rede war an Susanne gerichtet, die freudevollen Begrüßungsausrufe aber bekam Mr. Bumble selbst zu hören, während die Treffliche das Gartengitter aufsperrte und ihn unter mannigfachen Hochachtungsbezeugungen in das Haus geleitete.

»Mrs. Mann«, sagte Mr. Bumble und ließ sich feierlich auf einem Stuhl nieder. »Mrs. Mann, ich entbiete Ihnen einen guten Morgen.«

»I dank scheen und auch meinerseits einen recht scheenen guten Morgen«, erwiderte Mrs. Mann mit süßem Lächeln. »Und wie steht denn das werte Befinden?«

»So so, Mrs. Mann«, antwortete der Kirchspieldiener. »Ein Leben als Beamter, Mrs. Mann, ist nicht gerade etwas Verführerisches.«

»O mei, ja freilich nicht«, klagte die Dame.

»Ein Leben als Beamter in der Gemeinde, Mrs. Mann«, wiederholte Mr. Bumble und schlug mit dem Stock auf den Tisch, »ist ein Leben voll Mühsal und Plackerei, Verdruß und Entbehrungen; aber halt jeder öffentliche Charakter steht sozusagen am Pranger.«

Mrs. Mann, die nicht recht verstand, was der Kirchspieldiener eigentlich meinte, richtete den Blick zur Decke und seufzte tief.

»Ja, ja, Sie haben gut seufzen, Mrs. Mann«, sagte der Kirchspieldiener. Da Mrs. Mann daraus erkannte, daß ihre Gesten gestimmt hatten, seufzte sie abermals und augenscheinlich sehr zur Befriedigung des öffentlichen Charakters, der ein wohlgefälliges Lächeln rasch unterdrückte, einen Blick auf seinen Dreispitz warf und anhob: »Mrs. Mann, ich stehe gerade im Begriff nach London zu fahren.«

»Ja, was wär denn jetzt dös?« rief Mrs. Mann erschreckt.

»Ja ja nach London, Madame«, bekräftigte unerschüttert der Kirchspieldiener, »per Wagen. Ich und zwei Gemeindearme, Mrs. Mann. Es ist ein Rechtsverfahren im Zug wegen einer Überweisung von Gemeindearmen. Die löblichen Vorstände haben mich ausersehen – jawohl mich, Mrs. Mann –, die Sache dem Gerichte Clerkenwell vorzutragen. Na, es wird sich ja zeigen, ob das Gericht in Clerkenwell«, setzte Mr. Bumble hinzu und blähte sich gewaltig auf, »da lange standhalten wird können, wenn ich mich ins Zeug lege.«

»Ach Gott, Sie dürfen mit den Herrn vom Gericht nicht zu schroff verfahren, Mr. Bumble«, sagte Mrs. Mann mit erschreckten Augen.
»Die in Clerkenwell haben's sich selbst zuzuschreiben, Madame«, versetzte Mr. Bumble, »sie habens ja selber ins Rollen gebracht; jetzt haben's sie sich selber zuzuschreiben.«
Es lag so viel Entschlossenheit in der Art, wie Mr. Bumble sprach, daß Mrs. Mann ganz und gar eingeschüchtert zu sein schien. Kaum, daß sie die Worte hervorbrachte:
»Sie fahren im Postwagen, Sir? Ich hab' immer gemeint, für die Armen tut's auch ein Leiterwagen.«
»Das ist Vorschrift, Mrs. Mann, wenn sie krank sind«, erklärte der Kirchspieldiener, »wenn es regnet, kommen sie in offene Karren, damit sie sich nicht verkühlen, und jetzt nimmt sie der Omnibus von der Konkurrenzlinie auf; das macht die Sache sehr billig. Sie sind beide sehr krank, und wir glauben, wir ersparen zwei Pfund mehr, wenn wir sie rechtzeitig fortschaffen, als wenn wir sie hier begraben müssen. Wir müssen nur schauen, daß wir sie rechtzeitig nach Clerkenwell bringen, daß sie unterwegs net vorzeitig sterben. Hahaha!«
Nachdem Mr. Bumble ein Weilchen gelacht, fiel sein Blick wieder auf den Dreispitz, und würdevoller Ernst überzog seine Miene.
»Wir vergessen ganz das Geschäftliche, Madame«, sagte er mit verändertem Ton, »hier haben's das Kostgeld für den laufenden Monat.« Dabei zog er eine kleine Rolle Silbergeld aus der Tasche und ließ sich von Mrs. Mann eine Quittung ausstellen.
»Es sin a paar Tintenklex drauf kommen«, entschuldigte sich die würdige Dame, »aber sonst ist alles in richtiger Form. Und recht schönen Dank, Mr. Bumble, ich bin Ihnen so verpflichtet, Sie wissen gar net.«
Mr. Bumble nickte gnädig und erkundigte sich nach dem Befinden der Kinder.
»O Gott, die süßen kleinen Hascherln«, säuselte Mrs.

Mann gerührt, »alleweil munter sins und halt immer gsund; die zwei natürlich ausgnommen, di wo letzte Woch mit Tod abgangen sin. Und dann den kleinen Dick auch ausg'nommen.«
»Geht's denn dem Jungen immer noch nicht besser?« fragte Mr. Bumble.
Mrs. Mann schüttelte melancholisch das Haupt.
»Dieser Dick ist ein mißratener, von Krankheit nur so strotzender Arbeitshausbengel«, schimpfte Mr. Bumble. »Wo steckt er?«
»Gleich in einer Minute schaff ich ihn Ihnen herbei«, rief Mrs. Mann. »Obs d' gleich herkommst, Dick!«
Einiges Hin- und Herrufen im Haus, und dann brachte man Dick zur Stelle. Nachdem man ihm noch rasch das Gesicht unter die Pumpe gehalten und es ihm mit der Schürze Mrs. Manns abgetrocknet, wurde er zum gestrengen Herrn Kirchspieldiener geführt.
Es war ein bleiches abgemagertes Kind mit eingesunkenen Wangen und fieberhaft glänzenden Augen. Der dürftige Gemeindeanzug, die Livree seines Elends, hing ihm schlotternd um die Gliedmaßen. Er sah aus wie ein Geist im Kindesalter.
»Siegst denn den gnädigen Herrn net, du mißratener Bub, du?« schimpfte Mrs. Mann. Wehmütig erhob das Kind die Augen und begegnete dem Blick Mr. Bumbles.
»Also, was ist denn los mit dir, du Armenhausstrick?« fragte Mr. Bumble, scherzhaft gelaunt, wie es die Situation offenbar verlangte.
»Nichts, gar nichts, gnädiger Herr«, hauchte der Kleine.
»Na ja, das will ich meinen«, sagte Mrs. Mann, nachdem sie sich über die gute Laune Mr. Bumbles entsprechend ausgelacht hatte; »es fehlt dir ja auch an nichts.«
»Ich möchte gern ...«, hauchte der Kleine.
»Ja ja«, unterbrach ihn Mrs. Mann rasch, »du willst doch wohl net sagen, daß dirs hier an was fehlt, mißratener Bengel?«
»Nur Ruhe, Mrs. Mann, nur Ruhe«, ermahnte der Kirch-

spieldiener und erhob würdevoll den Zeigefinger. »Also, was möchtest du?«
»Ich möchte«, stammelte das Kind, »ich möchte bitten, daß jemand, der schreiben kann, für mich ein paar Worte auf ein Stück Papier schreibt, es zusammenfaltet und versiegelt und für mich aufhebt, daß ich's bei mir hab', wenn ich unter der Erde liege.«
»Was meint denn der Bub nur?« rief Mr. Bumble erstaunt und konnte eine gewisse Bewegung, die ihm die todestraurigen Worte und das kümmerliche Aussehen des Kleinen aufzwangen, kaum unterdrücken, trotzdem er wahrhaftig an dergleichen gewöhnt war. »Was soll das heißen?«
»Ich möchte gern dem armen Oliver Twist einen schönen Gruß von mir hinterlassen«, sagte das Kind, »damit er weiß, wie oft ich an ihn gedacht hab', daß er so in der finstern Nacht herumwandern muß, ohne daß ihm jemand hilft. Dann möcht ich ihm auch noch sagen«, setzte das Kind leise hinzu und preßte seine kleinen abgemagerten Hände zusammen, »daß ich gern sterbe und froh darüber bin, wenn ich auch noch sehr jung bin. Ich freu mich so sehr, meine kleine Schwester, die auch im Himmel ist, wiederzusehen. Wir werden dann viel, viel glücklicher sein.«
Mr. Bumble musterte den kleinen Redner von Kopf bis Fuß mit unbeschreiblichem Erstaunen, dann wandte er sich an die Pflegefrau und rief: »Es ist doch immer dieselbe Geschichte, Mrs. Mann; dieser gotteslästerliche Oliver hat sie alle miteinander demoralisiert.«
»Ich hätt's nicht im Leben geglaubt«, rief Mrs. Mann, erhob entsetzt die Hände und warf dabei einen bösartigen Blick auf Dick. »Da schau einer nur diesen verhärteten kleinen Bösewicht!«
»Führen Sie ihn hinaus, Madame«, befahl Mr. Bumble gebieterisch, »das muß ordnungsgemäß gemeldet werden, Mrs. Mann.«
»Ich hoffe, die Herren Vorstände werden doch einsehen,

daß ich keine Schuld nicht trage«, sagte Mrs. Mann und setzte ein pathetisches Winseln hinzu.
»Selbstverständlich, Madame. Sie wissen doch genau, wie die Sachen stehen«, erklärte Mr. Bumble. »Geh hinaus! Geh mir aus den Augen, Bengel!«
Dick wurde unverzüglich hinausgeführt und in einen Kohlenkeller eingesperrt, und gleich darauf empfahl sich Mr. Bumble, um die Vorbereitungen zu seiner Reise zu treffen.
Um sechs Uhr am nächsten Morgen vertauschte er seinen Dreispitz gegen einen runden Hut, zwängte sich in einen blauen Rock mit Umschlagkragen und bestieg seinen Platz auf dem Dach des Omnibus, begleitet von zwei Ortsarmen, deren Zugehörigkeit zum Kirchspiel stark bezweifelt worden war, und nicht lange später langte er in London an. Aufs strengste sah er unterwegs darauf, daß keinerlei Widerspenstigkeit passierte. Aber trotzdem konnte er nicht verhindern, daß die beiden Armen störrisch darauf beharrten, immerwährend vor Kälte mit den Zähnen zu klappern und vor Frost zu wimmern, was Mr. Bumble nicht begriff, zumal er in einen sehr warmen Rock gehüllt war.
In der Hauptstadt angelangt, verfügte sich der Treffliche unverzüglich in das Gasthaus, vor dem der Omnibus ausgespannt wurde, und nahm ein bescheidenes Mahl, bestehend aus Beefsteaks mit Austernsauce und Porter, zu sich. Dann bereitete er sich ein kleines Glas heißen Wassers mit Wacholderschnaps, stellte es auf den Kaminsims, rückte sich den Stuhl ans Feuer und ging daran, sich in die Zeitung zu vertiefen.
Die erste Annonce, auf die sein Blick fiel, war folgende Anzeige:
»Fünf Guineen Belohnung.
Am verflossenen Donnerstag hat sich eine Knabe namens Oliver Twist von seiner Wohnung in Pentonville verirrt oder ist weggelockt oder verschleppt worden. Oben vermerkte Belohnung fällt demjenigen zu, der Auskunft

geben kann, wo und wie besagter Oliver Twist aufzufinden wäre, oder überhaupt irgendwelche Mitteilung zu machen imstande ist, die Licht auf seine frühere Lebensgeschichte werfen kann.«

Dann folgte eine genaue Beschreibung von Olivers Anzug, Aussehen, Größe und dergleichen. Darunter stand Name und Adresse Mr. Brownlows.

Mr. Bumble riß die Augen auf, las die Annonce immer wieder und wieder durch und befand sich kaum fünf Minuten später auf dem Wege nach Pentonville.

»Ist Mr. Brownlow zu Hause?« fragte er atemlos das Dienstmädchen, das die Türe öffnete. Das Mädchen gab eine ausweichende Antwort, aber kaum hatte Mr. Bumble Olivers Namen genannt, als Mrs. Bedwin, die an ihrer Zimmertür gehorcht hatte, atemlos herausstürzte und ihn einlud näherzutreten. Mr. Bumble wurde in die Studierstube geführt, wo Mr. Brownlow mit seinem Freund Mr. Grimwig gerade hinter Weinflaschen und Gläsern saß.

»Aha, ein Kirchspieldiener, meinen Kopf will ich aufessen, wenn ich mich irre«, war der erste Satz, den Mr. Bumble hörte. Dann nahm er Platz, ein wenig aus der Fassung gebracht durch die seltsame Art und das Benehmen Mr. Grimwigs. Mr. Brownlow stellte die Lampe so, daß er das Gesicht des Besuches genau sehen konnte, faßte ihn fest ins Auge und fragte ungeduldig: »Sie kommen wahrscheinlich infolge der Annonce in der Zeitung, nicht wahr, Sir?«

»Jawohl, Sir«, sagte Mr. Bumble.

»Sie sind doch Kirchspieldiener, nicht wahr?« fragte Mr. Grimwig.

»Ich bin Kirchspieldiener, in einem Armenhaus, meine Herrn«, sagte Mr. Bumble stolz.

»Das hab' ich mir gleich gedacht«, brummte Mr. Grimwig, »ein Kirchspieldiener von oben bis unten.«

Mr. Brownlow schüttelte verweisend den Kopf und begann wieder: »Wissen Sie, wo sich der arme Junge befindet?«

»So wenig wie Sie oder sonst jemand«, erwiderte Mr. Bumble.
»Na, also was wissen Sie dann von ihm?« fragte der alte Herr ungeduldig. »Was wissen Sie also von ihm?«
»Sie wissen natürlich nichts Gutes von ihm?« sagte Mr. Grimwig witzig, nachdem er Mr. Bumbles Gesichtszüge eine Zeitlang aufmerksam studiert hatte.
Mr. Bumble schüttelte feierlich das Haupt.
»Na also, da sehen Sie's«, rief Mr. Grimwig und warf Mr. Brownlow einen triumphierenden Blick zu.
Mr. Brownlow warf einen besorgten Blick auf Bumble, der eine höchst besorgte Miene aufgesetzt hatte, bat ihn, ihm alles mitzuteilen, was er wisse, und sich so kurz wie möglich zu fassen.
Mr. Bumble legte seinen Hut weg, knöpfte den Rock auf, verschränkte die Arme, neigte sinnend das Haupt und legte dann, nachdem er eine Weile tief in Gedanken zu Boden geblickt, mit seinem Bericht los.
Seine Erzählung dauerte ungefähr zwanzig Minuten und lautete im großen Ganzen dahin, daß Oliver ein Findelkind sei und von armen und im Laster versunkenen Leuten abstamme, von Geburt an Hinterlist, Bosheit und Undankbarkeit gezeigt habe und schließlich seiner Ruchlosigkeit damit die Krone aufsetzte, daß er an einem harmlosen Jungen einen Mordversuch machte und seinem Meister auf und davon gelaufen sei.
»Ich fürchte, das ist ja alles nur zu wahr«, sagte der alte Herr sorgenvoll, »fünf Pfund sind wohl nicht allzuviel für Ihre Auskünfte, aber gern hätte ich das Dreifache gegeben, würden sie für Oliver günstig gelautet haben.«
Wenn Mr. Bumble gleich anfangs nur eine Ahnung von diesem Umstand gehabt hätte, würde er höchst wahrscheinlich seinen Bericht anders gefärbt haben, aber jetzt war es zu spät. Ernst und feierlich schüttelte er daher das Haupt, steckte die fünf Guineen ein und zog ab.
Eine Weile schritt Mr. Brownlow unruhig und bekümmert im Zimmer auf und ab und schien so traurig, daß

selbst Mr. Grimwig sich nicht getraute, ihn zu verhöhnen. Endlich blieb er stehen und riß heftig an der Klingelschnur.
»Mrs. Bedwin«, sagte er, als die Haushälterin erschien, »Oliver, denken Sie nur, ist ein Betrüger gewesen.«
»Das kann nicht sein, Sir. Unmöglich«, antwortete die Dame mit großer Entschiedenheit.
»Ich sage Ihnen aber: es ist doch so«, erwiderte der alte Herr. »Woher wissen Sie denn, daß es nicht sein kann? Ich habe soeben einen genauen Bericht über seine Lebensführung von seiner Geburt an gehört, und vom Säuglingsalter an ist er ein Tunichtgut gewesen.«
»Das werde ich mein ganzes Leben lang nicht glauben, Sir«, sagte die alte Dame fest und bestimmt. »Niemals!«
»Na ja, alte Weiber glauben eben nur Quacksalbern und verlogenen Märchenerzählern«, brummte Mr. Grimwig. »Das ist eine alte Geschichte. Warum haben Sie mir denn nicht von Anfang an gefolgt? Wenn der Junge nicht das Fieber gehabt hätte, wär's auch natürlich ganz anders gekommen, aber das hat ihn natürlich interessant gemacht, was?«
Und Mr. Grimwig kratzte wütend mit dem Schürhaken, den er vom Ofen gerissen, in der Kohlenglut herum.
»Er war ein liebes, dankbares, freundliches Kind, Sir«, fuhr Mrs. Bedwin entrüstet auf. »Ich kenne mich in Kindern aus. Ich habe sie vierzig Jahre lang um mich gehabt. Leute, die das nicht von sich sagen können, sollten sich gefälligst jedes Urteils enthalten; das ist meine Meinung.«
Das war ein strenger Verweis für Mr. Grimwig und eine höhnische Anspielung auf seinen Stand als Junggeselle, da ihm aber die Worte nur ein Lächeln entlockten, warf die alte Dame den Kopf zurück und strich sich die Schürze glatt als Vorbereitung zu einer neuerlichen ausführlichen Rede.
»Ruhig jetzt«, schalt Mr. Brownlow, sich auf den Ärgerlichen spielend; »ich will den Namen des Jungen nie wieder hören; ich habe Sie heraufkommen lassen, um Ihnen das

mitzuteilen; hören Sie: niemals. Und was auch immer geschehen möge. Sie können jetzt wieder hinuntergehen, Mrs. Bedwin, und merken Sie sich, was ich Ihnen gesagt habe. Es ist mir heiliger Ernst.«

An diesem Abend gab es in Mr. Brownlows Haus nur traurige Herzen.

Es war gut für Oliver, daß er nicht wußte, was man seinem Wohltäter über ihn erzählt, sonst würde ihm wahrscheinlich sein kleines Herz gebrochen sein.

18. Kapitel

Wie Oliver seine Zeit in Gesellschaft seiner hochachtbaren Freunde verbrachte

Als gegen Mittag der Baldowerer und Mr. Charley Bates ihren gewohnten Geschäften nachgegangen waren, benützte Mr. Fagin die Gelegenheit, Oliver eine lange Predigt über die Sünde der Undankbarkeit zu halten, und stellte ihm vor, wie sehr er gegen jedes menschliche Gefühl verstoßen hätte, indem er sich geflissentlich der Gesellschaft seiner um ihn doch so besorgten Freunde entzogen und obendrein noch gestern abermals versucht habe, sich durch Flucht ihrem weitern Umgange zu entziehen. Was die Folgen solcher Handlungsweise sein könnten, legte Mr. Fagin mit großer Beredsamkeit dar. Er erzählte Oliver eine unheimliche und haarsträubende Geschichte von einem jungen Mann unter ähnlichen Umständen, dem er in seiner bekannten Menschenfreundlichkeit unter ganz ähnlichen Verhältnissen wie Oliver beigesprungen sei, der sich aber seines Vertrauens unwürdig erwiesen habe und schließlich gar den Versuch machte, mit der Polizei in Fühlung zu kommen. Da habe man ihn eines Morgens in Old Bailey gehängt. Wohl hätten Fagins Freunde und er selbst ihn von diesem Tode befreien können, ja, genau genommen, sei er selbst als Oberhaupt des Geschäftes derjenige gewesen, der ihm zum Galgen verholfen, um selbst sicher zu sein. Aber in solchem Fall von Verrat und Verstocktheit hätte eben jede Rücksicht schweigen müssen. Mr. Fagin schloß mit einer lebendigen Schilderung des Gehängtwerdens und gab klar der Hoffnung Ausdruck, sich nie in die Zwangslage versetzt zu sehen, Oliver Twist einem ähnlichen Verfahren eines Tages überliefern zu müssen.

Oliver erstarrte das Blut in den Adern, wie er dies hörte. Er begriff vollkommen, was die in der Erzählung enthaltenen Drohungen bedeuten sollten, wußte er doch selbst bereits aus eigner Erfahrung, daß die Gerichte zuweilen einen Unschuldigen für schuldig halten können, wenn er nur einmal in Gesellschaft von Verbrechern angetroffen worden sei. Er begriff, daß es finstere Schleichwege geben müsse, unbequeme Mitwisser zum Schweigen zu bringen. Noch zu lebhaft stand das Bild des Streits zwischen Fagin und Sikes vor seinem geistigen Auge. Schüchtern blickte er auf und fühlte, daß seine Angst dem Schurken nicht entgangen war und dieser innerlich darüber frohlockte.

Fagin lächelte tückisch, tätschelte ihm die Wangen und sagte ihm, wenn er nur hübsch den Mund hielte und sich eifrig dem Geschäft zuwende, würden sie schon noch gute Freunde werden. Dann nahm er seinen Hut, zog einen alten zerlumpten Überzieher an, ging hinaus und verschloß die Tür hinter sich.

So blieb Oliver den ganzen Tag allein und sah auch die ganze kommende Woche vom frühen Morgen bis gegen Mitternacht keine Seele. Erst nach acht Tagen gestattete ihm der Jude, tagsüber das Zimmer zu verlassen und im Haus herumzugehen.

Es war ein außerordentlich schmutziger Ort. Die Zimmer im oberen Stockwerk hatten hohe hölzerne Kaminstücke und breite Türen und Holzverkleidungen an der Decke. Trotzdem alles stark verstaubt und baufällig war, konnte man doch sehen, daß das Gebäude vor langen Jahren einst reichen Leuten gehört haben mußte. Überall in den Ecken und Winkeln, an den Wänden und an der Decke hingen Spinnennetze, und wenn Oliver einmal leise ein Zimmer betrat, huschten Mäuse über den Boden und flüchteten sich erschreckt in ihre Schlupflöcher. Sonst war nichts Lebendiges zu hören und zu sehen, und oft, wenn die Dunkelheit hereinbrach und Oliver erschöpft und müde vom Herumirren in den öden Zimmern sich in einem Winkel des Hausflurs verkroch, um wenigstens der Gasse so nahe wie möglich sein zu können, lauschte er, die Stunden zählend, bis Fagin oder die Jungen zurückkehrten. In sämtlichen Räumen waren die wurmstichigen Jalousien fest verschlossen, und nur hie und da stahl sich das Licht des Tages durch Ritzen oder Löcher an der Decke und machte die Zimmer noch ungastlicher und düsterer durch die seltsamen Schatten, die es erzeugte. Das Dachbodenfenster war das einzige, das keinen Laden hatte, war aber durch Eisenstäbe vergittert. Stundenlang blickte Oliver traurig hinaus, aber er konnte nicht viel mehr von dort sehen als eine verworrene Masse von Giebeln und rauchgeschwärzten Schornsteinen. Hie und da erkannte er in der Ferne einen grauhaarigen Menschen hinter dem Fenster eines entfernt liegenden Hauses, das aber immer bald wieder im Nebel verschwand. Selbst wenn es Oliver möglich gewesen wäre, eine Verbindung mit der Außenwelt anzubahnen, so hätte er es wahrscheinlich in Anbetracht der höchst verdächtigen Nachbarschaft bald unterlassen.

Eines Abends, als der Baldowerer und Master Bates sich für den Abend verabredeten, befahl ersterer Oliver, ihm bei der Toilette behilflich zu sein.

Oliver war überfroh, sich nützlich machen zu können, und nur zu glücklich, endlich wieder einmal ein menschliches Gesicht zu sehen, und begierig, wenn er es, ohne unehrlich zu sein, tun konnte, sich zu bemühen, eine versöhnliche Stimmung herbeizuführen. Er erklärte sich daher sofort bereit, kniete nieder, während der Baldowerer sich auf den Tisch setzte und ihm den Fuß in den Schoß

legte, und putzte ihm die Stiefel, was Master Dawkins »Lackieren der Haxenfutterale« nannte.
»Schade, daß er kein Chochemer ist«, sagte der Baldowerer, versöhnlich gestimmt.
»Na«, meinte Master Charley Bates, »er übersieht eben seinen eigenen Vorteil.«
Der Baldowerer seufzte schwärmerisch und zündete sich eine Pfeife an. Dann rauchte er eine Weile lang, ohne ein Wort zu sprechen.
»Ich glaube, du weißt nicht einmal, was ein Chochemer ist?« sagte er auf einmal schwermütig.
»Ich glaube schon, daß ich es weiß«, sagte Oliver und blickte auf. »Es ist, es ist – es ist doch ein Dieb? Es ist ein Dieb, nicht wahr?«
»Jawohl«, versetzte der Baldowerer, »ich bin auch ein Dieb. Ich würde mich schämen, was anderes zu sein, und Charley auch, Fagin ebenfalls und Sikes auch. Nancy und Betsy sind ebenfalls Diebinnen. Alle. Und der Hund auch, und der ist der allergerissenste.«
»Und hat keine Neigung, was zu verraten«, ergänzte Charley Bates.
»Ich glaube, er würde als Zeuge nich mal bellen, um sich nicht zu verraten«, bekräftigte der Baldowerer. »Aber was weiß denn das dumme Greenhorn davon?«
»Warum trittst du eigentlich nich bei Fagin ein, Oliver?« fragte Bates.
»Und machst dich selbständig«, ergänzte der Baldowerer grinsend.
»Wie ich's vorhab im nächsten Schaltjahr, am zweiundvierzigsten Dienstag in der Trinitywoche«, erläuterte Charley Bates.
»Ich tu es nicht gern«, antwortete Oliver schüchtern. »Ich wollte, man ließ mich gehen, – ich – ich möchte am liebsten weg.«
»Aber Fagin möcht' es nicht«, spöttelte Charley.
Oliver wußte das selbst am besten, hielt es aber für gefährlich, seine Gefühle deutlicher zu verraten. Er seufzte

daher nur und fuhr fort, dem Baldowerer sorgfältig die Stiefel zu wichsen.
»Hast du denn gar keinen Stolz?« rief der Baldowerer. »Möchtest wohl immer andern Leuten auf der Tasche liegen?«
»Pfui Deifel, so was«, schimpfte Master Bates, zog ein paar seidene Schnupftücher aus der Tasche und warf sie in eine Schublade, »so was Hundsgemeines.«
»Ich kriegte sowas net fertig«, sagte der Baldowerer hochnäsig.
»Ja, aber deine Freunde kannst du im Stich lassen«, sagte Oliver mit halb unterdrücktem Lächeln, »und siehst ruhig zu, daß sie arretiert werden, weil du etwas gestohlen hast.«
»Das«, erklärte der Baldowerer und fuchtelte mit seiner Pfeife in der Luft herum, »das geschah aus Rücksicht für Fagin, weil die auf der Polizei ganz gut wissen, daß wir zusammenarbeiten. Hätten wir uns nicht rechtzeitig auf die Socken gemacht, wären wir alle im Saft gewesen, was Charley?«
Master Bates nickte zustimmend und öffnete den Mund, um etwas zu sagen, da überwältigte ihn die Erinnerung an Olivers Flucht vor dem Bücherladen, und er verschluckte sich vor Lachen so mit Tabakrauch, daß er fast fünf Minuten brauchte, um wieder zu sich zu kommen.
»Da, schau mal her«, sagte der Baldowerer und zog eine Handvoll Schillinge und Halfpence aus der Tasche, »is das'n feines Leben! Was liegt daran, wo es herkommt? Mach's auch so. Da gibt's noch viel mehr, wo wir's her haben. Was? Du willst nicht. So ein dummes Luder.«
»Er ist ein Taugenichts, nicht wahr, Oliver?« höhnte Charley Bates. »Er muß nochmal in den Sack spucken.«
»Ich verstehe nicht, was das heißt«, sagte Oliver.
»Das da heißt's, dummes Luder!« spottete Charley, dabei hielt er sein Halstuch in die Luft, machte eine Schlinge daraus und steckte den Kopf durch und pfiff dabei sonderbar durch die Zähne. »Das bedeutet's, hängen«, erklärte er. »Schau nur mal, was er für 'n dummes Gesicht macht,

Jack. So ne Jungfer hab' ich noch in meinem ganzen Leben nicht gesehen; es wird noch mein Tod sein.« Dabei schüttelte sich Master Charley Bates vor Lachen, bis ihm Tränen in den Augen standen.

»Du hast eine schlechte Erziehung genossen«, bemerkte Jack Dawkins mit tiefem Ernst, »aber Fagin wird schon noch was aus dir machen. Hat schon ganz andere erzogen. Fang nur schon endlich mal an; je früher, je besser, du verlierst nur deine Zeit, Oliver.«

Master Charley unterstützte seinen Rat durch eine ganze Reihe moralischer Ermahnungen, dann erging er sich und ebenso Mr. Dawkins in einer glühenden Schilderung der zahllosen Vergnügungen, die ein solches Leben, wie sie es führten, im Gefolge habe. Dabei bedeuteten sie Oliver, er würde bei Fagin sofort in der Gunst steigen, wenn er ihrem Rat folge.

»Das schreib dir hinter die Ohren, Nolly«, schloß der Baldowerer, als jetzt die Schritte des Juden draußen hörbar wurden, »wenn du schon nicht Riegerlappen stemmst –«

»Aber er versteht dich doch nicht«, unterbrach Charley.

»Also: wenn du keine Taschentücher und Uhren stiehlst«, erklärte der Baldowerer, sich Olivers Fassungskraft anpassend, »dann wird's eben ein anderer tun, und der hat dann was davon, und du hast nichts.«

»Nu, das sag' ich doch«, rief der Jude, der inzwischen unbemerkt von Oliver eingetreten war, »daß de das nicht einsehn willst, Kleiner! Glaub' mir, der Baldowerer hat recht, der hat den Katechismus vom Geschäft heraußen.« Vergnügt rieb sich der Alte die Hände, nickte mit dem Kopf und kicherte vor Entzücken. Vorläufig konnte jedoch nicht weiter an der Ausbildung des Zöglings gearbeitet werden, denn Miß Betsy war zusammen mit dem Juden und einem Herrn eingetreten, den Oliver bisher noch nie gesehen hatte. Er wurde von dem Baldowerer als Mr. Tom Chitling angeredet und trat jetzt vollends, nachdem er draußen noch mit der jungen Dame ein paar galante Reden getauscht, ein.

Mr. Chitling war älter als der Baldowerer, zählte ungefähr achtzehn Jahre, benahm sich jedoch gegen den jungen Herrn so ehrerbietig, daß man sofort erkannte, wie hoch er dessen Talente einschätzte. Er hatte ein Paar beständig zwinkernde Augen und ein pockennarbiges Gesicht. Er trug eine Pelzmütze, eine dunkelfarbige Manchesterjacke, schmierige englischlederne Hosen und eine Schürze. An seiner Garderobe vermißte man stark die fürsorgliche Hand der Haushälterin; aber er entschuldigte sich bei den Anwesenden damit, daß seine »Zeit« eben erst vor einer Stunde abgelaufen sei. In Anbetracht des Umstandes, daß er die letzten sechs Wochen die »Uniform« habe tragen müssen, wäre er noch nicht imstande gewesen, seiner Garderobe die nötige Aufmerksamkeit zu schenken. Dann setzte er in hoher sittlicher Entrüstung hinzu, die neue Art, drüben die Kleider auszuräuchern, sei eine Gemeinheit, da dabei Löcher in die Sachen gebrannt würden; aber gegen ein Bezirksgericht gäbe es eben leider keinen Rekurs. Ähnliche Ansichten entwickelte er auch, was die »drüben« übliche Mode des Haarschnittes anbelange. Sie sei geradezu himmelschreiend und ungesetzlich, schloß er und konstatierte, er habe seit zweiundvierzig zum Verrekken öden Tagen nicht einen Tropfen trinkbaren Zeugs über die Lippen gebracht und sei so ausgetrocknet wie eine Lehmmulde.

»Nu, woher glaubst de, Oliverleben, daß der Herr wohl gekommen is?« fragte der Jude grinsend, während die Jungen eine Flasche Schnaps auf den Tisch setzten.

»Ich – ich – ich weiß es nicht, Sir«, stotterte Oliver.

»Was ist denn das für einer?« fragte Tom Chitling mit einem verächtlichen Blick auf Oliver.

»Ein junger Freund von mir, mei Lieber«, erklärte der Jude.

»Na, dann ist er ja aufgehoben«, brummte der junge Mann mit einem bezeichnenden Blick auf Fagin. »Brauchst nicht lang zu fragen, junger Hund, wo ich herkomme; wirst schon bald den Weg selber finden. Wetten?«

Über diesen Witz lachten die Jungen laut heraus, dann wechselten sie, nachdem sie noch eine Weile gescherzt, flüsternd ein paar Worte mit Fagin und zogen sich zurück.
Von diesem Tag an blieb Oliver selten allein und war auf den beständigen Verkehr mit den zwei Jungen angewiesen, die Abend für Abend das alte bekannte Spiel mit Fagin spielten – ob zu ihrer eigenen Vervollkommnung, oder um Oliver ein Beispiel vor Augen zu führen, konnte nur Mr. Fagin allein beurteilen. Zu anderen Malen erzählte der Jude Geschichten von Räubereien und Diebstählen, die er selbst in seiner Jugend durchgeführt, und schmückte sie mit komischen Details aus, daß Oliver oft herrlich lachen mußte, so sehr ihm auch das Thema selbst gegen sein besseres Gefühl ging.
Kurz und gut: der alte schlaue Jude hielt Oliver geschickt in seinem Netz gefangen, nachdem er ihn vorher durch Einsamkeit so weit gebracht, daß er jede Gesellschaft den traurigen Gedanken in dem öden verlassenen Hause vorzog. So hoffte Fagin, seinem Herzen langsam das Gift einzuträufeln, das, wie er annahm, seine Seele mit der Zeit verderben mußte.

19. Kapitel

Es wird ein höchst bemerkenswerter Plan gefaßt

Eines Abends, es war eine kalte stürmische Nacht, hüllte sich der Jude in seinen Mantel, klappte den Kragen hoch, so daß von seinem Gesicht nur die Augen zu sehen waren, und entfernte sich vorsichtig aus dem Hause. Vor dem Tor blieb er stehen, bis es inwendig verschlossen und verriegelt war, und eilte dann, so schnell er konnte, die Straße hinunter.
Das Haus, in das man Oliver gesperrt, befand sich in der

Gegend von Whitechapel. Der Jude blieb an der Ecke der Straße eine Weile stehen, spähte um sich und schlug dann die Richtung nach Spitalfields ein.

Dicker Schmutz lag auf dem Pflaster, ein schwarzer Nebel hing über den Straßen, und ein leiser Staubregen ging hernieder und machte alles kalt und klamm. Es war gerade die richtige Nacht für ein Scheusal, wie den Juden, um sich auf den Gassen herumzutreiben. Wie er sich so verstohlen durch Nacht, Nebel und Schmutz an den Mauern entlangdrückte, glich er einem ekelhaften Tier, das nächtlicherweise aus seiner Höhle kommt, um sich im Schlamm ein scheußliches Mahl zu suchen.

Er setzte seinen Weg durch alle möglichen engen gewundenen und schmutzigen Gassen fort, bis er schließlich Bethnal Green erreichte. Dann wandte er sich plötzlich nach links und kam in ein Gewirr von gemeinen und schlammbedeckten Straßen; er war offenbar dort mit jedem Winkel vertraut und bog endlich in eine Gasse ein, in der nur eine einzige Laterne schien. Dort klopfte er an eine Haustür, wechselte mit der Person, die öffnete, ein paar hastige Worte und klomm dann die Treppe hinauf.

Wie er die Hand auf die Klinke legte, hörte man einen Hund knurren, und gleich darauf fragte eine Männerstimme, wer da sei.

»Ich bin's, Bill, ich, lieber Freind«, sagte der Jude und schob den Kopf ins Zimmer.

»Also, herein gefälligst«, brummte Sikes, »kusch dich, Mistvieh, du kennst wohl den Teufel nicht, bloß weil er nen Mantel anhat?«

Wirklich schien sich der Hund durch die Verkleidung des Juden haben täuschen lassen; denn als Fagin ablegte und seinen Rock über eine Stuhllehne warf, legte er sich leise mit dem Schweif wedelnd wieder in die Ecke, aus der er gekommen war.

»Nun?« fragte Sikes.

»Nu, lieber Freind?« erwiderte der Jude. »Ah, Nancyleben!«

Die Dirne zog die Füße vom Ofengitter zurück, schob ihren Stuhl beiseite und nötigte Fagin mit einer stummen Geste, sich an den Kamin zu setzen.
»Kalt is es heite draußen, Nancyleben«, klagte Fagin und wärmte sich seine knochigen Hände über dem Feuer, »daß es einem durch und durch geht.«
»Na, um Ihnen durchs Herz zu gehen, müßts schon noch ein bissel kälter sein«, brummte Sikes. »Gib ihm was zu trinken, Nancy. Teufel noch einmal, eil dich! Den alten Leichnam da vor Kälte schlottern zu sehen wie ein Gespenst, das aus dem Grab kommt – übel könnt einem dabei werden.«
Rasch brachte Nancy eine Flasche aus einem kleinen Wandschränkchen, Sikes schenkte ein Glas Schnaps ein und reichte es dem Juden.
»Ich dank Ihnen scheen, Billeben«, sagte der Jude und setzte das Glas, kaum daß er es an die Lippen geführt, wieder nieder.
»Sie fürchten sich wohl, daß Gift drin ist, was?« höhnte Sikes und fixierte den Juden.
Dann nahm er selbst einen kräftigen Schluck, schüttete den Rest in die Kohlenglut und füllte das Glas von neuem. Fagin sah sich langsam im Zimmer um, während Sikes das zweite Glas hinuntergoß – nicht vielleicht aus Neugierde, denn er kannte es seit langer Zeit, aber er war immer mißtrauisch und argwöhnisch. Es war eine ärmlich eingerichtete Wohnung mit nicht viel mehr darin als dem Wandschrank, so daß man glauben konnte, seine Bewohner wären gewöhnliche Taglöhner. Nur ein paar schwere Knüttel im Winkel machten einen verdächtigen Eindruck.
»So«, sagte Sikes, mit den Lippen schmatzend, »so weit bin ich fertig.«
»Fürs Geschäft?« forschte der Jude.
»Fürs Geschäft«, bestätigte Sikes. »Also los! Was haben Sie zu sagen?«
»Was is mit der Bude in Chertsey, Bill?« fragte der Jude leise und rückte seinen Stuhl näher an Sikes heran.

»Ja, das möcht ich auch fragen«, brummte Sikes.
»Nu, Sie wissen doch, was ich sagen will, lieber Freind«, sprudelte der Jude hervor. »Was glauben Sie, weiß er, was ich will, Nancyleben?«
»Nee, er weiß es nicht«, höhnte Sikes, »oder er wills nicht wissen – was aufs Gleiche raus kommt. Nur raus damit und die Sache beim Namen nennen. Sitzen Sie nicht da und blinzeln Sie; oder sprechen Sie in Rätseln? Also was gibt's?«
»Betuch, Billeben, betuch«, flüsterte der Jude abwehrend. »Was, wenn uns jemand hört? Geben Se acht, es wird uns noch ä mol jemand heeren.«
»Na gut, soll uns jemand hören«, murrte Sikes, »mir ist's Wurst« – er schien es aber doch für besser zu halten dem Rate des Juden zu folgen, denn er dämpfte gleich darauf seine Stimme.
»Nu nu«, beschwichtigte der Jude, »es war doch bloß ä Vorsicht von mir, lieber Freind. Also, was is mit der Bude in Chertsey? Und wann geht's los, Bill? Silberzeug, mein lieber Freind, Silberzeug!« Und er rieb sich die Hände und zog verzückt die Augenbrauen in die Höhe.
»Es ist nichts damit«, versetzte Sikes kalt.
»Nix damit?« rief der Jude und fuhr von seinem Stuhl auf.
»Nein, nichts damit«, wiederholte Sikes. »Es ist lange kein so gutes Geschäft, wie wir erwartet haben.«
»Dann habt ihr's schief angefaßt«, sagte der Jude und wurde bleich vor Ärger. »Reden Se nix.«
»Aber ich will reden«, schrie Sikes. »Wer sind Sie denn, daß Sie mir das Maul verbieten wollen? Ich sag Ihnen: Toby Crackit hat die Stelle vierzehn Tage lang ausbaldowert, aber keiner von der Dienerschaft ist rumzukriegen.«
»Sie wollen mer doch sowas nicht einreden, Bill«, remonstrierte der Jude, immer ruhiger werdend, je mehr sich der andre in die Hitze hineinredete, »Sie wolln mer doch nix einreden, daß nicht a einziger von den Leiten wirklich rumzukriegen gewesen ist?«
»Jawohl will ich das«, versetzte Sikes. »Zwanzig Jahrlang

sind sie schon bei der Alten gewesen, und nicht um fünfhundert Pfund werden sie anbeißen.«
»Aber von den Frauenzimmern werden Sie mer das doch wohl nich einreden wollen, Bill?« wendete der Jude ein.
»Es ist nicht dran zu denken.«
»Und durch den hübschen Toby Crackit auch nicht? Gott, Sie müssen sich doch in die Weibsleut auskennen!«
»Nein, auch durch den hübschen Toby Crackit nicht«, beharrte Sikes auf seiner Ansicht. »Wie gesagt, nicht einmal die falschen Kotletten, die er sich angeklebt hat, und die kanariengelbe Weste haben geholfen bei ihnen.«
»Warum hat ers nicht mit ä Schnurrbart versucht und mit ä paar Militärhosen?« fragte der Jude.
»Das hat er auch gemacht«, brummte Sikes, »und ist auch nicht weiter damit gekommen.«
Der Jude machte ein verdutztes Gesicht. Ein paar Minuten lang saß er da und ließ den Kopf hängen, dann blickte er auf und meinte mit einem tiefen Seufzer, wenn der hübsche Toby Crackit wirklich die Wahrheit gesprochen habe, sei es allerdings mit dem Geschäft nichts.
»Es is rein zum verzweifeln«, setzte er hinzu und rieb sich die Knie, »rein zum verzweifeln, lieber Freind. Jetzt solln mer aufgeben, worauf wer uns schon so lang gefreit haben?«
»Jawohl, stimmt«, sagte Mr. Sikes, »verdammtes Pech.«
Eine lange Pause folgte, während der der Jude in tiefes Grübeln versunken dasaß. Seine Mienen zeigten den Ausdruck geradezu dämonischer Schurkerei. Von Zeit zu Zeit schielte Sikes nach ihm hinüber, und Nancy, um ihn nicht aufzubringen, saß stumm da und blickte in die Kohlenglut.
»Fagin«, brach Sikes plötzlich das Schweigen, »geben Sie fünfzig Goldfüchse extra, wenn wirs mit dem Einbruch probieren?«
»Gemacht«, rief der Jude, plötzlich aus seinen Gedanken erwachend.
»Wirklich? Abgemacht?« fragte Sikes.

»Wenn ich sag, is es gemacht«, rief der Jude und seine Augen funkelten vor Aufregung.
»Gut«, sagte Sikes und schob die Hand des Juden verächtlich beiseite. »Also gut, dann gehen wir's an, wann Sie's für richtig halten. Toby und ich sind vorgestern Nacht über die Gartenmauer gestiegen und haben die Fensterläden untersucht. Die Bude wird Nachts zugeriegelt wie ein Gefängnis, aber eine Stelle haben wir schon rausgefunden, wo's ohne viel Lärm gehen wird.«
»Wo ist die Stelle?« fragte der Jude hastig.
»Na: also, wenn Sie über den Rasen weggehen«, flüsterte Sikes.
»Ja?« fragte der Jude neugierig, daß ihm die Augen fast herausquollen.
»Hm«, flüsterte Sikes, durch einen heimlichen Wink Nancys zur Vorsicht gemahnt, »was kümmert Sie's denn, wo's ist? Sie können's ohne mich nicht machen, aber doch ist's am gescheitesten, man verrät Ihnen nichts.«
»Wie Se wollen, lieber Freind; ganz wie Se wollen«, sagte der Jude. »Sonst brauchen Se niemand als Toby?«
»Niemand. Bloß noch ein Brecheisen und einen Jungen. Das erste haben wir selber, das zweite müssen Sie uns verschaffen.«
»En Jungen?« rief der Jude. »Dann is es also bloß eine dünne Tür?«
»Was geht das Sie an«, knurrte Sikes; »ich brauch einen Jungen, und er darf nicht zu groß sein. – Donnerwetter«, murmelte er nachdenklich, »wenn ich bloß das Bürschchen von Ned hätte, von dem Schornsteinfeger; der hat seine Buben nie groß werden lassen und hat sie für solche Fälle im Taglohn verdingt. Aber den Alten haben sie natürlich außer Land geschafft, und dann ist der Jugendschutzverein gekommen und hat den Jungen aus dem Geschäft genommen, ihm Lesen und Schreiben beigebracht und ihn schließlich anderweitig in die Lehre gegeben. Aber so machen sie es natürlich immer«, grollte Sikes; »wenn sie Geld genug hätten, würden sie in einem halben

Jahr nicht ein halbes Dutzend Buben mehr in London haben, die wir brauchen könnten.«
»Ja, das stimmt«, klagte der Jude. »Übrigens heern Se, Bill!«
Er machte Sikes mit einer Kopfbewegung auf Nancy aufmerksam, die noch immer in die Kohlenglut blickte, und gab ihm durch ein Zeichen zu verstehen, er möchte sie hinausschicken. Ungeduldig zuckte Sikes mit den Achseln, als sei dies eine ganz überflüssige Vorsichtsmaßregel, dann aber fügte er sich Fagins Wunsch und befahl Nancy, ihm einen Krug Bier zu holen.
»Plötzlich willste Bier haben?« fragte Nancy, verschränkte die Arme und blieb ruhig sitzen.
»Ich sag dir: ich will Bier haben.«
»Ach Quatsch«, versetzte die Dirne kaltblütig, »sprechen Sie nur weiter, Fagin; ich weiß doch, was er sagen will, Bill. Meinetwegen braucht er sich nicht zu genieren.«
Der Jude zögerte noch immer, und Sikes sah verwundert von ihm zu Nancy und wieder zurück.
»Sie werden sich doch nicht an die da kehren, Fagin?« fragte er schließlich. »Wir kennen sie doch wahrhaftig lang genug, daß man ihr trauen kann. Sie müßte doch rein zum Teufel sein! Die hält dicht, was, Nancy?«
»Det gloob ik ooch«, erwiderte die junge Dame, rückte ihren Stuhl an den Tisch und lümmelte sich auf die Ellbogen.
»Nancyleben, Gott, ich weiß doch«, schmeichelte der Jude. »Aber –« wieder machte er eine Pause.
»Was, aber?«
»Fürchten tu ich mich, ob sie nicht gleich könnt wieder meschugge werden vor Wut«, sagte der Jude; »so wie neilich abends in der Nacht.«
Miß Nancy brach in ein schallendes Gelächter aus, goß ein Glas Schnaps hinunter, schüttelte trotzig den Kopf und murrte etwas wie: ach Quatsch, nicht ums Verrecken, und andere Bemerkungen, die bezwecken sollten, die beiden Gentlemen in Sicherheit zu wiegen. Der Jude nickte denn

auch zufrieden mit dem Kopf, setzte sich zurecht und ebenso Mr. Sikes.

»Nu, Fagin?« fragte Nancy höhnisch. »So sagen Se's doch und drücken Se nich lange rum. Ich weiß doch, Sie denken an Oliver.«

»Gott, is das ne gescheite Schickse; die gescheiteste Schickse, wo ich jemals hab gesehen in meinem ganzen Leben«, sprudelte der Jude und klopfte ihr auf den Rükken. »Natürlich denk ich an Oliver, hi hi hi!«

»Was ist's mit Oliver?« fragte Sikes.

»Oliver is der richtige für Eich, sag ich Ihnen, lieber Freund«, flüsterte der Jude heiser, legte den Finger an die Nase und grinste entsetzlich.

»Der!?« rief Sikes.

»Ja, nimm ihn nur, Bill«, rief Nancy, »ich an deiner Stelle täts sicher; vielleicht is er nich so jerissen wie n'andrer. Aber braucht es doch auch nich zu sein, wenn er dir helfen soll, die Türe aufmachen. Verlaß dir drauf, Bill, auf den is noch der meiste Verlaß.«

»Stimmt!«

»Das is es doch, was ich Ihnen sage«, rief Fagin, »wir haben ihn in den letzten paar Wochen gut unter der Fuchtel gehabt, und es is höchste Zeit, daß er selber arbeitet um sein Brot. Übrigens sind die andern auch viel zu groß.«

»Was die Größe anbelangt, die hätt er schließlich«, meinte Sikes überlegend.

»Und tun wird er alles; alles, was Se verlangen, lieber Freind, dafür steh ich Ihnen gut«, beteuerte der Jude. »Er is noch ganz grien und weiß sich nix zu helfen. Se müssen ihn nur ordentlich ins Bockshorn jagen.«

»Na, ins Bockshorn jagen, das würden wir schon machen«, murmelte Sikes; »wenn wir mal bei der Arbeit sind, und er muckst sich auch nur, sehen Sie ihn nicht lebendig wieder, Fagin. Überlegen Sie sich das, bevor Sie ihn herschicken«, sagte Sikes und wog eine Brechstange in der Hand, die er unterm Bett hervorgeholt hatte.

»Hab mer schon alles überlegt«, flüsterte der Jude eindringlich, »hab ihn scharf im Auge behalten, kann ich Ihnen sagen. Wenn er erst einmal sich darüber klar is, daß er bei was Ordentlichem mitgemacht hat, gehört er uns sei ganzes Leben. Die Gelegenheit könnt gar nicht günstiger sein« – er verschränkte die Arme über der Brust, zog die Schultern in die Höhe und schüttelte sich nur so vor Freude.

»Unser soll er sein?« fragte Sikes. »Du meinst wohl dein?«

»Vielleicht mein ich das, lieber Freind«, gab der Jude mit schrillem Glucksen zu; »also gut; mein, wenn Ihnen das lieber is, Bill.«

»Und was«, fragte Sikes und maß den Juden mit haßerfülltem Blick, »was ist der Grund, daß Sie sich mit dem Grünschnabel gar so viel Mühe geben? Wo doch jede Nacht mindestens fünfzig Burschen um Covent Garden herum lungern, die Sie sich jeden Moment auflesen können?«

»Se sind nichts wert, lieber Freind«, antwortete Fagin ziemlich verlegen; »se sinds nicht wert, daß mer sich ihrer annimmt. Schauen Se sich se doch bloß an, und Se wissen Bescheid. Aber mit dem da, sag ich Ihnen – wenn man den richtig in der Hand nimmt, kann man was Tüchtiges aus ihm machen. Ibrigens hat er uns jetzt in der Hand, und gut möchten wir ausschauen, wann es ihm gelingt, davonzulaufen. Deshalb sag ich Ihnen, muß er bei was Ordentlichem mitgemacht haben. Das genügt, sag ich Ihnen. Es ist doch viel gescheiter so, als man schafft ihn aus der Welt; das wär obendrein gefährlich, und wozu das Material verlieren?«

»Also, wann geht's los?« fragte Nancy, einem Wutausbruch Mr. Sikes zuvorkommend.

»Sehr richtig«, sagte der Jude. »Wann geht's los, Bill?«

»Ich hab mich mit Toby für morgen Nacht verabredet«, sagte Sikes verdrießlich. »Soll die Sache verschoben werden?«

»Gut«, sagte der Jude. »Da ist auch kein Mondschein.«

»Nein, is nicht«, brummte Sikes.

»Nu, und is alles vorgesehen, um die Sechore wegzuschaffen?«

Sikes nickte.
»Und was, wenn –?«
»Ach was, es ist ja alles in Ordnung«, unterbrach ihn Sikes. »Scheren Sie sich nicht um diese Sachen. Schicken Sie lieber den Burschen morgen her –; eine Stunde vor Tagesanbruch gehn wir's an. Halten Sie das Maul, das ist alles, was Sie zu tun haben.«
Nach einigem Hin und Her entschieden sich die drei dahin, Nancy solle sich am kommenden Abend nach Einbruch der Dunkelheit zu Fagin begeben und Oliver mitbringen.
Wenn sich der Junge, vermerkte Fagin listig, mit dem Plan nicht sollte befreunden können, so würde er Nancy, die sich noch vor kurzem für ihn verwendet habe, bereitwilliger folgen als sonst jemand. Weiter wurde vereinbart, daß Oliver gänzlich der Fürsorge Mr. William Sikes' anvertraut werden solle, und daß dieser mit ihm ganz nach Gutdünken, wie es die Umstände erfordern sollten, verfahren dürfe.
Nachdem diese Punkte festgelegt waren, begann Mr. Sikes wie toll Branntwein zu trinken und fuchtelte dabei in geradezu beängstigender Weise mit seiner Brechstange in der Luft herum, dabei Bruchstücke von Liedern gemischt mit wilden Flüchen, auf höchst unmelodische Art herunterheulend. Schließlich bestand er in einer Art besoffnen Berufsenthusiasmus darauf, seinem Freund eine ganze Kiste voll Einbrecherwerkzeugen zu demonstrieren, und brachte zu diesem Zweck eine Kiste hereingeschleppt. Bevor er sie aber noch öffnen konnte, stolperte er über sie, fiel zu Boden, schlief auf der Stelle ein und fing sofort an zu schnarchen.
»Also gute Nacht, Nancyleben«, sagte der Jude und mummte sich dicht in seinen Mantel.
»Gute Nacht.«
Die Blicke der beiden begegneten sich, und der Jude sah ihr scharf in die Augen, als wolle er auf dem Grund ihres Herzens lesen, aber sie hielt ruhig seinen Blick aus. Er verstand: sie war so verläßlich wie Toby Crackit selbst nur

sein konnte. Wieder wünschte er ihr gute Nacht, versetzte, als sie einen Augenblick den Rücken wendete, dem schlafenden Mr. Sikes einen heimlichen Fußtritt und tappte sich dann die Treppe hinunter.
»Immer machen sie Masematten«, murmelte er vor sich hin, als er nach Hause schlich. »Das Faule an die Frauenzimmer is, daß ä ganz kleine Kleinigkeit oft hinreicht, und schon kommt das Gefühl bei ihnen eraus. Zum Glück dauerts nicht lang. Haha! Der Mann gegen das Kind – und e Beitel Gold.«
Sich so mit philosophischen Betrachtungen die Zeit verkürzend, strebte er durch Schlamm und Schmutz seinem finstern Hause zu, wo bereits der Baldowerer ungeduldig auf ihn wartete.
»Was ist? Ist Oliver zu Bett? Ich muß reden mit ihm«, war Fagins erster Satz, als sie die Treppe emporstiegen.
»Schon ein paar Stunden«, erwiderte der Baldowerer und öffnete die Türe. »Da liegt er.«
Oliver lag tief schlafend auf einem groben Bett, das auf dem Boden zurechtgemacht worden war, bleich vor innerer quälender Unruhe und Kummer. Infolge der dumpfen Luft in seinem Kerker sah er aus – blaß wie der Tod. Und wie ein junges Menschenkind, aus dem soeben eine vornehme Seele hinübergeflohen ist.
»Nicht jetzt«, murmelte der Jude und wandte sich leise ab. »Morgen – morgen.«

20. Kapitel

Oliver wird Mr. William Sikes übergeben

Als Oliver am nächsten Morgen erwachte, war er nicht wenig verwundert, ein Paar neue Stiefel mit starken dikken Sohlen anstelle seiner alten abgenutzten zu erblicken. Zuerst freute er sich über die Entdeckung, in der Hoffnung, darin ein Zeichen seiner bevorstehenden Befreiung zu sehen. Als er aber bald darauf hörte, Mr. Sikes werde ihn noch Abends abholen lassen, sank seine Hoffnung.

»Und – und werde ich dort bleiben, Sir?« fragte er ängstlich.

»Nein, nein, Jüngel, du wirst nicht dort bleiben«, erwiderte Fagin, »ich möcht dich nicht so leicht verlieren. Fürcht dich nicht, Oliver, du wirst wieder zu uns zurückkommen, hahaha! Wir werden doch nicht so grausam sein, dich wegzuschicken, liebes Kind. Was fällt dir nur ein?«

Der Jude hatte sich dabei über das Feuer gebeugt, um ein paar Brotschnitten zu rösten, wandte sich um und kicherte, um anzudeuten, daß er ganz genau wisse, wie gern Oliver fortlaufen würde, wenn er nur könnte.

»Mir scheint«, sagte er und grinste Oliver an, »mir scheint, du möchtest gern wissen, zu was für ä Zweck dich Bill Sikes abholen kommen wird, was?«

Oliver errötete unwillkürlich, als er sich so durchschaut sah, antwortete aber tapfer: »Ja gewiß möcht ich das gern wissen.«

»Nu, wozu denkst du wohl?« fragte Fagin.

»Ich weiß es wirklich nicht, Sir«, erwiderte Oliver.

»Nu«, sagte der Jude, »wirst de es schon erfahren von Bill selber.«

Innerlich schien Fagin sehr verdrossen, daß Oliver nicht neugierig war. In Wirklichkeit hätte dieser jedoch gern den Grund gewußt, weshalb man ihn plötzlich zu Bill Sikes bringen wolle. Aber er war durch die Tücke, die aus Fagins ganzem Gebaren sprach, zu verwirrt, als daß er noch weitere Fragen gestellt hätte. Es bot sich ihm auch keine Gelegenheit mehr dazu, denn Fagin blieb bis zum Abend sehr schweigensam und ernst. Als es anfing, dunkel zu werden, machte er sich zum Ausgehen fertig.

»Brenn der derweil ä Kerze an«, sagte er, »und hier hast de ä Buch zum Lesen, damit de dir nix langweilst, bis se der abholen kommen. Gute Nacht.«

»Gute Nacht«, sagte Oliver leise.
Der Jude ging zur Türe, spähte aber dabei immerwährend über die Schulter nach Oliver. Plötzlich blieb er stehen und rief ihn.
Oliver Twist blickte auf. Der Jude deutete auf die Kerze und befahl ihm, sie anzuzünden. Oliver gehorchte; und wie er den Leuchter auf den Tisch stellte, bemerkte er, wie ihn Fagin von der Türe aus unter halbgeschlossenen Augen genau beobachtete.
»Hüte dich, Oliver, hüte dich!« warnte er und drohte ihm mit der Faust. »Bill is ä roher Mensch und denkt an nix als an Blut, wenn sei eigens ämol in Wallung is; ich rat dir, was auch geschieht, sag' nicht ä Wort und widersprich nicht; tu, was er dir befiehlt, das merk dir, verstanden?« Allmählich verzogen sich seine Mienen zu einem gespenstischen Grinsen, und mit einem Kopfnicken ging er langsam aus dem Zimmer.
Oliver schlug die Hände vors Gesicht, als der Alte draußen war, und dachte mit bebendem Herzen über die eben vernommenen Worte nach. Je mehr er grübelte, desto weniger konnte er den geheimen Sinn, der in den Sätzen zu liegen schien, ergründen. Er vermutete ganz richtig, daß man ihn als Handlanger zu irgendeiner verbrecherischen Tat ausersehen habe. Er war bereits daran gewöhnt, stumm sein Leid zu tragen, denn er hatte in seinem Leben viel zuviel gelitten, als daß er einen Wechsel in seiner bisherigen Lebensweise all zu hart empfunden hätte. Ein paar Minuten blieb er noch in Gedanken versunken sitzen, schneuzte dann mit einem schweren Seufzer die Kerze und nahm das Buch vor, das ihm der Jude zurückgelassen hatte.
Achtlos blätterte er anfangs die Seiten um, aber bald stieß er auf Stellen, die seine Aufmerksamkeit heftig erregten, und bald war er in das Buch vertieft. Es waren Schilderungen von fürchterlichen Verbrechen, und die Blätter waren ganz abgegriffen vom häufigen Lesen. Es standen Dinge drin, die ihm das Blut in den Adern stocken machten,

Schilderungen von heimlichen Mordtaten, die auf einsamen Plätzen verübt worden, von Leichen, die man in tiefen Brunnen versteckt hatte; und immer waren die Brunnen noch nicht tief genug gewesen, die Ermordeten zu verbergen – schließlich hatte die Sonne doch alles wieder ans Licht gebracht. Und beim Anblick der Opfer hatten sich die Mörder so entsetzt, daß sie voll Grauen ihre Schuld eingestanden und nach dem Galgen geschrien hatten, um ihrer Gewissensangst ein Ende zu bereiten. Er las darin von Menschen, die in tiefer Nacht in ihren Betten gelegen und plötzlich von ihren eigenen Gedanken zu solchen entsetzlichen Bluttaten getrieben worden waren, daß es Oliver beim bloßen Lesen eiskalt überlief. Alles war so lebendig geschildert, daß die Seiten sich blutrot zu färben schienen und die Worte, die aus ihnen kamen, klangen ihm wie das hohle Gemurmel von Schemen Getöteter.
Außer sich vor Furcht und Entsetzen warf Oliver das Buch von sich. Dann fiel er auf die Knie und betete zu Gott, er möge ihn bewahren vor solchen Taten – ihn lieber sterben als zum Verbrecher werden lassen auf Erden.
Allmählich beruhigte er sich wieder und flehte zum Himmel um Erlösung aus den Gefahren, in denen er schwebte, wo er doch mutterseelenallein, umgeben von Verbrechen und Sünden wäre. Er hatte sein Gebet zu Ende gesprochen und lag immer noch am Boden, den Kopf in den Händen vergraben, als ihn ein raschelndes Geräusch aufschrecken machte.
»Was ist das?« schrie er und fuhr zusammen, als er eine Gestalt an der Türe stehen sah. »Wer steht dort?«
»Ich. Nur ich bin's«, antwortete eine bebende Stimme.
Oliver hob die Kerze in die Höhe und spähte in die Finsternis. Es war Nancy.
»Setz die Kerze hin«, befahl die Dirne und wandte das Gesicht ab. »Sie blendet mich.«
Oliver sah, daß sie sehr blaß war, und fragte höflich, ob sie krank sei. Nancy warf sich in einen Sessel, kehrte Oliver den Rücken, rang die Hände und schwieg.

»Gott verzeih mir«, rief sie nach einer Weile, »ich wußte doch nicht, daß es so kommen würde.«
»Was ist geschehen?« fragte Oliver. »Kann ich Ihnen helfen? Ich will alles tun. Wirklich und wahrhaftig.«
Nancy wiegte sich hin und her, packte sich bei der Kehle, stieß einen gurgelnden Laut aus und schnappte nach Luft.
»Nancy!« rief Oliver entsetzt. »Was fehlt Ihnen?«
Die Dirne schlug sich mit den Händen auf die Knie und stampfte mit den Füßen auf den Boden, dann hielt sie plötzlich inne, zog sich ihr Umschlagtuch dichter über die Brust, und man hörte, wie ihr die Zähne klapperten.
Oliver schürte schnell das Feuer. Nancy rückte ihren Stuhl dicht an den Kamin und saß dort eine Weile stumm. Schließlich richtete sie den Kopf auf und blickte um sich.
»Ich weiß nicht, was mich manchmal packt«, murmelte sie und tat, als streiche sie ihr Kleid zurecht. »Wird wohl der dumpfe schmutzige Kasten hier sein, glaub' ich. Na, Nolly, bist de fertig?«
»Soll ich mit Ihnen gehen?« fragte Oliver.
»Jawoll. Willem hat mir herjeschickt«, erwiderte die Dirne, »du sollst mit mir kommen.«
»Wozu denn?« fragte Oliver zurückweichend.
»Wozu?« wiederholte Nancy geistesabwesend. »O zu nischt Bösem.«
»Das glaub' ich nicht«, sagte Oliver, der sie nicht aus den Augen gelassen hatte.
»Na, denn glaub's nich«, sagte Nancy und lachte gezwungen. »Zu nischt Gutem also.«
Oliver bemerkte genau, daß er in gewissem Sinn Gewalt über die besseren Gefühle des Mädchens hatte, und überlegte einen Augenblick, ob er nicht an ihr Mitleid mit der Hilflosigkeit seiner Lage appellieren solle. Aber da fuhr ihm der Gedanke durch den Kopf, daß es kaum elf Uhr sein könne und sich noch viele Menschen auf den Straßen befinden müßten, von denen sich gewiß viele bereit finden würden, ihm Glauben zu schenken, wenn er ihnen die Sachlage erzählte.

Einen Augenblick überlegte er das alles, dann tat er einen Schritt vorwärts und sagte ein wenig hastig, er sei bereit, mit Nancy zu gehen. Beides war der Dirne keineswegs entgangen. Sie blickte ihm fest ins Gesicht, und er las in ihren Augen, daß sie seine Gedanken erraten hatte und damit einverstanden war.

»Scht«, flüsterte sie und beugte sich mit einem scheuen Blick auf die Tür über ihn, »du kannst dir jetzt nicht allein helfen. Ich hab' mir die beste Mühe jegeben, aber es hat jetzt alles keinen Zweck. Se haben dich feste an der Strippe. Wenn de mal später weg kannst – jetzt ist nich die Zeit dazu.«

Betroffen über die Eindringlichkeit ihrer Worte blickte Oliver ihr erstaunt ins Gesicht. Er sah, daß sie die Wahrheit sprach. Ihr Gesicht war leichenblaß; sie zitterte an allen Gliedern.

»Ick habe dir mal vor Mißhandlung jeschützt und werd' es immer wieder tun«, fuhr Nancy lauter fort, »ich habe mir davor verbürgt, daß de dir ruhig verhalten und auch schweigen wirst. Tust de das nich, dann bringen se mich vielleicht um. Das hab' ick alles um deinetwejen uff mir jenommen, so wahr Gott uns jetzt sieht!«

Dabei deutete sie auf ein paar Hieb- und Kratzwunden an ihrem Nacken und an ihren Armen und fuhr hastig fort:

»Denk dran, wat ick dir jesagt habe, und bring mir nich in die Patsche; ich sag' dir: wenn ich dir helfen könnte, tät ich's jewiß, aber ick sag' dir, es jeht jetzt nich. Se haben nich im Sinn, dir was zuleide zu tun, und wozu se dich zwingen werden, is für dich doch keene Sünde. Still jetzt. Jedes Wort, das de sprichst, is 'n Schlag für mir. Gib mir jetzt schnell die Hand und mach' rasch.«

Sie ergriff Olivers Hand und blies die Kerze aus. Dann zog sie ihn hinter sich her die Treppe hinunter. Eine in der Finsternis unkenntliche Gestalt öffnete rasch die Türe und schloß sie ebenso schnell wieder hinter ihnen. Vor dem Hause stand eine Droschke. Nancy schob Oliver hinein und ließ die Fenstervorhänge herunter. Ohne einen Befehl abzuwarten, peitschte der Kutscher auf sein Pferd los; gleich darauf rasselte der Wagen in vollem Galopp dahin. Immerwährend hielt das Mädchen Oliver an der Hand und flüsterte ihm von Zeit zu Zeit Warnungen und Trostesworte ins Ohr. Alles ging so rasch vor sich, daß Oliver kaum Zeit hatte, nachzudenken oder zu überlegen, wo er war, und da hielt die Kutsche auch schon vor dem Hause, zu dem der Jude am Abend seine Schritte gelenkt hatte. Rasch warf Oliver einen forschenden Blick auf die menschenleere öde Straße, und ein Hilferuf schwebte ihm auf den Lippen. Aber wiederum flüsterte ihm Nancy etwas ins Ohr und bat ihn so voll Entsetzen, sein gegebenes Versprechen zu halten, daß er nicht den Mut fand, um Hilfe zu rufen. Im nächsten Augenblick war er drin im Hause, und die Türe fiel hinter ihm ins Schloß.

»Hier hinauf«, sagte Nancy und ließ jetzt zum erstenmal seine Hand los. »Bill!«

»Hallo?« antwortete Sikes, der mit einem Licht oben an der Treppe erschien. »Na, das is mal pünktlich. Nur herauf mit euch!«

Für einen so temperamentvollen Herrn wie Mr. Sikes war dies ein ungewöhnlich herzliches Willkommen, und Nancy schien sich sehr darüber zu freuen.

»Der Köter ist mit Tom weggegangen«, brummte Sikes und leuchtete den beiden die Treppe hinauf. »Er wäre uns hier im Wege gewesen.«

»Das ist recht«, sagte Nancy.

»Na, und wie ist's mit ihm? Ist er ruhig mitgekommen?« fragte Sikes mit einem Blick auf Oliver.

»Gehorsam wie ein Lamm.«

»Freut mich, zu hören«, sagte Sikes, »schon im Interesse seines jugendlichen Kadavers, dem's sonst schlecht bekommen wäre. Komm mal her, Bursche, damit ich dir gleich mal ne gute Lehre gebe. Je früher, je besser.« Dabei riß er dem Knaben die Mütze vom Kopf und warf sie ins Eck, dann packte er ihn an den Schultern, setzte sich an den Tisch und sah ihm drohend ins Gesicht.

»Schau mal her: Nummer 1. Weißt du, was das fürn Ding ist?« Er griff nach einer Taschenpistole, die auf dem Tisch lag.
Oliver nickte.
»So, da pack mal aus«, fuhr Sikes fort. »Das hier ist Pulver und das hier ne Kugel, das hier 'n Stück von einem alten Hut. Daraus mach' ich 'n Propfen.« Oliver murmelte, daß er begriffen habe, und Mr. Sikes lud umständlich die Waffe.
»So, nun ist sie geladen«, brummte er, als er damit fast fertig war.
»Ja, Sir, ich sehe«, hauchte Oliver.
»So, und jetzt höre«, sagte der Strolch mürrisch, packte Oliver am Handgelenk und setzte ihm den Lauf so dicht an die Schläfe, daß der arme Junge einen Schreckensruf nicht unterdrücken konnte. – »Also, jetzt höre: Wenn du bloß ein Wort redest, wann ich mit dir draußen bin, ausgenommen, ich spreche dich an, dann hast du die Ladung im Schädel drin. Wenn du also Lust hast, ins Gras zu beißen, dann kannst du noch vorher ein Gebet sprechen. Soviel ich weiß, wird sich wohl niemand besonders eingehend nach deinem Verbleib erkundigen; ich hätte es also gar nicht nötig, dir den ganzen Kram erst auseinanderzusetzen, aber es geschieht zu deinem eignen Besten. Verstanden?«
Sodann deckte Nancy, nachdem sie Oliver vorher noch einen warnenden Blick zugeworfen, schleunigst ein Tuch über den Tisch, verschwand für ein paar Minuten und kehrte mit einem Krug Bier und einer Schüssel Hammelfleisch zurück. Als das Abendessen vorüber war, bei dem Oliver begreiflicherweise keinen besonderen Appetit an den Tag legte, goß sich Mr. Sikes noch ein paar Gläser Brandy mit Wasser hinter die Binde und warf sich, nachdem er Nancy mit einer Reihe von Flüchen und Verwünschungen befohlen, ihn pünktlich früh um fünf Uhr zu wecken, auf sein Bett. Oliver streckte sich auch angezogen auf eine am Boden liegende Matratze, und die Dirne kauerte sich neben dem Ofen zusammen, um wach zu blei-

ben, damit sie nicht versäume, Mr. Sikes pünktlich zur vorgeschriebenen Zeit zu wecken. Auch Oliver blieb noch eine Weile wach, hoffend, daß Nancy ihm noch ein paar Worte zuflüstern würde, aber sie rührte sich nicht, und endlich schlief er ein. Als er erwachte, war der Tisch bereits mit Teegeschirr bedeckt, und Mr. Sikes beschäftigte sich gerade damit, verschiedene Sachen in den Taschen seines über einer Stuhllehne hängenden Mantels unterzubringen. Es war noch dunkel draußen und das Zimmer von Kerzenschein erhellt. Ein grimmiger Regen peitschte gegen die Scheiben, und der Himmel war schwarz und mit Wolken bedeckt.

»Na, wird's bald?« murrte Sikes, als Oliver emporfuhr. »Es ist schon halb sechs. Mach rasch, sonst kommst du zu spät zum Futter.«

Oliver brauchte nicht lange, um seine Toilette zu vollenden, und nachdem er ein paar Schluck Tee zu sich genommen, erwiderte er auf die mürrische Frage Mr. Sikes', er sei nunmehr fertig und bereit.

Nancy warf ihm ein Taschentuch mit der Weisung zu, er solle es sich gegen die Kälte um den Hals knüpfen, und Sikes warf ihm einen großen rauhen Kragen über und nahm ihn beim Handgelenk, nachdem er ihm noch einmal mit drohender Miene seine Pistole gezeigt.

An der Türe drehte sich Oliver um, in der Hoffnung, einen Blick von Nancy aufzufangen; aber wieder hatte die Dirne sich neben den Kamin gekauert und starrte regungslos ins Feuer.

21. Kapitel

Unterwegs

Es war ein freudloser Morgen, als sie hinaus auf die Straße traten. Es stürmte heftig und regnete in Strömen, und finstere Wolken hingen träg am Himmel. Die Nacht mußte sehr naß gewegen sein, denn große Pfützen hatten sich auf der Straße gesammelt, und die Rinnsteine liefen über. Ein matter Schimmer am Himmel verkündete den Tagesanbruch und verstärkte das unheimliche Düster der Gegend nur noch mehr. Noch war keine Seele auf, die Fensterläden der Häuser waren fest verschlossen und die Gassen öde und leer. Als sie in die Bethnal Green Road einbogen, fing es an, Tag zu werden. Ein Teil der Laternen war bereits ausgelöscht, und ein paar Bauernwagen holperten langsam und schwerfällig in die Stadt herein. Die Schenken standen offen und waren hell erleuchtet, und hier und da wurde ein Laden aufgemacht. Gruppen von Arbeitern trotteten in ihre Fabriken, dann kamen Männer und Weiber mit Fischkörben auf den Köpfen, Eselskarren mit Gemüse beladen und Kastenwagen mit Schlachtvieh, und Metzger mit Metzgerwaren zogen ihres Weges. Je näher sie der City kamen, desto mehr nahm der Lärm und der Verkehr zu, und als sie in die Straßen zwischen Shoreditch und Smithfield einbogen, war bereits alles von einem wirren Getöse erfüllt. Die frühe Tätigkeit der halben Londoner Bevölkerung hatte begonnen. Sie gingen die Sun und Crown Street hinunter und überquerten Finsbury Square und schlugen die Richtung über Chiswell Street nach Barbican ein. Dann eilten sie weiter nach Smithfield. Ein Wirrwarr mißtönenden Lärmes schlug ihnen entgegen und erfüllte Oliver mit Schrecken.

Es war Markttag. Der Boden war mit Schmutz und Schlamm bedeckt, daß man fast bis zu den Knöcheln einsank, und darüber schwebte ein dicker Dampf, der ununterbrochen von rauchenden Viehleibern aufstieg und sich mit dem Nebel vermischte, der wie eine Decke über den Schornsteinkappen hing. An Pfähle gebunden standen zu zweien und dreien lange Reihen von Kühen und Ochsen neben den Rinnsteinen. Bauern, Metzger, Viehtreiber, junge Gauner, Diebe und Landstreicher wogten durcheinander in bunten Haufen. Das Keifen der Weiber, das Bellen der Hunde, das Brüllen und Stampfen der Ochsen,

das Blöken der Schafe, das Grunzen der Schweine und das Geschrei der Händler hallte aus allen Ecken und Winkeln nieder. Unrasierte schmutzige Gestalten rannten hin und her, stürzten in das Gewühl hinein und wieder heraus: kurz, es war ein sinnverwirrendes abstoßendes Schauspiel.
Mr. Sikes, Oliver fest am Handgelenk haltend, bahnte sich mit den Ellbogen seinen Weg durch das dichteste Gewühl und hatte für all das, was es hier zu sehen und zu hören gab, keinen Blick. Hier und da nickte er einem vorübereilenden Bekannten zu, lehnte die vielen Einladungen zu einem Morgenschnaps standhaft ab und arbeitete sich mit entschlossenem Gesicht durch die Menge hindurch, bis sie durch die Hosier Lane ihren Weg nach Holborn wieder gefunden hatten. »Nun, Bursche«, brummte Sikes mit einem Blick nach der Uhr der St. Andreaskirche, »Schlag sieben jetzt, marsch vorwärts.« Und weiter zerrte er ihn in höchster Eile. Sie setzten ihren Marsch im schnellsten Tempo fort, bis sie um die Hydeparkecke hinaus waren und in die Kensington Street einbogen. Hier verlangsamte Sikes seine Schritte, bis ein leerer Wagen, der in kurzer Entfernung hinter ihnen fuhr, herangekommen war. Auf Mr. Sikes Frage, ob der Wagen nach Hounslow fahre, bejahte der Kutscher und machte sich erbötig, sie bis Isleworth mitzunehmen.
»Ist das Ihr Junge?« fragte der Kutscher.
»Jawohl, ist er«, sagte Sikes, blickte Oliver scharf an und legte wie zufällig die Hand auf die Tasche, in der die Pistole stak.
Als sie an all den vielen Meilensteinen vorüberkamen, konnte Oliver seine Neugierde, wohin ihn denn Mr. Sikes zu schaffen gedenke, kaum mehr verbergen. Sie kamen an Kensington, Hammersmith, Chiswick, Kew Bridge, Brentford und noch manchen andren Orten vorüber, und immer noch schien es, als seien sie am Anfang ihrer Wanderung. Schließlich machte der Wagen an einer Schenke halt.
Hastig stieg Sikes vom Wagen, und als er Oliver herunter-

half, warf er ihm wieder einen grimmigen Blick zu und schlug mit der Faust auf die Seitentasche.

»Adieu, mein Junge«, sagte der Fuhrmann.

»Er ist maulfaul«, knurrte Sikes und schüttelte Oliver am Kragen, ihn immerwährend drohend anblickend. »Er ist maulfaul; machen Sie sich nichts draus, Mann.«

»I wo werd ich«, versetzte der Kutscher und stieg wieder auf seinen Bock.

Sikes wartete, bis der Wagen außer Sicht war, und sagte dann höhnisch zu Oliver, wenn er vielleicht Verlangen danach verspüre, solle er sich nur nach ihm umgucken.

Dann schwenkten sie eine kurze Strecke hinter der Schenke nach links ab, schlugen einen vor ihnen sich ausbreitenden Weg ein, schritten eine Zeitlang an Gärten und vornehmen Häusern zu beiden Seiten vorüber, ohne sich weiter aufzuhalten, bis sie in eine Stadt gelangten. Hier las Oliver an der Mauer eines Hauses mit ziemlich großen Buchstaben das Wort »Hampton« geschrieben. Ein paar Stunden lang liefen sie noch in den Feldern umher, wanderten dann wieder in die Stadt zurück und kehrten in eine Schenke ein, vor der ein unleserliches Schild hing, und Sikes bestellte in der Küche ein Mittagessen neben dem Herdfeuer.

Die Küche war ein altes Gewölbe mit niedriger Decke. Oben quer darüberhin lief ein großer Balken, und am Herd standen Bänke mit hohen Lehnen. Dort saßen und tranken und rauchten mehrere wettergebräunte Männer in Arbeiterkitteln. Sie nahmen von Oliver gar keine und von Sikes nur geringe Notiz. Nachdem Oliver ein paar Schnitten kaltes Fleisch gegessen, übermannte ihn die Müdigkeit, und bald sank er in festen Schlaf.

Es war schon ganz dunkel geworden, als er von Mr. Sikes mit Püffen aufgeweckt wurde. Nachdem er sich ein wenig ermuntert hatte, setzte er sich auf und fand beim Umherblicken, daß sein Herr in eifriger Unterhaltung mit einem Arbeiter begriffen war und mit diesem hinter einem Krug Wein saß.

»Soso. Sie fahren also nach Lower Halliford, was?« fragte Sikes.
»Jawohl«, antwortete der Mann, der ein wenig zuviel über den Durst getrunken zu haben schien. »Und verdammt bald auch noch. Mein Gaul hat keine Ladung mehr, da wirds flott gehen. So! Noch 'n Schluck auf meinem Gaul seine Gesundheit. Gott verdamm mich, ich sag Ihnen, das ist ein Mordsluder!«
»Können Sie mich und meinen Jungen da eine Strecke weit mitnehmen«, fragte Sikes und schob seinem neuen Freund den Krug hinüber.
»Wenn Sie gleich wollen, meinetwegen«, antwortete der Mann aus dem Kruge aufblickend. »Wollt Ihr bis Halliford?«
»Wir wollen nach Shepperton.«
»Gut, da können Sie mitfahren, so weits auf der Strecke geht«, sagte der Kutscher. »Betty, was is mit dem Zahlen?«
»Der Herr hier hat alles schon beglichen«, erwiderte das Schenkmädchen.
»Nee, sowas«, lallte der Mann trunken. »Sowas gibts doch gar nicht.«
»Warum solls sowas nicht geben?« brummte Sikes. »Wer soll mich hindern, n Krug Bier und noch n Schluck drüber zu zahlen?«
Der Kutscher dachte einen Augenblick ernst über die Logik, die in dieser Antwort lag, nach, packte dann Sikes beim Arm, murmelte so etwas wie: er wäre ein braver Kerl, und dann taumelte er, Sikes und Oliver hinter sich, zur Türe hinaus. Der Gaul, auf dessen Gesundheit die beiden getrunken hatten, stand bereits angeschirrt vor der Türe. Ohne weitere Umstände stiegen Oliver und Sikes ein, und der Fuhrmann nahm die Zügel zur Hand. Dann raste der Wagen im Galopp zur Stadt hinaus.
Es war eine finstere Nacht. Feuchter Nebel stieg vom Fluß auf und lagerte sich über den öden Gefilden. Es blies schneidend kalt, und die ganze Gegend lag düster und

schwarz da. Es wurde weiter kein Wort gewechselt, denn der Fuhrmann war bald schläfrig geworden, und auch Sikes schien nicht in der Stimmung zu sein, mit ihm eine Unterhaltung anzuknüpfen. Zusammengeduckt saß Oliver in einer Ecke, halb ohnmächtig vor Unruhe und Furcht, und die gespenstischen Bäume, die mit ihren Zweigen wie boshafte Schemen herniedergriffen, als freuten sie sich über die Unheimlichkeit des Ortes, schienen ihm wie lebende grauenhafte Wesen.
Als sie an der Sunburykirche vorüberkamen, schlug es sieben Uhr vom Turm. Gegenüber brannte ein Licht hinter einem Fenster, und ein düsterer Eibenbaum davor warf seine trüben unheimlichen Schatten über einen Grabhügel. Nicht weit davon entfernt brauste dumpf ein Wasserfall, und durch die Blätter des alten Baumes rauschte leise der Abendwind. Es klang wie stille Musik für die Toten.
Sie fuhren durch Sunbury und noch zwei, drei Meilen weiter, dann hielten sie an. Sikes stieg ab, faßte Oliver bei der Hand und schritt stumm mit ihm weiter.
Sie kehrten nirgendwo ein, wie der Knabe erwartet hatte, sondern schritten immer weiter und weiter in Schmutz und Finsternis hinein, durch finstere Gassen und durch kalte offene Felder, bis sie schließlich von weitem die Lichter einer Stadt glänzen sahen. Oliver bemerkte, daß sie einer Brücke zuschritten.
Dort angelangt, wendete sich Sikes plötzlich einer Böschung nach links zu.
›Der Fluß‹, dachte Oliver und wurde fast ohnmächtig vor Entsetzen. ›Er hat mich hierher an diesen einsamen Platz geschleppt, um mich zu ermorden.‹
Er wollte sich gerade zu Boden werfen und um sein junges Leben flehen, da sah er, daß sie vor einem einsamen Hause standen, das verwittert und baufällig aus der Finsternis herauslugte. An jeder Seite der windschiefen Eingangstüre waren Fenster angebracht, aber nirgends erglänzte ein Licht. Das Haus war stockdunkel und allem Anscheine nach unbewohnt.

Immer noch Oliver an der Hand haltend, näherte sich Sikes der niedrigen Türe und drückte auf die Klinke. Die Türe gab seinem Druck nach, und sie schritten zusammen ins Haus hinein.

22. Kapitel

Der Einbruch

»Hallo!« schrie eine heisere Stimme, als sie den Fuß in den Flur setzten.
»Halt's Maul«, brummte Sikes und verriegelte die Türe hinter sich. »Mach gefälligst Licht, Toby.«
»Aha, der Sikes«, rief die Stimme wieder. »Barney, 'n Licht! Führ den Herrn gefälligst rein, Barney. Tür auf da.«
Der Mann, der die Worte sprach, schien allem Anschein nach einen Stiefelknecht oder etwas Ähnliches nach dem angeredeten Mr. Barney zu werfen, wahrscheinlich, um ihn aus dem Schlaf zu wecken, denn ein Geräusch, wie wenn ein Stück Holz irgendwo anprallte, wurde hörbar, und gleich darauf konnte man ein undeutliches Gemurmel vernehmen, wie wenn jemand zwischen Schlafen und Erwachen kämpft.
»Verstanden?« rief die Stimme. »Draußen steht Bill Sikes, und du liegst da und schnarchst, als wenn du Laudanum gefressen hättst. Na also, was is? Bist du schon munter, oder soll ich dir noch nen eisernen Leuchter an den Schädel schmeißen?«
Eiligst schlurrten ein paar Schlappschuhe über die Dielen, und gleich darauf zeigte sich an einer halboffenen Türe, einen Lichtstumpf in der Hand, der bekannte Kellner der Schenke auf dem Saffronhill.
»Gott über die Welt, Mr. Sikes«, rief Barney sichtlich oder wenigstens anscheinend erfreut. »Kommen Se herein in die Stube, kommen Se doch herein.«

»Marsch, hinein«, befahl Sikes, Oliver vor sich herstoßend. »Vorwärts, oder ich tret' dir die Fersen ab.«
Sie traten in eine niedrige finstere Stube, in der ein Kaminfeuer qualmte und blakte und ein paar Stühle, ein Tisch und ein altes Sofa umherstanden. Auf diesem, die Beine weit ausgestreckt, lag ein Mann und paffte aus einer Tonpfeife. Er war gekleidet in einen schnupftabakfarbenen Anzug von modernem Schnitt mit großen Messingknöpfen daran. Ein orangefarbiges Halstuch hatte er um den Hals geschlungen, und seine Brust verdeckte eine grelle großgemusterte Weste. Die Hosen waren von schmutzigem Gelb. Mr. Crackit – so hieß der Gentleman – erfreute sich nicht gerade eines üppigen Haarwuchses, und was er noch an Haaren auf dem Kopf oder im Gesicht besaß, war von rötlicher Farbe und über die Ohren hinweg korkenzieherartig gedreht. Der Mann war von mittlerer Größe und, wie es schien, was die Beine anbelangte, ein wenig zurückgeblieben. Trotzdem tat dieser Umstand der persönlichen Bewunderung seiner Stulpstiefel, die er nicht eine Sekunde aus den Augen ließ, in keiner Weise Abbruch.
»Ich freue mich, dich zu sehen, Bill, mein Junge«, sagte der Gentleman, faul den Kopf zur Türe wendend. »Hab' schon gefürchtet, du wollest die Sache sein lassen. In dem Fall hätte ich das Risiko allein übernommen und wär's ohne Begleitung angegangen. Hallo!«
Sein Ausdruck des Erstaunens galt Oliver. Mit einem Ruck richtete er sich auf und fragte, wer der Junge sei.
»Na eben! der Junge«, antwortete Sikes mürrisch und rückte sich einen Stuhl zum Feuer.
»Einer von Fagin seiner Leibgarde«, scherzte Barney grinsend.
»Soso, von Fagin!« rief Toby aus und blickte Oliver forschend an. »Ein Prachtbengel für die ollen Schachteln, wenn sie in die Kirche gehen. Ne Kapitalsvisage!«
»Genug jetzt«, fiel ihm Sikes ungeduldig ins Wort, bückte sich über ihn und flüsterte ihm ein paar Worte ins Ohr, über die Mr. Crackit laut auflachen mußte.

»So!« knurrte Sikes und setzte sich wieder zurecht. »Wenn du uns jetzt etwas zu essen und trinken geben willst, kanns uns recht sein. Setz dich an den Ofen, Bursche, und ruh dich aus. Heute nacht mußt du dich wieder auf die Beine machen, wenn's auch nicht mehr so weit sein wird, wie's bisher war.«

Stumm und schüchtern blickte Oliver Mr. Sikes an, rückte sich dann einen Sessel ans Feuer und setzte sich, seinen schmerzenden Kopf zwischen die Hände gedrückt, nieder, ganz wirr von all dem, was er erlebt hatte.

»Hier«, sagte Toby, während der Jude ein paar Speisenreste und eine Flasche auf den Tisch stellte. »Prosit und Glückauf!« Dann richtete er sich ein wenig auf, füllte sich ein Glas mit Schnaps und goß es durch die Kehle. Mr. Sikes tat ein Gleiches.

»Da, für den Jungen auch en Tropfen«, sagte Toby und goß ein Weinglas halb voll. »Runter damit, junge Unschuld.«

»Wirklich Sir – ich –«, hauchte Oliver und blickte dem Strolch mit kläglicher Miene ins Gesicht – »wirklich, Sir, – ich –«

»Runter damit!« schrie Toby. »Meinst du vielleicht, ich weiß nicht, was dir gut tut? Sag ihm, Bill, er soll's runtergießen.«

»Möcht' ich dir auch geraten haben«, rief Sikes und schlug mit der Faust auf den Tisch. »Teufel nochmal! Ob einem der Bengel nicht mehr Schur antut als ein ganzer Schwarm Gassenbuben! Runter damit, Galgenstrick!«

Eingeschüchtert goß Oliver hastig den Inhalt des Glases hinunter und wurde gleich darauf von einem so heftigen Husten befallen, daß Toby Crackit und Barney sich vor Lachen gar nicht halten konnten.

Als Sikes seinen Hunger gestillt hatte – Oliver konnte nur mit Mühe eine kleine Brotrinde hinunterwürgen –, streckten sich die beiden Männer auf ein paar aneinandergestellten Stühlen aus, um ein Schläfchen zu halten. Oliver durfte auf seinem Sessel neben dem Ofen sitzen bleiben, und Barney streckte sich in eine Decke eingewickelt auf die Dielen nieder. Eine Zeitlang schien die Gesellschaft zu schlafen, das heißt: niemand rührte sich außer Barney, der ein paarmal aufstand, um Kohlen auf das Feuer zu schütten. Oliver verfiel in einen tiefen Schlummer, und es war ihm, als streife er noch immer durch die finstern Gassen oder wandre über die Kirchhöfe. Plötzlich schreckte er auf, geweckt von dem Geräusch, das Toby Crackit machte, als er auf die Füße sprang und rief: es sei halb zwei. Sofort waren auch die beiden anderen auf den Beinen. Sikes und sein Freund hüllten sich Hals und Gesicht in große Tücher und zogen ihre Mäntel an. Barney schloß einen Wandschrank auf und langte verschiedene Gegenstände daraus hervor, und beide stopften sich damit eilig die Taschen voll.

»Die Bleispritzen, Barney«, mahnte Toby Crackit.

»Do hier sein welche«, erwiderte Barney und reichte ihm ein paar Pistolen. »Geladen hab' jach se selber.«

»Stimmt«, murmelte Toby, nachdem er die Waffen untersucht hatte. »Und jetzt die Chlamones.« Der Jude reichte ihm einen Bund mit Dietrichen. »Und die Bohrer und die Laternen nicht vergessen«, sagte Toby und steckte ein kleines Brecheisen zu sich.

»Alles in Ordnung«, murrte Sikes. Barney reichte einem jeden einen derben Knittel und half dann Oliver in seinen Mantelkragen.

»Also los! Palisieren wir«, sagte Sikes und faßte Oliver wieder an der Hand. Mechanisch ließ der arme Junge alles mit sich geschehen.

»Toby, nimm ihn an der andern«, knurrte Sikes. »So, jetzt schau mal raus, Barney!«

Der Jude ging zur Türe hinaus und kam gleich darauf mit der Meldung zurück, es sei alles ruhig. Oliver in der Mitte, schritten die beiden Strolche aus dem Haus. Barney schloß sofort hinter ihnen ab. Es war pechfinstere Nacht. Der Nebel war noch dichter und schwerer als in den Abendstunden und die Luft so feucht, trotzdem kein

Regen fiel, daß Olivers Haar und Augenbrauen nach wenigen Minuten hart gefroren waren von der schneidenden Kälte. Wortlos schritten sie über die Brücke. Dann schlugen sie die Richtung auf die Lichter der Stadt zu ein und hatten, scharf ausschreitend, Chertsey bald erreicht.
»Nur immer grad mitten durch die Stadt«, flüsterte Sikes. »Heut ist niemand mehr auf, der uns sehen könnte.«
Toby brummte etwas, und sie eilten durch die Hauptstraße der kleinen Stadt, die zu dieser späten Nachtstunde vollständig menschenleer dalag. Von Zeit zu Zeit schimmerte ein trübes Licht aus irgendeinem Fenster heraus, und heiseres Hundegebell unterbrach zuweilen die nächtliche Stille. Als die Kirchturmuhr zwei schlug, hatten sie die Stadt hinter sich. Immer noch ihre Eile beschleunigend, bogen sie in eine Straße ein, die sich linkerhand entlangzog. Nachdem sie ungefähr eine Viertelmeile zurückgelegt hatten, blieben sie vor einem vereinzelten, von einer Mauer umgebenen Hause stehen. Ohne sich Zeit zu lassen, schwang sich Toby Crackit hinauf.
»So! Jetzt den Jungen«, flüsterte er, »heb ihn rauf, Bill, ich werd ihn schon festhalten.«
Noch ehe Oliver Zeit hatte, sich genauer umzublicken, hatte Sikes ihn bereits unter den Armen gefaßt, und wenige Sekunden darauf lag er mit Toby zusammen auf der anderen Seite der Mauer im Gras. Sikes folgte ihnen auf dem Fuß. Behutsam schlichen sie zum Hause hin.
Vor Schreck und Angst fast von Sinnen, erkannte Oliver, daß es sich um einen Einbruch oder Raub handeln müsse. Er rang die Hände und stieß unwillkürlich einen Ruf des Schreckens aus. Kalter Schweiß stand ihm auf der Stirne, und die Glieder versagten ihm den Dienst. Zitternd brach er in die Knie.
»Aufgestanden«, flüsterte Sikes, schäumend vor Wut, und riß seine Pistole aus der Tasche. »Aufgestanden, sag ich, oder ich spritz dir das Gehirn an die Wand.«
»Um Gottes Barmherzigkeit willen, lassen Sie mich gehen«, jammerte Oliver, »lassen Sie mich davonlaufen

und lieber auf freiem Feld sterben. Ich will nie wieder nach London kommen. Nie. Ich versprech es Ihnen. Haben Sie Mitleid mit mir und zwingen Sie mich nicht einzubrechen. Um Gottes Barmherzigkeit willen, Gnade, Gnade!«

Er hörte am Knacken, daß Sikes den Hahn spannte, aber gleich darauf schlug ihm Toby die Pistole aus der Hand, hielt Oliver den Mund zu und schleppte ihn zum Hause hin.

»Das Maul gehalten«, krächzte er dabei heiser. »Sowas können wir hier nicht brauchen. Ein Wort noch, und ich schlag dir den Bregen ein. Das macht keinen Lärm und ist ebenso sicher wie das Schießeisen. Hierher Bill! Brech mal den Laden auf. Der Bursche wird schon das Maul halten; ich steh dir gut dafür. Da hab ich schon ältere gesehen als den Knirps da, die das Maul gehalten haben.«

Flüche vor sich hinmurmelnd, setzte Sikes geräuschlos seine Brechstange an den Laden an. Die Angeln gaben nach. Ein kleines Gitterfenster in der Höhe von ungefähr fünf und einen halben Fuß über der Erde an der rückseitigen Hauswand wurde sichtbar, und gleich darauf war auch der Rahmen des Fenstergitters aus den Angeln gehoben.

»So, paß auf jetzt, junger Hund du«, flüsterte Sikes, zog eine Blendlaterne aus der Tasche und richtete ihr Licht direkt auf Olivers Gesicht. »Wir schieben dich durch das Loch da jetzt ins Haus hinein. Das Licht hier nimmst du mit, dann gehst du langsam immer der Nase nach die Treppe hinauf bis zur Haustür, machst sie auf und läßt uns rein.«

»An der Tür oben ist ein Riegel, an den du nicht wirst rauflangen können«, warf Toby ein. »Dann nimmst du 'n Stuhl, einen von denen, die im Vorhaus stehen, und stellst dich drauf. Es stehen ihrer nämlich drei dort, Bill, alle mit einem schönen blauen Einhorn drüber und ner goldnen Heugabel als Wappen, das ist der ollen Schachtel ihr Wappen.«

»Und daß du dich ruhig verhältst, verstanden?« flüsterte Sikes mit drohender Miene. »Die Stubentür ist offen, nicht wahr?«

»Sperrangelweit offen«, antwortete Toby, nachdem er noch einen Blick durchs Fenster hineingeworfen, um sich zu vergewissern, »und den Hund hat Barney heute Abend stumm gemacht. Fein, sag ich dir.«
Trotzdem Mr. Crackit kaum hörbar flüsterte und ganz geräuschlos lachte, befahl ihm Sikes wütend, zu schweigen und sich lieber an die Arbeit zu machen. Mr. Crackit gehorchte, stellte sich ans Fenster und beugte sich nieder, um für Oliver mit dem Rücken einen Tritt zu bilden. Dann wurde der Knabe mit den Füßen voran behutsam durch das Fenster geschoben und im Innern des Hauses niedergestellt.
»So, da hier nimm die Laterne«, rief Sikes und steckte den Kopf durch das Fenster hinein. »Siehst du die Stiege da vor dir?«
»Ja«, hauchte Oliver, mehr tot als lebendig. Er sah den Lauf von Sikes Pistole blitzen und begriff, daß es ihm nichts helfen würde, davonzulaufen, da er immerwährend in Schußweite sein werde.
»In einer Minute haben wirs«, hörte er Sikes murmeln. »Wenn ich dich loslasse, machst du dich an die Arbeit, verstanden?«
»Horch, was ist das!« flüsterte Crackit.
Sie lauschten gespannt.
»Nichts«, murmelte Sikes und ließ Oliver los. »Also marsch, an die Arbeit.«
In der kurzen Spanne Zeit, die ihm geblieben war, sich zu sammeln, hatte Oliver den festen Entschluß gefaßt, sollte es ihn das Leben kosten oder nicht, zu trachten, vom Vorderhause aus die Treppe zu gewinnen, um die im Hause schlafende Familie zu wecken. Von diesem Gedanken angespornt, schlich er sich leise vorwärts.
»Zurück«, schrie Sikes plötzlich mit lauter Stimme. »Zurück, zurück!«
Erschreckt ließ Oliver die Laterne fallen und wußte einen Augenblick lang nicht, sollte er vorwärts laufen oder stehen bleiben.

Sikes wiederholte seinen Ruf – ein Licht tauchte in der Finsternis auf, zwei halb angekleidete Männer erschienen oben auf dem Treppenabsatz – ein Blitz – ein Krach irgendwo – wo, konnte Oliver nicht mehr unterscheiden – und dann taumelte er zurück.

Eine Sekunde lang war Sikes verschwunden, aber gleich darauf erschien er wieder oben am Fenster, packte den Knaben am Kragen, feuerte seine Pistole auf die beiden Männer ab und zog Oliver in die Höhe. »Leg den Arm fester an«, schrie er und riß ihn durchs Fenster durch. »Ein Halstuch her, Toby – die Kerle haben ihn angeschossen. Rasch, rasch! Verdammt nochmal, er blutet.«

Man hörte eine Glocke tönen, Feuerwaffen knallten, und mitten in einem Getöse von Menschenstimmen wurde Oliver rasch über den holprigen Boden vorwärts geschleppt. Immer verworrener wurde der Lärm, dann schlich sich ein kaltes tödliches Gefühl in Olivers Herz, und einen Augenblick später sah und hörte er nichts mehr.

23. Kapitel

Enthält den wesentlichsten Teil einer anmutigen Unterredung zwischen Mr. Bumble und einer Dame und erbringt gleichzeitig den Beweis dafür, daß auch ein Kirchspieldiener in manchen Punkten äußerst empfindlich sein kann

Zu einer harten dicken Kruste gefroren lag der Schnee. In tausend Wirbeln drehten sich die Flocken und zerstoben in der Luft. Es war trüb, finster und grimmig kalt und so recht eine Nacht für Leute, die ein gutes Dach über den Häuptern haben und eine reichliche Mahlzeit. Da setzen sie sich dann um das helle Kaminfeuer und danken dem lieben Gott, daß er ihnen ein Heim gegeben hat, und dem

Obdachlosen, Hungrigen eine Nacht, um sich hinzulegen und zu sterben. So sah es draußen aus, als Mrs. Cornay, die Mutter des Arbeitshauses, sich vor ein gemütliches Kaminfeuer in ihrer kleinen Wohnstube niedersetzte und voll innerer Freude auf ein kleines rotes Tischchen blickte, auf dem ein Teebrett von ansehnlicher Größe stand, bedeckt mit all dem Zubehör für wohlbereitete Mahlzeiten, an denen sich Matronen gütlich zu tun belieben.

Mrs. Cornay stand eben im Begriff, sich mit einem Schälchen Tee zu erquicken, und wie sie so das kleine Kesselchen auf dem Feuer ein Liedchen singen hörte, durchdrang sie ein Gefühl so großer innerer Befriedigung, daß sie holdselig lächeln mußte.

»Ja, wahrhaftig«, sagte sie, stützte die Ellbogen auf den Tisch und blickte sinnend ins Feuer, »ja, wahrhaftig, wir haben allen Grund dankbar zu sein. Wirklich, alle alle Ursache. Wenn wirs nur anerkennen wollten.«

Und bekümmert schüttelte sie den Kopf, als beklage sie die geistige Blindheit all der Armen aufs bitterste, die diese Erkenntnis nicht hätten. Dann schritt sie zur Bereitung des Tees, indem sie vorerst mit einem silbernen Löffel tief in eine zinnerne Teebüchse fuhr.

Wie geringe Dinge doch das Gleichgewicht unsres schwachen Gemütes stören können: der schwarze Teetopf war sehr klein und füllte sich bald. So kam es, daß das Wasser überlief und ein bißchen die Hand der trefflichen Frau verbrannte.

»Himmelkreuzdonnerwetter!« rief sie und setzte die Kanne wieder geschwind auf den Rost zurück. »Das verdammte Ding da! Nicht einmal ein paar Tassen kann man hineinschütten. Wozu das wohl nütze sein soll? Sowas«, sagte sie und seufzte tief auf, »sowas kann wieder nur einem armen einsamen Geschöpf wie mir passieren. O Gott, o Gott.«

Dann ließ sie sich in den Stuhl zurückfallen und gedachte wiederum, die Ellbogen auf den Tisch stützend, ihrer Verlassenheit. Der kleine Teekessel und die vereinsamte Tasse

hatten in ihr traurige Erinnerungen an Mr. Cornay, der vor ungefähr fünfundzwanzig Jahren das Zeitliche gesegnet hatte, wachgerufen.
»Nie wieder werde ich einen andern bekommen«, sagte sie mißmutig und kummervoll. »Nein, niemals. Gar so einen, wie der erste war.«
Ob sich ihre Bemerkung auf den Ehegatten oder auf den Kessel bezog, läßt sich nicht mehr feststellen. Vermutlich dürfte es der letztere gewesen sein, denn Mrs. Cornay blickte ihn bei diesen Worten an und schenkte sich ein. Sie hatte kaum an der ersten Tasse genippt, als sie durch ein leises Klopfen an der Türe aus ihrem Sinnen aufgerüttelt wurde.
»Nur herein da, wer draußen ist«, rief sie scharf und spitz. »Wahrscheinlich liegen wieder ein paar alte Weiber im Sterben. Das g'schieht doch immer, wenn ich grad den Tee trink. So bleiben S' doch nicht stehen zwischen Tür und Angel, wo's so kalt draußen ist. Haben S' denn nicht verstanden? Was ist denn schon wieder los?«
»Nix, Madame, nix«, antwortete eine Männerstimme.
»O Gott, Sie sinds, Mr. Bumble!« rief Mrs. Cornay, sogleich weit freundlicher als vorher.
»Zu dienen, Madame«, antwortete Bumble und blieb noch einen Augenblick draußen stehen, um Schuhe und Hut vom Schnee zu reinigen. Dann trat er ein, wie gewöhnlich in der einen Hand seinen Dreispitz und in der andern ein Bündel. »Darf ich die Türe zumachen, Madame?«
Mrs. Cornay zierte sich ein wenig, da es am Ende doch nicht recht schicklich war, mit Mr. Bumble bei geschlossenen Türen zusammen zu sein. Aber der Kirchspieldiener nahm ihr Zögern als Bejahung, und da es ihm ebenfalls sehr kalt draußen schien, klinkte er zu.
»Scheußliches Wetter, Mr. Bumble«, sagte die Armenmutter.
»Jawohl, scheußliches Wetter, Madame«, stimmte der Kirchspieldiener bei. »So das richtige Wetter, daß das Ar-

menhaus dabei Konkurs ansagen könnte, Madame. An dem heutigen gebenedeiten Nachmittag haben wir nicht weniger als zwanzig Laib Brot und anderthalb Laib Käse verteilen müssen, und noch immer ist das Armenpack nicht zufrieden!«

»Natürlich! Wann wäre das je zufrieden, Mr. Bumble«, klagte die Armenmutter und nippte an ihrer Teetasse.

»Jawohl, Madame, sehr richtig«, erwiderte Mr. Bumble. »Hem. An einen einzigen Mann haben wir, bloß weil er eine Frau und eine starke Familie hat, ein ganzes Viertel Laib Brot und ein vollgemessenes Pfund Käse hergeben müssen. Und was glauben S', dankbar ist der Mensch? Nicht so viel, wie ein Dreier wert is. Gleich darauf bettelt er wieder um Kohlen ›und wenns nur so viel wär wie ein Schnupftuch voll‹. Kohlen! Was braucht denn der Kohlen?! Will er sich vielleicht den Käs rösten und dann noch mehr haben? Ja ja, so ist dieses Gesindel, Madame. Heut gibt man ihnen eine Schürze voll Kohlen und übermorgen kommen sie schon wieder um eine zweite. So sicher wie das Amen in der Predigt.«

Die Gnädige gab ihre Zustimmung zu dieser Klage mit einem verständnisinnigen Nicken, und der Kirchspieldiener fuhr fort:

»Sowas von Arbeit, wie mans jetzt hat, ist noch nicht dagewesen. Kommt da vorgestern ein Kerl – Sie sind doch verheiratet g'wesen, Mrs. Cornay, und Ihnen gegenüber braucht man sich kein Blatt vor den Mund nehmen – also: vorgestern kommt ein Kerl mit a paar Lumpen auf dem Leib« – züchtig schlug Mrs. Cornay die Augen nieder – »klopft an die Tür von unserm Herrn Inspektor – grad wie er Gesellschaft bei sich hat – und verlangt, daß man ihm hilft – helfen muß, Mrs. Cornay. Und da er nicht weggeht, und sich die Gesellschaft mordsmäßig ärgert, schickt ihm der Herr ein Pfund Kartoffeln raus und eine halbe Kanne Mehl. ›Was soll ich damit!?‹ sagt der undankbare Lümmel. ›Was nutzt mir das! Da könntens mir geradsogut a paar eiserne Brillen schenken.‹ ›Auch recht‹, sagt der Herr Inspektor und nimmt die Kartoffeln und das Mehl wieder zurück. – ›Na, da werd ich jetzt halt auf der Straßen sterben‹, brummt der Strolch. ›Das werden Sie sich wahrscheinlich überlegen‹, sagte der Inspektor.«

»Haha, sehr gut, der Mr. Grannet, ich seh ihn vor mir bei den Worten«, fiel ihm Mrs. Cornay in die Rede. »Nun und weiter, Mr. Bumble?«

»Nun und weiter«, fuhr der Kirchspieldiener fort, »fortgegangen ist er und richtig ist er auf der Straße gestorben. Das nenn ich mir doch an eigensinnigen Menschen, wie man ihn sich nicht besser wünschen kann.«

»Das übersteigt wirklich alles nur mögliche«, bemerkte die Armenmutter mit großem Nachdruck. »Finden Sie nicht überhaupt, Mr. Bumble, daß die Unterstützung außerhalb der Anstalt a ganz a verfehlte Sach is? Sie sind doch a praktischer Mann, Mr. Bumble, also sagen S', was meinen Sie dazu?«

»Mrs. Cornay«, wendete der Kirchspieldiener ein und lächelte wie jemand, der sich höchster Einsicht bewußt ist, »Almosen außerm Haus geschickt verteilt, Madame, wohl gemerkt: geschickt verteilt – ist im Grund genommen eine Art Selbstschutz für die Gemeindeverwaltung. Wenn die Armen sehen, daß sie immer was kriegen, was sie nicht brauchen können, dann bekommen sies mit der Zeit satt und lassen einen in Ruh.«

»Ja, was wär denn jetzt dös«, rief Mrs. Cornay, »das ist wahrhaftig a famose Idee.«

»Jawohl, unter uns gesagt, Madame«, erwiderte Mr. Bumble, »und das ist auch der Grund, weshalb in den impertinenten Zeitungen immer davon die Red ist, daß man arme Kranke mit Kässcheiben unterstützt, was jetzt doch im ganzen Land üblich ist. Aber das sind Dienstgeheimnisse, von denen man schweigen muß unter Kirchspielbeamten. Und hier sehen Sie, Mrs. Cornay«, setzte Mr. Bumble sein Bündel öffnend hinzu, »da haben wir diesmal einen echten Portwein, den wo die löbliche Gemeindebehörde mir für die Kranken angewiesen hat. Echter fri-

scher Portwein, erst heut vormittag vom Faß abgezogen.«
Nachdem er die erste Flasche gegen das Licht gehalten und sie beäugt hatte, stellte er sie auf das Sims, legte sein Taschentuch, worin sie eingewickelt war, zusammen, steckte es in die Tasche, nahm seinen Dreispitz in die Hand und schickte sich zum Gehen an.

»Sie werden einen recht kalten Weg haben, Mr. Bumble«, jammerte die Armenmutter.

»Ja, ja, pfeifen tuts draußen, Madame«, versetzte Mr. Bumble und schlug seinen Kragen in die Höhe, »daß es einem fast die Ohren abbeißt.«

Mrs. Cornay blickte ihm, wie er zur Türe ging, forschend nach, und als er zur Vorbereitung seines Gutenachtgrußes hüstelte, fragte sie verschämt, ob er denn nicht ein Täßchen Tee nehmen wolle.

Sofort klappte Mr. Bumble seinen Rockkragen wieder herunter, legte Hut und Stock ab und rückte sich einen Stuhl an den Tisch. Dann setzte er sich langsam nieder und blickte Mrs. Cornay fragend an. Die Gnädige schlug züchtig die Augen nieder, doch abermals hüstelte Mr. Bumble und dann lächelte er schwach.

Mrs. Cornay stand auf, um eine zweite Tasse aus dem Schrank zu holen. Als sie sich wieder setzte, begegneten ihre Blicke denen des galanten Kirchspieldieners. Sie erbleichte ein wenig und widmete sich nunmehr ausschließlich ihrer Aufgabe, den Tee zuzurichten. Abermals hüstelte Mr. Bumble, diesmal etwas lauter als vorher.

»Süß?« fragte die Armenmutter und griff nach der Zuckerdose.

»Sehr süß, sogar sehr süß, Madame«, säuselte Mr. Bumble. Dabei hingen seine Augen fest an Mrs. Cornay. Und wenn jemals ein Kirchspieldiener eine Dame zärtlich und liebevoll angeblickt hat, so Mr. Bumble in diesem Augenblick.

Schweigend wurde der Tee bereitet. Mr. Bumble breitete sich sein Taschentuch über die Knie und fing an zu essen und zu trinken. Nur von Zeit zu Zeit unterbrach er seine

Beschäftigung mit einem tiefen Seufzer, aber das schien auf seinen Appetit keine abträgliche Wirkung auszuüben. Im Gegenteil, er richtete unter den Röstbroten eine ziemliche Verheerung an.

»Wie ich sehe, haben Sie eine Katze, Madame«, begann er, als sein Blick auf den Kamin fiel, »das laß ich mir gefallen.«

»O mein, ich hab die Katzen halt gar a so gern, Mr. Bumble. Und die lieben Viecherln«, erwiderte Mrs. Cornay, »sind so glücklich und so nett und so übermütig, nein wahrhaftig gar so lieb, ganz wie gute Kameraden.«

»Reizendes Tierchen, Madame«, brummte Mr. Bumble beifällig, »und so zahm.«

»Ach ja, ach ja«, flüsterte die Armenmutter schwärmerisch, »und hängen tun sie am Haus, Mr. Bumble, daß es wirklich eine Freud ist.«

»Mrs. Cornay, Madame«, begann Mr. Bumble langsam und spielte mit seinem Teelöffel, »es ist wirklich kein Wunder, daß sich ein jedes Lebewesen, wenns auch nur eine Katz is, bei Ihnen im Haus wohlfühlt, Madame.«

»Ach, Mr. Bumble«, hauchte Mrs. Cornay.

»Ja, ja, warum nicht die Wahrheit sagen, die Wahrheit sagen ist immer gut«, rief Mr. Bumble würdevoll und schwenkte, um den Eindruck seiner Worte zu vertiefen, seinen Teelöffel. »Wenn so eine Katz anders wär, ich würde sie eigenhändig ersäufen.«

»O Sie grausamer Mann«, sagte Mrs. Cornay lebhaft und griff nach der Tasse des Kirchspieldieners, »gar ein so grausamer Mann zu sein.«

»Grausam, Madame?« wiederholte Mr. Bumble. »Grausam?« Dabei ließ er seine Tasse los, drückte den kleinen Finger von Mrs. Cornay, als sie ihm die Tasse aus der Hand nahm, seufzte und rückte seinen Stuhl ein bißchen weiter vom Ofen weg.

Es war ein runder Tisch, an dem sie saßen, und zwar einander gegenüber. Und wie Mr. Bumble so vom Ofen wegrückte, fügte es sich naturgemäß, daß er näher bei Mrs. Cornay zu sitzen kam, denn es war wenig Raum im Zim-

mer. Nach und nach verringerte sich der Zwischenraum zwischen ihm und der Gnädigen immer mehr, und schließlich stießen die beiden Stühle fast aneinander. Dann erst machte Mr. Bumble halt.
»Grausam, sagen Sie, Mrs. Cornay?« fing er wieder an, rührte seinen Tee um und blickte der Armenmutter voll ins Gesicht. »Sind Sie denn nicht auch grausam, Mrs. Cornay?«
»O Gott, o Gott«, rief die Gnädige, »was für eine wunderliche Frag für einen ledigen Herrn. Was kann das für Sie für einen Wert haben, Mr. Bumble, ob ich grausam bin oder net?«
Der Kirchspieldiener trank seinen Tee bis auf die Neige aus, verzehrte noch schnell eine Röstschnitte, schüttelte sich die Krumen von den Knien, wischte sich die Lippen ab und gab der Matrone mit großer Würde einen Kuß.
»Aber, Mr. Bumble!« zierte sich die Gnädige im Flüsterton – denn der Schrecken hatte ihr ganz und gar die Stimme verschlagen. »Ach, Mr. Bumble, ich schrei.«
Mr. Bumble erwiderte nichts weiter darauf, sondern legte nur langsam und würdevoll seinen Arm um die Hüften Mrs. Cornays.
Da die Gnädige versprochen hatte zu schreien, würde sie es wahrscheinlich getan haben, wenn nicht ein heftiges Klopfen an der Türe sie daran gehindert hätte. Sofort, als das Geräusch ertönte, sprang Mr. Bumble mit außerordentlicher Behendigkeit auf und machte sich über die Weinflaschen her, um sie abzustauben, während die Armenmutter mit gellender Stimme fragte, wer denn draußen sei.
»Mit Verlaub, Frau Verwalterin«, sagte eine arme runzlige Armenhäuslerin von grauenhafter Häßlichkeit und schob sich langsam zur Türe herein, »mit der alten Sally gehts zu End.«
»Was geht denn das mich an«, sagte die Armenmutter spitz. »Glauben Sie, ich kann sie am Leben erhalten?«
»Nein, nein, Frau Verwalterin«, gab die Alte zur Ant-

wort, »das kann niemand mehr, da ist alle irdische Hilf vergebens. Ich hab schon so manchen sterben sehen: kleine Kinder und große starke Männer, ich weiß ganz genau, wanns drum und dran geht. Aber die Sally hat was auf'm Herzen, und sooft sie nicht grad ohnmächtig ist – sie tut sich mit dem Sterben recht schwer –, dann sagt sie, sie müßt was erzählen, was Ihnen angeht. Sie wird keinen ruhigen Tod net haben, als bis Sie nicht zu ihr gekommen sind, Frau Verwalterin.«
Mrs. Cornay murmelte ein paar Schimpfworte vor sich hin, nahm ein dickes Umschlagtuch vom Nagel und ersuchte den Kirchspieldiener, freundlichst zu warten, bis sie zurückkommen würde. Dann schritt sie zur Stube hinaus, immerwährend vor sich hinschimpfend.
Das Benehmen Mr. Bumbles, als er sich nunmehr allein im Zimmer befand, war recht befremdend. Zuerst öffnete er den Wandschrank, zählte die Teelöffel, wog die Zuckerzange in der Hand, besichtigte einen silbernen Milchtopf bei Licht und klopfte daran, ob er auch echt sei, setzte sich dann seinen Dreispitz schief auf den Kopf, als er sich diesbezüglich Gewißheit verschafft, und tanzte würdevoll ein paarmal um den Tisch herum. Dann nahm er seinen Dreispitz wieder ab, setzte sich mit dem Rücken zum Ofen und konzentrierte seine ganze Aufmerksamkeit auf das Inventar im Zimmer.

24. Kapitel

Handelt von einer sehr armen Person

Die alte Frau, die Mrs. Cornay in ihrer Ruhe gestört hatte, war eine Todesbotin, wie sie es wohl nicht besser sein konnte. Vom Greisenalter gebeugt, mit zitternden Gliedern, das halbseitig gelähmte Gesicht mit dem Glotzauge, alles das verlieh ihr das Aussehen einer grotesk phantastischen Zeichnung.

Keuchend humpelte die Alte die Gänge entlang und die Stiegen hinauf und gab auf die Scheltworte Mrs. Cornays nur unverständliche leise Antworten, bis sie schließlich gar nicht mehr weiter konnte und nach Atem schnappend stehen bleiben mußte. Dann reichte sie der Armenmutter die Kerze, die sie in der Hand hielt, und humpelte so schnell sie konnte hinter ihr her zur Stube, wo die Kranke lag.

Es war das ein kahler Raum oben unterm Dach. Ein trübes Licht flackerte darin. Ein andres altes Weib saß an einem Bett und wachte. Am Ofen stand der Lehrjunge des Gemeindeapothekers und schnitzte sich aus einem Gänsekiel einen Zahnstocher.

»Ein kalter Abend, Madame«, bemerkte der junge Herr, als Mrs. Cornay eintrat.

»Ja ja, sehr kalt, Sir«, stimmte die Armenhausverwalterin in ihrem leutseligsten Tone bei und begleitete ihre Worte mit einem tiefen Knicks.

»Sie sollten bessere Kohlen von Ihrem Lieferanten verlangen«, sagte der Apothekerlehrling und bemühte sich, einen Kohlenklumpen in dem kleinen Öfchen mit dem Schürhaken zu zertrümmern. »Was Sie da haben, sind ja gar keine Kohlen; für so kalte Nächte taugen sie nichts.«

»Die Kohlenbestellung ist Sache der Behörden, Sir«, versetzte Mrs. Cornay.

Ein Stöhnen vom Bette her unterbrach sie in ihrer Rede.

»O«, sagte der junge Mann und wendete sein Gesicht der Kranken zu, »mit der ist's aus.«

»Wirklich?«

»Würde mich sehr wundern, wenn sie noch eine Stunde lebte. He, Sie da, was ist's? Schläft sie?«

Die Krankenwärterin beugte sich über das Bett und nickte bejahend.

»Vielleicht schläft sie sich hinüber«, brummte der junge Mann. »Setzen Sie mal die Kerze auf den Boden, da scheint sie ihr nicht so in die Augen.«

Die Wärterin gehorchte, schüttelte aber dabei den Kopf,

um ihrer Meinung Ausdruck zu geben, daß die Kranke wohl nicht so leicht sterben werde. Dann setzte sie sich neben die andere Krankenwärterin, die inzwischen ebenfalls eingetreten war. Mrs. Cornay wickelte sich mürrisch noch dichter in ihr Umschlagtuch und nahm am Fußende des Bettes Platz. Der Apothekerlehrling, dem es inzwischen gelungen war, seinen Zahnstocher zu beenden, begab sich gähnend an den Ofen. Dort blieb er ein paar Minuten, dann wünschte er Mrs. Cornay eine geruhsame Nacht und schlich auf den Zehen hinaus.

Eine Zeitlang blieben die beiden alten Weiber still nebeneinander sitzen. Dann krochen sie ans Feuer, und die Flamme warf ihren gespenstigen Schein auf ihre verrunzelten Gesichter und verlieh ihnen in ihrer Häßlichkeit ein wahrhaft gespenstisches Aussehen.

»Hat sie noch was gesagt, als ich weg war?« fragte das erste alte Weib.

»Kein Wort mehr«, war die Antwort. »Ein paarmal hat sie mit den Armen um sich gehaut, aber ich hab ihr die Hände festg'halten, und dann is sie bald ohnmächtig g'worden. Sie hat schon gar keine Kraft nicht mehr. Ich habe sie ganz leicht halten können.«

»Hat sie von dem heißen Wein getrunken, den der Herr Doktor ihr verschrieben hat?« fragte das erste alte Weib.

»Ich hab probiert, ihr ihn einzuflößen«, versetzte die andre. »Aber sie hat die Zähne zusammenbissen wie ein Schraubstock, und den Topf hat sie so fest mit den Fingern g'halten, daß ich ihn kaum mehr hab loskriegen können. So hab ich den Wein lieber selber trunken, und er hat mir gutgetan.«

Die beiden alten Weiber guckten sich vorsichtig um, ob sie auch nicht belauscht würden. Dann rückten sie wieder näher zum Feuer und kicherten aus vollem Hals.

»Ich kann mich noch an die Zeit erinnern«, sagte die erste, »wo sie's genauso g'macht hat.«

»Ja ja, sie hats nie nicht anders g'macht«, versetzte die zweite, »immer war sie froh und lustig. Und wenn sie die Leichen hat schön anziehen können! Wie die Wachspup-

pen! Und hier mit meine alten Händ hab ich ihr oftmals geholfen. Ja ja, dös glauben S' garnet wie oft.«
Dabei streckte die Alte ihre zitternden Finger aus und fuchtelte triumphierend in der Luft herum. Dann wühlte sie in ihren Taschen und brachte eine alte glanzlose zinnerne Schnupftabaksdose zum Vorschein, aus der sie ihrer Kollegin ein paar Körnchen in die ausgestreckte Hand und sich ungefähr das dreifache Quantum in die eigene schüttete. In diesem Augenblick trat Mrs. Cornay zu ihnen an das Feuer und fragte kurz und scharf, wie lange sie noch warten solle.
»Net mehr lang, Frau Verwalterin«, erwiderte die zweite Greisin und blickte von der Glut auf. »Wir brauchen net mehr lang auf den Sensenmann warten. Ja ja, wir alle nicht. Nur Geduld, er wird schon früh genug kommen.«
»Halten Sie den Mund, Sie alberne Person«, schimpfte die Armenhausmutter. »Sie, Martha, sagen Sie mir, ist sie früher schon oft ohnmächtig geworden?«
»Ja ja, gar oft«, war die Antwort.
»Aber es wird sich nimmer oft mehr wiederholen, passens nur auf, Frau Verwalterin«, setzte die zweite Greisin hinzu.
»Obs jetzt lang dauern wird oder nicht«, sagte Mrs. Cornay ärgerlich, »mich wird sie hier nicht finden, wenn sie aufwacht. Hütet Euch, Ihr beiden, und daß mich niemand mehr in meiner Ruhe stört. Es gehört nicht zu meinen Obliegenheiten, im Hause alte Weiber sterben zu sehen, und es paßt mir auch nicht, merkt Euch das, Ihr unverschämten alten Hexen. Wenn Ihr mich nochmals zum Narren haltet, dann nehmt Euch in acht, das sag ich Euch.«
Sie wandte sich zur Türe, da brachte sie ein Schrei der beiden Wärterinnen, die beide wieder ans Bett getreten waren, zum Stillstehen. Die Sterbende hatte sich aufgerichtet und reckte die Arme nach ihnen aus.
»Wer ist das!« schrie sie mit hohler Stimme.
»Still, still«, flüsterte die eine Greisin und beugte sich über die Kranke. »Leg dich nur wieder hin.«
»Ich werd mich nie wieder lebendig hinlegen«, ächzte die

Kranke, »ich will mit ihr sprechen. Kommen Sie, Mrs. Cornay, damit ich es Ihnen ins Ohr flüstern kann.«
Sie faßte die Vorsteherin am Arm und wollte eben anfangen zu sprechen, da bemerkte sie, daß die beiden Greisinnen mit offenem Munde zuhören wollten.
»Weg da mit ihnen«, keuchte die Sterbende, »geschwind, geschwind.«
Mrs. Cornay schickte die beiden Alten hinaus, und die Kranke fuhr fort:
»Hören Sie mich an«, mit wilder Anstrengung stieß sie die Worte hervor, »hier in diesem Zimmer – hier im selben Bett – hab ich einmal ein hübsches junges Weib, das sie hierher ins Haus geschafft haben, gepflegt. Ihre Füße waren mit Staub und Blut bedeckt gewesen. Sie gab einem kleinen Knaben das Leben und starb. Lassen Sie mich nachdenken – in welchem Jahre war es doch.«
»Das Jahr tut nichts zur Sache«, unterbrach sie Mrs. Cornay ungeduldig, »was ist's mit dem Weib?«
»Ja doch, ja doch«, flüsterte die Sterbende, und es schien, als wollte sie wieder in Lethargie verfallen, »was ist's doch mit ihr – was ist's nur mit ihr – ja, ich weiß es«, rief sie wild auffahrend, und ihr Gesicht glühte; die Augen quollen ihr aus dem Kopf. »Ich hab sie bestohlen – bestohlen – ja das hab ich – sie war noch nicht kalt. Ich sag Ihnen, sie war noch nicht kalt, da hab ich sie bestohlen.«
»Um Gottes willen, was haben Sie ihr denn gestohlen?« rief Mrs. Cornay und machte ein Gesicht, als wolle sie um Hilfe rufen.
»Es – das Einzige, was sie hatte«, murmelte die Kranke. »Sie brauchte Kleider gegen die Kälte und Nahrung zum Essen und Trinken, aber trotzdem hatte sie's aufbewahrt und trugs auf ihrer Brust. Es war Gold – ich sag Ihnen, es war Gold, schweres echtes Gold, mit dem sie sich hätte das Leben retten können.«
»Gold?« wiederholte die Verwalterin und beugte sich gierig über die Sterbende. »Weiter – weiter – ja doch,

also wie ist die Sache? Wer war die Person, und wann war es?«

»Sie hat mirs anvertraut«, erwiderte die Kranke ächzend, »sie hat mir geglaubt, weil ich die einzige Frauensperson war im Zimmer. Ich habs ihr schon im Geist gestohlen, als sie's mir zum erstenmal, als sie's noch am Hals trug, zeigte, dann starb sie, und – vielleicht hab ich sie auch noch auf dem Gewissen – man hätte sie vielleicht besser behandelt, wenn man alles gewußt hätte.«

»Was gewußt hätte?« fragte die Verwalterin hastig. »So reden Sie doch!«

»Das Kind wurde seiner Mutter so ähnlich«, sagte die Sterbende, die Frage überhörend, »so ähnlich, daß ich's heut noch vor Augen sehe. Die arme, arme Person! Sie war noch so jung und so sanft und weichmütig. Warten Sie, ich hab Ihnen noch mehr zu sagen. Ich hab noch nicht alles erzählt, oder – wissen Sie schon alles?«

»Nein nein«, erwiderte Mrs. Cornay gierig und neigte den Kopf vor, um kein Wort zu verlieren. »Geschwind, reden Sie, sonst wirds zu spät.«

»Dann, wie die Mutter den Tod kommen spürte«, fuhr das Weib keuchend fort, »da hat sie mir ins Ohr geflüstert: – wenn ihr Kind leben bleiben sollte und heranwachsen – dann könnte einmal der Tag kommen – wo es sich nicht so tief geschändet fühlen würde, den Namen seiner armen jungen Mutter zu hören. Obs jetzt ein Knabe sein wird oder ein Mädchen, sagte sie, hilf ihm, ich bitte dich, in dieser scheußlichen Welt ein paar Freunde finden, und hab Erbarmen mit dem armen hilflosen Geschöpf.«

»Und wie hieß das Kind?« fragte die Verwalterin.

»Oliver«, antwortete die Sterbende schwach, »und das Gold – war –«

»Ja doch, ja doch, was war es?« Mrs. Cornay beugte sich noch tiefer über das Bett und fuhr dann erschreckt zurück, als die Sterbende sich langsam und steif noch einmal aufrichtete und, ein paar undeutliche Laute tief in der Kehle gurgelnd, tot zurücksank.

»Maustot«, rief das eine der alten Weiber, die wie der Blitz in das Zimmer hineingeschossen kamen, als die Türe geöffnet wurde.
»Nichts, gar nichts hat sie erzählt«, brummte Mrs. Cornay und ging an ihnen vorbei, ohne sie zu beachten.

25. Kapitel

Handelt abermals von Mr. Fagin und Konsorten

Mr. Fagin kauerte brütend an dem rauchigen Feuer in der alten Höhle, aus der Oliver von Nancy weggeholt worden war. Auf den Knien hielt er einen Blasbalg, aber er handhabte ihn nicht – er war zu tief in Gedanken versunken – und hielt das Kinn auf seine Daumen gestützt, die Augen starr auf das rostige Gitter geheftet.
An einem Tisch hinter ihm saßen der Baldowerer, Master Charley Bates und Tom Chitling bei einer Partie Whist, bei der der Baldowerer gegen Master Bates und Mr. Chitling spielte. »Zwei Spiele doppelt und den ›Rubber‹«, murrte Mr. Chitling mit langem Gesicht und langte eine halbe Krone aus der Westentasche. »Gegen dich kann man rein nicht aufkommen, und wenn man noch so gute Karten hat.«
»Schad, daß Sie nicht zugesehen haben, Fagin«, jubelte Charley, »Tommy Chitling hat nicht einen einzigen Punkt g'habt und ich hab mit ihm zusammen gegen den Baldowerer und den Strohmann g'spielt.«
»Ja ja, mein Jüngel«, erwiderte der Jude, »da mußt de freilich frieher aufstehen, wenn de willst gewinnen gegen den!«
»Nicht nur früher aufstehen«, knurrte Charley Bates, »die ganze Nacht über mußt de die Stiebel anbehalten und in jedem Auge 'n Brennglas und davor noch'n Operngucker, wenn de gegen den aufkommen willst.«

Mr. Dawkins nahm das Kompliment mit philosophischer Ruhe entgegen und forderte die Herren der Gesellschaft auf, mit ihm einen Schilling zu wetten, daß er jedesmal eine beliebige Karte aus dem Talon ziehen werde. Da niemand seine Aufforderung annahm und der junge Gentleman mittlerweile seine Pfeife ausgeraucht hatte, ging er daran, mit einem Stück Kreide den Grundriß des Newgater Gefängnisses auf den Tisch zu zeichnen. Dazwischen pfiff er schrill zwischen den Zähnen.

»Verdammt langweilig bist du, Tommy«, sagte er nach längerem Schweigen und hielt mit dem Zeichnen inne, »was glauben Sie wohl, Fagin, woran er denkt?«

»Gott über die Welt, wie soll ich das wissen, mei Jung«, erwiderte Fagin über die Schulter und fing an, den Blasebalg zu handhaben. »Meglich: über sei Pech, meglich auch: über den angenehmen Aufenthalt auf dem Land, den er jetzt hinter sich hat. Hahaha, hab jach recht geraten?«

»Falsch«, erklärte der Baldowerer und nahm Mr. Chitling damit das Wort aus dem Mund. »Was meinst du, Charley?«

»Nun – hem – ich glaube«, erwiderte Master Bates und zog grinsend den Mund von einem Ohr zum andern, »er hat gar so charmiert mit der Betsy. Siehst de, wie er rot wird! Ja ja, meine Augen! Na, das wird 'n feiner Jux. Tommy Chitling ist verliebt! Herrgott, ist das ein Jux, Fagin!«

Und außer sich vor Fröhlichkeit warf sich Master Bates in seinem Stuhl zurück, daß er das Gleichgewicht verlor und nach hinten auf den Boden fiel, was ihn aber nicht störte, weiter aus vollem Hals zu lachen. Dann nahm er seine frühere Stellung im Sessel wieder ein und platzte abermals los.

»Nur, was is da weiter«, sagte der Jude, blinzelte Mr. Dawkins zu und versetzte Master Bates einen verweisenden Schlag mit dem Blasebalg. »Betsy ist ä feines Mädel; mach dich immer ran an sie, Tom; was ist da weiter?«

»Was da weiter ist, Fagin?« grollte Mr. Chitling und wurde blutrot dabei im Gesicht. »Das geht, dächte ich, hier keinen Menschen was an.«
»Auch recht, gewiß, niemand gehts was an«, sagte der Jude. »Laß Charley reden, was er mag; mach dir nix draus, mei Jung, mach dir nix draus. Die Betsy is ä feines Mädel, laß dir nur immer von ihr raten und du wirst machen dei Glick.«
»Das tu ich jetzt schon«, erwiderte Mr. Chitling; »aber hätt sie mir nicht geraten, hätt man mich nicht ins Loch gesteckt. Aber Sie, Fagin, haben doch immer noch einen Reibach dabei gemacht. Was, Fagin? Und was liegt schließlich an den sechs Wochen? Einmal muß doch jeder dran glauben, und warum da nicht am liebsten, wenn es grad Winter ist. Was, Fagin?«
»Nu natürlich, mei Jung«, antwortete der Jude.
»Du gingst am liebsten gleich nochmal ins Gefängnis zurück, was, Tom?« fragte der Baldowerer, Charley Bates und Fagin schlau zublinzelnd. »Wenn nur alles mit Betsy schon in Ordnung wär, was?«
»Gewiß ja, warum auch nicht«, murrte Tom verdrießlich. »So, jetzt wißt Ihrs, und ich hätt auch sofort freikommen können, wenn ich nur ein Wort ausgeplaudert hätt, was Fagin?« fuhr der halbblödsinnige Bursche immer ärgerlicher werdend fort. »Ein einziges Wort von mir hätt genügt, und ich wär draußen gewesen, was, Fagin?«
»Natürlich hätt genügt e einziges Wort, mei Jung«, erwiderte der Jude.
»Aber ich hab geschwiegen, was, Fagin, hab ich nicht geschwiegen?« fragte Tom hitzig.
»Natürlich, natürlich«, besänftigte ihn Fagin, »e ganzer Mann bist du gewesen.«
»Nu also«, rief Tom, »was gibts da weiter zu lachen?«
Da Fagin sah, daß Mr. Chitling ganz außer sich vor Aufregung war, beeilte er sich, ihm zu versichern, es falle niemandem im entferntesten ein zu lachen, und zum Beweise, wie ehrenhaft die ganze Gesellschaft sei, rief er Master Bates, den Urheber des ganzen Spaßes, selbst zum

Zeugen an. Als aber Charley den Mund nur öffnete und gerade beteuern wollte, niemals in seinem ganzen Leben sei er ernsthafter gewesen als gerade jetzt, brach er sofort wieder in ein schallendes Gelächter aus. Wütend stürzte sich Mr. Chitling auf ihn und holte zu einem Schlage aus. Bates aber, geschickt wie er war, duckte sich rechtzeitig, so daß der Schlag den menschenfreundlichen alten Herrn mitten auf die Brust traf. Von der Wucht des Schlages taumelte Fagin bis an die Wand und blieb da ächzend und nach Atem ringend stehen, während Mr. Chitling sprachlos vor Entsetzen ihn anstarrte.

»Obacht!« rief der Baldowerer in diesem Augenblick. »Die Glocke!« Er griff nach dem Leuchter und schlich leise die Treppe hinauf. Es läutete zum zweitenmal. Diesmal etwas heftiger, und nach einer kurzen Pause erschien der Baldowerer wieder in dem dunklen Zimmer und flüsterte Fagin ein paar Worte ins Ohr.

»Was!« schrie der Jude. »Allein?«

Der Baldowerer nickte, beschattete die Kerze mit der Hand und gab Charley Bates einen heimlichen Wink, es sei jetzt ratsam, jede Ausgelassenheit beiseite zu lassen. Inzwischen nagte der Jude nervös an seinen Nägeln und dachte eine Weile nach. Endlich hob er den Kopf, und seine Miene verriet, daß er Unheil witterte.

»Wo is er?« fragte er.

Der Baldowerer deutete nach oben und fragte mit einer Gebärde, ob er hinaufgehen solle.

»Ja«, sagte der Jude, »bring ihn erunter. Pscht, ruhig jetzt, Charley, auch du ruhig, Tom.«

Lautlos gehorchten die beiden Gegner. Gleich darauf kam der Baldowerer mit der Kerze in der Hand die Treppe herunter, und hinter ihm schritt ein Mann in grobem Kittel herein, warf einen hastigen Blick in die Ecke, riß sich dann das Halstuch, das den untern Teil seines Gesichtes gänzlich verbarg, ab und stand mit hohlen eingefallenen Wangen ungewaschen und unrasiert als der schmucke Toby Crackit da.

»Nu, was is, Fagin?« fragte der Gentleman und nickte dem alten Juden zu. »Leg das Tuch derweil in mein Hut rein, Baldowerer, damit ichs gleich find, wann ich wieder weggeh. So ists recht! Wirst mal en feines Werkzeug sein für den alten Chochemer.« Dann zog sich der Mann einen Stuhl an den Kamin und stemmte die Füße gegen den Rost.

»Da, schau mal her, Fagin«, sagte er und deutete betrübt auf seine Stulpstiefel, »seit Menschengedenken ist nicht ein Tropfen Wichse darauf gekommen. Na, friß mich nur nicht gleich auf mit den Augen – alles, wenns dazu Zeit ist – ich red nicht eher vom Geschäft, bevor ich nicht etwas zum Fressen und Saufen bekommen hab. Also raus mit dem Futter, ich bin hungrig zum Krepieren.«

Der Jude winkte dem Baldowerer, was an Vorräten vorhanden war auf den Tisch zu stellen. Dann setzte er sich dem Einbrecher gegenüber und wartete, bis es diesem angenehm sein würde herauszurücken.

Toby schien es damit nicht sehr eilig zu haben. Anfangs zügelte der Jude, so gut er konnte, seine Ungeduld und trachtete aus den Zügen des Einbrechers zu lesen, was es wohl Neues geben möchte. Aber Crackit sah müde und abgespannt drein, und sein Gesicht war so verschlossen wie immer. Nur hie und da schmunzelte er befriedigt.

Jeden Bissen, den Toby hinunterschlang, verwünschte der Jude in seiner Aufregung, aber es half alles nichts. Mit größter Gleichgültigkeit fuhr Toby fort zu essen, bis nichts mehr da war. Dann schickte er den Baldowerer hinaus, schloß die Türe hinter ihm, mischte sich ein Glas Brandy mit Wasser und setzte sich dann bequem in einen Sessel.

»Nun, zuvörderst einmal, Fagin –«, begann er.

»Ja doch, ja doch«, unterbrach ihn Fagin ungeduldig. »Also was is eigentlich?«

Mr. Crackit tat langsam und bedächtig einen Zug aus seinem Krug, stemmte die Füße wieder gegen den niedrigen Kaminsims und fing voll Seelenruhe an:

»Also zuvörderst einmal, Fagin – ja richtig: was ich sagen wollte, was macht Bill?«
»Bill?« fuhr der Jude auf.
»Zum Teufel! Das soll doch nicht vielleicht heißen –«, stieß Toby Crackit hervor und wurde totenblaß.
»Nu natürlich! Hier ist er nicht!« schrie der Jude und stampfte ingrimmig auf den Boden. »Also, wo stecken sie? Wo sind Sikes und der Junge? Wo haben sie sich versteckt? Warum sind sie nicht gewesen hier?«
»Der Einbruch ist danebengegangen«, murmelte Toby.
»Das weiß ich doch«, rief Fagin, zog eine Zeitung aus der Tasche und deutete darauf. »Also was weiter?«
»Die Kerle drin haben geschossen und den Jungen getroffen. Eine Zeitlang haben wir ihn über die Felder mit uns geschleppt, durch dick und dünn, über Hecken und Gräben, und immer war die ganze Bande hinter uns her. Die ganze Grafschaft war auf den Beinen und die Hunde auch.«
»Und der Junge? Und der Junge?«
»Bill Sikes hat ihn auf den Rücken genommen und ist gelaufen wie der hellichte Satan. Dann haben wir ihn zwischen uns genommen, und kalt ist er gewesen, kalt wie ein Toter. Und die Bande rückte immer näher und näher. Da hats gegolten, das eigene Fell zu retten. Dann haben wir uns getrennt und den Buben halt im Graben liegen lassen. Lebend oder tot, was weiß ich.«
Der Jude stieß einen gellenden Schrei aus, raufte sich verzweifelt das Haar und stürzte aus der Stube und aus dem Hause.

26. Kapitel

Eine höchst geheimnisvolle Person erscheint

Erst, als der Jude die Straßenecke erreicht hatte, fing er an, sich langsam von der Wirkung zu erholen, die Toby Crackits Mitteilung auf ihn gemacht hatte. Aber immer noch stürmte er vorwärts, und erst das plötzliche Vorbeirollen eines Wagens und die lauten Warnungsrufe der Passanten, die bemerkten, in welcher Gefahr er schwebte überfahren zu werden, brachten ihn ganz zur Besinnung. Er vermied von jetzt an die Hauptstraßen und lief nur noch durch Seitengassen, bis er endlich auf Snowhill landete. Hier beschleunigte er womöglich noch seinen Lauf und hielt nicht eher inne, bis er wieder in einen Hof einbog. Erst von da an mäßigte er seine Geschwindigkeit und verfiel allmählich in seinen gewohnten schlürfenden Gang.

Nicht weit von der Stelle, wo Snowhill und Holbornhill zusammenstoßen, öffnet sich rechter Hand, wenn man aus der City kommt, eine Gasse, Fieldlane genannt. In zahllosen winzigen Läden werden dort die Schnupftücher feilgehalten, die die Ladenbesitzer von den Taschendieben kaufen. Es ist das eine Art Handelskolonie für tausenderlei Artikel, wie sie die Diebe auf den Markt bringen. Dort rosten und modern in dumpfigen Kellern ganze Berge alten Eisens und Haufen schimmliger Abfälle von Leinen und Wollenzeug.

Hierher lenkte Fagin jetzt seine Schritte. Die gelb- und hohlwangigen Bewohner der Gasse schienen ihn alle zu kennen und nickten ihm zu, als er vorbeikam. Er nickte ebenfalls nur kurz, ließ sich aber auf kein Gespräch ein, bis er die Gasse durchschritten hatte. Dann blieb er stehen und sprach einen sehr klein gewachsenen Händler an, der in einen Kindersessel hineingezwängt vor seiner Ladentür saß und eine Pfeife rauchte.

»Nu, Mr. Fagin, das sind mir seltene Gäste«, sagte der Trödler als Antwort auf die Frage Fagins, wie es ihm gehe.

»Bei uns unten is mir der Boden e bissel zu heiß geworden, Lively«, murmelte Fagin, zog die Augenbrauen in die Höhe und kreuzte die Arme auf der Brust.

»Hab scho öfter drüber klagen hören«, versetzte der Trödler. »Aber es beruhigt sich immer wieder; glauben Sie nicht auch?«

Fagin nickte. Dann deutete er mit dem Daumen in der Richtung nach Saffronhill und fragte, ob dort drüben heute Abend wohl jemand zu finden sein werde.
»Bei den Krüppeln?« fragte der Trödler. Fagin nickte.
»Warten Sie mal«, sagte der kleine Mann nachdenklich. »Ja, ja, ich glaube, mindestens ein halbes Dutzend sind hingegangen. Aber ich glaub nicht, daß Sie den dort finden werden, den Sie suchen.«
»Sikes? Was?« fragte der Jude enttäuscht.
»Nö«, erwiderte der kleine Mann und schüttelte mit scheuer Miene den Kopf. »Übrigens, haben Sie heute kei Geschäft?«
»Nein, heut abend nicht«, knurrte Fagin und wandte sich zum Gehen.
»Nu, Sie gehen doch in den ›Krüppel‹, Fagin?« rief ihm der kleine Mann nach. »So warten Sie doch a bissel, ich nehms gar nicht übel, wenn Sie mich zu nem Glas einladen.«
Fagin winkte ihm über die Schulter ab, und das Gasthaus zu den Krüppeln wurde somit für dieses Mal nicht der Ehre des Besuchs Mr. Livelys teilhaftig. Als sich der Trödler wieder niedersetzte und mit bedenklichem Kopfschütteln seine Pfeife zur Hand nahm, war Fagin bereits außer Sichtweite.
Die »Drei Krüppel« waren das Gasthaus, in dem Mr. Sikes mit seinem Hund schon früher einmal eingekehrt war. Fagin schritt die Treppe hinauf, öffnete eine Stubentüre und schlich sich leise hinein. Sich die Augen beschattend, spähte er besorgt umher, offenbar jemanden suchend.
Das Gastzimmer war von zwei Gaslampen erhellt, und die Fensterläden waren geschlossen und die Vorhänge dicht zugezogen. Die Decke war schwarz angestrichen, damit ihre Farbe unter dem Lampenqualm nicht leide. Dicker Tabaksqualm erfüllte den Raum. Allmählich erkannte Fagin die zahlreiche Gesellschaft, deren Anwesenheit ihm schon draußen durch den verworrenen Lärm, der bis auf die Straße drang, zum Bewußtsein gekommen war. Zu oberst am Tisch saß der Präsident mit einem Amtshammer

in der Hand und in einem Winkel vor einem jämmerlichen Klavier ein Musikant mit blauroter Nase und das Gesicht, Zahnschmerzen halber, mit einem großen Tuch verbunden.
Fagin blickte lauernd von Gesicht zu Gesicht, schien aber den, den er suchte, nicht darunter zu finden. Er wechselte einen schnellen Blick mit dem Wirt, einem vierschrötigen Kerl, und schritt dann wortlos wieder aus der Stube.
»Womit kann ich Ihnen dienen, Mr. Fagin?« fragte der Wirt, der daraufhin sofort aufgestanden und ihm nachgeeilt war. »Wollen Sie sich nicht zu uns setzen, meine Gäste würden sich sehr freuen.«
Ungeduldig schüttelte der Jude den Kopf und fragte flüsternd: »Ist er hier gewesen?«
»Nein.«
»Und auch keine Nachricht von Barney?«
»Nein«, sagte der Wirt. »Der kommt erst, bis alles wieder ruhig ist. Er ist viel zu vorsichtig. Aber es wird ihm nichts passiert sein. Ich wette ein Pfund darauf. Er wird die Sache schon wieder richtig ins Geleis bringen.«
»Wird er heute abend herkommen?« fragte Fagin.
»Sie meinen Monks?«
»Still«, flüsterte der Jude. »Natürlich, ja.«
»Jedenfalls«, versetzte der Wirt und zog seine goldene Taschenuhr zu Rate. »Ich erwarte ihn schon lang. Wenn Sie zehn Minuten warten wollen, wird er –«
»Nein, nein«, lehnte der Jude hastig ab, sichtlich durch die Nachricht erleichtert. »Sagen Sie ihm bloß, ich bin dagewesen und er soll kommen heite zu mir; noch heite abend, oder besser: übermorgen.«
»Gut«, brummte der Wirt, »sonst nichts?«
»Vorläufig nix«, sagte Fagin und schlich die Treppe hinab.
»Was ich noch sagen wollte«, begann der Wirt wieder, beugte sich über das Treppengeländer und redete in leisem Flüsterton. »Sie könnten jetzt ein Geschäft machen. Phil Barker ist knallbesoffen, ein Kind könnt ihn klein kriegen.«

»Geht jetzt nix«, erwiderte der Jude. »Noch nicht. Phil hat noch andre Sachen zu besorgen, ehe wir ihn entbehren können. Gehen Sie nur schon hinein ins Zimmer, mei Lieber.«

Kaum war Fagin allein, als sein Gesicht den früheren Ausdruck von Unruhe und Besorgnis wieder annahm. Er sann eine Weile lang nach, dann rief er eine Droschke an und befahl dem Kutscher, nach Bethnal Green zu fahren. Etwa zehn Minuten vor der Wohnung Mr. Sikes' stieg er aus und legte den Rest der Entfernung zu Fuß zurück.

»Wir werdens schon erauskriegen«, brummte er vor sich hin und klopfte an die Türe. »Wenn da etwas Geheimes dahinter is, werd ichs schon erausbringen, mei Mädel, verlaß dich drauf.«

Nancy schlief, das Gesicht auf dem Tisch, und das Haar hing ihr wüst um den Kopf.

»Aha, gesoffen hat sie«, brummte Fagin kalt. »Möglich auch, daß sie wieder den moralischen Katzenjammer hat.«

Er schloß die Türe zu; Nancy fuhr, geweckt durch das Geräusch, in die Höhe. Scharf blickte sie Fagin ins Gesicht, nachdem sie ihn gefragt, ob er Nachricht bringe. Aufmerksam hörte sie zu, was er von Toby Crackit erzählte. Dann sank sie in ihre frühere Stellung zurück und schwieg. Nur hie und da scharrte sie mit den Füßen den Boden. Das war alles.

Der Jude spähte lauernd umher, konnte aber kein Anzeichen, daß Sikes zurückgekehrt sei, entdecken.

»Was glaubst du eigentlich, mei Kind, wo Bill stecken mag?« forschte er.

Das Mädchen stöhnte und murmelte eine unverständliche Antwort. Sie schien zu weinen.

»Und der kleine Junge!« sagte Fagin, aufs Äußerste bemüht, einen Blick von ihr zu erhaschen. »Der arme kleine Jung! In einem Graben haben sie ihn liegen lassen, Nancy, denke dir nur.«

»Das Kind«, schrie Nancy auf, »das Kind ist besser dran, wenns tot ist, als unter uns! Und wenn Bill kein Unglück

weiter geschieht, will ich nur hoffen, daß der arme Junge tot ist und seine jungen Knochen im Graben verfaulen.«
»Was! Was i–is?« rief Fagin bestürzt.
»Jawohl, das wünsch ich«, schrie Nancy und sah ihm fest ins Gesicht. »Ich werde froh sein, wenn ich ihn nie wieder sehe, wo das Schlimmste jetzt vorbei ist. Ich hätts nicht länger ertragen können, ihn um mich zu haben. Sein Anblick macht mich mir selbst verhaßt und Euch alle.«
»Püh«, tönte Fagin, »du bist wohl betrunken.«
»So? Betrunken!« rief Nancy bitter. »Deine Schuld ists freilich nicht, wenn ichs nicht bin. Wenns nach deinem Willen ging, wär ich niemals nüchtern, höchstens jetzt vielleicht. Meine Stimmung paßt dir nicht, was?«
»Gewiß nicht«, sagte der Jude wütend.
»Dann mach sie anders«, antwortete die Dirne lachend.
»Anders machen«, schrie der Jude erbittert über die unerwartete Widerspenstigkeit seines Opfers, »jawohl, anders machen will jach sie. Dich werd ich auch anders machen. Hör zu jetzt, was ich dir sag, du freches Mensch: ich sag dir, ich kann dem Sikes mit ä paar Worten den Kragen erumdrehen, so sicher, wie wenn ich sei Kehle zwischen die Finger hätt. Kommt er zurück und bringt den Jungen nix mit, lebendig oder tot, so rat ich dir, bring ihn selber um, wenn du willst, daß er dem Galgen entgehen soll. Beim ersten Schritt, den er ins Zimmer erein macht – sonst wird es zu spät sein.«
»Was sagst du da!« rief das Mädchen unwillkürlich.
»Was ich sag«, wiederholte der Jude vor Wut fast außer sich. »Das sag ich: das Kind ist mir wert viele hundert Pfund. Was glaubst du, die soll ich verlieren, bloß wegen die Verrücktheiten von einer so betrunkenen Gesellschaft, wie ihr seid, und die ich in meiner Gewalt hab, und wo ich nur zu wollen brauch und – und –« In seiner Wut versagte ihm die Stimme. Leichenblaß vor Aufregung warf er sich in einen Stuhl und kauerte sich zusammen, während plötzlich Furcht und Angst, seine geheimsten Gedanken

unvorsichtigerweise offenbart zu haben, sein Gesicht verzerrten. Erst nach einem längerem Schweigen wagte er es, sich nach Nancy umzusehen. Allmählich fand er seine Ruhe und Sicherheit wieder, als er sah, daß sie ihre vorige gleichgültige Stellung wieder eingenommen hatte.

»So hör doch, Nancyleben«, krächzte er in seinem gewöhnlichen Ton. »Haste nicht gehört, was ich gesagt hab?«

»Laß mich in Ruh, Fagin«, antwortete Nancy, träge den Kopf erhebend. »Wenns Bill diesmal nicht geglückt ist, wirds ein andermal schon wieder gehen. Er hat dir schon so manches schöne Geschäft zugebracht und wirds noch öfter tun, wenn er kann. Wenn ers nicht kann, dann gehts eben nicht. Reden wir nicht mehr davon.«

»Nun, und was den Oliver betrifft?« sagte Fagin sich nervös die Hände reibend. »Der Junge muß eben schauen, wie er durchkommt –«

»Das müssen andre auch«, fiel ihm Nancy hastig ins Wort. »Aber ich sag dir nochmals, ich hoffe, er ist tot und allem Leid entrückt. Wenn nur dem Bill kein Unglück dadurch widerfährt. Aber wenn Toby sich aus dem Staub gemacht hat, wirds Bill wohl auch gekonnt haben.«

»Nun, und was meinst du zu dem, was ich sonst noch gesagt hab, Kind?« forschte der Jude, die Dirne nicht aus dem Auge lassend.

»Du mußt mir alles noch einmal wiederholen, wenn du willst, daß ich irgend etwas tun soll«, murmelte Nancy. »Sag mirs lieber morgen, ich bin so furchtbar müd jetzt.«

Der Jude stellte ihr noch mehrere Kreuz- und Querfragen, um herauszubekommen, ob er nicht zuviel verraten hätte, was er plane. Aber aus ihren schläfrigen Worten und ihrer Gleichgültigkeit entnahm er, was er schon anfangs geglaubt: daß sie von Branntwein betrunken sein müsse.

Diese Entdeckung verschaffte ihm eine große Erleichterung, und er entfernte sich zufrieden damit, einen doppelten Zweck erreicht zu haben, nämlich: Nancy mitzuteilen, was er von Toby erfahren, zweitens sich mit eigenen

Augen zu überzeugen, daß Sikes noch nicht zurückgekommen war. Es war elf Uhr nachts und bitter kalt. Er eilte sich, nach Möglichkeit seine Wohnung bald zu erreichen.
Er suchte gerade, an der Ecke der Straße, an der das Haus lag, angelangt, nach dem Hausschlüssel in seiner Tasche, da hörte er plötzlich seinen Namen dicht an seinem Ohr flüstern. Rasch wendete er sich um und fragte: »Ist das –«
»Ja, ich bins«, unterbrach ihn die Stimme barsch. »Zwei Stunden wart ich hier schon. Wo, zum Teufel, steckst du denn?«
»Deinetwegen war ich bei der Arbeit«, erwiderte der Jude, »den ganzen Abend.«
»Natürlich, ja natürlich«, höhnte der andre. »Und was ist dabei herausgekommen?«
»Nix Gutes.«
»Doch nichts Schlimmes vielleicht?« fragte der Fremde erschrocken.
Der Jude schüttelte den Kopf und wollte eben etwas erwidern, aber der andere unterbrach ihn und sagte, sie sprächen wohl am besten unter Dach und Fach; er sei schon förmlich von der Eiseskälte erstarrt.
Dem Juden schien ein solcher Besuch zu so nächtlicher Stunde wenig zu passen, und er stotterte ein paar Ausflüchte wie: kein Feuer im Ofen und dergleichen. Aber der Fremde bestand in so gebieterischem Ton auf seinem Verlangen, daß Fagin endlich die Türe aufsperrte, dann leise wieder hinter sich zuschloß und Licht zu holen versprach.
»Es ist so finster wie im Grab hier«, brummte der Fremde und tastete sich ein paar Schritte vorwärts. »Mach rasch.«
»Schließ die Tür«, flüsterte Fagin unten auf dem Hausflur, und noch während er sprach, fiel das Tor donnernd zu.
»Ich bins nicht gewesen«, entschuldigte sich der Fremde und tastete sich vorwärts. »Der Wind hat sie zugeschlagen. Mach geschwind, daß du Licht bekommst, sonst stoß ich mir in diesem vermaledeiten Loch noch den Schädel ein.«

Fagin schlich in die Küche hinunter und kehrte bald darauf mit einer angezündeten Kerze und der Nachricht zurück, Toby Crackit und die Jungen schliefen bereits. Dann führte er seinen Gast in ein Zimmer im oberen Stockwerk.
»Wir können hier ungestört reden«, flüsterte er und schloß die Vorzimmertüre. »Wir stellen am besten die Kerze hier auf den Boden hinaus, denn es sind in den Fensterläden Löcher, und man könnte den Schein draußen sehen.«
Damit bückte er sich und stellte die Kerze auf eine Stufe. Dann schritt er seinem Gast voran in das Zimmer, das er aufgesperrt hatte. Außer einem Armsessel und einem Sofa ohne Überzug war nichts von Mobiliar darin zu sehen. Der Fremde setzte sich sichtlich erschöpft nieder, und der Jude rückte sich den Armsessel an sein Sofa, so daß sie dicht nebeneinander saßen. Die Kerze warf von draußen nur einen matten Schein herein.
Eine Zeitlang sprachen sie im Flüsterton, und es schien, daß Fagin sich gegen gewisse Beschuldigungen seines Gastes verteidigte und daß sich dieser in sehr gereizter Stimmung befand. Sie mochten eine Viertelstunde oder so miteinander geflüstert haben, als Monks – mit diesem Namen hatte ihn der Jude des öfteren angeredet – mit etwas lauterer Stimme sagte:
»Und ich wiederhole, es war miserabel ausgeheckt. Warum habt ihr ihn denn nicht hier behalten bei den andern und ihn sofort zum Taschendieb gepreßt?«
»Gott, über die Welt«, rief der Jude und fuchtelte mit den Armen in der Luft herum.
»Willst du damit vielleicht sagen, daß dus nicht gekonnt hättest«, fragte Monks unwillig. »Ists vielleicht bei den hundert andern Jungen schwerer gegangen? Du hättest ein paar Monate Geduld haben müssen, dann wärs leicht gewesen. Man hätte ihn fassen und deportieren können auf Lebenszeit.«
»Nu, und wem wär damit gedient gewesen, mei Lieber?« fragte der Jude demütig.

»Mir.«
»Aber mir nicht«, opponierte Fagin. »Wenn zwei Leute zusammen arbeiten, muß doch das Geschäft für beide Teile einträglich sein.«
»Nun, und?«
»Ich hab ihn nicht fürs Geschäft erziehen können. Er war anders geartet als die andern.«
»Hol ihn der Teufel. Wahrscheinlich. Sonst wär er längst ein Dieb geworden.«
»Ich hab ihn nicht in meine Gewalt kriegen können«, erklärte der Jude, ängstlich das Gesicht seines Gastes beobachtend. »Ich hab keine Handhabe gehabt. Womit hätt ich ihn in Schrecken setzen sollen? Das erste Mal schon, als ich ihn ausgeschickt hab mit dem Baldowerer und mit Charley, ist er ausgerissen. Ich hab für uns alle gezittert.«
»Meine Schuld wars nicht«, brummte Monks.
»Nein nein nein, wer sagt denn das auch«, entschuldigte sich Fagin. »Der Zufall war schuld. Und dann: wie hab ich wissen können, daß es gerade der ist, den du suchst. Übrigens haben wir ihn wieder zurückgebracht mit Hilfe von dem Frauenzimmer – aber was sagt man: jetzt fängt sie an, ihm die Stange zu halten.«
»Erdrossle sie doch!« rief Monks ungeduldig.
»Solche gefährlichen Sachen gehen jetzt nix, mei Lieber«, versetzte Fagin lächelnd. »Und dann liegt das nix in meiner Branche, sonst wärs mir ganz recht, wenn dergleichen öfter geschehen mecht. Aber ich will dir was sagen, Monks, ich kenn das. Wenn der Bub emol anfängt ä Ganef zu werden, kümmert sie sich so wenig um ihn wie um irgend än andern. Du willst, daß er mit aller Gewalt Dieb werden soll. Gut. Wenn er noch am Leben is, werd ich ihn dazu machen, und wenn – wenn – wahrscheinlich ist es freilich nicht –, aber wenn sich das Schlimmste sollte haben ereignet – und er is tot –«
»Wenn ers ist, mich trifft die Schuld nicht«, unterbrach ihn Monks mit allen Anzeichen des Entsetzens und packte Fagin am Arm, »das merk dir: ich hab meine Hand nicht

im Spiel gehabt. Alles, alles, aber seinen Tod will ich nicht. Das hab ich dir vom ersten Augenblick an gesagt. Ich will kein Blutvergießen – so etwas kommt immer heraus – und dann verfolgt einen das Gewissen. Wenn sie ihn totgeschossen haben, bin ich nicht daran schuld, verstehst du? – Zum Teufel, was ist denn hier los in dieser verdammten Spelunke? Was ist denn das?«

»Was, was denn?« schrie der Jude und umklammerte Monks mit beiden Armen, als dieser plötzlich außer sich vor Entsetzen emporsprang. »Was – wo?«

»Dort«, stöhnte Monks bebend und deutete an die Wand. »Der Schatten – ich hab den Schatten von einem Weibsbild in Mantel und Hut über die Wand hinhuschen sehen.«

Der Jude ließ Monks los, und beide stürzten aus dem Zimmer. Die Kerze, die im Zugwind heftig flackerte und schon fast heruntergebrannt war, stand immer noch auf der Treppenstufe. Entsetzt sahen sich die beiden in ihre totenblassen Gesichter. Sie horchten gespannt. Nichts. Überall tiefstes Schweigen.

»Es muß e Einbildung gewesen sein«, sagte der Jude bebend.

»Schwören könnt ich, daß ichs wirklich gesehen hab«, versicherte Monks, immer noch heftig zitternd. »Es hat sich vorgebeugt, als ich hingeschaut habe, und ist verschwunden, gerade wie ich angefangen habe zu sprechen.«

Der Jude warf ihm einen verächtlichen Blick zu, bedeutete ihm, ihm zu folgen, und ging voran die Treppe hinunter. Sie durchsuchten jeden Winkel. Alles vergebens. Das ganze Haus war öd und still wie ein Grab.

»Nu, was sagste jetzt?« maulte der Jude, als sie wieder in dem Hausflur standen. »Nicht e lebende Seele ist da außer uns, Toby Crackit und die beiden Jungen, und die sind gut eingesperrt. Da, schau selber.«

Damit nahm er zwei Schlüssel aus der Tasche und erklärte seinem Gast, er habe gleich, als sie eingetreten seien, Toby, Dawkins und Charley eingeschlossen, um ungestört bleiben zu können. Monks wurde unsicher und gab endlich zu, seine erhitzte Phantasie müsse ihm offenbar einen Streich gespielt haben. Dann trennte sich das Freundespaar.

27. Kapitel

Eine frühere Unhöflichkeit, mit der wir eine Dame im Stiche gelassen, wird wieder gutgemacht

Mr. Bumble hatte bereits in zweites Mal die Teelöffel gezählt, die Zuckerzange in der Hand gewogen, den Milchtopf einer genauen Inspektion unterzogen und sich hinsichtlich des ganzen Mobiliars jede nur wünschenswerte Gewißheit verschafft, ehe er zum Bewußtsein kam, daß Mrs. Cornay eigentlich ziemlich lange ausblieb.

Da sich im Hause nichts hören ließ, schoß ihm der Gedanke durch den Kopf, er könne sich am besten wohl die Zeit damit vertreiben, daß er auch das Innere von Mrs. Cornays Kommodenkästen einer genauen Durchforschung unterzöge.

Nachdem er zuvor am Schlüsselloch gehorcht, um sicher zu sein, nicht überrascht zu werden, machte er sich über die drei ersten Schubladen her. Sie waren sämtlich mit Kleidungsstücken von verschiedenem Stoff und neustem Schnitt angefüllt, und zwischen jedem Kleid war fürsorglich ein altes Zeitungsblatt gelegt und getrockneter Lavendel darübergestreut. Ein kleines Kästchen mit einem Vorhängeschloß daran in der Eckschublade gab, wenn er es schüttelte, einen herzerquickenden Klang – so wie von Goldmünzen – von sich. Das genügte Mr. Bumble. Mit majestätischen Schritten kehrte er zum Kamin zurück und nahm seine frühere Stellung und Haltung wieder ein. Eine Weile dachte er nach, dann rief er mit ernster und entschlossener Miene: »Wird gemacht – jawohl, wird gemacht.« Dieser seltsamen Erklärung ließ Mr. Bumble wohl zehn Minuten lang in höchst drolliger Weise ein tiefsinniges Kopfschütteln folgen, und schließlich unterzog er die Vorderseite seiner Beine mit deutlichem Vergnügen einer eingehenden Besichtigung.

Noch ganz vertieft sah er auf seine Stiefel herab, da kam Mrs. Cornay plötzlich ins Zimmer gestürzt, fuhr sich zuerst einmal mit der Hand über die Augen, dann mit der andern nach dem Herzen, sank hierauf in einen Lehnstuhl und schnappte nach Luft.

»Ja, Mrs. Cornay«, rief Mr. Bumble und beugte sich über die Armenhausmutter. »Ja, was soll denn das bedeuten, Madame? Etwas geschehen, Madame? Bitte, so antworten Sie mir doch – ich stehe wie auf – wie auf –« Mr. Bumble konnte in seiner Herzensangst nicht gleich das Wort Kohlen finden, er sagte deshalb aufs Geratewohl Scherben – offenbar weil er an eine zerbrochene Flasche denken mußte.

»Ach, Mr. Bumble«, hauchte Mrs. Cornay, »es hat mich schrecklich angegriffen.«

»Angegriffen? wie?« fragte Mr. Bumble. »Wer hat es gewagt?! Ach ja, ich kann es mir ja denken«, unterbrach er sich selbst mit großer Würde in seiner Rede, »dieses ruchlose Armenpack, ich weiß schon.«

»Ja ja, es war gräßlich«, jammerte die Armenhausmutter.

»Denken Sie nicht mehr daran!« riet Mr. Bumble.

»Ich kann mir nicht helfen«, schluchzte die Gnädige. »Ich kann mir nicht helfen.«

»Nehmen S' doch etwas zu sich, Madame«, schmeichelte Mr. Bumble, »ein Schlückchen Wein vielleicht.«

»O nicht um die Welt«, lehnte Mrs. Cornay ab. »Ich könnt es nicht – O! dort rechts in der Ecke auf dem obersten Sims, o!« Sie zeigte auf den Wandschrank und bekam Krämpfe.

Mr. Bumble stürzte zu dem Schränkchen, riß eine grüne Glasflasche von dem bezeichneten Sims herab, goß ihren

Inhalt zuerst in eine Teetasse und dann der Gnädigen in den Mund.

»Es ist mir schon viel besser«, hauchte Mrs. Cornay und sank, nachdem sie die Tasse zur Hälfte geleert, in ihren Lehnsessel zurück. Mr. Bumble schlug zum Zeichen seiner Ergriffenheit die Augen zur Decke empor, senkte sie dann wieder hernieder zur Tasse und hielt sich diese sodann an die Nase.

»Pfefferminz«, erklärte Mrs. Cornay mit schwacher Stimme, den Kirchspieldiener mild anlächelnd. »Bitte, kosten Sie einmal. Es ist auch sonst noch ein bißchen was drin.«

Mr. Bumble kostete die Arznei, schmatzte mit den Lippen, versuchte abermals und stellte die Tasse sodann geleert nieder.

»Herzerquickend, nicht wahr?« fragte Mrs. Cornay.

»In der Tat, sehr stärkend, Madame«, bekräftigte der Kirchspieldiener, rückte seinen Stuhl neben den der Gnädigen und fragte besorgt, was sie denn so um ihre Ruhe gebracht habe.

»O nichts«, hauchte Mrs. Cornay. »Ich bin nur ein empfindsames schwaches Geschöpf.«

»Schwach, Madame?« fragte Mr. Bumble und rückte noch näher. »Sie sind doch kein schwaches Wesen, Mrs. Cornay?«

»Wir sind alle schwache Geschöpfe«, versicherte Mrs. Cornay.

»Sehr wahr«, stimmte Mr. Bumble ein.

Ein paar Minuten schwiegen beide, und nach Verlauf dieser Zeit hatte Mr. Bumble eine neue Situation geschaffen, indem er den linken Arm von der Stuhllehne herabgenommen und ihn zu dem Schürzenband der Gnädigen gelenkt, wo er jetzt mit sanftem Druck ruhte.

»Wir sind allesamt schwache Geschöpfe«, wiederholte er.

Mrs. Cornay seufzte.

»So seufzen Sie doch nicht, Madame!«

»Ach, ich muß doch.« Mrs. Cornay seufzte abermals.

»Und wie nett und behaglich dies Zimmer ist, Madame, noch eins dazu, und es wäre eine wunderschöne Wohnung.«
»Für eine einzelne Person, wie mich, wäre es zuviel«, hauchte die Gnädige.
»Aber nicht für zwei, Madame«, fiel Mr. Bumble schmachtend ein. »Meinen Sie nicht auch, Mrs. Cornay?«
Die Armenhausmutter ließ den Kopf sinken, und Mr. Bumble tat desgleichen, um ihr ins Gesicht schauen zu können. Züchtig blickte Mrs. Cornay zu Boden und machte ihre Hand frei, um nach dem Taschentuch zu greifen. Unmerklich senkte sie sie jedoch in die Hand des Kirchspieldieners.
»Unsre Behörde liefert Ihnen Kohlen, Mrs. Cornay, nicht wahr?« fragte Mr. Bumble und drückte zärtlich ihre Finger.
»Und freies Licht«, ergänzte Mrs. Cornay, den Druck zärtlich erwidernd.
»Kohlen, Licht und Wohnung frei«, rekapitulierte Mr. Bumble. »Ach, Mrs. Cornay, was für ein Engel Sie doch sind!« Dieser Gefühlsausbruch war zuviel für die Gnädige. Sie sank dem Kirchspieldiener an die Brust, und dieser drückte einen zärtlichen Kuß – in seiner Erregtheit auf die Nase.
»Nein, eine so hohe Vollkommenheit in unserm Kirchspiel zu finden«, rief Mr. Bumble verzückt. »Sie wissen doch, Angebetetste, daß Mr. Slout sich heut Abend wieder viel schlechter befindet als sonst?«
»Ja«, lispelte Mrs. Cornay verschämt.
»Keine acht Tag kann er mehr leben, sagt der Doktor«, fuhr Mr. Bumble fort, »und dann wird sein Posten vakant sein. Ach, Mrs. Cornay, welche Aussichten sich einem da eröffnen, net wahr?«
Mrs. Cornay schluchzte.
»Sprechen Sie das kleine Wörtchen«, säuselte Mr. Bumble und beugte sich über die verschämte Gnädige nieder. »Das einzige gewisse Wörtchen, meine angebetete Mrs. Cornay.«

»Ja–a–a«, hauchte Mrs. Cornay.
»Und noch eins – nur eins noch: – wann soll es vor sich gehen?«
Zweimal setzte Mrs. Cornay an, aber jedesmal versagte ihr die Stimme. Endlich nahm sie ihren ganzen Mut zusammen, schlang ihre Arme um den Hals des Kirchspieldieners und flüsterte ihm ins Ohr, es könne so früh stattfinden, wie es ihm gefiele; er wäre eben ein ganz unwiderstehlicher Mann.
Nachdem die Dinge auf so zufriedenstellende Art erledigt waren, wurde der Vertrag bei einer zweiten Tasse Pfefferminzmischung feierlich besiegelt, und dabei machte Mrs. Cornay den Kirchspieldiener mit allen Nebenumständen, das Hinscheiden der alten Krankenwärterin betreffend, bekannt.
»Sehr gut«, murmelte Mr. Bumble, seinen Pfefferminzschnaps schlürfend. »Auf dem Heimweg werd ich bei Sowerberry vorsprechen und alle nötigen Anordnungen treffen. Aber jetzt erzählen Sie, was Sie so erschreckt hat, Madame?«
»Nichts besonderes«, sagte die Armenhausmutter ausweichend.
»Aber es muß doch etwas besonderes gewesen sein«, drängte Mr. Bumble. »Warum wollen Sie es mir denn nicht sagen?«
»Ein andermal – wenn wir erst verheiratet sind, Geliebter.«
»Wenn wir verheiratet sind? Es wird sich doch nicht einer von dem Armengesindel eine Unverschämtheit gegen Sie erlaubt haben?«
»Nein, nein, nein, durchaus nicht«, versicherte die Gnädige.
»Wenn ich so etwas annehmen müßte«, fuhr der Kirchspieldiener streng fort, »wenn ich annehmen müßte, daß jemand es gewagt hätte –«
»Nein – nein, niemand hat etwas gewagt.«
»Hätt es auch niemand geraten«, grollte Mr. Bumble

und ballte die Faust. »Ich möchte den Kerl sehen, arm oder reich, der sich unterfinge; ein zweites Mal würde er es nicht mehr tun, das kann ich Ihnen versichern.«

Mr. Bumble begleitete seine Worte mit einem höchst kriegerischen Gebärdenspiel, und dieser Beweis seiner Neigung rührte die Gnädige tief. Immer wieder beteuerte sie bewundernd, er sei wirklich und wahrhaftig ein süßer lieber Täuberich.

Der Täuberich aber schlug sich den Rockkragen in die Höhe, setzte seinen Dreispitz auf, tauschte mit seiner künftigen Ehehälfte eine lange zärtliche Umarmung und verließ dann würdevoll das Haus.

Mr. und Mrs. Sowerberry waren zum Abendessen ausgegangen, und da Master Noah Claypole niemals dazu neigte, sich größeren physischen Anstrengungen zu unterwerfen, mit Ausnahme des Essens und des Trinkens, war der Laden noch nicht geschlossen, trotzdem längst Feierabend gemacht war.

Mr. Bumble klopfte mit dem Stock auf den Ladentisch, da jedoch niemand eintrat und er einen hellen Lichtschein durch das Fensterchen des hinter dem Laden gelegenen Wohnzimmers blinzeln sah, nahm er sich die Freiheit, durch die Glasscheibe hineinzuspähen, um sich zu überzeugen, was dahinter vorgehe. Was er dort sah, versetzte ihn in nicht geringes Erstaunen.

Der Tisch war zum Abendessen gedeckt. Butter, Brot, Teller und Gläser, ein Krug Porter und ein Fläschchen Wein standen auf dem Tischchen. Oben als Präsident rekelte sich Master Noah Claypole in einem Lehnstuhl, beide Beine über die Armlehne gestreckt, in der einen Hand ein offenes Klappmesser und in der andern ein mächtiges Butterbrot. An seiner Seite stand Charlotte, neben sich ein Fäßchen Austern, das sie aufbrach, während Master Noah sie mit staunenswerter Geschicklichkeit schlürfte. Eine etwas ungewöhnliche Röte um die

Nase herum verriet, zusammengehalten mit einem gläsernen Ausdruck der Augen, daß sich Master Noah in ziemlich angeheitertem Zustand befand.
»Da ist wieder eine famos fette, lieber Noah«, sagte Charlotte. »Probier mal.«
»Famose Sache so ne Auster«, brummte Master Claypole, nachdem er sich das Schalentier zu Gemüte gezogen. »Schade, daß man nicht zuviel davon essen kann, da man sonst leicht Bauchweh kriegt, nicht wahr, Charlotte?«
»Es ist eine grausame Einrichtung der Natur«, klagte Charlotte.
»Ja, stimmt«, brummte Master Claypole. »Du ißt Austern wohl nicht sehr gern?«
»Nicht besonders«, versetzte Charlotte. »Ich habs viel lieber, wenn ich dich sie essen sehe, lieber Noah.«
»Komm mal her, Charlotte, laß dir einen Kuß geben«, sagte Noah.
»Wie! – was!« rief Mr. Bumble und stürzte ins Zimmer. »Sag das noch einmal, Lausbub!«
»Und Sie da, Sie unverschämte Person! Küssen! Soso: küssen«, fügte Mr. Bumble unwillig hinzu. »Pfui Teufel!«
»Ich hab sie ja gar nicht küssen wollen«, heulte Master Noah. »Sie kommt immer und will's von mir haben, ob mir's paßt oder nicht, ist ihr ganz wurscht.«
»Aber Noah!« rief Charlotte im Tone bittersten Vorwurfs.
»Jawohl, so macht sie's immer«, heulte Noah. »Ach, Mr. Bumble, gnädiger Herr, und immer kitzelt sie mich unterm Kinn und sucht mich zu verführen.«
»Kusch«, schrie Mr. Bumble streng, »und Sie, scheren Sie sich hinaus, freches Weibsbild. Und du, Noah, mach den Laden zu. Kein Wort jetzt, bis Mr. Sowerberry nach Hause kommt; und dann beichtest du ihm, verstanden? Und dann richtest du ihm aus: ich lasse ihm sagen, er soll morgen früh gleich nach dem Frühstück den Altenweibersarg rüberschicken, verstanden? Solche Bande und küssen!« rief Mr. Bumble in die Hände schlagend. »Die Ver-

derbtheit in den niederen Volksschichten in unserem Kirchspiel nimmt auf schreckliche Weise überhand.« Mit diesen Worten schritt er zur Tür hinaus.

28. KAPITEL

Olivers weitere Abenteuer

»Daß euch die Wölfe zerreißen«, knirschte Sikes ingrimmig und legte den verwundeten Knaben über sein Knie. Lautes Geschrei drang zu ihm herüber, und die durch den Tumult aufgescheuchten Hunde bellten laut in der Umgebung.
»Stehengeblieben, feiger Hund«, schrie Sikes Toby Crackit nach, der, was er konnte, Reißaus genommen hatte.
Toby, wohlwissend, daß er noch in Schußweite war, blieb sofort stehen, aus Angst, Sikes könne von seiner Pistole Gebrauch machen.
»Hilf mir, den Jungen forttragen! Hierher!«
Langsam kehrte Toby ein paar Schritte zurück und machte nur einige leise bescheidene Einwendungen.
»Geschwind jetzt«, befahl Sikes und zog seine Pistole. »Verstanden?!«
In diesem Augenblick verdoppelte sich der Lärm, und Sikes erkannte, daß die Verfolger bereits über den Feldzaun kletterten.
»Der Teufel ist los«, sagte Toby. »Laß den Lausbuben liegen und wir machen uns auf die Beine.«
Sikes ballte die Fäuste, warf über den wie leblos daliegenden Oliver rasch einen Mantelkragen, lief zunächst die Hecke entlang, um die Verfolger auf eine falsche Fährte zu bringen, bog dann im rechten Winkel ab, schwang seine Pistole hoch in der Luft, sprang über den Zaun und war verschwunden.
Drei Männer, die inzwischen ziemlich nahe gekommen waren, blieben jetzt stehen und berieten sich.

»Ich rate, das heißt: ich befehle«, sagte der dickste der drei Männer, »wir kehren auf der Stelle um und gehen wieder ins Haus zurück.«
»Ganz, wie Mr. Giles es für richtig befindet«, sagte der zweite und rief die Hunde zurück.
»Ich bin natürlich nicht so ungebildet, um zu widersprechen«, nahm der dritte das Wort. »Mr. Giles weiß es am besten.«
Dabei klapperten ihm die Zähne, offenbar vor Furcht.
»Sie fürchten sich, wie ich sehe«, sagte Mr. Giles.
»Nein, durchaus nicht«, widersprach der andere.
»Doch!« beharrte Giles auf seiner Ansicht.
»Sie irren sich, Giles«, sagte Mr. Brittles.
»Das ist eine Lüge, Brittles«, sagte Mr. Giles.
Der dritte der Leute brachte den Zwist auf höchst philosophische Weise zum Schluß.
»Ich will Ihnen sagen, meine Herren, wie sich die Sache verhält«, begann er, »wir fürchten uns nämlich alle drei.«
»Nun, ich finde nichts Besonderes daran«, sagte der andere; »es ist ganz natürlich und ganz in Ordnung, daß wir uns unter diesen Umständen – fürchten. Ich – bin wenigstens ziemlich besorgt.«
»Ich auch«, gab Mr. Brittles zu. »Nur braucht man das einem Menschen nicht so direkt ins Gesicht zu sagen.«
Dieses offene Geständnis besänftigte Mr. Giles, der daraufhin sofort seinerseits einräumte, auch er empfinde einigermaßen Furcht, worauf denn alle drei, vollkommen einmütig, sich anschickten, in ihr Haus zurückzukehren. Ein paar Schritte weiter machte Mr. Giles, der an Asthma litt und eine große Heugabel trug, den Antrag, ein wenig stehenzubleiben.
»Es ist wirklich geradezu wunderbar, wozu der Mensch fähig ist, wenn sein Blut einmal in Wallung gerät. Ich würde keinen Augenblick vor einem Morde zurückgescheut sein – ganz gewiß nicht, vorausgesetzt, daß einer von den Halunken uns in die Hände gefallen wäre.«
Die beiden anderen, die sich inzwischen ein wenig beru-

higt hatten, ergingen sich in philosophischen Betrachtungen und schüttelten die Köpfe über Mr. Giles' Ansichten. Dieses Gespräch wurde zwischen den beiden Männern gehalten, die die Einbrecher überrumpelt hatten, und einem fahrenden Kesselflicker, der im Vorhause geschlafen und nebst seinen Hunden geweckt worden war, um sich an der Verfolgung der Einbrecher zu beteiligen.

Mr. Giles diente der alten Dame, der das Haus gehörte, einesteils als Kellermeister, andererseits als Hausverwalter. Mr. Brittles dagegen war so eine Art »Mädchen für alles« und schon von Kindesbeinen an im Dienste der Dame, die ihn angestellt, als er noch ein kleiner Knabe gewesen. Die drei kühnen Männer setzten in geschlossener Schlachtreihe ihren Rückzug fort, wobei sie Courage genug besaßen, die Laterne, die sie an einem Baume niedergestellt hatten, mitzunehmen. Sie waren längst daheim angelangt, die Luft wurde immer kälter, je näher der Morgen heranrückte, und der Nebel kroch über der Erde hin wie eine dicke Rauchwolke; das Gras war naß, und überall standen Pfützen. Immer noch lag Oliver bewegungslos und wie tot in dem Graben, wo ihn Sikes verlassen hatte.

Der Regen fiel in dichten Strömen und platschte geräuschvoll auf das am Boden liegende Laub nieder. Aber Oliver fühlte es nicht; hilflos, ohne Bewußtsein lag er da. Endlich unterbrach ein leiser Schmerzensruf die ringsum herrschende Stille, und dabei erwachte Oliver. Sein linker, in der Eile mit einem Tuch verbundener Arm hing schwer und gelähmt an ihm nieder, und das Tuch war dick mit Blut getränkt. Oliver war so schwach, daß er sich kaum aufsetzen konnte. Als er sich mühsam aufgerichtet, blickte er sich nach Hilfe um und ächzte vor Schmerzen; dann sank er von Kälte geschüttelt ohnmächtig wieder nieder.

Verworrene Gedanken durchkreuzten sein Hirn. Er wähnte immer noch, zwischen Sikes und Crackit einherzulaufen, und hörte sie heftig miteinander zanken und aufeinander schimpfen, und immer wiederholten sich dieselben Worte in seinen Ohren. Dann hatte er das Gefühl, als packte die Hand des Räubers wiederum fest sein Gelenk. Abermals hörte er den Schuß und lautes Geschrei. Lichter schimmerten vor seinen Augen, und jähe Visionen jagten einander.

Ohne es zu wissen, war er aufgestanden, die Lattenzäune entlang getaumelt, durch Öffnungen in Hecken gekrochen und hatte schließlich eine Straße erreicht. Der Regen fing an so heftig zu fallen, daß seine Wahnvorstellungen nachließen und er endlich zur Besinnung kam.

Er sah sich um. Nicht allzuweit von ihm stand ein Haus, das er möglicherweise erreichen konnte. Vielleicht erbarmten sich dort Menschen seiner und ließen ihn nicht fort, sondern nahmen ihn mitleidig auf. Jedenfalls, überlegte er, würde es ihm leichter werden, in der Nähe menschlicher Wesen zu sterben, als auf einsamem, offenem Feld. Er raffte seine ganze Kraft zusammen und taumelte dem Hause zu.

Wie er näherkam, beschlich ihn eine dunkle Erinnerung, als habe er das Haus schon früher einmal gesehen. Ja, dort stand eine Gartenmauer, dort war er in der vergangenen Nacht in dem hohen Gras auf die Knie gefallen und hatte die beiden Verbrecher um Gnade gebeten. Ja, ja, es war dasselbe Haus, in das sie hatten einbrechen wollen.

Eine solche Furcht überkam Oliver, daß er Augenblicke lang den tödlichen Schmerz seiner Wunde vergaß und nur daran dachte, zu fliehen. Aber wie das anstellen?! Konnte er doch kaum mehr stehen – und wohin hätte er fliehen sollen? Er hielt sich an dem Gartentor. Es war offen und drehte sich in den Angeln. Oliver taumelte über den Rasenplatz, klomm ein paar Stufen empor, klopfte an die Tür und brach dann von plötzlicher Schwäche übermannt an einer Säule der Vorhalle zusammen.

Inzwischen saßen Mr. Giles und Mr. Brittles mit dem Kesselflicker, sich von den Schrecknissen und Aufregungen der Nacht in der Küche bei einer Tasse Tee erholend, beisammen.

Es war sonst nicht Mr. Giles' Gewohnheit, der unterge-

ordneten Dienerschaft gegenüber Familiarität an den Tag zu legen – nein, er liebte es vielmehr, stets eine gewisse gütige Leutseligkeit zu zeigen, damit den unter ihm Stehenden das Bewußtsein der sozialen Unterschiede nicht abhanden komme. Allein Todesgefahr, Feuersbrunst und Einbruch sind Dinge, die alle Menschen gleichmachen, und so saß denn Mr. Giles, die Beine auf das Küchenherdgitter gestützt und den linken Arm auf den Tisch gestemmt, imposant da, und sein Publikum – Köchin und Hausmädchen – hörten ihm mit atemloser Spannung zu.
»Es mochte ungefähr halb zwei sein«, sagte Mr. Giles, »ich kann es zwar nicht beschwören, ob es nicht vielleicht dreiviertel war, da wachte ich auf, drehte mich im Bett herum, ungefähr so:« – er drehte sich auf dem Stuhl herum und zog den Zipfel des Tischtuches über die Schultern – »und glaubte ein Geräusch zu hören.«
Die Köchin erblaßte und forderte das Stubenmädchen auf, sofort die Küchentüre zu verschließen. – Das Stubenmädchen gab den Befehl an Mr. Brittles weiter und dieser dem Kesselflicker, der sich seinerseits stellte, als ob er taub sei.
»– glaubte, ein Geräusch zu hören«, wiederholte Mr. Giles. »Erst dachte ich mir: es ist eine Täuschung. Ich wollte mich wieder aufs Ohr legen, als ich abermals das Geräusch von neuem und sehr deutlich vernahm.«
»Was war es denn für eine Art Geräusch?« fragte die Köchin.
»Ein Krach«, erwiderte Mr. Giles.
»Mir schiens eher so, als wenn einer mit einer eisernen Stange über ein Reibeisen gefahren wäre«, fiel Mr. Brittles ein.
»Ja, so wars damals, als Sie es hörten«, sagte Mr. Giles, »damals aber, als ich es hörte, wars ein Krach. Ich warf die Bettdecke zurück« – er warf den Tischtuchzipfel weg – »richtete mich auf und horchte.«
»Allmächtiger«, riefen die Köchin und das Stubenmädchen wie aus einem Munde und rückten dicht aneinander.
»Ich hörte es so deutlich, wie wenn es dicht an meinem

Bett gewesen wäre«, fuhr Mr. Giles fort, »und dachte mir: aha, da wird eine Tür oder ein Fenster aufgebrochen. Was tut man jetzt? – Ach was, sagte ich mir, ich werde Brittles wecken, damit der arme Teufel nicht in seinem Bett umgebracht wird.«
Aller Augen hingen an Mr. Brittles, der den Mund weit aufriß und in dessen Gesicht sich Angst und Schrecken zeigten in einer Weise, die sich nicht beschreiben läßt.
»Und da warf ich die Bettdecke weg«, fuhr Mr. Giles fort und sah die Köchin und das Stubenmädchen mit durchbohrenden Blicken an, »stieg leise aus dem Bett, zog mir die –«
»Es sind Damen anwesend, Mr. Giles«, flüsterte ihm der Kesselflicker ins Ohr.
»– Schuhe an, Sir«, sagte Giles und blickte den Kesselflikker indigniert an, »– meine Schuhe an, griff nach der geladenen Pistole, die immer oben auf dem Bord liegt, und schlich mich auf den Zehen bis zu Brittles' Stube. Brittles, sagte ich ihm, als ich ihn geweckt hatte, erschrecken Sie nicht.«
»Jawohl, die Worte habe ich genau verstanden«, bekräftigte Mr. Brittles mit leiser Stimme.
»Brittles«, sagte ich, »ich glaube, mit uns ists aus«, fuhr Mr. Giles fort. »Aber haben Sie ja keine Furcht.«
»Hat er sich gefürchtet?« fragte die Köchin.
»Nein, ganz und gar nicht«, versetzte Mr. Giles. »Er war so mutig wie ich selber – wenigstens beinahe so.«
»I' wär auf der Stell tot umg'falln, wenn mir dös passiert wär«, jammerte das Stubenmädchen.
»Nun ja. Sie sind ein Frauenzimmer«, begütigte Mr. Brittles mit herzhaftem Klang in der Stimme.
»Sehr richtig«, sagte Mr. Giles und nickte beifällig. »Von einem Frauenzimmer kann man Besseres auch nicht erwarten. Da wir aber Männer sind, nahmen wir eine Laterne, tappten uns in der Finsternis die Stiege hinunter – etwa so –«
Mr. Giles war von seinem Sessel aufgestanden und machte

zwei Schritte mit geschlossenen Augen vorwärts, um die Situation zu erläutern. Dabei rumpelte er mit den übrigen ziemlich heftig zusammen und rannte erschreckt zu seinem Sessel zurück. Die Köchin und das Stubenmädchen kreischten.

»Es hat geklopft«, ächzte Mr. Giles, setzte aber eine gelassene Miene auf. »Geh doch einer von euch hinaus und mache auf.«

Niemand rührte sich.

»Merkwürdig, daß zu so früher Stunde schon jemand klopft«, sagte Mr. Giles und wurde noch blässer, als es die übrigen bereits waren. »Aber immerhin, jemand muß die Türe aufmachen – versteht ihr denn nicht?«

Mr. Giles sah bei diesen Worten Mr. Brittles an, aber dieser war von Natur aus schon so bescheiden, daß er jetzt schon gar nicht wagte, die Frage auf sich zu beziehen. Jedenfalls gab er keine Antwort. Mr. Giles suchte nun Hilfe bei dem Kesselflicker: aber der war mit einem Male eingeschlafen. Die anwesenden beiden Damen kamen natürlich nicht in Frage.

»Wenn Brittles lieber in Gegenwart von Zeugen die Türe öffnen will«, erbot sich Mr. Giles nach kurzem Schweigen, »so bin ich gern Zeuge.«

»Ja, ja«, sagte der Kesselflicker und wachte so plötzlich auf, wie er eingeschlafen war.

Brittles ging auf diese Bedingung ein, und da sie von den Fenstern aus niemanden draußen stehen sahen, beruhigten sie sich einigermaßen und begaben sich samt dem Hunde und laut sprechend die Treppe hinauf.

Nachdem sie allerlei Vorsichtsregeln getroffen, packte Mr. Giles den Kesselflicker fest am Arm, damit er nicht etwa fortliefe, wie er scherzend sagte, und gab den Befehl, die Türe zu öffnen. Brittles gehorchte. Jeder sah dem andern über die Schulter, und endlich gewahrten sie den kleinen Oliver Twist, der bleich und erschöpft draußen stand und stumm um Erbarmen flehte.

»Ein Junge«, rief Mr. Giles und schob den Kesselflicker

mutig zurück. »Was gibts denn da, was? Sie, Brittles, schauen Sie mal her – ja sehen Sie denn nichts?«
Brittles, der sich beim Öffnen der Türe sofort hinter diese versteckt hatte, hatte Oliver kaum erblickt, als er einen lauten Schrei ausstieß. Giles packte Oliver an einem Bein und einem Arm, zerrte ihn in die Halle und legte ihn der Länge nach auf den Steinboden nieder.
»Wir haben ihn, wir haben ihn«, brüllte er dabei in größter Aufregung. »Wir haben einen von den Gaunern, Madame; wir haben einen von den Einbrechern, gnädiges Fräulein. Und noch dazu verwundet! Ich habe ihn angeschossen, Miß, und Brittles hat das Licht dabei gehalten, Miß.«
»Ja, ja, die Laterne, Miß«, bestätigte Brittles und formte aus seiner Hand einen Schalltrichter, um sich verständlicher zu machen.
Die Köchin und das Stubenmädchen liefen die Treppe empor, um der Herrschaft zu melden, Mr. Giles habe einen der Einbrecher in Fesseln gelegt, während sich der Kesselflicker bemühte, Oliver ins Leben zurückzurufen, um ihn für alle Fälle für den Galgen zu retten.
Mitten in den Tumult hinein ertönte plötzlich eine sanfte, wohlklingende Frauenstimme: »Giles, Giles!«
»Hier bin ich, Miß, erschrecken Sie nicht, Miß, ich bin nicht verletzt; ich habe ihn schnell überwältigt, Miß«, antwortete Mr. Giles.
»So seien Sie doch still«, rief die Frauenstimme herunter, »Sie erschrecken meine Tante geradeso, wie es vorhin die Diebe getan haben. Ist der arme Bursche schwer verletzt?«
»Ganz fürchterlich, Miß«, rief Mr. Giles wonnetrunken hinauf.
»Es sieht aus, als ob er im Sterben läge, Miß!« schrie Mr. Brittles ihm nach. »Kommen Sie doch bitte herunter und sehen Sie ihn sich selber an.«
»So seien Sie doch still«, erwiderte die Damenstimme. »Warten Sie ruhig, bis ich mich mit meiner Tante ausgesprochen habe.«

Die Sprechende entfernte sich mit Schritten, so leise und zart, wie ihre Stimme war, kehrte aber bald mit dem Befehl wieder zurück, den Verwundeten behutsam die Treppe heraufzutragen und in Mr. Giles' Stube niederzulegen. Brittles solle sofort das Pony satteln und nach Chertsey reiten, um von dort einen Polizisten und einen Doktor zu holen.
»Wollen Sie ihn sich nicht vorher ansehen, Miß?« fragte Mr. Giles stolz.
»Jetzt nicht, um Gottes willen nicht«, antwortete die junge Dame. »Der arme Bursche! Behandelt ihn recht freundlich, Giles; mir zuliebe.«
Der alte Diener sah zu der jungen Dame empor mit einem Blick so voll Stolz und Bewunderung, als wäre sie sein eigenes Kind. Dann beugte er sich über Oliver und half ihn fürsorglich die Treppe hinaufbringen.

29. Kapitel

Handelt von den Bewohnern des Hauses

In einem mehr altmodisch bequemen als modern eleganten Zimmer saßen zwei Damen an einem gedeckten Frühstückstisch. Mr. Giles, von Kopf bis Fuß in feierliches Schwarz gekleidet, bediente sie. Er stand aufrecht zwischen dem Servier- und dem Frühstückstisch, das Haupt stolz zurückgeworfen, den linken Fuß vorgestellt und die rechte Hand im Busen, während er mit der linken den Präsentierteller hielt – kurz, wie ein Mann, der sich seiner Wichtigkeit und seiner Verdienste wohl bewußt ist.
Die eine der beiden Damen war hochbetagt, aber selbst der steiflehnige Eichensessel, in dem sie saß, konnte keine korrektere Haltung zeigen als sie. Sorgfältig gekleidet, wenn auch altmodisch, machte sie einen stattlichen und würdigen Eindruck, wie sie so, die Hände gefaltet, sich auf

den Tisch stützte. Ihre Augen, vom Alter noch nicht getrübt, hingen aufmerksam an ihrer jugendlichen Gefährtin.
Die andre und wesentlich jüngere Dame stand in der vollen Blüte des Lebens, in jenem Alter, von dem man sagen kann, ohne sich einer Gotteslästerung schuldig zu machen, daß Engel in einer Gestalt wohnen müssen, wie sie diesem jungen Mädchen eigen war.
Kaum siebzehn Jahre alt, zierlich, mild und lieb, sah sie so schön aus, daß sie kaum mehr etwas Irdisches an sich hatte. Der Geist, der in ihren blauen Augen schimmerte, paßte weder zu ihrem Alter, noch zu dieser Welt, und das Lächeln in ihren Zügen war so recht für häusliches Glück und Frieden geschaffen. Emsig mit den kleinen Obliegenheiten beschäftigt, die die Bedienung an der Tafel erforderte, erhob sie jetzt die Augen, um die alte Dame anzusehen, die den Blick nicht von ihr wandte.
»Brittles ist wohl schon eine Stunde weg, nicht wahr?« sagte die alte Dame nach einer Pause.
»Seit einer Stunde und zwölf Minuten, Madame«, antwortete Mr. Giles und warf einen Blick auf die silberne Taschenuhr, die er an einem schwarzen Bande aus seiner Weste hervorzog.
»Er ist immer sehr langsam«, bemerkte die alte Dame.
»Brittles wars von jeher, Madame«, erwiderte der Diener.
»Ich glaube, statt sich zu bessern, wird es mit ihm von Tag zu Tag schlechter«, sagte die alte Dame.
Die jüngere lächelte freundlich.
Mr. Giles überlegte offenbar, ob er mitlächeln sollte oder nicht, da fuhr eine Droschke am Gartentor vor, ein alter Herr sprang heraus, stürmte die Treppe herauf, ins Zimmer herein und rannte Mr. Giles mit samt seinem Serviertisch beinahe über den Haufen.
»So etwas ist mir noch nicht vorgekommen!« rief der alte Herr. »Oh, meine liebe Mrs. Maylie, Gott steh uns bei – und mitten in der Stille der Nacht – so etwas ist mir in meinem ganzen Leben noch nicht vorgekommen!«

Und mit dem Ausdruck lebhaftesten Beileids schüttelte der alte Herr beiden Damen die Hand, rückte einen Stuhl heran und erkundigte sich nach ihrem Befinden.
»Sie hätten den Tod davon haben können vor Schrecken – wahrhaftig ja«, sagte er. »Warum haben Sie denn nicht nach mir geschickt? Gott steh uns bei! Mein Diener hätte doch in einer Minute hier sein können und wäre es auch gewesen. Nein! Gott! So ganz unerwartet, so ganz unverhofft und noch dazu mitten in der Nacht. In der Stille der Nacht!«
Besonders der Umstand, daß der Einbruch so ganz unerwartet und noch dazu in der Nacht stattgefunden habe, schien den Doktor außer sich zu bringen – wie wenn es überhaupt möglich gewesen wäre und üblich, daß Einbrecher ihre Ankunft ein paar Tage vorher durch die Post höflich mitzuteilen pflegten.
»Und Sie, Miß Rose«, wandte sich der Doktor an die junge Dame, »– ich – ich – ich –«
»Mir fehlt gar nichts«, fiel ihm Miß Rose in die Rede. »Aber oben im Zimmer bei Mr. Giles liegt ein armer Mensch, krank und verwundet, und die Tante wünscht, Sie möchten sich seiner annehmen.«
»Ganz recht, ganz recht«, versetzte der Doktor. »Sehr richtig. Das war ein Meisterstück von Ihnen, Mr. Giles.«
Mr. Giles hatte in fieberhafter Erregung die Teetassen bereitgestellt, wurde rot bis über die Ohren und sagte, allerdings habe er die große Ehre gehabt.
»Ehre?!« wiederholte der Doktor erstaunt. »Ich weiß nicht, was ehrenhafter ist: einen Einbrecher aus dem Hinterhalt abzuschießen oder seinen Mann auf zwölf Schritte zu treffen. Nehmen Sie vielleicht an, er habe in die Luft geschossen wie bei einem Duell, Mr. Giles?«
Mr. Giles faßte diese Worte als einen höchst ungerechtfertigten Versuch auf, ihm seinen Ruhm zu schmälern, und erwiderte daher unter voller Wahrung des Respektes, es schicke sich für Seinesgleichen zwar nicht, über derlei zu

urteilen, jedoch sei er der Meinung, daß schlechte Witze wohl hier kaum am Platze sein dürften.
»Sapperlot! Da haben Sie recht«, sagte der Doktor. »Übrigens, wo steckt denn der Bursche? Führen Sie mich mal in das Zimmer. Ich spreche dann wieder vor, Mrs. Maylie, wenn ich herunterkomme. So, so, das also ist das kleine Fenster, zu dem er hereingekrochen ist, was? Mein Lebtag hätte ich das nicht für möglich gehalten!«
Die Treppe hinauf, immerwährend vor sich hinschwatzend, folgte er Mr. Giles, und wie er so emporklomm, sah er so recht aus wie ein wunderlicher alter Junggeselle, der infolge seines frohen Sinnes und guter Lebensweise dick und fett geworden war.
Er blieb weit länger weg, als er selbst gedacht oder die beiden Damen angenommen hatten. Ein großer flacher Kasten wurde aus der Droschke herausgeholt und die Klingel der Schlafstube sehr oft in Bewegung gesetzt. Immerwährend lief die Dienerschaft auf und ab, und aus alledem durfte man mit Recht schließen, daß etwas ungemein Wichtiges im Gange sein mußte. Endlich kehrte der Arzt in das Speisezimmer zurück und machte, von den Damen befragt, eine sehr geheimnisvolle Miene, worauf er die Türe schloß.
»Es ist ein sehr bedenklicher, ja sogar ein ungewöhnlicher Fall, Mrs. Maylie«, berichtete er, den Rücken an die Tür gelehnt, als wolle er sorgsam verhüten, daß jemand Unberufener einträte.
»Er schwebt doch nicht in Lebensgefahr?« fragte die alte Dame.
»Nun, das allein würde die ungewöhnliche Natur des Falles nicht umschreiben«, versetzte der Doktor. »Ich bin sogar der Meinung, daß Lebensgefahr zur Zeit nicht besteht. Haben Sie den Einbrecher gesehen?«
»Nein.«
»Auch nichts über ihn gehört?«
»Nein.«
»Entschuldigen Sie, Madame«, schnitt Mr. Giles das

Zwiegespräch der beiden ab, »aber ich wollte Ihnen gerade einen Vortrag über den Räuber halten, als Doktor Losberne eintrat.«

Mr. Giles war sich von Anfang an nicht so recht bewußt gewesen, daß er im Grunde genommen ja nur einen Knaben angeschossen hatte. Aber er konnte es sich immerhin nicht versagen, seine bewiesene Tapferkeit wenigstens noch ein paar köstliche Minuten hindurch ins rechte Licht zu setzen.

»Rose wollte sich ihn ansehen«, sagte Mrs. Maylie, »aber ich wollte nichts davon hören.«

»Hm«, hüstelte der Doktor. »Seine Erscheinung ist nicht gerade fürchterlich oder Angst erregend. Hätten Sie etwas dagegen, ihn sich in meiner Gegenwart anzusehen?«

»Wenn Sie es für nötig halten«, antwortete die alte Dame. Ich bin bereit.«

»Gut«, sagte der Doktor. »Er ist jetzt vollkommen ruhig und zufrieden. Gestatten Sie, Miß Rose – daß ich so frei bin – bitte, es liegt keine Ursache auch nur zur leisesten Befürchtung vor – meine Ehre zum Pfand.«

30. Kapitel

Was die Damen und Doktor Losberne von Oliver hielten

Unter den redseligsten Versicherungen, daß die Damen durch den Anblick des Verbrechers nur angenehm überrascht sein würden, bot Doktor Losberne Miß Rose den Arm, Mrs. Maylie seine andre freie Hand und führte die beiden Damen mit umständlicher Galanterie die Treppe hinauf.

»Nun«, flüsterte er und klinkte leise die Türe auf, »wollen wir hören, wie Sie wohl über ihn denken. Er hat sich in letzter Zeit nicht rasiert, sieht aber trotzdem nicht struppig aus. Warten Sie aber, bitte, noch. Ich will mich zuvörderst überzeugen, ob er auch in der Lage ist, Besuch zu empfangen.«

Voranschreitend warf er einen Blick ins Zimmer, dann winkte er den beiden Damen, ihm zu folgen, und schloß hinter sich die Türe ab. Dann zog er behutsam die Vorhänge zurück, und auf dem Bett lag – statt eines Einbrechers mit geschwärztem Gesicht, den die Damen zu erblicken gemeint hatten, ein bleiches, abgezehrtes Kind in tiefem Schlaf. Der verwundete Arm Olivers, in Bandagen gelegt und vom Blut gereinigt, ruhte auf seiner Brust. Der Kopf war ihm über den anderen Arm gesunken, der von seinem langen reichen Haar halb verdeckt war.

Während Losberne im Anblick des Knaben versunken dastand, setzte sich Miß Rose ans Bett, beugte sich über Oliver und strich ihm sanft das Haar aus der Stirn.

Der Knabe bewegte sich und lächelte im Schlaf, als erwecke dieser Beweis von Mitleid und Teilnahme einen lieblichen Traum in seiner Seele.

»Ich bin außer mir vor Staunen«, flüsterte die alte Dame. »Dieses arme Kind kann doch nie und nimmermehr ein Räuber oder Einbrecher sein.«

»Sünde und Laster«, seufzte der Arzt und ließ den Vorhang wieder zufallen, »schlagen ihren Wohnsitz in gar manchem Tempel auf. Sie erscheinen uns oft leider in lieblicher Gestalt.«

»Aber doch wohl nicht bei solcher Jugend?« fiel Miß Rose ein.

»Meine teure Miß«, antwortete der Arzt und schüttelte traurig den Kopf, »das Verbrechen ist nicht nur auf das Alter beschränkt. Oft sind Gottes jüngste und schönste Geschöpfe häufig die größten Verbrecher.«

»Können Sie glauben, daß dieses zarte Kind sich freiwillig dem Auswurf der Menschheit zugesellt hat?« fiel ihm Miß Rose in die Rede.

Der Arzt schüttelte den Kopf mit einer Miene, als ob er so etwas sehr gut für möglich hielte, und führte die Damen in

das anstoßende Zimmer, damit der kleine Patient, wie er sagte, nicht aufgeweckt würde.
»Aber selbst wenn er ein Verbrecher ist«, fing Miß Rose wieder an, »bedenken Sie doch seine Jugend! Vielleicht hat er nie eine liebevolle Mutter gehabt, vielleicht nicht einmal ein Elternhaus gekannt, und wie wahrscheinlich ist es, daß er infolge schlechter Behandlung, Schlägen oder Hunger gezwungen war, sich Menschen anzuschließen, die ihn zum Verbrecher gemacht haben. Tante, liebe Tante, bedenke doch, ehe du zuläßt, daß der arme Kleine ins Gefängnis geschleppt wird – daß man ihm doch zuerst Gelegenheit zur Besserung geben müßte. Du hast mich erzogen und mich nie fühlen lassen, daß auch ich ein Waisenkind war, das leicht in dieselbe Lage hätte geraten können und jetzt ebenso hilflos und schutzlos dastünde wie dieser arme Junge – bitte, habe Erbarmen mit ihm, ehe es zu spät ist.«
»Mein liebes Kind«, sagte die Dame und schloß das weinende Mädchen in ihre Arme, »glaubst du denn, ich könnte ihm auch nur ein Haar krümmen?«
»O nein«, antwortete Miß Rose eifrig.
»Nein, nein, gewiß nicht«, versicherte die alte Dame. »Mein Leben neigt sich seinem Ende zu, und möge auch mir Erbarmen und Gnade zuteil werden, wie ich sie andern erweise. Was kann ich tun, um ihn zu retten, Herr Doktor?«
»Ich will mir die Sache überlegen, Madame«, sagte der Arzt, »ich will mirs überlegen.«
Und Doktor Losberne streckte die Hände in die Taschen, ging im Zimmer auf und ab, schaukelte sich auf den Zehen und zog die Stirn in schwere Falten. Nach allerhand Ausrufen, wie: jetzt hab ichs! und: nein, ich habs doch nicht, und nachdem er noch manches Mal auf- und abgeschritten und die Stirne gerunzelt hatte, blieb er endlich stehen und sprach: »Ich glaube, die Sache wird sich machen lassen, wenn Sie mir unumschränkte Vollmacht geben, Giles und den Lausebengel, den Brittles, gehörig ins Bockshorn zu jagen;

Giles ist ein ehrlicher, treuer Mensch und ein alter Diener Ihres Hauses, das weiß ich, und Sie können ihm ja nebenbei als unerschrockenem Schützen eine Belohnung zuteil werden lassen. Haben Sie dagegen nichts einzuwenden?«
»Wenns nichts andres gibt, um das Kind zu retten«, sagte Mrs. Maylie.
»Nein, ein andres Mittel gibt es nicht«, sagte der Doktor. »Nein, absolut kein andres. Mein Ehrenwort darauf.«
»Dann gibt Ihnen meine Tante die gewünschte Vollmacht«, mischte sich Miß Rose, unter Tränen lächelnd, ins Gespräch. »Aber, bitte, verfahren Sie nicht zu hart mit dem armen Jungen – nicht härter, als unumgänglich notwendig ist.«
»Sie scheinen zu glauben, liebes Fräulein«, versetzte der Doktor, »jeder, nur Sie nicht, sei zu Hartherzigkeiten geneigt. Ich will nur um des heranwachsenden männlichen Geschlechts willen hoffen, daß der erste Ihrer würdige junge Mann, der Ihr Mitleid in Anspruch nimmt, bei Ihnen werben kommt, wenn Sie sich in ähnlicher Gemütsverfassung befinden, mein Fräulein.«
»Sie sind ein ebenso großes Kind wie unser guter Brittles«, sagte Miß Rose errötend.
»Nun, das ist nicht schwer«, meinte der Doktor und lachte herzlich, »aber kommen wir jetzt wieder zum Thema zurück. Wie ich glaube, wird der Junge in einer Stunde aufwachen, und wenn ich dem Polizeikerl, der gleich kommen wird, einschärfe, daß er den Patienten weder anreden noch sonstwie stören darf, ohne sein Leben zu gefährden, so wird alles gut ablaufen. Ich schlage Ihnen folgendes vor: ich frage den Jungen in Ihrer Gegenwart aus, und würden wir aus seinen Antworten zur Überzeugung kommen, daß er ein Schlingel ist, so überlassen wir ihn seinem Schicksal, ohne uns weiter um ihn zu kümmern. Meinen Sie nicht?«
»Ach nein, Tante«, flehte Miß Rose.
»Ach ja, liebste Tante«, scherzte der Doktor. »Also, ist es abgemacht?«

»Der Junge kann gar nicht verstockten Sinnes sein. So sieht ein verhärteter Bösewicht nicht aus«, sagte die alte Dame, »das ist einfach unmöglich.«
»Also gut«, versetzte der Doktor, »um so mehr Grund haben Sie, meinen Vorschlag anzunehmen.«
Das Abkommen wurde getroffen, und alle drei setzten sich nieder und warteten, bis Oliver aufwachen würde. Es dauerte länger, als Mr. Losberne vorausgesagt hatte; es verging eine Stunde um die andre, und immer noch lag Oliver in festem bleischwerem Schlafe da. Es wurde Abend, und da erst konnte der menschenfreundliche Arzt den Damen die Nachricht bringen, der Junge sei endlich so weit bei Kräften, um eine Unterredung ohne Gefahr für seine Gesundheit aushalten zu können. Der Junge, sagte er, sei sehr krank und durch den Blutverlust sehr geschwächt, außerdem quäle ihn eine große Unruhe, eine Mitteilung zu machen, und daher sei es wohl besser, die Angelegenheit nicht bis zum nächsten Morgen hinauszuschieben, sondern sogleich mit dem Verhör zu beginnen.
Die Unterredung war von langer Dauer. Oliver erzählte den dreien schlicht und einfach die traurige Geschichte seines bisherigen Lebenslaufes und mußte oft, von Schmerz und Schwäche überwältigt, innehalten. Der schauerliche Bericht der langen Reihe trostloser Leiden und Mißgeschicke, die hartherzige Menschen über ihn verhängt, hörte sich im Dunkel des Zimmers feierlich wie eine Anklage an.
Olivers Kissen wurde in dieser Nacht von Frauenhänden geglättet, und Liebreiz und Sanftmut wachten über seinem Schlummer. Er fühlte sich ruhig und glücklich und wäre, wenn es hätte sein müssen, ohne Murren gestorben.
Als die Unterredung zu Ende und fast augenblicklich darauf Oliver wieder fest eingeschlafen war, mußte sich der Doktor seine Augen trocknen und schimpfte lauter, als nötig war, über die Mißbill des Alters, die die Kurzsichtigkeit über die Menschen verhänge. Dann begab er sich hinab in die Küche, um einen Feldzug gegen Mr. Giles und die andern zu eröffnen.

Der Polizeimann war eingetroffen, trug einen großen Stecken bei sich, hatte einen dicken Schädel, ein aufgedunsenes Gesicht und machte den Eindruck, als habe er soeben eine tüchtige Portion Bier hinter die Binde gegossen, – was übrigens tatsächlich der Fall war.
Das Abenteuer der vergangenen Nacht beherrschte noch alle Gemüter, und Mr. Giles gab soeben eine langatmige Schilderung seiner Geistesgegenwart zum besten, als der Arzt eintrat, mit der Hand winkte und rief: »Still da, bleibt sitzen.«
»Danke, Sir«, sagte Mr. Giles. »Die gnädige Frau hat uns Bier spendiert, Sir. Das ist der Grund, Sir, weshalb ich hier sitze und trinke.«
Mr. Brittles murmelte beifällig dazu als Dolmetscher der anwesenden Damen und Herren.
»Wie befindet sich der Kranke heute abend?« fragte Mr. Giles.
»So, so«, antwortete der Doktor. »Ich fürchte nur, Mr. Giles, Sie haben sich da eine böse Suppe eingebrockt.«
»Sie wollen damit doch nicht sagen«, fragte Mr. Giles, »daß der Junge mit dem Tode ringt? Wenn ich das annehmen müßte, könnte ich nie wieder glücklich sein. Ich möchte das Leben des Jungen nicht um alles in der Welt auf dem Gewissen haben. Nicht um alles Silbergeschirr im ganzen Land.«
»Das meinte ich damit nicht«, versetzte der Doktor geheimnisvoll. »Mr. Giles, sind Sie Protestant?«
»Ich glaube schon, Sir«, stotterte Mr. Giles, der sehr blaß geworden war.
»Und was sind Sie, junger Mann?« fragte der Doktor und wandte sich scharf an Brittles.
»Du lieber Gott, Sir«, antwortete Brittles und fuhr zusammen, »ich bin – ich bin, was Mr. Giles ist, Sir.«
»Dann antwortet mir«, sagte der Doktor streng, »und zwar beide zusammen: könnt Ihr unter Eid aussagen – verstanden? daß der Junge, der da oben liegt, auch wirklich derselbe Junge ist, der gestern durchs Fenster ein-

stieg? Heraus mit der Antwort? Schnell! schnell! Ich bin sehr neugierig, was Ihr sagen werdet.«
Der Arzt, sonst überall als äußerst gemütlicher Herr bekannt, stellte diese Frage in so wütendem Ton, daß Mr. Giles und Brittles, vom Biertrinken und der Aufregung nicht mehr so ganz fest auf den Füßen, einander wie betäubt anstarrten.
»Geben Sie genau acht, hören Sie, wie die Antwort lauten wird, Konstabler«, wendete sich der Arzt feierlich und den Zeigefinger hin und her bewegend und damit den Polizeimann auf die Nase tippend, um ihn zum Scharfsinn zu ermahnen, »geben Sie genau acht. Die Folgen dieser Antwort sind nämlich sehr wichtig.«
Der Polizeimann blickte so weise drein, wie es ihm nur irgend möglich war, und griff nach seinem Amtsstab, den er in die Kaminecke gestellt hatte.
»Es handelt sich nämlich um die Feststellung einer Person, verstanden?«
»Sehr richtig, Sir«, antwortete der Konstabler und mußte plötzlich husten; ein Schluck Bier schien ihm in die unrechte Kehle gekommen zu sein.
»Die Sache steht so«, begann der Doktor. »Hier im Haus wird eingebrochen. Ein paar Männer sehen bei Pulverdampf und in der Finsternis mitten im Tumult flüchtig einen Jungen. Am nächsten Morgen kommt ein Junge ins selbe Haus und, weil er zufällig den Arm verletzt hat, pakken ihn diese beiden Männer, bringen dadurch sein Leben in Gefahr und schwören, er sei der Dieb. Nun fragt es sich, können die beiden Männer ihr Vorgehen rechtfertigen? Und in welche Lage versetzen sie sich damit?«
Der Polizeimann nickte tiefsinnig: ja, wenn das nicht Recht und Gesetz wäre, dann wisse er wirklich nicht mehr, was Recht und Gesetz sei.
Brittles richtete unsicher seine Augen auf Mr. Giles. Mr. Giles blickte unsicher auf Mr. Brittles. Der Konstabler kratzte sich hinterm Ohr und horchte dann gespannt, die Köchin, das Stubenmädchen und der Kesselflicker beug-

ten sich neugierig vor, der Arzt sah sich triumphierend um – da ertönte die Glocke am Haustor, und in demselben Moment wurde das Rasseln von Rädern hörbar.
»Das ist die Geheimpolizei«, erklärte Mr. Brittles sehr erleichtert.
»Wer, was?« rief der Doktor und machte plötzlich ein entsetztes Gesicht.
»Die Beamten aus der Bowstreet, Herr Doktor«, erklärte Brittles und griff nach der Kerze. »Mr. Giles hat sie heute morgen bestellt.«
»Was!«
»Jawohl. Ich habe durch den Kutscher die Anzeige machen lassen und wundre mich, daß die Detektive nicht schon längst hier sind.«
»Das habt Ihr getan?! Dann hol Euch doch dieser und jener –«, brummte der Doktor und ging hinaus.

31. Kapitel

Eine kritische Situation

»Wer ist da?« fragte Brittles, öffnete die Türe ein wenig, ohne die Kette zu lösen, beschattete seine Augen mit der Hand und guckte hinaus.
»Aufmachen!« rief eine Stimme draußen. »Die Polizeibeamten aus der Bowstreet, nach denen heute morgen geschickt wurde, sind hier.«
Durch diese Auskunft beruhigt, riß Brittles sofort die Türe weit auf und sah sich einem gewichtigen Mann in großem Mantel gegenüber, der, ohne ein Wort zu sprechen, sofort eintrat und sich kaltblütig, als sei er zu Hause, die Stiefel an der Matte abstrich.
»Schicken Sie sofort jemand hinaus, verstanden, junger Mann«, befahl der Detektiv, »mein Kollege sitzt draußen

in der Droschke und gibt auf das Haus acht. Ist eine Stallung irgendwo hier, wo wir den Wagen für ein paar Minuten unterstellen könnten?«
Als Brittles bejahte und auf ein Gebäude deutete, schritt der wichtige Herr an das Gartentor zurück und half seinem Gefährten den Wagen unters Dach schaffen, wobei ihm Brittles leuchtete, von tiefster Bewunderung erfüllt, und dann nach Ausspannung des Pferdes usw. mit den beiden in das Haus zurückkehrte.
Der Mann, der geklopft hatte, war ein stämmiger Mensch von ungefähr fünfzig Jahren, mit schwarzem, glänzendem, ziemlich kurz geschorenem Haar, Bartkoteletten, einem runden Gesicht und scharfen Augen; der andere, ein rothaariger knöcherner Geselle mit hohen Stiefeln, einem keineswegs angenehmen Gesicht und einer aufwärtsgestülpten, unheimlich aussehenden Nase darin.
»Sagen Sie Ihrer Herrschaft, Blathers und Duff seien da, ja?« sagte der untersetzte Mann, fuhr sich mit den Fingern durch die Haare und legte ein paar Handschellen auf den Tisch.
»O, guten Abend, Sir! Könnte ich ein paar Worte mit Ihnen unter vier Augen sprechen«, wendete er sich an Doktor Losberne, der soeben ins Zimmer trat.
Doktor Losberne schloß die Türe ab. »Hier, die Dame des Hauses«, erklärte er und deute auf Mrs. Maylie.
Mr. Blathers machte einen Kratzfuß. Aufgefordert, Platz zu nehmen, stellte er seinen Hut auf den Boden, griff nach einem Stuhl und bedeutete seinem Kollegen Duff das Gleiche zu tun. Dieser, mit weniger guten Umgangsformen behaftet, schien sich nicht behaglich zu fühlen und setzte sich erst, nachdem er mehrere Muskelverrenkungen mit seinen Gliedmaßen vorgenommen. Dann steckte er verlegen seinen Stock in den Mund.
»Zur Sache, mein Herr«, begann Blathers. »Unter welchen näheren Umständen ist hier eingebrochen worden?«
Mr. Losberne erzählte, um Zeit zu gewinnen, den Hergang so ausführlich und umschweifig wie möglich. Die

Firma Blathers und Duff blickte äußerst weise drein und wechselte gelegentlich einen Blick.
»Ich kann natürlich noch nichts Genaues sagen«, fing Mr. Blathers an, »aber ich bin der Meinung, daß die Sache nicht von einem Provinzler gedreht wurde.«
»Gewiß nicht«, bekräftigte Mr. Duff. Doktor Losberne lächelte.
»Wissen Sie sonst noch etwas?«
Losberne verneinte.
»Was ist mit dem Jungen, von dem die Dienerschaft erzählt hat?« forschte Blathers.
»Ach Gott, nichts«, versetzte der Doktor. »Ein Diener, der den Kopf verloren hat, bildet sich ein, der Junge, der oben liegt, sei irgendwie mit dem Einbruchsversuch verquickt, aber das ist natürlich Blödsinn.«
»Nun, das wäre ja sehr kurz abgetan«, bemerkte Duff.
»Was der Herr gesagt hat, ist durchaus korrekt«, fiel Blathers ein, nickte bestätigend und spielte mit den Handschellen, als wären es ein paar Kastagnetten. »Wo ist der Junge? Womit weist er sich aus? Woher ist er gekommen? Er ist doch wohl nicht aus den Wolken gefallen, nicht wahr, Sir?«
»Das gerade nicht«, gab der Doktor nervös zu und schielte nach den beiden Damen hin. »Ich kenne seine ganze Geschichte – aber darüber können wir ja später reden. Zuerst wünschen Sie doch wohl den Tatort zu besichtigen?«
»Allerdings«, versetzte Mr. Blathers. »Am besten: zuerst die Örtlichkeit besichtigen und nachher die Dienerschaft verhören, das ist so der gewöhnliche Verlauf.«
Die Firma Blathers und Duff verfügte sich in Gesellschaft des Konstablers, Mr. Brittles' und Mr. Giles' nach dem Zimmer am Ende des Ganges und blickte zum Fenster hinaus. Dann machten sie einen Rundgang über den Rasen und guckten zum Fenster hinein, dann besichtigten sie bei Kerzenschimmer den Fensterladen, untersuchten die Fußspuren und stachen mit einer Heugabel in das Gebüsch. Nachdem alles dies unter atemloser Teilnahme

sämtlicher Zuschauer geschehen, verfügte sich die Firma wieder herein und veranlaßte Mr. Giles und Mr. Brittles zu einer melodramatischen Darstellung ihrer Anteilnahme an dem Abenteuer der letzten Nacht. Diese wurde ein halbes dutzendmal wiederholt, bis sich schließlich die heftigsten Widersprüche ergaben. Dann hielt die Firma Blathers und Duff unter vier Augen ein langes Konzilium, was sich ungemein wichtig ausnahm.

Unterdessen schritt der Arzt im anstoßenden Zimmer nervös auf und ab, und Mrs. Maylie und Miß Rose sahen einander ängstlich an.

»Wirklich und wahrhaftig«, brummte Mr. Losberne und machte einen Augenblick in seinem Marsche halt, »ich weiß nicht, was ich sagen soll.«

»Es wird doch sicher die Geschichte des armen Jungen«, sagte Miß Rose, »wenn sie den Detektiven getreu wiedererzählt wird, genügen, um ihn von jedem Verdacht zu reinigen.«

»Das bezweifle ich sehr, mein liebes Fräulein«, meinte der Doktor und schüttelte den Kopf. »Es würde ihn weder hier entlasten, noch bei einem Gericht höheren Grades. Also: was ist er eigentlich im Grunde, würde man sagen. Ein Ausreißer! Und daher ist seine Erzählung von höchst zweifelhaftem Wert.«

»Aber Sie selbst glauben doch an die Geschichte«, fiel ihm Miß Rose in die Rede.

»Ich meinesteils glaube sie, so seltsam sie auch klingt; vielleicht bin ich ein alter Narr, weil ich es tue«, brummte der Doktor. »Aber trotzdem bin ich nicht der Ansicht, daß seine Erzählung in den Augen der Polizisten Glauben finden wird.«

»Warum denn nicht?«

»Weil ihr, mein liebes Fräulein«, versetzte der Doktor, »in den Augen dieser Leute zuviel dunkle Punkte anhaften. Der Junge selbst kann nur Momente angeben, die ungünstig für ihn sind; der Teufel hole diese Burschen. Oliver war, nach seiner eigenen Aussage, schon ziemlich lang der

Kamerad von Dieben und stand unter der Anklage, einem Herrn die Taschen ausgeräumt zu haben. Aus dem Hause dieses Herrn ist er gewaltsam wieder verschleppt worden an einen Ort, den er nicht genau bezeichnen kann und von dessen Lage er keine Vorstellung hat. Er sagt, er sei durchs Fenster geschoben worden – gegen seinen Willen –, um in einem Haus zu plündern. Gerade in diesem Augenblick habe man ihn angeschossen. Er sagt, er hätte die Einwohner warnen wollen.«
Miß Rose mußte unwillkürlich über die Verzweiflung des Doktors lächeln. »Ich sehe noch immer nicht«, sagte sie, »was man dem armen Jungen zum Vorwurf machen könnte?«
»Nichts, natürlich nichts«, gab der Doktor zu. »Gott segne Ihre hellen Augen, Miß Rose, die in einer Sache immer das Richtige sehen. Aber, je länger ich über die Sache nachdenke, desto mehr fühle ich, welche Unmengen von Schwierigkeiten uns daraus erwachsen werden, wenn wir es uns einfallen lassen, den Detektiven den wahren Sachverhalt mitzuteilen. Sie werden dem Jungen nicht glauben, wenn sie ihm auch schließlich nichts anhaben können. Aber bedenken Sie nur die Menge von Unannehmlichkeiten.«
»O Gott, was ist da zu machen«, rief Miß Rose, »o Gott, warum hat man nur nach diesen Leuten geschickt.«
»Ja wirklich, warum!« rief Mrs. Maylie aus. »Nicht um alles in der Welt hätte ich sie hierher in mein Haus kommen lassen.«
»Alles, wozu ich raten kann«, sagte schließlich Mr. Losberne und setzte sich verzweifelt nieder, »ist: wir müssen eine freche Stirn machen; daß wir ein gutes Ziel vor Augen haben, muß unsre Entschuldigung sein. Der junge Bursche kann nicht vernommen werden, das ist ein Trost. Kommt Zeit, kommt Rat; – bitte, treten Sie ein.«
»Nun, Sir«, begann Blathers und trat, von seinem Kollegen gefolgt, ins Zimmer, schloß die Türe ab und blickte sich scharf um. »Die Sache ist keine Meschores gewesen.«

»Was heißt denn das um Gottes willen schon wieder: Meschores?« fragte der Doktor ungeduldig.

»Meschores heißt«, erklärte Blathers, sich mit mitleidiger Miene an die Damen und mit geringschätziger Miene an den Doktor wendend, »Meschores nennen wir eine Sache, bei der das Gesinde die Hand mit im Spiel hat.«

»Die Dienerschaft hat doch niemand verdächtigt«, wendete Mrs. Maylie ein.

»Allerdings nicht, Madame«, versetzte Blathers; »nichtsdestoweniger hätte es aber der Fall sein können.«

»Vielleicht gerade deswegen um so mehr«, meldete sich Mr. Duff.

»Unsrer Ansicht nach ist es Kaschores gewesen; echte Londoner Einbrecherarbeit«, fuhr Blathers fort. »Alles *prima primissima* eingeleitet.«

»Ein feines Stück Arbeit«, setzte Mr. Duff überlegen hinzu.

»Es waren zwei«, fuhr Blathers fort, »und sie haben einen Jungen bei sich gehabt, das erhellt sich deutlich aus der Größe des Fensters. Das ist vorläufig alles, was wir konstatieren können. Wenn Sie gestatten, werden wir uns jetzt den Jüngling anschauen.«

»Vielleicht trinken die Herren zuerst einen Schluck, Mrs. Maylie«, schlug der Doktor vor, dessen Gesicht sich aufhellte, als sei ihm ein neuer Einfall gekommen.

»Gewiß, gewiß«, rief Miß Rose eifrig aus. »Wenn es den Herren paßt, können sie sogleich etwas zu trinken bekommen.«

»Hm, wir danken verbindlichst, Miß«, sagte Blathers und fuhr sich mit dem Rockärmel über den Mund. »Unsre Arbeit ist eine sehr trockene, Miß. Nun, Miß, wenn Sie vielleicht zufällig etwas bei der Hand haben – aber machen Sie sich unsertwegen keine Umstände.«

»Was wünschen die Herren?« fragte der Doktor und folgte Miß Rose zum Buffet.

»Ein Schnäpschen vielleicht, Sir, wenn es Sie nicht inkommodiert«, versetzte Blathers. »Die Fahrt von London hier

heraus war ziemlich kalt, und ich finde immer, die wärmsten Jacken sind doch die Kognak–en.«
Unterdessen schlüpfte der Doktor aus dem Zimmer.
»Ich, äh –«, begann Mr. Blathers, der sein Glas nicht am Stiele hielt, sondern den Boden zwischen Daumen und Zeigefinger – »ich – äh – habe in meiner Praxis, meine Damen, schon mancherlei feine Arbeit gesehen; ganz von der Art, wie sie hier vorliegt.«
»Zum Beispiel: der Einbruch in Edmonton. Was Blathers?« fiel Mr. Duff ein.
»Ja, ja«, stimmte Mr. Blathers bei, »er war dem vorliegenden allerdings sehr ähnlich. Er wurde von einem gewissen Conkey Chickweed gedreht.«
»Das heißt: das ist Ihre Ansicht«, fiel Duff wieder ein. »Ich sage Ihnen, die Pet-Bande war dabei im Spiel! Conkey hat dabei nicht mehr zu tun gehabt als ich.«
»Ach was, gehen Sie«, rief Mr. Blathers. »Das weiß ich besser. Wissen Sie noch, wie ich Conkey das Geld abgeknöpft habe?«
»Famoses Stück. Besser als jeder Kriminalroman.«
»O wie interessant! Wie ging denn das vor sich?« fragte Miß Rose, scheinbar sehr gespannt, um die unwillkommenen Gäste bei guter Laune zu erhalten.
»Das war ne Gaunerei, Miß, hinter die man nicht so leicht kommen konnte«, erklärte Blathers, »der Conkey Chickweed nämlich –«
»Conkey, Miß, bedeutet so viel wie Spitzel oder Spion«, schaltete Mr. Duff ein.
»Das weiß doch die Dame selbstverständlich, nicht wahr?« fragte Mr. Blathers. »So unterbrechen Sie einen doch nicht immerwährend, Kollege. – Also: dieser Chickweed, Miß, hielt am Wege eine Spelunke und ein Separatzimmer drin, wo ne ganze Menge junge Herren zu verkehren pflegten, um sich Hahnenkämpfe, Rattenjagden und dergleichen anzuschauen, solche Feste sind dort oft abgehalten worden – ich habe sie mir nämlich selbst oft angesehen, und Conkey gehörte damals noch nicht zu

einer Chawrusse – Sie wissen doch, daß eine Chawrusse so viel heißt: wie ›Gaunerbande‹ –, und eines Nachts wurden ihm 300 Pfund und mehrere Guineen in einem Leinenbeutel mitten in der Nacht aus seiner Schlafstube von einem langen Kerl, der ein schwarzes Pflaster auf dem Auge hatte, gestohlen. Der Bursche hatte sich nämlich unterm Bett versteckt und war nachher mit seinem Raub zum Fenster hinausgesprungen, das nur ein Stockwerk hoch lag. Er war ein flinker Bursche, aber Conkey Chickweed war auch nicht von Pappe; er wachte bei dem Geräusch auf, war mit einem Sprung aus dem Bett, jagte dem Kerl eine Ladung Schrot nach und alarmierte die ganze Nachbarschaft. Das gab eine Mordsjagd, und bald sah man, daß Conkey Chickweed den Gauner angeschossen hatte, denn der ganze Weg bis zum Staket war voller Blutspuren. – Beim Staket hörten sie merkwürdigerweise auf. Mit dem Geld aber war der Kerl auf und davon, und so kams, daß Mr. Chickweed, der konzessionierter Gastwirt war, bald auf der Bankerottliste in der Zeitung stand. Da gabs nun Subskriptionen und Benefizvorstellungen und sonst noch alles mögliche, um den armen Teufel über seinen Verlust hinwegzutrösten, denn er war fast trübsinnig geworden und lief den ganzen Tag in den Straßen auf und ab und riß sich die Haare aus, so daß man fürchtete, er würde Selbstmord begehen. Eines Tages kam er dann ins Polizeiamt gestürzt, hatte dort eine geheime Unterredung mit dem Friedensrichter, der daraufhin Jem Spyers – Sie wissen doch: Jem Spyers war damals Beamter im Dienst – befahl, Mr. Chickweed zu begleiten und ihm zu helfen, den Kerl, der ihn seines Geldes beraubt, zu verhaften. ›Ich habe ihn gestern morgen an meinem Wirtshaus vorüberlaufen sehen, Spyers‹, sagte Chickweed. ›Warum haben Sie ihn denn nicht gleich am Kragen gepackt und hergebracht?‹ fragte Spyers.

›Ach Gott, ich war so doll erschrocken‹, sagte der arme Teufel, ›daß mir einer den Hirnkasten mit nem Zahnstocher hätte eindrücken können. Aber wir fassen ihn noch, denn heute nacht zwischen zehn und elf ist er wieder vorbeigegangen.‹ Als Spyers dies hörte, steckte er sich ein bißchen reine Wäsche und einen Kamm in die Tasche für den Fall, daß er ein paar Tage ausbleiben müsse, und dann ging er mit Chickweed weg und setzte sich stumm und bereit, den Hut auf dem Kopf, hinters Kneipenfenster. Wie er dort nun spät in der Nacht noch seine Pfeife rauchte, schrie mit einem Mal Conkey Chickweed: ›Hier ist er, haltet den Dieb!‹

Jem Spyers stürzte hinaus, und da sah er, wie Chickweed, aus vollem Halse schreiend, die Straße hinunter rannte. Spyers rannte hinterdrein, Chickweed immer voraus. Die Leute drehten sich um, und alle schrien: ›Diebe! haltet den Dieb!‹ und Chickweed selber brüllte auch und schrie wie ein Besessener.

Eine Minute lang verlor ihn Spyers, als er um eine Ecke bog, aus dem Gesicht. Wie er selbst um die Ecke herumschießt, sieht er einen Menschen laufen, stürzt sich auf Chickweed und fragt: ›Wo ist der Kerl?‹ ›Den Deibel nochmal‹, rief Chickweed, ›alle Wetter, ich hab ihn verloren.‹

Es war eine höchst merkwürdige Sache, aber der Gauner war nirgends zu sehen, und so gingen sie denn wieder zurück in die Kneipe. Am nächsten Morgen saß Spyers wieder an seinem alten Fleck und schielte hinter der Gardine einem langen Kerl nach, der ein schwarzes Pflaster über dem Auge trug – das heißt, er spähte nach einem solchen, falls sich einer dieser Art zeigen sollte. Es taten ihm endlich die Augen so weh, daß er sie für ein paar Augenblicke schloß, und in derselben Minute hörte er Chickweed wieder schreien: ›Hier ist er, hier ist er.‹ Spyers sprang auf, wieder rannte er Chickweed die Straße hinunter nach, und wieder entwischte der Kerl, ohne daß ihn Spyers zu Gesicht bekommen hätte. Das wiederholte sich noch ein paarmal, bis die ganze Nachbarschaft zur Meinung kam, Chickweed sei wahrscheinlich vom Teufel selbst ausgeraubt worden; andre wieder meinten, der arme Chickweed sei aus Gram über seinen Geldverlust meschugge geworden.«

»Was sagte denn Jem Spyers dazu?« fragte der Doktor, der gleich anfangs bei der Erzählung der Geschichte wieder ins Zimmer getreten war.

»Jem Spyers«, nahm der Detektiv seine Rede auf, »sagte eine lange Zeit gar nichts, gab auf alles acht, ohne sich etwas anmerken zu lassen; das beweist, wie gut er seine Sache verstand, und eines Morgens, wie sie wieder nach der Schenke gingen, nahm er seine Schnupftabaksdose heraus und sagte: ›Chickweed, ich habs nun heraus, wer der Räuber war.‹

›Fein! Hebben Se dat?‹ sagte Chickweed. ›Lieber Spyers, verschaffen Se mir man bloß eben Genugtuung, und ich will zufrieden sterben.‹

›Kommen Sie mal her‹, sagte Spyers und bot ihm eine Prise an. ›Ich wills Ihnen sagen, aber dann: Schluß mit der Sache: Sie selber sinds gewesen.‹

Und so war es auch. Chickweed hatte einen Mordsreibach bei der Geschichte gemacht, und wahrscheinlich wäre niemand hinter seine Schliche gekommen, wenn er nicht gar so dick aufgetragen hätte«, schloß Mr. Blathers, setzte sein Weinglas hin und klapperte mit den Handschellen.

»Eine komische Geschichte – wahrhaftig ja. Hm«, bemerkte der Doktor. »Also: wenns beliebt, so können wir jetzt hinaufgehen.«

»Nur, wenns Ihnen beliebt«, erwiderte Mr. Blathers und folgte Mr. Losberne hinauf in Olivers Schlafstube, wobei Ihnen Mr. Giles mit einer Kerze voranleuchtete.

Oliver war erwacht, fieberte aber noch, denn er verstand sichtlich nicht, was rings um ihn her vorging. Er konnte sich nicht einmal darauf besinnen, wo er sich befand und was mit ihm vorgegangen war.

»Also, das hier ist der Junge«, sagte Mr. Losberne leise, aber nichtsdestoweniger sehr eindringlich. »Er hat sich offenbar beim Spielen auf der Gasse oder sonstwo eine schwere Verwundung zugezogen. Er kam heute morgen hierher um Hilfe und Beistand, wurde aber auf der Stelle gepackt und mißhandelt und zwar von dem etwas sonderbaren Herrn, der dort mit der Kerze steht. Er hat das Leben des Kindes schwer gefährdet, wie ich als Fachmann bezeugen kann.«

Die Firma Blathers und Duff blickte Mr. Giles, auf den sich Mr. Losbernes Rede bezog, mißbilligend an, und der verdutzte Mr. Giles machte ein äußerst dummes Gesicht.

»Sie werden das doch wohl nicht in Abrede stellen, was?« fragte der Doktor und legte Oliver wieder behutsam in die Kissen zurück.

»Aber es geschah doch alles in der besten Absicht, Sir«, stammelte Giles. »Ich habe geglaubt, es sei der Einbrecherjunge, sonst hätte ich ihn doch nicht gepackt. Ich bin doch kein Unmensch, Sir.«

»Was für ein Einbrecherjunge, dachten Sie, sei es?« forschte Blathers.

»Nun, von der Bande, die hier eingebrochen ist«, entschuldigte sich Giles, »die hatten doch einen Jungen bei sich.«

»Glauben Sie das jetzt auch noch?« fragte Blathers.

»Glauben? Ich –? Jetzt – noch?« stotterte Giles und blickte den Detektiv verständnislos an.

»Ob Sie immer noch glauben, daß es derselbe Junge ist, Sie Schafskopf?« rief Blathers ungeduldig.

»Ich weiß es nicht. Ich weiß es wirklich nicht«, jammerte Giles verzweifelt. »Beschwören könnt ich es nicht.«

»Und was denken Sie jetzt?« fragte Mr. Blathers.

»Ich weiß doch nicht, was ich denken soll«, klagte der arme Giles. »Ich glaube nicht, daß es der Junge ist; das heißt: ich bin ganz sicher, daß er es nicht ist. Er kann es gar nicht gewesen sein.«

»Hat der Mann vielleicht zuviel getrunken, Sir?« fragte Blathers, zum Doktor gewendet.

»Er ist ein Mordsochs«, brummte Duff und kehrte Giles verächtlich den Rücken.

Doktor Losberne hatte inzwischen seinem kleinen Patien-

ten den Puls gefühlt und wandte sich an die Detektive mit der Bitte, falls sie irgend noch Zweifel an der Angelegenheit hätten, möchten sie sich in die Stube nebenan verfügen, wo sie Mr. Brittles finden würden.
Aber auch Mr. Brittles' Verhör ergab nichts Nennenswertes. Er entschuldigte sich beständig damit, daß er nur das gesagt habe, was er von Mr. Giles gehört. Schließlich ließen die Detektive, ohne sich weiter um Oliver zu kümmern, den Konstabler im Haus zurück und begaben sich, mit dem Versprechen, am nächsten Tag wiederzukommen, nach London zurück.
Am nächsten Tag hieß es, die Polizei hätte zwei Männer mit einem Jungen unter verdächtigen Anhaltspunkten aufgegriffen und nach Kingstown ins Gefängnis gebracht. Die Folge davon war, daß die Firma Blathers & Duff ihre Tätigkeit nach Kingstown verlegte. Die Verdachtsmomente beschränkten sich jedoch auch da schließlich nur auf den einfachen Umstand, daß drei Leute gemeinsam in einem Heuschober übernachtet hatten. Daraufhin verließ die Firma Blathers & Duff so klug wie vorher auch Kingstown.
In der Zwischenzeit wuchs und gedieh Oliver dank der Fürsorge Mrs. Maylies und Miß Roses, die dabei von Mr. Losberne aufs Wärmste unterstützt wurden.

32. Kapitel

Handelt von dem glücklichen Leben, das Oliver bei seinen gütigen Freunden zu führen begann

Anfangs hatte Oliver nicht wenig zu leiden. Zu den Schmerzen seiner Wunde kam noch ein heftiges Fieber als Folge der Kälte und Nässe, der er in jener Nacht ausgesetzt gewesen. Viele Wochen mußte er im Bett liegen, aber allmählich genas er und war imstande, wenn es die Gelegenheit ergab, mit schlichten, aber tiefgefühlten Worten auszudrücken, wie sehr ihm die Liebe und Güte seiner Wohltäterinnen zu Herzen ging und wie inbrünstig er hoffe, ihnen seine Dankbarkeit bald durch die Tat zu beweisen, wenn er erst wieder zu Kräften gelangt und wieder gesund sein würde. Er wolle ihnen, soweit dies ihm als Kind möglich sei, beweisen, welche Liebe er zu ihnen empfände, wo sie ihn doch von Elend und Tod gerettet hätten.

»Armes Kind«, sagte Miß Rose, als Oliver eines Tages mit bleichen Lippen ihr Worte des Dankes zu stammeln versuchte. »Du wirst schon Gelegenheit finden, uns erkenntlich zu sein, wenn du willst. Wir gehen aufs Land, und meine Tante hat vor, dich mitzunehmen. Die Ruhe des Landes, die reine Luft und die Freuden und die Schönheit des Frühlings werden dich bald ganz gesund machen, und wir wollen dir hundert kleine Geschäfte auftragen, wenn du nur erst die Mühe dafür auf dich nehmen kannst.«

»Die Mühe!« sagte Oliver. »Ach, wenn ich nur immer für Sie arbeiten und Ihnen Freude machen könnte – vielleicht, indem ich Ihnen Ihre Blumen begösse –, Ihre Vögel fütterte, oder den ganzen Tag für Sie hin und her laufen könnte! Wie froh wäre ich, wenn ich nur erst imstande wäre.«

»Du wirst mir damit mehr Freude bereiten, als ich dir sagen kann«, erwiderte die junge Dame. »Ich bin jetzt schon so unsäglich froh, daran zu denken, daß meine liebe, gute Tante ein Werkzeug in der Hand der Vorsehung gewesen ist, ein Kind aus so einer entsetzlichen Lage errettet zu haben, wie du sie uns beschrieben hast. Wie wird sie sich erst freuen, zu hören, daß ihr kleiner Schützling dankbar und liebevoll gegen sie ist; und das macht mich weit glücklicher, als du dir vorstellen kannst. Verstehst du mich, Oliver?« fragte sie, des Kindes nachdenkliches Gesicht betrachtend.

»O ja! ja, ich verstehe Sie sehr gut, aber es fiel mir nur ein, daß ich jetzt undankbar wäre.«

»Gegen wen denn?«
»Gegen den gütigen alten Herrn und die gute alte Frau, die damals so besorgt um mich gewesen waren«, erwiderte Oliver. »Sie würden sich bestimmt mit mir freuen, wenn Sie wüßten, wie glücklich ich jetzt bin.«
»Ganz sicher«, antwortete Miß Rose, »und Doktor Losberne ist bereits so freundlich gewesen, mir zu versprechen, dich zu ihnen zu führen, wenn du nur erst so weit erholt sein wirst, um die Reise überstehen zu können.«
»Hat er Ihnen das versprochen!« rief Oliver vor Freude strahlend. »Ich weiß gar nicht, was ich täte vor Entzücken, wenn ich ihre gütigen Gesichter noch einmal sehen könnte.«
Bald war Oliver so weit hergestellt, daß er die Anstrengung einer Fahrt nach London überstehen konnte. Eines Morgens bestieg Doktor Losberne mit ihm einen kleinen Wagen, der Mrs. Maylie gehörte, und sie fuhren in die Stadt. Als sie an der Chertseybrücke ankamen, wurde Oliver leichenblaß und stieß einen lauten Schrei aus.
»Was ist dir?« rief der Doktor wie gewöhnlich voll Lebhaftigkeit. »Siehst du etwas? Hörst du etwas? Fühlst du etwas? Ist dir etwas! Was ist es?«
»Dort, Sir!« rief Oliver aus und deutete aus dem Wagenfenster. »Das Haus dort!«
»Ja doch, was? – was ists mit dem Haus? Kutscher bleiben Sie stehen. Halten Sie dort vor dem Haus!« rief der Doktor. »Also, was ist es mit dem Haus, mein Junge?«
»Die Diebe – das ist das Haus, wohin sie mich geschleppt haben«, flüsterte Oliver.
»Das ist doch unerhört«, schrie der Doktor. »Hallo, Kutscher, stehenbleiben!«
Ehe der Mann noch vom Bock heruntersteigen konnte, war er aus dem Wagen hinausgestürzt, rannte zu dem verödeten Hause und fing an, wie toll mit Händen und Füßen gegen die Türe zu hämmern.
»Teufel, was ist das«, schimpfte ein kleiner häßlicher

Buckliger und öffnete die Türe so plötzlich, daß Doktor Losberne beinahe in den Flur hineingefallen wäre.
»Was los ist?« rief Doktor Losberne und packte den Buckligen ohne Umstände am Kragen. »Sehr viel ist los, Sie Kerl, Sie! Ein Einbruch ist geschehen.«
»Meinetwegen, was gehts mich an«, erwiderte der Bucklige kaltblütig. »Lassen Sie mich sofort los, verstanden?«
»Jawohl, ich verstehe Sie sehr gut«, erwiderte der Doktor und schüttelte den Menschen am Kragen. »Wo ist er? Wie heißt der verdammte Halunke? Ja, richtig, Sikes. Wo steckt der Kerl?«
Der Bucklige machte ein wütendes und scheinbar erstauntes Gesicht, dann entwand er sich dem Griffe des Doktors, stieß eine Flut schrecklicher Verwünschungen aus und trat ins Haus zurück. Ehe er jedoch die Türe schließen konnte, war Doktor Losberne bereits in die Wohnstube eingedrungen. Er sah sich neugierig um, aber nichts war zu sehen. Kein einziges Stück Hausrat und nicht einmal die Lage der Wandschränke entsprach der Beschreibung, die Oliver gegeben hatte.
»Was soll das bedeuten, daß Sie so in mein Haus eindringen«, fragte der Bucklige, den Doktor scharf beobachtend. »Haben Sie vielleicht die Absicht, mich zu berauben oder zu ermorden, was?«
»Haben Sie schon einmal gesehen, daß ein Mensch, der derlei vorhat, zweispännig vorfährt, Sie albernes Scheusal?« schimpfte der Doktor gereizt.
»Also, was wollen Sie dann?« fragte der Bucklige. »Augenblicklich schauen Sie, daß Sie hinauskommen, sonst geschieht ein Unglück.«
»Ich werde gehen, wann es mir paßt, früher nicht«, sagte Doktor Losberne und spähte in die Nebenstube hinein, die ebenso wie die erste in keiner Weise mit der Schilderung Olivers übereinstimmte. »Warten Sie nur, ich werde Ihnen schon auf Ihre Schliche kommen.«
»So! Glauben Sie!« höhnte der Krüppel boshaft. »Wenn

Sie mich jemals brauchen, können Sie mich immer hier treffen. Ich lebe nicht umsonst fünfundzwanzig Jahre hier. Glauben Sie nur nicht, daß ich mich von Ihnen ins Bockshorn jagen lasse. Sie werden mir das alles schon büßen!« Und der mißgestaltete Zwerg stieß ein Geheul aus und tanzte wie besessen im Zimmer herum.
»Dummes Zeug, Albernheit«, brummte der Doktor vor sich hin. – »Der Junge muß sich geirrt haben. Hier, da haben Sie! Stecken Sie das ein und halten Sie den Mund«, dabei warf er dem Buckligen ein Geldstück zu und kehrte zu dem Wagen zurück.
Der Krüppel folgte ihm, immerwährend Verwünschungen und Flüche vor sich hinschreiend, bis zur Wagentüre. Während Doktor Losberne ein paar Worte mit dem Kutscher wechselte, warf der Krüppel einen Blick in den Wagen hinein und faßte Oliver eine Sekunde fest ins Auge – mit einem Blick, so haßerfüllt und giftig, daß ihn der arme Junge nach Monaten noch weder im Schlaf noch im Wachen vergessen konnte. Als der Wagen bereits weiterfuhr, konnte er sehen, wie der Bucklige, schäumend vor Wut, auf den Boden stampfte und sich in wirklicher oder geheuchelter Raserei die Haare raufte.
»Ich bin ein Esel«, sagte der Doktor nach längerem Stillschweigen. »Hast du das schon gewußt, Oliver?«
»Nein, Sir.«
»Dann vergiß es fürs nächste Mal nicht. Jawohl, ich bin ein Esel«, rief der Doktor wieder und immer wieder. »Selbst wenn es das richtige Haus war, was hätte ich als einzelner Mensch, falls die Verbrecher drin gewesen wären, gegen sie ausrichten können; und selbst wenn ich Beistand gehabt hätte, was hätte es mir genützt! Wie oft habe ich mich schon in Verlegenheit dadurch gebracht, daß ich der ersten Eingebung folgte.«
Bald fand der alte Herr seine gute Laune wieder, und da er sah, daß Olivers Antworten auf seine Fragen immer klar, bestimmt und zusammenhängend und offenbar aufrichtig und wahrheitsgetreu gegeben wurden, nahm er sich fest

vor, ihm künftighin in allen Dingen festen Glauben zu schenken.
Oliver kannte den Namen der Straße, in der Mr. Brownlow sein Haus hatte, und sie konnten daher leicht ohne Aufenthalt hinfahren. Als der Wagen in die Straße einbog, schlug Oliver das Herz so heftig, daß er kaum atmen konnte.
»Nun, mein Junge, welches Haus ist es?« fragte Doktor Losberne.
»Dieses dort«, antwortete Oliver und zeigte eifrig über die Straße. »Das weiße Haus dort. Ach, bitte, fahren Sie, so schnell Sie können, ich glaube, ich muß sterben vor Aufregung.«
»Nur Ruhe, nur Ruhe«, besänftigte ihn der gute Doktor und klopfte ihm auf die Schulter. »Du wirst sie ja gleich sehen, und sie werden außer sich vor Freude sein, daß du wieder gesund und munter bist.«
»O hoffentlich, hoffentlich«, rief Oliver. »Sie waren so gut zu mir; so freundlich und gut.«
Der Wagen rasselte weiter. Dann hielten sie.
Es war ein falsches Haus. »Also, die nächste Türe.« Wieder hielt der Wagen. Oliver blickte zu den Fenstern hinauf, und Tränen freudiger Erwartung liefen ihm übers Gesicht.
Doch, o Gott, das weiße Haus war leer, und am Fenster hing ein Zettel, darauf standen die Worte: »Zu vermieten«.
»Klopfen wir an der nächsten Türe«, sagte Doktor Losberne und nahm Olivers Arm in den seinen. »Wissen Sie, Mädchen, wohin Doktor Brownlow gezogen ist?«
Das Dienstmädchen wußte keine Auskunft zu geben; machte sich aber erbötig, nachzufragen. Nach einer Weile kam sie zurück und sagte, Mr. Brownlow habe all seinen Besitz verkauft und sei nach Westindien gefahren, vor ungefähr sechs Wochen.
Oliver schlug die Hände vors Gesicht und sank zusammen.

»Ist seine Wirtschafterin auch mitgefahren?« forschte Doktor Losberne nach einer Pause.
»Jawohl, Sir«, war die Antwort. »Der alte Herr, die Haushälterin und ein Herr, der mit Mr. Brownlow befreundet ist. Alle drei sind sie nach Westindien.«
»Dann umkehren und heimfahren!« befahl Doktor Losberne dem Kutscher. »Und gib den Pferden nicht früher Rast, bevor wir aus dieser vermaledeiten Stadt heraus sind.«
»Und der Buchhändler, Sir! Wollen wir nicht zu ihm?« fragte Oliver schüchtern. »Ich weiß, wo er wohnt. Ach bitte, reden Sie doch mit ihm, Sir. Suchen wir ihn auf.«
»Du armer Junge, für einen Tag haben wir gerade genug Enttäuschung erlebt«, sagte der Doktor. »Wenn wir zu dem Bücherladen gehen, werden wir bestimmt erfahren, daß der Mann gestorben ist, oder ihm das Haus niedergebrannt ist, oder daß er auf und davon ist. Nein, fahren wir wieder nach Hause.«
Diese bittere Enttäuschung verursachte Oliver viel Kummer selbst mitten in seinem Glück, denn oft während seiner Krankheit hatte er sich voll Freude ausgemalt, was wohl Mr. Brownlow und Mrs. Bedwin sagen würden, und wie er ihnen erzählen wollte, wie oft er an sie gedacht und wie bitter ihm die Trennung von ihnen gewesen war. Dann: die Hoffnung sich in ihren Augen zu rechtfertigen und ihnen zu erzählen, wie man ihn gewaltsam entführt hatte, und wie das Dankgefühl ihnen gegenüber ihn in so mancher schweren Stunde aufrecht erhalten habe. Der Gedanke, daß sie nun fern im Ausland seien und immer noch glauben mußten, er sei ein Betrüger oder Dieb – ein Verdacht, den er vielleicht in diesem Leben niemals mehr würde entkräften können –, alles das lastete wie eine unerträgliche Qual auf ihm.
Seine nunmehrigen Wohltäter blieben nach wie vor liebevoll zu ihm. Nach ein paar Wochen, als der Frühling bereits ziemlich vorgeschritten war und jeder Baum und jede Blume Blätter und Blüten trieben, trafen sie Vorbereitungen, ihr Haus in Chertsey auf einige Monate zu verlassen.

Das Silberzeug deponierten sie in einer Bank, übergaben das Haus der Obhut Mr. Giles' und dem andern Diener und zogen dann mit Oliver in ein Landhaus, ziemlich weit von Chertsey entfernt.

Die Freude und Wonne, der seelische Frieden und die Ruhe des Landes waren eine ununterbrochene Quelle des Entzückens für Oliver. Es war ein reizender Ort, wohin sich die beiden Damen mit Oliver begeben hatten. Der arme Junge, dessen Lebenstage bisher in den entsetzlichsten Umgebungen und in Last und Kummer verstrichen waren, lebte förmlich auf in der friedvollen Landschaftsszenerie. Kletterrosen und Geißblatt rankten sich an den Wänden des Häuschens hinauf. Efeu umzog die Baumstämme, und die Blumen im Garten tränkten die Luft mit süßem Wohlgeruch. Dicht in der Nähe lag ein kleiner Friedhof voll niedriger mit frischem Rasen und Moos bedeckter Erdhügel, darunter die alten toten Dorfbewohner lagen und den ewigen Schlaf schliefen. Oft wanderte Oliver dorthin und träumte von dem armseligen Grab, in dem seine Mutter ruhte, und weinte und schluchzte, ohne daß es jemand sah. Wenn er aber die Augen zu dem blauen Himmelszelt über seinem Haupte erhob, dann flossen wohl seine Tränen immer noch, doch der Schmerz in seinem Herzen wich einer stillen Ruhe.

Es waren Tage, friedvoll und heiter, und die Nächte nicht wie sonst voll Furcht und Sorge. Jeder Tag brachte andre freundliche und glückliche Gedanken. An jedem Morgen begab sich Oliver zu einem silberhaarigen Greis, der unweit der kleinen Kirche wohnte und ihm Unterricht im Lesen und Schreiben erteilte und sich solche Mühe mit ihm gab, daß Oliver gar nicht genug tun konnte, sich zu bemühen, um ihm Freude zu machen. Dann wieder ging Oliver mit Mrs. Maylie und Miß Rose spazieren und lauschte, wenn sie von Büchern sprachen, oder hörte zu, wenn die junge Dame ihrer Tante vorlas; und kam der Abend, arbeitete er fleißig und ausdauernd in seinem kleinen Stübchen, das hinaus in den Garten ging, an seinen

Schulaufgaben, bis es späte Dämmerung wurde und die Damen wieder ausgingen und ihn mitnahmen. Wenn es dann finster geworden war und sie heimkehrten, setzte sich Miß Rose ans Klavier und spielte und sang mit leiser holder Stimme ein altes Lied, das ihre Tante gern hörte. Zu solchen Stunden wurden niemals Lichter angezündet, und dann saß Oliver an einem Fenster und lauschte verzückt der süßen Musik. Frühmorgens pflegte Oliver schon gegen sechs auf den Beinen zu sein, durchstreifte die Felder und durchsuchte die Hecken nach Feldblumen, die er sorgfältig geordnet als Zierde auf den Frühstückstisch stellte. So verflossen drei Monate – drei Monate, die selbst im Leben eines vollkommen Glücklichen schön zu nennen gewesen wären, für Oliver aber nach den unruhigen trüben Jahren, die er verlebt, ungemischte Seligkeit bedeuteten. Milde und Güte auf der einen Seite, wahrhaft innige Dankbarkeit auf der andern, konnte es nicht wundernehmen, daß Oliver nach Verlauf dieser kurzen Zeit bei den beiden Damen so beliebt war, daß sie mit Stolz und Freude die inbrünstige Anhänglichkeit seines jungen empfindsamen Herzens voll Liebe vergalten.

33. Kapitel

Das Glück Olivers und das seiner Freunde erleidet einen plötzlichen Stoß

Rasch schwand der Frühling dahin, und der Sommer kam, und alles grünte und blühte in vollster, üppiger Pracht. Die Bäume, früher verschrumpft, kahl und abgestorben, spendeten stille hehre Schatten und reckten ihre Arme schützend aus über den durstenden Boden. Die Erde war angetan mit ihrem glanzvollen grünen Mantel und schüttelte reiche Wohlgerüche aus ringsum.

Noch immer nahm das ruhige Leben Mrs. Maylies seinen

Fortgang, und heiter und froh genossen alle die schöne Zeit. Oliver war gesund und kräftig geworden, aber er blieb immer der sanfte, zärtliche, liebevolle Knabe, der er gewesen, als er noch schwach und entkräftet auf die Pflege seiner Wohltäterinnen angewiesen war. An einem schönen Abend hatten sie einen längeren Spaziergang unternommen, und am Himmel glänzte der Vollmond. Rose war sehr munter und wohlgemut gewesen, legte, als sie zu Hause angekommen waren, ihren Hut ab, setzte sich wie gewöhnlich ans Klavier, verfiel aber, nachdem sie ein paar Minuten zerstreut in die Tasten gegriffen, in eine langsame, ungewohnt feierliche Melodie.

»Rose! Liebe Rose!« rief die alte Dame erstaunt.

Rose gab keine Antwort und brach plötzlich in Schluchzen aus.

»Du bist doch nicht krank, mein Kind?« fragte Mrs. Maylie besorgt.

»Nein, nein, durchaus nicht«, versetzte Rose und schauderte zusammen wie unter großer Kälte. »Es wird mir gleich wieder besser sein.«

Sie wollte weiterspielen, aber ihre Finger sanken kraftlos nieder. Sie bedeckte mit den Händen das Gesicht und verfiel in lautes Schluchzen.

»Mein Kind«, jammerte die alte Dame und schlug die Arme um sie, »so habe ich dich ja noch niemals gesehen!«

»Ich möchte dich nicht beunruhigen«, klagte Rose, »aber ich kann nicht länger. Ich fürchte, Tante, ich bin sehr schwer krank.«

Sie war wirklich krank, denn als die Kerzen ins Zimmer gebracht wurden, da sahen sie, daß in der kurzen Zeit, seit sie nach Hause gekommen war, die sonst so blühende Gesichtsfarbe Roses einer tödlichen Blässe gewichen war. Eine angstvolle Nacht folgte, und als der Morgen kam, war die Befürchtung Mrs. Maylies, die sie Oliver auf dessen Fragen mitgeteilt, zur Wahrheit geworden: Rose war im ersten Stadium eines hohen Fiebers.

»Jetzt heißt es, handeln ohne lange Worte und unserm

Kummer nicht freien Lauf lassen«, sagte Mrs. Maylie. »Dieser Brief hier muß so rasch wie möglich zu Doktor Losberne befördert werden; er muß zum nächsten Marktflecken geschafft werden – ungefähr drei Meilen Luftlinie von hier entfernt. Von dort soll ihn ein Eilbote sofort nach Chertsey weitertragen. Die Leute im Gasthaus des Marktfleckens werden gerne alles übernehmen. Bitte, sorge dafür, daß alles pünktlich geschieht. Auf dich kann ich mich, das weiß ich, verlassen.«
Oliver konnte vor Unruhe und Ergriffenheit kein Wort hervorbringen, aber der Eifer, alles zu tun, was in seiner Macht stand, war auf seinem Gesicht geschrieben.
»Hier hätte ich noch einen andern Brief«, sagte Mrs. Maylie und überlegte. »Nur weiß ich nicht: soll ich ihn absenden, oder soll ich warten. Ich möchte erst wissen, wie es mit Rose steht, und nicht jemand unnötig beunruhigen, solange das Schlimmste noch nicht zu befürchten ist.«
»Ist er auch in Chertsey abzugeben, Madame?« fragte Oliver voll Eifer, zu helfen, wo er nur könne, und streckte zitternd die Hand nach dem Briefe aus.
»Nein«, versetzte die alte Dame, gab ihm aber mechanisch das Schreiben.
Oliver warf einen Blick auf die Adresse und las: »Mr. Harry Maylie« und darunter die nähere Bezeichnung eines vornehmen Hauses in der Gegend.
»Soll er besorgt werden, Madame?« fragte Oliver ungeduldig.
»Nein, noch nicht«, murmelte Mrs. Maylie. »Ich will lieber bis morgen warten.«
Mit diesen Worten gab sie Oliver ihre Börse, und er rannte, so rasch er konnte, davon.
Es ging im Flug über die Felder; bald war Oliver unsichtbar im hohen Korn, bald trat er wieder auf offnes Feld hinaus, wo die Ackersleute emsig die Fluren bestellten. Nicht ein einziges Mal machte er halt und langte endlich staubbedeckt auf dem kleinen Marktplatz des Fleckens an.
Was er zu suchen hatte, war ein großes Gebäude mit grün-

gestrichenem Balkenwerk und einem Schild davor mit der Aufschrift: Zum König Georg.
Oliver sprach einen Postillon an, der im Torweg lag und schlief. Dieser wies ihn an den Hausknecht und dieser an den Wirt. Der Wirt war ein riesiger Mann mit blauem Halstuch, weißem Hut, Lederhosen und Stulpenstiefeln. Er lehnte gerade an der Stalltüre und stocherte sich mit einem silbernen Zahnstocher in den Zähnen. Bedächtig begab er sich hierauf in die Schenkstube und rechnete eine Ewigkeit herum, was die Besorgung des Briefes wohl kosten möchte. Dann mußte ein Gaul gesattelt werden und ein Mann sich anziehen und zurechtmachen, und darüber verstrichen abermals mehrere Minuten. Oliver konnte es vor Ungeduld und Unruhe kaum aushalten. Am liebsten wäre er selbst aufs Pferd gesprungen und in gestrecktem Galopp zur nächsten Station gejagt. Endlich aber war alles fertig, und der Postbote gab dem Roß die Sporen und sprengte über das holprige Pflaster des Marktfleckens, und wenige Minuten später konnte man ihn auf der Landstraße dahinjagen sehen.
Erleichtert bog Oliver aus dem Torweg heraus, da stolperte er gegen einen Mann, der im selben Augenblick das Gasthaus verlassen wollte.
»Donner«, rief der Mensch, fuhr zurück und starrte Oliver an. »Teufel, wer ist das!«
»Entschuldigen Sie, Sir«, stotterte Oliver, »ich war so voll Eile, nach Hause zu kommen, daß ich nicht gesehen habe, wie Sie mir entgegenkamen.«
»Hölle und Teufel«, knirschte der Mann und wandte keinen Bick von Oliver, »zu Staub zerstampfen könnte man den Kerl und immer wieder aus einem steinernen Sarg würde der Hund auferstehen und sich mir in den Weg stellen.«
»Es tut mir wirklich leid«, stammelte Oliver, ganz verwirrt durch den haßerfüllten Blick des Mannes. »Ich habe Ihnen doch hoffentlich nicht weh getan?«
»Verfaulen sollst du, verdammte Kröte«, stieß der Mann

zwischen den Zähnen hervor. »Hätte ich nur damals das Wort gesagt, jetzt wäre ich frei von dir. Die Pest über dich, du Kobold. Was treibst du dich hier herum!«

Sinnlos vor Wut ballte der Mann die Faust und holte zu einem Schlag nach Oliver aus. Doch ehe es noch dazu kam, stürzte er auf den Boden, wand sich in Krämpfen, und weißer Schaum trat ihm vor den Mund.

Einen Moment lang starrte Oliver entsetzt auf den Wahnsinnigen, der sich am Boden in Krämpfen wand – denn für einen Irrsinnigen hielt er ihn –, dann stürzte er ins Haus hinein, um nach Hilfe zu rufen. Dann aber lief er, so rasch er konnte, querfeldein, um die verlorene Zeit wieder hereinzubringen. Aber das seltsame Benehmen des Menschen ging ihm nicht aus dem Kopf und ließ das Gefühl tiefer Furcht in ihm zurück.

Wieder in dem Landhause angelangt, verscheuchte er seine Gedanken, denn jetzt galt es, sich selbst zu vergessen und seine Pflicht zu tun.

Bereits gegen Mitternacht lag Miß Rose in heftigen Delirien. Der Arzt des Ortes wich keine Sekunde von ihrem Bett und hatte schon nach dem ersten Blick, den er auf die Kranke geworfen, Mrs. Maylie beiseite genommen und ihr gesagt, die Krankheit der jungen Dame sei so beunruhigender Art, daß es beinahe ein Wunder bedeute, wenn sie wieder gesund werden sollte.

Oft und oft in dieser Nacht sprang Oliver aus seinem Bett und schlich auf den Zehen zum Krankenzimmer, um an der Türe zu horchen. Er zitterte vor Angst und Entsetzen, und kalte Schweißtropfen traten ihm auf die Stirn, wenn er einen Fußtritt hörte, der ihn glauben machte, das Ärgste sei bereits eingetreten. Stundenlang lag er auf den Knien in inbrünstigem Gebet und leidenschaftlichem Flehen um das Leben und die Gesundheit des zarten Geschöpfes, das jetzt am Rande des Abgrundes dahinwandelte.

Ein schreckliches Hangen und Bangen! Angstbilder scheuchten ihm den Schlaf – eine ewige Marter und Pein.

Der Morgen kam, und Totenstille herrschte in dem kleinen Landhaus. Die Leute sprachen im Flüsterton zusammen. Ängstliche Gesichter wurden von Zeit zu Zeit am Torweg sichtbar, und Frauen und Kinder, denen Miß Rose in den Tagen ihrer Gesundheit so manches Gute getan, schlichen sich weg, Tränen in den Augen. Den ganzen Tag und noch lange in die Stunden der Finsternis hinein ging Oliver im Garten auf und ab und mußte alle Augenblicke hinaufschauen zu dem Krankenzimmer und schauderte zusammen beim Anblick des verdunkelten Fensters, das aussah, als habe der Tod bereits dahinter seinen Einzug gehalten.

Spät in der Nacht kam Doktor Losberne an.

»Eine schlimme Sache!« sagte er mit weggewendetem Blick. – »So jung, so sehr geliebt und so wenig Hoffnung!«

Ein andrer Morgen. Die Sonne schien hell und klar, als gäbs kein Elend und keine Sorgen auf Erden, und drinnen im Zimmer rang ein schönes jugendliches Geschöpf mit dem Tode. Oliver schlich sich auf den alten Friedhof und setzte sich auf einen der grünen Hügel und weinte und betete um Miß Rose. Der Trauerklang einer Kirchenglocke schlug hinein in seine jugendlichen Gedanken. Man läutete zu einem Begräbnis. Eine Schar Leidtragender trat zum Friedhofstor herein, weiße Atlasschleifen um die Arme gebunden, denn ein junges Mädchen wurde bestattet. Entblößten Hauptes standen alle am Grabe, und eine weinende Mutter darunter. Aber die Sonne schien hell und freundlich und unbeirrt sangen die Vögel weiter. Als Oliver nach Hause kam, saß Mrs. Maylie unbeweglich in dem kleinen Wohnzimmer. Das Herz stand ihm still, als er sie ansah. Sie war nicht einen Augenblick vom Bette ihrer Nichte gewichen, und er zitterte bei dem Gedanken, es müsse eine schlimme Wendung vor sich gegangen sein, da sie jetzt nicht mehr dort saß. Er vernahm, daß Rose in einen tiefen Schlaf gesunken sei, der ihr entweder Genesung oder Tod bringen würde. Stundenlang blieben sie beieinander sitzen: die alte Frau, und der Knabe, ohne ein

Wort zu sprechen. Unangerührt wurde das Essen wieder hinausgetragen.
Stumm blickten sie hinaus auf die sinkende Sonne, die über Himmel und Erde leuchtende Farben warf. Plötzlich hörten sie das Geräusch eines nahenden Schrittes. Unwillkürlich sprangen sie beide hin zur Türe, und Doktor Losberne trat ein.
»Wie geht es Rose?« rief die alte Dame. »Bitte, reden Sie! Schnell! schnell! Ich kann es nicht länger ertragen. Alles, nur dieses ewige Hoffen und Harren nicht. Bitte, sagen Sie mir alles, in Gottes Namen!«
»Sie müssen sich fassen«, sagte der Doktor und stützte die alte Dame. »Seien Sie ruhig, Madame, ich bitte, seien Sie ganz ruhig.«
»Lassen Sie mich zu ihr, im Namen Gottes des Allmächtigen, lassen Sie mich zu ihr! Sie liegt im Sterben.«
»Nein«, rief der Doktor leidenschaftlich. »Gott ist allgütig und allbarmherzig und wird sie leben lassen uns allen zum Glück noch viele Jahre.«
Die alte Frau fiel auf die Knie und wollte die Hände falten, aber die Kraft verließ sie, und sie sank in die Arme des Arztes, der sie freundlich emporhob.

34. Kapitel

Ein junger Herr betritt den Schauplatz, und Oliver erlebt ein neues Abenteuer

Es war des Glückes fast zuviel, um es tragen zu können. Oliver war durch die unverhoffte Nachricht ganz betäubt. Er konnte nicht weinen, nicht sprechen, nicht bleiben, wo er war. Er hatte kaum die Kraft, das, was vorgegangen, zu verstehen, und erst ein längerer Spaziergang in der friedlichen Abendluft brachte ihm durch einen Tränenstrom Erleichterung.

Es dunkelte bereits, als er nach Hause zurückkehrte, beladen mit einem mächtigen Blumenstrauße, den er mit besondrer Sorgfalt zur Ausschmückung des Krankenzimmers gepflückt hatte. Als er auf Mrs. Maylies Haus rasch zuschritt, hörte er hinter sich auf der Straße das herankommende Donnern eines Wagens. Er blickte sich um. Es war eine Postchaise, und da der Weg ziemlich schmal war und der Postillon im Galopp einherfuhr, drückte er sich dicht an ein Gartentor, um nicht überfahren zu werden. Der Wagen näherte sich, und darin erblickte er, unter einer Zipfelmütze fast versteckt, ein ihm bekanntes Gesicht. Er forschte nach in seiner Erinnerung, wem es wohl gehören möge, da hörte er sich angerufen, und der Postillon brachte mit einem Ruck die Pferde zum Stehen.

»Hier komm her«, rief eine Stimme. »Oliver, wie gehts Miß Rose?! He, Oliver!«

Es war Mr. Giles, der rief.

»Rasch, rasch, gehts ihr besser oder schlimmer?« rief ein junger Herr dazwischen, während sich Giles zurückzog.

»Besser, viel besser«, erwiderte Oliver mit jauchzendem Ton.

»Gott sei Dank«, jubelte der junge Herr. »Ist das aber auch sicher?«

»Sie können sich bestimmt darauf verlassen, Sir«, sagte Oliver. »Vor ein paar Stunden ist die Besserung eingetreten, und Doktor Losberne hat gesagt, alle Gefahr sei jetzt vorüber.«

Der junge Herr sprach kein Wort weiter, sprang aus dem Wagen, zog Oliver an sich und fragte ihn mit bebender Stimme: »Ist das auch wirklich ganz gewiß? Irrst du dich nicht, Kind? Sag mir die Wahrheit. Erwecke nicht Hoffnungen in mir, die am Ende enttäuscht würden.«

»Das würde ich um keinen Preis tun, Sir«, erwiderte Oliver. »Sie können mir wirklich glauben, Sir. Doktor Losberne sagte ausdrücklich, sie würde leben und uns noch viele Jahre die Freude ihrer Gegenwart schenken.«

Und die Tränen traten ihm in die Augen vor Ergriffenheit,

und auch der junge Herr wandte das Gesicht ab und blieb einige Minuten stumm. Oliver glaubte ihn schluchzen zu hören und wagte es daher nicht, seinen Bericht fortzusetzen. Er stand da und tat, als sei er ganz mit seinem Blumenstrauß beschäftigt.

Giles hatte unterdessen auf dem Wagentritt, die Ellbogen auf die Knie gestützt und sich die Augen wischend, dagesessen, und aus ihrer Röte, als der junge Herr ihn anredete, ging deutlich hervor, daß auch seine Bewegung echt war und von Herzen kam.

»Fahren Sie inzwischen rasch ins Haus meiner Mutter, Giles«, befahl der junge Herr, »ich selbst komme langsam nach; ich muß mich erst ein wenig sammeln, bevor ich sie begrüßen kann. Richten Sie ihr aus, ich käme gleich.«

»Verzeihen Sie, Mr. Harry«, erwiderte Mr. Giles, »aber Sie würden mir einen großen Gefallen tun, wenn Sie sich durch den Postillon anmelden lassen wollten. Die Damen dürfen mich nicht in diesem Aufzug sehen, Sir! Ich würde alles Ansehen bei ihnen verlieren.«

»Ganz wie Sie wollen, Giles«, erwiderte der junge Herr lächelnd. »Lassen Sie den Mann mit dem Gepäck vorausfahren. Sie können ja mit uns nachkommen. Aber setzen Sie sich jetzt endlich einmal eine angemessene Kopfbedekkung an Stelle Ihrer Zipfelmütze auf; wir werden sonst für Verrückte gehalten.«

Mit Schrecken erinnerte sich Mr. Giles seines höchst ungebührlichen Aufzuges, schob die Nachtmütze in die Tasche, setzte sich einen Hut auf und hieß den Postillon weiterfahren, während er, Mr. Maylie und Oliver zu Fuß nachkommen wollten.

Oliver blickte den jungen Herrn von Zeit zu Zeit neugierig und von der Seite an. Mr. Maylie war ungefähr fünfundzwanzig Jahre alt und mittelgroß. Offenheit lag in seinem wohlgeformten Gesicht, und sein Benehmen war das eines wohlerzogenen vornehmen jungen Mannes. Trotz des Altersunterschiedes sah er der alten Dame, seiner Mutter, so sprechend ähnlich, daß ihn Oliver sogleich, auch wenn er nichts Näheres gewußt hätte, als ihren Sohn erkannt haben würde.

Mrs. Maylie erwartete ihn bereits mit größter Sehnsucht und Ungeduld, und das Wiedersehn zwischen Mutter und Sohn war ergreifend.

»Warum hast du mir nicht schon früher geschrieben, Mama?« klagte Harry.

»Ich habe es wohl getan«, erwiderte Mrs. Maylie, »ich hatte aber beschlossen, den Brief nicht eher abzuschicken, bis Doktor Losbernes ärztliches Gutachten feststünde. Wenn das Schlimmste eingetreten wäre, Harry, hättest du das Schreckliche früh genug erfahren.«

»Mein Glück wäre dann für immer dahingewesen«, versetzte der junge Mann. »Du weißt es, Mutter – du mußt es wissen.«

»Ich weiß, daß Rose die höchste Liebe verdient, die das Herz eines Mannes bieten kann«, sagte Mrs. Maylie, »und wenn mir das Gefühl nicht sagte und ich außerdem nicht wüßte, daß der Umschwung der Gefühle dessen, den sie liebt, sie bis zum Tode betrüben müßte, so würde ich es nicht so schwer finden, meine Aufgabe zu erfüllen, und würde innerlich nicht so viel Kämpfe zu bestehen gehabt haben, um zu tun, was ich für meine Pflicht halte.«

»Meinst du noch immer, ich sei ein Knabe und kennte mein eigenes Herz nicht?« rief Harry. »Glaubst du, der Zug meiner Seele sei mir noch immer unklar?«

»Ich glaube, lieber Sohn«, erwiderte Mrs. Maylie und legte ihm die Hand auf die Schulter, »daß die Jugend sehr viel gute Regungen hat, die aber nicht andauern, und daß darunter oft welche sind, die, wenn sie einmal befriedigt sind, sich rasch verflüchtigen. Vor allen Dingen glaube ich«, sagte die alte Dame und blickte ihrem Sohn fest in die Augen, »daß, wenn ein feuriger, ehrgeiziger, schwärmerischer Mann eine Frau heiratet, deren Name rein ist –, daß ein Mann, gleichviel wie edel und gut sein Charakter ist, immerhin eines Tages eine Verbindung, die er in der Blütezeit seiner Jahre geschlossen hat, bereuen könnte. Und sie – würde dann tiefen Schmerz empfinden.«

»Mutter«, widersprach der junge Mann ungeduldig, »wer so handelt, ist eine selbstsüchtige Bestie und nicht wert, den Namen Mann zu tragen, noch weniger ein Weib an seiner Seite zu sehen, wie du es schilderst.«

»So denkst du jetzt, Harry.«

»Und so wird es immer sein«, unterbrach der junge Mann. »An Rose hängt mein Herz so innig, wie nur je das eines Mannes an dem eines Weibes hängen konnte. Das Leben hat keine Hoffnung und kein Ziel für mich ohne sie. Wenn du dem widerstrebst, so nimmst du mir Frieden und Glück und machst mich unstet. Ich bitte dich, Mutter, denke besser von mir.«

»Harry«, sagte Mrs. Maylie, »eben weil ich warme und empfindende Herzen so sehr achte und hochschätze, möchte ich ihnen künftige Wunden ersparen. Aber wir haben jetzt über dieses Thema mehr als genug geredet.«

»Überlasse doch alles weitere Rose«, fiel Harry ihr ins Wort. »Ich weiß, du wirst mir sicher kein Hindernis in den Weg legen?«

»Das nicht«, versetzte Mrs. Maylie. »Aber ich wünsche, daß du erst überlegst.«

»Das habe ich längst«, lautete die ungeduldige Antwort. »Ich habe es, Mutter, Jahre um Jahre, und meine Empfindungen sind unverändert geblieben, seit ich denken kann. Nein, ehe ich aus diesem Hause den Fuß setze, soll Rose mich anhören.«

»Recht so«, lobte Mrs. Maylie.

»Das läßt mich vermuten, daß du glaubst, sie werde mich abweisen, Mutter?« forschte der junge Mann.

»Nein, sie wird dich – und nicht mit Kälte – anhören«, sagte die alte Dame, »weit entfernt davon.«

»Was also dann?« drängte der junge Mann. »Liebt sie einen andern?«

»Nein, gewiß nicht. Es kann nicht sein, wenn ich nicht irre, daß eine solche Liebe Wurzel gefaßt hätte in ihrem

Herzen. Übrigens, was ich sagen wollte«, fuhr die alte Dame fort, »ehe du alles an dein Ziel knüpfst, überlege nur wenige Augenblicke, mein lieber Junge, die Geschichte von Roses Leben und bedenke, welche Wirkung die Kenntnis der Zweifel, die ihre Geburt umhüllen, auf ihre Entscheidung haben wird. So sehr sie an uns hängt – das, was ich gesagt habe, übt großen Einfluß auf sie aus.«

»Wie soll ich den Sinn deiner Worte verstehen?« fragte Harry.

»Das muß ich dir überlassen«, versetzte Mrs. Maylie. »Ich muß jetzt zu Rose zurück. Gott segne und behüte sie.«

»Ich werde dich doch heute abend noch einmal sehen, Mama?«

»Ich denke schon.«

»Und wirst du ihr sagen, daß ich hier bin?«

»Natürlich.«

»Ihr auch erzählen, wie unruhig ich war, wie sehr ich gelitten habe, wie sehr ich mich danach sehne, sie zu sehen? Das wirst du mir doch nicht abschlagen, Mutter!«

»Nein«, versprach die alte Dame, »ich werde ihr alles sagen.« Und ihrem Sohn zärtlich die Hand drückend, eilte sie aus dem Zimmer.

Doktor Losberne und Oliver hatten während dieser eiligen Unterredung am andern Ende des Zimmers nebeneinander gestanden. Doktor Losberne begrüßte jetzt Mr. Harry Maylie auf das herzlichste und erstattete ihm sofort umständlichen Bericht über die Krankheit und das Befinden der Patientin.

Mit gespitzten Ohren hörte Mr. Giles zu und packte die Koffer aus.

»Haben Sie kürzlich wieder etwas besonderes geschossen, Giles?« fragte der Doktor, als er mit seinem Bericht zu Ende war.

»Nein, Sir, besonderes nicht gerade«, erwiderte Giles und wurde blutrot.

»Auch keine Einbrecher gefangen, oder Räuber erwischt?« fuhr Losberne boshaft fort.

»Nein, Sir«, antwortete Giles ernst.
»Das tut mir leid, zu hören. Sie verstehen sich sonst so gut auf derlei. Wie geht es Brittles?«
»Der junge Mensch befindet sich recht gut; er läßt sich Ihnen ganz gehorsamst empfehlen, Sir.«
»Gut. Doch da Sie gerade hier sind, fällt mir ein, Giles, daß ich vor ein paar Tagen, als ich eiligst hierher mußte, noch tags vorher einen Auftrag ihrer braven Herrin, der Sie betrifft, zu besorgen hatte. Kommen Sie doch einen Augenblick mit in die Ecke.«
Mit würdevoller Haltung, wenn auch ziemlich verwundert, trat Giles zu ihm und lauschte einer ihm im Flüsterton gemachten Mitteilung von seiten des Arztes. Dann machte er eine ganze Reihe besonders tiefer Bücklinge und zog sich majestätisch zurück. Worum es sich drehte, wurde im Wohnzimmer nicht weiter erörtert, aber das Küchenpersonal war bald aufgeklärt, denn Mr. Giles begab sich schnurstracks hinab, ließ sich einen Krug Bier zur Stärkung geben und machte mit majestätischer Miene eine Mitteilung von außerordentlicher Wichtigkeit. Seine Herrin habe nämlich als Anerkennung seiner Verdienste bei dem damaligen räuberischen Einbruch und seinem tapfern Verhalten dabei eine Summe von fünfundzwanzig Pfund auf der Sparkasse für ihn hinterlegt. Darüber schlugen die Köchin und das Stubenmädchen die Hände zusammen und blickten zum Himmel auf und gaben der Vermutung Ausdruck, Mr. Giles werde sie von jetzt ab wohl keines Blickes mehr würdigen. Mr. Giles jedoch versicherte sie leutselig des direkten Gegenteils. Nein nein, sagte er, und wenn sie vielleicht merken sollten, daß er den Untergebenen gegenüber die Nase zu hoch trage, so wäre er ihnen nur dankbar, wenn sie ihn sofort darauf aufmerksam machten. Dann ließ er noch allerhand Bemerkungen fallen, die er in seiner Leutseligkeit nicht minder lebhaft zum Ausdruck brachte, und die mit größtem Beifall entgegengenommen wurden.
Im oberen Stockwerk verging der Abend in froher Stim-

mung, denn der Doktor war besonders gut aufgelegt, und so in Gedanken versunken, wie Harry Maylie zuerst auch gewesen war, so konnte er doch der guten Laune des alten Herrn, der eine Menge von Witzen aus seiner Praxis zum besten gab, nicht standhalten. Weit vergnügter als sonst, stand Oliver am nächsten Morgen auf und ging seiner Beschäftigung mit jauchzender Freude und singendem Herzen nach. Die Stubenvögel wurden wieder vor das Fenster an ihren alten Platz gehängt, um dort zu zwitschern, und die schönsten Feldblumen, die es gab, wurden wieder gepflückt, damit sich Rose an ihrer Schönheit erfreue. Wie mit einem Zauberschlag war aller Gram, der Olivers Herz verdüstert hatte, verschwunden. Sehr eigentümlich war, daß Harry Maylie übrigens schon vom ersten Morgen an, als Oliver mit Blumen beladen nach Hause kam, sofort von einer überraschenden Leidenschaft für Botanik ergriffen wurde und im Anordnen der Blumensträuße einen derartig hervorragenden Geschmack an den Tag legte, daß sein jugendlicher Gefährte vor ihm die Waffen strecken mußte. An einem schönen Abend, als die erste Dämmerung ihre Schatten über die Erde warf, saß Oliver eifrig in seine Schulbücher vertieft am Fenster, von dem aus sich eine herrliche Fernsicht über Wiesenland und dichten Wald weithin erstreckte. Er hatte schon ziemlich lange dort gesessen, der Tag war ungewöhnlich schwül gewesen, und Oliver hatte sich tüchtig angestrengt, um seine Aufgaben zu bewältigen. Es gibt nun eine Art Schlaf, der uns bisweilen überkommt, und während er den Körper in Fesseln legt, dennoch den Geist in gewisser Beziehung wach erhält und ihn nicht freimacht von der Wahrnehmung der ihn umgebenden Dinge. Wir sind uns darin all dessen bewußt, was sich in unsrer Umgebung befindet und ereignet, und wenn wir in solchen Augenblicken träumen, so finden dennoch gesprochene Worte oder in der Wirklichkeit erklungene Laute mit überraschender Schnelligkeit den Weg in unser Bewußtsein, wenn auch zuletzt sich Wirklichkeit und Einbildung so wunderbar verschmelzen, daß es uns fast unmöglich scheint, sie voneinander zu unterscheiden. So ähnlich erging es Oliver: Er wußte genau, daß er sich in dem Stübchen befand, daß seine Bücher vor ihm auf dem Tisch lagen und daß der Duft der Winde seinen Weg herein zum Fenster fand, und doch schlummerte er. Auf einmal weckte ihn etwas scheinbar auf. Die Luft wurde drückend und heiß, und er sah sich wieder im Hause des Juden. Der schreckliche Alte saß in seiner Ecke, deutete auf ihn und flüsterte etwas einem andern Mann zu, der mit abgewandtem Gesicht in seiner Nähe saß.

»Betuch, mei Lieber«, glaubte er in der Einbildung den Juden zu hören, »er is es, soll ich es erleben – er ist es. Schaun mer, daß mer weiter kommen.«

»Glauben Sie, ich kenne ihn nicht?« schien der andre zu antworten. »Und wenn eine Rotte von Gespenstern in seiner Gestalt herumspukte und er stäke mitten unter ihnen, so wüßte immer noch etwas in mir und verriete mir, wie ich ihn herausfinden könnte. Wenn du ihn fünfzig Fuß tief unter der Erde begräbst und führst mich über sein Grab, ich fühls heraus, wo er liegt.«

Der Mann schien die Worte mit einem furchtbaren Haß zu sprechen, so daß Oliver schweißgebadet aufwachte und emporfuhr. Gott im Himmel! alles Blut drängte sich ihm zum Herzen, beraubte ihn seiner Stimme und der Fähigkeit, sich zu bewegen. Dort – dort – am Fenster – dicht vor ihm, so dicht, daß man ihn hätte greifen können, ehe er zurückfuhr – stand der Jude. Er lugte mit seinen entzündeten Augen herein in die Stube und gaffte ihn an. Und neben ihm, weiß wie der Kalk an der Wand, stand jener andre, der ihn neulich im Gasthof des Marktfleckens angeschrien hatte und ihn jetzt wiederum ansah, grinsend und höhnend.

Es war nur ein Augenblick gewesen – wie ein Blitz –, dann waren sie weg. Aber sie hatten ihn erkannt, und er hatte sie erkannt. Ihr Blick hatte sich in sein Gedächtnis eingegraben, wie sich ein Meißel in einen Stein frißt, und als hätte er ihn gesehn von Geburt an. Eine Sekunde stand Oliver wie angewurzelt, dann sprang er mit einem Satz aus dem Fenster in den Garten hinaus und rief laut um Hilfe.

35. Kapitel

Das Resultat von Olivers Abenteuer und eine Unterredung von ziemlicher Wichtigkeit zwischen Harry und Rose

Als die Hausbewohner, durch Olivers Hilferufe alarmiert, herbeieilten, fanden sie ihn bleich und erregt mit dem Arm auf die Wiesen zeigend und mühsam die Worte hervorstoßend: »Der Jude, der Jude.«

Mr. Giles zerbrach sich vergeblich den Kopf über den Sinn dieser Worte. Harry Maylie, der Olivers Geschichte inzwischen von seiner Mutter erfahren hatte, begriff sie dagegen um so rascher.

»In welcher Richtung ist er davon?« fragte er und bückte sich nach einem Stock, der zufällig dalag.

Oliver wies nach der Richtung, in der er die beiden Männer hatte forteilen sehen, und sagte, daß sie soeben erst seinem Blick entschwunden seien.

»Dann werden wir sie schon einholen«, sagte Harry. »Folgt mir alle und haltet euch so dicht an mich, wie ihr könnt.«

Bei diesen Worten sprang er über die Hecke und eilte so rasch davon, daß ihm die andern kaum zu folgen vermochten. Nach ein paar Minuten gesellte sich auch Doktor Losberne, der eben von einem Spaziergang heimkam, zu ihnen und fragte sie laut, was denn geschehen sei.

Sie hielten ein wenig an, um Atem zu schöpfen, und dann bog Harry in den Wiesengrund ein, den ihm Oliver bezeichnet hatte. Sorgfältig durchsuchte er den Graben und die Hecke, und dadurch gewannen die übrigen Zeit, zu ihm zu kommen und Doktor Losberne die Ursache der Jagd mitzuteilen.

Ihr Suchen war vergeblich, nicht einmal frische Fußspuren entdeckten sie. Endlich standen sie auf einem kleinen Hügel, von dem aus sie alle Felder, Wiesen und Äcker übersehen konnten und linker Hand das kleine Dorf. Doch die Verfolgten hätten, um es zu erreichen, eine viel längere Zeit brauchen müssen, als ihnen gegeben war.

»Du mußt geträumt haben«, sagte Harry, als sie nichts erblickten.

»Nein, Sir, wirklich nicht«, erwiderte Oliver schaudernd. »Ich habe ihn deutlich gesehen; ich habe beide so deutlich gesehen, wie ich Sie jetzt vor mir sehe.«

»Wer war denn der andre?« forschten Harry und Losberne zugleich.

»Derselbe Mann, von dem ich Ihnen sagte, daß ich ihn kürzlich im Hausgang des Gasthofes getroffen habe«, antwortete Oliver. »Wir starrten einander in die Augen, und ich kann beschwören, daß er es war.«

»Weißt du gewiß, daß sie diesen Weg genommen haben?«

»So gewiß, wie ich weiß, daß sie vor dem Feld dort standen«, versicherte Oliver und wies nach der Hecke zwischen Garten und Wiesengrund. »Da sah ich sie, sah den großen Mann hinüberspringen und auch den Juden und sich einige Schritte weiter rechts durch die Lücke drängen.«

Die beiden Herren blickten Oliver während seiner Erzählung unverwandt an und dann einander – die eifrigen Mienen des Knaben sagten ihnen deutlich, daß er die Wahrheit sprach. Indessen war noch immer keine Spur von den beiden Flüchtlingen zu entdecken. Das Gras war hoch, aber nur dort niedergetreten, wo die Verfolger gegangen waren; auch in der feuchten Tonerde der Gräben zeigte sich nicht die geringste Spur frischer Fußstapfen.

»Das ist höchst auffallend«, meinte Mr. Maylie.

»Höchst auffallend«, wiederholte Losberne. »Selbst der Firma Blathers & Duff würde der Verstand dabei stillstehen.«

Sie forschten weiter und suchten alles ab, bis der Einbruch der Nacht ihnen ein Ziel setzte. Aber selbst dann gaben sie ihre Bemühungen nur widerstrebend auf. Giles wurde nach verschiedenen Wirtshäusern im Dorf geschickt, nachdem er sich zuvor bei Oliver über Erscheinung und Kleidung der beiden Fremden so gut wie möglich orientiert hatte. Jedenfalls sah der Jude merkwürdig genug aus, um aufzufallen, angenommen, daß er eingekehrt war oder sonstwie das Dorf berührt hatte. Aber auch Giles kam ohne Nachricht wieder heim und war nicht imstande, das Geheimnis aufzuhellen.
Eine neue Suche am nächsten Tag ergab kein besseres Resultat. Auch der übernächste Tag, an dem Oliver mit Mr. Maylie den Marktflecken selber aufsuchte; doch die Hoffnung, dort etwas von den beiden Männern zu hören oder zu sehen, war fruchtlos. In den nächsten Tagen geriet der Vorfall nach und nach in Vergessenheit, wie die meisten Dinge vergessen werden, wenn das Interesse für sie in sich selbst erstirbt.
Mittlerweile war Rose genesen. Sie konnte wieder ausgehen, und Freude und Fröhlichkeit herrschte in der Familie. Trotzdem lag über allen eine sonst nicht übliche leise Zurückhaltung, die Oliver nicht entging. Mrs. Maylie und ihr Sohn entfernten sich oft und lange, und zuweilen glänzten Tränen in Roses Augen. Als Mr. Losberne den Tag seiner Abreise festgesetzt hatte, mehrten sich diese Anzeichen zusehends – offenbar war etwas im Gang, das störend in den Seelenfrieden der jungen Dame und der beiden andern eingriff.
Endlich eines Morgens, als Rose gerade im Wohnzimmer allein war, trat Harry Maylie herein und bat sie mit einigem Stocken um die Erlaubnis, ein paar Worte mit ihr unter vier Augen reden zu dürfen.
»Es werden nur wenige, sehr wenige sein, Rose«, sagte er und setzte sich zu ihr. »Was ich dir zu sagen habe, weißt du wohl schon lange. Die glühendsten Hoffnungen meines Herzens werden dir nicht unbekannt sein, wenn du

sie auch noch nicht von meinen Lippen vernommen hast.«
Rose war bleich geworden, schon als sie ihn eintreten sah. Das mochte aber vielleicht von ihrer erst überstandenen Krankheit herrühren. Jetzt bückte sie sich rasch über einen Blumenstock, der in ihrer Nähe stand, und wartete stumm.
»Ich – ich – hätte längst abreisen sollen«, begann Harry.
»Freilich«, versetzte Rose, »verzeihe, daß ich dir dies sage, aber ich wollte, es wäre so gewesen.«
»Die schrecklichste und quälendste aller Befürchtungen hat mich hergetrieben«, fuhr der junge Mann fort. »Die Angst und Sorge um das teuerste Wesen, das man auf Erden hat. Du warst dem Tode nahe – standest zwischen Himmel und Erde. Wenn junge, schöne und gute Menschen von Krankheiten heimgesucht werden, so ahnen wir, daß ihre reinen Seelen sich unbewußt jener lichten Heimat ewiger Ruhe zuwenden, und wir wissen, daß leider nur allzuoft die besten und edelsten Menschen in der besten Blüte ihrer Jahre dahinwelken.«
Tränen traten dem schönen Mädchen in die Augen, als sie diese Worte vernahm, und eine von ihnen fiel auf die Blumen, über die sie sich gebeugt hatte, und glänzte in ihrem Kelche wie ein Tautropfen.
»Ein Engel«, fuhr der junge Mann leidenschaftlich fort, »ein Wesen so schön und frei von aller Schuld, wie ein Engel Gottes, hat zwischen Leben und Tod geschwebt. Durften wir hoffen, daß du zu den Leiden und Qualen dieser Welt zurückkehren würdest, da dein Blick fürs Jenseits schon halb geöffnet war? Es war zuviel, um es tragen zu können; – du bist wie ein sanfter Schatten über die Erde dahingeglitten – wie ein Schatten, den ein Licht von oben auf die Erde wirft, und als mir alle Hoffnung schwand, du könntest uns erhalten bleiben, und wie sehr ich auch einsah, ich hätte kein Recht, dich zurückzuhalten hier auf Erden, so litt ich doch unsäglich darunter, du könntest nicht wissen, wie innig ich dich liebe. Da genasest du. Tag

um Tag, Stunde um Stunde, kehrte langsam deine Gesundheit zurück, und bald warst du wieder du selbst. Ich habe mit angesehen, wie du vom Tode wieder zum Leben zurückschwebtest – mit eigenen Augen, die fast blind geworden sind vor Angst und inniger Liebe. Sage nicht, es hätte dein Wunsch sein können, daß ich dies alles nicht hätte miterleben sollen, denn es hat mein Herz weich gestimmt gegen die ganze Menschheit.«

»Das sollte nicht in meinen Worten liegen«, schluchzte Rose. »Ich hätte nur gern gesehen, daß du wieder fortgefahren wärest, um dich weiter deinen hohen und edlen Lebenszielen zu widmen.«

»Es gibt kein Ziel, das meiner würdiger wäre, als das Streben, ein Herz, wie das deinige, zu gewinnen«, erwiderte der junge Mann und ergriff ihre Hand. »Rose, meine liebe und unendlich teure Rose! Ich habe dich seit – ja, seit vielen Jahren geliebt und habe gehofft und geträumt, mir einen kleinen Teil Ruhm zu erringen und dann stolz heimzukehren, um dir zu sagen, daß ich das Errungene nur gesucht, um es mit dir zu teilen. Diese Zeit ist zwar noch nicht gekommen, aber ich biete dir jetzt, auch ohne mir Ruhm erworben zu haben und ohne meine jugendlichen Träume erfüllt zu sehen, mein Herz, das schon lange dein gewesen, und setze mein Alles auf die Worte, die du mir sagen wirst.«

»Du warst immer edel und vornehm«, sagte Rose, nur mühsam ihre Empfindung meisternd, »und damit du siehst, daß ich weder gefühllos, noch undankbar bin, so, bitte, höre meine Antwort.«

»Lautet sie dahin, ich müsse streben, deiner würdig zu werden, Rose?«

»Sie lautet«, versetzte Rose, »daß du dich bemühen mußt, mich zu vergessen. Nicht als deine dir anhängliche Jugendfreundin, denn das würde mich schwer kränken, sondern zu vergessen, mich als Gegenstand deiner Liebe zu betrachten. Schau dir die Welt an, bedenke, wieviel Mädchen es dort gibt, deren Gewinn dich mit gerechtem Stolz erfüllen müßte. Nimm von mir eine andre Liebe, und ich will dir die treuste und wärmste Freundin sein, die du dir nur denken kannst.«

Es folgte eine Pause. Rose hatte ihr Gesicht bedeckt und ließ ihren Tränen freien Lauf. Noch immer hielt Harry ihre Hand fest.

»Und deine Gründe, Rose?« fragte er endlich mit leiser Stimme. »Welche sind deine Gründe für diesen Entschluß?«

»Du hast ein Recht, diese Gründe zu kennen«, erwiderte Rose. »Meinen Entschluß aber darfst du nicht wankend machen; ich habe eine Pflicht zu erfüllen, das bin ich andern sowie auch mir schuldig.«

»Dir?«

»Jawohl, Harry. Ich bin es mir selbst schuldig, daß ich nicht als Mädchen ohne Vermögen und Mitgift mit einem Makel auf meinem Namen deinen Freunden Grund zu dem Argwohn gebe, ich hätte mich als Hemmschuh an alle deine Hoffnungen und Pläne gehängt. Ich bin diese Pflicht dir schuldig und den Deinen und muß dich daran hindern, daß du dir in der Aufwallung deines Herzens ein großes Hindernis in deinem Vorwärtskommen in den Weg stellst.«

»Wenn deine Neigungen im Einklang stehen mit deinem Pflichtgefühl –«, begann Harry.

»Das ist nicht der Fall«, erwiderte Rose aufs Tiefste errötend.

»Du erwiderst also meine Liebe?« fragte Harry. »Sag nur dies eine Wort, liebe Rose – dieses eine Wort und nimm damit deinen Worten alle Bitternis.«

»Hätte ich so handeln können, ohne dem Mann, den ich liebe, bittres Unrecht zu tun«, sagte Rose, »dann hätte ich –«

»Die Erklärung ganz anders aufnehmen können«, ergänzte Harry. »Nicht wahr, Rose?«

»Es hätte sein können«, sagte Rose. »Aber genug jetzt«, setzte sie hinzu und machte ihre Hand los. »Wozu dieses schmerzliche Gespräch noch länger führen. Lebe wohl, Harry; so, wie wir heute miteinander gesprochen haben, werden wir es nie wieder tun. Möge aller Segen, den ein warmfühlendes Herz erflehen kann, dich erfreuen und beglücken.«

»Ein Wort noch«, bat Harry, »laß mich deinen Grund von deinen eignen Lippen hören.«

»Die Aussichten, die sich dir fürs Leben eröffnen«, antwortete Rose fest und bestimmt, »sind glänzend. Alle Ehrenstellen, zu denen ein großes Talent und gute Verbindungen Männern im öffentlichen Leben verhelfen können, warten deiner im reichsten Maß. Aber diese Verbindungen sind vornehmer Art, und ich will und werde mich weder unter solche Leute mischen, die gegen meine Mutter, die mir das Leben gab, verächtliche Gedanken hegen mögen, noch weniger aber will ich Mißgunst und Mißerfolg über den Sohn der Frau bringen, die die Stelle dieser Mutter vortrefflich an mir ausgefüllt hat. Mit einem Wort«, schloß die junge Dame und wandte sich ab, da ihre Festigkeit sie im Stiche zu lassen drohte, »es haftet an meinem Namen ein Makel, und ich will nicht, daß ihn andre mit mir tragen. Auf mir allein soll der Vorwurf ruhen.«

»Ein Wort noch, Rose, ein einziges noch«, rief Harry und warf sich vor ihr auf die Knie. »Wenn ich weniger glücklich – das, was man in der Welt glücklich nennt – gewesen, wenn ich unbekannt oder arm, krank oder hilflos gewesen wäre, hättest du dich dann auch noch von mir gewendet?«

»Dränge mich nicht zu einer Antwort«, erwiderte Rose. »Auf Beantwortung zu dringen, wäre unedel, wenn nicht lieblos.«

»Wenn deine Antwort lautet, wie ich fast hoffen möchte«, versetzte Harry, »dann wird ein Strahl des Glückes meinen einsamen Pfad bescheinen und die vor mir liegende Lebensbahn erhellen. Ich bitte dich, Rose, um meiner heißen Liebe willen, antworte mir auf meine Frage!«

»Nun, wenn du ein andres Lebenslos gehabt hättest«, erwiderte Rose, »und ständest du auch über mir, nur nicht so allzu hoch und so fern wie jetzt, dann wäre ich imstande gewesen, in einem zurückgezogenen bescheidenen Wirkungskreis dir helfen und beistehen zu können. Jetzt aber wäre ich dir in der Welt nur störend und hinderlich – und solche Prüfung bliebe mir nicht erspart. Aber auch so habe ich allen Grund, glücklich, überglücklich zu sein – dann wohl, Harry, glaube mir, würde ich noch glücklicher sein.« Sie brach in Tränen aus, doch die Tränen brachten ihr nur Linderung. »Ich kann mich der Schwäche nicht erwehren, aber sie festigt nur meinen Entschluß«, schloß sie und streckte ihm die Hand entgegen. »Ich muß dich jetzt verlassen.«

»Ich bitte dich nur noch um ein Versprechen«, flehte Harry. »Einmal noch, nur ein einziges Mal – sagen wir in einem Jahr – laß mich noch einmal mit dir reden –«

»Glaube mich nicht zu einer Änderung unsres gerechten Entschlusses umstimmen zu können«, antwortete Rose trüb lächelnd, »es wäre zwecklos und nutzlos.«

»Nein«, sagte Harry, »nur um deinen Entschluß, wenn er feststeht, aus deinem Mund noch einmal zu hören – zum letztenmal. Ich will zu deinen Füßen niederlegen, was ich dann besitze: Stellung und Vermögen; und beharrst du dann immer noch auf deinem Entschluß, so werde ich ihn weder durch Worte noch durch Handlungen zu ändern versuchen.«

»Gut, es gilt«, versetzte Rose. »Es wird nur eine Wiederholung von Schmerzen und Leid sein. Mittlerweile werde ich mich durchgekämpft haben, es leichter ertragen zu können.«

Noch einmal streckte sie die Hand aus. Der junge Mann zog sie an seine Brust, drückte Rose einen Kuß auf ihre schöne Stirn und eilte dann aus dem Zimmer.

36. Kapitel

Ein kurzes Kapitel, aber immerhin nicht unwichtig, da es das Vorhergehende erörtert und zum Nachfolgenden einen Schlüssel bietet

»Sie sind also entschlossen, mich heute zu begleiten, wie?« fragte Doktor Losberne, als Harry sich beim Frühstück zu ihm und Oliver gesellte. »Aber ich kenne Sie doch. Ihre Entschlüsse schwanken wie ein Licht im Wind.«

»Ich hoffe, Sie werden bald andrer Meinung sein«, entgegnete Harry und verfärbte sich ohne ersichtlichen Grund.

»Nun hoffen wirs«, versetzte Mr. Losberne. »Gestern früh hatten Sie plötzlich den Entschluß gefaßt, hier zu bleiben und mit Ihrer Mutter an die Seeküste zu reisen. Zu Mittag sagten Sie, Sie wollten statt dessen mit mir gehen und mich nach London begleiten. Abends tun Sie furchtbar geheimnisvoll: Sie wollten auf und davon gehen, ehe die Damen erscheinen, und das ist der Grund, warum unser armer Oliver hier beim Frühstück festsitzen muß, statt die Wiesen nach botanischen Wundern aller Art ablaufen zu dürfen. Schlimm, was, Oliver?«

»Es hätte mich doch tief betrübt, wenn Mr. Maylie abgereist wäre, Herr Doktor, und ich wäre nicht zu Hause gewesen«, versetzte Oliver.

»Ein Prachtkerl«, rief der Doktor. »Aber im Ernst gesprochen, Harry: Hat eine Mitteilung Ihrer hohen Gönner und Freunde Ihre Abreise so beschleunigt?«

»Sie spielen wahrscheinlich auf meinen Onkel an«, erwiderte Mr. Maylie. »Ich versichere Ihnen, ich habe keine Nachricht von ihm erhalten.«

»Um so seltsamer«, fuhr der Doktor fort. »Nun, besagte Gönner werden Sie schon noch vor Weihnachten ins Geleise bringen, und Ihre Art, immerwährend Ihre Beschlüsse und Ihren Willen zu ändern, sind eine gute Vorbereitung für das öffentliche Leben.«

Kurz darauf fuhr der Wagen vor. Giles holte das Gepäck, und Losberne half ihm dabei.
»Ein Wort, Oliver«, sagte Harry leise.
Oliver trat zu ihm in die Fensternische und war sehr verwundert über die stille Traurigkeit, die er an dem jungen Mann bemerkte.
»Du kannst jetzt recht gut schreiben«, begann Harry und legte ihm die Hand auf den Arm.
»So ziemlich, Sir.«
»Ich komme so bald nicht wieder nach Hause und hätte gern, daß du mir schreibst. In der Woche einmal, willst du?«
»Mit Freuden, Sir«, rief Oliver, äußerst erfreut über den Auftrag.
»Ich wünsche, von dir zu hören, wie – es meiner Mutter und Miß Maylie geht. Schreib mir immer, was für Spaziergänge ihr macht, wovon ihr redet, und ob es ihnen gutgeht und sie fröhlich und zufrieden sind. Verstehst du mich?«
»Vollkommen, Sir.«
»Du darfst ihnen aber nichts davon sagen; es würde meine Mutter beunruhigen. Sie schriebe mir dann selbst immer öfter, und ich weiß, das belästigt sie. Es muß also ein Geheimnis zwischen uns bleiben.«
Oliver fühlte sich hoch geehrt und versprach eifrigst, alles zu tun, was man von ihm verlangte. Dann sagte ihm Harry Lebewohl.
Der Doktor war bereits eingestiegen, die Dienerschaft wartete am Wagenschlag. Harry warf noch einen flüchtigen Blick nach Roses Fenster und stieg dann gleichfalls ein. Polternd und rasselnd fuhr der Wagen davon, bis ihn nur mehr ein scharfes Auge von weitem als Punkt auf der Straße unterscheiden konnte. Bald tauchte er aus einer Staubwolke wieder hervor, dann verschwand er wieder, und vorwärts gings in gestrecktem Galopp. Erst, als gar nichts mehr zu sehen war, gingen alle auseinander. Nur Rose, die hinter den Vorhängen gelauscht hatte, als Harry hinaufblickte, sah noch lange lange in die Ferne hinaus, als

der Wagen und die Dienerschaft bereits längst verschwunden waren.
»Er scheint ganz heiter und zufrieden zu sein«, sagte sie endlich, »ich fürchtete das Gegenteil und bin froh, daß ich mich getäuscht habe.«
Tränen sind Zeichen von Freude und von Schmerz, aber die Tränen, die über Roses Gesicht flossen, während sie in Gedanken versunken am Fenster saß, schienen mehr ein Zeichen des Schmerzes als der Freude zu sein.

37. Kapitel

Ein Kontrast, der im Ehestande nicht ungewöhnlich ist

Mr. Bumble saß in seinem Wohnzimmer im Armenhause und blickte nachdenklich bald in den Kamin, in dem kein Feuer brannte, da es Sommer war, und bald düsteren Blikkes zu dem klebrigen Papierstreifen empor, der von der Decke herabhing, von ihr Verderben nicht ahnenden Fliegen umschwärmt. Mr. Bumble saß in tiefes Sinnen versunken – möglich, daß die Insekten einen Vorgang aus seinem eigenen Leben ihm vor Augen rückten, das nicht so ganz frei von Schmerz war.
An Anzeichen, daß in seinem Dasein eine bedeutende Veränderung vorgegangen sein mußte, fehlte es nicht. Wo waren der Tressenrock und der dreieckige Hut hingekommen? Mr. Bumble trug zwar noch immer Kniehosen und schwarze, wollene Strümpfe – aber nicht die eines Kirchspieldieners. Auch sein Rock war ein andrer und sein Hut ein gewöhnlicher bescheidener runder Hut. Kurz: Mr. Bumble war nicht mehr Kirchspieldiener.
Es gibt Stellungen im Leben, die außer ihren materiellen Vorteilen noch einen ganz besonderen Wert erhalten durch das mit ihnen verknüpfte Habit. Ein Feldmarschall

trägt eine Uniform, ein Priester eine Stola, ein Anwalt einen Talar, ein Kirchspieldiener seinen Dreispitz. Man nehme dem Priester seine Stola und dem Kirchspieldiener Dreispitz und Tressenrock, und sie werden gewöhnliche Menschen, wie wir es alle sind. Amt und Würde, bisweilen sogar Heiligenschein, hängen mehr von Uniformen, Ornaten, Perücken und Dreispitzen ab, als so mancher sich träumen läßt.

Mr. Bumble hatte Mrs. Cornay geheiratet und war jetzt Armenhausverwalter. Ein andrer Kirchspieldiener war zu Amt und Würden gelangt, und der Dreispitz, der Tressenrock und der Amtsstab waren auf ihn übergegangen.

»Morgen sinds zwei Monate«, sagte Mr. Bumble seufzend. »Mir scheint es wie ein Jahrhundert.«

Vielleicht wollte Mr. Bumble sagen, daß er in dem kurzen Zeitraum von acht Wochen ein ganzes Leben voll Glück durchgemacht hätte – wenn nur der Seufzer nicht gewesen wäre. Es lag gar so viel in ihm. »Ich habe mich verkauft«, fuhr Mr. Bumble fort, »für sechs Teelöffel, eine Zuckerzange, eine Milchkanne, ein Zimmer voll Gerümpel und zwanzig Pfund in Gold – viel zu billig.«

»Billig?« gellte ihm eine schrille Stimme ins Ohr. »Du wärst für einen Penny zu teuer gewesen. Der Himmel weiß, um wieviel ich dich überzahlt habe.«

Mr. Bumble drehte sich um und blickte in das Antlitz seiner Ehehälfte, die sein kurzes Selbstgespräch zwar unvollkommen verstanden hatte, aber ihre Bemerkung auf gut Glück hinwarf.

»Mrs. Bumble, Madame«, rief Mr. Bumble in einem Ton, aus dem die Strenge deutlich hervorklang.

»Na und?« gellte die Dame.

»Sieh mich doch an, gefälligst«, sagte Mr. Bumble und starrte sie fest an – (wenn sie diesen Blick aushält, sagte Mr. Bumble zu sich selbst, so hält sie alles aus. Der Blick hat, wie ich genau weiß, bei armen Leuten seine Wirkung nie verfehlt, übt er bei ihr keine Wirkung, dann ists aus mit meiner Macht).

Ob sich speziell nur arme Leute, die infolge Unterernährung sich keiner kräftigen Konstitution erfreun, ins Bockshorn jagen lassen durch Blicke, oder ob die verwitwete Mrs. Cornay und jetzige Mrs. Bumble ganz besonders hieb- und stichfest war gegen Adlerblicke, das zu entscheiden, ist schwer. Tatsache ist und bleibt, daß die würdige Armenhausmutter sich von Mr. Bumbles Adlerauge nicht im geringsten imponieren ließ und den Blick im Gegenteil ziemlich geringschätzig hinnahm und dabei grell auflachte in einer Weise, als käme ihr das Lachen wirklich und ganz aus dem Herzen.
Als dieser unerwartete Ton an Mr. Bumbles Ohr schlug, machte er zuerst ein ungläubiges und dann höchst verdutztes Gesicht; schließlich sank er in seinen früheren Zustand zurück und raffte sich nicht eher auf, als bis die Stimme seiner Ehehälfte seine Aufmerksamkeit von neuem in Anspruch nahm.
»Du willst wohl den ganzen Tag dasitzen und schnarchen, was!« fragte Mrs. Bumble.
»Ich werde so lange hier sitzen bleiben, Madame, wie es mir paßt«, erwiderte Mr. Bumble; »und wenn ich auch nicht geschnarcht habe, werde ich doch jetzt schnarchen, gähnen, niesen, lachen, kurz: was mir paßt und was mein Recht ist.«
»Dein Recht – deins!?« höhnte Mrs. Bumble mit unsäglicher Verachtung.
»Jawohl, Madame«, sagte Mr. Bumble. »In die Hände des Mannes ist es gegeben zu befehlen.«
»Und welches Recht steht der Frau zu, du Esel?« schrie Mr. Cornays Witwe.
»Das Recht zu gehorchen, Madame«, donnerte Mr. Bumble. »Dein seliges Rindvieh von Mann hätte dir Gehorsam beibringen sollen; vielleicht würde er dann heute noch leben. Ich würde es ihm von Herzen gönnen, dem armen Kerl.«
Mit einem Blick übersah Mrs. Bumble die Situation; jetzt gings ums Leben, entweder ihm oder ihr mußte die Herr-

schaft zufallen. Kaum hatte sie die Anspielung auf ihren seligen Gatten vernommen, da sank sie in einen Stuhl und kreischte, Mr. Bumble sei ein hartherziges Ungeheuer, und dann gab sie einen Weinkrampf erster Ordnung zum Besten.

Tränen aber fanden zu Mr. Bumbles Seele keinen Weg, denn sein Herz war wasserdicht; den Filzhüten gleich, die gewaschen werden dürfen und durch Regen immer besser werden, stählten sich seine Nerven durch Tränenschauer, die ihn als Zeichen der Schwäche und somit als stillschweigende Anerkenntnis seiner Obergewalt erfreuten und stolz machten. Zufrieden blickte er seine Gattin an und bat und munterte sie auf alle Weise auf, nur feste drauflos zu heulen: es sei das äußerst gesund, wie jeder Arzt wisse.

»Es weitet die Lungen, säubert das Gesicht, schärft die Augen und schlägt die Aufwallungen nieder«, sagte Mr. Bumble. »Heul nur recht fest drauflos.«

Und scherzend nahm er seinen Hut vom Haken, setzte ihn keck aufs Ohr, ganz wie ein Mann, der sich seiner Überlegenheit bewußt ist und es offen zeigen will – steckte die Hände in die Taschen und stolzierte zur Türe.

Mrs. Bumble-Cornays' Tränendrüsen-Manöver war jedoch nur erfolgt, da sie es aus Bequemlichkeit einem handgreiflichen Vorgehen vorzog; den Hauptangriff hatte sie sich wohlweislich noch aufgespart.

Die einleitenden Schritte dazu gaben sich kund durch einen hohlen Klang, dem das Ins-Eckfliegen eines Hutes folgte. Auf die schnöde Entblößung des Hauptes Mr. Bumbles folgte ein jäher Gurgelgriff und mit der andern Hand ein Hagel von Püffen, der auf den kahlen Schädel des Würdigen niedersauste. Dann änderte sich die Szene ein wenig durch Gesichtzerkratzen und Haarausraufen. Als Mrs. Cornay-Bumble ihren Sieg vorläufig für ausreichend erachtete, warf sie ihren Gatten über einen gerade günstig dastehenden Sessel und forderte ihn auf, noch einmal etwas von Rechten zu sprechen, wenn er sich getraue.

»Laß los«, rief Bumble in befehlendem Ton, »und schau,

daß du hinauskommst, sonst geschieht etwas Fürchterliches!« Und kläglich stand er auf und sann sichtlich darüber nach, wie so etwas Fürchterliches denn aussehen müsse. Dabei hob er seinen Hut auf und blickte nach der Türe.

»Willst du gehen?« fragte Mrs. Bumble höhnisch.

»Freilich, freilich. Ich gehe ja schon«, versetzte Mr. Bumble mit einer raschen Bewegung zur Türe hin. »Ich gehe ja schon, mein Kind. Du bist rein von Sinnen, daß ich –« In diesem Augenblick bückte sich Mrs. Bumble, um den kleinen, in Unordnung geratenen Teppich wieder zurechtzuschieben, und ihr Ehegatte benützte die Gelegenheit hinauszuschießen, ohne daran zu denken, seine Rede zu vollenden. So ließ er Mrs. Bumble im ungestörten Besitz des Schlachtfeldes zurück.

Den Armen das Leben so sauer wie möglich zu machen und die Ausübung von Tyrannei und Grausamkeit war ihm ein Vergnügen, aber innerlich war er natürlich ein Feigling. Das Maß seiner Erniedrigung sollte jetzt keineswegs voll sein. Nachdem er einen Rundgang durch das Haus gemacht und vielleicht zum erstenmal in seinem Leben auf den Gedanken verfallen war, daß die Gesetzgebung allzuschwer auf der Menschheit laste, da Männer, die ihren Weibern davonliefen und die Sorge für sie der Gemeinde überließen, gerechterweise keine Strafe mehr verdienten, da sie schon zu viel erlitten hätten – setzte er seinen Fuß in ein Zimmer, wo gewöhnlich einige Armenhäuslerinnen mit Hausputz und Wäsche beschäftigt waren, und aus dem jetzt das Geräusch vielstimmig geführter Unterhaltung herausdrang.

»Hm«, murmelte Mr. Bumble, alle seine Würde zusammennehmend, »wenigstens dieses Weibervolk soll meine Sporen zu spüren bekommen. Hallo? Was ist das hier für ein Spektakel, ihr Weibsbilder!«

Damit riß Mr. Bumble die Türe auf und schritt stolz und grimmig hinein, knickte aber sofort zusammen, als er die Gestalt seiner besseren Ehehälfte erblickte.

»Ei, liebes Frauchen«, sagte er, »ich habe dich gar nicht hier vermutet.«
»So, du hast nicht gewußt, daß ich da bin«, kreischte Mrs. Bumble. »Was willst du hier?«
»Die Weiber zur Arbeit anhalten – sie schwätzen mir zuviel, liebe Frau«, versetzte Mr. Bumble mit einem unsichern Blick auf ein paar alte Weiber, die am Waschfaß standen und ihrer Verwunderung über die unterwürfige Haltung des Herrn Arbeitsvorstandes Ausdruck gaben.
»Du meinst, es würde hier nur geschwatzt, was?!« rief Mrs. Bumble, »was geht denn das dich an!«
»Aber, liebes Frauchen –«, wendete Mr. Bumble ein.
»Nun also, raus mit der Sprache. Was es dich angeht, will ich wissen«, herrschte Mrs. Bumble.
»Natürlich, liebes Frauchen«, gab Mr. Bumble kleinlaut zu, »natürlich gehts dich am meisten an. Ich dachte nur, du seist nicht hier.«
»Ich will dir was sagen, Bumble«, versetzte die böse Sieben, »wir brauchen deine Einmischung nicht, verstanden? Steck deine Nase nicht in Sachen, die dich nichts angehen. Man lacht sowieso schon in diesem Hause, wenn du den Rücken kehrst. Du machst dich ja jeden Tag lächerlich. Scher dich hinaus, marsch!«
Mr. Bumble schüttelte sich, als er sah, wie die beiden alten Weiber die Köpfe zusammensteckten und kicherten.
Einen Augenblick blieb er zögernd stehen. Da riß Mrs. Bumble die Geduld, sie griff nach einem Schaff voll Wasser, deutete nach der Türe und befahl ihm, sich sofort dünne zu machen, wenn er mit dem Inhalt nicht nähere Bekanntschaft machen wolle.
Das hatte gerade noch gefehlt: Herabsetzung der Würde seiner Amtsperson in den Augen untergebener Personen!
»Und das alles in sechs Wochen«, sagte Mr. Bumble zu sich selbst und sein Herz füllte sich mit Bitternis. »Vor acht Wochen! Vor knapp acht Wochen war ich nicht nur Herr meiner Zeit, sondern auch Herr über andere. Und jetzt?«

Es war wirklich zuviel!
Mr. Bumble gab dem Jungen, der ihm das Tor aufschloß, ein paar Ohrfeigen und schritt gedrückt hinaus auf die Straße.
Dann wanderte er ein paarmal auf und nieder, bis sich sein Gram ein wenig gemildert, und machte dann vor einer Schenke in einer Seitengasse halt, in der, wie ihm ein hastiger Blick durch die Vorhänge sagte, ein einziger Gast saß. Es fing stark an zu regnen. Dieser Umstand festigte seinen Entschluß. Er trat in das Gasthaus, setzte sich nieder und bestellte etwas zu trinken.
Der Mann, der in der Stube saß, war hochgewachsen, von dunkler Gesichtsfarbe und trug einen weiten Mantel. Er sah aus wie ein Fremder und schien, nach seinem Aussehen zu schließen, weit gewandert zu sein. Er schielte nach Mr. Bumble hinüber, achtete aber kaum auf seinen Gruß.
Mr. Bumble schien sich wenig darum zu kümmern, trank stumm seinen Whisky mit Wasser und las äußerst wichtig in der Zeitung.
Doch seine Stimmung wurde immer gereizter, da er, sooft er aufblickte, einen merkwürdig stechenden Ausdruck im Auge des Fremden bemerkte, der ihn mit unverhohlenem Mißtrauen beobachtete. Nachdem diese peinliche Situation eine Weile gedauert, brach der Fremde das Schweigen und fragte mit scharfer Stimme:
»Haben Sie sich vielleicht nach mir umgesehen, als Sie vorher zum Fenster hereinspähten?«
»Ich wüßte nicht. Ich dachte nur, Sie seien –« Mr. Bumble brach kurz ab, denn er brannte vor Neugierde, den Namen des andern zu erfahren, und glaubte, dieser würde ihn jetzt nennen.
»Es ist schon gut. Ich sehe, Sie wissen nicht, wie ich heiße«, sagte der Fremde höhnisch, »sonst würde Ihnen ja mein Name bekannt sein. Ich möchte Ihnen übrigens nicht raten, sich danach zu erkundigen.«
»Ich hatte nichts Böses gemeint, junger Mann«, sagte Mr. Bumble majestätisch.

»Es macht auch weiter nichts«, spöttelte der Fremde.
Abermalige Pause.
Dann fing der Fremde wieder an:
»Ich muß Sie doch schon einmal gesehen haben. Waren Sie vielleicht früher hier Kirchspieldiener?«
»Ich bin jetzt«, sagte Mr. Bumble verwundert, »Arbeitsvorstand. Früher war ich Kirchspieldiener.«
»Richtig«, brummte der Fremde. »Ich habe Sie auch damals mit dem Dreispitz gesehen. – Sind Sie noch immer so auf Ihren Vorteil bedacht wie früher?« setzte er scharf hinzu und blickte Mr. Bumble lauernd an.
»Der Mensch muß stets, auch wenn er ledig ist, auf seinen Vorteil bedacht sein«, sagte Mr. Bumble sanft, »und noch mehr, wenn er's nicht ist und wenn sich ihm Gelegenheit bietet. Die Gemeindebeamten werden nicht gut bezahlt und müssen nach Nebenverdiensten scharf Ausschau halten.«
Der Fremde lächelte und nickte. Dann klingelte er.
»Schenken Sie Mr. Bumble noch einmal ein«, sagte er zu dem Wirt. »Viel Whisky und recht heiß. Sie trinken doch das gern, was?«
»Bitte, nicht zu stark«, lehnte Mr. Bumble schüchtern ab.
»Sie verstehen, was das heißt, Herr Wirt«, sagte der Fremde trocken.
Der Wirt lächelte und verschwand und kehrte mit einem Krug steifen Grogs zurück, der so stark war, daß Mr. Bumble schon beim ersten Schluck die Augen übergingen.
»Und jetzt hören Sie zu, was ich Ihnen sage«, begann der Fremde, als der Wirt wieder draußen war. »Ich bin heute absichtlich hergekommen, um Sie zu suchen, und daß sie hier hereinkamen, war Zufall. Ich möchte etwas von Ihnen wissen. Natürlich nicht umsonst. Hier, da haben Sie vorläufig.«
Damit schob er dem ehemaligen Kirchspieldiener ein paar Sovereignstücke zu, sich dabei scheu nach der Türe umblickend. Mr. Bumble traute seinen Augen kaum, prüfte die Goldstücke und steckte sie ein.
»Denken Sie einmal ein paar Jahre zurück! Geht das? Letzten Winter warens gerade zwölf Jahre.«

»Eine lange Zeit«, seufzte Mr. Bumble. »Gut, ich denke bereits zurück.«
»Schauplatz: das Armenhaus.«
»Gut.«
»Zeit: Mitternacht.«
»Ja.«
»Ort: das elende Loch, in dem liederliche Dirnen den Kindern das Leben geben, das sie selber lassen müssen, damit die Gemeinde die Bälger großfüttert.«
»Sie meinen das Wöchnerinnenzimmer?« fragte Bumble.
»Ja. Damals wurde ein Knabe drin geboren.«
»Oh, viele, viele Knaben«, erwiderte Bumble kläglich.
»Die Pest über die Teufelsbrut«, knirschte der Fremde – »ich meine einen bestimmten Jungen, einen schwächlichen Jungen mit blassem Gesicht, der hier bei einem Sargtischler in die Lehre gegeben wurde – (Hätte er nur selber sich dort einen Sarg ausgesucht) – und dann, wie es hieß, nach London davongelaufen ist.«
»Ach, Sie meinen den jungen Oliver Twist«, rief Mr. Bumble. »Freilich entsinn ich mich seiner. Einen boshafteren, niederträchtigeren Burschen habe ich in meinem ganzen Leben nicht gesehen.«
»Ich brauche nicht von ihm zu hören«, grollte der Fremde und fiel Mr. Bumble heftig in die Rede. »Über das Weibsbild will ich etwas wissen, das seine Mutter gepflegt hat. Wo steckt sie?«
»Wo sie steckt?« fragte Mr. Bumble schlau, um Zeit zu gewinnen. »Das ist schwer zu sagen. Wo sie sich jetzt aufhält, braucht man keine Hebammen. Sie wird wahrscheinlich arbeitslos sein.«
»Was soll das heißen?« fragte der Fremde streng.
»Sie hat letzten Winter ins Gras gebissen«, versetzte Mr. Bumble.
Der Fremde sah ihn starr an und schien es anfangs nicht recht zu glauben, dann nahm sein Gesicht einen zerstreuten Ausdruck an, und er blickte weg. Er schien sich nicht

klar darüber zu sein, ob ihm die Nachricht angenehm oder unangenehm sei. Endlich atmete er auf und sagte so nebenhin, es sei ihm gleichgültig, ob sie noch lebe oder nicht. Dann stand er auf und wollte fortgehen.

Aber Mr. Bumble war zu klug, um nicht zu merken, daß sich hier Gelegenheit bot, gewisse Geheimnisse, in deren Besitz seine Gattin sich befand, teuer zu verkaufen. Er erinnerte sich ziemlich genau der Zeit, in der die alte Sally gestorben war – er erinnerte sich ihrer sogar sehr genau, denn es war an jenem Abend gewesen, wo er Hand und Herz seiner geliebten Ehegattin gewonnen. Er sagte also dem Fremden mit geheimnisvoller Miene, die alte Sally sei kurz vor ihrem Tod mit einer Frau in einer Zelle zusammen gewesen, die, wie er glaube, seine Frage besser als er beantworten könne.

»Wo ist die Person zu finden?« fragte der Fremde rasch.

»Das kann nur ich allein Ihnen sagen«, erwiderte Mr. Bumble.

»Wann?«

»Morgen.«

»Also um neun Uhr abends«, sagte der Fremde, zog einen Briefbogen hervor und schrieb darauf mit zitternder Hand die Adresse eines Hauses in einer verrufenen Gegend Londons. »Kommen Sie also morgen um neun Uhr abends mit der betreffenden Person hin. Daß die Sache geheim zu halten ist, brauche ich Ihnen wohl nicht erst zu sagen. Ihr Interesse ist ja mit im Spiel.«

Dann zahlte er die Zeche und ging. Als Mr. Bumble einen Blick auf den Zettel warf, bemerkte er, daß jeder Name fehlte. Er lief daher dem Fremden nach, um ihn zu fragen, wie er heiße.

»Was wollen Sie«, rief der Mann und drehte sich hastig um, als ihn Bumble am Arm berührte. »Sie gehen mir nach?«

»Nein, ich wollte nur etwas fragen«, entschuldigte sich Mr. Bumble und deutete auf den Briefbogen. »Nach wem soll ich dort fragen?«

»Nach Monks«, antwortete der Mann und ging rasch weiter.

38. Kapitel

Was sich zwischen Mr. und Mrs. Bumble und Mr. Monks bei ihrer nächtlichen Zusammenkunft begab

Es war ein schwüler Sommerabend. Den ganzen Tag über hatte es zu regnen gedroht, und die Wolken lagerten sich in dichten Massen, aus denen bereits dicke Regentropfen herabfielen. Es schien ein heftiges Gewitter im Anzug zu sein, als Mr. und Mrs. Bumble aus einer der Hauptstraßen der Stadt zu einer kleinen verstreut liegenden Kolonie baufälliger Häuser sich wandten, an denen sich das sumpfige Flußufer entlang zog.

Sie waren beide in schäbige Mäntel gehüllt, teils, um sich vor dem Wetter zu schützen, teils, um unbemerkt zu bleiben. Mr. Bumble trug eine Laterne, in der kein Licht brannte, und ging ein paar Schritte voraus, wie um seiner Gattin die Bequemlichkeit zu bieten, in seine breiten Fußstapfen zu treten. So schritten sie in tiefem Stillschweigen dahin. Nur bisweilen sah sich Mr. Bumble um, ob seine Gattin ihm auch folge; dann beschleunigte er jedesmal seine Schritte.

Der Ort hatte einen ziemlich eindeutigen Charakter und war allgemein als verrufen bekannt, da dort ein lichtscheues Gesindel, das vor Raub und Mord niemals zurückscheute, zu wohnen pflegte. Er bestand aus einer Gruppe baufälliger Baracken, die teils aus losen Ziegeln gebaut, teils aus morschen Schiffstrümmern errichtet waren. Ein paar untaugliche Schiffe waren aus dem Schlamm herausgezogen und an einer kleinen Mauer befestigt und hier und da lagen ein paar Ruder herum oder Tauwerk, das darauf schließen ließ, daß die Bewohner dieser Gegend irgendein Gewerbe trieben, das sich auf den Fluß bezog. Dicht an den Fluß hingebaut, stand ein großes Gebäude, das ehemals ein Fabrikhaus gewesen sein konnte, aber längst eine Ruine geworden war. Ratten, Fäulnis und Nässe hatten die Pfeiler, auf denen es ruhte, zermürbt, und ein Teil der Mauern war bereits ins Wasser versunken, und der über dem finstern Strom schwankende, überhängende Rest schien nur auf eine günstige Gelegenheit zu warten, ebenfalls hinabzustürzen. Hier angelangt, blieb das Ehepaar stehen. In der Ferne grollte bereits der Donner.

»Hier ungefähr muß es sein«, sagte Mr. Bumble und zog den Zettel zu Rate.

»Holla! Wer ist hier?« schrie eine Stimme von oben herunter.

Mr. Bumble hob das Haupt und erblickte einen Mann, der aus einer ihm bis zur Brust reichenden Türe im zweiten Stock herunterblickte.

»Warten Sie, ich komme gleich«, rief die Stimme, dann verschwand der Kopf, und die Türe schloß sich.

»Ist das der Mann?« fragte Mrs. Bumble.

Der Kirchspieldiener nickte.

»Dann schreib dir hinter die Ohren, was ich dir sage«, flüsterte die Alte. »Rede so wenig wie möglich, sonst geht die Sache schief.«

Mr. Bumble musterte die Ruine mit mißtrauischem Blick und wollte gerade seine Zweifel laut werden lassen, ob es auch ratsam sei, sich weiter in das Abenteuer einzulassen, da öffnete der Mann eine kleine Türe neben ihnen und winkte.

»So kommt doch herein!« rief er ungeduldig und stampfte mit dem Fuß auf den Boden. »Ihr haltet mich ja auf.«

Mutig trat Mrs. Bumble ein.

Ihrem Gatten war sehr unbehaglich und von jener Würde, die er sonst zur Schau zu tragen pflegte, war nichts mehr an ihm zu sehen.

»Teufel nochmal, warum stehen Sie denn da draußen in der Nässe herum?« murrte Monks.

»Wir – wir wollten uns nur ein bißchen abkühlen«, stotterte Bumble furchtsam.

»Abkühlen«, höhnte Monks. »Na, ich danke. Ist das die Frau, was?« fragte er abgerissen.
»Hm – ja – das ist die Frau«, stotterte Mr. Bumble, eingedenk des ihm von seiner Frau eingeschärften Rates.
»Sie meinen wahrscheinlich, eine Frau kann ein Geheimnis nicht bei sich behalten?« fragte Mrs. Bumble spitz und sah Monks scharf ins Gesicht.
»Nun ja, sie hütens so lange, bis es eben an den Tag kommt«, sagte Monks.
»Was meinen Sie damit?« fragte Mrs. Bumble keck.
»Eine Frau verschweigt vielleicht den Verlust ihres guten Namens. Aber andrerseits fürchte ich nicht, daß eine Frau ein Geheimnis verschweigt, wenn ihr der Galgen oder die Deportation droht. Verstehen Sie, was ich meine?«
»Nein«, versetzte die Armenhausmutter und verfärbte sich.
»Natürlich nicht«, höhnte Monks. Dann winkte er den beiden, ging ihnen voran durch die große, aber äußerst niedrige Stube und wollte eben eine steile Wendeltreppe in die Höhe steigen, als ein heller Blitzstrahl, dem ein furchtbarer Donner folgte, die Ruine bis in ihre Grundfugen erschütterte.
»Verflucht«, rief er und prallte zurück. »Wie das rollt und grollt. Man möchte sich fast verkriechen. Ich hasse den Donner.« Ein paar Sekunden blieb er stumm stehen, und die beiden sahen, daß sein Gesicht gräßlich verzerrt und totenblaß war.
»Dieser Zustand überkommt mich zuweilen«, entschuldigte sich Monks, als er es bemerkte, »gewöhnlich bei Donner und Blitz. Aber lassen Sie sich nicht anfechten dadurch, es ist schon wieder vorüber.«
Mit diesen Worten stieg er die Treppe empor, schloß eilig die Fensterläden in dem Raum, in den er sie führte, und holte eine Laterne herunter, die an einem Flaschenzug von dem mächtigen Deckenbalken herabhing und trübes Licht auf einen alten gebrechlichen Tisch und drei lahme Stühle warf.

»So«, sagte Monks, als sie sich niedergesetzt hatten, »je früher wir unser Geschäft erledigen, um so besser für uns alle. Also die Frau weiß, worum es sich handelt, nicht wahr?«

Die Frage war an Mr. Bumble gerichtet, aber dessen Gattin kam ihm mit der Antwort zuvor, indem sie bejahte.

»Bumble hat doch wohl recht gehabt, als er sagte, Sie seien damals nachts bei der alten Hexe gewesen, als sie ins Gras biß? Stimmt es ferner, daß sie Ihnen etwas erzählt hat –«

»Von der Mutter des Knaben, den Sie genannt haben«, unterbrach ihn die Armenmutter. »Jawohl.«

»Meine Frage ist: worauf bezog sich ihre Mitteilung«, fragte Monks.

»Das kommt in zweiter Linie«, bemerkte Mrs. Bumble kühl. »Zuerst handelt es sich darum: was ist Ihnen das Geheimnis wert?«

»Zum Teufel, wie kann ich das sagen, wenn ich nicht weiß, worum es sich handelt?« war Monks Gegenfrage.

»Sie werden es schon wissen«, sagte Mrs. Bumble, der es an Mutterwitz nicht mangelte, wie ihr Mann zu Genüge wußte.

»Hm«, brummte Monks mit einem begierigen lauernden Blick. »Kann man Geld herausschlagen dabei?«

»Vielleicht.«

»Es ist ihr etwas abgenommen worden«, begann Monks. »Sie hat es am Leib getragen.«

»Und das Ding hätten Sie gern, was? Nun, also bieten Sie!« unterbrach ihn Mrs. Bumble. »Nachdem, was ich gehört habe, weiß ich zu Genüge, daß Sie der Mann sind, den die Angelegenheit angeht.«

»Kann sein.«

»Also, was ist Ihnen die Sache wert?« fragte die Armenmutter geradeaus.

»Vielleicht nichts, vielleicht zwanzig Pfund«, erwiderte Monks. »Sagen Sie mir doch, was Sie haben wollen.«

»Legen Sie noch fünf Pfund dazu; fünfundzwanzig Pfund

in Gold. Und dann erzähle ich Ihnen alles, was ich weiß; früher nicht.«
»Fünfundzwanzig Pfund«, rief Monks und fuhr zurück.
»Habe ich nicht deutlich genug gesprochen«, höhnte Mrs. Bumble. »Das ist doch wahrhaftig nicht zuviel.«
»Nicht viel«, grollte Monks ungeduldig. »Für ein Geheimnis, das zwölf Jahre zurück liegt und lange begraben ist.«
»Ein guter Wein wird auch immer besser, je länger er liegt«, antwortete Mrs. Bumble, ohne aus der Ruhe zu kommen. »Es liegt so manches tot und begraben, das noch zwölftausend oder Millionen Jahre schlummern wird, und kommt schließlich doch noch zu seinem Wert und Ansehn; Sie wissen das so gut wie ich.«
»Und wenn ich die Summe für etwas bezahle, was keinen Wert für mich hat?« fragte Monks zögernd.
»Sie können das Geld ja dann leicht wieder an sich nehmen«, versetzte die Frau. »Ich bin doch bloß ein Weib und allein hier und ohne Schutz.«
»Du bist nicht allein hier und noch weniger ohne Schutz, liebe Frau«, wagte Mr. Bumble einzuwenden, allerdings mit einer Stimme, aus der die Furcht deutlich hervorklang. »Ich bin doch hier, liebe Frau. Und dann«, setzte Mr. Bumble hinzu und bemühte sich, sein Zähneklappern zu verbergen, »ist Mr. Monks doch viel zuviel Gentleman, um gegen arme Leute gewalttätig vorzugehen. Mr. Monks weiß ja, daß ich kein Jüngling mehr bin, wenn es mir auch an Entschlossenheit nicht mangelt und ich, wie allbekannt, über eine ungewöhnliche Muskelkraft verfüge, besonders, wenn ich erst einmal in die Hitze komme.«
Der ängstliche Ausdruck in seinen Mienen zeigte mehr als nötig, wie sehr er log.
»Du bist ein Esel«, sagte Mrs. Bumble als Antwort. »Halte den Mund, das ist gescheiter.«
»Es wäre gescheiter, er risse sich die Zunge aus, wenn er schon nicht leise reden kann«, brummte Monks grimmig. »Also, Mr. Bumble ist Ihr Mann, so so.«

»Der und mein Mann? – Lächerlich«, spöttelte die Alte, der Antwort ausweichend.
»Hab mir gleich so etwas gedacht, als Sie eintraten«, sagte Monks, den verdrießlichen Blick, den die Frau bei allem, was sie sagte, auf ihren Mann warf, wohl bemerkend. »Gut so. Mit zwei Personen unterhandelt es sich immer leichter. – Übrigens, da schaun Sie her.«
Er holte aus seiner Tasche einen Leinwandbeutel, zählte fünfundzwanzig Sovereigns auf den Tisch und schob sie der Armenmutter zu. »Da«, sagte er, »stecken Sie das ein. Und wenn das verfluchte Gewitter vorüber ist, das mir schon lange in den Gliedern liegt und gleich loskrachen wird, dann erzählen Sie mir, was Sie mir zu erzählen haben.«
Als der Donner ausgetobt hatte, richtete sich Monks auf und beugte sich vor, um kein Wort zu verpassen. Die drei steckten die Köpfe dicht zusammen, und die Frau redete, wenn auch im Flüsterton, so eindringlich, wie sie konnte. Die unsichern schwankenden Strahlen der an dem Flaschenzug herabhängenden Laterne fielen auf ihre Gesichter und erhöhten ihren Ausdruck der Angst, so daß sie sich in der nächtlichen Dämmerung wie Gespenster ausnahmen.
»Als die Frau, die wir die alte Sally nannten, im Sterben lag«, fing Mrs. Bumble an, »war ich allein bei ihr.«
»Wirklich niemand sonst?« fragte Monks heiser. »Keine Kranke oder Irrsinnige in einem andern Bett? Kein Mensch, der zuhören oder zusehen konnte?«
»Wir waren ganz allein«, versicherte Mrs. Bumble. »Nur ich stand an ihrem Bett, und sie sprach zu mir von einer jungen Frauensperson, die einige Jahre vorher ein Kind geboren hätte, und zwar im selben Zimmer und im selben Bett.«
»Tod und Teufel«, fluchte Monks mit bebenden Lippen und blickte scheu über seine Schulter. »Unheimlich, wie sich das Blatt doch wenden kann.«
»Es war dasselbe Kind, das du dem Herrn gestern abend

genannt hast«, fuhr die Alte fort und nickte ihrem Manne gleichgültig zu. »Und die alte Sally hat die Frauensperson bestohlen.«
»Bei ihren Lebzeiten?«
»Nein, als sie tot war«, erklärte Mrs. Bumble und konnte sich eines Schauers nicht erwehren. »Sie hat die Leiche bestohlen, und das, was sie ihr nahm, war eben das Ding, das die sterbende Mutter sie gebeten hatte, um des Kindes willen aufzubewahren.«
»Hat sie es verkauft?« unterbrach Monks gespannt. »Hat sie es verkauft? Wo? Wann? An wen – vor wie langer Zeit?«
»Als mir die alte Sally alles gesagt hatte, fiel sie zurück und starb.«
»Weiter hat sie nichts gesagt?« rief Monks mit einer Stimme, aus der die verhaltene Wut deutlich hervorklang. »Das ist eine Lüge. Ich lasse mich nicht von Euch hinters Licht führen. Sie hat mehr gesagt – ich schlag euch beide tot, wenn ich nicht Näheres erfahre.«
»Sie hat kein Sterbenswörtchen mehr gesagt«, versicherte Mrs. Bumble, im Gegensatz zu ihrem Mann, der totenblaß geworden war, nicht im mindesten erschreckt. »Sie faßte krampfhaft nach meinem Kleid, und als ich ihre Hand von der meinen losmachte, fand ich einen schmutzigen Papierstreifen darin.«
»Was stand darauf?« frage Monks atemlos.
»Nichts. Es war ein Schein von einem Pfandverleiher.«
»Worüber?«
»Das werde ich Ihnen später schon sagen. Vermutlich hat sie das Schmuckstück lange aufbewahrt. Dann zahlte sie offenbar dem Pfandverleiher jedes Jahr die Zinsen, um es später wieder einlösen zu können, falls es etwa zu irgendeiner für sie wichtigen Entdeckung führen sollte. Dazu kams aber nicht, und sie starb mit dem Schein in der Hand, der einige Tage später verfallen sein würde. Ich löste aber das Schmuckstück ein in der Annahme, es dereinst später mit Nutzen verkaufen zu können.«

»Wo haben Sie es?«

»Hier«, erwiderte Mrs. Bumble und warf hastig, so, als sei sie froh, es endlich loszuwerden, einen kleinen ledernen Beutel auf den Tisch, den Monks sofort mit zitternden Händen öffnete. Es war ein kleines goldenes Medaillon darin, in dem zwei Haarlocken und ein einfacher, goldener Trauring lagen.

»Auf der Innenseite ist der Name Agnes eingraviert«, erklärte Mrs. Bumble. »Und dann Datum und Jahreszahl, die mehrere Monate vor die Geburt des Kindes fallen, wie ich in Erfahrung gebracht habe.«

»Und das ist alles?« fragte Monks und untersuchte den kleinen Beutel genau.

»Ja«, antwortete Mrs. Bumble, und ihr Gatte atmete tief auf, froh, daß alles vorüber war, ohne daß Monks die fünfundzwanzig Pfund zurückforderte. Er wischte sich den Schweiß ab, faßte Mut und machte ein entschlossenes Gesicht.

»Ich weiß nichts weiter von der Geschichte und konnte auch nichts in Erfahrung bringen«, fing Mrs. Bumble nach einer kurzen Pause wieder an. »Ich will auch nichts mehr damit zu tun haben. Unbefangenheit scheint mir in diesem Fall das beste zu sein. Aber ich möchte Ihnen eine Frage stellen.«

»Fragen können Sie, soviel Sie wollen«, sagte Monks verwundert, »ob ich aber antworten werde, ist eine andre Sache.«

»Haben Sie das bekommen, was Sie erwartet haben?«

»Jawohl. Haben Sie sonst noch eine Frage?«

»Was wollen Sie damit tun? Werden Sie etwas gegen mich unternehmen?«

»Gegen Sie ebensowenig«, erwiderte Monks, »wie gegen mich selbst. Aber jetzt stehengeblieben, wenn Ihnen Ihr Leben lieb ist.«

Damit schob er plötzlich den Tisch weg, packte einen in den Fußboden eingelassenen Ring und öffnete eine breite Falltüre, die sich dicht vor Mr. Bumbles Füßen auftat.

»Blicken Sie da hinunter«, sagte er und leuchtete mit der Laterne in die Tiefe. »Fürchten Sie sich nicht. Ich hätte Sie ja vorhin schon mühelos da hinunterspedieren können, denn Sie saßen gerade darüber.«
Diese Worte beruhigten die Armenmutter und sogar Mr. Bumble so weit, daß sie sich an den Rand des Abgrundes begaben und neugierig hinunterspähten. Wo das Haus stand, war ehemals eine Mühle gewesen, und die Überreste des Pfahlwerkes staken noch in dem reißenden Gewässer des Flusses.
»Wenn man hier einen Menschen hinunterwürfe, wo würde man die Leiche morgen finden?« fragte Monks und schwang die Laterne in dem dunklen Loch hin und her.
»Zwölf Meilen weiter unten, stromab, und überdies in Stücke gerissen«, erwiderte Bumble, bei dem bloßen Gedanken schaudernd.
Monks nahm den kleinen Beutel, band ein daliegendes Bleigewicht daran und warf ihn ins Wasser hinab. Man hörte ihn aufklatschen. Dann verschloß Monks die Falltüre.
»So«, sagte er, »wenn das Meer seine Toten jemals zurückgibt, wie es in dummen Büchern steht, so wird das Wasser doch das Gold und Silber und all den Plunder da für sich behalten. Wir sind jetzt fertig und können einander Lebewohl sagen.«
»Sehr richtig, sehr richtig«, bemerkte Mr. Bumble eifrig.
»Sie werden aber doch Ihren Mund halten?« fragte Monks mit drohendem Blick. »Ihrer Frau wegen habe ich keine Sorge.«
»Sie können sich auf mich verlassen, junger Herr«, antwortete Bumble und näherte sich unter fortwährenden Bücklingen der Wendeltreppe. »Seien Sie unbesorgt, Mr. Monks.«
»Diese Worte freuen mich Ihretwillen«, höhnte Monks.
»Zünden Sie jetzt Ihre Laterne an und schauen Sie, daß Sie so rasch wie möglich hinauskommen.«
Zum Glück nahm die Unterredung mit diesen Worten ein

Ende, sonst wäre Mr. Bumble rücklings unfehlbar die Wendeltreppe hinabgestürzt. Rasch zündete er seine Laterne an der andern an, die Monks von dem Flaschenzug losgemacht hatte und in der Hand hielt. Dann kletterte er, gefolgt von seiner Gattin, schweigend hinab. Monks bildete den Schluß, nachdem er eine Weile gelauscht hatte, ob kein andrer Ton sich hören ließ als der prasselnde Regen und das rauschende Wasser unten.
Langsam und vorsichtig durchschritten sie das untere Zimmer, und Monks schrak bei jedem Schatten, den er erblickte, zusammen. Mißtrauisch, ob nicht noch andre Falltüren vorhanden seien, tastete sich Bumble vorwärts. Monks öffnete leise das Tor. Ein stummer Gruß – dann schritt das Ehepaar in die Finsternis hinaus.
Sie waren kaum fort, da rief Monks, der einen unbezwinglichen Widerwillen vor dem Orte zu haben schien, einen Jungen, der irgendwo versteckt gewesen sein mußte. Er befahl ihm, mit der Laterne vorauszugehen, und kehrte wieder in das obere Gemach zurück.

39. Kapitel

Einige alte Bekannte treten auf, und Fagin und Monks stecken die Köpfe zusammen

In der Nacht, die jenem Abend folgte, wachte Mr. William Sikes aus tiefem Schlummer auf und fragte schlaftrunken, wie spät es sei. Das Zimmer, in dem er sich befand, war keines von denen, die er vor dem Chertseyschen Einbruch bewohnt hatte, wenn auch das Haus nicht weit davon entfernt lag. Es war ein schmutziges, schlecht möbliertes Loch, und alle Anzeichen deuteten darauf hin, daß Mr. Sikes sich in materieller Not befand, worauf auch sein bleiches, abgezehrtes Äußeres hinwies.
Der Einbrecher lag auf seinem Bett in einen hellfarbigen

Mantel gehüllt und mit einem Gesicht, das durch seine Totenblässe und durch seine Unrasiertheit gegen früher nicht gewonnen hatte. Sein Hund saß neben dem Bett und blickte ihn bald ernst an, bald spitzte er die Ohren und stieß ein dumpfes Knurren aus, wenn einmal ein Geräusch von der Straße herüber in das Haus drang.
Am Fenster saß eine Frauensperson mit der Ausbesserung alter Kleidungsstücke beschäftigt, in der man unschwer Nancy erkennen konnte, die ebenfalls sehr blaß und ausgehungert aussah. Sie beantwortete die Frage, die Sikes an sie stellte.
»Noch nicht sieben vorüber«, sagte sie. »Wie fühlst du dich heute abend, Bill?«
»Dünn wie Wasser«, brummte Sikes und stieß einen seiner gewohnten Flüche aus. »Komm her, hilf mir, von diesem verdammten Hundelager aufstehen.«
Sikes' Laune hatte offenbar durch seine Krankheit nicht gewonnen, denn während Nancy ihn stützte und zu einem Sessel führte, schlug er nach ihr und stieß eine Flut von Flüchen aus.
»Was flennst du da«, brummte er, »laß das Gewinsel. Scher dich zum Teufel, wenn du nichts Besseres weißt, verstanden?«
»Ja doch, Bill«, antwortete das Mädchen und zwang sich zu einem Lächeln. »Sei nicht so hart zu mir.«
»Warum nicht«, schrie Mr. Sikes.
»So viele, viele Nächte«, sagte sie, und in ihrer Stimme klang etwas wie weibliche Zärtlichkeit, »so viele, viele Nächte habe ich geduldig bei dir gesessen und dich gepflegt, als ob du ein Kind wärest. Du würdest nicht so hart zu mir sein, wenn du daran gedacht hättest, Bill. Sag nur ein Wort.«
»Nun ja, meinetwegen«, knurrte Sikes. »Aber Himmel und Hölle, warum flennst du denn wieder?«
»Es ist nichts«, seufzte Nancy und warf sich in einen Stuhl. »Achte nicht darauf, es ist gleich vorüber.«
»Was ist vorüber?« fragte Mr. Sikes grimmig. »Was hast

du wieder für Dummheiten im Kopf? Steh auf und geh an deine Arbeit, verschone mich mit solchem dummen Weiberzeugs.«

Zu jeder andren Zeit würde diese Aufforderung und der Ton, in der sie gesprochen wurde, die beabsichtigte Wirkung gehabt haben, aber Nancy war zu erschöpft; sie ließ den Kopf auf die Brust sinken und wurde ohnmächtig, noch ehe Sikes zu einem Fluch ansetzen konnte. Er wußte nicht recht, was er in diesem Falle tun sollte, und rief nach Hilfe, da sein Geschimpfe seine Wirkung versagte.

»Was gibts, mei Lieber?« fragte der Jude und blickte zur Türe hinein.

»Vielleicht kannst du dem Frauenzimmer helfen«, rief ihm Sikes ungeduldig zu. »Steh nicht herum und schwätz nicht. Schau mich nicht so dumm an.«

Mit einem Ausruf der Verwunderung eilte Fagin dem Mädchen zu Hilfe, während Mr. John Dawkins – vulgo der Baldowerer –, der dem ehrwürdigen alten Herrn in das Zimmer gefolgt war, hastig ein Bündel in die Ecke warf und Master Charley Bates, der dicht hinter ihm drein kam, eine Flasche aus der Hand riß, sie mit den Zähnen entkorkte und der Ohnmächtigen einige Tropfen in den Mund goß, nachdem er vorerst vom Inhalt einen Schluck gekostet hatte.

»Pump ihr mit 'nem Blasebalg 'n bissel frische Luft ein, Charley«, rief er; »und reiben Sie ihr die Hände, Fagin, Bill kann ihr die Kleider aufbinden.«

Nach kurzer Zeit kam Nancy wieder zu sich, wankte zu einem Stuhl am Bett, verbarg ihr Gesicht in den Kissen und überließ es Mr. Sikes, den Neuangekommenen seine Meinung über ihr unerwartetes Erscheinen auszudrücken.

»Welcher Teufelswind hat Euch denn hergeblasen?« fragte Sikes Fagin.

»Gar ka Teufelswind«, antwortete der Jude. »Ich hab dir eppes Schenes mitgebracht. Baldowerer! schnür emol das Bündel auf und zeig dem Bill, wofür wir ausgegeben haben all unser Geld.«

Der Baldowerer öffnete das Bündel, und Charley Bates leerte es unter überschwenglichen Lobpreisungen aus.
»Da schau mal her, Bill«, sagte er. »Eine Kaninchenpastete, so fein und zart, daß einem die Knochen auf der Zunge zerschmelzen. Und hier einen feinen Tee – und Zucker – und Brot – und frische Butter – und feinen Käse – na also, was sagst du dazu?«
Damit stellte er eine versiegelte Weinflasche auf den Tisch.
»Das wird Ihnen gut bekommen, Billeben«, sagte der Jude und rieb sich vergnügt die Hände.
»Ja,ja, weiß schon«, knurrte Sikes. »Zwanzigmal hätt ich krepieren können, und du hättest nicht einen Finger für mich gerührt. Also, was sollen diese Firlefanze, du Schuft? Und warum hast du mich drei Wochen lang im Stich gelassen?«
»Da hör nur einer«, rief der Jude achselzuckend. »Wir kommen und bringen ihm die feinsten Sachen!«
»Die Sachen sind an und für sich ganz gut«, bemerkte Sikes ein wenig besänftigt; »aber ich frag' dich, was soll das heißen, daß du mich hier krank und ohne Geld und vom Nötigsten entblößt hast liegen lassen? Ohne dich um mich auch nur so viel zu kümmern wie um einen Hund?«
»Ich bin doch gar nicht in London gewesen, mei Lieber, länger als eine Woche.«
»Und die andern vierzehn Tage?« fragte Sikes.
»Habs nicht ändern können«, entschuldigte sich Fagin. »Es sind mer zu viel Ohren hier, als daß ich dir Gründe nennen könnte. Mei Ehrenwort.«
Sikes warf ihm einen Blick voll Verachtung zu und rief: »Jungens, schneidet mir jetzt von der Pastete ab, daß ich den Geschmack von seinem Ehrenwort, das er gerade erwähnt hat, loswerd', sonst sterb ich vor Ekel.«
»Sein Se so doch nich so bös, mei Lieber«, schmeichelte der Jude unterwürfig. »Ich hab' Ihnen niemals vergessen! Niemals Bill.«
»Ja, ja«, fiel Sikes bitter ein. »Sie gehen Ihren Geschäften nach, während ich hier im Fieber liege. Ich hab' für Sie

alles mögliche tun müssen, als ich frisch und gesund war. Und billig genug; und arm bin ich dabei geblieben und hätt sterben und verrecken müssen, wär die Nancy nicht gewesen.«

»Scho recht«, sagte der Jude. »Sehr gut. Die Nancy ist e Prachtmädel! Aber wer hat sie so gut erzogen, wenn nicht der arme alte Fagin? Hätten Sie sie gehabt ohne mich?«

»Schon gut«, rief Nancy und kam hastig herbei. »Laß ihn zufrieden.«

Ihr Erscheinen gab dem Gespräch eine andre Wendung, und die beiden Jungen schenkten ihr auf einen Wink des schlauen alten Juden ein Glas Branntwein ein.

»Alles ganz recht«, sagte Sikes, nachdem er wiederholt der Branntweinflasche zugesprochen, »aber heut abend muß ich noch Geld von Ihnen haben.«

»Nicht e Penny hab' ich bei mir«, wandte der Jude ein.

»Desto mehr zu Hause, und ich muß etwas haben.«

»Was sagt man«, rief Fagin, die Hände verzweifelt gen Himmel erhebend. »Nicht so viel hab' ich, um auch bloß –«

»Egal, heraus mit dem Geld!« schrie Sikes.

»Schon gut, schon gut«, besänftigte ihn Fagin. »Ich werd' den Baldowerer schicken.«

»Das werden Sie bleiben lassen«, fuhr Sikes auf. »Der kommt dann nicht wieder. Nein, Nancy wird mitgehen und es holen, und ich leg mich unterdessen hin und schlaf.«

Nach langem Feilschen kamen sie endlich überein, daß Sikes drei Pfund und vier Schillinge bekommen sollte, dann ging der Jude hinaus, und Sikes legte sich unverzüglich ins Bett.

In der Behausung des Juden saßen Toby Crackit und Mr. Chitling beim fünfzehnten Spiel Cribbage.

»Niemand hier gewesen, Toby?« fragte der Jude.

»Nicht eine Seele«, antwortete Mr. Crackit und zerrte an seinem Hemdkragen. »Wieviel krieg ich, daß ich das Haus

so lang behütet habe? Gott verdammm mich, ich bin so blöd wie ein Geschworener, und es hätt nicht viel gefehlt, und ich wär eingeschlafen. Verflucht langweilig hier.«
Dabei steckte er seinen Kartengewinn mit einer Miene der Geringschätzung in die Westentasche und entfernte sich mit weltmännischer Miene. Tom Chitling schickte ihm einen bewundernden Blick nach und erklärte, einen so eleganten Menschen hätte er wirklich noch nie gesehen.
»Freilich, freilich«, gab der Jude höflich zu.
»Man kann sich was drauf einbilden, nicht wahr, Fagin?« fragte Tom.
»Nu, gewiß, mei Lieber, selbstverständlich«, sagte Fagin. »Die andern sind doch bloß eifersüchtig, weil er sich nicht mit ihnen abgibt.«
»Ja, ja«, rief Tom triumphierend. »Das stimmt. Ausgeplündert hat er mich freilich ratzekahl, aber ich kann mir schon wieder was verdienen, nicht wahr, Fagin?«
»Natürlich kannst du dir was verdienen, und je eher, Tom, um so besser. Verlier keine Zeit. Baldowerer, Charley, macht euch alle auf die Socken. Es ist bald zehn! Und noch nicht einer von euch hat einen Finger gerührt und einen Penny verdient.«
Tom Chitling beständig mit Witzen aufziehend, entfernten sich die beiden mit ihm, und als sie fort waren, wendete sich der Jude an Nancy.
»Ich will dir jetzt holen gehen das Geld«, sagte er. »Hier hab' ich den Schlüssel zu dem kleinen Schrank, wo ich aufheb die kleinen Sachen, die die Jungens mir nach Hause bringen, mei Schatz. Ich schließ gar nicht erst ab; ich hab' ja doch sowieso kei Geld drin – hihi; das wär doch überflüssig; das Geschäft geht miserabel. Es lohnt sich nicht. Ich machs nur so des Spaßes wegen, damit das junge Volk nicht verhungert. – Halt! Wer ist das?! Was ist das? Horch!« rief er plötzlich ängstlich und verbarg den Schlüssel an seiner Brust.
Nancy saß mit unterschlagenen Armen am Tisch, offenbar vollständig uninteressiert, ob jemand käme oder

ginge, bis das Gemurmel von Männerstimmen an ihr Ohr schlug. Dann nahm sie blitzschnell ihren Hut und Schal ab und warf beides unter den Tisch. Als der Jude sie erstaunt ansah, murmelte sie, es sei ihr sehr heiß, und stellte sich krank. Fagin achtete nicht darauf.

»Es is nur«, sagte der Jude anscheinend verdrießlich, daß sie gestört wurden, »es is nur der Mann, den ich erwarte. Er kommt jetzt die Treppe hinunter. Red nix von dem Geld in seiner Gegenwart, mei Kind, er bleibt nicht lange hier – keine zehn Minuten, mei Schatz.« Seinen knochigen Zeigefinger an die Lippen legend, ging er mit einem Licht zur Tür und öffnete sie im selben Augenblick, als der Fremde eintreten wollte. Es war Monks.

»Nur eine von meinen jungen Gehilfinnen«, sagte Fagin, als Monks beim Anblick Nancys zurückprallte. »Bleib sitzen, Nancyleben.«

Sie rückte an den Tisch heran, sah Monks scheinbar gleichgültig an und blickte dann weg. Als Monks aber seine Augen auf Fagin richtete, warf sie verstohlen einen zweiten Blick auf ihn, und zwar einen so forschenden, zielbewußten und scharfen Blick, daß niemand, der diese Veränderung in ihren Zügen beobachtet hätte, geglaubt haben würde, beide Blicke kämen von ein und derselben Person.

»Nu, was gibts Neues?« fragte Fagin.

»Viel Neues.«

»Eppes Gutes?« fragte Fagin zurückhaltend.

»Weder etwas Gutes, noch etwas Schlimmes«, versetzte Monks lächelnd. »Ich habe mich mächtig getummelt. Ich möchte ein paar Worte allein mit dir sprechen.«

Nancy machte nicht die geringsten Anstalten, das Zimmer zu verlassen, trotzdem Monks seine Worte sehr deutlich gesagt hatte. Der Jude fürchtete offenbar, sie könnte von dem Geld anfangen zu reden, deutete daher nach dem oberen Stockwerk und ging mit Monks aus der Stube.

»– nicht wieder in das Teufelsloch, wo wir damals waren –« Diese Worte hörte Nancy, während die beiden die

Treppe emporstiegen. Der Jude lachte und erwiderte etwas, sie verstand es aber nicht. Nach dem Schall der Tritte zu schließen, gingen die beiden in das zweite Stockwerk hinauf. Rasch zog Nancy die Schuhe aus, horchte gespannt und schlich, da alles still blieb, geräuschlos die Treppe hinauf. Ungefähr eine Viertelstunde mochte verflossen sein, da kehrte sie leise wieder in das Zimmer zurück, und gleich darauf kamen die beiden wieder herunter. Monks entfernte sich, und als Fagin nach einiger Zeit mit dem Geld eintrat, setzte sich das Mädchen gerade den Hut auf, wie um sich zum Fortgehen anzuschicken.
»Gott über die Welt, Nancyleben, wie blaß Sie sin«, rief Fagin erschreckt. »Was ist denn los?«
»Nichts, gar nichts«, antwortete Nancy gleichgültig. »Geben Sie schon endlich das Geld her und lassen Sie mich fort. Ich hab' lang genug hier gesessen.«
Seufzend zählte ihr Fagin die Geldstücke in die Hand, sagte ihr gute Nacht, und sie ging. Nancy blieb einen Augenblick auf der offenen Straße stehen, setzte sich dann auf die Stufen vor einer Haustüre und schien offenbar, ganz betäubt und erschöpft, außerstande zu sein, ihren Weg fortzusetzen. Dann sprang sie plötzlich wieder auf, lief in einer andern Richtung, jener entgegengesetzt, in der Sikes' Wohnung lag, fort, so schnell sie ihre Füße tragen konnten. Eine Weile lang mußte sie stehenbleiben, um Atem zu schöpfen, und das schien sie wieder zur Besinnung zu bringen, denn sie rang die Hände und brach in Tränen aus, wie jemand, der einsieht, daß er etwas nicht tun kann, was er sehnlichst wünscht.
Vielleicht brachten ihr die Tränen Linderung, vielleicht sah sie auch ein, daß sie augenblicklich nichts tun könne. Sie kehrte daher um und eilte schnell nach ihrer Wohnung zurück. So aufgeregt sie auch war, bemerkte es dennoch Mr. Sikes nicht, denn die Befriedigung, zu erfahren, daß Fagin das Geld ausgezahlt habe, machte ihn gleichgültig gegen alles andere.
Je näher der Abend kam, desto größer wurde Nancys Un-

ruhe, und sie konnte es sichtlich nicht erwarten, bis Sikes, der im Bett lag und beständig Whisky mit heißem Wasser trank, in Schlaf verfallen würde. Es blitzte dabei ein so ungewöhnliches Feuer aus ihren Augen, daß selbst Sikes endlich darauf aufmerksam wurde. Er starrte sie an, stützte sich auf seine Ellbogen, brummte einen Fluch und sagte: »Du siehst ja wie eine Leiche aus! Was hast du denn?«

»Was ich habe?« erwiderte Nancy. »Nichts. Warum schaust du mich so scharf an?«

»Was sind das wieder für Geschichten?« fragte der Einbrecher und schüttelte sie unsanft am Arm. »Was heißt das? Was bedeutet das? Woran denkst du?«

»An so mancherlei, Bill«, erwiderte sie schaudernd und legte die Hände vors Gesicht. »Aber was liegt daran.«

Der gepreßte Ton und ihre gezwungene Fröhlichkeit schienen auf Sikes einen tieferen Eindruck zu machen als der starre entsetzte Blick, den er vorher an ihr gesehen hatte.

»Ich will dir sagen, was es ist«, murmelte er. »Wenn du dich nicht am Fieber angesteckt hast, dann geht etwas in dir vor. Gott verdamm mich – hör' mal: Du wirst doch nicht –«

»Was?« fragte Nancy.

»In ganz London«, brummte Sikes und ließ das Mädchen nicht aus den Augen, »in ganz London läuft kein Mädel herum mit einem mutigeren Herzen als das ihre – sonst hätt' ich ihr schon vor einem Vierteljahr die Gurgel durchgeschnitten. Sie hat das Fieber – aha, ich seh' schon.«

Das Glas bis auf den Grund leerend, stieß er ein paar Flüche aus und rief nach seiner Arznei. Eilig sprang Nancy auf und goß ihm die Medizin ein.

»So«, sagte der Einbrecher, »jetzt komm' und setz' dich neben mein Bett und mach' dein gewöhnliches Gesicht – sonst werd' ich dir die Visage zeichnen, daß sie keiner mehr wiedererkennt.«

Nancy gehorchte.

Bald kämpfte Sikes mit dem Schlaf, dann fuhr er wieder auf und starrte umher, immer Nancys Hand festhaltend. Endlich löste sich sein Griff, und er sank zurück.
»Das Laudanum hat gewirkt«, flüsterte Nancy und stand auf. »Aber vielleicht komm' ich doch zu spät.«
Eilig setzte sie ihren Hut auf, warf den Schal über, in immerwährender Angst, Sikes' schwere Hand könnte sich trotz des Schlaftrunkes wieder auf ihre Schultern legen. Dann beugte sie sich sanft über das Bett, drückte dem Einbrecher einen Kuß auf die Lippen, öffnete die Türe und schloß sie geräuschlos hinter sich.
Soeben ging der Nachtwächter die finstere Gasse entlang und rief die erste Hälfte der zehnten Stunde aus.
»Hats schon lange halb geschlagen?« fragte Nancy ihn hastig.
»In einer Viertelstunde schlägt es zehn«, sagte der Mann und leuchtete ihr mit der Laterne ins Gesicht.
»Höchstens in einer Stunde, vielleicht dann noch nicht, kann ich dort sein«, murmelte Nancy und eilte die Straße hinunter.
Die meisten Läden in den engen Seitengassen, die sie auf ihrem Wege von Smithfield nach dem Westend passierte, waren bereits geschlossen. Die Glocken schlugen eben zehn; ihre Unruhe wuchs. So schnell sie konnte, eilte sie auf dem schmalen Trottoir daher, bald rechts, bald links an den Passanten anstoßend, dann wieder überquerte sie dicht vor den Köpfen der Pferde die überfüllten Straßen und bahnte sich rücksichtslos ihren Weg durch das Gewühl.
»Verrücktes Frauenzimmer«, brummten die Leute hinter ihr drein, wie sie so vorwärtsjagte.
In dem vornehmeren Stadtviertel nahm das Gedränge ab, und sie konnte ihre Schritte noch mehr beschleunigen. Endlich erreichte sie ihr Ziel: ein schönes, vornehmes Haus in einer Straße nicht weit von Hydepark. Es schlug elf. Sie trat in die Halle. Der Portiersitz war leer. Unsicher blickte sie sich um und schritt nach der Treppe.

»Zu wem wollen Sie denn, Sie, junge Person?« rief ein wohlgekleidetes Stubenmädchen, das eine Türe öffnete, hinter ihr her.
»Ich suche eine Dame hier im Hause«, gab Nancy zur Antwort.
»So so, eine Dame«, war die höhnische Antwort. »Was für eine denn?«
»Miß Maylie.«
Das Dienstmädchen hatte nur einen Blick tugendhafter Geringschätzung und rief einen Mann herbei, damit er Nancy die entsprechende Antwort gebe. Nancy wiederholte ihm ihre Frage.
»Wen soll ich melden?« fragte der Bediente.
»Mein Name ist nicht nötig«, versetzte Nancy.
»Worum handelt es sich?«
»Auch das ist gleichgültig. Ich muß die Dame sprechen.«
»Schauen Sie, daß Sie hinauskommen«, sagte der Bediente und deutete auf das Haustor. »Sowas gibts hier nicht. Marsch, hinaus!«
»Mit Gewalt bringt Ihr mich nicht hinaus«, rief Nancy heftig, »verlaßt Euch drauf. Ist denn niemand hier«, rief sie und sah sich um, »der für ein armes Mädchen eine Bestellung ausrichtet?«
Ihre Worte machten auf einen gutmütig aussehenden Koch einen guten Eindruck. Er trat hervor und legte sich ins Zeug.
»So richt's doch aus Joe! Das kannst du doch tun«, sagte er zu dem Bedienten.
»Möcht' wissen, warum«, versetzte der Angeredete. »Du wirst doch nicht glauben, Miß Maylie wird mit einer solchen Person reden?«
Seine Anspielung auf Nancys zweifelhaftes Aussehen rief sofort einen Schwall tugendsamer Entrüstung bei den vier Dienstmädchen, die sich inzwischen angesammelt hatten, hervor, und mit größter Lebhaftigkeit erklärten sie, die Person sei eine Schande ihres Geschlechtes und sie bestün-

den darauf, daß man sie ohne Gnade und Barmherzigkeit sofort hinauswürfe.
»Tut, was ihr wollt«, sagte Nancy und wendete sich wieder zu den Männern, »aber zuerst erfüllen Sie meine Bitte. Ich bitte Sie, um Gottes willen, richten Sie meine Bestellung an die Dame aus.«
Der weichherzige Koch befürwortete ihre Bitte, und schließlich übernahm der Bediente, der zuerst so unwillig gewesen war, die Besorgung.
»Was soll ich sagen?« fragte er, mit einem Fuß bereits auf der Treppe.
»Daß eine junge Frauensperson dringend bitten läßt, mit Miß Maylie allein zu sprechen«, sagte Nancy. »Wenn die Dame nur mein erstes Wort hören will, wird sie sofort wissen, ob sie mich weiter anhören soll oder nicht, und ob ich eine Betrügerin bin.«
»Das muß man sagen«, brummte der Bediente, »den Mund nimmt sie voll genug.«
»Melden Sie der Dame, was ich Ihnen gesagt habe«, erwiderte Nancy entschieden. »Ich werde hier auf Antwort warten.«
Der Bediente ging hinauf, und Nancy blieb bleich und außer Atem stehen und hörte mit zuckenden Lippen die Spottreden an, an denen es das keusche Sylphiden-Quartett nicht fehlen ließ. Dann kam die Nachricht, sie solle die Treppe hinaufgehen.
»Ein anständiger Mensch kommt zu nichts in dieser Welt«, murrte das Dienstmädchen Nummer eins ihr nach.
»Na ja, Messing ist halt mehr wert als Gold«, sagte Nummer zwei spitz, und die dritte beschränkte sich darauf, ihrer Neugierde, aus welchem Stoff wohl feine Damen sein müßten, Ausdruck zu geben. Und Nummer vier prägte das Schlagwort: »Pfui Teufel, a' Schand' is!«, worauf die Unterhaltung geschlossen wurde.
Ohne darauf zu achten, denn sie hatte wichtigere Dinge auf dem Herzen, folgte Nancy, zitternd am ganzen Leib,

dem Bedienten in ein kleines Vorzimmer, das durch eine Hängelampe beleuchtet war. Dann blieb sie allein und wartete.

40. Kapitel

Eine seltsame Unterredung

Ihr ganzes Leben hatte Nancy auf der Gasse und in den abscheulichsten Höhlen Londons zugebracht. Dennoch war nicht alle Weiblichkeit in ihr erstorben, und als sie jetzt einen leichten, sich nähernden Schritt hörte, malte sie sich unwillkürlich die tiefe Kluft aus, die im nächsten Augenblick, wenn die junge Dame eingetreten sein würde, zwischen dieser und ihr aufklaffen müßte. Sie fühlte sich tief niedergedrückt im Bewußtsein ihrer Schmach und schauderte davor zurück, die Gegenwart der Dame, die sie zu sprechen gewünscht, zu ertragen.

Doch allmählich bäumte sich gegen ihre Gefühle ein gewisser Stolz auf. Von Kindheit an eine Genossin von Dieben und Einbrechern aller Art, zu den tiefst gesunkenen Bewohnerinnen gemeinster Schlupfwinkel zählend, die Gefährtin von Sträflingen und solchen, die dem Galgen bereits verfallen waren, empfand sie dennoch zuviel Stolz, um auch nur einen leisen Schimmer des weiblichen Gefühls zu verraten, das ihr als Schwäche erschien, obwohl es vielleicht das einzige Band war zwischen ihr und den Glücklichen der Erde. Sie blickte auf – nur einen Moment, aber er genügte ihr, um zu sehen, daß die Dame, die jetzt eintrat, ein schönes zartes Mädchen war. Dann schlug sie die Augen wieder zu Boden und warf den Kopf trotzig zurück.

»Es war recht schwer, Fräulein«, begann sie, »bis es mir endlich gelungen ist, bei Ihnen vorzukommen. Wenn ich empfindlich gewesen und fortgegangen wär', wie's wohl

so manch andre getan hätt', wärs Ihr Schaden gewesen.«
»Es tut mir sehr leid, wenn sich die Dienerschaft unhöflich gegen Sie benommen haben sollte«, versetzte Miß Rose; »denken Sie nicht mehr daran und sagen Sie mir, was Sie zu mir führt.«
Der freundliche Ton, das ungezwungene Wesen und die klare Stimme Miß Roses, aus der so gar keine Spur von Hochmut herauszuhören war, überraschten Nancy derart, daß sie in Tränen ausbrach.
»Sie liebes gütiges Fräulein«, rief sie und schlug die Hände leidenschaftlich vors Gesicht, »gäbe es mehr solche wie Sie auf Erden, so würde es weniger solcher Geschöpfe geben, wie ich es bin.«
»Setzen Sie sich doch«, sagte Miß Rose ernst. »Wenn Sie arm oder sonst unglücklich sind, wird es mir eine aufrichtige Freude sein, Ihnen helfen zu können. Seien Sie überzeugt davon und setzen Sie sich, bitte.«
»Nein, bitte, lassen Sie mich stehen, liebes Fräulein«, flehte Nancy, noch immer weinend. »Und dann drängt die Zeit so. Ist die Türe dort – die Türe dort verschlossen?«
»Ja«, sagte Rose und trat ängstlich einen Schritt zurück, um für alle Fälle, wenn sie um Hilfe rufen würde, Beistand zu haben. »Warum fragen Sie?«
»Weil ich im Begriffe stehe, Ihnen mein Leben und das anderer in die Hand zu legen ... Ich bin jene Person, die den kleinen Oliver zu dem Juden Fagin zurückgeschleppt hat an jenem Abend, als er das Haus in Pentonville verließ ...«
»Sie?!«
»Ja, ich, Fräulein. Ich bin das elende Geschöpf, von dem Ihnen Oliver erzählt haben wird, daß es unter Gaunern sein Leben verbringt. Seit ich denken kann und meine Augen die Straßen Londons gesehen haben, habe ich kein besseres Leben oder freundlichere Worte gekannt, als ihm von diesen Leuten, die er ja kennt, zuteil wurden. Ja, scheuen Sie nur zurück vor mir, Fräulein! Wenn ich auch jünger bin, als mein Aussehen sagen mag, so bin ich an so

etwas gewöhnt. Selbst die ärmsten Frauen weichen vor mir zurück, wenn ich meinen Weg durch ihre Straßen nehme.«

»Das sind ja schreckliche Dinge«, rief Rose und wich unwillkürlich noch weiter zurück.

»Danken Sie Gott auf den Knien, Fräulein, daß Sie Freunde besessen haben, die Sie in Ihrer Kindheit pflegten und behüteten, daß Sie niemals Frost, Hunger, Verbrechen, Durst und Trunkenheit und noch viel schlimmere Dinge, als diese, kennengelernt haben, wie sie mir beschieden gewesen sind von meiner Kindheit an. Die Gasse und der Rinnstein sind meine Wiege gewesen, so wie sie auch mein Totenbett sein werden.«

»Sie tun mir entsetzlich leid«, sagte Rose schluchzend. »Es zerreißt mir das Herz, Sie so reden zu hören.«

»Gott segne Sie für Ihre Güte«, erwiderte Nancy leise. »Wenn Sie wüßten, was ich manchmal ausstehe und wie mir oft zumute ist, dann würden Sie mich noch mehr beklagen. Ich habe mich von den Leuten weggestohlen, weil sie mich ermorden würden, wenn sie wüßten, daß ich hier bin, um Ihnen zu erzählen, was ich erlauscht habe. – Kennen Sie einen Mann namens Monks?«

»Nein.«

»Er kennt aber Sie«, fuhr Nancy fort, »und wußte offenbar, daß Sie hier wohnen; denn nur, weil er die Adresse, während ich heimlich zuhörte, nannte, konnte ich mich hierher finden.«

»Ich habe den Namen nie gehört«, sagte Rose.

»Dann führt er unter unsresgleichen einen andern Namen. Ich habe mir das übrigens gleich gedacht. Vor einiger Zeit, kurz nachdem Oliver in der Nacht – damals, wo eingebrochen wurde – einzusteigen gezwungen wurde, hab ich aus Argwohn gegen diesen Monks heimlich einer Unterredung zugehört, die zwischen ihm und Fagin in der Nacht stattfand, und aus der erfuhr ich, daß Monks – der Mann, Sie wissen, nach dem ich Sie gefragt habe –«

»Ja«, sagte Rose, »ich verstehe.«

»– daß Monks«, fuhr Nancy fort, »Oliver zufällig mit zwei von unsern Jungen an dem Tag gesehen hatte, als er uns verloren ging, und in ihm sofort jenes Kind erkannte, auf dessen Fährte er war. Nur konnte ich damals nicht erfahren, weshalb. Er einigte sich mit Fagin dahin, daß dieser für Oliver, falls er ihn wiederfände, eine Summe Geldes bekommen sollte, und außerdem noch eine viel größere, wenn es ihm gelänge, einen Dieb aus ihm zu machen. Monks mußte dabei einen persönlichen Zweck im Auge haben.«

»Was denn für einen Zweck?« rief Rose.

»Er hat meinen Schatten an der Wand gesehen, als ich lauschen wollte«, erzählte Nancy, »und außer mir werden es wohl nicht viele zuweg bringen, sich so rechtzeitig dünne zu machen, ohne entdeckt zu werden. Mir ist es gelungen: erst gestern abend habe ich ihn wiedergesehen.«

»Was hat sich denn gestern abend zugetragen?«

»Er ist wiedergekommen und mit dem Juden die Treppe hinaufgegangen. Ich hatte mich so verhüllt, daß mich mein Schatten nicht verraten konnte, und dann wieder an der Tür gelauscht. Die ersten Worte, die Monks sagte, waren: ›Die einzigen Beweise also für die Herkunft des Jungen liegen jetzt auf dem Grund des Flusses, und die alte Vettel, die sie von seiner Mutter bekam, modert in ihrem Sarg.‹ Daraufhin lachten beide und priesen sich glücklich, daß der Plan so günstig ausgegangen sei. Monks, der dann noch mehr von dem Jungen erzählte und sehr erregt war, sagte, er könne es kaum erwarten, daß er schon das Geld des jungen Burschen in Sicherheit hätte. Lieber noch hätt' er es auf eine andre Weise bekommen, denn es hätte ihn riesig gefreut, wenn seines Vaters niederträchtiges Testament zu Schaden geworden wäre dadurch, daß der Junge von einem Kerker in den andern gewandert und schließlich vielleicht sogar an den Galgen gekommen wäre. Für Fagin müsse es doch eine Kleinigkeit sein, den Burschen so weit zu bringen, wenn er erst einmal einen hübschen Profit aus der Geschichte gezogen hätte.«

»Was sind das für unerhörte Dinge?« rief Rose.

»Was ich Ihnen erzählt habe, Fräulein, ist die volle Wahrheit«, beteuerte Nancy. »Unter allerhand Flüchen und Schwüren sagte er noch, wenn er, ohne seinen Hals dabei in Gefahr zu bringen, seinen Haß dadurch stillen könne, daß er dem Jungen das Leben nähme, so würde er es tun. Da er das aber nicht könne, wolle er beständig auf der Lauer liegen, um Oliver, wo nur irgend möglich, in den Weg zu treten. ›Kurz und gut, Fagin‹, sagte er zum Schluß, ›wenn Sie auch ein Jude sind, so haben Sie doch solche Fallen und Schlingen noch nicht ausgeheckt, wie ich sie meinem jüngeren Bruder Oliver legen werde.‹–«

»Seinem Bruder!« rief Rose und schlug entsetzt die Hände zusammen.

»Das waren seine Worte«, erklärte Nancy, die sich immerwährend unbehaglich umsah, denn die Wahnvorstellung, Sikes könne hinter ihr stehen, wollte nicht von ihr weichen. »Und mehr noch hat er gesagt. Als er von Ihnen und der andern Dame sprach und sagte, es scheine rein der Teufel seine Hand im Spiel zu haben, da lachte er schließlich und meinte, es läge ein gewisser Trost für ihn darin, denn wieviel Tausende und Hunderttausende von Pfund würden Sie hingeben, wenn Sie erfahren könnten, wer eigentlich Ihr zweibeiniges Schoßhündchen wäre.«

»Das wollen Sie doch mir nicht einreden«, sagte Rose und wurde totenblaß. »Oder Sie können doch nicht glauben, daß diese Worte im Ernst gesprochen wurden?«

»Er hats im vollen, bittern Ernst gesagt, das hab' ich deutlich gesehen«, sagte Nancy und schüttelte den Kopf. »Der kann sehr ernst sein in seinem Haß. Ich kenne viele, die Schlimmeres tun als er, aber ich würde ihnen allen lieber ein dutzendmal zuhören als diesem Monks nur ein einziges Mal. Aber jetzt wird es spät. Ich muß nach Hause. Sonst schöpfen sie Verdacht. Ich muß rasch wieder zurück.«

»Was kann ich nur tun?« jammerte Rose. »Wozu können mir alle diese Mitteilungen nützen, wenn Sie nicht hier sind? Warum wollen Sie zu Ihren Genossen zurück, die Sie doch in so schrecklichen Farben schildern? Wenn Sie Ihre Auskünfte einem Herrn gegenüber wiederholen wollen, den ich sogleich aus dem Nebenzimmer holen kann, so sind Sie, ehe noch eine halbe Stunde Zeit vergeht, an einen Platz gebracht, wo Sie sicher sind.«

»Nein, ich *will* zurückkehren«, sagte Nancy, »ich muß zurück, weil – aber wie kann ich von solchen Dingen vor einem unschuldigen jungen Mädchen reden! Kurz und gut: unter den Männern, von denen ich Ihnen erzählt habe, befindet sich einer – der verwegenste von allen –, und ich kann nicht von ihm lassen, selbst nicht um den Preis, von dem Leben befreit zu werden, das ich jetzt führe.«

»Ich weiß, Sie haben sich schon früher für Oliver eingesetzt«, redete Rose ihr zu, »und daß Sie hierher gekommen sind trotz aller Gefahr, um mir zu berichten, was Ihnen zu Ohren gekommen ist, dann Ihre offenbare Reue und Ihr so sichtliches Schamgefühl – alles dies läßt mich glauben, daß Sie doch noch zu retten sein müßten« – und Rose faltete die Hände, und die Tränen liefen ihr übers Gesicht – »So seien Sie doch nicht taub gegen meine Bitten! Ich bin vielleicht die erste, die Ihnen mit mitleidigen barmherzigen Worten entgegengekommmen ist. Hören Sie auf mich und folgen Sie mir; ich will Sie retten, und ich kann Sie retten.«

»Liebes, gutes Fräulein«, rief Nancy und sank in die Knie vor Rose, »Sie sind ein barmherziges engelgleiches Geschöpf! Ja, Sie sind der erste Mensch, der mir solche Worte gesagt hat. Hätte ich sie früher gehört, wäre es mir vielleicht noch möglich gewesen, ein Leben des Verbrechens und des Jammers aufzugeben – aber jetzt ists zu spät, viel zu spät.«

»Es ist nie zu spät«, entgegnete Rose, »wenn jemand sich bessern will.«

»Nein, es ist zu spät«, jammerte Nancy, außer sich in der Todesangst ihres Herzens. »Ich kann ihn jetzt nicht lassen. Ich kann nicht die Ursache werden zu seinem Tod.«

»Wieso die Ursache zu seinem Tod?« fragte Rose erstaunt.

»Nichts kann ihn mehr retten«, rief Nancy. »Wenn ich andern erzählen würde, was ich Ihnen erzählt habe, so wäre er morgen im Gefängnis und verloren. Er ist der Verwegenste von allen und so grausam – ach, so grausam.«

»Und um eines solchen Menschen willen«, rief Rose, »wollen Sie alle Zukunft aufgeben und auf eine sichere Rettung verzichten? Ist das möglich? Das ist doch Wahnsinn.«

»Ich weiß nicht, was es ist«, gab Nancy zur Antwort. »Ich weiß nur, es ist so, und nicht bei mir allein verhält es sich so, sondern bei Hunderten, die ebenso sind wie ich. Ich muß wieder zurück. Ob es Gottes Zorn ist? Ich weiß es nicht. Aber alles zieht mich zurück zu ihm trotz der schlechten Behandlung, die er mir zuteil werden läßt, und ich ginge zurück, selbst wenn ich wüßte, ich müßte von seiner Hand sterben.«

»Was soll ich nur tun?« murmelte Rose. »Ich sollte Sie nicht weglassen von hier.«

»Sie müssen es, Fräulein, und ich weiß auch, daß Sie es tun werden«, erwiderte Nancy und stand auf. »Sie werden mich nicht daran hindern, bloß weil ich auf Ihre Güte vertraut habe und Ihnen unvorsichtigerweise kein Versprechen abgenommen habe vorher.«

»Aber was nützt mir denn die Mitteilung, die Sie mir gemacht haben?« fragte Rose. »Das Geheimnis muß doch ergründet werden! Und wie kann eine solche Enthüllung Oliver nützen, wenn Sie jetzt gehen?«

»Sie haben doch gewiß einen freundlichen Berater um sich, der ebenfalls das Geheimnis bewahren und Ihnen sagen wird, was Sie tun sollen oder nicht?« forschte Nancy.

»Ja, aber wo kann ich Sie wiederfinden, wenn es notwendig werden sollte, mit Ihnen zu sprechen? Ich will doch gar nicht erfahren, wo die schrecklichen Verbrecher leben, ich will nur wissen, wo Sie von jetzt an zu treffen sein werden?«

»Wenn Sie mir versprechen, mein Geheimnis zu behüten und nur mit jenem Berater zu kommen, der um die Sache wissen soll, dann –«

»Ich verspreche es feierlichst«, erwiderte Rose.

»Also: an jedem Sonntag, nachts zwischen elf und zwölf«, sagte Nancy, ohne weiter nachzudenken, »werde ich, wenn ich noch am Leben bin, auf der Londoner Brücke auf und ab gehen.«

»Warten Sie, bitte, noch einen Augenblick«, unterbrach sie Rose, als Nancy eilig zur Türe schreiten wolllte, »bedenken Sie noch einmal Ihre Lage und die Gelegenheit, die sich Ihnen jetzt bietet, sich aus ihr zu befreien. Sie haben ein Anrecht an mich, nicht nur, weil Sie mir Ihre Mitteilungen überbracht haben, sondern weil Sie ein Weib sind wie ich. Wollen Sie in diese Räuberhöhle und zu diesem Mann zurückkehren, wo ein einziges Wort Sie retten kann? Welcher Zauber zieht Sie denn dorthin? Kann ich denn gar keine Saite in Ihrem Herzen berühren? Durch was ist denn Ihre schreckliche Verblendung nur zu heilen?«

»Wenn Damen so jung und gut und schön sind wie Sie«, erwiderte Nancy bestimmt, »so führt sie die Liebe über alles hinweg, wenn sie ihr Herz verschenken. Aber auch Geschöpfe wie ich, die kein andres Dach auf dieser Erde haben als den Sargdeckel und keinen Freund in Krankheit oder im Tod als die Armenfrau – wenn wir unser verdorbenes Herz an einen Mann hängen, wer kann uns da Heilung zu bringen hoffen?«

»Sie werden aber doch«, sagte Rose nach einer Pause, »so viel Geld von mir annehmen, daß Sie ohne Schmach und Schande zu leben imstande sind, wenn auch nur bis zu der Zeit, bis wir uns wieder treffen?«

»Keinen Penny«, versetzte Nancy und wehrte mit der Hand ab.

»Verschließen Sie Ihr Herz nicht gegen die Hilfe, die ich Ihnen bieten möchte«, redete Rose auf sie ein und trat freundlich auf sie zu, »es ist mein Herzenswunsch, mich Ihnen erkenntlich zeigen zu dürfen.«

»Das könnten Sie nur tun, liebes Fräulein«, antwortete Nancy händeringend, »wenn Sie mir auf der Stelle das Leben nehmen würden, denn ich habe heute nacht einen tiefern Schmerz erfahren als je früher. Und es wäre das Schönste für mich, wenn ich nicht in der furchtbaren Hölle, in der ich gelebt habe, zu sterben brauchte. Aber jetzt: Gott segne Sie, liebes gutes Fräulein, und Gott schenke Ihnen so viel Glück, wie er Schande auf mein Haupt gehäuft hat.« Und schluchzend ging die Unglückliche hinaus, während Rose, überwältigt von dem Eindruck des ungewöhnlichen Gespräches, das mehr einem wilden Traume glich als der Wirklichkeit, in einen Sessel sank und ihre Gedanken zu ordnen trachtete.

41. Kapitel

Neuerliche Enthüllungen, die den Beweis erbringen, daß Überraschungen wie Unglücksfälle selten allein kommen

Rose Maylie befand sich in einer schwierigen Lage: einesteils brannte sie darauf, Olivers Geheimnis zu lüften, andrerseits hatte sie Nancy versprochen, es zu wahren. Ihre Tante sowohl wie sie hatten in London, bevor sie einige Wochen an die Küste zu reisen gedachten, nur drei Tage bleiben wollen. Es war jetzt Mitternacht des ersten Tages. Wozu sollte sie sich entschließen, da sie doch in achtundvierzig Stunden London verlassen mußte? Was ließ sich in so kurzer Zeit mit Aussicht auf Erfolg beginnen? Wie konnte sie andrerseits, ohne Argwohn zu verursachen, die Tante bitten, ihre Abreise hinauszuschieben?
Mr. Losberne wohnte bei ihnen und wollte auch die beiden nächsten Tage bleiben. Aber Rose kannte nur zu gut die ungestüme Art des alten Herrn und getraute sich nicht, ihn so ohne weiteres zum Mitwisser ihres Geheimnisses

zu machen. Das würde nur dann gehen, sagte sie sich, wenn jemand, der mehr Lebenserfahrung hätte als sie, ein Wort für Nancy einlegen könnte. Sie beschloß daher, vorsichtig zu sein, selbst für den Fall, daß es nötig wäre, Mrs. Maylie mit ins Geheimnis zu ziehen, denn es war vorauszusehen, daß der erste Gedanke der alten Tante sein würde, sich mit dem würdigen Herrn Doktor Losberne über den Fall zu besprechen. Flüchtig kam ihr der Gedanke, Harry zum Beistand zu rufen; aber die Erinnerung an den letzten Abschied bei ihr ließ es ihr unwürdig erscheinen, sich an ihn zu wenden.

Rose verbrachte eine schlaflose unruhige Nacht. Bald faßte sie einen Entschluß, dann verwarf sie ihn wieder; und erst, nachdem sie noch den ganzen folgenden Tag mit sich zu Rate gegangen, wurde es ihr klar, daß nichts andres übrig bleibe, als doch Harrys Rat in Anpruch zu nehmen.

›Wenn es für ihn schmerzlich sein muß‹, dachte sie, ›zu uns zurückzukommen, wie schmerzlich wird es erst für mich sein. Aber vielleicht kommt er gar nicht, sondern schreibt. Oder er kommt und geht einer Begegnung mit mir aus dem Weg, wie er es ja auch gemacht hat, als er abreiste.‹ Rose ließ die Feder fallen, die sie zur Hand genommen, und der Gedanke schoß ihr durch den Kopf: ›Freilich hatte ich mir damals kaum gedacht, daß er so handeln würde –‹

Sie hatte die Feder wieder zur Hand genommen und ein paarmal angesetzt, da kam Oliver in atemloser Hast und so erregt zu ihr ins Zimmer gestürzt, daß sie sofort von neuem in Angst und Unruhe verfiel.

»Warum kommst du so erregt herein?« fragte sie und sprang auf.

»Ich weiß nicht, was es ist, aber es ist, als müßte ich erstikken«, keuchte Oliver. »O Gott im Himmel, der Gedanke, ihnen endlich alles erzählen zu dürfen, damit sie erfahren, daß ich immer nur die Wahrheit gesprochen habe, dieser Gedanke nimmt mir fast den Atem.«

»Es ist mir niemals in den Sinn gekommen, anzunehmen,

du seist jemals von der Wahrheit abgewichen«, sagte Rose und beruhigte ihn. »Aber was meinst du eigentlich? Von wem sprichst du denn?«
»Ich habe den Herrn gesehen«, erwiderte Oliver, kaum imstande, deutlich zu reden, »den Herrn, der so gütig zu mir war: Mr. Brownlow, von dem ich Ihnen so oft erzählt hatte.«
»Wo?«
»Er ist aus einem Wagen gestiegen«, erklärte Oliver, und die Freudentränen drängten sich ihm in die Augen, »und ist in ein Haus hineingegangen. Ich habe nicht mit ihm gesprochen – ich konnte nicht, er hat mich nicht gesehen, und ich habe so gezittert, daß ich gar nicht bis zu ihm gekommen wäre. Aber Mr. Giles hat für mich gefragt, ob der Herr in dem Hause wohne, und die Leute haben ihm gesagt, es sei der Fall. Hier sehen Sie«, sagte Oliver und entfaltete einen kleinen Zettel, »hier stehts; hier steht die Adresse – ich muß auf der Stelle hin. O Gott, was werd' ich bloß sagen, wenn ich ihn wiedersehe!«
Sich zur Ruhe zwingend, las Rose die Adresse, die Craven Street Strand lautete, und sofort schoß ihr der Gedanke durch den Kopf, diesen Zufall zu ihrem Vorteil auszunützen.
»Geschwind«, rief sie, »bestelle unten, man solle einen Wagen holen, und halte dich bereit, mitzufahren. Ich werde dich selbst, ohne eine Minute zu verlieren, hinführen. Nur muß ich meiner Tante zuvor sagen, daß wir eine Stunde ausfahren; dann aber heißts eilen.«
In weniger als fünf Minuten befanden sie sich auf der Fahrt unterwegs nach Craven Street. Rose ließ Oliver in der Kutsche zurück, um den alten Herrn auf seinen Besuch vorzubereiten, schickte durch den Diener ihre Karte hinauf und ließ Mr. Brownlow bitten, ihr in einer dringenden Angelegenheit sogleich für ein paar Minuten Gehör zu schenken.
Der Diener kam mit der Meldung zurück, Mr. Brownlow lasse bitten.

Miß Maylie folgte ihm in den ersten Stock und wurde dort von einem ältern wohlwollenden Herrn empfangen, der einen Rock aus flaschengrünem Stoff trug. Unweit von ihm saß ein andrer alter Herr in Nankinghosen und Gamaschen, der weniger wohlwollend aussah und die Hände auf den Griff eines dicken Stockes stützte und darauf das Kinn.
»Oh, oh«, rief der alte Herr im flaschengrünen Anzug und sprang höflich auf, »bitte vielmals um Verzeihung, gnädiges Fräulein, ich habe geglaubt, es sei ein ganz belangloser Besuch – bitte vielmals um Entschuldigung, bitte, so setzen Sie sich doch, gnädiges Fräulein.«
»Mr. Brownlow, wenn ich recht gehört habe?« fragte Rose und sah von dem einen alten Herrn zum andern.
»Ja, so heiße ich«, sagte der erste alte Herr. »Der Herr dort ist mein Freund, Mr. Grimwig – ach, Grimwig, du bist wohl so freundlich und läßt uns ein paar Augenblicke allein.«
»Ich glaube«, fiel ihm Miß Maylie ins Wort, »der Herr hier braucht sich die Mühe nicht erst zu nehmen, wegzugehen, denn, wenn ich nicht irre, kennt er bereits die Angelegenheit, über die ich mit Ihnen zu reden gedenke.«
Mr. Brownlow verneigte sich – Mr. Grimwig, der sich bereits einmal sehr stark verbeugt und dann von seinem Stuhl erhoben hatte, machte eine steife Verbeugung und setzte sich wieder.
»Die Angelegenheit wird Sie, wenn ich nicht irre, ein wenig verwundern«, begann Rose errötend, »aber Sie haben vor längerer Zeit einem lieben jungen Freund von mir eine außerordentliche Güte erwiesen, und es interessiert Sie deshalb vielleicht, wieder von ihm zu hören.«
»Was Sie sagen!« rief Mr. Brownlow.
»Sie haben meinen jungen Freund unter dem Namen Oliver Twist gekannt«, fuhr Rose fort.
Kaum aber waren diese Worte über ihre Lippen gekommen, als Mr. Grimwig, der so getan hatte, als sei er in ein großes Buch vertieft, das auf dem Tisch lag, das Buch mit

einem Krach zusammenschlug und in seinen Sessel zurücksank. Außer maßlosem Erstaunen war nichts in seinem Gesicht zu lesen. Aber auch dieser Ausdruck löste sich schließlich zu einem starren Blick auf, der die höchste Verblüffung verriet. Als schäme er sich, sich so weit haben gehen lassen, raffte er sich, soweit er konnte, auf, um seine frühere Miene wieder aufzusetzen, und blickte gerade aus, brummte und summte vor sich hin, aber die Töne schienen nicht ihren Weg zu finden, sondern erklangen wie im Innersten seines Magens.

Mr. Brownlow war nicht weniger erstaunt, wenn die Überraschung sich auch nicht in solch exzentrischer Weise auf seinem Gesicht malte. Er rückte einen Stuhl näher zu dem Miß Maylies und sagte:

»Bitte, reden Sie nicht, gnädiges Fräulein, von Güte und Wohltat, zumal niemand davon etwas weiß. Wenn es in Ihrer Macht steht, die ungünstige Meinung, die ich mir von dem armen Jungen bilden mußte, zu beheben, so bitte ich Sie um Gottes willen, lassen Sie mich nicht länger darauf warten.«

»Ein netter Bursche das, wahrhaftig! Meinen Kopf will ich auf der Stelle aufessen, wenn er etwas andres war als das«, brummte Mr. Grimwig im Tone eines Bauchredners, ohne eine Miene dabei zu verziehen.

»Oliver ist ein Kind von vornehmer Natur und von wärmstem Herzen«, fuhr Rose auf, und das Blut stieg ihr ins Gesicht, »und jene Macht über uns, die ihn ausersehen hat zu Prüfungen, die weit über die Kraft seiner Jahre hinausreichten, hat Empfindungen in seinem Herzen geweckt, die so manchem zur Ehre gereichen würden, der am Abend der Lebenstage steht und sechsmal so alt ist.«

»Ich bin erst einundsechzig Jahre«, sagte Mr. Grimwig, immer noch mit demselben gedankenleeren Ausdruck wie vorhin, »und es müßte schon mit dem Donnerwetter zugehen, wenn der junge Oliver nicht wenigstens zwölf Jahre alt wäre. Ich verstehe daher Ihre Anspielung nicht und kann sie nicht auf mich beziehen.«

»Bitte, achten Sie nicht auf meinen Freund, gnädiges Fräulein«, mischte sich Mr. Brownlow ein, »er weiß nicht, was er spricht, und will nie, was er meint.«
»O doch, er weiß ganz gut, was er spricht, und meint immer, was er will«, widersprach Mr. Grimwig.
»Nein, er meint es nicht und weiß es nicht«, beharrte Mr. Brownlow auf seiner Ansicht und erhob sich mit schlecht verhehltem Zorn aus seinem Stuhl.
»Seinen Kopf will er auf der Stelle aufessen, wenns nicht so ist«, brummte Mr. Grimwig.
»Wenn er jetzt wüßte, was er spricht, und wollte, was er meint, so verdiente er, daß man ihm wirklich den Kopf abschlüge, damit er ihn aufessen könnte«, sagte Mr. Brownlow ernst. Bei diesem Punkt der Auseinandersetzung angelangt, nahmen beide alte Herren eine Prise und schüttelten sich, wie stets in solchen Fällen, dann die Hände.
»Kommen wir aber jetzt, Miß Maylie«, fuhr Mr. Brownlow fort, »auf das Thema zurück. Wollen Sie mir freundlichst sagen, was Sie von dem armen Jungen erfahren haben? Ich selbst habe, wie ich vorausschicken möchte, nichts unversucht gelassen, was in meinen Kräften stand, ihn wieder ausfindig zu machen, und seitdem ich fern von England gelebt habe, ist meine frühere Ansicht, daß mich der Junge hinters Licht geführt und von seinen ehemaligen Kumpanen zu einem Diebstahl hat überreden lassen, sehr erschüttert worden.«
Rose hatte inzwischen ihre Gedanken gesammelt und erzählte ohne Säumen in kurzen Worten alles, was Oliver zugestoßen war, seit er Mr. Brownlows Haus verlassen. Was Nancy ihr mitgeteilt hatte, behielt sie jedoch für sich, um es dem Herrn allein unter vier Augen anzuvertrauen. Sie schloß mit der Versicherung, Olivers einziger Kummer seit Monaten sei gewesen, seinen einstigen Wohltäter und väterlichen Freund wiederzufinden.
»Gott sei dank!« rief der alte Herr. »Das ist ein großes Glück für mich! Wahrhaftig ein großes Glück! Aber, Miß Maylie, Sie haben mir nicht gesagt, wo sich der kleine

Oliver jetzt befindet. Verzeihen Sie, daß ich Ihnen einen Vorwurf mache, aber warum haben Sie Oliver nicht mitgebracht?«

»Er wartet unten in meinem Wagen«, antwortete Rose.

»Unten vor dem Haus?« rief der alte Herr, und schon war er aus dem Zimmer draußen, die Treppe hinunter, trat auf den Wagentritt und sprang in die Kutsche, ohne ein Wort zu sprechen.

Als die Zimmertüre hinter ihm ins Schloß gefallen war, richtete Mr. Grimwig sein Haupt auf, balancierte auf den Hinterbeinen seines Stuhls, beschrieb damit eine scharfe Kurve und wiederholte das einige Male. Nachdem er dieses Kunststück zu Ende gebracht, stand er auf und hinkte, so geschwind es ging, in der Stube auf und ab, blieb dann plötzlich vor Rose stehen und drückte ihr ohne weiteres Federlesen einen Kuß auf die Stirn.

»Pst«, sagte er begütigend, als die junge Dame, in Furcht versetzt durch sein ungewöhnliches Vorgehen, aufspringen wollte. »Fürchten Sie sich nicht; ich bin alt genug, Ihr Großvater zu sein. Sie sind ein herzallerliebstes, liebes Mädel. Ich habe Sie gern. Übrigens, da kommen die beiden andern.«

Mr. Grimwig konnte kaum mit einem geschickten Sprung auf seinen früheren Sitz zurückkehren, da traten bereits Mr. Brownlow und Oliver ins Zimmer. Mr. Grimwig begrüßte Oliver äußerst huldvoll, und wäre die Freude dieses Augenblicks ihr einziger Lohn gewesen für all die Mühe, die sie dem armen Jungen gewidmet, würde sich Rose schon reichlich damit bedankt gehalten haben.

»Wir dürfen übrigens noch jemand nicht vergessen«, sagte Mr. Brownlow und klingelte. »Ich lasse Mrs. Bedwin bitten.«

Die alte Haushälterin kam, so geschwind es ihr nur irgend möglich war, herauf, blieb an der Türe stehen und wartete auf den Befehl, den ihr Mr. Brownlow geben würde.

»Nun, Bedwin, mit Ihren Augen wird es wirklich von Tag

zu Tag schlechter«, begann Mr. Brownlow in einem Ton, der nicht frei von Ärger zu sein schien.
»Das stimmt freilich, Sir«, versetzte die alte Dame. »Bei Leuten in meinem Alter werden die Augen eben nicht besser, Sir.«
»Das hätte ich Ihnen auch sagen können«, versetzte Mr. Brownlow. »Aber setzen Sie sich, bitte, die Brille mal auf und sehen Sie selbst her und überzeugen Sie sich, weshalb wir Sie haben bitten lassen, nicht wahr, Mrs. Bedwin.«
Die alte Dame kramte in ihrer Tasche lange nach einer Brille, aber Olivers Geduld war gegen eine solche Prüfung nicht gefeit. Er folgte dem Drang seines Herzens und flog ihr in die Arme.
»Ach du lieber Himmel«, rief Mrs. Bedwin und umarmte und küßte Oliver, »das ist ja mein lieber armer unschuldiger Junge.«
»Meine liebe, liebe alte Pflegerin«, schluchzte Oliver unter Tränen.
»Ich wußte es doch, daß er wiederkommen würde«, sagte die alte Dame und hielt ihn fest in ihren Armen. »Und wie gut er aussieht, und gekleidet ist er, wie das Kind vornehmer Leute. Wo hast du denn nur die ganze lange Zeit über gesteckt? Und immer noch das liebe Gesicht, nur nicht mehr so blaß, und dieselben sanften Augen, nur nicht mehr so traurig. Ich habe sie nie vergessen und auch dein ruhiges Lächeln nicht. Tagtäglich hat es mir vor Augen gestanden wie das meiner eignen lieben Kinder, die jetzt tot und begraben sind.«
Und so schwatzte die alte brave Dame und hielt Oliver bald ein Stück vor sich hin, um ihn anzusehen, bald zog sie ihn wieder an sich und strich ihm mit den Fingern durchs Haar und lachte und weinte in einem Atem.
Mr. Brownlow ließ sie mit Oliver allein, damit sie sich nach Herzenslust ausplaudern könnten, und begab sich mit Rose in ein andres Zimmer. Dort hörte er aus ihrem Mund die Unterredung mit an, die sie mit Nancy gehabt und die ihn in nicht geringes Erstaunen, ja sogar in Schrek-

ken versetzte. Der alte Herr lobte Rose und sagte, es sei klug von ihr gewesen, daß sie bisher noch niemand andern ins Vertrauen gezogen, und erklärte sich bereit, mit dem wackern Mr. Losberne selbst über den Fall in ernster Weise zu sprechen. Um bald Gelegenheit zur Ausführung dieser Ansicht zu bekommen, verabredeten sie, Mr. Brownlow solle abends gegen acht im Hotel vorsprechen und Rose ihre Tante vorsichtig in allem unterrichten, was sich zugetragen habe. Sodann kehrte Rose mit Oliver wieder nach Hause zurück.

Rose hatte das Temperament des Doktors nicht im geringsten überschätzt: Nancys Erzählung war ihm kaum bekanntgeworden, da stieß er einen Hagel von Drohungen und Verwünschungen aus, wollte die arme Nancy als erstes Opfer seiner Rache dem zwiefachen Scharfsinn der Firma Blathers & Duff überantworten und stülpte bereits den Hut auf den Kopf, um spornstreichs das würdige Häscherpaar zu holen. Zweifellos hätte er seinen Plan auch ausgeführt, wenn er nicht zum Teil durch Mr. Brownlow, zum Teil durch Gründe und Vorstellungen zurückgehalten worden wäre, die ihn am schnellsten und besten zur Räson brachten.

»Was aber zum Teufel soll denn geschehen!« rief er ungestüm, als sie sich wieder zu den beiden Damen gesellten. »Sollen wir diesen Strolchen vielleicht eine Dankadresse überreichen mit der Bitte, ein paar hundert Pfund pro Kopf als Zeichen unsrer Hochachtung entgegenzunehmen?«

»Das gerade nicht«, versetzte Mr. Brownlow lachend; »aber vorsichtig müssen wir vorgehen, vorsichtig und behutsam.«

»Jawohl, vorsichtig und behutsam«, schimpfte der Doktor. »Am liebsten möcht' ich die ganze Bande gleich –«

»Überlegen wir erst«, fiel ihm Mr. Brownlow in die Rede, »obs unsern Zweck fördert, wenn wir sogleich gegen sie vorgehen.«

»Welchen Zweck?« fragte der Doktor.

»Nun den: Olivers Eltern ausfindig zu machen, das Erbe für ihn wiederzuerlangen, um das er, wenn die Geschichte wahr ist, schmählich betrogen wurde.«
»Ach so«, rief Mr. Losberne und fächelte sich mit seinem Taschentuch Kühlung zu, »daran habe ich allerdings nicht gedacht.«
»Nun also«, fuhr Mr. Brownlow fort, »selbst wenn wir das arme Mädchen außer Betracht lassen und annehmen, wir könnten wirklich die Verbrecher der Polizei überantworten, ohne ihre Sicherheit zu gefährden – was würden wir erreichen?«
»Ein paar von der Bande an den Galgen bringen«, rief der Doktor; »den übrigen zur Deportation verhelfen!«
»Sehr gut«, versetzte Mr. Brownlow lächelnd, »aber ich glaube, die Zeit wird das alles von selber tun. Wir dürfen nicht vorgreifen, wenn wir nicht Olivers Interesse gefährden wollen.«
»Wieso?«
»Es ist doch klar, daß wir dem Geheimnis nur mit großer Mühe auf die Spur kommen können und erst dann, wenn wir diesen gewissen Monks dingfest machen – und das können wir bloß durch List. Wir müssen ihn zu fassen suchen, wenn er nicht inmitten des Diebsgesindels weilt. Wenn wir ihn ohne weiteres festnehmen lassen, so haben wir schließlich keinen Beweis gegen ihn. Er ist unsres Wissens nach mit der Bande nicht einmal in irgendwelchem Zusammenhang, was ihre Räubereien und Einbrüche anbelangt. Wenn er überhaupt nicht ganz freigesprochen wird, so ist es doch höchst wahrscheinlich, daß er im schlimmsten Fall ein paar Wochen Arrest kriegt; aber zum Sprechen würden wir ihn dann nicht bringen können; sein Mund wäre uns für immer verschlossen.«
»Gut«, gab der Doktor zu, »aber halten Sie es vielleicht für vernünftig, das dem Mädchen gegebene Versprechen zu halten? Es ist ja vielleicht in bester Absicht gegeben worden, in Wirklichkeit aber –«
Mr. Brownlow kam Rose, die das Wort ergreifen wollte,

zuvor: »Das Versprechen wird gehalten werden«, sagte er. »Mit dem Weg, den wir einzuschlagen haben, kollidiert das nicht im geringsten. Ehe wir uns aber für etwas Bestimmtes entschließen, wird es vor allem notwendig sein, mit dem Mädchen zu sprechen, um uns zu vergewissern, ob sie uns diesen Monks zeigen will, oder ob es auf andre Weise möglich sein wird, falls sie uns die Bitte abschlägt, seine Person irgendwie festzustellen. Früher als nächsten Sonntag können wir sie nicht treffen. Heute haben wir Dienstag. Ich rate: verhalten wir uns in der Zwischenzeit ganz ruhig und sprechen wir selbst vor Oliver kein Wort über diese Dinge.«

Zwar machte Doktor Losberne ein schiefes Gesicht, aber er konnte keinen bessern Plan in Vorschlag bringen, und so wurde der Mr. Brownlows schließlich einmütig zum Beschluß erhoben.

»Ich möchte gern«, schloß Mr. Brownlow, »meinen alten Freund Grimwig zu Hilfe rufen. Er ist zwar ein sonderbarer Bursche, aber klug und scharfsinnig, und ist uns vielleicht nützlich. Er besitzt, was Sie vielleicht noch nicht wissen, Advokatenbildung, und hat diesen Beruf bloß an den Nagel gehängt, da er binnen zwanzig Jahren nur einen Zivilfall und eine Verteidigung bekommen hatte. Ob das eine Empfehlung für ihn ist oder nicht, darüber bilden Sie sich, bitte, selber ihr Urteil.«

»Ich habe nichts dagegen, daß Sie Ihren Freund mit hineinziehen, wenn ich nur auch einen Freund mit zu Hilfe nehmen darf«, sagte der Doktor.

»Darüber müssen wir abstimmen«, versetzte Mr. Brownlow, »– wer ist Ihr Freund?«

»Der Sohn dieser Dame hier – und ein sehr alter Freund dieser jungen Dame hier«, erklärte der Doktor und zeigte zuerst auf Mrs. Maylie und dann auf ihre Nichte.

Rose wurde rot, erhob aber keine Einwendungen, vielleicht schon deshalb, weil sie fühlte, sie würde sich in Minorität befinden, wenn sie es täte.

»Wir bleiben natürlich in London«, mischte sich Mrs.

Maylie ins Gespräch, »solange nur irgend Aussicht vorhanden ist, daß unsere Nachforschungen von Erfolg gekrönt sein werden. Ich werde weder Mühe noch Ausgaben sparen, um unser Ziel zu erreichen. Ich bleibe gerne hier, solange Sie mir Hoffnungen auf einen günstigen Verlauf machen können.«
»Bravo«, rief Mr. Brownlow. »Da ich aber jetzt auf allen Gesichtern die Frage zu lesen glaube, wie es wohl zuging, daß ich nicht in der Lage war, Oliver ausfindig zu machen, sondern plötzlich England verließ, so müssen Sie mir schon gestatten, daß ich die Sache nicht eher aufkläre, bis ich es selbst an der Zeit halten werde, Ihnen die Geschichte meines eigenen Lebens zu erzählen. Glauben Sie mir, ich habe dazu triftigen Grund, und ich möchte nicht gern Hoffnungen erwecken, die sich vielleicht niemals verwirklichen lassen. Kommen Sie! Es ist jetzt zum Diner gerufen worden, und unser junger Freund sitzt allein drüben einsam in seiner Stube – und wird vielleicht glauben, wir vernachlässigen ihn oder planen gegen ihn eine finstere Verschwörung.«
Damit reichte der alte Herr Mrs. Maylie seinen Arm und führte sie in das Eßzimmer. Doktor Losberne folgte mit Rose, und die Beratung wurde vorläufig abgebrochen.

42. Kapitel

Ein alter Bekannter Olivers reift zu einem öffentlichen Charakter heran

In jener Nacht, in der Nancy zu Rose geeilt war, schritten zwei Personen von Norden her auf der großen Hauptstraße London zu.
Es waren ein Mann und eine Frau, oder nennen wir sie besser: ein Er und eine Sie, denn ersteres von beiden war eine langbeinige, schlottrige, knöcherne Gestalt, die

weder aussah wie ein gereifter Knabe, noch wie ein verkümmerter Mann. Die zweite war ein junges Frauenzimmer von derbem und kräftigem Bau, mit einer schweren Bürde auf dem Rücken. Ihr Begleiter hatte nur geringes Gepäck, trug es an einem Stock über der Schulter, und war infolgedessen stets einige Schritte weit vor ihr voraus, wobei er es an Vorwürfen über die Langsamkeit seiner Gefährtin nicht mangeln ließ. Die beiden hatten Highgate hinter sich, da hielt die männliche Gestalt still und rief ungeduldig der weiblichen zu: »Kannst du denn nicht geschwinder gehen, was schleichst du denn immer so faul daher, Charlotte?«

»Es ist eine schwere Last, das kannst du mir glauben«, antwortete sie atemlos.

»Schwer? Dummes Geschwätz«, fuhr Noah Claypole – denn er war es – fort und legte sein kleines Bündel auf die andre Schulter. »Schon wieder stehst du still! Da muß schon der Geduldigste die Geduld verlieren.«

»Ist es noch weit?« fragte Charlotte und wischte sich die Schweißtropfen von der Stirn.

»Noch weit? Wir sind schon beinahe da. Siehst du dort hinten die Lichter von London?«

»Das sind ja noch gut zwei Meilen mindestens«, jammerte Charlotte verzweifelt.

»Zwei Meilen oder zwanzig, egal. Steh auf, sonst geb ich dir einen Tritt«, fuhr Noah zornig auf und mit noch röterer Nase als gewöhnlich. Charlotte stand auf und schritt wieder neben ihm her.

»Wo gedenkst du für die Nacht zu bleiben?« fragte sie, nachdem sie ein paar hundert Schritt weit gegangen waren.

»Wie soll ich denn das wissen«, murrte Noah, dessen schlechte Laune sich durch den Weg nicht gebessert hatte.

»Ich denke doch irgendwo in der Nähe?« forschte Charlotte.

»Ach was, nix in der Nähe«, sagte Mr. Claypole. »Verstanden, nicht in der Nähe, und damit gut.«

»Du brauchst doch nicht gleich alles so krumm zu nehmen«, warf ihm seine Begleiterin vor.
»Ja, das wäre das Richtige, in die erste beste Kneipe einkehren und dort pappen bleiben, damit Sowerberry, wenn er uns nachfährt, uns gleich mit Handschellen wieder heimschaffen kann, was?« sagte Mr. Claypole höhnisch. »Nein, in den allerverstecktesten Gassen, die ich finden kann, werd ich mir eine Kneipe suchen. Übrigens hast du alle Ursache dankbar zu sein, daß ich so einen gescheiten Kopf hab: ein andrer hätte nicht, wie ich, erst die verkehrte Landstraße und dann erst die richtige eingeschlagen. Hätten wirs anders gemacht, wärst du jetzt schon acht Tage fest und angebunden. Übrigens, recht wärs dir geschehen, du Schaf.«
»Ich weiß ja, daß ich nicht so schlau bin wie du«, erwiderte Charlotte, »aber gib mir doch nicht alle Schuld und sag nicht, daß bloß ich eingesperrt worden wär. Dich hätten sie auch eingesperrt, gerad so wie mich.«
»Du hast das Geld aus dem Kasten genommen, oder weißt du das vielleicht nicht?« schimpfte Mr. Claypole.
»Ich habs für dich genommen, lieber Noah«, versetzte Charlotte.
»Hab ichs vielleicht behalten?« fragte Claypole dagegen.
»Nein, du hast es mir anvertraut und läßt es mich tragen, wie's sich für einen Bräutigam gehört – und das bist du doch auch Noahchen«, sagte das Mädchen und kraulte ihn unter dem Kinn, wobei sie ihren Arm durch den seinigen schob.
Ohne halt zu machen, setzte Mr. Claypole seinen Marsch fort, bis er am Engel in Islington vorbeikam. Das Gewühl von Fuhrleuten und Fahrgästen sagte ihm, daß sie am Anfange Londons angelangt seien. Er machte eine kurze Rast und schritt dann hinüber nach Saint John's Road, und bald befanden sie sich in dem Dunkel der verschlungenen und schmutzigen Gassen, die zwischen Gray's Inn Lane und Smithfield liegen und diesen gemeinen Stadtvierteln ihren Charakter aufprägen. Bald traten sie in dieses Gewinkel

hinein, und Noah Claypole musterte sorgsam die kleinen Gast- und Einkehrhäuser, die dort lagen. Dann stolperte er wieder weiter, wenn etwas im Äußern des betreffenden Hauses darauf schließen ließ, es sei für seine Zwecke zu gut besucht und zu voll. Schließlich blieb er vor einem Gasthaus stehen, dessen Außenseite noch schmutziger war als die der übrigen, die er bisher gesehen. Er ging über die Straße hinüber und nahm es vom entgegengesetzten Pflaster aus in Augenschein und gab dann huldvoll seine Absicht zu erkennen, hier zu übernachten.

»Gib mir das Bündel her«, befahl er, hob es dem Mädchen von den Schultern und lud es sich auf die eigenen. »Den Mund gehalten, verstanden, außer du wirst gefragt. Wie heißt dieses Haus, kannst dus lesen: Drei – was?«

»Krüppel«, buchstabierte Charlotte.

»Drei Krüppel«, wiederholte Noah. »Ein feiner Name, was! Marsch jetzt, bleib mir nicht so dicht auf den Fersen.« Damit stieß er die knarrende Haustüre mit der Schulter auf, trat ein, und seine Begleiterin folgte ihm.

In der Schenke war niemand als ein junger Jude, der, beide Ellbogen auf den Trinktisch gestützt, in einem schmutzigen Zeitungsblatt las. Er musterte Noah mit scharfem Blick und Noah ihn desgleichen.

»Ist dies die Schenke zu den drei Krüppeln?«

»No natierlich«, versetzte der Jude.

»Ein Herr, den wir getroffen haben auf unserm Weg vom Land nach London, hat uns hierher empfohlen«, sagte Noah und nickte Charlotte zu, um ihr einzuschärfen, sie solle nicht am Ende ein verwundertes Gesicht machen. »Wir wünschen hier zu übernachten.«

»Ich weiß nicht, ob sich das wird machen lassen«, sagte Barney – das war der Jude –, »jach werd mer erkundigen.«

»Wo ist hier die Gaststube? Geben Sie uns ein Stück kaltes Fleisch und einen Schluck Bier. Haben Sie verstanden!« sagte Noah.

Barney gehorchte und schob sie in einen kleinen rückwärtigen Raum, die verlangte Speise vor sie hinsetzend. Dann

brachte er ihnen die Nachricht, sie könnten hier übernachten, und überließ das junge Paar sich selbst.
Die Hinterstube stieß unmittelbar an die Schenke und lag um ein paar Stufen tiefer, so daß man von draußen, ohne selbst bemerkt zu werden, jeden Gast durch einen Vorhang und einen in die Wand der Gaststube eingelassenen einflügeligen Fensterstock beobachten konnte. Ebenso konnte man, wenn man das Ohr an die Scheidewand hielt, heimlich genau hören, worum sich das Gespräch drehte.
Der Wirt der Schenke hatte seit ungefähr fünf Minuten die Augen nicht von diesem Ausguck entfernt, und Barney hatte kaum den neuen Gästen seine Auskunft übermittelt, als Fagin, auf einem abendlichen Geschäftsgang begriffen, an den Schenktisch trat, um nach dem einem oder dem andern seiner jugendlichen Zöglinge nachzufragen.
»Still«, flüsterte Barney. »Fremde sind heraußen.«
»Fremde?« wiederholte der alte Mann leise.
»Mir scheint, es sind Schnorrer«, setzte Barney hinzu, »vom Land hereingekommen. Aber es wär sowas für Euch, Fagin, ich müßt mir schon sehr irren.«
Fagin schienen diese Worte sehr zu interessieren. Er stieg auf einen Stuhl, legte vorsichtig das Gesicht an die Scheibe und beobachtete Mr. Claypole, der fleißig dem Teller mit dem kalten Fleische und einem Glas Porter zusprach, dabei Charlotte nur homöopathische Dosen der beiden Genußmittel verabreichend.
»Hm«, flüsterte Fagin, sich nach Barney umsehend, »mir gefällt der Bursch. Er wird uns noch nützlich werden. Der weiß doch jetzt schon in jungen Jahren, wie mer e Mädel zu behandeln hat. Sein Sie still jetzt und lassen Se mal hören, was die zusammen schmusen.«
Er legte wieder das Auge an die Scheibe und das Ohr an die Scheidewand und horchte gespannt mit gierigem verschlagenem Ausdruck im Gesicht, so daß er aussah wie ein alter Kobold.
»So, jetzt hab ich vor, den feinen Herrn zu spielen«, sagte Mr. Claypole und streckte die Beine weit aus. »Jetzt

wird nicht mehr von alten Särgen geschwätzt, Charlotte, und wenns dir paßt, kannst du eine feine Dame werden.«
»Das möcht ich gewiß, mein Junge, nur allzu gern«, seufzte Charlotte, »aber nicht jeden Tag kann man einen Geldkasten ausräumen und auch alle Tage kommt man nicht so heil davon.«
»Ach was, Geldkasten hin, Geldkasten her, ins Feuer damit«, sagte Mr. Claypole. »Es gibt noch andre Sache, die man ausräumen kann, als Geldkasten.«
»Was denn für welche?« fragte Charlotte.
»Taschen, Damenretikules, Wohnungen, Postwagen, Bankinstitute«, zählte Mr. Claypole auf, und erhob sich mit dem Bierglas in der Hand von seinem Sitz.
»Aber das kannst du doch nicht alles machen, mein Liebling«, wendete Charlotte ein.
»Ich werde mich nach entsprechender Gesellschaft umsehen«, erwiderte Noah. »Es werden sich schon Leute finden, die uns, so oder so, brauchen können. Du wiegst doch selber so fufzig Frauenzimmer auf. Ich hab in meinem ganzen Leben noch kein so durchtriebenes Mensch gesehen, wie du es bist.«
»O Gott, wie nett du reden kannst«, rief Charlotte und drückte ihm einen Kuß auf sein scheußliches Gesicht.
Mr. Noah machte sich würdevoll von ihr los. »Weißt du, was ich gern möchte«, fing er wieder an. »So das Oberhaupt werden von irgendeiner Bande und die Kerle maltrătieren und hinter ihnen her sein, ohne daß es einer auch nur merkt. Das wär so das Richtige für mich, aber rentieren müßt es sich, und zwar sehr. Wenn wir mit ein paar Leuten von der Sorte in Berührung kommen könnten, dann wärs nicht zu teuer bezahlt, die zwanzig Pfundnote, die du stibitzt hast, dafür anzulegen.«
Dabei steckte Mr. Claypole mit der Miene tiefster Weisheit sein Gesicht in den Bierkrug, schüttelte den Inhalt kräftig, nickte Charlotte gnädig zu und goß sich einen mächtigen Schluck hinter die Binde. Er überlegte eben, ob

er noch einen zweiten Schluck machen sollte, da ging die Türe plötzlich auf, und ein Fremder trat herein.
Dieser Fremde war Mr. Fagin. Er sah außerordentlich leutselig und liebenswürdig drein, machte einen tiefen Kratzfuß beim Nähertreten und setzte sich an den Nebentisch, bei dem grinsenden Barney sich etwas zu Trinken bestellend.
»E schener Abend, heite, Sir. Aber es is eppes kalt«, sagte Fagin und rieb sich die Hände. »Se kommen wol vom Land, wie jach seh.«
»Wieso sehen Sie das?« fragte Noah.
»Mir haben doch in ganz London nix ä so viel Staub, wie Sie da auf de Fieß haben«, erwiderte Fagin und deutete auf die Schuhe des Pärchens.
»Sie sind ein gescheiter Mensch«, lobte Noah. »Hast du gehört, Charlotte?«
»Hat man netig, lieber Freund, in so aner Stadt wie London gescheit zu sein«, versetzte der Jude und dämpfte seine Stimme zu vertraulichem Flüstern. »Ich soll ä so leben.«
Dabei schlug sich Fagin mit dem rechten Finger aufs Nasenbein, und Noah bemühte sich sogleich, die Gebärde instinktiv nachzuahmen, was ihm aber mißlang, da seine Nase zu klein war. Immerhin erblickte Mr. Fagin in dem Bestreben, es ihm gleichzutun, ein Zeichen vollkommener Übereinstimmung mit seiner Meinung und ließ die Schnapsflasche, die Barney inzwischen hereingetragen, in leutseliger, gastfreundschaftlicher Weise kreisen.
»Ein guter Tropfen«, brummte Mr. Claypole, mit den Lippen schnalzend.
»Teier, sag' ich Ihnen«, sagte Fagin, »teier! Den ganzen Tag muß man Sachen ausreimen: e Geldkasten, e Tasche, e Damenretikule, e Wohnung, e Postkutsche oder e Bankinstitut, wenn mer so was regelmäßig trinken will.«
Mr. Claypole hatte kaum die Wiederholung seiner eigenen Worte gehört, als er zurücksank, das Gesicht so weiß wie Kalk an der Wand, dabei entsetzt von dem Juden zu Charlotte hinüberblickend.

»Machen Se sich nix daraus, lieber Freind«, sagte Fagin und rückte näher. »E Glick ist es gewesen, daß bloß ich Sie hab gehert durch Zufall. E großes Glick, das kann ich Ihnen sagen.«

»Ich hab's nicht gestohlen«, stammelte Noah, der jetzt nicht mehr wie vorher seine Beine ausgestreckt, sondern sie vergrämt unter dem Stuhl versteckt hatte. »Sie ist es ganz allein gewesen, Sie ganz allein hat's getan. Du hast das Geld ja noch immer bei dir, Charlotte, du weißt doch. Du weißt es ganz gut.«

»Wer's bei sich hat, oder wer's gestohlen hat, mei Freind, das ist ganz gleichgiltig«, versetzte Fagin und schielte wie ein Habicht nach dem Mädchen und dessen Bündel. »Ich reis' doch selber in der Branche, deswegen habt ihr beide mir so gefallen.«

»In was für einer Branche?« fragte Mr. Claypole, langsam wieder zu sich kommend.

»Ich will damit sagen, ich betreib doch denselben Handel wie ihr, mei Freind«, erklärte Fagin, »und das tun alle Leite hier im Hause. Sie haben die Sache richtig getroffen. Sie sind hier so sicher, wie nur irgendwo auf der Welt. Auf der ganzen Erde ist kei Platz, wo's sicherer wär, als hier bei die drei Krippel, das heißt: wann es mir paßt, daß ihr hier sicher seid. Was soll ich sagen? Ich hab an eich beiden e Narren gefressen. Sie brauchen sich keine Sorgen zu machen.«

Mr. Claypole rutschte und drehte sich immer noch auf seinem Sessel und konnte vor Furcht und Argwohn keinen Blick von dem Juden wenden.

»Ich will eich noch was weiteres sagen«, fuhr Fagin fort, der inzwischen durch freundliches Zunicken das Mädchen wieder beruhigt hatte. »Ich hab' en guten Freind, der, wenn ich nicht irr, eiern Wunsch erfüllen kann und eich ins Geschäftsleben einfihrt und dabei doch weit unter eich stehen wird.«

»Sie reden ganz, als wenn's Ihnen wirklich ernst wäre«, faßte Noah Claypole Mut zu sagen.

»Auf was herauf sollt ich anders reden?« fragte Fagin und zuckte die Achseln.
»Schaff jetzt das Gepäck hinauf!« befahl Noah. »Und sieh nach den andern Bündeln.«
Sein im kategorischen Ton gegebener Auftrag wurde sofort ausgeführt. Charlotte drückte sich, so geschwind sie konnte, mit ihrer Bürde und Noahs Gepäck aus der Gaststube die Treppe hinauf, wobei Noah die Türe offen hielt und sie hinausließ, um ihr dann noch lange nachzublicken.
»Ich hab' sie ziemlich gut dressiert, was?« fragte er im Ton eines Menageriebesitzers, der sich etwas darauf zugute tut, irgendeine wilde Bestie gezähmt zu haben, und machte es sich auf seinem Stuhl bequem.
»Soll ich e so leben«, versetzte Fagin und klopfte ihm vertraulich auf die Schulter. »Sie sind e Genie, mei lieber Freind.«
»Ich glaube, wenn ich nicht so etwas Ähnliches wär, würde ich nicht hier sein«, versetzte Noah stolz. »Aber wenn Sie sich jetzt nicht eilen mit dem, was Sie sagen wollen, dann ist sie schneller wieder hier, als sie gegangen ist.«
»Nu also, was meinen Sie zu dem, was ich Ihnen gesagt hab?« fragte Fagin. »Wenn Ihnen mei Freind paßt, können Sie nichts Besseres tun, als mit ihm in Kompagnie zu gehen.«
»Ist das Geschäft gut? Darauf kommt alles an«, erwiderte Noah und zwinkerte mit seinen Rattenaugen.
»Püh«, rief der Jude. »E umsichtiger, e kapitaler Mensch, der vielen Leiten Beschäftigung und Arbeit gebt. Er verkehrt mit der allerbesten Gesellschaft, kann ich Ihnen sagen.«
»Mit wem denn?« fragte Mr. Claypole.
»Nicht e einziger Landmann is drunter, und er mecht Ihnen auch gar nix nehmen, wenn er jetzt nich e bisserle knapp wär an Hilfskräften«, versetzte Fagin.
»Das wird wohl Handgeld kosten, was?« fragte Noah und klopfte auf seine Brusttasche.
»Ohne Handgeld geht's freilich nicht«, erwiderte Fagin

entschieden. »Ohne Handgeld absolut nicht. Zwanzig Pfund.«
»Zwanzig Pfund – das ist 'n Mordsbatzen Geld!«
»Viel? Wenn man so eine Note anderswo nix unterbringen kann?« versetzte Fagin höhnisch. »Es is doch wohl Nummer und Datum drauf vorgemerkt, was? Und die Zahlung ist auf der Bank eingestellt? Is also nix viel wert, die Note, was? Man wird sie werden schicken müssen übers große Wasser, denn auf der Berse bringt man sowas nix unter.«
»Wann kann ich den Herrn treffen?« fragte Noah, betroffen, daß ihn der Jude durchschaut hatte.
»Morgen früh.«
»Wo?«
»Hier.«
»Hm«, hüstelte Noah, »und die Bezahlung? – Wie steht's damit? Ich meine den Lohn.«
»E Leben wie e feiner Mann: Wohnung und Kost frei, Tabak umsonst und auch der Schnaps frei. Und von alle dem, was Sie verdienen und was verdient das junge Mädel, ist die Hälfte abzuliefern«, erklärte Mr. Fagin.
Ob Mr. Claypole bei seiner angeborenen Habgier auf diese Bedingungen eingegangen wäre, hätte ihn Fagin nicht in der Hand gehabt, ist sehr zweifelhaft. Aber so fügte er sich und sagte, die Bedingungen paßten ihm so weit.
»Das Mädel«, bemerkte Fagin, »wird immerhin imstand sein, eppes Tüchtiges zu leisten. Aber an Ihrer Stelle möcht ich mir selber en leichten Verdienst ergreifen.«
»Was zum Beispiel?« fragte Noah. »Es darf nur nicht über meine Kräfte gehen und allzu gefährlich sein, verstehen Sie?»
»Ich hab' Sie doch vorhin reden hören«, sagte Fagin verständnisvoll. »Mei Freind benötigt vor allem en Menschen, der wo gut und tüchtig spionieren kann.«
»Ich wäre nicht abgeneigt«, versetzte Mr. Claypole zögernd, »aber das zahlt sich doch nicht recht aus.«

»Freilich, allerdings«, gab der Jude zu und sann scheinbar nach. »Auszahlen tut sich sowas allerdings schlecht.«

»Was meinen Sie also sonst noch?« fragte Noah und faßte ihn ängstlich ins Auge. »Ich meine so etwas hintenherum, was sicher ist und nicht viel gefährlicher, als wenn man zu Hause hockt ...«

»Was halten Sie zum Beispiel von den alten Damen?« forschte Fagin. »Es tragt e hibsches Stick Geld ein, wann man ihnen die Taschen wegschneidet und die Paketerlich und dann um die nächste Ecke davonkratzt.«

»Schreien Sie doch nicht so laut«, sagte Noah und schüttelte den Kopf, »ich glaube nicht, daß das mir läge. Wissen Sie sonst nichts?«

»Warten Sie mal«, sagte Fagin. »Halt: das Schratzenfleddern.«

»Schratzenfleddern? Was ist das?« fragte Mr. Claypole.

»Schratzen«, erklärte Fagin, »das sind die kleinen Kinder, wo man ausschickt mit e halben und e ganzen Schilling zum Einkaufen, und Fleddern heißt, ihnen das Geld wegluchsen – die Kleinen haltens doch immer in der Hand, sie sind bereit zum Geben – man stoßt sie e bisserle an, dann fallen sie in den Rinnstein, und man bickt sich, usw. usw.«

»Hahaha«, brüllte Claypole vor Entzücken mit den Beinen strampelnd. »Sehen Sie, das ist das, was mir liegt, bravo.«

»Weiß ich doch«, triumphierte Fagin. »Und e paar gute Plätze gibt's, wo zu jeder Stunde im Tag auf die Weise zu verdienen ist – hahaha! Zum Beispiel in Camden Town oder an der Battle Bridge und da herum.«

Dabei stieß Mr. Fagin Noah Claypole in die Seite, und beide brachen in ein langes Wiehern aus.

»Da wären wir also in Ordnung«, sagte Noah, als er wieder zu Atem kommen konnte und Charlotte bereits eingetreten war. »Um welche Stunde morgen gehen wir's an?«

»Paßt es Ihnen um zehn?« fragte Fagin und setzte, als

Noah nickte, hinzu: »Welchen Namen darf ich meinem Freinde nennen?«
»Mr. Bolter«, stellte sich Noah vor, der sich für solche Fälle bereits etwas ausgedacht hatte, »Mr. Morris Bolter. Das Frauenzimmer da ist Mrs. Bolter.«
»Gehorschamster Diener, gnädige Frau«, spöttelte Fagin und krümmte sich ehrerbietig, »ich hoffe in recht kurzer Zeit noch weiter die Ehre Ihrer näheren Bekanntschaft zu haben.«
»Hörst du, Charlotte, was der Herr sagt!« herrschte Noah das Mädchen an.
»Ja, lieber Noah, ja«, antwortete Mrs. Bolter.
»Sie nennt mich Noah: so ne Art Kosename«, erklärte Mr. Morris Bolter – vulgo Claypole –, sich an Fagin wendend. »Sie verstehen doch?«
»Gott! Ich und nicht verstehen!« erwiderte Fagin. »Gute Nacht, gute Nacht.«

43. Kapitel

Der Baldowerer in der Patsche

»Sie sind also selbst der Freund, von dem Sie gesprochen haben, was?« fragte Mr. Claypole, alias Bolter, als er am nächsten Tag in Fagins Haus übersiedelte. »Der Teufel soll mich holen, wenn ich mir gestern abend nicht schon so etwas gedacht habe.«
»Jeder ist sein eigner bester Freind, mei Lieber«, versetzte Fagin grinsend. »Oder glauben Sie, daß jemand en bessern Freind haben kann als sich selber?«
»Es gibt Ausnahmen«, antwortete Mr. Bolter, die Miene eines Weltmannes annehmend. »Zuweilen wenigstens – es gibt nämlich auch Menschen, die sich selbst die schlimmsten Feinde sind.«
»Gott, glauben Sie doch so eppes nicht«, rief Fagin.

»Wenn e Mensch sei eigner Feind is, so is er's doch bloß, weil er bissele gar zu viel sei eigner Freind is, und nicht, weil er is bekimmert und besorgt um irgend jemand andres mehr als um sich selber. Pühh! so etwas gibt's doch gar nicht auf der Welt.«

»Es sollte es wenigstens nicht geben, wenn es auch immerhin vorkommen mag«, versetzte Mr. Bolter.

»Hast e Vernunftsgrund!« grunzte der Jude. »Es gibt gewisse Hexenmeister, die sagen, die Drei is e Wunderziffer, andre wieder sagen: die Sieben is e Wunderziffer. Ich sag' Ihnen, lieber Freind, weder di Drei is e Wunderziffer, noch is die Sieben e Wunderziffer. Die Eins is e Wunderziffer.«

»Oho«, schrie Mr. Bolter lachend, »die Eins soll leben, die Eins, hoch, hurra!«

»In einer kleinen Freimaurerloge, wie wir hier sind in der unsrigen, lieber Freind«, fuhr Fagin fort, »haben wir keine gemeinsame Nummer Eins, das heißt, genau gesagt: Sie selber können sich nicht für eine Eins halten, außer, daß Sie mich auch für eine Eins ansehen. Und ebenso ist es mit die andern jungen Leite, verstehen Sie mich?«

»Donnerwetter ja«, rief Mr. Bolter.

»Sehen Sie«, fuhr Fagin fort, ohne die Unterbrechung zu beachten, »wir sind so miteinander verschmolzen und unsre Interessen sind so gemeinsam, daß es gar nicht anders sein kann. Ich frag' Sie: wollen Sie sorgen in erster Linie für Nummer Eins, das heißt also für sich selbst?«

»Bestimmt, ja.«

»Sehn Se, und so können Se doch nicht sorgen für Nummer Eins, das heißt für sich selbst, ohne zugleich zu tragen Sorge für mich, ebenfalls Nummer Eins.«

»Nummer Zwei, meinen Sie wohl«, verbesserte Mr. Bolter, der genau, von Geburt an, unterscheiden konnte zwischen mein und dein.

»Sie verstehen mich nicht«, versetzte Fagin. »Ich bin für Ihnen genau ebenso wichtig, wie Sie es für sich selber sind.«

»Das heißt«, fiel ihm Mr. Bolter ins Wort, »Sie sind ja ein

recht netter Mensch, und ich habe Sie recht gern, aber so dicke Freunde sind wir doch nicht, wie Sie glauben.«
Fagin zuckte die Achseln: »Ich geb' Ihnen nur das eine zu bedenken: Sie haben eine sehr schene Sache angefangen, e Sach', die Ihnen meine Freindschaft zugebracht hat. Es is aber gleichzeitig e Sache, die wo Ihnen –« er machte die Geste des Gehängtwerdens.
Mr. Bolter fuhr sich sofort an die Krawatte, als habe er das Gefühl, sie sei ihm zu eng, dann murmelte er leise ein paar anscheinend zustimmende Worte.
»Der Galgen«, fuhr Fagin fort, »jawohl, der Galgen. Der Galgen, mei Lieber, is so e Art Wegweiser, der einem, der den Weg verfehlt hat, anzeigt, wohin die eingeschlagene Straß führt; und sich da auskennen bei dem Wegweiser, das ist, sag' ich Ihnen, der ganze Zweck des gemeinsamen Zusammenhaltens.«
»Natürlich«, stimmte Mr. Bolter bei. »Aber wozu reden Sie von derlei?«
»Damit Sie auch wissen, was ich mein' und wie ich denke«, sagte der Jude und zog die Augenbrauen hoch. »Kurz gesagt: mei Interesse ist, daß mei kleines Geschäft von oben bis unten blitzsauber und in Ehren dasteht. Das ist Eire Nummer eins. Das zweite ist meine Nummer eins. Je mehr Sie auf Ihre Nummer eins halten, desto mehr missen Sie auch um meine Nummer eins besorgt sein. Hab' ich nicht gleich am Anfang so etwas gesagt?«
»Schon richtig«, erwiderte Mr. Bolter bedächtig, »Sie sind ein alter Schlaufuchs.«
»Sehen Sie, dieses gegenseitige Vertrauen, das wir alle zueinander haben«, fuhr Fagin fort, »und gerade das Gefihl, daß so ä Vertrauen existiert, trestet mich über einen schweren Verlust. Gott über die Welt! Meine Hauptstitze hat mer gestern das Schicksal weggerissen.«
»Sie wollen doch mit diesen Worten nicht sagen, daß der Betreffende gestorben ist?« fragte Mr. Bolter.
»I wo«, sagte Fagin, »so schlimm ist es schon wieder nicht.«

»Also was denn? Hat man nach ihm –«
»Sehnsucht gehabt?« ergänzte Fagin. »Sehr richtig! Sehnsucht hat man nach ihm gehabt.«
»Inwiefern?«
»Na, so ä besondre Sehnsucht grad nicht. Man hat jemand beschuldigt wegen Taschendiebstahl und hat bei ihm gefunden e silberne Schnupftabaksdose, und die ist zufällig seine eigene gewesen. Hat er doch selber Tabak geschnupft, und zwar sehr passioniert. Sie haben ihn ä zeitlang festgehalten, denn sie haben gehofft, sie könnten den Eigentümer von der Dose eruieren. Unter uns gesagt, wert gewesen ist der Bursch an die fufzig Dosen. Aber selbst die fufzig Dosen möcht' ich hergeben, wenn ich ihn wieder hätt'. Wissen Sie wen? Den Baldowerer haben sie ihn geheißen. Den hätten Sie kennenlernen sollen!«
»Hoffentlich geschieht das noch.«
»Ich hab' so gewisse Zweifel«, seufzte Fagin. »Wenn sie nicht en Beweis erbringen können, wird mer summarisch verfahren, aber sechs Monat wird's schon dauern, bis ich ihn wiederhab. Ich sag Ihnen was: schaffen Sie Beweise zur Stelle.«
Das Zwiegespräch erlitt eine jähe Unterbrechung. Master Bates trat ein, die Hände in den Hosentaschen und mit einem Gesicht, in dem gelinde gesagt, eine Jammermiene zu sehen war.
»Aus ist's Fagin«, berichtete Charley, als er Mr. Bolter vorgestellt worden war.
»Was willst du sagen mit deiner Rede?« fuhr Fagin auf.
»Sie haben den Herrn gefunden, dem die Dose gehört. Es handelt sich nur noch um ein paar Zeugen, um seine Glaubwürdigkeit und Persönlichkeit festzustellen – und dann kann der Baldowerer eine größere Seereise antreten«, versetzte Master Bates. »Fagin, ich sag' Ihnen, ich muß einen kompletten Traueranzug haben und ein Band um den Hut, damit ich meinen Kondolenzbesuch machen kann, bevor der Dampfer in See sticht. O Gott, wenn ich an den feschen Dawkins denke, und daß der übers Wasser

muß und wegen einer hundsgemeinen Schnupftabaksdose für ein paar Groschen. Wenn's schon so kommen mußte, warum hat er nicht irgendeinem alten reichen Herrn seine ganzen Gold- und Wertsachen geraubt und ist aus dem Land gegangen als Gentleman. Jetzt ist er ein hundsgemeiner Dieb, ehr- und ruhmlos.«

Verzweifelt und bekümmert setzte sich Master Bates in den nächsten Sessel.

»Was heißt: ehr- und ruhmlos?« rief Fagin mit einem ärgerlichen Blick auf seinen Zögling. »Ist er vielleicht nicht immer gewesen e großer Herr unter eich allen? Kann einer von eich auch nur tippen an ihm, was?«

»Nein, kein einziger«, gab Master Bates mit schmerzlicher Stimme zu. »Kein einziger.«

»Na also, was schmust de denn«, versetzte Fagin grimmig.

»Es wird ja doch nicht im Protokoll stehen«, erläuterte Charley, »und niemand wird je auch nur erfahren, wie groß er einst gewesen ist. Oder glauben Sie, er kommt in den Verbrecheralmanach? Ein Schlag ist es, sag' ich Ihnen.«

»Hihi«, jubelte der Jude und gestikulierte. »Sehen Sie, Mr. Bolter, wie stolz meine Leute sind auf ihren Beruf! Ist das nicht erhaben?«

Mr. Bolter nickte zustimmend. Dann schritt Mr. Fagin zu dem jungen Herrn hin und klopfte ihm freundlich auf die Schulter.

»Sorg dich nicht, Charley, sorg dich nicht«, sagte er besänftigend, »jach werd schon en Ausweg finden. Wir wissen doch alle, was er is gewesen für ein gerissener Bursch. Er wird seinem alten Lehrmeister nicht Unehre antun. Er wird sich schon herausreden. Und dann denk nach, Charley, was für eine hohe Ehre, in seinem jungen Alter schon in eine Deportationsgeschichte verwickelt zu sein.«

»Ein Ehre ist's freilich«, murmelte Charley, ein wenig getröstet.

»Und es soll ihm nix abgehn«, fuhr der Jude fort. »Er soll leben im Gefängnis wie e feiner Herr, Charley. Er soll bekommen täglich sei Bier und sei Taschengeld, damit er kann spielen Kopf oder Wappen, und en Verteidiger wird er kriegen und so weiter und so weiter.«

»Nein, wirklich?« rief Charley Bates.

»Ich soll ä so leben«, versetzte Fagin. »Und wenn ihm ä Rechtsanwalt nicht paßt, kann er sich selber e Rede halten, und die werden wir dann abgedruckt lesen in allen Zeitungen. ›Der gerissene Baldowerer‹ wird drüber stehen. Der Gerichtshof kriegt die Krämpf, steht in Klammern dabei. Was Charley?«

»Hoho«, lachte Master Bates, »das wär ein Jux! Was, Fagin? Und wie's ihnen der Baldowerer geben möcht', was?«

»Geben möcht!« rief Fagin. »Geben *wird*, geben *wird!*«

»Natürlich, freilich, natürlich«, wiederholte Charles, sich die Hände reibend.

»Ich seh ihn schon im Geiste«, rief der Jude, »wie er e so dosteht.«

»Ich auch, ich auch«, stimmte Charley Bates mit ein. »Ich seh ihn auch schon im Geiste; meiner Seel', Fagin, ich seh ihn. Und wie sich die Pudelperücken dabei bemühen, ernst und heilig dreinzuschauen, und wie Dawkins von oben herunter mit ihnen spricht. Hahaha!«

»Wir müssen erfahren, wie es heite steht mit ihm auf irgendeine Art, so oder so«, sagte Fagin. »Laß mich emol nachdenken.«

»Soll ich hingehn?« fragte Charley.

»Gott über die Welt«, wendete Fagin ein, »bist du meschugge geworden, ganz meschugge geworden?«

»Also wollen Sie vielleicht selbst gehen?« spöttelte Charley.

»Es würde sich nicht recht schicken«, versetzte Fagin kopfschüttelnd.

»Dann schicken Sie vielleicht das junge Beindel hin«, riet Mr. Bates und deutete auf Noah. »Den kennt doch keiner.«

»Hm, wenn er nicht abgeneigt ist –«, bemerkte Fagin.

»Abgeneigt!« fiel ihm Charley in die Rede. »Hat er vielleicht irgendwelche Ursache abgeneigt zu sein?«
»Genaugenommen, nein, mei Schatz. Mei Lieber«, sagte Fagin, sich an Mr. Bolter wendend, »nicht wahr, wir haben keine?«
»Wie meinen Sie das?« fragte Noah, schüttelte entsetzt den Kopf und wollte sich zur Türe drücken. »Das gibt's bei mir nicht. Das schlägt nicht in meine Branche.«
»Was für eine Branche hat er sich denn ausgewählt, Fagin?« sondierte Master Bates und betrachtete Noahs klapperdürre Gestalt mit Mißbehagen. »Geld einstecken und nichts hergeben, nichts dafür leisten, das ist vielleicht seine Branche?«
»Stecken Sie Ihre Nase da nicht hinein«, verwies ihn Mr. Bolter. »Nehmen Sie sich solche Frechheiten nicht heraus gegen Ihren Vorgesetzten, Sie Dreikäsehoch, sonst kommen Sie an den Unrechten.«
Master Bates brüllte heraus vor Lachen, so daß es einige Zeit dauerte, ehe sich Mr. Fagin einmischen und Mr. Bolter auseinandersetzen konnte, er würde keinerlei Gefahr laufen, wenn er aufs Polizeikommissariat ginge, denn wegen der kleinen Geschichte, in die er verwickelt sei, könne unmöglich schon ein Steckbrief nach London gelangt sein. Übrigens würde man ihn entsprechend verkleiden und er würde auf der Polizei sicherer sein als irgendwo anders.
Schließlich willigte Mr. Bolter, teils überzeugt, teils überrumpelt ein, den Gang anzutreten. Er wurde sogleich in einen Fuhrmannskittel, in Drillichhosen und Ledergamaschen gesteckt – eine Garderobe, die der Jude stets in größter Auswahl zur Hand hatte –, dann gab man ihm einen Filzhut, der mit Chausseetickets reichlich gespickt war, und schließlich eine Fuhrmannspeitsche. So ausgerüstet sollte Mr. Bolter auf das Kommissariat schlendern wie ein Bauer, der auf den Markt gefahren ist und sich in seiner Neugierde alles ansieht. Pünktlich folgte Noah allen Weisungen, die der Jude ihm gab, und da Master Bates in der

Örtlichkeit ziemlich vertraut war, so gelangten sie ohne weitere Störung in die Nähe des Polizeigebäudes. Ein Pöbelhaufen, meistens aus Weibern bestehend, drängte sich dort dicht in einem schmutzigen übelriechenden Raum, an dessen oberem Ende ein hohes Geländer den Raum abschloß. Links an der Wand war die Bank für die Angeklagten, in der Mitte ein Raum für die Zeugen und rechts ein Pult für die Obrigkeit. Diese ehrfurchtgebietende Stätte war durch eine Zwischenwand abgetrennt, die die Richterbank dem allgemeinen Anblick verhüllte und dem Pöbel gestattete, sich das Majestätische der Justizobrigkeit entsprechend auszumalen. Vor den Schranken standen ein paar Weiber, ihren Angehörigen oder Bekannten zunikkend, und der Gerichtsschreiber verlas Zeugenaussagen. Hie und da kreischte ein Säugling auf, und der Gefängniswärter rief dann jedesmal streng: »Das Kind hinausschaffen.«

Noah blickte sich nach dem Baldowerer um, konnte aber niemanden sehen, auf den die Beschreibung paßte, die ihm gegeben worden war. Endlich hatte man die vor den Schranken stehenden Frauenzimmer abgeurteilt und entfernt. Es erschien ein neuer Angeklagter, offenbar der Baldowerer.

Und es war wirklich Mr. John Dawkins, der da, den Hut in der Hand, die Linke in der Hosentasche, hereinschritt und sogleich mit lauter Stimme fragte, kaum, daß er auf der Anklagebank angekommen war, warum man ihn an diesen schmachvollen Ort geführt habe.

»Halt den Mund, verstanden?« rief ihm der Gefängniswärter zu.

»Bin ich ein Engländer oder nicht?« antwortete der Baldowerer. »Wo bleiben meine Privilegien?«

»Wirst schon welche kriegen, und gepfefferte noch dazu«, antwortete der Gefängniswärter.

»Werden ja sehen, was der Herr Staatssekretär fürs Innere den Pudelperücken zu sagen haben wird, wenn i's scho nöt tu«, versetzte der Baldowerer. »Was ist das übrigens für a' G'schäftsführung? Die Herren von der Justiz werden mich sehr verbinden, wenn s' den kleinen Vorfall hier rasch erledigen, statt dazusitzen und die Zeitung z'lesen. I' bin zu an Schentlemän in die City bestellt und i' bin a Mann von Wort, und wenn i' nöt zur rechten Stunde da bin, geht er fort. Das setzt dann eine Klage auf Schadenersatz, haben Sie mich verstanden? Heda, Sie, Kopierstift, wie heißen die beiden Burschen da auf der Zeugenbank?«

»Ruhe!« rief der Gefängniswärter.

»Was liegt vor?« fragte einer der Richter.

»Ein Fall von Taschendiebstahl, Ehrwürden Herr Richter.«

»Ist der Junge schon einmal vor Gericht gewesen?«

»Hätt's schon manchmal sein sollen, Euer Ehrwürden. Ich kenn' ihn recht gut.«

»So, so, Sie kennen mich, oho«, rief der Baldowerer und tat, als mache er sich eine Notiz. »Sehr gut. Das gibt wieder eine Klage wegen Ehrenbeleidigung.«

Es wurde abermals gelacht und abermals Ruhe geboten.

»Weiter«, sagte der Schreiber; »wo sind die Zeugen?«

»Ja, das möcht' ich auch gern wissen«, setzte der Baldowerer hinzu. »Die G'frieser hätt' ich auch ganz gern g'sehen.«

Sein Wunsch wurde ihm bald gewährt, denn ein Polizeidiener trat vor und meldete, er habe gesehen, wie der Angeklagte einem unbekannten Herrn im Gedränge die Tasche untersucht und ein Schnupftuch herausgezogen habe. Da es aber sehr schadhaft gewesen, habe es der Junge behutsam wieder in die Tasche hineingeschoben, nachdem er es vorher an der eigenen Nase probiert. Aus diesem Grund habe er den Angeklagten verhaftet und bei ihm sodann eine silberne Schnupftabaksdose gefunden, auf deren Deckel der Name des rechtmäßigen Eigentümers eingraviert sei.

Der betreffende Herr war inzwischen ermittelt worden und bei der Verhandlung anwesend. Er beschwor, daß die Dose sein eigen sei und ihm tags zuvor gestohlen worden

wäre. Ferner beeidete er, daß er in dem vor ihm stehenden Jungen mit Sicherheit den Taschendieb wiedererkenne.
»Hast du an den Herrn Zeugen eine Frage zu richten, Bursche?« fragte der Richter.
»Ich red' nicht mit einem jeden; soweit erniedrige ich mich nicht«, erwiderte der Baldowerer stolz.
»Hast du überhaupt etwas zu sagen?«
»Du! Ob du verstanden hast? Der Herr Richter stellt eine Frage an dich«, schrie der Gefangenenwärter und versetzte dem schweigenden Baldowerer einen Puff mit dem Ellbogen.
»Bitte um Entschuldigung«, murmelte Mr. Dawkins und tat zerstreut. »Haben Sie mit mir gesprochen?«
»Mein Lebtag lang hab ich einen solchen Mistbuben noch nicht gesehen«, brummte der Gefängniswärter. »Ob du was sagen willst, Lausebengel?«
»Nein«, entgegnete der Baldowerer hochmütig. »Hier nicht. Es ist nicht der rechte Ort für mich. Übrigens frühstückt mein Anwalt heute bei dem Vizepräsidenten des Unterhauses. Aber an andrer Stelle werd' ich das Maul schon aufreißen und die Herrn Pudelperücken auch, wenn sie erst sehen werden, mit wem sie's zu tun haben. Sie werden noch wünschen, sie wären niemals geboren oder von ihren Bedienten aufgehängt worden zur rechten Zeit, statt heute ihre Frechheiten an mir auszulassen.«
»Er ist überführt. Ins Gefängnis mit ihm. Bringen Sie ihn hinaus«, rief der Schreiber.
»Komm' her Bursche«, befahl der Gefängniswärter.
»Komme schon«, sagte der Baldowerer, seinen Hut mit der flachen Hand glättend, und wandte sich nochmals an die Richterbank: »Ja, ja, macht nur dumme Gesichter und werdet blaß. Das hilft euch nichts. Ich möcht' nicht in eurer Haut stecken, das weiß ich, und wenn ihr mich jetzt freilasset und ihr fallet auf die Knie vor mir und betteltet, ich soll gehen: ich ging doch nicht. Die Sache wird ein Nachspiel haben. Verstanden?«
Der Gefängniswärter zerrte ihn am Kragen hinaus. Master

Dawkins drohte noch ein paarmal, die Sache vors Parlament zu bringen, und lächelte ihn dann selbstzufrieden an. Noah Claypole sah noch, wie man ihn in eine kleine Zelle führte, dann eilte er, so schnell er konnte, zurück nach dem Ort, wo er Master Bates verlassen hatte.
Dann liefen sie zu zweit zu Mr. Fagin, um ihm die herzerfreuliche Nachricht zu bringen, der Baldowerer habe sich seines Lehrmeisters würdig erwiesen und sich mit Ruhm bedeckt.

44. Kapitel

Nancy wird daran gehindert, ihr Versprechen einzulösen

So geschickt in allen Verstellungskünsten Nancy auch war, so konnte sie dennoch die Gemütsbewegung nicht gänzlich verbergen, die sie erfüllte. Der listige Jude sowohl, wie der rohe Sikes hatten sie gar oft in Pläne eingeweiht, die unbedingt geheimgehalten werden mußten, und Nancy hatte sie niemals enttäuscht, so tief auch der Groll war, den sie in ihrem Herzen gegen den Juden nährte. Aber jetzt gab es für sie Augenblicke, wo sie ihm gegenüber Reue fühlte und eine leise Furcht sie beschlich, ihre Enthüllungen könnten zur Folge haben, daß er indirekt durch sie der Gerechtigkeit in die Hände fallen würde. Eine Zeitlang kämpfte sie mit sich, ob sie das Rose Maylie gegebene Versprechen einhalten solle. Dann aber blieb sie bei ihrem Entschlusse.
Aber solche Kämpfe hinterließen ihre Spuren. Nancy wurde blaß und magerte ab und zwar derart, daß es schon binnen weniger Tagen deutlich sichtbar war. Sie war verändert, gab zuweilen nicht acht auf das, was sich vor ihren Augen begab, nahm keinen Anteil mehr an den Gesprächen, bei denen sie früher oft die lauteste gewesen. Dann

wieder lachte sie ohne Grund, und man sah ihr an, daß sie sich absichtlich zwang, heiter zu erscheinen.
Der Abend des Sonntags nahte heran. Sikes und der Jude redeten mitsammen, dann hielten sie plötzlich inne, als die Turmuhren anfingen zu schlagen. Auch Nancy blickte auf von ihrem Schemel und lauschte. Es war elf Uhr.
»Eine Stunde vor Mitternacht«, brummte Sikes und warf einen Blick durch den Fensterladen. »Finster und stürmisch. Eine gute Nacht für ein Geschäft wie unsres.«
»E Pech haben wir«, erwiderte Fagin, »e Mordspech, Billeben, daß wir gerade nix in Aussicht haben heite Nacht.«
»Diesmal stimmt's«, versetzte Sikes mürrisch. »Schade drum. Ich wär gerade heute so gut aufgelegt gewesen.«
Fagin seufzte und machte ein niedergeschlagenes Gesicht.
»Wir müssen später die verlorene Zeit wieder hereinbringen«, sagte Sikes.
»So recht, mei Freind«, lobte Fagin und klopfte ihm vorsichtig auf die Schulter. »Es tut meinen alten Ohren wohl, so etwas aus Ihrem Munde zu hören.«
»Mir wird schon übel, wenn ich Ihre alte Pfote auf meiner Schulter spür'; nehmen Sie sie weg!« sagte Sikes unwillig und schlug die Hand des Juden beiseite.
»Ich weiß, Sie sind nervös, Bill«, entschuldigte sich Fagin, entschlossen, sich nicht beleidigen zu lassen. Dann zupfte er Sikes am Ärmel und deutete heimlich auf Nancy, die den Hut aufgesetzt hatte und das Zimmer verlassen wollte.
»Hallo!« schrie Sikes. »Wohin denn jetzt noch?«
»Nicht weit.«
»Was ist das für eine Antwort«, fuhr Sikes auf. »Wo du hingehst, will ich wissen.«
»Ich sage doch: nicht weit.«
»Und ich will wissen: wohin!« schrie Sikes. »Hast du verstanden!«
»Ich weiß selber nicht, wohin«, brummte Nancy.
»Aber ich weiß es«, rief Sikes, mehr, um zu widersprechen, als weil er wirklich irgendwelchen Verdacht gehabt hätte.

»Nirgendswohin. Setz dich.«
»Ich will nicht«, erwiderte das Mädchen, »ich muß ein bißchen Luft schöpfen.«
»Dann steck' den Schädel zum Fenster naus«, riet ihr Sikes.
»Es genügt mir nicht, ich will ein bissel auf die Straße.«
»Nein, das wirst du nicht«, antwortete Sikes, stand auf, schloß die Türe ab, steckte den Schlüssel zu sich, riß ihr den Hut vom Kopf und schleuderte ihn auf einen Schrank hinauf. »So«, rief er, »und jetzt ruhig hiergeblieben, verstanden!«
»Des Hutes wegen bleib' ich nicht hier«, fuhr Nancy auf und wurde totenblaß. »Was soll das heißen, Bill!«
»Sie ist verrückt«, brummte Sikes, sich an Fagin wendend, »sonst hätt' sie nicht die Courage.«
»Du wirst es noch so weit treiben, daß ich in meiner Verzweiflung irgendwas anstelle«, keuchte Nancy, beide Hände auf die Brust pressend, als wolle ihr das Herz zerspringen. »Laß mich hinaus, verstanden?! Noch diese Minute, jetzt in diesem Augenblick.«
»Nein.«
»Sagen Sie ihm, daß er mich fortläßt; ich rat' es ihm. Hörst du, was ich sage«, rief Nancy und stampfte wütend mit dem Fuß auf den Boden.
»Natürlich hör' ich«, wiederholte Sikes spöttisch. »Und wenn du jetzt noch mehr schreist, laß ich dir den Hund an die Kehle springen. Du bist wohl ganz verrückt, dumme Gans?«
»Laß mich gehen«, beharrte das Mädchen auf ihrem Willen. Dann setzte sie sich auf den Boden vor die Türe nieder und sagte: »Ich bitte dich, laß mich gehen. Du weißt nicht, was du tust, du weißt es wirklich nicht. Bloß eine Stunde will ich hinaus.«
»Da soll mich doch der Teufel in Stücke reißen«, schrie Sikes und packte sie grob am Arm, »wenn das Weibsbild nicht ganz und gar verrückt geworden ist. Marsch aufgestanden!«

»Nicht eher, als bis du mich gehen läßt, nicht eher«, kreischte Nancy.
Sikes paßte eine Gelegenheit ab, um ihr mit einem Ruck die Hände auf den Rücken zu drehen und sie auf diese Weise, so heftig sie sich auch sträubte, in die anstoßende kleine Stube zu schleppen, wo er sich auf eine Bank setzte, sie in einen Stuhl warf und mit Gewalt festhielt. Sie wehrte sich ununterbrochen und bettelte dann wieder dazwischen, bis es zwölf Uhr geschlagen hatte. Dann gab sie ermattet ihre Absicht auf. Sikes stieß noch ein paar Flüche und Drohungen aus, ließ ihr dann Zeit, sich wieder zu erholen, und kehrte zu Fagin zurück.
»Ganz und gar verrückt ist das Weibsbild«, brummte der Einbrecher und wischte sich den Schweiß vom Gesicht.
»Da haben Sie wohl recht, Billeben«, meinte Fagin nachdenklich, »da haben Sie wohl recht.«
»Was ihr wohl heute in den Kopf gefahren ist, gerade jetzt gegen Mitternacht auszugehen? Was meinen Sie, Fagin?« fragte Sikes. »So reden Sie doch! Sie kennen sie doch besser als ich. Was soll das heißen?«
»Eigensinn, Billeben, Eigensinn, sonst nix.«
»Nun ja, natürlich«, brummte Sikes. »Und ich hab' schon geglaubt, ich hätte sie untergekriegt. Aber so schlimm wie heute war sie noch nie.«
»Schlimmer als je«, sagte Fagin nachdenklich. »Mein ganzes Leben lang hab' ich sie noch nicht so aufgeregt gesehen wegen einer geringfügigen Geschichte.«
»Ich auch nicht«, brummte Sikes. »Ich glaube, sie hat noch etwas vom Fieber in sich.«
»Wahrscheinlich.«
»Ich werd' ihr zur Ader lassen, ohne den Doktor deshalb zu rufen«, höhnte Sikes, »wenn sie noch einmal einen Anfall kriegt.«
Fagin nickte ausdrucksvoll. Inzwischen kam Nancy wieder heraus aus dem Nebenzimmer und nahm ihren alten Platz wieder ein. Ihre Augen waren geschwollen und ge-

rötet. Sie wiegte sich hin und her, schüttelte den Kopf und brach dann plötzlich in lautes Lachen aus.

»Was heißt denn das schon wieder!« rief Sikes mit einem erstaunten Blick auf den Juden.

Fagin gab ihm einen Wink, das Mädchen nicht weiter zu beachten, und ein paar Minuten später saß sie wieder da wie vorhin. Fagin flüsterte Sikes zu, er solle still bleiben, dann nahm er seinen Hut und sagte beiden gute Nacht. An der Türe blieb er einen Augenblick stehen, drehte sich noch einmal um und bat, man möge ihm die dunkle Treppe hinunterleuchten.

»Leucht' ihm hinunter«, brummte Sikes, sich seine Pfeife stopfend. »Es wäre gar zu schade, wenn er sichs Genick bräche.«

Nancy folgte dem alten Juden die Stiege hinab, die Kerze in der Hand. Unten angelangt, legte Fagin den Finger an die Lippen, zog das Mädchen dicht an sich heran und sagte flüsternd:

»Was ist gewesen, Nancy, mei Schatz?«

»Wie meinen Sie das?« antwortete Nancy ebenfalls flüsternd.

Die Ursach' möcht' ich wissen«, sagte Fagin. »Wenn er schon« – dabei deutete er mit seinem knöchernen Finger die Stiege hinauf – »wenn er schon so roh ist zu dir – er ist doch ein Viech, Nancyleben, ein brutales Mistviech –, warum willst du dann nicht –«

»Nun?« fragte Nancy, als Fagin innehielt, wobei er mit seinem Mund fast ihr Ohr berührte und sich seine Augen tief in die ihrigen bohrten.

»Es is kei Gelegenheit jetzt«, flüsterte der Jude. »Wir reden e andres Mal drüber. An mir hast du en Freind, Nancyleben, en starken, festen Freind. Ich hab' auch die Mittel – wenn du dich willst rächen an ihm, wo er dich behandelt wie en Hund – schlimmer als en Hund, denn dem schmeichelt er doch zuweilen –, so komm zu mir, ich sag' dir bloß: komm zu mir. Er ist dir e Freind von gestern, mich kennst du schon jahrelang, Nancyleben.«

»Ja, ja, dich kenn' ich gut«, erwiderte das Mädchen ohne die geringste Erregung. »Gute Nacht.«
Sie wich zurück, als er ihr die Hand reichen wollte, sagte ihm nochmals mit fester Stimme gute Nacht und erwiderte seinen Abschiedsblick mit verständnisvollem Nikken. Dann schloß sie die Türe hinter ihm.
Tief in Grübeln versunken schritt Fagin seinem eigenen Hause zu. Er neigte schon längst zu der Ansicht – und war durch das jetzt Vorgefallene darin bestärkt worden –, daß Nancy, der Roheit des Verbrechers überdrüssig, sich irgendeinen neuen Freund erwählt habe. Ihr verändertes Wesen, ihre Teilnahmslosigkeit an den gemeinsamen Interessen, ihre verzweifelte Ungeduld, um Mitternacht plötzlich aus dem Hause zu wollen, alles das verdichtete sich bei ihm fast zu einem greifbaren Verdacht. Aber der Gegenstand ihrer Neigung befand sich nicht unter seinen Spießgesellen, sagte er sich; der Betreffende müßte, angeleitet von einer so tüchtigen Person wie Nancy, ein wertvoller Gehilfe für ihn sein, folgerte er, und dann galt es, noch ein andres Ziel zu erreichen. Sikes wußte zuviel und seine Roheiten hatten ihn nur zu oft schwer verletzt. Wenn er beiseite geschafft würde und ein andrer käme an seine Stelle, bedeutete das nur Angenehmes.
Solche und ähnliche Gedanken ließ sich Fagin schon während der kurzen Zeit, die er in der Stube mit dem Einbrecher zusammengesessen, durch den Kopf gehen, und als er Nancy indirekt an der Haustüre auf den Kopf zugesagt hatte, was er sich denke, da hatte sie kein Erstaunen gezeigt, sogar anscheinend verstanden und ihn begriffen. Der Abschiedsblick hatte genug gesagt.
Vielleicht würde sie aber doch vor einem Komplott, Sikes wegzuschaffen, zurückschrecken, und das war gerade eines der wichtigsten Ziele, die erreicht werden mußten. ›Wie‹, dachte sich Fagin, als er nach Hause schlich, ›wie kann ich meinen Einfluß auf sie vergrößern?‹
Menschengehirne wie das seinige sind nicht so leicht um Auskünfte verlegen. Wenn er ihr einen Spion auf die Fersen

setzte und den Gegenstand ihrer veränderten Neigung erführe und ihr damit dann drohe, die ganze Geschichte Sikes zu enthüllen –? »Ja ja, so gehts«, sagte sich Fagin laut und drohte mit finstrer Miene nach der Richtung, in der er den Verbrecher verlassen hatte. Dann ging er weiter seines Wegs – mit seinen knochigen Fingern in den Falten seines Kaftans wühlend, als quetsche er mit jeder Bewegung seinem verhaßten »lieben Freunde Sikes« das Leben aus dem Leibe.

45. Kapitel

Noah Claypole wird von Fagin als Spion verwendet

Am nächsten Morgen zeitig auf den Beinen, wartete er ungeduldig auf das Erscheinen seines neuen Genossen, der sich denn auch endlich einfand und mit Gier über das Frühstück herfiel.

»Bolter«, sagte der Jude und rückte seinen Stuhl näher an ihn heran.

»Ja ja, reden Sie nur«, sagte Noah und schnitt sich eine riesige Scheibe Brot ab. »Wo steckt Charlotte?«

»Ausgegangen is sie«, sagte Fagin, »mit die andern jungen Frauenzimmer. Ich hab gewollt, daß sie zusammen sind.«

»Mir wär's lieber, sie hätten noch mehr Frühstück vorbereitet«, unterbrach ihn Noah.

»Sie haben gestern e schenes Stück Arbeit geliefert, mei Freind, schen, sehr schen, sechs Schillinge und eine Halfpence am ersten Tag, das laß ich mir gefallen. Das Kinderberauben wird Ihnen noch ein Vermögen einbringen.«

»Übrigens brauch ich Sie jetzt, Bolter«, setzte er ungeduldig hinzu und beugte sich über den Tisch. »Sie sollen mir e großen Gefallen tun, mei Freind. E Arbeit, die große Achtsamkeit erfordert und große Vorsicht.«

»Schicken Sie mich nur nicht wieder auf die Polizei«, fuhr Bolter auf, »das paßte mir nicht, das sag' ich Ihnen gleich.«

»Es ist nicht die geringste Gefahr dabei. Es handelt sich um weiter nix als: em Weibsbild sollen Sie nachspionieren.«

»Einem alten?« fragte Mr. Bolter

»Im Gegenteil.«

»Das kann ich ziemlich gut«, versicherte Bolter. »Schon als ich noch zur Schule ging, hab' ich den Mädels fleißig nachgestellt. Aber zu welchem Zweck soll ich spionieren? Doch nicht, um –«

»Zu tun ist gar nichts«, unterbrach ihn der Jude. »Bloß berichten sollen Sie mir, wohin sie gegangen ist, mit wem sie redet und womöglich: was sie redet. Und dann sollen Sie sich merken die Straße, wenns e Straße is, oder das Haus, und mir alles berichten.«

»Und was geben Sie mir dafür?« fragte Noah, setzte seine Teetasse nieder und blickte dem Alten scharf ins Gesicht.

»Wenn Sie Ihre Sache gut machen, mei Freind – e Pfund, e ganzes volles Pfund, in der Tat e Stick Geld! So viel hab' ich noch niemals in meinem Leben gegeben für dergleichen.«

»Und wer ist die Person?«

»Eine von unsre Leit.«

»Donnerwetter«, rief Noah und schnüffelte in der Luft. »Sie trauen ihr also nicht?«

»Sie hat e paar neie Freinde gefunden, und ich muß wissen, wer sie sind«, erklärte Fagin.

»Ich verstehe«, brummte Noah und kopierte des Juden Redeweise. »Bloß, um zu haben des Vergnigen, sie kennenzulernen, ob es auch sind anständige Leite. Ja, ich bin ihr Mann.«

»Hab' ich doch gewußt, daß Sie das sind«, rief Fagin erfreut.

»Ja, ja, schon gut«, knurrte Noah. »Wo ist sie? Wer ist sie? Wo soll ich auf sie warten, und wohin soll ich gehen?«

»Alles, mei Freind, werden Sie zur rechten Zeit von mir hören. Halten Sie sich bereit«, sagte Fagin »und überlassen Sie mir alles weitere.«

Am selben und am nächsten Abend und abends darauf saß der Spion in seinem Fuhrmannskittel zu Hause und wartete auf Fagin. Nacht um Nacht verstrichen, fast eine Woche, und jedesmal kam Fagin mit enttäuschtem Gesicht nach Hause und sagte, die Zeit sei immer noch nicht da. Endlich, eines Sonntags, kam er früher nach Hause als sonst und mit einem Frohlocken, das er kaum verbergen konnte.
»Sie geht heite abend aus«, jubelte er, »denn der Mann, vor dem sie sich fürchtet, wird nicht vor morgen frih zu Hause sein. Kommen Se jetzt schnell mit.«
Ohne ein Wort zu sprechen, sprang Noah auf, und sie verließen verstohlen das Haus, um endlich vor einer Schenke zu landen, die Noah als »Die drei Krüppel« erkannte. Es war elf Uhr vorüber und die Türe verschlossen. Geräuschlos öffnete sie sich, als Fagin einen leisen Pfiff ausstieß. Sie traten lautlos ein, und ebenso schloß sich die Türe wieder hinter ihnen. In stummer Gebärdensprache, um keinen Lärm zu machen, zeigten Fagin und der junge Jude, der sie hereingelassen, Noah eine Fensterscheibe und bedeuteten ihm hinaufzuklettern und sich die Person in dem dahinterliegenden Wohnraum anzusehen.
»Ist sie das?« fragte Noah kaum hörbar.
Fagin nickte.
»Ich kann ihr Gesicht nicht recht sehen, das Licht steht hinter ihr.«
»Bleiben Sie oben«, flüsterte Fagin und gab Barney einen Wink. Im nächsten Augenblick trat dieser in das Zimmer und rückte unter dem Vorwand, die Kerze zu schneuzen, das Licht zurecht, und fing sodann mit dem Mädchen zu sprechen an, um sie zu veranlassen, ihr Gesicht zu zeigen.
»Jetzt seh ich sie«, sagte Noah.
»Deitlich?«
»Unter Tausenden würd' ich sie wiedererkennen.«
Er stieg eilends wieder herunter, und gleich darauf öffnete sich die Türe, und das Mädchen trat ein.
Fagin zog Noah rasch hinter einen Vorhang und hielt ihn dort zurück, bis sie verschwunden war.

Dann wechselte Noah einen Blick mit Fagin und schoß hinaus.
»Auf der andren Seite der Stroßen gehen«, flüsterte ihm der Jude zu.
Noah gehorchte. Beim Schein der Laterne erblickte er die vorauseilende Gestalt Nancys vor sich. Er hielt sich in möglichster Nähe und blieb auf der andern Seite der Straße, um sie besser im Auge zu behalten. Nervös blickte sie sich ein paarmal um und blieb auch zuweilen stehn, um Leute vorüberzulassen, die ihr folgten. Allmählich schien sie Mut zu bekommen und schritt fest und sicher dahin. Noah folgte ihr, ohne sie auch nur eine Sekunde aus dem Auge zu verlieren.

46. Kapitel

Nancy erfüllt ihr Versprechen

In hallenden Schlägen schlug es dreiviertel nach elf von den Kirchtürmen, da betraten zwei Gestalten die Londoner Brücke. Die eine von ihnen, rasch vorwärts eilend, war eine Frau, die sich beständig ängstlich und eifrig umsah, die andre gehörte einem Mann, der in dem tiefsten Schatten, den er nur finden konnte, gleichen Schritt mit ihr in einigem Abstande hielt. Es war finstere Nacht. Wer unterwegs war, eilte schnell vorbei, und niemand schien weder die Frau noch den Mann zu sehen, wenigstens nahm niemand Notiz von ihnen. Ihr Aussehen war auch nicht danach, irgend jemandes Blick auf sich zu lenken, denn wer in dieser Nacht über die Londoner Brücke kam, war gewiß nicht neugierig. Ein dicker Nebel hing über dem Fluß und verdunkelte den Schein der Feuer, die an den verschiedenen Werftplätzen das Ufer entlang brannten. Hüben und drüben stiegen massige, alte, rauchgeschwärzte Speicher aus dem Gewirr der Dächer und Giebel und blickten mürrisch hinab auf die Wasserfläche, die in ihrer Schwärze die grotesken Formen und Umrisse der Umgebung widerspiegelte. Der Turm der alten Erlöserkirche und der des heiligen Magnus, seit unvordenklichen Zeiten das Riesenwächterpaar der altertümlichen Brücke, leuchteten matt aus dem Dunkel.

Die Frau war ein paarmal ruhelos hin und her gegangen, auf Schritt und Tritt scharf beobachtet von ihrem versteckten Begleiter, als die Glocken der Sankt Paulskirche wieder einen Tag zu Grabe trugen. Mitternacht lag über der menschenüberfüllten Stadt. Das Läuten war kaum eine Minute verklungen, da entstiegen eine Dame und ein grauköpfiger Herr kurz vor der Brücke einer Mietsdroschke. Sie hatten kaum den Fuß auf das Brückentrottoir gesetzt, als Nancy zusammenfuhr und ihnen entgegenging.

»Nicht hier«, sagte sie hastig. »Ich fürchte mich, hier mit Ihnen stehenzubleiben. Kommen Sie mit fort von da – weg von der offnen Brücke; vielleicht dort drüben die Treppen hinunter.«

Noch während sie diese Worte hervorstieß und mit der Hand in die Richtung zeigte, blickte sich der als Fuhrmann verkleidete Noah Claypole um und fragte barsch die drei, ob sie vielleicht die Absicht hätten, das ganze Trottoir für sich allein einzunehmen.

Die Treppe, auf die Nancy hingezeigt hatte, lag auf dem Surrey-Ufer und bildete einen Landungssteig, der vom Fluß heraufführte. Dieser Stelle nun eilte der Fuhrmann zu und schickte sich an, nachdem er sie eine Sekunde gemustert, hinunterzusteigen. Die Treppe bildete einen Teil der Brücke selbst und bestand aus drei Abteilungen. Als der Fuhrmann ihre erste Krümmung erreichte, erkannte er sofort, daß es keinen besseren Platz zum Verstecken für ihn geben könnte, als diesen, da Ebbe war und Raum genug für ihn, sich zu verbergen.

Er drückte sich ganz dicht an die Mauer und lauschte.

»Der Ort hier ist abgelegen genug«, hörte er eine Stimme

sagen, die offenbar dem grauköpfigen Herrn gehörte. »Ich kann nicht dulden, daß meine junge Begleiterin noch einen Schritt weitergeht.«

»Es ist keine Laune von mir«, versetzte Nancy, »als ich Ihnen vorhin sagte, ich fürchtete mich oben mit Ihnen zu reden. Ich weiß ja keinen Grund«, sagte sie schaudernd, »aber es fröstelt mich heute vor Furcht, und eine Angst würgt mich, daß ich mich kaum auf den Füßen halten kann.«

»Furcht? Wovor?« fragte der Herr offenbar mitleidig.

»Ich weiß es nicht«, erwiderte Nancy. »Ich wollte, ich wüßte es. Es sind Gedanken an Tod und an Grabtücher, an denen Blut klebt. Eine Furcht, die mir die Adern versengt, als stünde ich im Feuer. Sie ist heute den ganzen Tag nicht von mir gewichen.«

»Einbildung«, beschwichtigte sie der alte Herr.

»Nein, nicht Einbildung«, widersprach Nancy mit heiserer Stimme. »Ich habe in einem Buch gelesen, und das, wovor ich mich fürchte, sah ich dort gedruckt. Ich habe das Wort Sarg geschrieben gesehen auf jeder Seite eines Buches in großen schwarzen Buchstaben, und einen haben sie dicht an mir vorübergetragen unten auf der Gasse.«

»Das ist nichts Ungewöhnliches«, sagte der Herr. »Wie oft sind Särge an mir vorübergetragen worden.«

»Ja, wirkliche Särge«, murmelte Nancy. »Was ich aber sah, waren keine wirklichen.«

Es lag etwas so Unheimliches in ihrer Redeweise, daß den versteckten Lauscher eine Gänsehaut überlief und ihm das Blut in den Adern stockte. Er atmete auf vor Erleichterung, als die milde Stimme der jungen Dame, die mit dem alten Herrn herabgekommen war, ertönte und das Mädchen bat, sich doch zu beruhigen.

»Reden Sie ihr zu, Sir«, sagte sie zu ihrem Begleiter, »es ist ein armes Wesen.«

Der Herr wandte sich kurz an Nancy.

»Sie sind letzten Sonntag nicht hier gewesen«, begann er.

»Ich konnte nicht wegkommen«, erklärte Nancy. »Man hat mich mit Gewalt zurückgehalten.«

»Wer denn?«

»Nun der, von dem ich der jungen Dame bereits erzählt habe.«

»Er hat doch hoffentlich nicht Verdacht gefaßt?«

»Nein« – das Mädchen schüttelte den Kopf – »aber es ist nicht leicht für mich, von ihm wegzugehen, ohne daß er den Grund weiß. Selbst damals, als ich die junge Dame aufsuchte, hätte ich nicht wegkönnen, wenn ich ihm nicht vorher heimlich Laudanum eingegeben hätte.«

»Und war er erwacht, als Sie zurückkamen?« erkundigte sich der alte Herr.

»Nein. Weder er, noch sonst jemand hat Verdacht gegen mich geschöpft.«

»Gut. Also dann hören Sie mir zu.«

»Ich bin bereit.«

»Die junge Dame hier«, fing der alte Herr an, »hat mir und einigen andern Freunden, die vertrauenswürdig sind, erzählt, was Sie ihr damals mitgeteilt haben. Ich gestehe Ihnen, daß ich im ersten Augenblick gezweifelt habe, ob man sich auf Sie verlassen könne, jetzt aber glaube ich fest und bestimmt, daß man es darf.«

»Ja, Sie dürfen es«, sagte Nancy ernst.

»Ich wiederhole, daß ich davon überzeugt bin«, fuhr der alte Herr fort, »und um Ihnen den Beweis dafür zu erbringen, sage ich Ihnen gleich offen heraus: es handelt sich uns darum, dem Manne, der sich Monks nennt, das Geheimnis, das er besitzt, irgendwie zu entreißen. Sollte das aber nicht gelingen, bleibt nichts andres übrig, als daß Sie uns den Juden in die Hände liefern.«

»Fagin?« rief Nancy zurückweichend.

»Diesen Menschen müssen Sie uns in die Hände liefern!« sagte der alte Herr fest.

»Das werde ich nicht tun. Niemals im Leben. Wenn er auch ein Teufel ist und schlimmer als das. Aber so etwas werde ich nie tun.«

»Sie wollen nicht?« fragte der Herr, anscheinend auf diese Antwort vorbereitet.
»Niemals.«
»So nennen Sie mir den Grund, weshalb nicht.«
»Aus dem einen Grund«, erklärte Nancy fest, »den die junge Dame bereits kennt und in dem sie mich unterstützen wird, denn sie hat mir ihr Versprechen gegeben. Es sind viele unter uns, die zusammen dieselben Wege gewandelt sind, und ich werde niemals zur Verräterin an ihnen werden, so schlecht sie auch sein mögen.«
»Dann«, sagte der alte Herr rasch, »dann liefern Sie uns Monks in die Hände und überlassen Sie ihn uns.«
»Was aber, wenn er die andern verrät?«
»Ich verspreche Ihnen feierlich, daß wir es uns damit genügen lassen werden, ihm das Geheimnis zu entreißen. Es müssen in Olivers Leben Dinge eine Rolle spielen, die die Öffentlichkeit scheuen – und wenn die Wahrheit erst einmal offenkundig sein wird, dann werden wir niemanden in seiner Freiheit verkürzen.«
»Wenn das aber nicht gelingen sollte?« fragte Nancy.
»Dann«, fuhr der alte Herr fort, »soll Fagin, ohne daß Sie einwilligen, dem Arm der Gerechtigkeit nicht übergeben werden.«
»Verspricht mir das auch die junge Dame?«
»Ja«, erwiderte Rose. »Ich gelobe es Ihnen.«
»Und Monks wird nie erfahren, wer Ihnen alles verraten hat?«
»Nein, niemals.«
Einen Augenblick überlegte Nancy noch, dann beschrieb sie die Schenke »Zu den drei Krüppeln«, aber mit so leiser Stimme setzte sie noch anderes hinzu, daß es Noah Claypole oftmals schwer wurde, aus den Bruchstücken, die er hörte, sich das übrige zurechtzureimen.
»Monks ist groß von Gestalt«, hörte er Nancy deutlich sagen. »Er ist ein kräftiger Mann, aber nicht dick. Sein Gang hat etwas Schleichendes und, wenn er geht, zieht er beständig beide Schultern hoch. Vergessen Sie das nicht.

Es ist das beste Kennzeichen. Und dann liegen ihm die Augen viel tiefer im Kopf, als ich es sonst bei irgend jemand gesehen habe. Seine Hautfarbe ist dunkel, und wenn er auch höchstens sechs- oder achtundzwanzig Jahre alt sein kann, so ist doch seine Haut welk und fahl und das Gesicht abgezehrt. Seine Lippen sind farblos und narbenbedeckt. Er leidet an schrecklichen Anfällen und beißt sich sogar oft auch in die Hände – warum fahren Sie denn plötzlich so zusammen?« fragte sie und hielt plötzlich inne.

Der alte Herr antwortete hastig, es habe nichts auf sich, und bat sie, fortzufahren.

»Was ich Ihnen da sage«, erzählte Nancy weiter, »habe ich von andern Hausbewohnern herausbekommen. Ich selbst habe ihn nur zweimal gesehen, und beide Male war er in einen großen Mantel gehüllt. Ich glaube, das ist alles«, schloß sie. »Doch warten Sie!« setzte sie hinzu. »Ziemlich hoch über der Kehle, so daß man es noch über dem Halstuch sehen kann, wenn er das Gesicht bewegt – hat er –«

»Ein breites rotes Muttermal, wie eine Brandwunde«, rief der Herr.

»Was ist das!« fuhr Nancy auf. »Sie kennen ihn?«

Auch die junge Dame stieß einen Ausruf des Erstaunens aus, und ein paar Augenblicke schwiegen alle drei so still, daß der Horcher deutlich ihre Atemzüge hören konnte.

»Ich glaube ihn zu kennen«, fing der alte Herr wieder an. »Ich habe ihn nach Ihrer Beschreibung erkannt. Nun, wir werden ja sehen. Vielleicht täuscht mich eine Ähnlichkeit. Ähnlichkeiten können ja vorkommen.« Und mit scheinbarer Gleichgültigkeit machte er ein paar Schritte nach der Stelle hin, wo Noah Claypole versteckt war. Dieser konnte ihn deutlich vor sich hin flüstern hören: »er muß es sein, er muß es sein.«

»Nun«, sagte der alte Herr und drehte sich wieder um und ging zu Nancy zurück, »Sie haben uns einen sehr wichtigen Dienst erwiesen, und es ist mein lebhaftester Wunsch, mich Ihnen hierfür erkenntlich zu zeigen. Kann ich gar nichts für Sie tun?«

»Gar nichts«, versetzte Nancy.

»Sie werden doch dabei nicht beharren wollen«, versetzte der alte Herr, und aus seiner Stimme klang so viel Güte und Liebe, daß wohl ein härteres Herz als das Nancys davon hätte gerührt werden müssen. »Besinnen Sie sich. Sagen Sie es mir offen, junges Mädchen.«

»Sie können mir nicht helfen, Sir«, wiederholte Nancy schluchzend. »Sie können mir in keiner Weise helfen. Für mich gibt es keine Hoffnung mehr – wirklich, glauben Sie mir!«

»Sie wollen sich nur selbst alle Hoffnung nehmen«, redete ihr der alte Herr zu. »Die Vergangenheit ist eine furchtbare Zeit für Sie gewesen, für die Zukunft aber dürfen Sie nicht die Hoffnung sinken lassen. Ich sage nicht, daß es in unsrer Macht liegt, Ihnen Herzens- und Seelenfrieden wiederzugeben, denn ein solcher muß in dem Maße kommen, wie Sie ihn suchen. Aber eine Zufluchtsstätte, entweder im Inland oder im Ausland, können wir Ihnen schaffen. Und das ist unser innigster Wunsch. Bevor noch der Tag graut, können Sie dem Bereich Ihrer jetzigen Genossen so entrückt sein, daß diese nicht imstande sind, auch nur die leiseste Spur von Ihnen zu finden. Kommen Sie! Ich möchte nicht, daß Sie noch einmal zurückkehren und auch nur ein Wort mit jemandem wechseln, der dieselbe Luft mit Ihnen geatmet hat, die so voll Pest und Tod für Sie ist. Folgen Sie mir, solange es noch Zeit ist und wo sich jetzt die beste Gelegenheit für Sie bietet.«

»Reden Sie ihr zu, ich glaube, sie schwankt und wird uns folgen«, flüsterte die junge Dame ihm zu.

»Ich fürchte, es ist nicht so«, erwiderte der alte Herr.

»Nein, Sir, ich tue es nicht«, versetzte Nancy nach einem kurzen Kampf mit sich selbst. »Ich bin zu sehr an meine Gefährten gefesselt. Ich verabscheue mein bisheriges Leben und hasse es, aber ich kann sie nicht verlassen. Ich bin schon zu weit gegangen, als daß ich noch umkehren könnte.« Sie schauderte. »Die alte Furcht kommt wieder über mich«, sagte sie leise. »Ich muß heim.«

»Heim?« wiederholte die junge Dame, das Wort nachdrücklich betonend.

»Jawohl, heim. Zurück in ein Heim, das ich mir selber aufgebaut habe ein ganzes Leben hindurch. Und gehen Sie, gehen Sie jetzt. Wenn ich irgendeinen Dienst geleistet habe, so verlange ich dafür nur, daß Sie mich jetzt verlassen und mir nichts in den Weg legen.«

»Es ist nutzlos«, sagte der alte Herr seufzend. »Wir gefährden nur ihre Sicherheit, wenn wir sie noch länger aufhalten.«

»Jawohl«, drängte Nancy; »vielleicht bin ich schon zu lange hier gewesen.«

»Welches Ende«, jammerte die junge Dame, »wird diesem armen Geschöpf noch bevorstehen.«

»Welches Ende?« wiederholte Nancy. »Sehen Sie dort, Fräulein. Schauen Sie auf den dunklen Strom hin. Wie oft haben Sie schon von solchen gelesen, wie ich eine bin, die in die dunklen Wasser hineingesprungen sind und niemand zurückgelassen haben, der nach ihnen fragte oder sie beweint. Nach Jahren erst oder schon nach Monaten – jedenfalls – ein solches Ende werde auch ich nehmen.«

»Bitte, sagen Sie doch so etwas nicht«, fiel ihr die junge Dame schluchzend in die Rede.

»Sie werden niemals erfahren, welches Ende ich genommen habe, liebes Fräulein. Gott verhüte, daß Sie derlei schreckliche Dinge überhaupt je erfahren«, antwortete Nancy. Und jetzt: gute Nacht, gute Nacht.«

Der alte Herr wendete sich zum Gehen.

»Nehmen Sie wenigstens diese Börse hier«, rief die junge Dame Nancy nach, »damit Sie in den Stunden der Not noch etwas haben.«

»Nein«, lehnte Nancy ab. »Was ich getan habe, geschah nicht um des Geldes willen. Ich will nicht, daß Sie sich mit diesem Gedanken von mir trennen. Aber wenn Sie mir

etwas geben wollen, bitte – nein, nein nicht einen Ring – Ihre Handschuhe oder Ihr Taschentuch, etwas möchte ich haben, das ich behalten kann mit dem Gedanken, daß es Ihnen gehört hat, liebes Fräulein. So. Ich danke. Und segne Sie der liebe Gott dafür. Gute Nacht, gute Nacht.«
Man hörte den Schall sich entfernender Schritte. Gleich darauf wurden die junge Dame und ihr Begleiter oben auf der Brücke sichtbar.
»Horch«, rief die junge Dame, »hat sie nicht gerufen? Mir war, als hätte ich ihre Stimme gehört.«
»Nein, liebes Fräulein«, versetzte Mr. Brownlow und schüttelte traurig den Kopf. »Sie hat sich nicht gerührt und wird sich auch nicht rühren, bis wir weg sind.«
Als Rose Maylie zögernd stehenblieb, legte der alte Herr ihren Arm in den seinen und führte sie mit sanfter Gewalt hinweg.
Als sie verschwunden waren, brach Nancy zusammen und sank auf eine der Steinstufen hin, um der Qual ihres Herzens in bittern Tränen Luft zu machen.
Nach einer Weile stand sie auf und taumelte die Brücke hinauf. Von Staunen erfüllt blieb Noah Claypole noch ein paar Minuten an seinem Posten, ohne sich zu rühren, dann kroch er langsam aus seinem Versteck hervor, spähte, nachdem er die oberste Stufe erreicht hatte, nach allen Richtungen aus, um sich zu vergewissern, daß er auch nicht gesehen werde, und rannte dann in das Haus des Juden, so schnell ihn seine Beine tragen wollten.

47. Kapitel

Verhängnisvolle Folgen

Ein paar Stunden vor Tagesanbruch – zu jener Zeit, wo es im Herbste finsterste Nacht zu sein scheint, wo sogar die Geräusche schlummern und die Straßen schweigsam und verödet daliegen und die Schlemmer und Schwelger nach Hause getaumelt sind, um zu träumen – da saß Fagin noch wachend in seiner Höhle, und sein Gesicht war so bleich und verzerrt, daß er mit seinen roten blutunterlaufenen Augen weniger einem Menschen als einem scheußlichen Gespenste glich.

In eine zerlumpte Decke gehüllt, kauerte er an dem erkalteten Herd und starrte in eine mit dem Erlöschen kämpfende Talgkerze, die auf dem Tische vor ihm stand. Geistesabwesend kaute er an seinen langen schwarzen Fingernägeln, wobei in dem sonst zahnlosen Mund einige Zähne sichtbar wurden, die geradesogut einem Hund oder einer Ratte hätten gehören können.

Am Boden ausgestreckt auf einer Matratze lag Noah Claypole, fest schlafend.

Regungslos und ohne auch nur ein einziges Mal seine Stellung zu verändern, saß der Jude da und wartete, sich ganz seinen rastlos arbeitenden Gedanken überlassend, bis endlich das Geräusch von Schritten auf der Straße ihn aus seinem Grübeln erweckte.

»Endlich«, murmelte er und fuhr sich mit der Hand über die fieberheißen Lippen, »endlich.«

Als die Glocke leise ertönte, ging er hinaus und kehrte bald darauf mit einem Mann zurück, der bis ans Kinn verhüllt war und ein Bündel unterm Arm trug: es war Sikes.

»Da«, sagte der Einbrecher und warf das Bündel auf den Tisch. »Machs zu Geld, so gut du kannst. Mühe genug hat's gekostet: ich hätte schon vor drei Stunden hier sein sollen.«

Fagin verschloß das Bündel in einem Schrank, setzte sich wieder nieder und blickte Sikes starr an, wobei seine Lippen so heftig zuckten, daß der Verbrecher unwillkürlich ganz bestürzt wurde.

»Was gibt's denn?« fuhr Sikes auf. »Teufel nochmal, warum sehen Sie mich so an?«

Der Jude erhob die Hand und bewegte den Zeigefinger hin und her, war aber so erregt, daß er keine Worte finden konnte.

»Himmel und Teufel«, schrie Sikes und griff nach seiner Brusttasche. »Er ist verrückt geworden. Mir scheint, er will mir an den Hals.«

»Nein, nein«, murmelte Fagin atemlos, »das ist's nicht – Sie sind's nicht, Bill – mit Ihnen bin ich zufrieden.«

»So so, sind Sie das!« höhnte Sikes mit einem grimmigen Blick und schob in nicht mißzuverstehender Weise seine Pistole in die rechte Seitentasche. »Ein Glück ist's – für einen von uns beiden. Wer der ist, darauf kommt's hier nicht an.«

»Iach muß Ihnen was erzählen, Billeben«, fing Fagin endlich an und rückte näher zu Sikes. »Es wird Ihnen dabei so mies zumut werden, wie mir schon ist.«

»So, glauben Sie«, versetzte der Räuber trocken. »Also los. Aber schnell, gefälligst, sonst wird Nancy denken, sie hätten mich schon am Kragen.«

»Am Kragen«, wiederholte Fagin. »Glauben Sie, daß sie sich was draus machen würde?«

Sikes sah ihn betroffen an. Dann packte er den Juden mit seiner riesigen Faust und schüttelte ihn hin und her. »Raus mit der Sprache«, schrie er, »sonst schüttle ich Ihnen den Atem aus der Brust. Maul aufgemacht und gesagt, was los ist! Raus mit der Sprache.«

»Nemmen Se an, der Bursch, der dorten liegt«, fing Fagin an – Sikes drehte sich um und warf einen Blick auf Noah Claypole; »nun?« fragte er, den Juden wieder fest ins Auge fassend. »Nemmen Se an, der Bursch dort«, fuhr Fagin fort, »hätte sich zuerscht emol die richtigen Leite ausgesucht, um uns zu verpetzen, und sich dann mit ihnen gegeben ä Zusammenkunft auf der Stroßen, um ihnen alles zu verraten. Nemmen Se an, er hätt' alles das getan aus freien Sticken, und ohne daß ihm das Messer am Hals gesessen wär; was glauben Sie, mißt mit ihm geschehen?«

»Was?« versetzte Sikes und stieß einen entsetzlichen Fluch aus. »Wenn ich ihn lebend in die Händ' bekommen hätte, würd' ich ihm den Schädel mit den Stiefelabsätzen zertreten.«

»Und was, wenn ich sowas getan hätt?« schrie der Jude gellend. »Ich weiß doch wahrhaftig genug, ich könnt' so manchen an den Galgen bringen.«

»Ich weiß nicht, was ich täte«, brummte Sikes und biß die Zähne zusammen und wurde bei dem bloßen Gedanken weiß wie die Wand. »Wenn ich mit dir zusammen verhört würde und wüßte das, selbst dann im Gerichtshof schlüg ich dir vor allen Leuten das Gehirn aus dem Schädel.«

»Das täten Sie?«

»Jawohl, das tät' ich«, sagte der Einbrecher. »Glauben Sie's vielleicht nicht?«

»Und wenn's Charley wär', oder der Baldowerer, oder Betsy, oder –«

»Mir wurscht, wer's ist oder wer's wäre«, versetzte Sikes ungeduldig, »ich würde es ihm besorgen, wie ich's gesagt hab'.«

Fagin faßte den Verbrecher scharf ins Auge, dann bedeutete er ihm zu schweigen, beugte sich über den schlafenden Noah Claypole und wollte ihn wecken. Sikes beugte sich, die Hände auf die Knie gestützt, vor und stierte verständnislos vor sich hin.

»Der arme Bolter«, sagte Fagin und verbarg mühsam sein teuflisches Grinsen. »Er ist noch ganz müd vom langen Aufpassen auf – auf sie, vom Aufpassen auf sie, Bill.«

»Was soll das heißen?« fuhr Sikes auf.

Fagin gab keine Antwort und bückte sich abermals über den Schläfer. Nach und nach kam Noah zu sich. Er gähnte und sah sich verschlafen um.

»Erzählen Sie mir doch emol die Geschichte«, forderte ihn der Jude auf, auf Sikes deutend.

»Erzählen? Was soll ich erzählen?« fragte Noah verdrießlich.

»Die Geschichte von der – Nancy«, sagte Fagin und packte Sikes am Handgelenk, um ihn zurückzuhalten, falls er vorzeitig aus dem Zimmer stürzen wollte. »Sie sind ihr doch nachgegangen?«

»Ja.«

»Auf die Londonbrücke?«
»Ja.«
»Dort hat sie zwei Leite getroffen?«
»Ja, die hat sie getroffen.«
»Einen Herrn und eine Dame, bei denen sie schon frieher war?«
»Ja.«
»Und sie hat ihnen sollen in die Hände liefern alle ihre Kollegen und zuverderscht den Monks?«
»Ja.«
»Und hat ihnen ä genaue Beschreibung gegeben von ihm?«
»Ja.«
»Und hat gesagt, wo wir zu Hause sind?«
»Ja.«
»Und hat alles erzählt Wort für Wort, ohne daß man sie dabei bedroht hätt' oder sie gezwungen hätt'?«
»Ja, ja.«
»Ja, ja, ja, ja«, wiederholte Fagin halb wahnsinnig vor Wut.
»Ja, es ist alles so, wie Sie sagen«, antwortete Noah und kratzte sich hinter den Ohren. »Genauso ist es zugegangen.«
»Was haben se zusammen geredet am vorigen Sonntag?«
»Am vorigen Sonntag?« wiederholte Noah sich besinnend. »Aber das hab' ich Ihnen doch schon einmal gesagt.«
»Sagen Sie's noch emol, sagen Sie's noch emol«, schrie Fagin und krallte seine Finger um Sikes' Handgelenk, mit der andern in der Luft herumfuchtelnd, während ihm der Schaum vor den Mund trat.
»Die Leute haben gefragt«, berichtete Noah, munterer werdend und allmählich begreifend, wer Sikes wohl sein möchte, »die beiden haben sie gefragt, warum sie letzten Sonntag nicht gekommen ist, wie sie versprochen hatte. Darauf hat sie gesagt, sie hätte nicht können.«
»Worum, worum hat sie nicht können?«

»Weil sie von Bill, von dem sie ihnen schon früher erzählt hatte, gewaltsam zurückgehalten worden sei –«

»Und weiter«, schrie Fagin, »was hat sie noch weiter vom Bill gesagt?«

»Nun, daß sie nicht so leicht von Haus weg kann, ohne daß er's weiß, darum habe sie ihm – hahaha –« Noah konnte das Lachen kaum mehr zurückhalten. »Ich hab' damals schon so lachen müssen«, entschuldigte er sich. »Erst als sie ihm Laudanum eingegeben hatte, konnte sie das erste Mal aus dem Haus.«

»Der Teufel soll sie zerreißen«, schrie Sikes und wand sich von dem Juden los. »Losgelassen.«

Und er schleuderte den Alten weit von sich und stürzte wie ein Rasender die Treppe hinab.

»Bill, Bill«, rief ihm der Jude, der ihm hastig folgte, nach, »ein Wort nur noch.«

Er hätte das Wort nie sagen können, wäre es dem Einbrecher möglich gewesen, die Türe zu öffnen. Fagin holte ihn ein.

»Laß mich«, keuchte Sikes, »kein Wort jetzt, laß mich, sag' ich.«

»Nur noch e Wort«, flüsterte Fagin und legte die Hand auf die Klinke, »Sie werden doch nicht –«

»Was?«

»Sie werden doch nicht zu weit gehen, Bill?«

Es war bereits hell genug geworden, daß die beiden einander in die Augen sehen konnten. Sie tauschten einen kurzen Blick. Es blitzte darin ein stummes Wort, das nicht mißverstanden werden konnte.

»Ich will sagen«, fuhr Fagin heimlich fort, die Maske abwerfend, »ich will nur sagen: tun Sie nix, was sich nicht verträgt mit der Sicherheit. Seien Sie schlau, Bill, und nix riskieren.«

Sikes antwortete nicht. Er stieß die Türe auf, deren Schloß Fagin geöffnet hatte, und stürzte hinaus auf die Straße.

Ohne nur eine Sekunde innezuhalten, starr und unverrückt vor sich hinstarrend, die Zähne zusammengebissen,

daß die Kiefermuskeln hervortraten, lief der Einbrecher immer geradeaus und zuckte mit keiner Wimper, bis er seine eigene Haustüre erreicht hatte. Er öffnete sie leise mit einem Schlüssel und schlich sich die Treppe empor, trat in sein Zimmer, verschloß es und schob einen schweren Tisch gegen die Türe. Dann zog er den Bettvorhang zurück.
Nancy lag halbangekleidet da. Er hatte sie im Schlaf gestört, und sie blickte hastig auf.
»Aufgestanden«, keuchte er.
»Du bist's Bill«, sagte das Mädchen, sichtlich entzückt über seine Heimkehr.
»Ja, ich bin's«, war die Antwort, »aufgestanden.«
Es brannte eine Kerze, aber der Verbrecher riß sie aus dem Leuchter und schleuderte sie in die Asche. Von draußen schien mattes Tageslicht herein, und das Mädchen stand auf, um die Gardine zusammenzurollen.
»Laß das«, knurrte Sikes und stieß sie zurück. »Es ist genug Licht für das, was ich vorhab'.«
»Bill«, flüsterte das Mädchen, sprachlos vor Entsetzen. »Was stierst du mich so an!«
Ein paar Sekunden blieb der Verbrecher regungslos stehen und betrachtete sie mit den geblähten Nüstern und wogender Brust. Dann packte er sie am Kopf und an der Kehle und schleppte sie in die Mitte des Zimmers. Mit einem Blick auf die Türe legte er seine schwere Hand an ihre Gurgel.
»Bill, Bill«, röchelte das Mädchen und kämpfte mit Todesangst gegen seinen Griff. »Ich – ich – ich will ja nicht schreien – nicht ein einziges Mal – so sprich doch – sag' doch, was hab' ich getan.«
»Du weißt es selbst, du Aas«, knirschte der Einbrecher zwischen den Zähnen durch. »Man hat dich in der Nacht beobachtet. Jedes Wort weiß ich, das du gesagt hast.«
»Dann schone mein Leben um des Allbarmherzigen willen, wie ich deines geschont habe«, jammerte Nancy und klammerte sich an ihn. »Bill, lieber Bill, du kannst mich

doch nicht ermorden wollen. Bedenke, was ich gestern deinetwegen aufgegeben habe, laß dir Zeit und denke nach und du wirst nicht ein neues Verbrechen begehen. Ich will dich festhalten – du kannst mich nicht abschütteln. Bill, Bill, um Himmelswillen, um deinetwillen, um meinetwillen denk' nach, bevor du mich umbringst. Ich bin dir treu geblieben, so wahr mir Gott helfe.«

Mit aller Kraft kämpfte Sikes, um seine Arme frei zu kriegen, aber die des Mädchens schlangen sich so fest um ihn, daß es ihm nicht gelang.

»Bill«, schrie Nancy und versuchte, ihren Kopf an seine Brust zu legen, »der alte Herr und das liebe Fräulein haben mir heute Nacht erzählt von einer Heimat, die wir in einem fremden Lande haben können. Laß mich wieder zu ihnen, und ich werde sie auf den Knien bitten, daß sie dir dieselbe Barmherzigkeit erweisen, wie sie mir sie angeboten haben. Wir wollen dann beide fort von hier und ein andres Leben anfangen. Zur Reue ist es nie zu spät, das haben sie mir gesagt – und ich fühle, sie haben recht. Aber wir müssen Zeit haben – nur ein wenig Zeit noch.«

Da bekam der Verbrecher einen Arm frei und faßte nach seiner Pistole. Eine Sekundelang überlegte er, ob er losdrücken sollte, dann sagte er sich, das würde ihn verraten. Mit aller Kraft, die er aufwenden konnte, schlug er in das nach aufwärts gekehrte Gesicht des Mädchens, das fast das seinige berührte.

Sie taumelte und fiel, blind von dem Blut, das ihr aus einer klaffenden Wunde von der Stirn in die Augen lief. Mühsam erhob sie sich nocheinmal auf die Knie und zog aus ihrem Brustlatz ein weißes Tuch – das Tuch Rose Maylies –, sie hielt es mit gefalteten Händen in die Höhe und murmelte ein Gebet um Erbarmen zum Himmel empor.

Es war ein grausiges Bild.

Der Mörder taumelte zurück, bedeckte die Augen mit der Hand, um Nancy nicht mehr zu sehen, dann packte er einen Knüttel und schlug sie zu Boden.

48. Kapitel

Sikes' Flucht

Von allen bösen Taten, die Sikes jemals begangen, war diese wohl die schlimmste.

Die Sonne, die dem Menschen neues Leben und Hoffnung bringt, warf ihre ersten Strahlen über die belebte Stadt in klarer leuchtender Glorie. Durch farbiges Glas in den Dom der Kathedrale und durch papierverklebte Fenster in arme Bodenluken warf sie denselben Schein und erhellte auch das Zimmer, in dem das ermordete Mädchen lag. Sikes versuchte, das Licht auszusperren, aber immer wieder strebte es herein.

Er hatte sich vor Furcht nicht hinausgewagt. Hie und da hatte Nancy noch aufgestöhnt und mit den Händen gezuckt, und dann packte ihn das Entsetzen, und in sinnloser Wut schlug er immer wieder nach ihr. Er hatte eine Decke über sie geworfen, aber immer glaubte er sich von ihren toten Augen verfolgt, und das war weit entsetzlicher, als hätte sie ihn wirklich angeblickt. Dann stierten ihre Augen starr nach aufwärts, als er die Decke plötzlich wieder weggerissen. Da lag sie als Leiche – Fleisch und Blut – aber was für Fleisch und wieviel Blut!

Sikes brannte die Kerze an, entzündete ein Feuer und warf den Knüttel hinein. An einem Ende klebte Haar, das in der Glut verprasselte und, vom Luftzug gepackt, in den Schornstein hinaufgerissen wurde. Das Entsetzen schüttelte ihn, aber er hielt die Waffe fest, bis sie zerloderte und zu Asche verbrannte. Dann wusch er sich und bürstete sich die Kleider. Es waren Flecken drin, die sich nicht herauswaschen ließen. Er schnitt die Stücke heraus und verbrannte sie. Die ganze Stube war voll Blutflecken, alles, selbst die Füße des Hundes waren blutig.

Nicht ein einziges Mal hatte er dem Leichnam den Rücken zugekehrt, nicht einen Augenblick lang. Als er den Knüttel vernichtet und seine Kleider gesäubert hatte, schritt er rücklings der Türe zu, den Hund nach sich zerrend, damit er sich die Füße nicht beflecke und nicht frische Spuren des Mordes auf die Straße hinaustrüge. Leise schloß er die Türe und drehte den Schlüssel herum. Er schritt hinüber auf die andre Seite der Straße und sah zu den Fenstern empor, um sich zu vergewissern, daß man von draußen nichts Verdächtiges sehen konnte. Noch immer war die Gardine vorgezogen, die Nancy hatte zurückrollen wollen, um das Licht einzulassen, das sie nie wieder sehen sollte. Dicht darunter mußte ihre Leiche liegen, er wußte es genau. Unwillkürlich stellte er sich vor, wie die Sonne dorthin Flecken warf.

Er blickte wieder empor. Es war ihm eine Erleichterung, sich in frischer Luft zu wissen. Er pfiff seinem Hund und ging eilends davon.

Er ging durch Islington, schritt Highgate hinauf, ohne sich darüber klar zu sein, wohin ihn sein Weg führen solle. Er strich über die Felder am Walde hin und gelangte nach Hampstead Heath. Schließlich legte er sich unter eine Hecke und schlief ein.

Doch bald war er wieder auf den Beinen und irrte umher, um sich abermals an einem Grabenrand zur Ruhe niederzustrecken. Aber wieder ließ es ihm keine Ruhe, und er suchte sich einen andern Fleck, um dann von neuem und wieder von neuem querfeldein zu laufen.

Der Ort Hendon fiel ihm ein. Das Dorf lag nicht allzuweit und abgelegen. Dorthin lenkte er seine Schritte. Manchmal rannte er wie besessen, manchmal schlich er wie eine Schnecke und blieb stehen und schlug mit seinem Stock faul in die Sträucher. In Hendon angelangt, traf er Leute und jeder schien ihn, wie es ihm vorkam, argwöhnisch anzusehen. Er fand nicht den Mut, sich einen Schluck zu trinken oder einen Bissen zu essen zu kaufen, trotzdem er schon seit vielen Stunden nichts über die Lippen gebracht hatte.

Meilen und Meilen wanderte er, und doch kam er wieder

zurück auf den alten Fleck. Der Mittag war bereits vorbei und der Tag neigte sich zu Ende. Endlich raffte er sich auf und schlug die Richtung nach Hatfield ein.
Aufs Äußerste erschöpft – auch sein Hund lahmte – schlich er sich in ein ärmliches Wirtshaus, dessen Licht er von weitem hatte brennen sehen.
Ein paar Bauern saßen um einen Krug herum. Sie rückten zusammen, um ihm Platz zu machen, aber er setzte sich in den entferntesten Winkel, aß und trank und warf zuweilen seinem Hund einen Bissen hin.
Die Unterhaltung der Gäste drehte sich um die Ackerfelder, und dann sprachen sie über den und jenen Nachbarn und andre gleichgültige Dinge.
In ihren Reden klang nichts durch, was den Mörder hätte stutzig machen können. Nachdem er seine Zeche bezahlt, setzte er sich still in eine Ecke und war beinahe eingeschlafen, als er durch einen Lärm, den ein eintretender neuer Gast verursachte, geweckt wurde.
Es war ein Mensch, halb Hausierer, halb Quacksalber, wie sie im Lande umherwandern, um Schleifsteine, Rasierriemen, Messer, Fleckseife, Arzeneien für Tiere, billige Parfüms, Salben und allerhand Waren zu verkaufen, und trug sein Zeug in einem Kasten, den er auf den Rücken geschnallt hatte.
»Was haben Sie denn da Gutes?« fragte grinsend ein Bauer und deutete auf einen Gegenstand in der Ecke des Kastens.
»Das hier ist«, sagte der Mann, »das beste, unschätzbarste und unfehlbarste Universalfleckmittel gegen Rostflecke, Fettflecke, Schimmelflecke, Schmutzflecke, Tintenflecke, aus Atlas und Seide, aus Leinwand, Kattun und Tuch, aus Musselin und Teppichen und Wolle herauszubringen. Weinflecke, Beerenflecke, Ölflecke, kurz, alle Flecke gehen heraus mit diesem Mittel. Wenn eine Dame einen Fleck auf der Ehr hat, braucht sie nur so ein Ding zu verschlucken, und der Fleck ist weg – es ist nämlich giftig«, setzte der Mann hinzu. »Wenn ein Herr seine

Ehre wieder weiß waschen will, braucht er nur den vierten Teil herunterzuschlucken, dann ist seine Ehre ganz wieder hergestellt – eben, weil das Ding giftig ist. Und bloß einen Penny kostet ein Viertelstück, bloß einen Penny.«

Sofort fanden sich zwei Käufer für dieses Fleckmittel, und die anderen schwankten, ob sie nicht auch ihr Geld dafür hergeben sollten. Als der Hausierer es bemerkte, wurde er noch beredter.

»Alles geht damit heraus«, sprudelte er hervor, »Weinflecke, Obstflecke, Beerenflecke, Farbflecke, Schmutzflecke – sogar Blutflecke. Hier zum Beispiel, auf diesem Hut dort an der Wand sehe ich einen Fleck, den ich sogleich entfernen will.«

»Halt«, schrie Sikes und sprang auf. »Her damit, das ist mein Hut.«

»Ich will Ihnen doch bloß einen Fleck herausputzen«, entschuldigte sich der Hausierer und zwinkerte der Gesellschaft zu. »Ehe Sie noch durch die Stube laufen können und sich den Hut holen, ist der Fleck schon draußen. Sehen Sie, meine Herrschaften, hier diesen dunklen Fleck auf dem Hute dieses Herrn. Der Fleck ist nicht größer als ein Schilling, aber dicker als eine halbe Krone. Ob das ein Weinfleck ist oder ein Obstfleck oder ein Schmutzfleck – oder ein Blutfleck –«

Weiter kam der Hausierer nicht, denn Sikes streckte ihn mit einem Hieb zu Boden, entriß ihm den Hut und raste hinaus.

Als er sah, daß er nicht verfolgt wurde, und sich klarlegte, daß ihn die Leute wahrscheinlich nur für einen betrunkenen Raufbold halten würden, wanderte er nach der Stadt zurück. Er wich dem Laternenschein eines Postwagens aus, der auf der Straße hielt, und ging wieder zurück. Er fühlte dumpf, was jetzt kommen würde, aber er kehrte dennoch um, schritt hinüber über die Straße und horchte am Stationsgebäude.

Der Postkutscher stand draußen und wartete auf den

Briefbeutel. »Nichts Neues?« fragte der Schaffner. »Hol' der Teufel die ganze Post. Noch immer haben wir nicht alles beisammen.«

»Nein, nichts Neues, soweit ich gehört habe«, antwortete der Gefragte und zog seinen Handschuh aus. »Das Getreide ist ein bissel gestiegen, und dann hab' ich auch – von einem Mord reden hören unten bei Spitalfield – aber ich glaube, es ist nur so ein Gerede.«

»O nein, die Sache ist wahr«, mischte sich ein Herr, der drinnen im Wagen saß und aus dem Fenster herausblickte, ins Gespräch. »Es ist ein furchtbarer Mord geschehen.«

»Wer ist denn ermordet worden, Sir?« fragte der Schaffner und griff an seinen Hut.

»Eine Frau.«

»Na, wird's bald«, rief der Beamte, der den Dienst zu überwachen hatte; »na wirds bald?!«

»Na ja, es wird schon bald«, brummte der Schaffner. »Das sagt das junge Frauenzimmer mit Geld auch immer, die sich in mich verliebt hat – ich erfahr' bloß nicht: wann. Also, los, hü hott!«

Das Posthorn blies eine lustige Weise, und der Wagen rollte davon.

Sikes blieb auf der Straße stehen. Was er eben gehört, mußte an seinem Ohr offenbar spurlos vorübergegangen sein, denn nichts an ihm verriet Erregung. Noch immer stand er unter dem Bann des Gedankens, wohin er sich wohl wenden solle. Ohne zu wissen warum, schlug er den Weg ein, der nach St. Albans führte.

Trotzig schritt er dahin. Als er aber weiter in die Dunkelheit und Einsamkeit der Straße geriet, fühlte er immer deutlicher, wie ihn das Entsetzen überschlich und ihm Schauer über Schauer über den Rücken lief. Jeder Gegenstand, der vor ihm auftauchte, nahm das Aussehen von irgendetwas Schrecklichem an. Seine Sinne schärften sich. Er hörte das Rauschen seiner eigenen Kleidung, und jeder Windstoß, der ihn berührte, schien das Echo von Nancys letztem leisen Aufschrei zu ihm zu tragen. Er sah ein Ge-

spenst vor sich. Wenn er stehen blieb, blieb das Gespenst ebenfalls stehen. Wenn er rannte, folgte es ihm. Er hätte erleichtert aufgeatmet, wenn es eine wirkliche Leiche gewesen wäre. Manchmal wollte er sich verzweifelt umdrehen, um das Gespenst mit einem Schlage von sich zu vertreiben, und wenn es ihn das Leben kosten sollte. Aber das Haar sträubte sich ihm, denn das Gespenst hatte sich dann mit ihm umgedreht und war wieder hinter ihm. Den ganzen Morgen hatte er es vor sich gesehen, aber jetzt war's plötzlich hinter ihm; immerwährend. Er lehnte sich mit dem Rücken an eine Bank und fühlte, daß es vor ihm stand. Er sah es am kalten Nachthimmel. Er warf sich auf die Straße nieder – damit er rücklings darauf zu liegen kam, da stand es an seinem Kopfe still, regungslos und kerzengerade, ohne sich zu rühren, ein lebendiger Grabstein, die Grabschrift mit Blut geschrieben.
Auf einem Feld, das er überquerte, stand ein Heuschober, der ihm ein Obdach für die Nacht bot. Vor dem Eingang standen drei Pappeln, die den Raum im Schuppen verfinsterten, und der Wind heulte in ihrem Geäst stöhnend und ächzend. Sikes war nicht imstande weiterzugehen, bevor es nicht Tag geworden. Dicht an der Mauer streckte er sich im Schuppen nieder, um neue Qualen zu erleben.
Das Phantom stand vor ihm, starr wie die, vor der er geflohen war, nur weit schrecklicher. Ihre weit aufgerissenen, ins Leere starrenden Augen – glanzlos und gläsern –, erschienen vor ihm mitten in der Finsternis. Schloß er die Lider, sogleich sah er im Geiste das Zimmer wieder mit all den wohlbekannten Gegenständen darin. Und noch lag der Leichnam dort, wo sie niedergestürzt war. Er stand auf und raste hinaus, kam wieder zurück und legte sich nieder. Kalter Schweiß brach ihm aus allen Poren. Da, wie aus weiter Ferne, trug der Nachtwind lautes Geschrei und Stimmengelärm zu ihm herüber. Er ermannte sich, wie immer, wenn sich greifbare Gefahr ihm gegenüberstellte – er sprang auf die Füße und stürzte ins Freie hinaus. Der ganze Himmel schien ein Feuermeer. Das Geschrei wurde

lauter und lauter, und er konnte den Ruf: Feuer, Feuer! deutlich unterscheiden. Dazwischen hinein rasten die Sturmglocken und der Fall von schweren Gegenständen, und das Knistern und Prasseln von Lohe drang zu ihm herüber. Er stürzte vorwärts, geradeaus, mitten durch Gesträuch und Gestrüpp; sein Hund mit lautem scharfem Gebell vor ihm her.

Er lief zur Brandstätte.

Halbnackte Gestalten eilten dort hin und her, zum Teil bemüht, geängstigte Pferde aus den Ställen zu ziehen, andre trieben das Vieh auf den Hof und aus den Nebengebäuden, und überall stürzten rotglühende Balken hernieder. Mauern schwankten und fielen zusammen, prasselnde Funken aufwirbelnd, geschmolzenes Blei und anderes Metall sickerte weißglühend nieder auf die Erde. Weiber und Kinder kreischten und Männer riefen einander zu. Es war ein entsetzliches Getöse. Auch Sikes schrie mit, bis er heiser war, und warf sich hinein in das dichteste Gewühl.

Da und dort tauchte er auf, bald an den Pumpen, bald wieder stürmte er durch den Rauch in die Flammen, immer bemüht, sich hervorzutun und mitzuarbeiten, wo der Tumult am lautesten tobte, über Ziegel und Steinbrocken hinweg. Überall, wo es auflohte, war er der Wagemutigste. Aber nicht ein Splitter ritzte ihn, sein Leben schien wie gefeit.

Als die furchtbare Aufregung vorüber war, da kehrte ihm das entsetzliche Bewußtsein seines Verbrechens zurück. Mißtrauisch sah er sich um, denn die Männer standen in Gruppen beisammen und sprachen miteinander, und er fürchtete, der Gegenstand ihrer Unterhaltung zu sein.

Er gab seinem Hund ein kurzes Zeichen und wollte sich wegschleichen. Er mußte an der Spritze vorüber, auf der mehrere Männer saßen. Sie riefen ihm zu, an der Stärkung, die sie zu sich nahmen, teilzunehmen. Er aß ein bißchen Brot und Fleisch und nahm einen Schluck Bier. Da hörte

er wieder die Menschen, die aus London gekommen waren, über den Mord sprechen.
»Er ist nach Birmingham, sagt man«, erzählte der eine, »aber sie werden ihn schon kriegen. Die Patrouillen sind hinter ihm her. Noch ein paar Stunden, und das ganze Land ist alarmiert.«
Sikes lief davon und wanderte weiter, bis er fast zusammenbrach. Dann legte er sich hinter einer Hecke nieder und schlief einen langen, aber oft unterbrochenen, unruhigen Schlaf. Und wieder wanderte er weiter und weiter, bis er fast zu Boden sank. Plötzlich faßte er den verzweifelten Entschluß, nach London zurückzukehren.
»Dort ist doch wenigstens jemand, mit dem man reden kann, und verstecken kann man sich auch«, sagte er sich. »Wenn sie mich schon auf dem Lande suchen, werden sie mich in der Stadt nicht mehr vermuten. Wenn ich dann aus Fagin einen ordentlichen Batzen Geld herausgepreßt hab', fahr' ich nach Frankreich hinüber. Hol's der Teufel! Ich wag's!«
Kurz entschlossen schlug er die gerade Richtung nach der Hauptstadt ein.
Da fiel ihm plötzlich sein Hund ein. Hatten dessen Pfoten Blutspuren hinterlassen, so würde man nach ihm suchen, und wenn man ihn fand, konnte das alles verraten. Sikes faßte den Entschluß, das Tier zu ersäufen. Er hob unterwegs einen schweren Stein vom Boden und knüpfte ihn in sein Taschentuch, sich immerwährend nach einem Teich oder dergleichen umsehend.
Der Köter blickte seinem Herrn, als dieser seine Vorkehrungen traf, beständig ins Gesicht. Ob er etwas ahnen mochte oder nicht, jedenfalls blieb er weiter als sonst hinter seinem Herrn zurück und kroch geduckter und langsamer einher, als es bisher geschehen war. Als sein Herr am Rande eines Teiches stehen blieb, blieb auch er stehen und rührte sich nicht.
»Hierher, hierher«, schrie Sikes.
Das Tier kam herangekrochen, denn die Gewohnheit war

zu stark, als daß er nicht gehorcht hätte. Als aber Sikes sich bückte, um ihm das Taschentuch um den Hals zu binden, stieß der Hund ein dumpfes Knurren aus und wich zurück.

»Hierher«, schrie der Einbrecher.

Der Hund wedelte, rührte sich aber nicht vom Fleck.

Sikes knüpfte eine Schlinge und rief das Tier abermals. Der Hund tat ein paar Schritte vorwärts, dann aber machte er plötzlich kehrt und – lief über die Felder hin, so rasch ihn seine Beine tragen wollten.

Sikes pfiff und pfiff und setzte sich und wartete in der Hoffnung, der Hund werde zurückkommen. Aber das Tier ließ sich nicht mehr blicken, und schließlich machte sich Sikes allein wieder auf seinen Weg nach London.

49. Kapitel

Monks und Mr. Brownlow treffen zusammen

Es dunkelte bereits, als Mr. Brownlow mit zwei Männern, die einen dritten hielten und durch das geöffnete Tor drängten, vor seinem Hause einer Droschke entstieg. Schweigend ging Mr. Brownlow voran; widerstrebend folgte ihm Monks, von den beiden handfesten Männern geführt.

An der Türe blieb Monks stehen und schien sich weigern zu wollen, weiterzugehen.

»Entweder – oder«, sagte Brownlow entschlossen. »Wenn er nicht pariert, dann schleppt ihr ihn einfach auf die Straße hinunter, ruft nach der Polizei und klagt ihn in meinem Namen als Verbrecher an.«

»Wie können Sie sich unterstehen –?« fuhr Monks auf.

»Und wie können Sie sich unterstehen, mich zum Äußersten zu drängen«, unterbrach ihn Mr. Brownlow. »Gut, lassen Sie ihn los. So, Sir, jetzt können Sie gehen, wohin

Sie wollen, aber ich gebe Ihnen mein Wort, im nächsten Augenblick werden Sie wegen Betrug und Diebstahl verhaftet sein. Ich bin fest entschlossen – tun Sie was Sie wollen, Ihr Blut komme auf Ihr eigenes Haupt.«

»Wer hat Ihnen erlaubt, mich auf offener Straße aufgreifen und von diesen Halunken hierher bringen zu lassen!«

»Das habe ich allein zu verantworten«, erwiderte Mr. Brownlow. »Sie können sich ja wegen Freiheitsberaubung beklagen; es hat in Ihrer Gewalt gestanden, sich zu entfernen – während der ganzen Fahrt, aber es erschien Ihnen ratsam, sich still zu verhalten. Wenn Sie die Behörden gegen mich anrufen wollen – tun Sie es, aber sein Sie überzeugt, daß ich dann nicht Gnade für Recht ergehen lassen werde.«

Monks war unschlüssig.

»Besinnen Sie sich rasch«, fuhr Mr. Brownlow gelassen fort. »Wenn Sie wünschen, daß ich meine Anklagen öffentlich vorbringe und Sie der Polizei übergebe, so wissen Sie, was Sie zu tun haben. Wenn Sie dagegen meiner Nachsicht vertrauen und der Milde derer, denen Sie schweres Unrecht zugefügt haben, dann setzen Sie sich hier auf diesen Stuhl. Er ist bereits seit zwei Tagen für Sie vorbereitet.«

Monks murmelte etwas Unverständliches vor sich hin, zögerte aber noch immer.

»Beeilen Sie sich«, sagte Mr. Brownlow kalt. »Ein Wort von mir, und es gibt für Sie keine Wahl mehr.«

»Gibt es –«, fragte Monks mit bebender Stimme, »– gibt es – keinen Mittelweg?«

»Keinen.«

Monks blickte den alten Herrn ängstlich an, dann schritt er in das Zimmer voraus und setzte sich achselzuckend nieder.

»Verriegelt ihr die Türe von draußen«, befahl Mr. Brownlow den beiden Männern, »und kommt erst herein, wenn ich klingele.«

Die Männer gehorchten.

»Das ist ja eine recht hübsche Behandlung, Sir«, begann Monks und legte Hut und Mantel ab, als sie allein waren, »– und noch dazu von dem ältesten Freund meines Vaters.«
»Eben weil ich der älteste Freund Ihres Vaters war, junger Mann«, erwiderte Mr. Brownlow, »und weil einst die schönsten Hoffnungen meiner Jugendzeit mit ihm verknüpft waren und dem holden Wesen, das so frühzeitig von der Erde genommen wurde und mich einsam hier zurückließ – und einst meine Frau hätte werden sollen, und weil mein freudearmes Herz an ihm hing seit jener Zeit und ihm treu blieb bis zum Tode –, eben deshalb lasse ich noch immer Milde gegen Sie walten. Ja, ja, Edward Leeford, noch immer lasse ich Milde Ihnen gegenüber walten, – Ihnen gegenüber, der Sie erröten müßten, dieses Namens so unwürdig zu sein.«
»Was hat das alles mit der Sache zu tun?« fragte Monks verstockt.
»Nichts«, antwortete Mr. Brownlow. »Ich weiß, der Name gilt Ihnen nichts. Aber es war *ihr* Name, und ich kann nur sagen, es freut mich, daß Sie ihn abgelegt haben – ja, ja, es freut mich.«
»Das alles klingt wunderschön«, begann Monks wieder nach einer Pause, »aber was wollen Sie von mir?«
»Sie haben einen Bruder, dessen Name ich Ihnen nur ins Ohr zu flüstern brauchte, als ich auf der Straße hinter Ihnen her kam – und es hatte genügt, daß Sie sich nicht weiter zur Wehr setzten.«
»Ich habe keinen Bruder«, fuhr Monks auf. »Sie wissen, daß ich der einzige Sohn meines Vaters bin. Sie wissen das so gut wie ich.«
»Hören Sie jetzt auf das, was ich weiß und was Sie vielleicht noch nicht wissen«, sagte Mr. Brownlow. »Die Angelegenheit wird Sie schon interessieren. Ich weiß, daß Sie der einzige und entartete Sproß jener Ehe sind, die Ihr unglücklicher Vater aus falschem Ehrgeiz, fast als er noch ein Knabe war, geschlossen hat – jawohl, der einzige und entartete Sprößling.«

»Lassen Sie, bitte, Ihre Injurien beiseite – sie verfehlen ihre Wirkung«, unterbrach ihn Monks höhnisch.

»Ich weiß ferner«, fuhr der alte Herr unbeirrt fort, »welches Elend und jahrelanges Herzeleid jene schändlich gekuppelte Ehe zur Folge hatte; ich weiß, wie das unglückliche Paar mit Ketten beladen sein Leben dahinschleppte, ich weiß, wie auf kalte Förmlichkeit offener Zwist folgte, und Mißfallen auf Gleichgültigkeit, und Haß auf Mißfallen, und Abscheu auf Haß, bis endlich beide die Ketten zerrissen. Aber am Herzen Ihres Vaters nagte diese unglückliche Ehe noch jahrelang.«

»Ja, ja, sie ließen sich scheiden«, gab Monks zu, »aber was weiter?«

»Als sie für eine Zeitlang getrennt lebten«, fuhr Mr. Brownlow fort, »und Ihre Mutter sich dem auf dem Kontinente üblichen lockeren Lebenswandel hingab, während ihr Gatte, der um viele Jahre jünger war als sie, einsam in England lebte, aller Hoffnungen auf eine bessere Zukunft beraubt, da schaffte er sich schließlich einen neuen Freundeskreis. Diese Tatsache kennen Sie doch wenigstens?«

»Nein«, sagte Monks, »ich kenne sie nicht«, und er stampfte entschlossen auf den Boden, »nein, ich kenne sie nicht.«

»Ihr Gesicht sagt mir, daß Sie es wohl wissen und mit Bitterkeit des Umstandes gedenken«, versetzte Mr. Brownlow. »Ich spreche von einer Zeit, die jetzt fast fünfzehn Jahre zurückliegt. Sie waren damals nicht älter als fünf Jahre und Ihr Vater erst einundvierzig. Soll ich auf die Ereignisse zurückgreifen, die kurz darauf folgten, oder wollen Sie mir das ersparen und mir selber die Wahrheit enthüllen?«

»Ich habe nichts zu enthüllen«, versetzte Monks. »Es wird Ihnen nichts andres übrig bleiben, als die Sache selber zur Sprache zu bringen.«

»Also: diese neuen Freunde«, begann Mr. Brownlow wieder, »waren ein Marineoffizier, der im Ruhestand lebte und dem ein halbes Jahr vorher die Gattin starb. Sie ließ zwei Kinder zurück; beides Mädchen. Die eine neunzehn, die andre damals ein Kind noch von zwei bis drei Jahren.«

»Wozu erzählen Sie mir das alles?« fragte Monks spöttisch.

»Sie wohnten in einer Gegend«, erzählte Mr. Brownlow weiter, ohne auf die Unterbrechung zu achten, »wo Ihr Vater schließlich seinen Aufenthalt genommen hatte. Bekanntschaft, näherer Verkehr und Freundschaft folgten einander. Ihr Vater besaß Gaben, wie sie wohl wenigen Menschen beschert sind: er war so gütig, so liebevoll und schön wie seine Schwester, und je genauer ihn der alte Offizier kennenlernte, desto lieber gewann er ihn. Ich wollte, es wäre dabei geblieben. Aber eines Tages ging es seiner Tochter geradeso wie ihm.«

Der alte Herr hielt inne. Monks biß sich auf die Lippen und schlug die Augen zu Boden.

»Nach einem Jahr galt Ihr Vater als Bräutigam des Mädchens«, fuhr der alte Herr fort. »Und dieses edle, makellose Mädchen schenkte ihm ihre erste, wahre und innige Liebe.«

»Ihre Erzählung ist ein wenig langwierig«, bemerkte Monks, unruhig auf seinem Sessel hin und her rückend.

»Wahre und traurige Geschichten«, versetze Mr. Brownlow, »pflegen immer lang zu sein. Wäre sie unwahr und glücklich gewesen, wäre sie wahrscheinlich sehr kurz. Eines Tages starb jener reiche Verwandte Ihres Vaters, dem zuliebe die erste unglückliche Ehe geschlossen worden war, und hinterließ Ihrem Vater als Heilmittel für sein verpfuschtes Leben – Geld. Ihr Vater mußte nach Rom reisen, wo der Erblasser gestorben war, um die Angelegenheiten zu ordnen. Er erkrankte am selben Tag, als er ankam, und starb kurz darauf ohne Testament, so daß sein ganzes Vermögen Ihrer Mutter und Ihnen zufiel.«

Monks hatte den Atem angehalten und hörte jetzt Mr. Brownlow gespannt zu. Als dieser schwieg, fuhr er sich erleichtert mit dem Taschentuch über sein erhitztes Gesicht.

Den festen Blick auf ihn gerichtet, fuhr Mr. Brownlow fort: »Bevor Ihr Vater jedoch England verließ, kam er zu mir.«

»Davon hab' ich noch nie gehört«, unterbrach ihn Monks in einem Ton, der Unglauben ausdrücken sollte, jedoch nur schlecht seine unangenehme Überraschung verbarg.

»Er kam zu mir und ließ unter anderem ein Bild zurück, das er selbst gemalt und das das unglückliche Mädchen darstellte, das er ja nicht mit nach Rom nehmen konnte, da die Reise zu plötzlich gekommen war. Er war voll Angst und Unruhe und von Gewissensbissen fast bis zum Schatten abgezehrt. Er sprach verstört von Ruin und Entehrung, an denen er schuld sei, und vertraute mir an, sein Plan sei, alles, was er besäße, zu Geld zu machen, um seiner Frau und Ihnen einen Teil davon auszusetzen und dann England zu verlassen. Ich erriet, daß er vorhatte, nicht allein zu fliehen. Aber selbst mir gegenüber, seinem alten Jugendfreund, dessen innige Liebe in der heiligen Erde wurzelt, die jetzt ein liebes Wesen deckt, das uns beiden teuer war – selbst mir gegenüber sprach er sich nicht völlig aus und versprach mir bloß, mir noch einmal zu schreiben, mir alles zu sagen und mich dann zum letztenmal auf dieser Erde zu besuchen. Ich erhielt aber weder einen Brief von ihm, noch habe ich ihn je wiedergesehen.«

Nach kurzem Schweigen fuhr Mr. Brownlow fort:

»Als ich hörte, daß er tot war, begab ich mich an den Schauplatz seiner – wie die Welt es nennen würde – sündigen Liebe, um dem Mädchen, das ihm seine Liebe geschenkt hatte, eine Zuflucht anzubieten. Die Familie hatte jedoch kurze Zeit vorher die Grafschaft verlassen und war bei Nacht und Nebel fortgezogen. Weshalb und wohin, konnte ich nicht erfahren.«

Monks atmete auf und lächelte triumphierend.

»Als Ihr Bruder«, setzte Mr. Brownlow, seinen Stuhl näher an Monks heranrückend, fort, »als Ihr Bruder – ein elendes verwahrlostes Kind – durch eine Fügung des

Himmels zu mir geführt und vom Verderben gerettet wurde –«

»Was sagen Sie da!« rief Monks.

»Durch mich aus einer Umgebung von Verbrechern errettet wurde –«, wiederholte Mr. Brownlow. »Ich habe Ihnen doch gesagt, daß meine Erzählung Sie interessieren würde! Ihr verbrecherischer Genosse hat, wie ich merke, meinen Namen verschwiegen, da er ja nicht annehmen konnte, er sei Ihnen bekannt. – Als das arme Kind, wie ich vorhin sagte, durch mich befreit wurde und in meinem Haus nach schwerer Krankheit genas, da fiel mir schon die Ähnlichkeit mit dem Bilde auf, das mir Ihr Vater gab. Als ich das Kind das erste Mal in seinem Elend sah, lag ein Ausdruck in seinem Gesicht, der mich berührte wie ein Traumgesicht aus alter Zeit. Daß das Kind später entführt wurde, ehe ich alles Nähere über seine Vergangenheit erfuhr, das wissen Sie so gut wie ich. Das brauche ich Ihnen nicht erst zu erzählen.«

»Wieso nicht?« fragte Monks hastig.

»Weil Sie es bereits wissen.«

»Ich?«

»Lassen Sie die Lügen beiseite«, versetzte Mr. Brownlow kühl. »Ich werde Ihnen beweisen, daß ich noch viel genauer eingeweiht bin.«

»Sie können mir nichts beweisen! Sie nicht!« stotterte Monks. »Versuchen Sie es doch.«

»Wir werden ja sehen«, sagte der alte Herr und faßte Monks fest ins Auge. »Also: das Kind wurde mir entführt, und alle meine Bemühungen, es wiederzufinden, waren vergeblich. Da Ihre Mutter tot war, waren Sie der einzige, der das Geheimnis lösen konnte, und da Sie sich, wie ich wußte, nach dem Tod Ihrer Mutter, um sich den Folgen schlimmen Lebenswandels zu entziehen, nach Westindien geflüchtet hatten, so folgte ich Ihnen da hin vor einiger Zeit. Sie hätten Westindien schon seit Monaten verlassen, hieß es dort, wahrscheinlich, um wieder nach London zurückzukehren. Wo Sie sich aber befänden, wußte mir niemand zu sagen. Unverrichteter Sache kehrte ich zurück. Niemand Ihrer früheren Bekannten wußte von Ihrem Verbleib. Bei Tag und Nacht streckte ich meine Fühler aus, aber bis heute – bis vor zwei Stunden – waren alle meine Bemühungen vergebens.«

»Nun, jetzt haben Sie mich ja glücklich gefunden«, sagte Monks und stand trotzig auf. »Also, was weiter? Betrug und Diebstahl sind Worte, die sich leicht aussprechen, aber schwer rechtfertigen lassen. Sie faseln da etwas daher von einem Bruder, den ich angeblich hätte, dabei wissen Sie gar nicht einmal, ob die Betreffende überhaupt ein Kind geboren hat.«

»Ich weiß es erst seit vierzehn Tagen«, erwiderte Mr. Brownlow, ebenfalls aufstehend. »Sie haben einen Bruder, das wissen Sie, und Sie kennen ihn. Es war ein Testament vorhanden, aber Ihre Mutter vernichtete es, vertraute Ihnen das Geheimnis an, ehe sie starb, und legte den unrechtmäßigen Gewinn in Ihre Hände. In dem Testamente stand, es sei die Geburt eines Kindes zu erwarten, und das Kind kam auch zur Welt. Der Zufall führte Ihnen dieses Kind in den Weg, und als Sie es zum erstenmal sahen, erwachte infolge der Ähnlichkeit mit dem Vater in Ihnen der Argwohn. Sie gingen in das Haus, wo es geboren wurde, und die Beweise über seine Herkunft vernichteten Sie; – *die einzigen Beweise für die Herkunft des Knaben liegen auf dem Grunde des Flusses, und das alte Weib, das sie der Mutter stahl, fault in ihrem Sarge.* So waren Ihre eigenen Worte, die Sie zu Ihrem Helfershelfer, dem Juden, gesprochen haben. Sie sind ein Unwürdiger, ein Lügner, ein Feigling und ein Genosse von Dieben und Verbrechern. Sie haben nach dem Leben eines Mitmenschen getrachtet, der tausendmal besser ist als Sie. Von Jugend an waren Sie Ihrem Vater ein entarteter Sohn. Es gibt kein Laster und keine böse Leidenschaft, der Sie nicht gefrönt hätten, bis eine scheußliche Krankheit, die Ihnen auf dem Gesicht geschrieben steht, die Folge davon war, Edward Leeford. Wollen Sie das auch noch leugnen?«

»Nein, nein, nein«, rief Monks, zusammenbrechend unter der Last der Beschuldigungen.
»Jedes Wort«, rief der alte Herr, »das zwischen Ihnen und Ihrem Helfershelfer gewechselt wurde, kenne ich. Ein Schatten an der Wand hat Ihnen zugehört und es mir verraten. Ein Mord ist von Ihnen verübt worden, wenn auch nicht im körperlichen, so doch im geistigen Sinne.«
»Nein, nein«, unterbrach Monks, »davon weiß ich nichts – nichts. Ich war eben daran, der Sache nachzugehen, da ließen Sie mich festnehmen. Von dem Mord weiß ich nichts. Ich hielt ihn für die Folge eines Streites.«
»Der Mord, den *Sie* meinen, erfolgte, weil gewisse Geheimnisse, die Sie betrafen, uns verraten worden waren«, erwiderte Mr. Brownlow. »Wollen Sie uns jetzt das ganze Geheimnis enthüllen oder nicht?«
»Ja, das will ich tun.«
»Und den Sachverhalt mit Ihrer Unterschrift und vor Zeugen bestätigen?«
»Meinetwegen auch das.«
»Dann ist nur noch eines nötig«, schloß Mr. Brownlow, »– Sie müssen dem unschuldigen, ehrlichen Jungen, der niemandem etwas zu leide getan hat – Sie müssen dem armen Oliver wiedererstatten, was ihm gebührt. Sie kennen die Bestimmungen, die sein Vater zu seinen Gunsten testamentarisch niedergelegt hat. Wenn Sie das ausführen, können Sie gehen, wohin Sie wollen.«
Monks, von Furcht und Haß durchwühlt, schritt sinnend heftig auf und nieder, da wurde plötzlich die Türe aufgerissen und Mr. Losberne trat erregt ins Zimmer.
»Man ist dem Mörder auf der Fährte!« rief er. »Heute Abend noch wird man ihn verhaften können. Die Regierung hat eine Belohnung von hundert Pfund für seine Festnahme ausgesetzt.«
»Ich lege fünfzig dazu«, sagte Mr. Brownlow, »und werde es selbst, bis es so weit ist, an Ort und Stelle bekannt geben. Wo ist Mr. Maylie?«

»Harry ist fortgeritten, um mit den Verfolgern des Mörders zusammenzutreffen.«
»Und Fagin?«
»Bis jetzt ist er noch nicht ergriffen, wird es aber bald sein.«
»Haben Sie sich bereits entschlossen, Mister Monks?« fragte Mr. Brownlow flüsternd.
»Ja«, war die Antwort. »Aber versprechen Sie mir, alles geheimzuhalten?«
»Das will ich. Warten Sie, bis ich zurückkomme. Ihre Sicherheit hängt davon ab, daß Sie hier bleiben.«
Und Mr. Brownlow ging mit Mr. Losberne hinaus und verschloß die Türe hinter sich.
»Haben Sie etwas erreicht?« fragte der Doktor flüsternd.
»Vielleicht noch mehr, als ich hoffen konnte. Ich kombinierte mir aus dem, was das arme Mädchen gesagt hat, und dem, was ich schon früher wußte, das nötige und sagte es dem Kerl auf den Kopf zu. Wir müssen jetzt eine neue Zusammenkunft für übermorgen Abend festsetzen. Wir werden ein paar Stunden früher da sein, aber wir alle werden Ruhe brauchen, besonders die junge Dame. Mir kocht das Blut in den Adern, daß das arme ermordete Geschöpf noch nicht gerächt ist. Wohin gehen wir jetzt?«
»Eilen Sie direkt auf die Polizei«, riet Doktor Losberne, »ich werde hierbleiben.«
Und die beiden Herren nahmen hastig Abschied von einander, fiebernd vor Aufregung.

50. Kapitel

Vergebliche Verfolgung

Unweit des Themseufers, wo die Kirche von Rotherhithe steht und die Bauten schwarz und schmutzig und die Schiffe noch schwärzer von Kohlenstaub sind und die

niedrigen Häuser verräucherter noch als irgendwo anders in London, liegt wohl das unflätigste, widerwärtigste und unheimlichste Stadtviertel. Um dorthin zu gelangen, muß man sich durch ein Labyrinth schmaler, enger und schmutziger Straßen hindurchfinden, das von dem rohesten, ärmsten Teil der Flußuferbevölkerung dicht bewohnt ist. In den Läden liegen dort die wohlfeilsten und unappetitlichsten Nahrungsmittel gehäuft, die es geben kann; vor den Trödlerbuden hängen die schmierigsten Lumpen, und Arbeiter der niedrigsten Klasse, Lastträger, Kohlenfuhrleute, dann frech dreinblickende Dirnen und zerlumpte Kinder, kurz, der Auswurf des Themseufers drängt sich hier zusammen. Über Dockhead hinaus, in der Vorstadt Southwark, liegt die Jakobsinsel, von einem Sumpfgraben umschlossen, wohl sechs bis acht Fuß tief und fünfzehn bis zwanzig Fuß breit, wenn Flut ist. Ehemals Mill Town, jetzt Folly Ditch genannt, ist dieser Sumpf ein Themsearm, der von Schleusen reguliert wird. Steht man, wenn das Wasser eindringt, auf einer der Holzbrücken, die über den Graben führen, so kann man sehen, wie die Häuserbewohner von Hintertüren und Fenstern aus Eimer und Küchengeräte aller Art an den Mauern herablassen, um Wasser zu schöpfen, und erblickt hölzerne Galerien, die ein Dutzend Hinterhäuser mitsammen verbindet. Durch mit Papier verklebte und mit Lumpen verstopfte Fenster, aus denen Stangen hervorragen zum Wäschetrocknen, sieht man hinein in dumpfe finstere Stuben mit zerbröckelten schmutzigen Wänden.
Auf der Jakobsinsel fehlen die Dächer über den Speichern, die Wände sind gesprungen und seit dreißig bis vierzig Jahren, als der Konkurs eröffnet wurde über diese Baulichkeiten, wurde nichts mehr repariert, und jetzt ist die Gegend weiter nichts mehr als ein ödes wüstes Eiland.
In einem hochgelegenen Zimmer eines dieser Häuser, das wohl einer Ruine glich, dessen Türen und Fenster jedoch noch fest zu sein schienen, saßen drei Männer beisammen, in dumpfes Schweigen versunken. Sie starrten sich von

Zeit zu Zeit mit angsterfüllten Mienen an. Einer von ihnen war Toby Crackit, der zweite Mr. Chitling, der dritte ein Verbrecher von ungefähr fünfzig Jahren, dem einmal bei einer Rauferei die Nase eingeschlagen worden war und über dessen Gesicht eine furchtbare Narbe hinlief.
Es war ein entlassener Deportierter namens Kags.
»Sie hätten sich lieber eine andre Höhle aussuchen sollen, als die beiden andern zu heiß wurden«, sagte Toby zu Mr. Chitling, »anstatt hierher zu kommen, Sie Strohkopf.«
»Ja, ja, warum hast du's denn nicht getan, du Esel?« fragte Kags.
»Ich hab' geglaubt, ihr würdet euch über meine Anwesenheit freuen«, brummte Mr. Chitling trübselig.
Es trat eine kleine Pause ein. Dann wandte sich Toby Crackit wieder an Chitling mit der Frage: »Wann haben sie Fagin gefaßt?«
»Gerad' beim Mittagessen, heut' um zwei. Charley Bates und ich sind durch den Schornstein davon, und der Baldowerer wollte sich in dem leeren Waschfaß verstecken, aber sie haben seine langen Beine gesehen und haben ihn erwischt.«
»Und Betsy?«
»Ach, die arme Betsy, die ist sich die Leiche ansehen gegangen, und bei ihrem Anblick hat sie so den Verstand verloren, daß sie sich den Schädel hat einrennen wollen. Dann haben sie ihr eine Zwangsjacke angelegt und sie ins Irrenhaus gebracht. Sie ist noch immer dort.«
»Was ist aus Charley Bates geworden?« fragte Kags.
»Er kommt, sobald es dunkel wird. Er hat sich versteckt. Die ›Drei Krüppel‹ sind voll Polizisten.«
»Heut' wird noch so mancher dran glauben müssen«, brummte Toby und biß sich auf die Lippen.
»Es ist gerade Schwurgerichtssaison«, erzählte Kags. »Und wenn der Bolter gegen Fagin aussagt, so hängt der Jud', noch ehe die Woche um ist.«
»Wenn ihr bloß gehört hättet, wie die Leut' gebrüllt haben«, klagte Chitling. »Die Polizisten haben sich weh-

ren müssen aus Leibeskräften, sonst hätte ihnen die Menge den Juden aus den Händen gerissen. Er war schon ganz voll Blut und Dreck und hat sich an die Polizisten geklammert, als ob sie seine besten Freunde wären. Sie haben ihn in die Mitte genommen, und das Volk hat geschrien wie besessen, daß es ihm das Herz aus dem Leibe reißen möchte.«

Entsetzt und schweigend saßen die drei ein paar Minuten da, da hörten sie ein Geräusch auf der Treppe, und gleich darauf sprang Sikes' Hund in die Stube. Er mußte zum Fenster hereingesprungen sein, aber sie konnten es sich nicht erklären wieso; vielleicht war irgendwo noch eine Öffnung vorhanden? Sie spähten durch die Fenster hinab: Sikes war nirgends zu sehen.

»Was hat das zu bedeuten?« fragte Toby. »Hierher wird Sikes doch nicht kommen wollen. Ich will's nicht hoffen.«

»Wenn er die Absicht hätte, wäre er mit dem Hund zugleich gekommen«, meinte Kags und bückte sich zu dem keuchenden Hund nieder. »Gib ihm ein bißchen Wasser. Er ist zum Verrecken müd', scheint mir.«

»Er hat alles bis zum letzten Tropfen ausgesoffen«, sagte Mr. Chitling, nachdem er den Hund eine Zeitlang schweigend gemustert. »Das arme Vieh muß einen langen Weg gemacht haben, es ist fast lahm.«

»Er« – niemand, auch Toby nicht, nannte Sikes beim Namen – »kann sich doch nicht um die Ecke gebracht haben. Was meint ihr?« fragte Chitling.

Toby schüttelte den Kopf.

»Wenn er das getan hätte«, brummte Kags, »würde uns der Hund zu seiner Leiche hinführen. Nein, ich glaube, er ist übers Wasser hinüber und hat den Hund zurückgelassen.«

Es wurde allmählich finster, sie schlossen den Fensterladen, zündeten eine Kerze an und stellten sie auf den Tisch. Dann rückten sie ihre Stühle enger aneinander und schreckten zusammen bei jedem Geräusch, das hörbar wurde, und wenn sie sprachen, geschah es nur im Flüster-

ton, denn sie schienen von Furcht und Schrecken fast gelähmt. Eine Weile hatten sie so dagesessen, da klopfte es plötzlich heftig an der Türe unten.
»Es wird Charley Bates sein«, sagte Kags und schüttelte sich, um seine Angst niederzukämpfen.
Abermals klopfte es. Nein, das könne Bates nicht sein, der klopfe anders. Toby Crackit ging zum Fenster und zog gleich darauf blaß den Kopf wieder zurück. Die andern errieten sofort, wer draußen stand und geklopft hatte. Crackits Miene sagte es ihnen deutlich. Sofort stand auch der Hund auf und lief winselnd zur Türe.
»Wir müssen ihn hereinlassen«, murmelte Crackit, nahm die Kerze und kam bald darauf mit einem Menschen zurück, der kaum mehr Sikes glich, sondern eher wie ein Geist aussah. Die Wangen fahl, die Augen erloschen und tiefliegend, und Kinn und Wangen voll Bartstoppeln.
Sikes wollte sich auf einen Stuhl am Tisch setzen, dann schauderte er und schob den Stuhl an die Wand.
Keiner der Anwesenden hatte ein Wort gesprochen. Als Sikes endlich das Stillschweigen brach, schreckten die andern drei sichtbar zusammen.
»Wie ist der Hund hier ins Haus gekommen?« fragte Sikes.
»Allein. Vor ein paar Stunden.«
»In der Zeitung steht, sie hätten Fagin erwischt; ist das wahr oder aufgeschnitten?«
»Wahr.«
Wiederum Schweigen.
»Hölle und Teufel«, fuhr Sikes plötzlich auf und wischte sich mit der Hand über die Stirne. »Habt ihr mir denn gar nichts zu sagen?«
Die andern rückten nur stumm hin und her.
»Wollt ihr mich vielleicht ausliefern«, krächzte Sikes zu Crackit gewandt. »Oder was ist eigentlich? Laßt ihr mich hier, bis die Hetze vorbei ist?«
»Kannst schon bleiben, wenn du willst«, antwortete Toby zögernd.

Sikes blickte unschlüssig die Wand hinauf, dann sagte er plötzlich:
»Ist – ist – die – Leiche schon begraben?«
Die drei schüttelten die Köpfe.
»Warum nicht?« murmelte Sikes, wieder an der Wand hin und her blickend. »Warum ist sie noch über der Erde? Wer ist da! Wer klopft da?«
Crackit ging rasch hinaus und kam gleich darauf mit Charley Bates wieder zurück. Als Charley ins Zimmer trat, war der erste, den er sah, Sikes.
»Toby«, rief der Junge und wich zurück, als sich Sikes nach ihm umdrehte, »Toby, warum hast du mir das nicht unten gesagt?«
Sikes sah, wie die drei zusammenschreckten, und hielt dem Jungen die Hand hin, um sich bei ihm einzuschmeicheln. Man sah das Grausen in seinen Augen.
»Ich gehe in ein andres Zimmer«, sagte Charley Bates und wich noch weiter zurück.
»Charley«, schmeichelte Sikes und trat einen Schritt auf ihn zu, »kennst du mich denn nicht? – Kennst du mich denn nicht?«
»Komm nicht näher, komm nicht näher«, stotterte der Junge, wich bis zur Wand zurück und stieß dann schaudernd, dem Mörder ins Gesicht blickend, die Worte aus: »Fort, du Scheusal!«
Sikes blieb stehen, und beide blickten einander starr an. Dann schlug der Mörder allmählich die Augen zu Boden.
»Ihr seid alle drei Zeugen«, schrie der Junge plötzlich auf und schüttelte die Faust. »Ich fürchte mich nicht vor ihm. Ich werde ihn ausliefern, wenn sie ihn hier suchen. Jawohl, das tue ich, daß ihr's nur wißt! Er kann mich ja totschlagen, wenn er sich's getraut, aber wenn ich noch lebe, dann liefere ich ihn aus. Und wenn er bei lebendigem Leibe geröstet werden sollte. Mörder! Hilfe! Hilfe! Wenn einer von euch drei noch ein bissel Courage hat, dann her mit euch. Mörder! Hilfe! Hilfe!«
Und tatsächlich warf sich der schwache Junge auf den

breitschultrigen Einbrecher, so daß dieser überrascht von dem Angriff nach rückwärts zu Boden stürzte. Die drei Männer, die den Vorgang mit angesehen, waren wie gelähmt vor Entsetzen. Sie machten keine Miene sich einzumischen, während der Junge und der Mörder sich auf dem Boden wälzten. Charley achtete nicht auf die Fausthiebe, die nur so niederprasselten auf sein Gesicht; – er krallte sich immer fester in die Brust des Verbrechers und schrie aus Leibeskräften um Hilfe.
Der Kampf war zu ungleich, als daß er hätte lange währen können. Schon hatte Sikes seinem Gegner das Knie auf die Brust gesetzt, da riß ihn plötzlich Crackit mit angstvoller Miene in die Höhe und deutete auf das Fenster.
Von der Straße schimmerten Lichter herauf, man hörte Stimmengewirr und das Getrampel von eiligen Schritten über die nächste Holzbrücke einherkommen. Ein Mann zu Pferd erschien unter der Menschenmenge. Immer mehr und mehr Lichter glänzten auf, dann erscholl lautes Klopfen an der Haustüre und das heisere Gemurmel unzähliger Stimmen.
»Hilfe, zu Hilfe!« schrie der Junge mit gellender Stimme. »Hier ist er, hier ist er! Schlagt die Türe ein!«
»Im Namen des Königs«, rief draußen jemand.
Und wieder kreischte Charley: »Schlagt die Türe ein! Schlagt die Türe ein! Dort, wo das Licht brennt!«
Hageldicht prasselten die Schläge gegen die Haustorfüllung, und ein lautes Hurra hallte empor aus der Volksmenge.
»Reißt das Loch dort auf, damit ich den verfluchten Schreihals einschließen kann«, rief Sikes wütend und schleuderte Charley Bates, ihn hinter sich herschleppend wie einen leeren Sack, hinein in die Bodenkammer. Dann schlug er die Türe zu und schob den Riegel vor. »Ist die Türe zur Treppe sicher und fest?«
»Doppelt verriegelt und zugekettet«, antwortete Crackit, mit den beiden andern wie versteinert dastehend und unfähig sich zu rühren.

»Sind die Füllungen stark?«
»Mit Eisenblech ausgeschlagen.«
»Und die Fenster?«
»Die Fenster auch.«
»Hölle und Teufel über euch«, schrie der Mörder verzweifelt, riß das Fenster auf und drohte der Menge mit der Faust. »Ja, ja, brüllt nur, mich kriegt ihr doch nicht.«
Ein Wutschrei der Menge zerriß die Luft. Einige riefen, man solle das Haus anzünden, andre schrien den Polizeileuten zu, von ihren Schußwaffen Gebrauch zu machen. Von allen aber am meisten raste und tobte der Mann zu Pferd. Er schwang sich plötzlich aus dem Sattel, drängte sich durch den Volkshaufen, als schwimme er durch tosende Wellen, und schrie mit einer Stimme, die alle andern übertönte:
»Zwanzig Guineen dem, der eine Leiter zur Stelle schafft!«
Der Ruf ging von Mund zu Mund, von Hunderten von Stimmen wiederholt. Einige schrien nach Leitern, andre nach Hämmern und Äxten, andre rannten mit Fackelbränden auf und nieder, wie um nach Werkzeugen zu suchen, andre wieder drängten sich wie die Wahnsinnigen vor, den Tumult nur noch vergrößernd. Einige der Verwegensten machten den Versuch, an den Dachrinnen und Mauerrissen in die Höhe zu klettern. Die Köpfe wogten wie ein Kornfeld, das von einem Sturm gepeitscht wird, und von Zeit zu Zeit gellte ein Wutschrei empor, von allen auf einmal ausgestoßen.
»Als ich gekommen bin, war Flut«, sagte Sikes und schloß die Fenster wieder. »Gebt mir rasch einen Strick. Sie sind alle vorne. Ich lasse mich unterdessen hinten in den Graben hinunter. Schnell einen Strick her, oder ich lad' mir noch drei Mordtaten aufs Gewissen.«
Vor Schrecken fast gelähmt wies Chitling in einen Winkel, in dem Tauwerk lag. Hastig wählte Sikes einen der stärksten Stricke aus, eilte eine Treppe hinauf und stieg aufs Dach.
Die rückwärtigen Fenster des Hauses waren schon seit

Jahren zugemauert, nur eine kleine Dachluke nicht, die zu dem Raume führte, wo Charley Bates eingeschlossen lag. Ununterbrochen rief jetzt der Junge aus dieser Öffnung herab der Menge zu, alle Seiten des Hauses zu überwachen, und als daher der Mörder in der Dachluke auftauchte und oben am Giebel sich zeigte, ertönte von allen Seiten Triumphgeschrei, so daß er sah, er werde nicht entrinnen können.

»Jetzt haben wir ihn!« schrie ein Mann von der Brücke in die Menge hinein. »Hurra!«

Einen Augenblick wogte eine Wolke von Hüten aus der Menschenmasse, und wieder wuchs das Gebrüll an.

»Wer ihn lebendig faßt, kriegt fünfzig Pfund«, rief ein alter Herr, der ebenfalls auf der Brücke stand, so laut er konnte. »Ich bleibe hier und warte.«

Ein Ruf mischte sich in das allgemeine Geschrei: das Haustor sei endlich erbrochen, und daß der Herr, der zuerst nach einer Leiter gerufen hätte, ins Zimmer hineingeklettert wäre. Der Menschenstrom staute sich sofort, wie diese Meldung von Mund zu Mund ging. Alles wälzte sich zu dem Fleck hin, den es vorhin verlassen hatte. Jeder wollte in die Nähe der erbrochenen Türe gelangen, um den Verbrecher sehen zu können, sobald ihn der Polizist herausbrächte.

Infolge des furchtbaren Gedränges wurde die Aufmerksamkeit von der Person des Mörders einen Augenblick abgelenkt.

Sikes, der, ein paar Minuten fast gelähmt durch den Anblick der rasenden Menge, unschlüssig dagekauert hatte, nahm sofort die günstige Gelegenheit wahr. Er sprang auf die Füße und beschloß, den letzten Rettungsversuch zu wagen und sich, selbst auf die Gefahr hin, im Schlamm zu ersticken, hinab in den Sumpfgraben zu lassen, um dann mit Hilfe der Dunkelheit und der allgemeinen Verwirrung zu entkommen. Die Hoffnung gab ihm neue Kraft, und der wilde Lärm, der immer näher und näher kam im Hause, sagte ihm, daß es höchste Zeit sei. Mit zwei Sätzen war er beim Schornstein des Giebels, legte ein Ende seines Strickes darum und hatte im Nu an dem andern eine starke Laufschlinge geknüpft, so daß er sich fast bis auf Manneslänge herablassen konnte. Dann nahm er sein Messer in den Mund, um es zur rechten Zeit bei der Hand zu haben, das Seil durchzuschneiden und sich in den Sumpfgraben fallen zu lassen.

In demselben Augenblick, als er sich die Schlinge über den Kopf zog, um sie unter den Armen zu befestigen, rief der erwähnte alte Herr wieder laut in die Menge hinein, sie möchten auf die Rückseite des Hauses acht geben. In diesem Moment blickte Sikes hinter sich und stieß einen lauten Schrei des Entsetzens aus.

»Wieder die Augen!« gellte er mit einer Stimme, die aus einer andern Welt zu kommen schien, taumelte, verlor das Gleichgewicht und stürzte über den Giebel die Mauer hinab. Die Schlinge faßte ihn am Halse, zog sich infolge des Falles straff zusammen, und Sikes stürzte fünfundzwanzig Fuß tief ab. Ein entsetzlicher Ruck, dann hing er regungslos, das Messer noch immer in der erstarrten Faust, zwischen Himmel und Erde.

Der alte Schornstein erbebte unter dem Anprall der Erschütterung, aber er hielt aus. Der tote Mörder pendelte hin und her, und Charley Bates stieß die schaukelnde Leiche, die ihm die Aussicht benahm, beiseite, und rief der Menge unten zu, sie sollte doch um Gottes willen heraufkommen und ihn befreien.

Sikes' Hund, der bis jetzt verborgen irgendwo gelegen hatte, lief mit einem schrecklichen Geheul auf dem Dach hin und her, und endlich sprang er auf die Schulter des Toten. Unfähig, sich festzuklammern, stürzte er hinab in den Graben, überschlug sich während des Sturzes, fiel mit dem Schädel auf einen spitzen Stein und blieb tot liegen.

51. Kapitel

Mehr als ein Geheimnis wird aufgedeckt und ein Heiratsantrag wird gemacht, bei dem von Mitgift nicht die Rede ist

Zwei Tage später fuhren Mrs. Maylie und Rose, Oliver und der alte Doktor, sowie Mr. Brownlow und Mrs. Bedwin und noch jemand nach Olivers Geburtsstadt.

»Sehen Sie dort, dort«, rief Oliver und erfaßte eifrig Roses Hand und wies aus dem Wagenfenster, »dort ist der Fußweg, über den ich gekommen bin. Und dort sind die Hekken, hinter denen ich mich versteckt habe aus Furcht, man könne mich erwischen, und drüben liegt das alte Haus, in dem ich als kleines Kind gewesen bin. O Gott, der arme Dick. Wenn ich ihn jetzt nur sehen könnte.«

»Das wirst du bald«, tröstete ihn Rose und nahm freundlich seine Hand in die ihre. »Und wirst ihm erzählen, wie glücklich du bist und wie reich mit einem Mal, und daß du an nichts andres gedacht hast seitdem, als wie du bald wieder zurückkehren und ihn glücklich machen könntest.«

»Ja, ja«, jubelte Oliver, »und wir wollen ihn fort aus dem Haus dort nehmen und ihn kleiden und unterrichten lassen und ihn irgendwo in einen friedlichen Ort aufs Land bringen, wo er wieder gesund werden kann, nicht wahr?«

Als sie sich der Stadt näherten und endlich durch die engen Gassen fuhren, war Oliver kaum mehr zurückzuhalten. Überall sah er Erinnerungen: dort den Laden Mr. Sowerberrys, dann des Schornsteinfeger Camfields Karren, genau wie damals an der Türe der alten Schenke, und dort drüben das Arbeitshaus – das Gefängnis seiner Jugendzeit mit seinen finstern unheimlichen Fenstern. Alles war fast genau so, als hätte er es erst gestern verlassen. Sie fuhren vor dem besten Gasthof des Ortes vor, den Oliver als Kind stets mit ehrfürchtiger Scheu betrachtet hatte, der ihm aber jetzt vorkam, als habe er merklich an Pracht und

Größe eingebüßt. Mr. Grimwig stand dort, derselbe Herr, der ihm einst nicht geglaubt und der jetzt der jungen Dame einen Kuß gab und der alten Dame auch, ganz so, als wäre er der Großvater der ganzen Gesellschaft, und über und über strahlend vor Glückseligkeit; und mit keinem Wort erwähnte er mehr, er wolle seinen Kopf aufessen, falls ..., und so weiter.

Als sich die Aufregung der ersten halben Stunde gelegt hatte, stellte sich wieder dasselbe Schweigen und dieselbe Beklommenheit ein, die schon früher zuweilen während der ganzen Fahrt geherrscht hatten. Mr. Brownlow hatte sich in ein Zimmer zurückgezogen, und auch die beiden andern Herren eilten mit besorgten Gesichtern ein und aus und nahmen nicht an der Unterhaltung teil. Einmal wurde auch Mrs. Maylie hinausgerufen und kam eine Stunde darauf mit verweinten Augen wieder zurück. Alles das bewirkte, daß Rose und Oliver, die von keinem neuen Geheimnis wußten und ahnten, in eine unbehagliche ängstliche Stimmung gerieten. Still und verstimmt saßen sie da, wechselten nur hie und da ein paar Worte und auch dann nur im Flüsterton.

Endlich, um neun Uhr, traten Mr. Losberne und Mr. Grimwig ins Zimmer, gefolgt von Mr. Brownlow und einem Mann, bei dessen Anblick Oliver vor Staunen und Schreck beinahe aufgeschrien hätte. Gar, als sie ihm sagten, es sei sein Bruder. Er erinnerte sich genau an ihn, war es doch derselbe Mann, den er vor langer Zeit auf dem Marktflecken getroffen hatte und der mit Fagin ins Fenster seines Stübchens hereingespäht hatte. Monks warf einen haßerfüllten Blick auf den erstaunten Oliver und nahm dann einen Sessel dicht bei der Türe. Mit Schreibpapier in der Hand trat Mr. Brownlow ein und wendete sich an Rose und Oliver.

»Wir haben eine peinliche Aufgabe zu erfüllen«, begann er, »aber die in London unterzeichneten Akten müssen hier nochmals vorgelesen werden. Ich hätte euch gern alles das erspart, aber das Gesetz verlangt es so.«

Und Mr. Brownlow begann: »Dieses Kind hier« – dabei zog er Oliver zu sich und legte ihm die Hand auf den Kopf, sich dabei an Monks wendend – »dieses Kind ist Ihr Halbbruder, der illegitime Sohn Ihres Vaters, meines lieben alten Freundes, Edwin Leeford. Seine Mutter war die arme junge Agnes Fleming, die bei seiner Geburt starb.«
»Ja«, sagte Monks, den zitternden Oliver, dem das Herz vor Erregung bis zum Halse schlug, finster musternd, »ja, das ist der Bankert.«
»Der Ausdruck, dessen Sie sich bedienen«, verwies Mr. Brownlow streng, »enthält einen Vorwurf gegen eine Verstorbene, die über den Richterspruch der Welt längst hinaus ist. Er besudelt niemanden außer Sie selbst. Lassen wir das jetzt. – Oliver wurde hier in dieser Stadt geboren.«
»Im Armen- und Arbeitshaus der Stadt«, stieß Monks wütend hervor. Er wies dabei auf die Papiere.
»Berichten Sie also selbst«, sagte Mr. Brownlow herrisch.
»Gut, hören Sie«, nahm Monks das Wort. »Als sein Vater in Rom krank wurde, reiste seine Frau – meine Mutter – zu ihm. Sie waren lange voneinander getrennt gewesen. Sie kam nach Rom aus Paris und nahm mich mit, wahrscheinlich, um das Geld an sich zu nehmen, denn Zuneigung empfand sie zu ihm nicht. Er erkannte uns nicht mehr, denn er war besinnungslos geworden, und starb am nächsten Tage. Unter seinen Papieren auf dem Schreibtisch befanden sich zwei, die das gleiche Datum desselben Abends trugen und die an Mr. Brownlow gerichtet waren. Einer der Briefe war an Agnes Fleming adressiert, der andre enthielt ein Testament.«
»Was wissen Sie von dem Brief?« fragte Mr. Brownlow.
»Von dem Brief? Er war ein Bekenntnis. Mein Vater hatte dem Mädchen weisgemacht, irgend etwas – was, weiß ich nicht mehr – hätte ihn gehindert, sie zur Frau zu nehmen. Sie hatte es ihm geglaubt, bis sie schließlich zu weit gegangen war und etwas verloren hatte, was ihr niemand wiedergeben konnte. Es waren nur noch wenige Monate bis zu ihrer Entbindung. Er flehte sie an, falls er sterben sollte,

möge sie seinem Andenken nicht fluchen, wenn auch alle Schuld auf ihm allein laste. Er bat sie weiter, einen Ring und ein Medaillon zu behalten und am Herzen zu tragen, wie früher, und dann schrieb er kreuz und quer durcheinander mit wirren Worten etwas Unverständliches, so daß es den Eindruck machte, als sei er wahnsinnig geworden. Was übrigens, glaube ich, auch der Fall war.«

»Und von dem Testament wissen Sie –?« fragte Mr. Brownlow weiter, während Oliver die Tränen über die Wangen liefen.

Monks schwieg.

»Das Testament«, fuhr Mr. Brownlow an Stelle Monks' fort, »hinterließ Ihnen und Ihrer Mutter ein Jahreseinkommen von je achthundert Pfund. Sein Hauptvermögen teilte Leeford in zwei gleiche Teile: die eine Hälfte für Agnes Fleming, die andre für ihr Kind, wenn es am Leben bleiben und heranwachsen sollte. Sollte das Kind ein Mädchen sein, würde das Geld bedingunglos diesem gehören. Wäre es indessen ein Knabe, so sollte es dieser bloß bekommen, wenn er während seiner Minderjährigkeit keine ehrlose niedrige Handlung oder gar ein Verbrechen begangen haben würde. Sollte der Knabe diese Erwartung täuschen, dann hätte das Geld vollends an Sie zu fallen.«

»Meine Mutter«, unterbrach Monks scharf, »hat getan, was eine Gattin tun mußte: sie hat das Testament verbrannt. Der Brief hat seinen Bestimmungsort nie erreicht. Sie hat ihn aber aufgehoben nebst anderen Beweisen, um, falls es nötig sein sollte, auf die Schande der Agnes Fleming hinzuweisen. Der Vater der Agnes Fleming vernahm von meiner Mutter selbst den Sachverhalt – und ich danke ihr heute noch dafür. Beladen mit Schmach und Schande verkroch sich der Vater in irgendeinen abgelegenen Winkel von Wales und wurde dort eines Tages tot in seinem Bett gefunden. Ein paar Wochen früher hatte seine Tochter die Heimat verlassen. Er spürte ihr überall in England nach, und eines Tages, als ihm die Hoffnung schwand, sie lebend je wieder zu sehen, brach dem alten Mann das Herz.«

»Jahrelang nach diesem Ereignis«, nahm Mr. Brownlow nach einer Weile tiefen Schweigens das Wort, »stahl dieser Mann hier seiner Mutter, was sie an Juwelen und flüssigem Gelde besaß. Er floh nach London und verkehrte dort mit dem ärgsten Auswurf der Menschheit. Seine Mutter litt an einer unheilbaren, schmerzhaften Krankheit und wollte ihn vor ihrem Tod noch einmal sehen. Wir stellten Nachforschungen an und erreichten endlich den Zweck. Der Sohn reiste mit der Mutter zurück nach Frankreich.«

»Dort starb sie«, sagte Monks, »und vererbte mir auf ihrem Totenbett diese Geheimnisse. Sie tat es in glühendem Haß und vererbte mir auch ihren Haß. Sie wollte und konnte nicht glauben, daß Agnes Fleming sich und ihrem Kinde das Leben genommen habe, sondern nahm als bestimmt an, ein Knabe sei geboren und lebte. Ich schwor ihr, wenn er mir jemals in den Weg treten sollte, ihn zu Tode zu hetzen, ihm weder Ruhe noch Rast zu gönnen und den ganzen Haß meines Herzens auf ihn auszugießen. Er kam mir endlich in den Weg, und es wäre mir auch gelungen, den Burschen so weit zu bringen, daß er Aussicht auf den Galgen gehabt hätte, aber allerhand sentimentales Weibsvolk ist mir dazwischengekommen.«

Und knirschend vor Wut schlug sich Monks mit der Faust vor die Stirn und verwünschte sich selbst.

Mr. Brownlow wandte sich zu der schreckensbleichen Gruppe, die ihn umgab, und erklärte ihnen, daß der Jude Fagin, der Monks' alter Helfershelfer gewesen sei, eine große Belohnung von ihm in Aussicht gestellt bekommen habe, falls es ihm gelungen wäre, Oliver zu verderben.

»Und was haben Sie über das Medaillon und den Ring zu sagen?« wendete er sich wieder an Monks.

»Ich habe beides dem Ehepaar abgekauft, von dem ich Ihnen erzählte«, erwiderte Monks mürrisch. »Sie wissen ja, was daraus geworden ist.«

Mr. Brownlow winkte Mr. Grimwig, der sich daraufhin eilig entfernte und bald darauf mit Mrs. Bumble wieder erschien, die ihren Gatten hinter sich herzog.
»Was sehe ich! Das ist ja der liebe kleine Oliver«, rief Mr. Bumble, Begeisterung heuchelnd, sofort aus. »Ach, mein lieber guter Oliver, wenn du wüßtest, wie ich mich deinetwegen gegrämt habe.«
»Halt den Mund, Schafskopf«, flüsterte ihm Mrs. Bumble zu.
»Ich kann doch meine Gefühle nicht bekämpfen, meine Liebe«, entgegnete der Armenhausvogt. »Ich habe den Knaben doch immer so liebgehabt, als wenn er mein eigener – Großvater gewesen wäre«, stotterte er in der Verlegenheit heraus.
»Halten Sie den Mund«, rief Mr. Grimwig grob. »Verschonen Sie uns mit Ihren Gefühlen.«
»Ich will mein Möglichstes tun, Sir«, versprach Mr. Bumble und wandte sich zu Mr. Brownlow mit der Frage: »Und wie geht's Ihnen Sir? Hoffentlich doch wohl?«
Mr. Brownlow beachtete die Frage nicht, deutete auf Monks und fragte: »Kennen Sie diesen Mann, Mrs. Bumble?«
»Nein«, antwortete die Gefragte keck.
»Und kennen Sie ihn, Mr. Bumble?«
»In meinem Lebtag hab' ich ihn nie gesehen.«
»Ihm auch nichts verkauft?«
»Nein«, sagte Mr. Bumble.
»Hatten Sie nicht einmal ein goldenes Medaillon und einen Ring?«
»Wir? Nein«, antwortete die Gnädige. »Haben Sie uns vielleicht deswegen hergeholt, damit wir auf dummes Zeug anworten sollen?«
Abermals nickte Mr. Brownlow seinem Freunde Grimwig zu, und wieder ging dieser hinaus und wieder kehrte er zurück: diesmal mit zwei alten gichtischen Weibern, die am ganzen Leibe zitterten.
»Sie hat damals die Tür verschlossen, als die alte Sally

g'storb'n is«, fing die eine gleich an, »aber die Ritzen hat's nöt verstopfen kinna.«
Die zweite Greisin nickte bestätigend.
»Und Sie haben gesehen«, wendete sich Mr. Brownlow an die Greisinnen, »daß die Sterbende ein Medaillon und einen Ring hier dieser Frau gab?«
Beide bejahten.
»Wollen Sie vielleicht auch noch den Pfandleiher sehen?« fragte Mr. Grimwig spöttisch und wandte sich wieder zur Türe.
»Nein«, lehnte Mrs. Bumble ab. »Wenn der da« – sie zeigte auf Monks – »schon alles ausgeschwätzt hat – also meinetwegen: die beiden Sachen hab' ich verkauft, aber finden werden Sie sie nicht mehr. Wünschen Sie sonst noch etwas?«
»Nein«, versetzte Mr. Brownlow. »Im übrigen werden wir Sorge tragen, daß von Ihnen beiden niemand mehr eine Amtsstelle bekleiden wird.«
»Sie wollen mich doch einer solchen Kleinigkeit wegen nicht unglücklich machen?« jammerte Mr. Bumble.
»Allerdings dürfte das der Fall sein«, sagte Mr. Brownlow. »Seien Sie froh, daß Sie so glimpflich davonkommen.«
»Aber meine Frau hat doch die ganze Schuld«, beteuerte Mr. Bumble, nachdem er sich mehrmals umgesehen, um sich zu überzeugen, daß die Gattin auch nicht mehr im Zimmer sei.
»Mein Fräulein«, wandte sich Mr. Brownlow an Rose, den Kirchspieldiener, der sich unter Kratzfüßen entfernte, nicht weiter beachtend, »geben Sie mir jetzt Ihre Hand und fürchten Sie sich nicht. Wir haben nur noch wenige Worte zu reden.«
»Wenn diese Worte Bezug auf mich haben sollten«, sagte Rose leise und bebend, »bitte, dann sagen Sie mir sie nicht jetzt. Ich glaube, ich habe nicht die Kraft dazu.«
»Sie sind stärker, als Sie glauben«, entgegnete Mr. Brownlow. »Ich weiß es. – Kennen Sie diese junge Dame, Sir?«
Monks bejahte.

»Ich habe Sie doch nie gesehen?« rief Rose erstaunt.
»Ich Sie aber oft«, versetzte Monks.
»Der Vater der unglücklichen Agnes Fleming hatte nämlich zwei Töchter«, fiel Mr. Brownlow ein. »Was war das Schicksal der jüngsten?«
»Der Vater starb«, berichtete Monks. »Er hatte sich in einem abgelegenen Orte von Wales niedergelassen, einen falschen Namen angenommen, war gestorben, ohne das geringste Schriftstück zu hinterlassen, der Schande seiner ersten Tochter wegen und damit niemand von Verwandten oder Freunden von ihm erführe. Seine jüngste Tochter wurde von armen Leuten in Pflege genommen und später wie ihr eigenes Kind erzogen.«
»Erzählen Sie weiter«, forderte Mr. Brownlow Monks auf und gab Mrs. Maylie ein Zeichen näherzutreten.
»Haß spürt nicht selten auf, was der treusten Liebe oft mißglückt, und so kam es, daß meine Mutter den Ort auffand – nach langem Suchen –, und nicht nur den Ort, sondern auch das Kind.«
»Und sie nahm das Kind zu sich, nicht wahr?«
»Nein. Die Leute, die das Kind zu sich genommen hatten, waren arm und fingen bereits an, ihren Edelmut zu bereuen. Meine Mutter ließ ihnen das Mädchen, gab ihnen ein wenig Geld und versprach, ihnen mehr zu schicken, was sie aber natürlich nie tat, denn die Armut und Unzufriedenheit der Leute verbürgten, daß das Kind unglücklich werden mußte. Meine Mutter empfand dies als süße Rache. Und um dem Kind das Leben noch bittrer zu machen, erzählte sie den beiden Bauersleuten von einer Schande der Schwester und befahl ihnen, nur ja recht acht auf das Kind zu geben, denn es stamme aus schlechtem Blut. Sie sagte ihnen auch, es sei ein uneheliches Kind und werde dieselben Wege wandeln wie seine Mutter und seine Schwester. Die Leute schenkten ihr Glauben, und das Kind führte demgemäß ein Leben, wie es meine Mutter in ihrer Rachsucht nur wünschen konnte. Da sah eine Witwe, die damals in Chester wohnte, das Kind, fühlte

Mitleid mit ihm und nahm es zu sich. – Als ob der Teufel seine Pfoten im Spiel gehabt hätte – all unsern Bemühungen zum Trotz, blieb das Kind bei der Witwe und wurde glücklich. Ich habe es später aus den Augen verloren und erst vor wenigen Monaten als Erwachsene wiedergesehen.«

»Und wo ist die Betreffende?«

»Hier. Es ist diese junge Dame hier.«

Rose fiel beinahe in Ohnmacht. Mrs. Maylie umarmte sie und rief aus: »Du bist und bleibst doch meine liebe, liebe Nichte, mein heißgeliebtes Kind. Nicht um alle Schätze der Welt würde ich dich hergeben.«

»Wie soll ich das alles nur ertragen!« schluchzte Rose und hängte sich an Mrs. Maylie. »Du bist mir stets die liebreichste Mutter gewesen.«

Mrs. Maylie küßte sie und deutete auf Oliver. »Sieh lieber hierher, Rose, der arme Junge, er will dich in seine Arme schließen.«

»Nie werde ich sie Tante nennen – Schwester, meine liebe, liebe Schwester«, jubelte Oliver und schlang seine Arme um Rose Maylie. »Von Anfang an, als ich dich gesehen, hat mir etwas im Herzen gesagt, es müsse ein Grund da sein, weshalb ich dich so innig liebe.«

Ein leises Klopfen an der Türe meldete, daß jemand draußen sei. Oliver öffnete, schlüpfte hinaus und machte Harry Maylie Platz.

»Ich weiß alles«, sagte dieser leise und setzte sich neben das errötende Mädchen. »Liebe Rose, ich weiß alles. Ich bin nicht zufällig hier«, setzte er nach langem Schweigen hinzu. »Ich habe auch nicht erst heute alles erfahren. Errätst du nicht, daß ich komme, dich an ein Versprechen zu erinnern?«

»Still«, sagte Rose. »Weißt du alles?«

»Ja, alles. Und ich komme, dich heute an ein Versprechen zu erinnern, das du mir gegeben hast. Nicht um deinen Entschluß zum Wanken zu bringen, sondern um diesen Entschluß noch einmal aus deinem Munde zu hören. Ich

wollte dir alles zu Füßen legen, was ich mir an Stellung erringen könnte, und ich habe mir gelobt, auch nicht durch ein Wort deinen Entschluß zu ändern zu versuchen, wenn du darauf beharren würdest – willst du auch heute nichts mehr von mir wissen, Rose?« stieß er plötzlich hervor.
»Harry, Harry«, rief das junge Mädchen und brach in Tränen aus, »könnt' ich mir doch alle diese Qual ersparen.«
»Warum machst du dir denn Qualen?« fragte Harry und ergriff ihre Hand. »Erinnere dich doch, was du heute Abend gehört hast, Rose.«
»Und was habe ich gehört?« unterbrach ihn Rose. »Daß mein Vater im Gefühle der Schmach, die seinen Namen getroffen, sich vor der Welt verkroch – bitte, rede nicht mehr davon, Harry, es ist genug.«
»Nein, noch nicht, noch nicht«, bat der junge Mann und hielt sie zurück, als sie aufstehen wollte. »Alles in mir, meine Hoffnungen, meine Wünsche, meine Aussichten, alles, alles im Leben hat sich bei mir geändert, bloß meine Liebe zu dir nicht. Ich kann dir nicht eine hohe Stellung mehr inmitten einer uns umtosenden Menge bieten und auch keinen Verkehr mehr mit einer Welt voll Bosheit und Niedertracht. Was ich dir bieten kann, Rose – ist nur ein Heim – ein Herz und eine Heimat.«
»Was soll das heißen?« fragte Rose mit unsicherer Stimme.
»Nicht viel, Rose. Es soll nicht viel mehr bedeuten, als daß ich dich, mein teuerstes Lieb, damals verließ mit dem festen Entschluß, alle Hindernisse zu beseitigen, die zwischen dir und mir nach deiner Ansicht vorhanden sein könnten. Es war meine Absicht, deine Welt zu meiner Welt zu machen, wenn schon die meinige nicht die deinige sein könnte. Ich konnte nicht länger dulden, daß Geburtshochmut die Nase rümpfen durfte über dich. Ich beschloß, mit dieser törichten Einbildung zu brechen. Und das habe ich getan, Rose. Gewiß, die hohen Persönlichkeiten, einflußreichen Verwandten und dergleichen, die einst

freundlich lächelten, wenn sie mich sahen, kennen mich jetzt nicht mehr, aber es gibt ja in England lachende Felder und Wiesen genug, und neben einer Dorfkirche, die ich kenne, steht – mein Eigentum, ein kleines Pfarrhaus, das mich stolzer macht, als hätte ich die größte Stellung erklommen. Das ist jetzt mein Rang und meine Stellung, und ich lege sie dir zu Füßen.«

»Es ist wirklich eine Geduldsprobe, wenn man mit dem Abendessen auf Verliebte warten muß«, sagte Mr. Grimwig und fächelte sich mit dem Taschentuch die Stirn.
Allerdings ließ das Abendessen ungebührlich lange auf sich warten, und weder Mrs. Maylie, noch Harry, noch Rose konnte ein Wort der Entschuldigung vorbringen.
»Ich habe schon ernstlich erwogen, ob ich nicht wirklich heute abend einmal meinen Kopf auf der Stelle aufessen sollte«, sagte Mr. Grimwig. »Hunger wenigstens hätte ich genug. Wenn Sie übrigens erlauben, nehme ich mir die Freiheit, die künftige Braut mit einem Kuß zu begrüßen.«
Und ohne einen Moment Zeit zu verlieren, folgten Doktor Losberne und Mr. Brownlow seinem Beispiel.
Nur Oliver hatte Tränen in den Augen.
»Warum, lieber Oliver, siehst du so traurig aus?« fragte Rose, als sie es bemerkte. »Wie? Tränen in diesem Augenblick?«
Wir alle leben in einer Welt der Täuschungen, und oft schlagen gerade die Hoffnungen fehl, auf die wir am heißesten bauen und die unsrer Natur die meiste Ehre machen.
Der arme kleine Dick war tot.

52. Kapitel

Fagins letzte Nacht

Kopf an Kopf stand die Menge im Gerichtssaal. Kein Auge, das nicht auf Fagin gerichtet gewesen wäre. Der Jude stützte sich auf das Geländer. Die andre Hand hielt er ans Ohr und streckte den Kopf weit vor, damit ihm kein Wort des Richters entginge. Bisweilen blickte er scharf nach den Geschworenen hinüber, dann wieder angstvoll nach seinem Verteidiger. Dabei regte er weder Hand, noch Fuß, und Angst malte sich in seinem Gesicht. Die Geschworenen hatten sich zurückgezogen zur Beratung. Als sie wieder zurückkehrten, gingen sie dicht an ihm vorüber. Ihre Gesichter waren wie aus Stein gemeißelt. Tiefe Stille herrschte im Saal, kein Knistern, kein Rascheln, kein Hauch. – Dann wurde das Urteil gefällt: schuldig.

Als das erregte Murmeln der Zuhörer verstummte, wurde Fagin gefragt, ob er noch etwas vorzubringen habe. Er hatte seine lauschende Haltung wieder eingenommen und sah gespannt auf den Richter, der ihm die Frage stellte. Sie mußte ihm zweimal wiederholt werden, ehe er sie zu hören schien. Dann stammelte er mit schwerer Zunge: er sei ein alter Mann – ein alter Mann – ein alter Mann. Und seine Stimme sank zu einem Flüstern herab. Dann saß er wieder regungslos da und schwieg.

Der Richter setzte sich seine schwarze Kappe auf. Eine Frau auf der Galerie schrie plötzlich auf, erschreckt über die unheimlich feierliche Handlung. Fagin blickte hinauf wie jemand, der durch eine Unterbrechung gestört wird, und lauschte noch gespannter. Die Rede des Richters wurde immer feierlicher und eindrucksvoller, und der Urteilsspruch war furchtbar anzuhören. Aber Fagin stand da wie aus Marmor, ohne daß auch nur ein Nerv in ihm gezuckt hätte. Der Unterkiefer hing ihm herab, und er starrte vor sich hin, bis ihm der Schließer die Hand auf den

Arm legte und ihm winkte, ihm zu folgen. Geistesabwesend gehorchte er.
Man brachte ihn ins Gefängsnis zurück. Er wurde visitiert, ob er nicht etwa Werkzeuge bei sich habe, der Vollziehung des Richterspruches vorzugreifen. Dann steckten sie ihn in eine der Zellen, die für die zum Tode verurteilten Gefangenen bestimmt waren.
Fagin hockte sich auf eine Steinbank gegenüber der Türe und heftete seine blutunterlaufenen Augen auf den Boden. Vergebens suchte er seine Gedanken zu sammeln. Einige abgerissene Stellen aus der Rede des Richters gingen ihm durch den Kopf, und langsam ward er sich klar, daß er zum Tode verurteilt war durch den Strang. Das waren die Schlußworte gewesen. »Verurteilt, zu sterben den Tod durch den Strang.« Es wurde finstrer und finstrer, und er mußte an alle die denken, die von seinen Bekannten auf dem Schafott gestorben waren, manche von ihnen durch seine Schuld. Sie erhoben sich vor ihm und zogen an ihm vorüber, so rasch, daß er sie kaum zu zählen vermochte. So manche von ihnen hatte er sterben sehen, hatte sie verhöhnt und Witze über sie gemacht, weil sie mit Gebeten auf den Lippen gestorben waren. Er erinnerte sich an das fallende Geräusch, als das Brett unter ihren Füßen weggezogen worden war, und wie sie dann plötzlich verändert ausgesehen hatten. Vorher starke kräftige Männer, im Handumdrehen zu baumelnden, schwankenden Vogelscheuchen geworden.
So mancher von ihnen hatte vielleicht in dieser selben Zelle gesessen und auf demselben Fleck. Es wurde vollkommen dunkel. Warum brachte man kein Licht? Es war ihm, als säße er in einer mit Leichen angefüllten Gruft. Dann sah er die Armsünderkappe, die Schlinge des Galgens, gefesselte Hände, bekannte Gesichter und schrie: Licht, Licht, Licht!
Und als er sich die Knöchel an den Eisentüren und kalten Mauern wund geschlagen und gestoßen hatte, traten zwei Männer ein und steckten eine brennende Kerze in ein Ei-

sengestell an der Wand und brachten eine Matratze, auf der er die Nacht zubringen sollte. Sie sagten, sie würden bei ihm bleiben, denn er dürfe nach dem Gesetz nicht mehr allein gelassen werden.
Dann kam die Nacht. Jeder Schlag von der Turmuhr, der denen draußen vom Leben erzählte und den kommenden Tag kündete, brachte ihm Verzweiflung. Und der Tag kam und verstrich. Und wieder war es eine Nacht unendlich langen gräßlichen Schweigens. Und doch: wie schnell, wie fürchterlich schnell die Zeit dahinraste. Bald fluchte Fagin und heulte, bald raufte er sich stumm das Haar. Ehrwürdige alte Männer der jüdischen Gemeinde waren zu ihm in die Zelle gekommen, um bei ihm zu beten, aber er hatte sie von sich getrieben mit furchtbaren Flüchen. Sie wollten ihm zureden, aber er jagte sie hinaus.
Samstagnacht. Nur eine einzige Nacht noch blieb ihm das Leben geschenkt. Dann brach der Sonntag an.
Die beiden Männer hielten bei ihm Wache.
Fagin hatte sich auf seinem steinernen Sitz niedergekauert, und seine Gedanken schweiften in die Vergangenheit zurück. Er sah den Tag seiner Verhaftung wieder vor sich. Steine, geworfen von der wütenden Menge, verwundeten ihn, man verband ihm den Kopf mit einem leinenen Tuch. Das rote Haar hing ihm über das blutleere Gesicht nieder. Sein Bart war zerrauft und verwirrt. Wieder hörte er die Uhr schlagen: acht, neun, zehn, elf. Am nächsten Morgen früh würde er der einzige Leidtragende sein, begriff er, in seinem eigenen Leichenzug.
Schwarz bemalte Schranken waren bereits quer über die Straße gezogen, um den Andrang der wartenden Menge zu hemmen, da erschienen Mr. Brownlow und Oliver am Gefängnistor und wiesen einen beglaubigten Einlaßschein vor, der sie zu einem Besuch des Gefangenen ermächtigte.
»Soll der junge Herr da mitkommen?« fragte der Schließer. »Es ist kein Anblick für Kinder, Sir!«
»Freilich nicht«, entgegnete Mr. Brownlow. »Aber was ich mit dem Gefangenen zu sprechen habe, geht auch die-

sen Knaben hier an. Es ist nötig, daß er ihn jetzt sieht.«
Der Mann führte sie durch dunkle Winkel und Gänge nach der Zelle.
»Hier«, sagte er und blieb in einem düstern Eck stehen, wo ein paar Männer in tiefem Schweigen irgend etwas zurichteten; »hier muß er durchkommen. Wenn Sie sich hierher stellen, können Sie die Türe sehen, aus der man ihn herausführen wird.«
Er führte sie in eine mit Steinfliesen ausgelegte Küche, wo die Speisen der Gefangenen zubereitet wurden, und deutete auf eine Türe. Es war ein offenes Gitter davor, und oben hörte man Männerstimmen zwischen Hammerschlägen und Krachen von Holz: man errichtete das Schafott.
Dann öffnete er mehrere schwere Tore, und nachdem sie einen offenen Hof durchschritten hatten, stiegen sie Steintreppen empor zu einem Gang, der mit schweren Eisentüren flankiert war. Der Schließer klopfte mit dem Schlüsselbund an eine dieser Türen. Die beiden Wächter öffneten.
Fagin saß auf einer Lagerstatt und rückte nervös hin und her. Er glich einem Tier, das sich in einer Falle gefangen hat, und nicht mehr einem Menschen. Sein Geist irrte in der Finsternis seines Gemütes umher. Fagin schien in den beiden Ankömmlingen nichts andres mehr zu sehen als zwei Gestalten in einer langen Reihe von Erinnerungen.
»E feiner Junge, das, der Charley. Gut hat ers gemacht«, murmelte er. »Oliverleben, seh' der an da – hihihi – ä Schendlmän is er geworden jetzt – hihi – bringt mer zu Bett den Oliverleben.«
Der Gefangenenwärter faßte Oliver an der Hand und flüsterte ihm zu, sich nicht zu fürchten.
»Bringt ihn zu Bett«, murmelte Fagin. »Er is gewesen – soll ich eso leben – an allem die Schuld. Es verlohnt sich schon das Geld, ihm das Handwerk zu legen. Hast de gehört, Bill? Scher dich nix um die Nancy. Hörste? Und schneid so tief, wie de kannst. Bolter, säg' ihm erunter den Schädel.«

»Fagin!« rief der Schließer.
»Hier bin ich«, sagte der Jude und nahm sofort seine lauschende Stellung wieder ein wie vor einigen Tagen im Gerichtshof. »Ich bin e alter Mann – e alter Mann – e alter Mann.«
»Hören Sie, Fagin«, sagte der Schließer und drückte ihn nieder auf seine Bank, von der er sich erheben wollte, »hier ist jemand, der mit Ihnen sprechen will. Fagin, seien Sie doch ein Mann.«
»Ich werd's nix mehr lang sein«, entgegnete der Jude mit einem Gesicht, in dem sich entsetzliche Wut malte. »Schlagt se tot, alle mitanander. Wer kann haben das Recht mich zu töten.«
Dabei fiel sein Blick auf Oliver und Mr. Brownlow, und er fragte, sich besinnend, was sie wollten.
»Sie haben einige Papiere«, sagte Mr. Brownlow und trat näher, »die Ihnen ein gewisser Monks gegeben hat.«
»Lüge, alles miteinander«, rief Fagin. »Nicht e einziges Papier hab' ich, nicht eins.«
»Um Gottes Barmherzigkeit willen«, rief Mr. Brownlow feierlich, »sagen Sie jetzt wenigstens die Wahrheit! Sie wissen, Sikes ist tot und Monks hat gestanden; Sie haben keine Hoffnung mehr zu einem weiteren Gewinn. Wo sind die Papiere?«
»Oliver«, flüsterte Fagin, »komm emol her! Ich will dir's ins Ohr sagen.«
»Die Papiere«, flüsterte er, Oliver zu sich heranziehend, »sind in e Leinwandbeitel in e Loch oben im Schornstein in der ersten Stube nach vorne eraus. Hör emol, ich möcht so gern mit dir reden, mei Kind, ich möcht so gern mit dir reden, mei junger Freind.«
»Ja, ja«, sagte Oliver. »Lassen Sie mich nur ein Gebet sprechen. Sprechen Sie ein Gebet mit mir zusammen auf den Knien, und dann wollen wir bis morgen miteinander reden.«
»Draußen, draußen«, antwortete Fagin und stierte wie geistesabwesend zur Zellendecke empor. »Sag doch, ich

bin eingeschlafen. Dir werden sie's bestimmt glauben. Siehst du, so kannst du mich erausführen, wenn sie mich anfassen.«

»Gott vergebe dem Ärmsten«, rief Oliver und brach in Tränen aus.

»Recht so, recht so«, lobte Fagin. »Siehst du, so eppes bringt uns gleich weiter. Siehst du da zuerst durch die Tür. Und wenn ich auch zitter, wenn wir vorbeikommen am Galgen, mach dir nix draus und fiehr mich nur immer weiter und immer weiter. So so so so – immer fort – immer weiter.«

»Haben Sie sonst noch etwas zu fragen, Sir?« fragte der Schließer.

»Nein, sonst nichts mehr«, antwortete Mr. Brownlow. »Wenn Hoffnung wäre, ihn wieder zum Bewußtsein zu bringen –«

»Das ist unmöglich«, antwortete der Mann. »Am besten, wir lassen ihn allein.«

Die Zellentür wurde geöffnet, und die beiden Wärter kamen wieder herein.

»Weiter, nur immer weiter«, rief Fagin. »Still, still, aber doch nich gar ä so langsam, e bissele schneller, e bissele schneller.«

Oliver machte sich los, und Fagin kämpfte einen Augenblick lang verzweifelt mit den beiden Männern, die ihn packten. Dann stieß er einen gellenden Angstschrei nach dem andern aus, daß es Oliver und Mr. Brownlow noch nachtönte, als sie bereits den offenen Hof erreicht hatten.

Der Tag brach bereits an, als sie wieder im Freien standen. Eine große Menschenmenge hatte sich bereits versammelt. In den Fenstern der gegenüberliegenden Häuser lehnten Leute, rauchten, würfelten oder spielten Karten, um sich die Zeit zu vertreiben. Alles wogte hin und her, zankte, scherzte, lärmte. Alles sprach von Leben und Fröhlichkeit – nur ein einziger dunkler düsterer Gegenstand nicht, der die Mitte des Hofes ausfüllte – ein Gerüst, ein Strick – der ganze schreckliche Apparat des Todes.

53. Kapitel

Was weiter noch zu berichten ist

Noch vor Ablauf von drei Monaten wurden Rose Fleming und Harry Maylie in der Dorfkirche getraut. Es war dieselbe Dorfkirche, von der Harry zu ihr gesprochen und die jetzt der Schauplatz seiner künftigen Tätigkeit als junger Geistlicher sein sollte. Mrs. Maylie zog zu ihnen, um ihren Lebensabend bei ihnen zu genießen. Die Teilung des Vermögens zwischen Monks und Oliver ergab für jeden etwa dreitausend Pfund. Zwar hätte Oliver Anspruch auf das ganze Vermögen erheben können, aber Mr. Brownlow wollte den älteren Bruder nicht der Möglichlichkeit berauben, seine früheren Verfehlungen wieder gutzumachen und ein ehrenhaftes Leben zu beginnen.

Monks zog sich mit seinem Anteil nach Amerika zurück, vergeudete dort sein Geld in kurzer Zeit und verfiel bald wieder in seinen alten Lebenswandel. Schließlich erlag er einem Anfall seines alten Leidens und starb im Gefängnis. Die meisten Verbrechergenossen Fagins kamen zu ähnlichem Ende.

Mr. Brownlow adoptierte Oliver. Nicht weit von dem Pfarrhause, wo seine lieben Freunde wohnten, kaufte er sich mit ihm und der alten Haushälterin, Mrs. Bedwin, an und erfüllte damit den Wunsch Olivers, der ihn über alles liebte. Doktor Losberne kehrte bald wieder nach Chertsey zurück, hielt es aber dort nicht mehr lange aus, und in der Furcht, ein alter vergrämter Junggeselle zu werden, übertrug er bald seine Praxis seinem Assistenten, zog aufs Land und widmete sich der Gärtnerei, angelte, tischlerte und genas im Handumdrehen. Zwischen ihm und Mr. Grimwig wurde ein inniger Freundschaftsbund geschlossen, und demzufolge kommt Mr. Grimwig zu ihm sehr oft auf Besuch. Dann pflanzt, angelt und tischlert auch er mit großer Begeisterung und versäumt es natürlich nie, die

sonntäglichen Predigten des jungen Herrn Pfarrers zu kritisieren, und zwar abfällig. Natürlich versichert Mr. Losberne dem Gemaßregelten immer unter dem Siegel der Verschwiegenheit, Mr. Grimwig sei im Gegenteil heimlich vom Gegenteil dessen überzeugt, was er gesagt habe.
Mr. Noah Claypole, der als Kronzeuge gegen Fagin nach englischem Gesetz freigesprochen wurde, war sich lange nicht klar, wie er weiterhin sein Leben führen sollte, ohne sich dabei allzusehr anzustrengen. Schließlich wurde er öffentlicher Spitzel und fand dabei ein anständiges Auskommen. Wöchentlich einmal geht er aus Berufsgründen in Charlottens Begleitung aus; Charlotte, immer sauber gekleidet, fällt dann vor der Türe eines mitleidigen Gastwirtes in Ohnmacht, der ihr, um sie wieder zu sich zu bringen, für anderthalb Pence Schnaps reicht. Noah Claypole klagt dann den Mann am nächsten Tage bei der Polizei an wegen Bruch der Sabbatruhe und unberechtigten Verkaufes geistiger Getränke. Die Hälfte der Strafe, die der barmherzige Wirt zu zahlen hat, wandert in seine Tasche. Zuweilen fällt Mr. Noah Claypole auch selbst in Ohnmacht, und Charlotte zeigt das Ergebnis an. Aber die Summe bleibt sich jedesmal gleich.
Mr. und Mrs. Bumble, die ihre Ämter verloren haben, gerieten nach und nach in Not und wurden schließlich Armenhäusler im selben Kirchspiel, wo sie dereinst über andre das Zepter geschwungen. Mr. Bumble soll sogar einmal die Äußerung getan haben, daß man im Arbeitshaus getrennt von seiner Gattin leben müsse, sei doch wenigstens ein Trost.
Der Herren Giles und Brittles sind immer noch in ihren alten Stellungen. Ersterer hat es zu einer Glatze gebracht, und Mr. Brittles ist ein Graukopf geworden. Sie schlafen im Pfarrhaus und sind so um das Wohl Olivers, Mr. Brownlows und Doktor Losbernes, sowie des Pfarrerehepaars bemüht, daß bis heute im Dorfe noch niemand weiß, bei wem von den dreien sie eigentlich angestellt sind.
Der junge Mr. Charley Bates, durch die Verbrechen Sikes'

tief erschüttert, ging lange darüber mit sich zu Rate, ob es denn nicht am Ende besser sei, ein ehrenhaftes Leben zu führen. Er wendete bald den Schauplätzen seiner Vergangenheit den Rücken und faßte den Entschluß, in einer neuen Sphäre tätig zu sein. Eine Zeitlang litt er viel, arbeitete aber auch fleißig. Da er nicht nachließ, blieb auch der Erfolg nicht aus. Er war zuerst Taglöhner bei einem Bauern, dann Knecht bei einem Fuhrmann, aber jetzt ist er der fidelste aller Viehtreiber in ganz Northamptonshire.

Wie gerne möchte ich noch länger bei einigen mir so lieb gewordenen Personen verweilen. Ich möchte Rose Maylie schildern in der ganzen Anmut ihrer jugendlichen Weiblichkeit, wie sie auf dem stillen ruhigen Lebenspfad, der ihr beschieden, reiches mildes Licht ausgoß über alle, die in ihren Bereich kamen. Ich möchte sie schildern, wie sie im Winter im trauten Familienkreis am Ofen und im Sommer in der Laube saß, von den Ihrigen umgeben. Ich möchte ihr hinaus auf die sonnenbeschienenen Felder folgen und auf ihren abendlichen Spaziergang im Mondschein und dem holden Klang ihrer süßen Stimme lauschen. Möchte schildern, wie glücklich sie sich fühlte mit Oliver, dem Sohn ihrer toten Schwester. Wie gern möchte ich noch einmal die kleinen frohen Gesichter vor Augen haben, die sich später um ihre Knie scharten und ihrem munteren Geplauder lauschten, und mir das fröhliche Lachen vor die Seele zurückrufen, das mir immer noch in den Ohren klingt. Wie gern würde ich so manchen Blick, so manchen Gedanken, so manches Wort wieder zurückrufen; wie Mr. Brownlow sich täglich bemühte, den Geist seines lieben Adoptivkindes Oliver mit Schätzen des Wissens zu füllen, und ihn immer mehr und mehr lieb gewann, je herrlicher sich seine Natur entfaltete und je üppiger die gelegte Saat aufsproß – doch alles dies sind Dinge, die nicht erzählt zu werden brauchen –
Beim Altar der alten Dorfkirche steht eine weiße Marmortafel, auf der nur ein einziges Wort zu lesen ist: *Agnes.*

Unter diesem Grabstein ruht kein Sarg. Möge es noch viele, viele Jahre dauern, bevor ein andrer Name darauf stehen wird. Wenn aber die Toten je zurückkehren zur Erde, um Orte, die sie durch Liebe geheiligt haben, zu besuchen – durch eine Liebe, die das Grab überdauert, in Liebe zu denen, die sie gekannt haben im Leben –, dann glaube ich, daß der Schemen von Agnes gar oft in diesem feierlichen Winkel weilen mag. Ich glaube es darum nicht weniger, weil dieser Winkel in einer Kirche liegt, und weil Agnes, wenn auch aus Schwäche, so doch aus Liebe gefehlt hat.